HEYNE <

Craig Schaefer

Die Geister von New York

Roman

Aus dem Amerikanischen von
Michael Siefener

WILHELM HEYNE VERLAG
MÜNCHEN

Titel der Originalausgabe:
GHOSTS OF GOTHAM

MIX
Papier | Fördert gute Waldnutzung
FSC® C083411

Penguin Random House Verlagsgruppe FSC® N001967

Deutsche Erstausgabe 05/2022
Redaktion: Claudia Fritzsche

Printed in Germany
Umschlaggestaltung: DAS ILLUSTRAT, München,
unter Verwendung von Motiven von Shutterstock.com
Satz: Uhl + Massopust, Aalen
Druck und Bindung: CPI books GmbH, Leck
ISBN 978-3-453-32126-7

www.heyne.de

Durch ewig gleiche Wiederkehr
Denselben Ort stets schauen,
Verfallen dem Wahnsinn und der Sünde mehr:
Des Stückes Seele ist das Grauen.

E. A. Poe: »Der Erobererwurm«

Eins

Lionel Page trug einen Plastikknopf im Ohr, hatte in seiner Hemdtasche eine Kamera versteckt und genoss in der ersten Reihe eine ungehinderte Aussicht auf den Schauplatz eines Verbrechens. Unzählige Personen drängten sich in dem großen Saal; sie schwitzten unter den harten weißen Lichtern und stampften mit den Schuhen auf die körnigen alten Dielenbretter. Lionel saß Schulter an Schulter mit seinen Nachbarn, und als die gesamte Masse auf den Zuschauerrängen mit einem vereinten Schrei der Ekstase hochsprang, zerrte sie ihn mit sich. Es war eine menschliche Flutwelle, durchtränkt von Körpergerüchen und dem Gestank billigen Parfüms.

»*Seid ihr gerettet?*«, kreischte der Mann der Stunde. Der Reverend Wright beherrschte die Bühne – ein wirbelnder, in sein Mikrofon heulender Derwisch in einem cremefarbenen Baumwollanzug. Die Menge heulte zurück.

»*Seid ihr erlöst?*«, verlangte er zu wissen. »*Ja*«, brüllten die Gläubigen zurück. Sie streckten die Hände den heißen Lichtern entgegen, als wollten sie versuchen, in den Himmel zu klettern. Der Mann links von Lionel rollte wie in einem Anfall mit den Augen, bis nur noch das blutunterlaufene Weiße zu sehen war, während er den Kopf nach oben und unten warf. Als die Rufe verblassten und erstarben, knisterte plötzlich eine weibliche Stimme in Lionels rechtem Ohr.

»Das war das letzte Mal, dass ich an dir gezweifelt habe.«

Lionels Blick fiel auf den Mittelgang. Eine lange Reihe von

Gemeindemitgliedern, die Hälfte mit Stöcken oder Rollatoren, wartete darauf, ins Scheinwerferlicht zu treten. Reverend Wright winkte eine der Personen auf die Bühne. Es war eine ältliche Frau mit einer Sauerstoffflasche, die sie hinter sich herzog wie ein Gefangener die Eisenkugel an seinem Fuß. Beiläufig hob Lionel sein Handgelenk an den Mund. Ein winziger grauer Plastiktropfen baumelte nun vor seinen Lippen, und ein Draht lief den Arm hinauf. Ein größer werdender Fleck aus feuchtem Schweiß klebte ihm das Hemd an den Rücken.

»Das hast du schon beim letzten Mal gesagt«, murmelte er. »Erzähl mir etwas Positives.«

»Die ganze Operation verläuft genau so, wie du es erwartet hast.«

Zum ersten Mal an diesem Tag lächelte Lionel. »Haben wir Ton?«

»Deutlich genug, um ihn zu kreuzigen. Verschwinde, bevor dich jemand erkennt. Ich habe zwei weitere Jungs in der Menge, und einer filmt auf der Empore.«

Die Zuhörer verstummten, als der Reverend die Hände auf das verfilzte struppige Haar der ältlichen Frau legte. Er schaute hoch zu den Lichtern, und sein verschwitztes Gesicht schimmerte.

»Ich erhalte ein … O Herr, hier kommt es«, sagte er. »Ja. Mabel. Dein Name ist Mabel, nicht wahr?«

Ihr Ruf *»Das stimmt!«* war unter dem einsetzenden Jubel und Applaus kaum zu hören. Sie sah den Reverend an, als wäre er eine Erscheinung des Herrn, während Lionel auf seinen harten Holzstuhl zurücksank. Er verschränkte die Arme vor der Brust, und seine Gedanken kreisten wie ein Hai in dunklem Gewässer, während er weiter die Show beobachtete.

»Mabel. Wundervolle gesegnete Mabel.« Wright drückte sich den Handballen gegen die Stirn und schloss die Augen.

»Der Herr sagt mir, dass du kämpfst. Du hast einen Dämon in deiner Lunge, der die gute, süße Luft erstickt. Es ist ein Emphysem, nicht wahr? Sie haben es erst im letzten Jahr diagnostiziert. Aber die Ärzte wissen nicht alles. Nein, Madam, das tun sie nicht.«

Lionel hob wieder den Ärmelaufschlag an seinen Mund.

»Hast du die Technik-Zwillinge bei dir im Wagen?«

»Wie immer«, antwortete die Stimme der Frau.

»Können sie in das Lautsprechersystem hier eindringen?«

»Ich glaube, sie haben schon …« Sie hielt inne. »Warte. Lionel, was hast du vor?«

Auf der Bühne salbte der Reverend Mabels Stirn mit Wasser aus einer glänzenden Plastikflasche – Wunderwasser, das gratis für eine Spende von zwanzig Dollar oder mehr ausgeteilt wurde. Der Hai in Lionels Gedanken kreiste schneller, er hatte Blut gerochen.

»Ich habe es satt, das mitansehen zu müssen« sagte er. »Gebt mir Deckung. Macht den Ton bereit.«

»Nein.« Ihre Stimme klang rasiermesserscharf. »*Nein*. Du bist von etwa achthundert fanatischen Anhängern von Reverend Wright umgeben, die ganz in seiner Gewalt sind. Jetzt ist nicht die Zeit, *Des Kaisers neue Kleider* zu spielen. Sie werden die Wahrheit genauso erfahren wie alle anderen, nämlich aus den Neun-Uhr-Nachrichten. Verschwinde endlich.«

Er war bereits auf den Beinen, hatte sich zusammen mit der Menge erhoben, und ein donnernder Jubel schob ihn voran. Mabel umschlang Wright mit gebrechlichen, vogelartigen Armen, während Tränen über ihr Gesicht strömten.

»Diese Menschen werden ausgeraubt«, keuchte Lionel in sein verstecktes Mikrofon. »Sie haben die Wahrheit verdient. Hier und jetzt.«

»Du bringst dich in Lebensgefahr. *Lionel!*«

Mabel humpelte von der Bühne herunter, und Wright breitete die Arme aus, als wollte er den ganzen Saal umarmen.

»Ein weiteres Wunder beginnt! Vergesst nicht, Leute, dass ich kein Heiler bin. Nein, Sir. Nein, Madam. Ich bin nur ein Gefäß für die himmlische Wahrheit Gottes. Es ist euer Glaube, und es ist die Liebe zum Herrn, die euch befreien werden. Bekomme ich ein Halleluja?«

Lionel rannte los. Er sprang auf die Bühne, wirbelte herum und warf die Hände in die Luft.

»*Halleluja*«, brüllte er, während die Menge nur noch ein verwirrtes Murmeln von sich gab. Er grinste wie ein Wahnsinniger und sprang an Wrights Seite. Dann vollführte er einen kleinen Stepptanz, schnippte mit den Fingern und zeigte auf den Reverend. »Halleluja, preiset den Herrn und preist den guten Reverend Wright. Meine Damen und Herren, ich heiße Lionel Page. Ich bin Reporter bei Channel Seven News, und ich hatte die Ehre, die unschätzbare Ehre, vorhin mit dem Reverend und seiner wunderbaren Frau Marise ein Interview führen zu dürfen. Es war offen und herzlich, und ich hoffe, Sie alle werden einschalten und es sich ansehen.«

Wright glotzte ihn an. Er, der Showmaster, war plötzlich aus dem Gleichgewicht gebracht und an den Rand der Bühne gestoßen worden. »Ich … also, ja, das stimmt, und Mr. Page war ein sehr guter Interviewer. Aber ich bin nicht sicher, ob das jetzt der richtige Zeitpunkt ist, um …«

»Ich würde mir wünschen, dass Sie einschalten könnten«, sagte Lionel, »aber dieses Interview wird nie gesendet werden. Ich glaube nicht einmal, dass die Kamera es aufgezeichnet hat. Nein, es war eine List – eine Lüge, um es ehrlich zu sagen –, damit wir einen Blick hinter die Kulissen werfen konnten. Dort habe ich die Runde gemacht und etliche meiner kleinen Lauschgeräte angebracht.«

Das heilige Glänzen auf Wrights Gesicht verblasste, während ihm das Blut in die Füße sackte. Das Mikrofon in seiner Hand sank immer tiefer, wie in Zeitlupe. »Was?«, sagte er so leise, dass es kaum zu hören war. Die Menge murmelte, regte sich unsicher und warf Lionel böse Blicke zu. Sie wussten nicht, was hier vorging, aber sie stimmten allesamt darin überein, dass es ihnen nicht gefiel.

»Wissen Sie, ich bin von Natur aus neugierig«, sagte Lionel zu dem Meer wütender Gesichter. »Wenn ich einen Magier sehe, will ich stets erfahren, wie seine Tricks funktionieren. Und in diesem Fall … nun, es ist ganz gewiss keine Magie.«

In den Lautsprechern knisterte und kreischte es, dann drang eine blecherne Stimme heraus; sie gehörte der Frau des Reverends, war heimlich hinter der Bühne aufgenommen.

»Als Nächstes kommt … mal sehen … Mabel Abrom … Abromo … Gütiger Gott, irgendein langer polnischer Name. Nenn sie einfach Mabel. Sie hat im letzten Monat eine Gebetskarte geschickt und um Hilfe bei ihrem Emphysem ersucht. Mein Gott, diese dumme Frau hat danach einfach weitergeraucht. Sag ihr, dass Jesus ihr befiehlt, damit aufzuhören, und nimm den Nächsten dran, sonst sind wir noch die ganze Nacht hier.«

Wright stolperte einen Schritt zurück und starrte die Lautsprecher mit großen Augen an. Ein Schatten fiel über die Menge; die Stimmung wandelte sich von Verwirrung in langsam aufkochende Wut. Lionel spürte erregt, wie die Aufmerksamkeit der Angestachelten zwischen den beiden Personen auf der Bühne hin- und herpendelte. Wrights hintergangene Gläubigenschar überlegte wie ein Heckenschütze, wen sie aufs Korn nehmen und abschießen sollte. Die Vorhänge hinter der Bühne lockten; sie waren Lionels letzte Aussicht auf ein Entkommen. Aber er stellte sich breitbeinig auf die Dielenbretter.

»Er hat keinen heißen Draht zu Gott, Leute.« Lionel klopfte gegen seinen Ohrhörer. »Nur zu der lieblichen Marise, die euch von Informanten in der Warteschlange ausspionieren lässt, die eure Karten und Briefe durchforstet und dann ihrem Mann all die wundersamen Informationen ins linke Ohr spricht.«

Das Lautsprechersystem schrillte wieder, und weitere mitgeschnittene Informationen drangen heraus.

»Du machst es großartig heute Abend«, sagte Marise. »So, das hier ist Chester. Chester hat einen offenen Facebook-Account. Gütiger Gott, was haben wir bloß vor den sozialen Medien gemacht? Sie erleichtern uns die Arbeit so sehr. Oh, wie nett. Seine Ex-Frau ist eine Schlampe, und sein Neffe ist drogenabhängig. Erwähne die Frau nicht, sondern sag ihm nur, dass sein Neffe Billy mit Gott ins Reine kommen und aufhören muss, mit dieser Bande herumzuziehen.«

Vor zwei Jahren hatte Lionel aus der Mitte eines Aufruhrs während eines Stromausfalls berichtet. Er hatte nie das Gefühl gewalttätiger Energie vergessen, als ihn ein psychischer Tornado umtost hatte und Hunderte Personen zu einer einzigen hirnlosen, brutalen Faust geworden waren. Genauso fühlte es sich jetzt auch an – aber er war nun so in Fahrt, dass er keine Angst verspürte.

»Das einzig Wahre, das er euch heute Abend erzählt hat, ist die Tatsache, dass er kein Heiler ist. Das ist er wirklich nicht. Er ist ein billiger Schmierenkomödiant, der euch billige Tricks vorgaukelt.« Lionel beugte sich vor und nahm dem Reverend die Flasche mit dem »Wunderwasser« aus der zitternden Hand. Er hielt sie gegen das grellweiße Licht. »Und das hier? Das ist Leitungswasser. Sie füllen es hinter dem Haus aus einem Gartenschlauch ab.«

Er öffnete den Verschluss und drehte die Flasche um. Ein Wasserstrom ergoss sich auf die alten, zerkratzten Dielenbretter der Bühne, durchnässte seine Turnschuhe und die polierten weißen Schuhspitzen von Reverend Wright.

»Es kann euren Durst stillen«, sagte Lionel, »aber das ist auch schon alles.«

Die Zuschauer im Raum erstarrten und schwiegen. Die leere Plastikflasche fiel aus Lionels Händen. Sie traf auf die Dielen, prallte ab, rollte herum und blieb vor den Scheinwerfern an der Rampe liegen.

Dann wurde die versteinerte Zuhörerschaft zu einer wahren Lawine. Die Menge drängte gemeinsam vor, erstürmte die Bühne und gab ein tierisches Gebrüll von sich. Einzelne Parteien wandten sich gegeneinander; sie schrien, schlugen auf die anderen ein, schwangen Stühle. Die immer noch Gläubigen und die sich betrogen Sehenden prallten aufeinander wie Schwerter und Schilde. Überall in dem Theater kam es zu kleinen Handgemengen, und etliche Personen versuchten, ihre Freunde aus dem Kampfgeschehen zu zerren. Ordnung und Frömmigkeit brachen unter dem Druck des gewalttätigen, elektrisierenden Chaos zusammen.

Lionel blieben etwa fünf Sekunden, in denen er mit einer Mischung aus Stolz und Bedauern das betrachten konnte, was er angerichtet hatte, bevor ihn eine fleischige Faust bewusstlos schlug. Er fiel hin, knallte mit dem Rücken auf die Bühne, rollte sich wie ein Fötus zu einer Kugel zusammen und ging unter in einer Flut aus Körpern und tretenden Füßen.

ZWEI

»Du bist ein Idiot«, sagte Brianna.

Die Stimme in seinem Ohr, der Engel auf seiner Schulter, stand als Silhouette in der Tür von Lionels Krankenzimmer. Sie schüttelte ihre krause schwarze Haarmähne und stemmte eine dunkle Hand in die Hüfte. Sein Kopf rollte zurück. Die Matratze fühlte sich unter seinem schmerzenden Rücken an wie aus Beton, und er schloss die Augen.

»Ich liebe dich auch, mein Sahnetörtchen.«

»Es ist dir sicherlich bewusst, dass die Menge dich hätte zerreißen können«, sagte sie zu ihm. »Das begreifst du doch, nicht wahr? Du hattest Glück, dass mehr Menschen auf den Reverend Wright wütend waren als auf dich. Übrigens will er uns verklagen.«

»Er soll sich hinten anstellen und warten, bis er an der Reihe ist. Haben wir die Story?«

»Wir haben sie«, sagte Brianna. »Das Filmmaterial ist Gold wert.«

Sie trat in das Krankenzimmer. Die Tür fiel hinter ihr zu. Als sie neben seinem Bett stand, mischte sich eine Spur von Hibiskus-Parfüm in die antiseptisch riechende Luft.

»Aber du solltest nicht die Story *sein*«, sagte sie zu ihm.

»Ich war wütend.«

»Ja, das warst du.«

Er öffnete die Augen und blinzelte in die Lichter über ihm. Die Neonröhren summten leise in der Stille. Eine Topfpflanze stand auf seinem Nachttisch, eine Ansammlung aus roten und purpurfarbenen Blüten, und auf einer verschnörkelt beschrifteten Karte stand: »Von deinen Freunden bei Channel Seven, Chicago.« Niemand sonst hatte ihm Blumen geschickt. Einen Herzschlag lang ärgerte ihn das, bis ihm einfiel, dass er ja außerhalb der Nachrichtenabteilung niemanden kannte.

»Ich hasse diese billigen Schwindler«, sagte er, »die mit ihren ›magischen Kräften‹ die letzten Pennys aus den alten Leutchen pressen. Ich konnte es einfach nicht ertragen, dabeizustehen und zuzusehen.«

»Völlig verständlich. Schließlich leitet sich die Berufsbezeichnung ›Berichterstatter‹ vom Verb ›bestatten‹ ab. Ach nein, warte. Es kommt von ›berichten‹. Mein Fehler.«

»Aber ich habe doch berichtet«, sagte er und schenkte ihr seinen besten, reinsten Unschuldsblick. »Ich habe von der Bühne berichtet. Live und mitten aus dem Geschehen.«

Sie rieb seine Schulter. Ihre Hand bewegte sich in sanften Kreisen, und sie schenkte ihm ein zögerliches Lächeln. »Trottel.«

»Du liebst mich, und du weißt es.« Lionel regte sich auf der Matratze und ächzte. Seine linke Hüfte fühlte sich an, als wäre sie von einer Stahlramme getroffen worden. Mit den Fingerspitzen fuhr er über die Umrisse einer sich rasch ausbreitenden Prellung.

»Warum bist du dann nicht glücklich?«, fragte sie ihn.

»Ich bin glücklich. Ich bin verdammt glücklich. Wir haben einen Betrug aufgedeckt und der Allgemeinheit einen Gefallen erwiesen … Ich bin glücklich.«

»Aber …«, setzte sie an.

Er zwang sich zu einem Kichern, sah zu ihr hoch und hob beide Hände, die Finger gespreizt.

»Aber? Es gibt kein *Aber*. So wie es keine Magie und keine Wunder gibt.«

Lionels Blick glitt für die Länge eines ruhigen Atemzuges in die Ferne.

»Es gibt sie nie.«

Brianna nickte sowohl ihm als auch sich selbst zu und betrachtete die Pflanze auf seinem Nachttisch.

»Ich weiß nicht einmal, was das ist«, sagte sie.

»Es ist hübsch.« Er hielt inne und fing ihren seitwärts gerichteten Blick auf. »Auffällig. Hübsch auffällig. Bedanke dich trotzdem bei allen für mich.«

»Bedanke dich selbst – du wirst in ein paar Stunden entlassen. Anscheinend fehlt dir nichts Wesentliches. Du leidest bloß darunter, ein Idiot zu sein, und dagegen gibt es noch keine Medizin. Wir können nur abwarten und auf eine Heilmethode hoffen.«

Lionel streckte die Arme über den Kopf und wünschte sich sogleich, er hätte es nicht getan. Sein Versuch eines Gähnens wurde zu einem erstickten Schrei, als seine Rückenmuskeln in Brand zu geraten schienen.

»Ja, ich glaube, ich brauche noch einen freien Tag und etwas Paracetamol. Wie sieht mein Gesicht aus?«

Sie betrachtete ihn eingehend und strich sich dabei über das Kinn. »Willst du das wirklich wissen? Nächste Frage.«

»Nein, wirklich.«

»Du siehst aus, als seiest du in eine Schlägerei geraten, aber eher in ein Bargerangel als in einen Boxkampf. Nichts, was ein wenig Schminke und die richtige Beleuchtung nicht wieder hinbekommen würden. Übrigens hast du um zwei Uhr ein Interview mit den Leuten vom *Chicago Observer*. Sie wollen alles über dein Buch erfahren, und ich habe ihnen schon gesagt, dass du pünktlich da sein wirst.«

»Ach, bist du jetzt nicht nur meine Chefin, sondern auch meine Agentin?«

»Positive Presse für dich bedeutet positive Presse für das Nachrichtenteam. Du hast ein *Buch* geschrieben, Lionel. Mach dir das zunutze. Spiel den Star, wenigstens ein bisschen, ja?«

»Ich war der Meinung, ich sollte nicht die Story sein«, entgegnete er.

»Betrachte es als Sühne für deine Missetaten«, meinte Brianna. »Geh hin und sündige fortan nicht mehr.«

Das Krankenhaus entließ Lionel in seinem zerknitterten Anzug und mit einer Rechnung sowie einem Rezept für Schmerzmittel. Er rief ein Taxi und ließ sich durch die Stadt fahren. Wegen des Nachmittagsverkehrs ging es nur im Schneckentempo voran. Die Türme und Einkaufsparadiese an der Michigan Avenue ragten wie die Wände einer Schlucht aus weißem Marmor auf. Die Sonne machte Lionel schläfrig. Er starrte die Schaufenster an, ohne wirklich zu sehen, was darin zum Verkauf auslag. Ihm kam der müßige Gedanke, dass er seit so vielen Jahren tagein und tagaus die gleiche Szenerie sah und sie deshalb nicht mehr wahrnahm. Sein Geist füllte alle leeren Stellen mit Bildern aus seiner Erinnerung.

Er stieg aus dem klimatisierten Wagen in die den Atem raubende Sommerhitze und war dankbar für die schwache Brise, die vom See herbeiwehte. Dann schob er sich durch eine Drehtür und betrat ein eisiges Mausoleum. Jemand hatte die Klimaanlage auf Museumsniveau heruntergeregelt. Lionel beklagte sich nicht darüber. Er schrieb sich am Empfang ein wie immer, nickte wie immer dem Sicherheitspersonal zu und fuhr in einem Edelstahlaufzug hoch zum dreiundzwanzigsten Stock. Karen, Briannas stets überarbeitete Assistentin, hielt ihn am Eingang zur Nachrichtenabteilung auf. Lionel griff nach dem Kaffeebecher in ihrer Hand, aber sie riss ihn weg.

»Der gehört Brianna«, sagte sie, »und nicht dir. Böser Reporter.«

»Der böseste von allen. Bekomme ich trotzdem keinen Kaffee?«

»Für dich gibt es ein Interview.« Sie deutete mit dem Kopf auf eine blitzsaubere Glastür hinter ihr. »Deine Verabredung für zwei Uhr kann offenbar die Uhr nicht lesen; er hockt schon eine halbe Stunde dort drinnen. Brianna sagt, du solltest nicht vergessen zu lächeln.«

»Aber der Kaffee«, sagte Lionel und starrte hilflos auf ihren Becher. »Danach? Bekomme ich danach einen Kaffee?«

»Unten im Foyer gibt es einen Kiosk, der den ganzen Tag geöffnet hat. Besorg dir selbst einen.«

Er wollte etwas Witziges erwidern, aber sie war schon weitergegangen, drängte sich durch das überfüllte Stockwerk und hatte den Kaffee mitgenommen. Lionel musste sich mit einem tiefen Luftholen zufriedengeben. Er stieß einen Seufzer aus und richtete den Blick auf die Tür des Besprechungszimmers.

Der Reporter des *Observer* hätte ein Ebenbild von Lionel sein können, so wie er vor einem Jahrzehnt ausgesehen hatte. Es war ein junger Kerl mit buschigem Haarschopf, und die Tinte auf seinem College-Diplom musste noch feucht sein – oder er absolvierte gerade zwischen den Unterrichtsstunden ein Praktikum. Es wirkte so, als trüge er den abgelegten Anzug seines Vaters. Er sprang hinter dem gläsernen Konferenztisch auf, hätte dabei fast seinen Stuhl umgekippt, und seine Finger schlossen sich so fest um Lionels Hand wie die Kiefer eines jungen Hundes um einen neuen Knochen.

»Ganz herzlichen Dank dafür, dass Sie gerade heute Zeit für mich haben, Sir.«

Lionel musste grinsen. Er deutete auf den verlassenen

Stuhl und zog sich selbst einen weiteren heran. »Bitte nennen Sie mich Lionel. Kein Problem. Ich freue mich, mit Ihnen zu reden.«

Der Wunderknabe durchblätterte seine Notizen. Er hatte ein sprachgesteuertes Aufnahmegerät dabei, dazu einen gelben Notizblock, einen dicken Umschlag und ein gebundenes Buch. Alles lag in einem Haufen vor ihm. Lionels Gesicht starrte ihn vom Schutzumschlag des Buches an, unmittelbar unter dem Titel *Exzentriker, Quacksalber und Heilsbringer: Berichte von den Randbereichen des Journalismus*. Der Fotograf hatte das Bild nachträglich bearbeitet und jede Spur von Grau aus dem dünnen kastanienfarbigen Haar getilgt – und ihn in ein ausgebeultes Jackett gesteckt, sodass er der typischen Vorstellung eines Laien von einem abenteuerlustigen, in der Welt umherziehenden Reporter entsprach.

»Gut, wir nehmen das Gespräch auf…« Der Finger des jungen Mannes erstarrte über einem kleinen roten Knopf. »Ist das in Ordnung? Dass wir es aufnehmen?«

»Natürlich. Darf ich Ihnen einen kleinen Tipp geben? Machen Sie sich immer eine Sicherungskopie und schreiben Sie mit, als würden Sie gar nicht aufnehmen. Auf diese Weise …«

»Wie bei Ihrem Interview mit Bill Clinton!«, zwitscherte der junge Mann. »Was wäre das für ein wunderbares Interview geworden, wenn die Batterien nicht nach etwa dreißig Sekunden leer gewesen wären?«

Beeindruckt lehnte sich Lionel auf seinem Stuhl zurück. Diese Erinnerung war schon so fern, dass sie nicht mehr schmerzte. »Einen solchen Fehler habe ich nie wieder begangen. Sie haben Ihre Hausaufgaben wirklich gemacht, nicht wahr?«

»Wie Sie in Ihrem Buch schreiben: Sei stets gut vorbereitet.« Er klopfte mit den Fingerknöcheln auf das Buch. »Sie haben sich einen Ruf als … professioneller Entlarver erworben, wie man wohl sagen kann. Sie haben über Geistheiler, Medien und Scharlatane geschrieben. Darf man sagen, dass der größte Teil Ihrer Berufstätigkeit darin besteht, Menschen zu Fall zu bringen?«

Lionel blinzelte. »Ich … nein. Ich weiß nicht, ob das der Sache gerecht wird. Technisch gesehen haben Sie natürlich recht, aber bei der Entlarvung von Kriminellen haben wir nicht zum Hauptziel, sie zu Fall zu bringen. Wir Journalisten recherchieren, und wir berichten die Wahrheit.«

»Und was ist mit Objektivität? Sollen wir Journalisten nicht beide Seiten einer Geschichte erzählen?«

»Dabei gehen Sie davon aus, dass es zwei mitteilenswerte Seiten gibt«, sagte Lionel zu ihm. »Aber das stimmt nicht immer. Wenn jemand behauptet, die Erde sei flach oder der Mond bestehe aus grünem Käse, sind wir nicht verpflichtet, ihm genauso viel Raum zu schenken wie den Personen, die die Wahrheit auf ihrer Seite haben.«

Der junge Mann betrachtete seine hingekritzelten Notizen. Er fuhr mit der Fingerspitze über den Block und runzelte konzentriert die Stirn, als versuchte er, eine Restaurantrechnung aufzuteilen.

»Sie sehen es also als unleugbare Tatsache an, dass es so etwas wie übernatürliche Phänomene nicht gibt? Keine Wunder und nichts, was nicht durch die Wissenschaft erklärt werden könnte?«

»Keineswegs.« Lionel legte die Hände flach auf den Tisch. »Es ist lediglich eine unleugbare Tatsache, dass ich solche Phänomene noch nie *gesehen* habe. Es ist auch eine Tatsache, dass jeder einzelne Mensch, dem ich je begegnet bin und der behauptet hat, übersinnliche Kräfte zu besitzen, entweder ein Betrüger oder ein Selbstbetrüger war. Zeigen Sie mir ein waschechtes Wunder, und wenn es sich wirklich als solches erweist, verspreche ich Ihnen, der Erste zu sein, der darüber einen Artikel schreibt. Ich halte lediglich keine Tatsachen zurück.«

»Aber, Mr. Paget …«

»*Page*.« Lionels Stimme knallte wie ein Peitschenschlag. Er holte tief Luft, versuchte, sich zu beruhigen, und sah dem jungen Mann tief in die Augen. Er fühlte sich wie eine Maus, die den Stahlhebel der Falle in Zeitlupe auf ihren Nacken niedergehen sieht. »Mein Name ist Page.«

Der junge Mann griff nach dem Umschlag.

Er öffnete die Lasche und holte ein Magazin heraus. Es handelte sich um eine zerknitterte Ausgabe des *People*-Magazins vom Januar 2002 mit einem Schnappschuss, den ein Paparazzo aus der Sicherheit seines Wagens heraus aufgenommen hatte. Es war die Nahaufnahme eines Jugendlichen mit versteinerter Miene, der die Treppe einer Highschool herunterstapfte und das Gewicht der ganzen Welt in seinem Rucksack mitzuschleppen schien. Der junge Reporter hielt das Magazin hoch, damit Lionel einen eingehenden Blick darauf werfen konnte, und zeigte dann auf die hellgelbe Schlagzeile: »Zehn Jahre nach dem Massaker auf der Emerald Ranch: eine Begegnung mit dem echten Überlebenden.«

»Das sind Sie, nicht wahr?« Der junge Mann hob den Blick von dem Bild und sah den älteren müden Mann an, der ihm gegenüber am Tisch saß. »Sie sind Lionel Paget.«

Lionel schob seinen Stuhl zurück und stand auf.

»Dieses Interview ist beendet.«

Der junge Mann folgte ihm zur Tür und hinaus in die Nachrichtenabteilung, während er das Magazin wie eine Fahne schwenkte. »Aber das hier ist eine wichtige Story. Die Öffentlichkeit hat ein Recht zu erfahren, was geschehen ist, wie es Ihr Leben bestimmt hat und warum Sie verschwunden sind …«

Lionel wirbelte auf den Fersen herum und starrte den Jungen an. Er senkte seine Stimme zu einem leisen Knurren.

»Ich bin wegen Leute wie Ihnen verschwunden. Und ich schwöre bei Gott, dass ich Sie zusammenschlagen werde, wenn Sie versuchen sollten, mir in den Aufzug zu folgen!«

Der junge Mann erstarrte, wirkte wie an den Fußboden genagelt und sah hinter Lionel her. Lionel winkte Karen herbei, während er sich den Aufzügen näherte.

»Sag Brianna, dass ich mir ein paar Tage freinehme«, teilte er ihr mit.

Irgendwann musste das ja passieren, sagte Lionel zu sich selbst. Er hatte gewusst, dass die Vergangenheit nicht für immer tot und begraben bleiben würde. Das tat sie nie. Er hatte bloß immer gehofft, dass sie erst in einem fernen und nebulösen *Später* wieder lebendig werden würde. So etwas wie ein Zeugenschutzprogramm hatte es für ihn nicht gegeben, und er war umringt von Personen, die ihren Lebensunterhalt damit verdienten, Geheimnisse auszugraben. Der einzige Grund, warum sie ihn bisher nicht unter die Lupe genommen hatten, lag darin, dass sie keinen Grund dazu gehabt hatten.

Er sprang vom Bürgersteig in ein gelbes Taxi und sagte dem Fahrer, er solle ihn nach Hause bringen. Er musste nachdenken.

Zum ersten Mal in seinem Leben war er dankbar für den vierundzwanzigstündigen Nachrichtenzyklus. Sollte der *Observer* doch die Story bringen und ihn bloßstellen. Lionel konnte seine fünfzehn Minuten ungewollter Berühmtheit ertragen, denn er würde in dem Augenblick wieder vergessen sein, in dem irgendeine prominente Persönlichkeit oder ein Politiker etwas – irgendetwas – annähernd Interessantes tat oder von sich gab. Es würde nicht lustig werden, und seine

Kollegen würden ihn von nun an mit anderen Augen sehen, aber das konnte er ertragen.

Ich sollte der ganzen Sache zuvorkommen, dachte er. Das Taxi rumpelte über ein Schlagloch, und er rutschte auf dem geflickten Kunstlederbezug herum, während er sein Mobiltelefon herausholte. *Ich muss zumindest Brianna informieren. Sie sollte es von mir und nicht von irgendeinem dämlichen Reporteranfänger erfahren, falls er dieses Magazin nicht schon jedem gezeigt hat, der mich kennt.*

Ihm blieb keine Zeit zu wählen. Sein Bildschirm leuchtete auf, als ein Anruf hereinkam. Es war eine Nummer aus der Gegend, die er aber nicht kannte. Ein Teil von ihm hoffte, dass es jemand vom *Observer* war – jemand, der dort etwas zu sagen hatte. Lionel stand noch immer unter Dampf, und den wollte er unbedingt ablassen.

»Ja?«, sagte er.

Die Frau am anderen Ende hatte eine alte und zarte Stimme, die mit einem schwachen Akzent gefärbt war. *Deutsch*, dachte er. Irgendetwas rief in ihm den Gedanken an Marlene Dietrich hervor.

»Guten Tag, Mr. Page. Bitte entschuldigen Sie meine Aufdringlichkeit; wir sind uns noch nicht begegnet. Mein Name lautet Regina Dunkle, und ich wäre dankbar, wenn Sie mir einige Minuten von Ihrer Zeit schenken könnten.«

Lionel fühlte sich aus dem Gleichgewicht gebracht, und sein Zorn fiel in sich zusammen wie ein angestochener Ballon. »Ich … ich gehe nicht davon aus, dass Sie etwas mit dem *Observer* zu tun haben?«

»Ich fürchte nein.« Die Frau kicherte höflich. »Und ich habe auch nicht vor, Ihre persönlichen Geheimnisse an die Öffentlichkeit zu bringen, so wie es ein gewisser aufstrebender Journalist beabsichtigt.«

Als sich Lionel auf seinem Sitz vorbeugte, traf ihn aus der Klimaanlage des Taxis ein Schwall kalter Luft. Sie hauchte ihm am Hals entlang und fuhr ihm mit eisigen Fingern über die Schultern.

»Woher …« Er hielt inne und versuchte, seine umherwirbelnden Gedanken einzufangen. »Woher wissen Sie das?«

»Geld, Mr. Page, öffnet alle möglichen Türen. Und ich habe eine Menge Geld, mit dem ich um mich werfen kann. Mir werden nur wenige Informationen verweigert. Ja, ich weiß, wer Sie sind und was Sie als Kind erlitten haben. Und es ist mir gleichgültig. Ich bin eher an dem Mann interessiert, zu dem Sie geworden sind – und an Ihren ziemlich einzigartigen Gaben.«

»Sie haben meine ungeteilte Aufmerksamkeit. Worum geht es hier, Mrs. Dunkle?«

»Um eine Story. Ich habe einen Hinweis für Sie. Es handelt sich entweder um einen ausgeklügelten Scherz – von der Art, die Sie während des größten Teils Ihrer Reporterlaufbahn entlarvt haben – oder um ein Fenster in ein historisches Mysterium. Wie dem auch sei, ich will die Wahrheit wissen, und das Aufspüren der Wahrheit ist Ihre Spezialität. Schenken Sie mir zwanzig Minuten Ihrer Zeit. Ich werde Sie für Ihre Mühen entlohnen, und wenn Sie beschließen sollten, die Story weiterzuverfolgen, werden Sie die Exklusivrechte daran haben.«

Solche Anrufe kannte Lionel bereits. Es waren Leute – zumeist einsame Stubenhocker –, die ihm das Antlitz Jesu auf einer verbrannten Toastscheibe zeigen oder den Beweis dafür liefern wollten, dass Außerirdische in ihrem Hinterhof gelandet waren. Für gewöhnlich verwies er solche Personen an die Nachrichtenredaktion, sollte doch irgendein Assistent seine Zeit mit der Jagd nach gar nichts vergeuden. Aber das hier war … anders. In der Stimme dieser Frau lag etwas, das so fest wie ein Stein, aber gleichzeitig elektrisierend war. Ihre kalte Zuversicht verlockte ihn.

»Ich kann Ihnen fünfzehn Minuten einräumen«, sagte er zu ihr.

»Ausgezeichnet. Dann erwarte ich Ihr baldiges Eintreffen.« Er konnte das zufriedene Lächeln auf ihren Lippen beinahe hören. »Und, Mr. Page, lassen Sie mich bitte nicht warten.«

Drei

Die Adresse, die Regina Lionel gegeben hatte, lag in Lincoln Park. Der Taxifahrer setzte ihn an einer Straßenecke vor einem schwarzen schmiedeeisernen Gitter ab, hinter dem sich eine Terrasse erstreckte. Seine mysteriöse Anruferin hatte nicht gelogen, als sie behauptet hatte, so viel Geld zu besitzen, dass sie damit herumwerfen konnte. Sie lebte am Ostende des Viertels in einem dreistöckigen Sandsteingebäude, das eine wundervolle Aussicht auf die sanft gewellte grüne Parklandschaft und auf den Lake Michigan dahinter bot. Lionel schaute an dem ehrwürdigen Haus hoch und pfiff leise, während eine Brise vom See sein Button-down-Hemd kräuselte. Eine Liegenschaft wie diese würde mindestens drei oder vier Millionen Dollar kosten, und sie hatte angedeutet, dass es nicht ihr einziges Haus sei. »Meine Residenz in *Chicago*«, hatte sie am Telefon gesagt.

Er trat durch das unverschlossene Gittertor, klingelte und wartete.

Schließlich wurde die Tür geöffnet, und Lionel stand vor Regina Dunkle. Sie sah so aus, wie ihre Stimme klang – wie ein Stummfilmstar, der den Zenit seines Ruhms überschritten hatte. Sie war gealtert wie ein edler Wein; der Blick ihrer dunklen Augen war scharf, ihr Haar war eine Mähne aus flüssigem Silber, und sie trug einen Hausmantel aus Satin in der Farbe des Vollmonds. Sie bat ihn herein. Jede ihrer Bewegungen, sogar die beiläufige Drehung ihrer Hand, wirkte absichtsvoll und genau bemessen.

»Mr. Page. Bitte kommen Sie herein.«

Er nickte dankbar und trat über die Schwelle. Sie schloss die Tür und führte ihn in einen Salon, der vom Foyer abzweigte und in dem Teppiche mit Wellenrand und von der Farbe blauer Meeresgischt den weißen Marmorboden bedeckten. Mehrere Sessel und ein Diwan, die um einen kalten, stillen Kamin standen, hatten Polster in der Farbe frisch gefallenen Schnees, und durch die kalte, reglose Luft schwebte der schwache Duft von Rosen.

»Bitte nennen Sie mich Lionel«, sagte er, schaute sich um und suchte nach Anzeichen für einen Butler oder eine Hausdame. »Leben Sie allein, Mrs. Dunkle?«

»Wenn ich Sie Lionel nennen soll, dann müssen Sie mich Regina nennen.« Sie nahm in einem der Sessel Platz und bedeutete ihm, sich ihr gegenüber zu setzen. Ein Teeservice stand auf einem Mahagonitisch zwischen ihnen. Aus der zarten Porzellankanne stieg feiner Dampf auf. »Und, ja, ich ziehe es vor, allein zu leben. Es muss närrisch erscheinen, so viel Platz für eine einzige Frau zu verschwenden, aber ich habe meine Privatsphäre schon immer sehr geschätzt.«

»Was Sie allerdings nicht davon abgehalten hat, sich in mein Leben einzumischen.«

Sie zeigte ein schwaches Lächeln und griff nach der Teekanne.

»Ich glaube daran, Geheimnisse zu bewahren, Lionel. Aber man kann kein Geheimnis bewahren, wenn man es nicht kennt, oder? Kamille?«

»Wie bitte? Oh. Der Tee. Ja, danke.«

Während sie beide Tassen füllte, sah er sich noch einmal langsam um und betrachtete seine Umgebung mit dem Blick eines Reporters. Plötzlich erkannte Lionel, warum sich der Raum für ihn falsch anfühlte, seit er ihn betreten hatte.

Keine Fotos. Keine Kunst. Keine Nippesfiguren oder Erinnerungsstücke auf dem Kaminsims. Der Salon war steriler als ein Operationssaal. In diesem Haus schien niemand wirklich zu *leben*. Gewöhnliche Menschen stellten ihr Heim mit allen möglichen Dingen voll und verliehen ihm so eine persönliche Note. Das hier wirkte eher wie eine schlechte Bühnendekoration oder ein unbewohntes Haus, das von einem Makler für den Verkauf vorbereitet worden war.

»Leben Sie schon lange in Lincoln Park?«, fragte er.

»Ich verbringe den Sommer hier, so oft es mir möglich ist.« Sie stellte die Teekanne ab und sah ihm in die Augen. »Die Seeluft ist gut für meine Atmung. Honig?«

»Ein wenig.«

»Ich glaube, Sie werden ihn mögen«, sagte sie und nahm einen Löffel. »Ich bin sehr kritisch, was meinen Honig anbelangt. Es geht nichts über Qualität.«

»Ich will Sie nicht hetzen, aber diese Story, von der Sie sprachen …«

»… wird am besten in einer zivilisierten Umgebung diskutiert.«

Sie hielt ihm die Teetasse auf einer zarten Untertasse entgegen. Dann hob sie ihre eigene Tasse wie zu einem Trinkspruch. Sie nahm einen Schluck und wartete in gespanntem Schweigen, bis er das Gleiche tat. Der Tee schmeckte kräftig und sauber, und seine Kräuter tanzten mit einer süßen, geschmeidigen Note auf der Zunge.

»Und nun können wir uns zivilisiert unterhalten«, sagte sie zu ihm. »Lesen Sie zum Vergnügen?«

»Natürlich. Vielleicht nicht so viel, wie ich sollte, aber ich liebe gute Bücher. Vor allem Literatur, in der es mysteriös zugeht.«

»Das überrascht mich nicht«, sagte Regina. »Sie kommen

mir vor wie ein Mann, der unwiderstehlich von Mysterien angezogen wird. Was Lektüre angeht, so ist meine persönliche Leidenschaft die dunkle Romantik. Das war eine Bewegung im achtzehnten und neunzehnten Jahrhundert. Mary Shelley und Lord Byron … die dunkle romantische Literatur zeichnet sich durch eine starke, beinahe zwanghafte Leidenschaft für das Makabre aus.«

»Horrorgeschichten.«

»Aber nichts so Banales wie ein Killer hinter einer Hockeymaske, der Betreuer von Jugendlagern mit einer Machete niedermetzelt«, sagte sie und zwinkerte ihm zu. »Eher ein Fest der Finsternis. Diese Autorinnen und Autoren wussten, dass im Grotesken Schönheit zu finden ist. Im Herzen des Wahnsinns liegt Offenbarung. Haben Sie Poe gelesen?«

Lionel zuckte leicht mit den Achseln. *»Es sprach der Rabe: Nimmermehr*? Ich fürchte, das ist alles, woran ich mich aus meiner Highschool-Zeit erinnern kann. Das und die Geschichte über diesen Knaben, der seinen Freund in einer Wandnische einmauert.«

»*Das Fass Amontillado*«, erwiderte Regina. »Wussten Sie, dass Poe eine wahre Geschichte als Vorlage dafür gedient hat? In Persien bestand früher die übliche Strafe für Diebstahl darin, dass der Dieb draußen in der Wüste in eine Säule eingeschlossen wurde. Darin war es so eng, dass er keinen Muskel mehr bewegen konnte, wie in einem aufrecht stehenden Sarg. So blieb dem Dieb nichts anderes übrig, als zu warten, zu leiden und zu *kochen*. Austrocknen ist eine außerordentlich grausame Todesart.«

»Das … wusste ich nicht«, sagte Lionel.

Sie stellte ihre Teetasse ab.

»Kommen Sie mit. Ich will Ihnen etwas zeigen.«

Er stand auf, und sie führte ihn einen Korridor entlang.

»Hoffentlich handelt es sich nicht um ein Fass Amontillado«, sagte er und bemerkte selbst die Nervosität in seiner Stimme.

Sie warf einen Blick über die Schulter und bedachte ihn mit einem leicht spitzbübischen Lächeln. »Meines Wissens haben *Sie* mir nichts gestohlen.«

Die Flügel hölzerner Schiebetüren rollten zur Seite und gaben den Blick auf eine gewaltige Bibliothek mit kunstvoll bearbeiteten Regalen frei, die vom Boden bis zur Decke reichten und mit ihren sanften Schwüngen wie erstarrte Mahagoniwogen wirkten. Buchrücken aus Pappe, Leinen und altem Leder drängten sich auf jedem Regal; es waren Tausende Bände, deren Goldprägungen wie Erzadern glänzten. Bernsteinfarbenes Licht strömte aus einem Kristalllüster, der über einem einzelnen Armlehnsessel und einem Beistelltisch in der Mitte des Zimmers hing.

»Meine bescheidene Sammlung«, sagte Regina, während sie Lionel hineingeleitete.

Die Luft roch schwach nach getrockneten Gewürzen, und hier schien es ein paar Grad kühler als im Rest des Hauses zu sein. Während Lionel an den Regalen vorbeispazierte und dabei an einer Rollleiter vorbeikam, die Zugang zu den obersten Fächern gewährte, bemerkte sein geübter Blick winzige Hygrometer und das graue Plastikauge eines Bewegungsalarmsensors.

»Ich weiß nicht, ob *bescheiden* das Wort ist, das ich dafür wählen würde«, murmelte er. »Einiges hier gehört eher in ein Bibliotheksmuseum.«

»Eine ganze Menge sogar. Ich liebe Erstausgaben, seltene Folianten und Unikate. Die Inhalte sind natürlich wichtig, aber das reine Sammeln ist ein angenehmer Zeitvertreib. Ich beschäftige Händler in etlichen großen Städten auf der ganzen Welt, die sofort Kontakt mit mir aufnehmen, wenn sie auf etwas stoßen, das in mein Sammelgebiet fällt.«

Kein Stäubchen war auf den Regalen zu sehen. Lionel wandte sich von den Büchern ab.

»Ich vermute, das ist der Grund, warum Sie mich gerufen haben?«

»Im Jahre 1845«, sagte Regina, »befand sich Edgar Allan Poe in New York und arbeitete dort als Herausgeber des *Broadway Journal*. Im Dezember jenes Jahres veröffentlichte er eine Erzählung mit dem Titel *Die Tatsachen im Fall des M. Valdemar*. Die Titelfigur, Ernest Valdemar, hatte auf seinem Totenbett in ein Experiment eingewilligt. Er wurde mesmerisiert, also in Trance versetzt. In dieser Trance konnte er sprechen und Fragen beantworten – auch dann noch, als sein Körper starb und das Herz aufhörte zu schlagen. Dies ging so weiter, bis er aus der Trance geholt wurde, und in diesem Augenblick zerfiel sein Körper vor den Augen der entsetzten Anwesenden, zu denen auch Mr. Poe persönlich gehörte.«

»Aber … das war doch eine Geschichte, nicht wahr? Eine Fiktion.«

In Reginas Lächeln lag etwas Ausweichendes. Sie hob den Finger.

»Das ist der interessante Teil. Poe veröffentlichte den Text zunächst als Augenzeugenbericht. Das hat damals einen ziemlichen Aufruhr verursacht.«

»Vermutlich waren die Menschen im Jahre 1845 leichtgläubiger als heute«, meinte Lionel.

»Oh, eher im Gegenteil, wie vor allem *Sie* wissen sollten. Haben Sie nicht Ihr ganzes Erwachsenenleben damit verbracht, Betrügereien aufzudecken? Wenn niemand an Scharlatane glaubte, gäbe es für Sie keine Notwendigkeit, ihre Tricks zu enthüllen, oder?«

»Ich muss zugeben, dass Sie nicht ganz unrecht haben.«

»Auch Poe hat hin und wieder gern einen Schabernack getrieben«, sagte sie, »und so veröffentlichte er bald einen Widerruf und stellte klar, dass die Geschichte frei erfunden war und es niemanden namens Ernest Valdemar gab. Aber das beruhigte die Lage nicht. Noch Jahre später beharrten einige Leute darauf, dass es sich um einen Tatsachenbericht handelte und der Widerruf nur ein Vertuschungsmanöver war. Und dann gibt es noch das hier.«

Regina glitt über den Boden der Bibliothek; die Satinschleppe ihres Hauskleides trieb hinter ihr her. Sie zog eine schwarze Ledermappe aus einem Regal und hielt sie Lionel entgegen.

»Das hier habe ich im letzten Jahr auf einer Auktion in London ersteigert. Es ist ein Brief von Rufus Griswold – die Echtheit wurde von Experten bestätigt. Griswold war damals ein gefeierter Dichter, ein Freund Poes und einer der Geldgeber des *Broadway Journal*.«

Vorsichtig öffnete Lionel die Mappe. Das einzelne Blatt darin war vergilbt, ausgefranst und luftdicht in Plastik eingeschweißt, und es befanden sich nur wenige Zeilen in einer krakeligen Handschrift darauf.

»02/11/45

Edgar – absolut nicht. Du bist verrückt, wenn Du es unternimmst. Ich rate Dir, ihnen zu sagen, dass dieses garstige Stück nichts anderes ist als ein Albtraum, den Du nach dem Genuss einer schlecht gewordenen Wurst verfasst hast. Du wirst einen Aufruhr verursachen, wenn Du dies einen Tatsachenbericht nennst. Um der Liebe Gottes willen, Mann, schreib wenigstens das Ende um. Einige Geschichten sollten nicht erzählt werden.

– RWG«

Lionel schaute von dem Blatt auf. »Es scheint, dass er den Rat seines Freundes nicht beherzigt hat.«

»Nur zur Hälfte. Mein Kontakt in New York hat mich gestern Abend benachrichtigt. Auf dem privaten Kunstmarkt ist ein Manuskript aufgetaucht: die handschriftliche erste Fassung von *Die Tatsachen im Fall Valdemar*. Es ist vermutlich diejenige, die Poe seinem Freund Rufus gezeigt hat.« Regina trat näher an ihn heran. Ihre Augen fingen das Licht des Kristalllüsters ein und blitzten auf. »Mir wurde berichtet, diese Fassung habe ein anderes Ende. Das *echte* Ende. Ich würde diese Geschichte sehr gerne lesen, Lionel.«

Lionel schloss die Ledermappe und gab sie Regina zurück. Er betrachtete sie und fühlte sich unbehaglich, als er eine Spur ihres Blumenparfüms in der kalten Luft der Bibliothek wahrnahm.

»Ich weiß nicht recht, was das alles mit mir zu tun hat«, sagte er zu ihr.

»Meine Wünsche sind in Sammlerkreisen wohlbekannt, insbesondere nachdem ich im letzten Jahr diesen Brief erworben habe. Es besteht durchaus die Möglichkeit, dass es sich bei dem aufgetauchten Manuskript um einen Schwindel handelt. Um eine Fälschung, die mich um einen großen Teil meines Vermögens erleichtern soll. Sie haben Ihre Karriere darauf aufgebaut, Schwindler und Diebe zu entlarven; Sie haben eine Nase dafür, Täuschungen aufzuspüren, und ich glaube nicht, dass Sie wissen, wie gut Sie wirklich darin sind.«

Sie stellte die Mappe zurück ins Regal und drehte sich zu ihm um.

»Ich würde Sie gern als meine rechte Hand in dieser Angelegenheit einsetzen. Gehen Sie nach New York. Wenn das Manuskript echt ist, will ich es haben. Wenn es eine Fälschung ist, will ich wissen, wer sie geschaffen hat. Ich werde für Ihre Fahrtkosten und Unterkunft aufkommen, und auch für alle Ausgaben, die Sie haben werden. Geld spielt keine Rolle. Falls sich die Sache als Schwindel herausstellen sollte, haben Sie natürlich die Exklusivrechte an dieser Geschichte. Ich bitte Sie nur darum, die Ergebnisse Ihrer Nachforschungen zuerst mir zu überbringen, bevor Sie sie der ganzen Welt mitteilen.«

Lionel schüttelte den Kopf. Er ging auf den lackierten Eichendielen hin und her, die unter seinen Schritten sanft ächzten.

»Ich muss Ihnen sagen, Mrs. Dunkle ...«

»Regina.«

»Regina ... Das ist eine *interessante* Geschichte. Aber das macht sie noch nicht zu einer wichtigen Nachricht. Wenn jemand einen gefälschten Picasso oder Rembrandt für ein paar Millionen Dollar zu verkaufen versucht, wäre das etwas, das meine Chefin senden würde. Aber eine Kurzgeschichte aus dem 19. Jahrhundert, sei sie nun eine Fälschung oder nicht, wird keine großen Einschaltquoten bringen.«

»Ich hatte schon angenommen, dass Sie einen zusätzlichen Anreiz benötigen«, sagte sie, »und deshalb will ich noch etwas hinzufügen. Ich glaube, ich sagte bereits am Telefon, dass ich Zugang zu beträchtlichen Geldmitteln habe. Ich mische in unzähligen Geschäften mit.«

»Was soll das heißen?«

Sie trat noch näher an ihn heran. So nahe, dass er ihren warmen Atem an seiner Wange spürte, während sie ihm tief in die Augen blickte.

»Sie haben den größten Teil Ihres Lebens damit verbracht, vor der Vergangenheit davonzulaufen. Sie haben verzweifelt versucht, so zu tun, als wären Lionel Page und Lionel *Paget* zwei verschiedene Personen.«

Lionel schluckte schwer. Er wollte ihrem Blick nicht standhalten, aber er brachte es nicht fertig, sich von ihr abzuwenden. Ohne die geringste Berührung hatte sie ihn aufgespießt wie einen Schmetterling auf einer Nadel.

»Ich brauchte einen Neuanfang.«

»So etwas gibt es nicht«, sagte sie, »aber das ist nicht mehr relevant, da der *Observer* nun eine Story bringen will, in der Ihre Deckung auffliegt. Oder ... vielleicht auch nicht. Ich besitze Einfluss, und ich genieße es, diesen Einfluss zugunsten meiner Mitarbeiter auszuspielen. Ich will, dass Sie mein Vermittler werden, Lionel. Ich muss nur den Telefonhörer in die Hand nehmen. Wenn Sie diesem Auftrag zustimmen, werde ich Ihnen versprechen, dass die Story über Sie nicht veröffentlicht wird.«

»Ich glaube, dieser junge Reporter ist ein freier Mitarbeiter«, sagte er. »Vielleicht kennen Sie jemanden beim *Observer*, aber der Knabe wird seine Geschichte einfach überall anbieten ...«

Sie schnitt ihm das Wort ab; ihre Stimme klang plötzlich scharf wie ein Peitschenknall.

»Diese – Geschichte – wird – nicht – veröffentlicht.« Sie hielt den Kopf schräg und sah ihn starr an. »Ich glaube daran, Geheimnisse zu bewahren. Und ich werde dafür sorgen, dass Ihre Geheimnisse bewahrt werden. Ich glaube auch, dass Geld zwei Zwecken dient, die beide gleich wichtig sind: dazu, Dinge zu ermöglichen, und dazu, Dinge zu verhindern.«

»Sie haben noch gar nicht erwähnt, wie Sie zu Ihrem Geld gekommen sind«, sagte er.

Sie schenkte ihm ein schwaches Lächeln, und in ihren dunklen Augen blitzte es.

»Nein, das habe ich nicht.«

»Ich bin natürlich neugierig ...«

Regina packte ihn bei den Schultern. Sie schien stärker zu

sein, als es den Anschein hatte. Vielleicht hatte er auch nur das Gleichgewicht verloren. Sie drehte ihn um, bis er in Richtung der offenen Tür stand. Ihr Atem war ein warmer Luftzug an seinem linken Ohr, während sie ihre Stimme zu einem Flüstern senkte.

»Ich bin nicht die Story. Die Story ist da draußen, in der Wildnis New Yorks. Meine Mittel, Ihre Gaben. Finden Sie die Wahrheit heraus und bringen Sie sie zu mir, und danach können Sie tun und lassen, was Sie wollen. Haben wir eine Vereinbarung? Haben wir einen Pakt geschlossen, Sie und ich?«

Er stieß ein nervöses leises Lachen aus. »Wenn Sie es so sagen, klingt das wie ein Pakt mit dem Teufel.«

Ihre Hände glitten an seiner Brust entlang. Ihr fester Griff von hinten wurde zu einer sanften Umarmung; sie berührte ihn wie eine Freundin, die ihn schon seit Jahren kannte. Sie legte ihm das Kinn auf die Schulter.

»So düster bin ich gar nicht«, sagte sie. »Ich suche nur nach der Wahrheit genau wie Sie. Wir sind wie die beiden Seiten einer Medaille. Aber ich bin eine altmodische Frau, und ich glaube daran, die Dinge richtig zu machen, und deshalb muss ich darauf bestehen, dass Sie es laut aussprechen. Haben wir einen Pakt, Lionel? Ja oder nein?«

Bereits seit Reginas Anruf läuteten Alarmglocken in Lionels Kopf. Sie waren mit jeder Minute lauter geworden, und nun schrillten sie wie bei einem Feueralarm. Er fühlte sich wie Alice am Rand des Kaninchenbaus, als sie über den Abstieg nachdachte.

So seltsam die Situation – und so seltsam seine Gastgeberin – auch war, konnte er doch gegen die Fakten nichts einwenden. Sie brauchte Antworten. Er brauchte Schutz. Wenn sie Wort hielt, würden ihm ein oder zwei Tage Arbeit in New York das monatelange Offenlegen seiner Privatsphäre und etliche Kopfschmerzen ersparen. Seine Vergangenheit konnte begraben bleiben, so wie es sich gehörte.

Also sprang er in den Kaninchenbau.

»Ja«, sagte er. »Wir haben einen Vertrag.«

Sie stieß ihn sanft nach vorn, auf die Schiebetüren der Bibliothek zu.

»Draußen auf der Straße wartet ein Wagen auf Sie, und die Fahrerin hat einen Umschlag mit Banknoten für Sie. Das ist Ihre Bezahlung dafür, dass Sie mir zugehört haben. Sie hätten das Geld auch bekommen, wenn Sie mein Angebot abgelehnt hätten. Nehmen Sie es als Anzahlung für den ersten Tag und melden Sie sich bei mir, wenn Sie mehr brauchen. Sagen Sie der Fahrerin, sie soll Sie zum O'Hare-Flughafen bringen. Wenn Sie ihn erreicht haben, wird meine Assistentin Ihnen die Flugdaten, das E-Ticket und die Hotelreservierung auf Ihr Handy geschickt haben.«

»Ich kann nicht sofort aufbrechen. Ich muss erst nach Hause fahren, Kleidung zusammenpacken, meine *Zahnbürste* einstecken …«

»Dafür ist das Bargeld, Lionel. Kaufen Sie sich alles, was Sie brauchen, nachdem Sie gelandet sind. Betrachten Sie es als den Beginn eines Abenteuers. Und jetzt *gehen Sie*.«

Vier

Ein kohlrabenschwarz glänzender, langer Lincoln mit dem Kennzeichen eines Mietwagenverleihs wartete am Bürgersteig. Die Fahrerin, die Regina bestellt hatte, war eine wortkarge Frau, die Lionel einen Umschlag nach hinten reichte und nur kurz nickte, als er sie bat, ihn zum Flughafen zu fahren. Seine Versuche, ein Gespräch mit ihr anzufangen, bedachte sie mit nichtssagenden Lauten. Als Lionel versuchte, sie nach Regina und ihrem Reichtum auszufragen, gab sie gar keine Antwort mehr. Die Frage welkte und starb in der Luft zwischen ihnen. Eingehüllt von der Stille öffnete er den Umschlag und blätterte ein Bündel mit alten, zerknitterten Banknoten durch. Es mussten mindestens zweitausend Dollar sein, das meiste in Fünfzigern.

Regina hielt ihre Versprechen ein. Als der Lincoln vor dem Delta-Terminal des O'Hare-Flughafens hielt, hatte jemand mit einer unterdrückten Nummer Lionel die Flugdaten sowie die Adresse eines Hotels in New York geschickt. Die letzte Information, die er las, war jene, um die er Regina gebeten hatte, bevor er ihr beeindruckendes Haus verlassen hatte: den Namen ihres Kontakts vor Ort – des Buchhändlers, der von dem Poe-Manuskript erfahren hatte – und dessen Adresse.

Eine Stunde später saß er auf dem Flug nach Osten auf einem Fensterplatz, von dem aus er die Tragfläche überblicken konnte. Das Flugzeug war ein Embraer-Modell, eine schmale Maschine mit nur zwei Sitzen an jeder Seite des engen Mittelgangs, und sie schienen kaum die endgültige Flughöhe erreicht zu haben, als der Kapitän bereits die Landevorbereitungen verkündete. Der kurze Flug ließ gerade genug Zeit für das Abebben des Wirbelsturms, der durch diesen Tag getobt war, und für das Ansteigen der Angst, die nun die entstandenen Lücken füllte. Lionel blieb nichts anderes übrig, als still dazusitzen, nachzudenken und einen langen Spaziergang durch seine Erinnerungen zu machen.

Regina hatte recht; sie war hier nicht die Story. Trotzdem wollte er mehr über die Frau wissen, die seine Rechnungen bezahlte. Sie besaß Mittel, die sie ohne zu zögern einsetzte, und wenn sie die Wahrheit gesagt hatte, reichte ihr Einfluss in den Medien aus, um die Publikation einer Geschichte zu unterdrücken, die nicht an die Öffentlichkeit gelangen sollte. Das war nicht unbedingt schlecht; es war eine Macht an seiner Seite, die er vielleicht brauchen würde, sobald er in New York gelandet war. Er hatte geglaubt, alle wichtigen Personen in Chicago zu kennen: die Industriellen, die Stadträte, die immer gleichen Betreiber der Politikmaschinerie. Er konnte auf irgendeinen Empfang der oberen Zehntausend gehen und neunzig Prozent der Anwesenden beim Namen nennen. Die Hälfte von ihnen hatte er sich zu Feinden gemacht.

Doch während der ganzen Zeit, die er damit verbracht hatte, im Schmutz der Reichen und Mächtigen zu wühlen, war ihm der Name Regina Dunkle nie begegnet.

Ich sollte Brianna anrufen, sobald ich gelandet bin, und sie bitten, einige Nachforschungen für mich anzustellen. Plötzlich strauchelten seine Gedanken und hüpften aus den Geleisen. *Mist. Der junge Reporter.*

Regina mochte zwar in der Lage sein, den *Observer* dazu zu bringen, die Geschichte nicht zu veröffentlichen, aber kein Geld der Welt konnte die Zeit zurückdrehen. Wenn dieser junge Reporter klug genug war und die Redaktion nach dem katastrophalen Interview verlassen hatte, war vielleicht noch alles in Ordnung. Aber wenn er das nicht getan hatte – wenn er Lionels Kollegen um Informationen gebeten und das Magazin überall herumgezeigt hatte –, würde Brianna jetzt damit beschäftigt sein, eigene Nachforschungen anzustellen. Lionel hatte vorgehabt, ihr eines Tages die Wahrheit über seine Kindheit zu erzählen. Dieses verschwommene *eines Tages* aber hatte er in die fernste Zukunft schieben wollen. Auf alle Fälle wollte er nicht, dass sie es auf diese Weise herausfand.

Lionel saß verkrampft da, zehn Kilometer über Pennsylvania, und starrte sein nutzloses Handy an. Er konnte sich in das kostenpflichtige WLAN einloggen und eine rasche E-Mail absetzen, aber das fühlte sich fast noch schlimmer an, als wenn sie die Fakten aus einem sechzehn Jahre alten Magazin erfuhr. Er musste mit ihr sprechen; er musste ihre Stimme hören. Plötzlich schien die Landung noch viele Stunden entfernt zu sein.

Der junge Reporter und Regina waren am selben Tag in sein Leben getreten. Es fühlte sich wie ein abgekartetes Spiel an. Eine Sekunde lang fragte sich Lionel, ob sie zusammenarbeiteten, weil sie … Und hier fiel seine Theorie auseinander und verwickelte sich in einem Gewirr aus Fragen. Er schaute aus dem Fenster und hatte wieder das Gefühl, er sei Alice, die in die Kaninchenhöhle hinunterstarrte.

Wie ging diese Geschichte gleich noch mal?, überlegte er. *Alice ist auf eine seltsame Party gegangen, hat psychedelisches Zeug gesehen und ist nach Hause zurückgekehrt. Ich hatte schlimmere Urlaube.*

Es war acht Uhr abends Ostküstenzeit, und die Sommersonne schien noch immer hoch am wolkenlosen Himmel, als die Maschine in Schräglage ging und über die Außenbezirke von New York flog. Lionel stützte sich auf die Lehne seines Sessels und betrachtete die endlosen Reihen der Hochhäuser zu beiden Seiten der Tragfläche, die sich bis über den Horizont hinaus erstreckten. Er war noch nie in New York gewesen, und er hatte so etwas wie seine Heimatstadt erwartet – eine überschaubare Ansammlung dicht gedrängter Geschäftstürme in der Innenstadt, umgeben von endlosen Vorstädten. Nein. Das hier war eine *Großstadt*, gewaltig, so hoch wie breit, und jeder Quadratmeter des Bodens war bis zur Uferkante jeder einzelnen Insel bebaut. Hoch aufragende Kräne sprenkelten hier und da den Horizont und halfen bei der Errichtung noch höherer Wolkenkratzer, da die einzige Richtung, in die noch gebaut werden konnte, nach oben wies. Es war ein Bienenstock, jedoch bewohnt von Menschen, von acht Millionen, und es wurden beständig mehr, schneller, immer schneller. Plötzlich war er ein winziges Rädchen in einer gewaltigen, gleichgültigen Maschine.

Und irgendwo dort unten, irgendwo in den endlosen Straßen, in denen nun, da die Sonne allmählich unterging, lange Schatten wuchsen, befanden sich die Antworten, nach denen er suchte.

Das Flugzeug setzte mit einem alles erschütternden Schlag auf. Die Kraft der heulenden Bremsen drückte ihn in den Sitzgurt, während die schmale Maschine gegen ihren eigenen Schwung ankämpfte. Schließlich verlangsamte sie sich zu einem sanften Dahinrollen, hielt vor dem Terminal, und ein elektronisches Klingeln verkündete das Erreichen der Parkposition. Lionel reihte sich in die Schlange müder Pendler ein und schlurfte mit ihnen im langsamen Gänsemarsch aus dem Flieger.

Als er die Fluggastbrücke zur Hälfte hinabgeschritten war, wobei das Metall unter dem dünnen Teppich knarzte, holte er sein Handy hervor und wählte Briannas Nummer. Er lauschte dem Freizeichen, als er das Terminal von LaGuardia betrat, umgeben von einer Welle dahinhastender Reisender, die sich in alle Richtungen ausbreitete. Der Flughafen war eine Miniaturstadt. Dutzende Sprachen schallten durch die Luft, die Aromen von zahllosen Essensständen rangen miteinander um Aufmerksamkeit. Es war ein kaum im Zaum gehaltenes Chaos. Lionel blieb in Bewegung und versuchte, allen anderen Leuten aus dem Weg zu gehen, während er den Hinweistafeln folgte.

Beim zweiten Freizeichen nahm Brianna ab. Sie klang atemlos. »Lionel! Ich versuche schon seit zwei Stunden, dich anzurufen. Wo *bist* du?«

»In New York. Es ist eine lange Geschichte. Aber bevor ich dazu komme, muss ich dich etwas fragen. Dieser Reporter, der Knabe vom *Observer* …«

»Deshalb wollte ich dich …«

»Was immer er gesagt hat, zieh bitte keine voreiligen Schlüsse, ja? Da ist mehr …«

»Lionel, er ist *tot*.«

Er erstarrte. Von hundert auf null, wie ein Auto, das gegen eine Ziegelmauer fährt. Seine Beine fühlten sich an, als bestünden sie aus Eis. Ein Reisender in einem gut geschnittenen Anzug umrundete ihn, wäre beinahe mit seinem Rollkoffer gegen ihn geprallt und warf Lionel einen bösen Blick zu, als er an ihm vorbeilief.

»Was?«

»Deswegen wollte ich ja mit dir sprechen«, sagte sie. »Sein Chef beim *Observer* rief an und fragte, ob wir wüssten, warum er nach dem Interview mit dir nicht mehr zurückgekommen ist. Also haben wir beide einige Nachforschungen angestellt, und … er ist tot. Der Junge ist tot.«

Fünf

Lionel kassierte viele wütende Blicke, als er stocksteif dastand – ein menschliches Hindernis im Fluss des Verkehrs. Mühsam löste er sich aus seiner Erstarrung und trat neben einen Zeitungskiosk, damit er den anderen nicht mehr im Weg stand. Die Fenster der Flughafenhalle befanden sich hinter ihm. Er spürte die Hitze der untergehenden Sonne auf seinem Rücken.

»Was ist passiert?«, fragte er.

»Er ist eine Minute nach dir gegangen. Karen sagte, du warst aus irgendeinem Grund wütend. Sie meint, dass er dir nachgelaufen sei.«

»Also hat er nichts gesagt …« Lionel verstummte. Das konnte er ihr später erzählen. »Und was ist dann geschehen?«

»Die Polizei sagt, dass es wie ein fehlgeschlagener Raubüberfall aussieht. Man fand seine Leiche hinter einem Müllcontainer in einer Seitengasse der North Michigan Avenue.«

Er schüttelte den Kopf. »Niemand wird am helllichten Tag auf der Magnificent Mile überfallen. Das ist einer der sichersten Orte in der ganzen Stadt. Wegen der Touristen steht alle fünf Meter ein Cop bereit.«

»Nun ja … es ist trotzdem passiert. Ich habe mit einem Bekannten von mir gesprochen, der im achtzehnten Distrikt arbeitet. Man hat dem Opfer alles abgenommen. Nicht nur seine Geldbörse, sondern auch seine Notizen, seinen Rekorder, einfach alles. Sie haben ihn mit leeren Taschen gefunden. Sein

Leichnam wies Stichwunden auf. Er war regelrecht übersät damit.«

»Übersät?«

»*Abgeschlachtet* war das Wort, das meine Quelle benutzt hat. Lionel, sie wollen mit dir reden. Du warst die letzte Person, die ihn lebend gesehen hat.«

»*Karen* war die letzte Person, die ihn lebend gesehen hat.«

»Ja, und sie war den ganzen Nachmittag hier, was zwei Dutzend Zeugen bestätigen können. Ihr hattet einen Streit, er ist hinter dir hergelaufen, und jetzt ist er tot, während du in … New York bist? Warum bist du in New York?«

»Sie glauben nicht, dass ich das getan habe.« Lionel war nicht sicher, ob das eine Aussage oder eine Frage war.

»Nein, natürlich nicht, aber du wirst verstehen, wie es aussieht. Sie würden ihre Arbeit nicht richtig machen, wenn sie nicht mit dir reden wollten. Ruf sie an und mach einen Termin für ein Verhör. Morty von der Rechtsabteilung wird auf der Polizeiwache zu dir stoßen. Mach einfach nur das, was er dir befiehlt, und sag kein Wort, wenn er es nicht vorher abgesegnet hat. Dann wirst du keine Schwierigkeiten haben.«

»Sie werden warten müssen. Ich habe gerade keine Zeit.«

»Ach ja. Warum bist du in New York?«

Die Sonne in seinem Rücken war untergegangen, und das Handy fühlte sich in seiner verschwitzen Hand glitschig an. Seine Gedanken wirbelten so schnell umher, das er sie nicht in Worte fassen konnte, und das, was er sagen wollte – in der Hauptsache die Wahrheit –, kam ihm nicht über die Lippen. Als er erstarrt war, waren die Gedanken zusammen mit ihm erstarrt und lagen nun in einem Scherbenhaufen vor seinen Füßen.

Ursprünglich hatte er vorgehabt, Brianna zu bitten, Nachforschungen über Regina Dunkles Geschäfte anzustellen. Aber alles, was er jetzt hörte, war Reginas Versprechen.

»Ich glaube daran, Geheimnisse zu bewahren. Und ich werde dafür sorgen, dass Ihre Geheimnisse bewahrt werden.«

Der Pakt, den sie miteinander geschlossen hatten, war einfach: Alles, was er tun musste, war nach New York zu fliegen, dieses Poe-Manuskript aufzuspüren und herauszufinden, ob es echt war oder ob jemand sie betrügen wollte. Alles, was Regina tun musste, war dafür zu sorgen, dass die Story des jungen Reporters nicht ans Licht der Öffentlichkeit kam.

Nun, die Story war jetzt genauso tot wie der Reporter selbst. Und all seine Beweise, einschließlich der alten und zerfledderten Ausgabe von *People*, in der Lionel die Titelgeschichte abgegeben hatte, waren verschwunden. Seine Geheimnisse waren gewahrt. So, wie sie es versprochen hatte.

Das war paranoid. Er wusste, dass es paranoid war. Regina war eine exzentrische Erbin mit einer literarischen Obsession und zu viel Zeit, aber sie war keine kaltblütige Mörderin. Der Zeitpunkt des Überfalls war natürlich verdächtig, aber sie hatte bloß angeboten, einige Telefonanrufe zu tätigen und ihren Einfluss geltend zu machen. Es war keine Rede davon gewesen, einen Auftragskiller auf diesen dummen, allzu eifrigen jungen Journalisten anzusetzen. Das entsprach nicht ihrer Abmachung. Er hätte einer solchen Tat nie zugestimmt, und da Regina so gut über ihn Bescheid wusste, wäre ihr das vollkommen klar gewesen.

Aber …

Er konnte nicht vollkommen ausschließen, dass die einsiedlerische Mrs. Dunkle nicht einfach nur eine Exzentrikerin war. Vielleicht war sie tatsächlich gefährlich. Und wenn sie es war, durfte er es nicht riskieren, Brianna in die Schusslinie zu bringen.

»Ich verfolge eine heiße Spur«, sagte er zu ihr. »Vielleicht ergibt sich nichts daraus, aber es könnte eine gute Story werden. Ich bin in ein paar Tagen zurück. In Ordnung?«

»Was für eine Spur? Wir haben nicht darüber gesprochen. Hey, Lionel! Ich lasse dir eine Menge Raum, aber du *weißt* noch, dass du für mich arbeitest, oder?«

»Ich weiß, ich weiß, aber … vertrau mir einfach, ja?« Lionels Schultern stießen gegen das Fenster der Halle. Er schloss die Augen. »Sobald ich zurück bin, setzen wir uns zusammen, ich koche dir in meiner Wohnung ein Abendessen und kaufe eine Flasche von diesem Riesling, den du so gern zum Dessert trinkst …«

»Versuch nicht einmal, mir Honig um den Mund zu schmieren!«

»… und wir führen ein langes Gespräch darüber. Und über viele andere Dinge. Da ist noch einiges, was … Es ist allmählich an der Zeit.«

Am anderen Ende herrschte Schweigen. Er lauschte dem schwachen Laut ihres Atems.

»Ja«, sagte Brianna schließlich. »In Ordnung. Zwei Tage. Ruf mich an, wenn du mich brauchst.«

Er brauchte sie. Aber er legte auf.

Lionel trat durch die zur Seite gleitenden Türen der Flughafenhalle ins Abendlicht. Eine Reihe gelber Taxis wartete am Bordstein, und er gab dem ersten Fahrer die Adresse seines Hotels. Während der Wagen sich in den Verkehr einreihte und die Auffahrt zur Interstate 278 nahm, stellte sich Lionel in Gedanken eine Liste zusammen. Vorrangig war das Einchecken im Hotel. Er brauchte einen Ort, den er als »Heimatbasis« bezeichnen konnte. Danach musste er sich einige Toilettenartikel und Kleidung für morgen besorgen. Hoffentlich war der Hotelportier in der Lage, ihm die richtigen Adressen zu nennen. Er war noch nie ohne Gepäck gereist und fühlte sich seltsam verloren. Er hatte nichts dabei als die Kleider an seinem Leib, nicht einmal ein Ladekabel für sein Handy. Richtig. Er betrachtete die wenigen verbliebenen Striche auf dem Display und fügte der Einkaufsliste in seinem Kopf einen weiteren Punkt hinzu.

Manhattan erhob sich in der Ferne. Es war nicht real. Lionel war zwar noch nie in New York gewesen, aber er hatte sein ganzes Leben damit verbracht, diese Stadt im Fernsehen und auf der Kinoleinwand anzusehen. Polizisten und Räuber, Romantiker und Träumer – acht Millionen Dramen am selben Ort. Das Taxi wich zur Seite und ließ einen Krankenwagen mit heulenden Sirenen vorbei, und einen Augenblick lang fragte sich Lionel, welcher Streifen hier wohl gerade gedreht wurde, bis er begriff, dass diese Ambulanz nicht zu einem Filmset gehörte.

Vielleicht bin ich derjenige, der nicht real ist, dachte er, *oder ich passe doch hier hinein. »Kühner Journalist fliegt durch das halbe Land auf der Suche nach einem historischen Rätsel.« Das könnte mehr als nur eine Sprosse auf meiner Karriereleiter sein. Wenn ich wirklich Glück habe, treffe ich ein süßes Traummädchen, das meine Welt in ihren Grundfesten erschüttert und mich lehrt, das Leben zu schätzen.*

Eine romantische Komödie war der bestmögliche Ausgang dieser Geschichte. Die Sonne versank glühend am Horizont, und die Umrisse der Hochhäuser wirkten im Zwielicht wie abgebrochene Granitzähne. Es fühlte sich an wie die ersten Bilder in einem Horrorfilm, einer von der Sorte, wo der Held am Ende stirbt. Er betrachtete es als Mahnung. Er mochte unzählige Filmvisionen von New York gesehen haben, aber er war noch nie wirklich hier gewesen. Er war ein Außenseiter, allein auf fremdem Boden.

Das Taxi geriet auf der Queensboro Bridge in einen Stau

und kroch im Schneckentempo über den East River. Auf der anderen Seite ging es wieder schneller voran, und Lionel sah Little Italy draußen vor seinem Fenster vorbeiziehen. Dann kam Lower Manhattan und schließlich Chelsea. Die Wolkenkratzer machten niedrigeren Sandsteingebäuden und alten Lagerhäusern mit Ziegelmauern Platz, die in Büros und Theater umgewandelt worden waren. Nun war der Himmel ganz dunkel geworden, sternenlos und von tiefstem Blau, und in der Stadt erglühten Millionen schimmernder Lichtpunkte. Sein Ziel lag an der Tenth Avenue, und er vergewisserte sich noch einmal der Adresse, als er das Taxi verließ. Das High-Line-Hotel sah aus wie ein kleines Schloss oder vielleicht auch wie ein ehrwürdiges College, in dem jedermann die passende Krawatte trug. Ein Wall aus verschlungenen Zäunen und Gebüsch umgab einen äußeren Garten und eine Terrassenbar wie ein Ring, eine Grenze für eine okkulte Zeremonie aus kaltem Eisen und Erde, durchbrochen nur von strengen Steinpfosten. Teelichter flackerten in Glasgefäßen auf einer Gruppe kleiner runder Tische vor der Außenbar. Ein Page kam herbeigelaufen und wollte den Kofferraum des Taxis öffnen.

»Kein Gepäck«, sagte Lionel und zuckte mit den Achseln. »Es ist eine lange Geschichte.«

Die Hotellobby hinter der Doppeltür erinnerte an ein Kaffeehaus oder an die Bar in einer Boutique. Reisende und Einheimische hatten sich untereinandergemischt, hockten auf bequemen Ledersofas und drängten sich um einen Tisch, der mit einer betagten Schreibmaschine dekoriert war. Dunkles Holz und warmes Licht – es war die Art von Ort, an dem sich früher einmal Norman Mailer oder William S. Burroughs aufgehalten haben mochten. Es gab keine Rezeption; der Page führte ihn zu einem kleinen Stand mit einem Computer, an dem eine Hotelangestellte seine Reservierung aufrief.

»Mr. Page«, sagte sie und tippte etwas in die Tastatur. »Ausgezeichnet. Ich sehe, Sie bleiben bei uns … für unbestimmte Zeit.«

»Höchstens zwei Tage.«

Sie schenkte ihm die Andeutung eines Lächelns. »Natürlich. Wir konnten Ihnen tatsächlich das Zimmer reservieren, um das Sie gebeten hatten – dritter Stock, Suite drei. Paolo wird Ihr Gepäck hinaufbringen.«

»Aber ich habe nicht …« Er verstummte. Reginas Assistentin musste eines ihrer Lieblingszimmer ausgewählt und für ihn reserviert haben. »Es war ein spontaner Entschluss. Ich habe kein Gepäck dabei.«

Sie deutete auf den Rollkoffer neben dem Tresen. Ein grauer Samsonite, makellos und fabrikneu.

»Ihr Gepäck ist vor zwanzig Minuten eingetroffen. Wir wurden gebeten, es aufzubewahren, bis Sie eintreffen.«

Paolo war ein hagerer, großer Mann, dessen gebräunte Wangen von einem Dreitagebart verdunkelt wurden. Er ging neben Lionel her, geleitete ihn zum Aufzug und öffnete diesen, indem er eine schimmernde schwarze Schlüsselkarte schwenkte.

»Sind Sie das erste Mal bei uns, Sir?«

»Ich bin das erste Mal in New York«, sagte Lionel, als der Aufzug erbebte.

Paolo grinste ihn mit gelben Zähnen an. »Willkommen! Unser Haus war am Ende des 19. Jahrhunderts ein kirchliches Seminargebäude. Die Ziegel, der Stuck, das alles wurde originalgetreu restauriert. Natürlich sind die Zimmer inzwischen weitaus komfortabler als damals. Wir verlangen von unseren Gästen keine mönchische Lebensweise.«

»Das ist gut zu hören«, sagte Lionel und sah zu, wie die aufleuchtenden Ziffern langsam zum dritten Stock hochkrochen.

Er zwang sich zu einem Kichern. »Ich bin eindeutig kein Priester. Muss man befürchten, einer Geisternonne zu begegnen?«

»Das hier ist New York, Sir. Alle Hotels werden von dem einen oder anderen Spuk heimgesucht. Man muss sich eines aussuchen, dessen Geist zu einem passt.«

Die Aufzugtür klingelte und öffnete sich rumpelnd. Die pechschwarze Tür zu seiner Suite befand sich unmittelbar rechts vom Aufzug. Beiläufig betrachtete Lionel die Bilder an den Wänden. Alte Drucke, Tierdarstellungen in verblassten, gedämpften Farben.

Als Paolo die Tür öffnete, sah Lionel noch einmal hin: Alle Tiere waren tot.

An den Bildern war nichts ekelhaft oder schockierend; kein Tropfen Blut war zu sehen, aber die Tiere lebten allesamt nicht mehr. Eine Kreidezeichnung zeigte ein Kaninchenpaar, auf dessen Rücken zwei Vögel hockten. Sie hatten die Augen geschlossen – eine frische Jagdbeute. Auf einem anderen Bild war ein Fasan mit ausgebreiteten Flügeln zu sehen, der den Hals im ewigen Schlaf gebeugt hatte.

»Ihr Zimmer, Sir«, sagte Paolo. Mit einer weit ausholenden Armbewegung bat er Lionel einzutreten.

Seine Suite war mit warm wirkendem Holz getäfelt; antike türkische Teppiche schmückten den Boden vor dem dunklen Eisenkamin. Ein Telefon mit Wählscheibe im Stil der Zwanzigerjahre zierte den Nachttisch. Auf der anderen Seite des Zimmers befand sich unter einem an der Wand befestigten Fernseher – dem einzigen Zugeständnis an die moderne Zeit – ein Schreibtisch mit Papier, Stiften und einem großen bronzenen Prägestempel. Bücher standen auf dem Kaminsims – eine abseitige Mischung aus Philosophie, Psychologie und Astrologie. Paolo folgte seinem Blick.

»Jedes dieser Bücher stammt aus der persönlichen Bibliothek von Ingo Swann«, sagte er. »Er war ein bekannter Hellseher und UFO-Forscher.«

»Eindeutig nicht das Hilton«, murmelte Lionel in sich hinein und suchte in seiner Brieftasche nach etwas Kleingeld. Er schickte Paolo mit einem Trinkgeld weg und stand nun allein in der kühlen, sauberen Stille seiner Suite. Das Gepäck hockte neben dem Bett wie ein Springteufel, der nur darauf wartete, dass Lionel den Verschluss betätigte – oder den Reißverschluss aufzog –, damit das, was darin wartete, ihn anspringen konnte.

Sechs

Behutsam legte Lionel den Koffer auf die geblümte Bettdecke. Er war so schwer, wie es für eine längere Reise üblich war. Lionel hielt die Luft an, zog an dem Reißverschluss und klappte den glatten grauen Deckel zurück.

Sauber gefaltete Kleidung in neutralen Farben wartete darin, Button-down-Hemden und bequeme Hosen in Braun und Grau, fest eingerollte Socken und sogar ein Paar brandneue italienische Schuhe. Sie hatten die Größe 9 ½, während er eigentlich 9 trug, und waren teurer als alles, was er sich üblicherweise von seinem Reportergehalt kaufen konnte. In einem kalbsledernen Toilettenbeutel fand er eine Reisezahnbürste, Zahnpasta, ein Deodorant, einen Kamm, einen noch eingepackten Einwegrasierer sowie eine winzige Flasche mit Mundspülung. Zwei Handyladekabel steckten in einer Seitentasche des Koffers – eines für ein iPhone, ein anderes für ein Android-Modell.

Seine Finger ertasteten die Lasche eines weißen Briefumschlags. Er bestand aus schwerem, teurem Papier und war mit einem Monogramm verziert: *R. D.* Lionel riss ihn auf, und eine Kreditkarte fiel ihm in die Hand. Eine handschriftliche Notiz begleitete sie.

»Lieber Lionel,
ich hoffe, Sie vergeben mir die Anmaßung, für Sie eingekauft zu haben. Ich glaube, dies wird Ihnen einige Zeit sparen, sobald Sie

wieder festen Boden unter den Füßen haben. Ich musste Ihre Größe schätzen, aber ich habe ein recht gutes Auge für solche Dinge.
Ich hoffe auch, dass die Unterbringung nach Ihrem Geschmack ist. Mir gefallen das High-Line-Hotel im Besonderen und Chelsea im Allgemeinen sehr gut, aber meine Wahl folgt auch einem bestimmten Zweck. Julian Whitcombe, mein Kontaktmann in New York, hat seinen Laden in Hell's Kitchen, nördlich von Ihrem gegenwärtigen Aufenthaltsort. Bitte benutzen Sie die beigefügte Kreditkarte für Ihre Auslagen. Meine Assistentin wird das Konto im Auge behalten und es auffüllen, wenn es nötig sein sollte. Von nun an bestimmen Sie selbst über Ihre Handlungen.
Mit den besten Grüßen
Ihre Regina

»*Meine* Regina«, murmelte Lionel und lächelte schwach. Er drehte die Kreditkarte zwischen den Fingern, bevor er sie zusammen mit dem Brief wegsteckte. »Was für ein vertrauter Ton.«

Er warf einen Blick auf sein Handy. Die Taxifahrt vom Flughafen LaGuardia bis hierher hatte fast eine Stunde gedauert, und es war schon kurz vor zehn Uhr abends. Whitcombes Geschäft würde bestimmt nicht mehr geöffnet sein. Er würde es für heute gut sein lassen und sich gleich morgen früh auf den Weg machen. Vorausgesetzt, er würde schlafen können. Sein Instinkt sagte ihm, dass da draußen eine Story wartete, und er fühlte sich wie ein Kind in der Nacht vor Weihnachten: hellwach und in nervöser Erwartung der Morgendämmerung, in der er endlich zum Weihnachtsbaum rennen und die Geschenke auspacken konnte.

Ihm knurrte der Magen. Er beäugte die Minibar. Sie war gut bestückt, aber auch wenn er eigentlich mit einer kleinen Tüte

Chips und einer winzigen Flasche Gin auskäme – er hatte auf seinen Reisen und manchmal auch zu Hause schon schlechtere Mahlzeiten zu sich genommen –, waren seine Füße doch so ungeduldig, dass er sie nicht stillhalten konnte. Also fuhr er mit dem Aufzug nach unten, bahnte sich einen Weg durch die quirlige Lobby und betrat die Straßen von New York.

Um zehn Uhr abends ging es in Chelsea noch immer sehr geschäftig zu; es war so elektrisierend wie die Lichter, die gegen den Hitzedunst über ihm ankämpften. Die Luft war abgekühlt, und eine Andeutung von Sommernebel hatte sich hineingemischt. Lionel beobachtete den endlosen Verkehr, der die Tenth Avenue hinunterrollte. Er hatte kein besonderes Ziel, und so ging er einfach los und lieferte sich der Stadt aus.

Sie belohnte sein Vertrauen, indem sie ihm die blassen Lichter hinter den Fenstern eines einfachen Restaurants zeigte, das die ganze Nacht Betrieb hatte. Die Chromfassade war im modernen Retrostil gehalten; es war die heutige Vorstellung eines Burgerimbisses aus den Fünfzigerjahren, und die nach außen dringenden Düfte nach Spiegeleiern und schwarzem Pfeffer zogen ihn wie an einer Leine durch die Tür. Die Kellnerin führte ihn an eine Stelle in der Mitte der Theke, wo der einzige freie Stuhl in einer langen Reihe später Gäste stand. Lionel betrachtete die laminierte Menükarte. Auch das Dekor ahmte die Fünfziger nach, aber die Küche war hipstermodern: Omeletts mit exotischen Gewürzen und Boursin-Käse, Avocadotoast mit Koriander und Lachs, kalte Minzsuppe und ein Dutzend verschiedener Quinoagerichte. Lionel entschied sich für eine Tasse Kaffee und eine Krabbenrolle.

Von der anderen Seite der Theke aus stellte die Kellnerin seine Tasse nebst Untertasse rechts neben seine gewebte Platzdecke. Lionel griff im selben Moment nach der Tasse wie seine Sitznachbarin, eine Frau in den Zwanzigern, die einen begräbnisschwarzen Hosenanzug trug. Ihre Finger wanden sich aus verschiedenen Richtungen um den Henkel, berührten einander, und einige Tropfen des dampfenden Kaffees schwappten über den Rand der Tasse, als beide rasch ihre Finger zurückzogen.

»Entschuldigung«, sagte Lionel und spürte, wie ihm das Blut in die Wangen stieg. »War das Ihre …?«

Sie wirkte so verlegen, wie er sich fühlte, machte große Augen und errötete langsam. »Oh, nein, ich meine, vielleicht doch? Ich weiß nicht …«

»Es ist meine Schuld«, sagte er. »Ich hatte geglaubt, es sei mein Kaffee.«

Sie warf zuerst einen Blick auf die Tasse und dann auf ihn. Die junge Frau wirkte wie eine klassische Statue, die lebendig geworden war. Ihre Wangenknochen waren hoch und wie aus Marmor gemeißelt, ihr Haar eine Welle aus hellem Rot, das wie ein Farbblitz über der blassen Haut und der eng geschnittenen schwarzen Kleidung wirkte. Sie legte die Hand auf die Theke. Die manikürten Nägel hatten die Farbe von gebrannter Umbra. Mit gespreizten Fingern maß sie den Raum zwischen den Platzdecken. Der Kaffee befand sich genau in der Mitte.

»Es ist mit Sicherheit ein *Kaffee*«, sagte sie und beugte sich neugierig vor. »Ich weiß nicht, ob wir noch eine weitere Aussage darüber treffen können.«

»Es ist Schrödingers Kaffee«, meinte Lionel. »Bis einer von uns beiden ihn trinkt, gehört er wissenschaftlich gesehen uns beiden. Aber nehmen Sie ihn bitte; ich glaube, Sie haben vor mir bestellt.«

Die Kellnerin kam herbei und beendete das Patt, indem sie eine zweite Tasse Kaffee neben die erste stellte. Beide standen auf der Grenze. Seine Platznachbarin nahm sich die eine, Lionel zog die andere an sich heran, und gemeinsam hoben sie die Tassen.

»Und so endete der grausame Kaffeekrieg des Jahres 2018«, sagte die junge Frau. »Jetzt sind wir wahre Kaffeekameraden.«

»Auf die frisch vereinten Kaffeekameraden«, sagte Lionel mit einem Lächeln. »Ich sollte das nicht tun. Das Letzte, was ich brauche, ist noch mehr Treibstoff in meinem Tank, aber ... es ist eine berufliche Angewohnheit.«

»Sie stammen nicht von hier«, sagte sie und betrachtete ihn eingehend. »Sie sind kein Fernfahrer, kein Pilot, aber Sie haben dieses etwas zerknitterte Aussehen, das mir verrät, dass Sie viel reisen. Ich vermute, Sie sind aus ... aus dem Mittleren Westen. Vielleicht aus Chicago.«

Lionel hob die Brauen. »Und wie haben Sie das herausgefunden?«

»Hauptsächlich durch Ihren Akzent.«

»Jeder hier klingt genauso wie bei mir zu Hause«, sagte Lionel. »Es ist mein erster Besuch in New York, und ich bin noch keiner einzigen Person begegnet, die den klischeehaften Brooklynakzent gehabt hätte.«

»Sie klingen ebenfalls nicht wie ein typischer Chicagoer. Nicht ohne Grund sagt man Klischee dazu.« Sie zupfte sich am linken Ohrläppchen. »Der übliche Akzent des Mittelwestens ähnelt dem üblichen nordöstlichen. Beide fallen unter das, was man allgemein als den amerikanischen Akzent bezeichnet. Unsere Ohren nehmen ihn als neutral wahr, aber es gibt feine Unterschiede, wenn man genau darauf achtet. Die Vokale werden ein wenig anders ausgesprochen – etwas kürzer und offener.«

»Also gut«, sagte Lionel, »nun bin ich mit dem Raten an der

Reihe. Sie sind … Schauspielerin. Und da das hier New York ist, sind Sie bestimmt Theaterschauspielerin.«

Die Kellnerin kam mit den Speisen herbei. Lionels dicke Krabbenrolle kuschelte sich an einen Haufen dick geschnittener Pommes frites. Seine Platznachbarin hatte sich einen Salat bestellt, garniert mit Kirschtomaten und Blauschimmelkäse. Belustigt zwinkerte sie ihm zu.

»Warum vermuten Sie das?«

»Mit diesen linguistischen Kenntnissen sind Sie entweder Schauspielerin oder Professorin …«

Sie schwenkte ihr Besteck. »Wenn Sie gerade so etwas sagen wollten wie: ›Aber Sie sind zu hübsch für eine Akademikerin‹, dann werde ich Sie mit dieser Gabel erstechen. Seien Sie also vorgewarnt.«

»Nein, keineswegs. Ich meine, Sie *sind* hübsch, aber …« Er hielt inne. »Ich reite mich gerade immer tiefer in den Schlamassel, nicht wahr?«

»Machen Sie ruhig weiter. Ich finde das ziemlich lustig.«

Er schüttelte den Kopf, lächelte müde und begann von Neuem. »Ich wollte sagen, dass die Schauspielerei ein Beruf mit seltsamen Arbeitszeiten ist. Das akademische Leben ist stärker strukturiert.«

»Und?«

Lionel deutete mit dem Kopf auf ihre Tasse. »Und Sie sitzen an einem Donnerstagabend um elf Uhr in einem Imbiss und trinken Kaffee. Sie werden wohl kaum morgen früh um fünf Uhr aufstehen und sich auf Ihre Vorlesung vorbereiten. Und dann ist da noch Ihre Kleidung. Nicht von der Stange, sondern maßgeschneidert. Eher ein Geschäftsanzug als lässige Ausgehmode, aber vielseitig tragbar. Sie sind so angezogen, dass Sie damit überallhin gehen und alles tun können und dabei so gut wie möglich aussehen. Das weist darauf hin, dass Sie entweder von der Arbeit kommen oder zur Arbeit gehen.«

Er wusste nicht, ob sie davon beeindruckt war oder nur so tat. »Sie haben ein Auge für Details.«

»Das ist *mein* Job.«

»Ich will es noch etwas weiter treiben«, sagte sie. »Sie sind weit weg von Ihrem Zuhause, aber daran sind Sie gewöhnt. Sie arbeiten ebenfalls nicht von neun bis fünf. Ihr Erscheinungsbild ist Ihnen wichtig, aber Sie tragen Kleidung, die Sie beweglich macht und mit der Sie in der Menge untergehen. Sie wollen sehen, aber nicht gesehen werden. Ein wenig auf der zerzausten Seite …«

»Vielen Dank!«

Sie grinste und hob den Finger. »Lassen Sie mich ausreden. Es ist ein klassischer Knitterlook, wie Bogart mit Schlapphut, bevor Schlapphüte etwas für Trottel wurden. Sie sehen aus wie ein Privatdetektiv.«

»Ich bin aber kein Privatdetektiv.«

»Nein. Sie sind eher so etwas wie ein öffentlicher Detektiv.« Sie zeigte mit ihrer Gabel auf ihn, dann spießte sie ein Salatblatt auf. »Sie sind ein Autor. Ein Journalist. Ein … Wortarchitekt. Sie sind ein Reiseschriftsteller, und Sie sind hier, weil Sie einen Auftrag erledigen müssen.«

Er musste grinsen. »Sie kommen der Wahrheit verdammt nahe. Sie sind wirklich gut darin.«

»Das sagt mir jeder.«

»Ich heiße übrigens Lionel.«

»Maddie.«

»Eine Abkürzung für Madison?«

Sie kicherte in ihren Kaffee hinein und nahm einen weiteren Schluck. »Nicht einmal meine Mutter nennt mich so. Namen sind wichtig. Wissen Sie, was Lionel bedeutet?«

»Ich habe immer geglaubt, ich sei nach einer Eisenbahn benannt worden.«

»Es bedeutet ›junger Löwe‹.«

»Das haben Sie gerade erfunden.«

Maddie lachte. »Nein, ehrlich. Das ist die Bedeutung Ihres Namens. Sie sollten mir vertrauen – ich habe eine Menge Bücher gelesen.«

»Ich vertraue Leuten, die Bücher lesen, immer«, sagte Lionel. »Und was bedeutet Ihr Name?«

Sie wickelte sich eine Locke ihres rötlichen Haares um den Finger und schaute hoch zur Decke.

»Madison ist abgeleitet von Matthäus, und das bedeutet ›Geschenk Gottes‹.«

»Das ist eine hohe Anforderung.«

»Nein«, sagte Maddie. »Das habe ich gerade erfunden. In Wirklichkeit ist es ein völlig sinnloser Name. Er war sehr selten, bis … bis zum Jahr 1983? Oder 1984? Als *Splash* herauskam.«

»Der Nixenfilm?«

»Ja, der Nixenfilm mit Tom Hanks. Erinnern Sie sich noch daran? Daryl Hannah wandert in New York herum, sieht ein Straßenschild mit der Aufschrift ›Madison Avenue‹ und beschließt, dass ihr Name fortan Madison sein soll. Und danach – rumms. Eine ganze Schar von Baby-Madisons. Ich wurde nach einer Nixe benannt.«

»Verwandeln Sie sich im Wasser?«

»Ich verwandle mich im *Kaffee*.« Sie sah auf ihr schmales Handy, das in einem goldroten Gehäuse steckte. »Mein Taxi ist schon da. Zu früh. Toll. Oder eher nicht. Ich muss gehen.«

Er hob seine Tasse. »Es war nett, Sie kennenzulernen, Maddie.«

Sie glitt von ihrem Stuhl, warf ein paar zerknitterte Banknoten auf die Theke und huschte zur Tür. Dabei winkte sie ihm noch einmal zu. »Es war nett, Ihnen zu begegnen, Mr. Wortarchitekt Löwe. Bis irgendwann demnächst.«

Als ihm klar wurde, dass sie keine Telefonnummern ausgetauscht hatten, war sie bereits verschwunden. Lionel schüttelte den Kopf, biss in seine Krabbenrolle und seufzte. Eine flüchtige Begegnung, schon wieder vorbei.

Es wird also keine romantische Komödie, dachte er. *Wenigstens ist es kein Horrorfilm.*

Sieben

Hinter der schwarzen Tür seiner Suite warf sich Lionel im schattigen Zwielicht unter einem Berg von Decken herum. Unvertraute Geräusche drangen von der Straße durch das Fenster, und fremde Gerüche – ein Duft nach sauberem Leinen und altem, leicht muffigem Pergament – umgaben ihn auf beiden Seiten des Kissens. Immer wieder versank er in seinen unruhigen Träumen, immer wieder wachte er mit einem Ruck auf.

Als er schließlich fest eingeschlafen war, befand er sich am letzten Ort der Welt, an dem er sein wollte.

Er war wieder fünf Jahre alt, in einem anderen unvertrauten Zimmer, in einem anderen unvertrauten Bett. Er lag auf einer Armeepritsche, und die Laken waren zu dünn. Die Herbstluft roch schwach nach Kiefernzapfen und verwehtem Weihrauch. Er stand auf, stapfte in Socken und *Star-Wars*-Schlafanzug über die knarrenden Bodendielen, ein kleiner Schatten in der Dunkelheit, und folgte dem Klang der Stimmen draußen auf der Veranda. Ein Plastikfeuerzeug klickte, und der beißende Gestank von billigem Tabak trieb durch die schäbige Fliegengittertür.

»… muss sie wegschicken«, sagte eine Frau. Ihre schattenhaften Umrisse nahmen einen Zug von der Zigarette.

»Wir müssen nichts dergleichen tun«, erwiderte eine ältere Frau. »Sheila und ihr Junge brauchen unsere Hilfe …«

»*Junge*, Martha. *Junge*. Das ist der springende Punkt. Diese Ranch ist ein Schutzraum für *Frauen*.«

»Und für ihre Familien.«

»Und für ihre *Töchter*.«

»Du bist zu streng«, fuhr Martha sie an. »Er ist ein unschuldiges Kind. Er ist nicht wie sein Vater, und er ist nicht wie dein Ex-Mann …«

»Nicht«, sagte die andere Frau. »Sprich das nicht an.«

»Das hier soll ein sicherer Ort für Menschen sein, die Hilfe brauchen. Sheila und Lionel sind genau die Art von Leuten, die von uns Unterstützung bekommen sollten. Was sagt es wohl über *uns* aus, wenn wir sie abweisen, nur weil Lionel mit den falschen Chromosomen geboren wurde?«

Die Frau mit der Zigarette nahm einen weiteren Zug und atmete ein Rauchfähnchen aus, das an einen erschöpften Drachen erinnerte. »Und was ist mit Sheila?«

»Was soll mit ihr sein?«

»Sie ist keine von uns.«

»Natürlich ist sie das«, gab Martha zurück. »Sie weiß mehr über die Kunst als die Hälfte der sogenannten Ältesten auf dieser Ranch zusammengenommen.«

Lionel hockte in der Dunkelheit hinter der Fliegengittertür, beobachtete und lauschte. Die Frau mit der Zigarette lehnte den Kopf gegen die Hauswand.

»Wenn es niemandem schadet«, zitierte sie, »dann tu, was du willst. Das ist unser Gesetz.«

»Was soll das heißen?«

»Sie ist heute Morgen in den Wald gegangen. Wren hat sie zurückkommen sehen. Sie hatte Blut an den Händen, Martha. Und es war nicht ihr eigenes. Wren hat sie gefragt, was sie da draußen gemacht hat. Sie sagte: ›Ich habe uns beschützt.‹ Kein weiteres Wort war aus ihr herauszukriegen.«

»Ich bin sicher, dass es dafür eine vernünftige Erklärung gibt.«

»Natürlich gibt es die. Tiere. *Blutopfer*. Sie ist keine von uns. Vielleicht ist sie so etwas wie eine Satanistin oder …«

»Du solltest Beweise haben, bevor du anfängst, mit solchen Anschuldigungen um dich zu werfen.«

Die Frau schnippte ihre Zigarette auf die verwitterten Dielen der Veranda und trat sie mit dem Absatz aus.

»Ich glaube an das Gesetz des Dreifachen«, sagte sie. »Was du in das Universum hineinwirfst, kommt wieder heraus, und zwar dreimal stärker. Und was immer Sheila tut, sie lädt die Finsternis zu uns ein. Du musst sie loswerden, oder wir alle werden dafür büßen.«

Das Bild zuckte und verbrannte, als wäre es auf Pyropapier gedruckt worden und verginge nun in einem Funkenregen. Lionel hatte das Gefühl einer schwindelerregenden Bewegung, als führe er mit einer Augenbinde Achterbahn und schösse mit hundert Kilometer in der Stunde durch den Looping. Knisternde Flammen und das Rasseln von Eisenketten klangen ihm in den Ohren. Und ein Chor aus Schreien. Er spürte, wie Marthas leberfleckige Hände, sehr kräftig für ihr Alter, ihn hochhoben und auf ein winziges schwarzes Loch im Herzen des Feuers zuschoben. Es war ein Abgrund, unberührt von dem endlosen Funkenregen.

»… musst laufen«, flüsterte sie. »Ich verspreche dir, dass wir dicht hinter dir sind. Was immer du auch tust, schau nicht zurück und *hör nicht auf zu laufen*.«

Dann hastete er durch einen kräftigen Regen, sein Pyjama war mit Eiswasser durchtränkt, Schlamm und Gras klebten an den Sohlen seiner nackten Füße. Er sprang auf eine ungeteerte Straße und kam zum Stehen, als Scheinwerfer ihn erfassten und die Hupe eines Lastwagens dröhnte; sie war lauter als der Sturm.

Ruckartig erwachte Lionel. Sein nackter Körper hatte

sich in den zerwühlten Laken verfangen; der Stoff war mit Schweiß durchtränkt, der so kalt war wie die Erinnerung an den Regen. Er lag vollkommen bewegungslos da und starrte hoch zur Decke. Das Morgenlicht wand sich um die Ränder der Vorhänge und tauchte sein Zimmer in ein nebliges bernsteinfarbenes Glimmen.

Er befreite sich von den Laken und schlurfte zum Badezimmer. Der Boden war ein Mosaik aus schwarzen und weißen Fliesen und fühlte sich glatt und kühl unter seinen Füßen an. Er drehte die Dusche auf, so heiß wie möglich. Lionel stand eine Weile reglos unter dem Strahl und ließ das Wasser seine Arbeit tun. Es wusch den Schweiß und die Erinnerungen ab.

»Poe-Manuskript-Recherche«, sagte Lionel zu dem Badezimmerspiegel. »Hintergrundnotizen.«

Sein Handy lag auf dem Rand eines weißen Porzellanbeckens im Stil der Vierzigerjahre, die Sprachaufzeichnung war aktiviert und behielt jedes seiner Worte, während er sich eine Handvoll hellgrünen Rasierschaums auf die morgendlichen Bartstoppeln schmierte. Er dachte laut nach, während er sich rasierte. Jeder Strich der frischen Klinge zog eine saubere Spur über seine Wangen und drängte die Nacht weiter zurück.

»Julian Whitcombe ist ein örtlicher Händler für wertvolle alte Bücher. Er hat eine lange Beziehung zu der Primärquelle; die Primärquelle sagt, sie kennt ihn schon seit mehr als zwanzig Jahren, und er hat sich nie als unzuverlässig erwiesen. Er beobachtet den Markt in New York, und wenn etwas auftaucht, das der Primärquelle gefallen könnte, streckt er seine Fühler für sie aus. Die Primär…«

Lionel verstummte, hatte sich in seinen Gedanken verloren. Er wusch den Rasierer unter einem Strom warmen Wassers ab und legte ihn auf das Porzellan, während Schaum und Bartstoppeln durch den Abfluss wirbelten. Er wollte Regina Dunkles Namen nicht einmal in der Aufnahme nennen. Dazu hatte er keinen besonderen Grund; es war nur ein undeutliches Gefühl tief in seinem Inneren, das ihm dies verbot.

»Ich habe nur oberflächliche Hintergrundinformationen über die Primärquelle einholen können.« Er drehte sein Gesicht dem Spiegel zu und fuhr mit der Klinge auf der anderen Wange entlang. »Sie hinterlässt nicht die geringsten Spuren im Internet. Zumindest nicht unter dem Namen, den sie mir genannt hat. Sobald ich zurück in Chicago bin, werde ich im Grundbuch unter ihrer Adresse in Lincoln Park nachsehen; mal schauen, was sich daraus ergibt. Aber erst einmal muss ich meinen Blick ausschließlich auf das Ziel richten. Angriffsplan: Whitcombe befragen, gute Zitate für die Story bekommen – vorausgesetzt, es wird eine Story geben, was noch offen ist – und Einzelheiten über das Manuskript herausfinden. Anscheinend befindet es sich nicht in seinem Besitz, aber er weiß, wer es hat, und der oder die Eigentümer sind vielleicht nicht damit einverstanden, es überprüfen zu lassen. Wenn nicht, könnte das Ganze sehr schwierig werden. Ich kann nichts unternehmen, bevor ich nicht die Fakten von Whitcombe erfahren habe. Also los, auf geht's.«

Er spritzte sich Wasser auf die Wangen und griff nach der Zahnbürste.

»Erinnerung für mich selbst«, fügte er hinzu. »Heute Nachmittag Brianna anrufen und hören, wie die Dinge zu Hause stehen.«

Er musste daran denken, dass die Polizei ihn befragen wollte. Und er dachte an den toten jungen Reporter in der Seitengasse. Der Schatten des Traumes aus der letzten Nacht kam an den Rand seines Blickfeldes gekrochen und erstickte das Morgenlicht.

»Zweite Erinnerung für mich selbst.« Er seufzte sein Spiegelbild an. »Ich brauche Kaffee.«

Er fand ihn – französische Röstung, schwarz wie die Mitternacht – nur einen Block von seinem Hotel entfernt in einem Restaurant namens *Cookshop*. Das Frühstück dort war ein Anblick voller Schönheit: Rührei, Speck, italienische Wurst, ein Klecks cremiger, kräftiger Hafergrütze und ein Buttermilchbiskuit von der Größe seiner Faust. Die Stadt war bereits erwacht – falls sie überhaupt je schlief –, und Lionel tat es ihr allmählich gleich. Als er wieder auf den Bürgersteig trat, war er gestärkt und klar zum Gefecht. Er hob den Arm und hielt ein vorbeifahrendes Taxi an.

Es gab dem Fahrer eine Adresse – Fifty-Fifth Street West, eine Nebenstraße der Ninth Avenue – und erhielt nur eine kurze, beiläufige Antwort. Der fehlende Widerwille des Fahrers überraschte ihn, bis sie dem Ziel näher kamen und in Hell's Kitchen einfuhren. Auf der Straße ging es überaus geschäftig zu; abgerissene Gestalten in schlabbrigen Hosen drängten sich neben Männern in teuren Anzügen und Modepüppchen; Regenbogenfahnen hingen von den Laternen an den Straßenecken. Plakate umgaben eine Baustelle und zeigten einen neuen, luxuriösen Wolkenkratzer.

»Hollywood hat mich vollkommen belogen«, murmelte Lionel hinter seinem Wagenfenster.

Der Fahrer gluckste kehlig. »Sie haben etwas wie aus *Daredevil* erwartet, nicht wahr? Räuber und Schießereien?«

»Ja, so ungefähr.«

Sie steckten in einem Stau, da ein Zementmischer die Straße blockierte, und kamen nur noch im Schneckentempo voran.

»Nee«, meinte der Fahrer. »Wir sind nicht mehr in den Sechzigern. Oder in den Achtzigern. Mein alter Herr war auch

Taxifahrer, und zu seiner Zeit hätte er Sie für kein Geld in der Welt hierhergebracht. Aber heute schießen überall Luxuswohnungen aus dem Boden.«

Lionel reckte den Hals und versuchte, an dem Zementmischer vorbeizusehen. »Geht es an den Baustellen immer so chaotisch zu?«

»Die ganze Stadt ist eine Baustelle. Nach oben und nach vorn, mein Freund. Aber …« Er beugte sich vor und hupte zweimal scharf. »Keine Ahnung, was dieser Betonkopf da vorn macht, und wir sind nur noch einen Block von Ihrer Adresse entfernt. Wenn Sie hier aussteigen und den Rest zu Fuß gehen, können Sie ein wenig Zeit sparen.«

Lionel folgte seinem Rat. Er zog Reginas Kreditkarte durch das Lesegerät vor dem Rücksitz, gab ein großzügiges Trinkgeld in bar und reihte sich ein in die Flut der Fußgänger. In New York zu Fuß zu gehen fühlte sich genauso an wie in Chicago, so unterschiedlich die beiden Städte sonst auch sein mochten. Man musste aufmerksam sein, schnell gehen und den Touristen ausweichen. An der Straßenecke verließ er den Fluss der Passanten, blieb stehen und beschirmte die Augen mit der Hand vor dem grellen Morgenlicht. Er sah sein Ziel auf der anderen Seite der Straße, eingezwängt zwischen einem Tätowierer und einem Mobilfunkladen. In abblätternder Goldfarbe stand auf einer Mahagonitafel *Die Welt der Bücher*, und im Schaufenster darunter lagen zahlreiche Bände in verblassten Schutzumschlägen.

Eine Messingglocke schlug an, als er durch die Tür trat. In dem Laden war es kühl und roch muffig, und der Lärm der quirligen Straße blieb auf der anderen Seite des staubigen Fensters. Mannshohe Regale standen diagonal zueinander und erschufen winkelige Gänge auf dem blassen Holzboden. Die Bücher auf den Regalbrettern wirkten nicht so, als seien sie in einer bestimmten Ordnung aufgestellt worden, sondern eher wie wild wachsendes Unkraut, das den Raum planlos überwucherte. Erstausgaben der Werke von Hemingway standen neben Kochbüchern aus den Siebzigerjahren und alten Taschenbuchkrimis. Lionel hockte sich vor eines der Regale, und sein Blick glitt über die zusammengewürfelten Bücher in vergilbten Schutzumschlägen.

»Wie soll hier jemand etwas finden?«, murmelte er in sich hinein.

Von der anderen Seite des Regals erhielt er eine Antwort. Die Stimme klang so, als drückte sich Luft durch ein gesplissenes Schilfrohr.

»Meiner Meinung nach ist ›das Buch finden, das man sucht‹, eine völlig überschätzte Vorstellung«, erwiderte der Mann. »Es ist weitaus besser, herumzustöbern und sich von dem Buch, das man braucht, finden zu lassen.«

Ein Kratzen ertönte hinter dem Regal, dann ein leises Rascheln wie von Schmirgelpapier und schließlich ein dumpfer Knall. Ein weiteres Zischen, ein weiterer Knall, dann hatte der Antiquar das Regal umrundet und begrüßte Lionel von Angesicht zu Angesicht.

Acht

Julian Whitcombes Gesicht war zu drei Vierteln unter einer Gummimaske verborgen. Das Gummi war annähernd fleischfarben und klebte fest an seinem etwas schiefen Schädel. Das eine Auge – das echte – war braun und saß über einem eingesunkenen, von Narben zerfurchten Wangenknochen. Das andere Auge war himmelblau und nur eine Murmel aus billigem Glas. Das dunkle Haar war lang, links gescheitelt und fiel ihm wie ein Wasserfall auf die Gummiseite seines Gesichts.

Er trug ein Jackett mit langen Ärmeln, das wie ein umbrafarbener Labormantel wirkte und ihm bis über die Knie reichte, wodurch es seinen ganzen Körper einhüllte. Dennoch war der Schaden, den dieser erlitten hatte, deutlich zu sehen. Whitcombe stützte sich auf eine Krücke. Sein Körper war gebeugt; beide Beine waren durch wacklige Prothesen ersetzt. Die eine Hand glich einer Krebsschere und bestand aus schwarzem Plastik. Ein lederner Autofahrerhandschuh bedeckte die andere Hand, einige Finger des Handschuhs hingen leer und schlaff herunter. Er begrüßte Lionel mit der schmerzvollen Grimasse eines Lächelns; es wirkte, als stellte dieser einfache Akt für ihn eine ungeheure Anstrengung dar.

»Mr. Whitcombe?«, fragte Lionel, der sich nicht sicher war, was er von diesem Mann halten sollte.

»Höchstpersönlich«, erwiderte der und stieß ein schwaches, fiependes Kichern aus. »Hat Ihr Buch Sie schon gefunden?«

»Mir geht es eher um Kurzgeschichten. Ich heiße Lionel Page. Regina Dunkle hat mich zu Ihnen geschickt.«

Whitecombe nickte ruckartig. »Mmpf. Das hatte ich mir gedacht. Sie sehen so aus. Bin froh, dass sie Sie geschickt hat und nicht … die andere Person.«

Er drehte sich um und schlurfte zu dem langen, niedrigen Schreibtisch im hinteren Teil des Ladens. Er stellte die Krücke und das linke Bein nach vorn, zog das rechte langsam hinterher, und der leere Schuh hinkte nach.

Lionel folgte ihm. »Die andere?«

»O ja. Ja. Mrs. Dunkle schickt unterschiedliche Leute, wenn sie glücklich ist. Wenn sie nicht glücklich ist, schickt sie immer nur die eine Person. Das ist niemand, den Sie kennenlernen möchten.«

»Was wissen Sie über Regina?«

Whitecombe umrundete den Schreibtisch. Er stützte sich darauf, beugte den Kopf vor und schloss das gute Auge, während das Glasauge weit offen blieb und blicklos in die Gegend starrte. Er holte tief Luft.

»Sie ist eine sehr treue Kundin.«

»Und sonst?«, meinte Lionel. »Sie kennen sie offenbar besser als ich. Was können Sie mir über sie sagen?«

Ein weiteres grimassenhaftes Lächeln. Dann biss Whitecombe die Zähne zusammen und warf ein schweres, in Leder gebundenes Auftragsbuch auf den Schreibtisch. Es fiel auf das faserige Holz und gab eine Staubwolke von sich. Er öffnete es mit der behandschuhten Hand und blätterte die großen grünen Seiten durch.

»Ich beschäftige mich gerade mit Ihrem Buch, Mr. Page. Ich habe es etwa zur Hälfte gelesen. Bisher ist es ziemlich interessant. Sie haben ein Talent für das geschriebene Wort.«

Ablenkung und eine Schmeichelei für mein Ego, dachte Lionel. *Verdammt, dieser Knabe ist gut*. Er überging den Themenwechsel.

»Ich vermute, Regina hat Ihnen gesagt, wonach ich suche?«, fragte er.

Ein leerer Finger von Whitecombes Handschuh glitt die Seite hinunter und zog die Hand mit sich wie eine tote Schnecke aus glänzendem schwarzem Leder.

»Das hat sie«, sagte er, »und Sie haben eine Arbeit erhalten, die genau auf Sie zugeschnitten ist. Das Poe-Manuskript befindet sich in den Händen eines gewissen Mr. Raymond Barton. Es war mir unmöglich herauszufinden, wo er es erworben hat, jedenfalls ist es an einem seltsamen Ort aufgetaucht. Er ist kein Liebhaber alter Bücher und in der Sammlergemeinschaft nicht aktiv. Er ist von Beruf … *Filmemacher*.«

Lionel entging nicht die doppelte Ladung Gift, von der dieses Wort troff. »Mögen Sie keine Filme, Mr. Whitcombe?«

»Bitte nennen Sie mich Julian. Nein, ich mag *seine* Filme nicht.« Whitcombes gesundes Auge hob sich von dem Auftragsbuch. »Mr. Barton sollte seine Art von Filmen besser im Westen drehen. Zum Beispiel im schäbigen, verkommenen Los Angeles.«

»Ich nehme an, wir reden über Filme, in denen alle Darsteller unbekleidet sind?«

»Es handelt sich sowohl um solche Filme als auch hin und wieder um Naturfilme.« Julian hielt kurz inne. »In diesem Fall ist das kein Euphemismus. Er verkauft seine besondere Art von Schmutz an seine Untergrundkundschaft, während Räumlichkeiten und Kameraausrüstung seinem kleinen Dokumentarstudio gehören – ganz legal und aus steuerlichen Gründen. Aber auch das ist teilweise eine Lüge, denn sein legales Geschäft existiert nur zur Geldwäsche für gewisse Herren aus Brighton Beach.«

»Brighton Beach? Wovon reden wir hier? Von der Russenmafia?«

»Das tun wir nicht«, sagte Julian. »Wir haben dieses Gespräch nie geführt. Meine inoffiziellen Bemerkungen waren nur als höfliche Warnung gedacht. Ray Barton ist ein Mann mit gefährlichen Freunden. Und er bewegt sich in Kreisen, die wahrheitssuchenden Journalisten wie Ihnen eher feindlich gesinnt sind.«

Mit jeder Minute klang es mehr nach Schwindel und Betrug. Es war allgemein bekannt, dass Regina sehr reich war, ihr Geld gern ausgab und seltene Bücher bestimmter Autoren sammelte. Da war es nur allzu verdächtig, wenn jemand wie Barton auf mysteriöse Weise ein verloren geglaubtes Poe-Manuskript »fand« und diese Information sogleich zu Reginas Händler vor Ort gelangte. Es war ein fetter Köder, der im Wasser schaukelte.

»Jetzt kommen die beiden großen Fragen«, sagte Lionel. »Wie viel verlangt er für das Manuskript, und wird er uns erlauben, eine dritte Partei hinzuzuziehen, die die Echtheit der Handschrift bezeugen kann?«

»Ich fürchte, hier nimmt die Erzählung eine überraschende Wendung. Es liegt kein Angebot auf dem Tisch.«

Lionel blinzelte ihn an. »Wie bitte? Er will es gar nicht verkaufen?«

»Zumindest nicht an uns. Ich habe durch einen gemeinsamen Bekannten von seinem Erwerb gehört. Wegen Mrs. Dunkles Dauerauftrag habe ich ihm eine Nachricht geschickt, in der ich unser mögliches Interesse an einem Kauf zum Ausdruck gebracht habe. Er hat sich jedoch nicht dazu herabgelassen, mir eine Antwort zu geben.«

Das riecht noch immer nach einem Köder, dachte Lionel. Sich zu zieren war ein typischer Eröffnungszug bei einem klugen Betrug. Man fand etwas, was das Opfer unbedingt haben wollte, hielt es ihm vor die Nase und zog es wieder weg, sobald das Opfer danach griff. Wenn man es richtig anstellte, wurde das Opfer so gierig, dass es bereit war, einen absurden Preis zu bezahlen und dabei seinen gesunden Menschenverstand komplett außer Acht zu lassen.

Nun verstand er, warum Regina ihn für diesen Job ausgewählt hatte. Zu Hause in Chicago hatte er ihr gesagt, das Poe-Manuskript sei zwar ganz interessant, aber keine Nachricht zur besten Sendezeit wert. Lionel war emotional unberührt davon und würde sich daher nicht leicht täuschen lassen. Und das Aufspüren von Betrügern war sein Lebenselixier.

»Wenn ich recht habe«, sagte er zu Julian, »wartet er auf unseren zweiten oder dritten Versuch. Ich habe eine gute Nase für solche Sachen. Er will sicher sein, dass wir zu allem bereit sind, bevor er seine Forderung stellt.«

»Was schlagen Sie vor?«

Lionel schaute hoch zu den Deckenbalken. »Ich suche ihn auf und rede von Mann zu Mann mit ihm. Ich will ihm dabei in die Augen sehen. Ich will seine Schwachpunkte finden.«

»Zuerst sollte ich ihn anrufen.«

»Nein, nein.« Lionel musste lächeln. »Ich bin ein großer Anhänger von Überfall-Interviews. Einem Betrüger sollte man niemals Zeit zur Vorbereitung geben.«

Julian drehte sich langsam um und stöhnte leise, als er sich zu einem weiteren Buch im Regal hinter ihm schleppte. »Ich werde Ihnen die Adresse geben. Aber ich glaube, Sie handeln überstürzt.«

»Niemand gräbt eine gute Story aus, wenn er immer nur auf Sicherheit spielt.«

Er wartete, während Julian die Seiten umblätterte und schließlich nach einem Notizblock griff.

»Sie sind besonnener, als Sie mich glauben machen wollen«, sagte Julian. Er zog mit den Zähnen die Kappe von einem Kugelschreiber. Dann drehte er den Stift und zog daran. Die speichelfeuchte Kappe purzelte auf die Tischplatte.

»Wie kommen Sie darauf?«

»Sie sehen mir ins Auge. Die meisten Menschen können entweder den Blick nicht von meinen … verschiedenen Verletzungen abwenden, oder sie suchen nach einer Möglichkeit, mich zu fragen, wie ich dazu gekommen bin.«

»Das geht mich nichts an«, sagte Lionel. »Ich will damit nicht behaupten, dass ich nicht neugierig bin, aber wie schon gesagt: Es geht mich nichts an.«

Julian riss das oberste Blatt von dem Notizblock ab, drehte sich um und schleppte sich zurück zu Lionel, während er das Stück Papier in der ausgestreckten Hand vor sich hielt. Lionel nahm es entgegen. Es war eine mit blauer Tinte geschriebene Adresse.

»Die Menschen können grausam sein, Mr. Page. Sehr grausam.« Julians Glasauge rollte ein wenig herum, sein gesundes Auge erwiderte Lionels Blick. »Heutzutage ziehe ich es vor, möglichst nur noch durch Bücher mit der Menschheit zu kommunizieren. Die Seiten, die Buchstaben – sie sind wie … wie die Glasfenster in einem Zoo. Ich kann die wilden Tiere den ganzen Abend lang beobachten und bin auf meiner Seite des Fensters in Sicherheit.«

Lionel faltete das Blatt einmal und hielt es zwischen den Fingerspitzen. »Danke dafür.«

»Seien Sie vorsichtig.«

Julian verstummte, als sei das alles gewesen, was er hatte sagen wollen, dann biss er sich auf die Unterlippe. Die Gummimaske dehnte sich und schimmerte unter den Deckenlichtern.

»Mr. Page?«, sagte er. »Noch … eine letzte Sache.«

Lionels erhobene Braue wirkte wie ein Fragezeichen.

»Wenn Sie klug sind«, sagte Julian, »tun Sie genau das, was Mrs. Dunkle Ihnen sagt. Nicht mehr und nicht weniger. Was immer Sie mit ihr vereinbart haben: Halten Sie Ihre Zusagen ein, und sie wird die ihren ebenfalls einhalten.«

»Das habe ich vor«, sagte Lionel zu ihm.

»Und dann …« Julians Handschuh zuckte, und die leeren Finger flatterten, als er die Hand hob und die Worte an seiner Angst vorbeizwang. »Und dann, Mr. Page, sollten Sie weglaufen, wenn Sie *sehr* klug sind. Laufen Sie so weit und so schnell, wie Sie können, und beten Sie, dass sie nicht nach Ihnen sucht.«

»Weglaufen?«

Julians Kopf ruckte auf und ab.

»Wissen Sie, Mrs. Dunkle hat eine Art, die Menschen in ihre Welt hineinzuziehen. Zuerst ist es, als … als wären Sie ein Urmensch, der zum ersten Mal das Feuer entdeckt und sich über die Schatten wundert, die es an die Höhlenwand wirft. Sie sind fasziniert, wenn Sie erkennen, dass die Schatten Ihnen Geschichten erzählen und Geheimnisse zuflüstern können.«

»Und dann?«, fragte Lionel.

»Und dann … dann, bevor Sie es bemerken, sind Sie ebenfalls ein Schatten.«

Lionel runzelte die Stirn und versuchte, die Warnung des Antiquars zu verstehen.

»Sie raten mir also, mich von Reginas Welt fernzuhalten?«

»O nein, Mr. Page.« Seine Lippen verzogen sich in einem schmerzvollen Lächeln. »O nein. Sie sind schon hier, zusammen mit dem Rest von uns. Es ist viel zu spät dafür. Ihre einzige Hoffnung besteht darin, dass sie Ihnen erlaubt wegzugehen, wenn sie mit Ihnen fertig ist.«

Ray Barton arbeitete in einem umgebauten Lagerhaus in Red Hook, einen Steinwurf vom Brooklyn-Ufer entfernt. Die Gegend trug ein kleinstädtisches Gepräge und bestand aus alten Straßen und alten Erinnerungen, die von der Seefahrervergangenheit der Stadt zeugten. Der Taxifahrer brachte Lionel zu einer kurzen, gewundenen Sackgasse, die von der Ferris Street abging. Lionel tippte einige Notizen über das Gespräch mit Julian Whitcombe in sein Handy, solange seine Erinnerung noch frisch war, dann hob er den Blick und sah das Schild von Rays Unternehmen.

»Bartons Erziehungsfilme«, murmelte er. »Ich vermute, er meint damit eine ganz bestimmte Art von Erziehung.«

Eine Bewegung auf dem Bürgersteig erregte seine Aufmerksamkeit. Es war eine einzelne Frau, die schnell ausschritt, und die Richtung, in die sie ging, ließ darauf schließen, dass sie gerade aus Bartons Studio kam.

Maddie. Es war die Frau vom vergangenen Abend, aus dem Imbiss. Sie trug denselben schwarzen Hosenanzug, ihre Frisur saß immer noch perfekt, und sie ging so schnell wie gestern. Um die Schulter hatte sie einen großen und offenbar schweren Leinenbeutel geschlungen, den sie mit dem Arm eng an ihre Seite drückte. Ihr angenehmes Lächeln war verschwunden; sie hatte die Lippen zu einer blutleeren Linie zusammengekniffen. Ihre Augen waren wie zwei Eisstücke.

Sie schaute hinüber, als das Taxi an ihr vorbeirollte. Ihr Blick traf sich mit dem von Lionel, und sie nahm ihn ins Visier wie eine Scharfschützin. Dann umrundete sie die Straßenecke und war verschwunden.

Acht Millionen Menschen leben in dieser Stadt, dachte Lionel. *Wie wahrscheinlich ist es, dass man einem von ihnen an zwei aufeinanderfolgenden Tagen zufällig begegnet? Die Chancen darauf stehen mehr als schlecht.*

Er wäre noch misstrauischer geworden, wenn sie gestern nicht die Erste in dem Lokal gewesen wäre. Die Kellnerin hatte ihn nur deshalb neben sie gesetzt, weil alle anderen Plätze belegt gewesen waren. Es sah eher so aus, als folgte er ihr. Dennoch: unheimlich. Er bezahlte den Fahrer und stieg auf dem schmalen Parkplatz vor Rays Wirkungsstätte aus.

Die Vordertür bestand aus einer dicken, mit Stahl verstärkten Holzplatte. Lionel drückte die Klingel neben der abgegriffenen Klinke und wartete. Dann hämmerte er mit der Faust gegen die Tür. Keine Reaktion.

Er lief auf dem Parkstreifen auf und ab und überlegte sich, was er als Nächstes tun sollte. Dabei betrachtete er die Tür des umgebauten Lagerhauses. Sie war hoch, zweiflügelig, hatte Holzbalken als Dekoration und wirkte wie ein Scheunentor. Und sie stand offen. Nur einen Spalt, aber immerhin so weit, dass die Schatten aus dem Innern in den nachmittäglichen Sonnenschein fallen konnten.

»Das ist kein Einbruch«, sagte Lionel laut. »Ich bin bloß ein guter Nachbar und will ihm sagen, dass seine Tür offen steht. Schließlich könnte jetzt jedermann hier hereinspazieren.«

Er packte die Klinke und zerrte daran. Das Scheunentor rollte auf Schienen ächzend zur Seite und kam bald wieder zum Stillstand. Der entstandene Spalt war nun so groß, dass er hindurchschlüpfen konnte.

Lionel stand auf dem Betonboden in einer Lache aus Düsternis. Ein Lichtstrahl fiel über seine Schulter und trieb die Dunkelheit zurück. Er beobachtete Stäubchen, die in den Schatten tanzten. Wände aus Sperrholz trennten Teile des Lagerhauses ab und erweckten den Eindruck von Zimmern, und links von ihm befanden sich dicht gedrängt etliche Stative und Kameraausrüstungen.

Er legte die Hände um seinen Mund und rief: »Mr. Barton?«

Seine Stimme hallte zu ihm zurück; die Frage prallte von den alten Ziegelmauern ab. Er versuchte es erneut: »Mr. Barton!« Dann ging er weiter in das stille Studio hinein. »Ich heiße Lionel Page. Ihre … Ihre Vordertür war offen.«

Lionel holte sein Handy heraus und drückte auf das Symbol für die Taschenlampe, ein blasser Lichtstrahl schoss durch die Finsternis. Er ging an einer der Trennwände vorbei, umrundete einen erloschenen Scheinwerfer und eine Videokamera auf einem Stativ. Die Sperrholzwände waren so tapeziert, dass sie wie große Steinquader wirkten – das Klischeebild eines mittelalterlichen Kerkers. Das stumme Auge der Kamera war auf einen Tisch gerichtet, der wie ein Schlachterblock aussah und gerade so lang war, dass ein Mensch darauf liegen konnte. Lionel streckte die Hand aus und hob mit den Fingerspitzen eine Handfessel aus Stahl auf, die mit einer Kette in einer Öse am Tisch befestigt war. Sie klirrte und ließ ihre Echos durch die Stille hallen. Alte rostrote Flecken sprenkelten die Oberfläche des Tischs.

»Jesus«, keuchte er. »Was für Filme werden hier gedreht?«

Das nächste Zimmer hinter der Sperrholzwand wirkte schon etwas typischer. Hier stand ein riesiges Bett, und die Scheinwerfer waren mit Gel überzogen, damit sie ein sanfteres Licht abstrahlten. Die rosafarbene Bettdecke war mit weißer Kräuselspitze eingefasst und verursachte Lionel ein Gefühl des Unbehagens. Der große Plüschteddy, der zwischen den Kissen saß, vermochte es nicht zu vertreiben.

Er bewegte sich immer tiefer in das Studio hinein. In seinem Mund hatte sich ein Geschmack wie nach Eisen festgesetzt, der sich bis in die Nasenhöhlen ausbreitete. Ein leichter Gestank hing in der heißen, stickigen Luft, und seine Eingeweide zogen sich zusammen wie in Erwartung eines Schlages. Er kannte diesen Geruch von Dutzenden Tatorten.

Hinter der nächsten Wand entdeckte er eine Bühne für Sadomasostreifen, in deren Mitte ein hochlehniger Thron mit Fesseln für die Hand- und Fußgelenke stand.

Im Gegensatz zu dem Tisch in dem anderen Raum war dieser Thron nicht leer.

Neun

Der Mann auf dem Bondage-Thron war zur Seite gesackt, und sein Unterkiefer hing herab. Die milchigen Augen fingen das Licht von Lionels Handy ein, Lippen und Kinn waren dick mit getrocknetem Blut überzogen. Lionel beugte sich näher zu ihm heran, um den Mund des Toten besser sehen zu können, und wünschte sich sofort, er hätte es nicht getan. Er ballte seine Hand zur Faust, drückte sie gegen seinen Mund, machte einen Schritt nach hinten und holte tief Luft, bis sich sein Magen ein wenig beruhigt hatte.

Neben dem Stuhl befand sich ein Klapptisch, auf dem die Werkzeuge lagen, die der Mörder benutzt hatte. Eine Zange und ein kabelloser Akkuschrauber mit einem in die Spitze eingesetzten Mahlwerk. Kleine elfenbeinfarbene Bruchstücke lagen überall um sie herum und wirkten wie blutgefleckte Perlen.

Der Thron stand vor einem hohen Spiegel, der einige Meter entfernt sorgfältig platziert worden war. Er verwirrte Lionel für einen Moment, doch dann begriff er, warum der Spiegel da war. *Sie haben ihn gezwungen zuzusehen*, dachte er. *Während sie ihn bearbeitet haben, während sie ihn auseinandergenommen haben. Sie haben ihn gezwungen zuzusehen.*

In der Frühzeit seines Reporterdaseins, als er noch den Polizeifunk abgehört und nach Hinweisen auf Verbrechen gesucht hatte, war er einmal durch Bestechung an einen Tatort gelangt. Das Opfer war ein Metzger gewesen, der ein paar örtliche Mafiosi verpfiffen hatte, und sein Gesicht hatte Bekanntschaft mit dem einen Ende eines Fleischwolfs gemacht. Nachdem Lionel fast seinen ganzen Mageninhalt verloren und den Tatort nachhaltig verunreinigt hatte, war ein anderer Journalist – nur wenig älter als er selbst, aber mit den Augen eines alten Mannes – herbeigeeilt und hatte ihn zu einem offenen Gespräch beiseitegezogen.

»Benutze deinen Kopf, nicht das Herz«, hatte der erfahrene Kollege zu ihm gesagt und dabei mit dem Finger gegen Lionels Stirn geklopft. »Du zeigst gerade natürliche menschliche Regungen. Mitgefühl. Angst. Du denkst an die Familie dieses Kerls, nicht wahr? An seine Frau und seine kleine Tochter und daran, wie sie sich fühlen werden, wenn sie die Nachricht erhalten.«

Lionel hatte bemüht genickt, war noch immer totenblass gewesen und hatte sich mit dem Handrücken über den Mund gewischt.

»Diesen Mist musst du unterdrücken«, hatte der altgediente Reporter gesagt. »Wenn du am Tatort bist, musst du dich wie eine *Maschine* verhalten. Du bist nicht als Mensch hier und auch nicht als guter Nachbar oder netter Kerl. Das kannst du in deiner Freizeit sein. Jetzt aber bist du ein Reporter. Du bist hier, um Fakten zu sammeln. Du musst sie aufzeichnen und dokumentieren. Objektivität ist das, was zählt. Mitgefühl ist dein Feind.«

Und jetzt kratzte Lionel so, wie er es seit jenem Tag immer getan hatte, all seinen Ekel und seine Bestürzung zusammen und schob sie in den hintersten Winkel seines Bewusstseins. Er holte sein Handy heraus und schoss eine Reihe von Fotos. Er nahm den Leichnam – bei dem es sich, wie er vermutete, um Ray Barton handelte – aus allen möglichen Winkeln auf. Er hatte keine Ahnung, ob dieser Mord etwas mit dem

Poe-Manuskript zu tun hatte – vielleicht hatte Barton bloß den falschen Kunden hintergangen oder mit der falschen Frau geschlafen – aber er konnte auch nicht mit Sicherheit ausschließen, dass das Manuskript und der Mord miteinander in Zusammenhang standen.

Und dann war da noch Maddie: seine zufällige Begegnung mit ihr gestern Abend und ihr rascher Abgang vom Tatort vorhin.

Während er den Stuhl umkreiste und weiterhin Fotos schoss, stieß er mit dem Fuß gegen ein Metallteil. Lionel stolperte und schaffte es gerade noch, das Gleichgewicht zu behalten. Ein Safe im Boden stand offen; seine Tür war unter einem Block aus falschem Beton versteckt gewesen. Lionel ging in die Hocke und leuchtete hinein. Nichts war zurückgelassen worden, nicht einmal eine verirrte Motte. Als er sich umdrehte, fing sein Lichtstrahl etwas Glitzerndes vor den Füßen des Toten ein. Etwas Goldenes.

Er hob es auf. Es war ein Manschettenknopf, der von Bartons zerrissenem Hemdsärmel abgefallen war. Der Knopf trug ein ovales Gesicht aus Onyx mit drei goldenen Symbolen darin. Ägyptische Hieroglyphen. Nichts, was Lionel bei einem Pornografen und Geldwäscher für die Russenmafia erwartet hätte. Vielleicht war es nur ein modisches Utensil, aber seine Intuition drängte ihn dazu, sich damit eingehender zu beschäftigen.

Lionel steckte den Manschettenknopf ein.

Der Tascheninhalt des Toten lag auf einem zweiten Klapptisch neben dem Spiegel. Es waren eine Brieftasche aus schwarzem Leder, eine Rolex – eine echte, soweit Lionel es beurteilen konnte – und ein Handy in einem starren Plastikgehäuse. Vorsichtig öffnete er die Brieftasche und berührte dabei so wenige Stellen wie möglich, die er später sorgfältig abwischen würde. Der Führerschein in der Brieftasche bestätigte Lionels Vermutung: Ray Barton war in seinem eigenen Studio gefoltert und ermordet worden. Das Handy war gesperrt, aber der Bildschirm leuchtete auf und zeigte seine letzten Anrufe und Textbotschaften. Die beiden ganz oben waren erst eine Stunde alt und erregten sofort Lionels Aufmerksamkeit:

Rosa / 13.22 Uhr / *He Baby, Wade sagt, diese Blätter sind $$$ wert. Beteilige mich daran oder …*

Rosa / 13.47 Uhr / *Wo bist du? Ruf mich an. Treffen heute Abend?*

»Offensichtlich nicht«, murmelte Lionel. Er hatte alle Informationen aus diesem Tatort herausgeholt, die er bekommen konnte, und die Zeit lief. Mit dem Ärmel seines Hemdes wischte er das Handy und die Brieftasche ab und überdachte alles, was er getan hatte, seit er durch die Tür des Lagerhauses getreten war. Dann legte er sich eine Geschichte zurecht. Das meiste davon stimmte – bis zu dem Augenblick, in dem er sich an den Beweisstücken zu schaffen gemacht hatte.

Lionel rief die Polizei und trat hinaus in den Sonnenschein. Die Sommerluft fühlte sich plötzlich um zehn Grad kälter an. Er ging in der schmalen Gasse auf und ab, bis der erste Polizeiwagen eintraf.

»Gute Nachrichten und schlechte Nachrichten«, sagte die ermittelnde Beamtin zu ihm.

Ihr Name lautete Mathers – von Anfang an hatte sie ihm klargemacht, dass sie keine Vornamen benutzen und zulassen würde –, und sie hatte Lionel länger als zwei Stunden in dem winzig kleinen Zimmer mit dem Einwegspiegel sitzen lassen, der von der anderen Seite her durchsichtig war. Sie war ein Arbeitstier, eine alte Kämpferin mit harten Augen und der

Stimme einer Kettenraucherin, und sie ging seine Geschichte immer wieder mit ihm durch, bis er sich allmählich fragte, ob er es vielleicht selbst gewesen war, der Barton ermordet hatte. Dann hatte sie den Raum verlassen, weil sie seine Angaben überprüfen wollte, und er war mit einem halben Becher eiskaltem löslichem Kaffee zurückgeblieben.

Es war seltsam beruhigend. Nach der feuchten, nach Eisen riechenden Luft und Dunkelheit des Mordzimmers waren helle Neonlichter und glatte, feste Wände so etwas wie eine Rückkehr in die normale Welt.

»Ich würde gern zuerst die schlechten Nachrichten hören«, sagte er. Sie zog den Stuhl auf der anderen Seite des Tisches zurück, setzte sich und sah ihm tief in die Augen.

»Ich habe mit Ihrer Chefin in Chicago gesprochen. Sie sind nicht wegen einer Story hier. Man hat Sie nicht hergeschickt.«

Lionel lehnte sich zurück und stieß ein frustriertes Seufzen aus. »Das habe ich Ihnen doch schon *dreimal* gesagt. Ich arbeite unabhängig an einem neuen Buch. Das hat nichts mit meiner Arbeit in der Nachrichtenabteilung des Senders zu tun.«

»Und worum geht es in diesem Buch?«

»Um Gesetzwidrigkeiten im Antiquitätenhandel. Um Fälschungen, gestohlene Kunst und dergleichen.«

Er war zu dem Schluss gekommen, dass eine Lüge glaubhafter war als die Wahrheit, und deshalb hatte er nichts von Regina und dem Poe-Manuskript gesagt. Niemand konnte beweisen, dass er *kein* neues Buch schrieb, und das Thema war nicht allzu weit von seiner wahren Aufgabe entfernt. Er hatte Bartons Name bisher aus der Sache herausgelassen.

Auch Maddie hatte er nicht erwähnt. Er war nicht sicher, warum er das getan hatte. Lionel verließ sich auf sein Bauchgefühl, das ihm sagte, dass sie nicht Bartons Mörderin war.

»Gibt es in Chicago keine Händler für Ihre Nachforschungen?«

»Darf ich offen mit Ihnen sprechen?«

Mathers hob eine Braue. »Nur zu.«

»Ich bin noch nie in New York gewesen. Und ich wollte schon immer einmal Urlaub hier machen.«

»Und?«

»Und«, sagte Lionel, »da gibt es so etwas wie Steuerabzüge. Wenn ich hier arbeite, kann ich die Kosten für das Hotel und den Flug absetzen, weil es Geschäftsausgaben sind. Als mich eine Quelle auf Ray Barton aufmerksam gemacht hat, konnte ich es mir nicht verkneifen, ein paar Tage freizunehmen und hierherzufliegen. Das ist etwas windig, aber es ist nicht illegal. Rufen Sie das Finanzamt an, wenn Sie mir nicht glauben.«

»Und wer ist Ihre Quelle?«

»Das ist vertraulich. Diese Vertraulichkeit ist durch das Gesetz gedeckt. Außerdem würde Ihnen die Information nicht weiterhelfen. Die Quelle wusste nur, dass Barton möglicherweise in eine zwielichtige, nicht näher bezeichnete Sache verwickelt sein könnte.« Er überdachte seine Möglichkeiten und beschloss, die Lüge mit einer Prise Wahrheit zu würzen. »Er hatte angeblich Verbindungen zur Russenmafia. Es war dünner als dünn, aber ich brauchte halt einen Grund, Ihre schöne Stadt zu besuchen. Allerdings hatte ich nicht geplant, meine Zeit in einem Verhörraum zu verbringen.«

Sie legte die Handflächen auf die Stahlplatte des Tischs. Ihre Nasenflügel bebten ganz leicht, als könnte sie seine Unaufrichtigkeit riechen. Seine Story stimmte nicht, und sie wussten das beide. Sie fand bloß keinen Spalt in seiner Rüstung, der groß genug für einen Schwertstich gewesen wäre.

»Jetzt zu der guten Nachricht«, sagte sie widerwillig, »Sie

besteht darin, dass Sie das nicht länger tun müssen. Die Kellnerin im *Cookshop* kann bestätigen, dass Sie heute Morgen dort waren, und auch der Taxifahrer erinnert sich an Sie. Noch wichtiger: Der Imbiss, in dem Sie gestern Abend waren, hat eine Sicherheitskamera. Der Pathologe nimmt an, dass Barton seine Zahnbehandlung in Red Hook erhielt, während Sie Ihre Krabbenrolle in Chelsea genossen haben, was zu Ihren Gunsten spricht.«

Lionel schluckte schwer, und in seinem Magen bildete sich ein Knoten. Er schmeckte Galle auf der Zunge. Mathers beobachtete ihn mit dem Anflug eines Grinsens.

Und Maddie war unmittelbar neben mir, dachte er in dem verzweifelten Versuch, nicht an Bartons verstümmelten Mund zu denken. *Das entlastet auch sie. Aber es erklärt nicht, was sie in seinem Studio gemacht und warum sie es verlassen hat, ohne die Polizei zu verständigen*.

Seine Gedanken richteten sich auf den offenen und leeren Safe. *Oder was sie in ihrem Beutel hatte*.

»Ich kann also gehen?«, fragte er.

»Aber ich bin noch nicht ganz fertig mit Ihnen«, erwiderte Mathers. »Sie können die Stadt erst dann verlassen, wenn ich es Ihnen erlaube.«

Er dachte an die Cops in Chicago, die wegen eines ganz anderen Mordes mit ihm sprechen wollten. Es schien ihm keine gute Idee, das jetzt zur Sprache zu bringen.

»Meine Chefin braucht mich zu Hause.«

»Brianna Washington? Das hat sie mir nicht gesagt. Vielleicht sollte ich sie noch einmal anrufen. Ich kann sie hier und jetzt auf Lautsprecher stellen, damit wir in der Lage sind, reinen Tisch zu machen.«

Lionel senkte den Blick und betrachtete eingehend die Tischplatte.

Mathers schob ihren Stuhl zurück. Sie sah ihn fest an, während sie aufstand und zur Tür des Verhörraums ging.

»Etwas stimmt nicht mit Ihnen, Page. Etwas passt nicht. Aber machen Sie sich keine Sorgen. Ich finde es heraus. Das ist meine Aufgabe, und darin bin ich *richtig* gut.« Sie öffnete die Tür und nickte in Richtung nach draußen. »Scheren Sie sich weg. Aber verlassen Sie die Stadt nicht. Und … das hätte ich beinahe vergessen: Willkommen in New York. Im Namen der Stadt hoffe ich, dass Sie Ihren Aufenthalt hier genießen werden.«

Zehn

Draußen auf der Straße, inmitten der Menschenmengen und unter der grellen Sommersonne, ging Lionel los. Er hatte kein besonderes Ziel, hielt es aber für besser, in Bewegung zu bleiben. Die leichte Brise schaffte es nicht, die Hitze zu vertreiben, die aus dem wolkenlosen Himmel niederbrannte, und ein Rinnsal aus Schweiß klebte ihm das Hemd an den Rücken. Er betrat ein Starbucks-Café, bestellte sich einen geeisten Mokka, sodass er für ein paar Minuten an einem leeren Tisch in dem klimatisierten Raum sitzen konnte, und überdachte seine Möglichkeiten.

Er rief Regina an. Nach dem dritten Klingeln nahm sie ab.

»Lionel, wie nett, von Ihnen zu hören. Darf ich zu hoffen wagen, dass Sie so schnell Erfolg hatten, oder wollen Sie mich nur auf dem Laufenden halten?«

»Das Letztere.« Er senkte die Stimme und hielt seine Hand über das Mobiltelefon. »Whitcombe hat mich zu dem Knaben mit dem Manuskript geschickt, einem Mann namens Ray Barton. Und Barton ist tot. Er wurde in der letzten Nacht ermordet.«

»Oh. Oje. Wie schrecklich! Hat die Polizei schon eine Spur?«

»Außer mir selbst? Nein, und Whitcombe zufolge hatte sich Barton mit der Mafia eingelassen. Das ist nicht unbedingt ein sicherer Lebensstil. Regina, dieses Poe-Manuskript … Nehmen wir einmal an, es ist echt, wovon ich noch nicht überzeugt bin, wie viel wäre es dann einer Sammlerin wie Ihnen wert? Wäre es möglich, dass jemand mordet, um es in die Hand zu bekommen?«

Sie kicherte; ihre Stimme klang knochentrocken. »Mein lieber Junge, wie bezaubernd naiv Sie doch sind. Sie wissen sehr genau, dass Mord eine der Lieblingsbeschäftigungen des Menschen ist. Die Leute bringen sich um wegen eines zerkratzten Kotflügels oder wegen einer Wette beim Billard. Die Antwort auf die Frage: ›Würde jemand deswegen töten?‹ lautet stets: Ja, egal, was dieses ›deswegen‹ auch ist.«

»Was ich damit sagen wollte …« – Lionel warf einen raschen Blick über die Schulter und vergewisserte sich, dass niemand ihn belauschte, dann beugte er sich dicht über die Tischplatte – »Ich wollte sagen, dass Barton … befragt wurde. Sehr eingehend. Wenn Ihr Name als potenzielle Käuferin aufgetaucht ist und sie das Manuskript nicht in seinem Safe gefunden haben, könnten Sie das nächste Opfer sein.«

»Ich bin ehrlich gerührt über Ihre Besorgnis. Aber ich bin keine öffentliche Person und stehe nicht im Rampenlicht. Aus Sicherheitsgründen werde ich in ein anderes meiner Häuser umziehen, aber Sie müssen sich um mich keine Sorgen machen. Ich habe sehr gute Sicherheitsvorkehrungen getroffen. Doch was ist mit Ihnen? Ich hoffe, Sie bekommen jetzt keine kalten Füße.«

Jetzt wäre die Zeit gekommen, wegzugehen und seine Hände in Unschuld zu waschen. Seit dem Augenblick, in dem er Regina Dunkle begegnet war, klebte ihm der Tod an den Fersen. Zuerst war der junge Reporter in einem der eigentlich sichersten Viertel Chicagos ermordet worden, und nun hatte es den Mann erwischt, mit dem Lionel hatte verhandeln sollen; er war in seinem eigenen Studio zu Tode gefoltert worden, an dem Abend, an dem Lionel in New York gelandet war. Das alles konnte Zufall sein. Ein kosmisches Zusammentreffen von Pech und Blutvergießen, das nichts mit seiner Mission zu tun hatte.

Aber seine Intuition sagte ihm etwas anderes.

Und er wusste, dass er nicht einfach weggehen konnte. Hier gab es eine Story, irgendwo zwischen Regina und dem Manuskript und den Toten. Vielleicht war es sogar die größte Story seiner Laufbahn. Und so, wie er die Kamera mitten in einem Aufruhr weiterlaufen ließ, wie er den Reverend Wright vor einer dicht gedrängten und total aufgebrachten Zuhörerschaft entlarvt hatte, lockte ihn auch hier das Gefühl der Gefahr wie ein exotisches Parfüm. Er musste mit seiner Nase der Duftspur folgen, wohin sie ihn auch führen mochte, oder er würde sich den Rest seines Lebens fragen, was ihm entgangen war.

»Ich bin dabei«, sagte er zu Regina. »Ich bin noch dabei. Ich werde das Manuskript finden.«

»Gut! Bisher haben Sie mich nicht enttäuscht. Sie sind ein so tapferer junger Löwe.«

Der gesamte Raum ruckte einen halben Meter nach links.

Lionels Herzschlag setzte kurz aus, ihm wurde schwindlig, und er befand sich wieder in dem Imbiss von gestern Abend. Er sah zu, wie Maddie sich eine Locke ihres roten Haars um den Finger wickelte, während Barton an einer anderen Stelle der Stadt ermordet wurde. *Namen sind wichtig. Wissen Sie, was Lionel bedeutet?*

»Regina«, sagte er langsam. »Warum haben Sie mich gerade so genannt?«

»Oh, ich habe nur mit Worten gespielt. Junger Löwe, das ist die Bedeutung des Namens Lionel. Das wussten Sie doch, oder?«

»Ja, es ist nur so, dass … Jemand anderes hat mich vor Kurzem genauso genannt.«

»Synchronizität«, entgegnete sie. »Ich habe gelernt, dass

dies die Art des Universums ist, Ihnen zu sagen, dass Sie auf dem richtigen Weg sind. Entschuldigen Sie mich jetzt bitte, es kommt gerade ein anderer Anruf herein. Ich wünsche Ihnen eine gute Jagd, Lionel.«

Sie unterbrach die Verbindung. Er legte das Handy weg, starrte auf dessen Bildschirm und nippte schweigend an seinem geeisten Mokka.

Also gut, sagte er zu sich selbst. *Vergiss die Seltsamkeiten, die Zufälle und alles andere. Hier steckt eine Geschichte, und ich habe Fakten und eine Spur, der ich nachgehen kann.*

Es ist an der Zeit, echten Journalismus zu betreiben.

Im High-Line-Hotel, in einem Eckzimmer, das ein Stockwerk tiefer unmittelbar unter Lionels Suite lag, lief Maddie mit nackten Füßen auf dem abgetretenen Perserteppich hin und her. Sie hasste Schuhe. Das Gefühl des alten Gewebes unter ihren Zehen und der kühle, verkratzte Holzboden halfen ihr für gewöhnlich dabei, sich zu beruhigen.

Aber jetzt war nichts dazu in der Lage, ihr Beruhigung zu verschaffen. Sie schaute auf das Mobiltelefon in ihrer zitternden Hand und wählte nun schon zum zwanzigsten Mal. Dann, wie neunzehnmal zuvor, brach sie den Vorgang ab. Sie warf das Handy auf ihre zerknitterte Bettdecke und rannte ins Badezimmer.

Ein Klopfen ertönte an der schwarzen Tür zu ihrem Zimmer, und eine muntere Stimme rief: »Zimmerservice!« Maddie schaute sich im Badezimmerspiegel an. Auf ihren Wangen schimmerten zwei Blutrinnsale, die aus den Augenwinkeln kamen. Reflexartig wischte sich Maddie über die eine Wange, und nun waren Gesicht und Hand scharlachrot verschmiert.

Ein weiteres Klopfen. »Zimmerservice!«

Maddie verzog das Gesicht und riss ihren Blick vom Spiegel los. »Ich bin nicht … ich bin nicht …«, rief sie mit heiserer Stimme und stolperte dabei über ihre eigenen Worte. »Kommen Sie bitte später wieder. D… Danke!«

Das Klopfen hörte auf. Sie stützte sich auf das Becken, legte beide Hände auf das makellos weiße Porzellan und neigte den Kopf. Sie zwang sich, tief durch den Mund einzuatmen, die Luft durch die Nase wieder auszustoßen und still bis zehn zu zählen. Rote Tropfen fielen in das Becken und liefen über den roten Handabdruck, den sie an der Seite hinterlassen hatte.

Sie hob den Kopf nur so weit, bis sie die Umrisse ihres Spiegelbilds sah. Unter dem roten Haar starrten sie zwei scharlachfarbene Augen an, und Blutstropfen traten aus ihren Tränenkanälen; sie wirkte wie eine irrsinnige Mörderin. »Bring es unter Kontrolle«, sagte sie zu sich selbst.

Ihr Rasiermesser lag zusammengeklappt in seiner gelben Scheide aus Hirschknochen auf dem Rand der Badewanne. Sie drehte sich um und starrte es an. Dabei verrutschte der linke Ärmel ihrer Bluse ein wenig. Die Ränder ihrer Narben waren nun zu sehen: dünne weiße Linien auf der bleichen elfenbeinfarbenen Haut. Sie konnte eine frische Linie ziehen. Nur ein langsamer, nicht tiefer Schnitt, der ihre Angst und ihre Anspannung zusammen mit dem brennenden Schmerz abfließen ließ. Dann würde sie sich besser fühlen. Für eine Weile.

Sie sah wieder die Frau im Spiegel an.

»Nicht heute«, sagte sie zu ihrem Abbild.

Nicht heute. Ihr Mantra. Schon seit hundertdreiundachtzig Tagen hatte sie erfolgreich *Nicht heute* gesagt. Sie wusste, dass sie wieder von vorn anfangen musste, wenn sie nachgab und das Rasiermesser benutzte. Und dass es morgen viel leichter sein würde, sich wieder zu ritzen, und übermorgen noch leichter. Nicht heute. Morgen vielleicht, aber nicht heute.

Sie drehte an den Hähnen und ließ das Wasser schnell und kühl fließen. Sie rieb sich Gesicht und Hände ab, wusch die Tränen und das Blut fort. Es lag etwas Beruhigendes darin, sich zu säubern; es war ein stilles Ritual, die Rostfarbe durch den Abfluss rinnen zu sehen und ihre Sommersprossen wieder sichtbar zu machen.

»Sieh dich an«, sagte sie mit einem verschämten Lächeln zu dem sauberen Spiegelbild: »Ist das nicht besser? Das ist viel besser.«

Keine Hinhaltetaktik mehr. Sie verließ das Badezimmer und nahm das Handy von der Bettdecke. Beim dritten Klingeln knackte es, und sie wurde von dem erwarteten Schweigen begrüßt.

»Ray Barton ist tot«, sagte Maddie.

»Ich habe keinen Befehl dazu gegeben.«

»Ich habe ihn nicht getötet.« Sie lief wieder auf und ab und rieb mit ihren nackten Zehen die Knoten des alten Teppichs. »Er war schon tot, als ich dort eintraf. Jemand hat sich viel Zeit mit ihm gelassen und ihn gefoltert, bis er die gewünschten Informationen und die Kombination des Safes erhielt. Sie haben bloß ein Kontobuch zurückgelassen, und ich habe es eingesteckt und mitgenommen.«

Sie ging hinüber zu dem schweren Buch auf ihrem Schreibtisch und fuhr mit einem blassen Finger über die grün linierten Seiten.

»Keine großen Mengen an eingegangenem Bargeld«, sagte Maddie. »Also hatte Barton es wohl noch nicht verkauft. Aber auch keine großen Ausgaben. Wenn er jemanden für das Poe-Manuskript bezahlt hat, dann hat er die Summe hier nicht verzeichnet. Ich habe noch immer keine Ahnung, woher er es erhalten hat. Aber wie dem auch sei, wir müssen davon ausgehen, dass er alle Informationen, die er besaß, weitergegeben hat. Regina, ich habe Ihnen gesagt, dass ich nicht in New York tätig werden kann …«

»Für dich immer noch Mrs. Dunkle, *Madison*«, sagte Regina mit einer Stimme, scharf wie ein Rasiermesser.

»Warum haben Sie mir aufgetragen, in jenem Imbiss an der Tenth Avenue zu Abend zu essen?«

»Das ist ein Themenwechsel. Ich habe es dir lediglich vorgeschlagen; es war kein Zwang. Hat dir das Essen dort etwa nicht geschmeckt?«

Maddie ging zum Fenster, dessen Vorhänge zugezogen waren. Sie schob sie einen Spaltbreit zur Seite und kniff die Augen gegen den Sonnenschein zusammen, während sie auf die Straße unter ihr schaute.

»Ich bin einem Mann begegnet. Er sagte, sein Name sei Lionel. Angeblich ist er so etwas wie ein Schriftsteller.«

»Was du in deiner Freizeit tust, geht mich nichts an«, erwiderte Regina. »Du kannst deinen kleinen animalischen Vergnügungen nachgehen, wann und wo du willst, solange sie nicht mit deiner Arbeit kollidieren.«

»Ich habe nicht mit ihm *geschlafen*.« Madison packte ein Büschel ihrer Haare und zog fest daran. »Als ich Barton verließ, habe ich ihn wiedergesehen. Er fuhr in einem Taxi vorbei. Ich glaube, er hat mich verfolgt. Ich kann in New York nicht arbeiten. Diese Stadt … Sie wissen, dass ich hier nichts ausrichten kann.«

»Du wirst meine Aufträge erledigen, wann immer und wo immer ich es dir befehle. Wovor hast du Angst, Madison?«

Maddie warf ihren metallicblauen Rollkoffer auf die Matratze und zog den Reißverschluss auf. Er teilte sich mit einem surrenden Geräusch.

»Sie wissen genau, wovor ich Angst habe.«

»Und ich beschütze dich«, sagte Regina zu ihr. »Solange

du unter meiner Obhut stehst, wirst du für deine früheren Schwestern unsichtbar sein. Und für *sie*.«

Sie. Das Wort hing in dem Zederndufl, der in der Luft lag. Es fühlte sich wie eine Bedrohung an. Als müsste Regina das Wort nur aussprechen, um Maddies ganze Welt zum Einsturz zu bringen. Maddie warf den Deckel des Koffers auf, fuhr mit den Fingern über den leeren Boden und ertastete den in der seidenen Auskleidung verborgenen Riegel.

»Haben Sie jemanden geschickt, der mich im Auge behalten soll?«, wollte Maddie wissen. »Lionel. Gehört er zu Ihnen? Wenn nicht, könnte er in Schwierigkeiten stecken.«

»Glaubst du das?«

»Ich weiß es nicht.« Der Riegel bewegte sich unter Maddies Fingerspitzen. Sie zupfte an der Auskleidung und legte ein verstecktes Fach darunter offen. »Aber Sie sollten es mir jetzt sagen, wenn er auf Ihrer Gehaltsliste steht.«

»Rede keinen Unsinn«, erwiderte Regina. »Warum sollte ich zwei Agenten auf dasselbe Ziel ansetzen und es ihnen nicht sagen? Das wäre kontraproduktiv.«

»Sie tun eine Menge Dinge, die ich nicht verstehe.«

»Deine Aufgabe ist es nicht, mich zu verstehen«, sagte Regina. »Deine Aufgabe ist es, mir zu dienen.«

Maddies Hand glitt in das Geheimfach ihres Gepäckstücks. Sie bediente einige Mechanismen und holte etwas Stählernes heraus, das sich in der Hand kalt anfühlte.

Es war ihre Pistole, eine sturmgraue Sig Sauer, auf deren Lauf ein langer, dünner Schalldämpfer geschraubt war. Langsam drehte sie die Waffe in ihrer bleichen Hand herum. Sie schob ein frisches Magazin in den Griff und schaute mit einem zusammengekniffenen Auge an Kimme und Korn entlang.

»Ich wollte nur sagen, dass Sie es mir mitteilen sollten,

wenn er zu Ihnen gehört«, meinte Maddie. »Ich will kein Risiko eingehen.«

»Paranoia ist keine angemessene Eigenschaft für eine Dame aus gutem Hause.«

»Wie nett.« Maddie legte die Pistole ab.

»Aufmüpfigkeit ist es ebenfalls nicht. Müssen wir miteinander reden, Madison? Muss ich dich daran erinnern, wie du in deine gegenwärtige Lage gekommen bist?«

»Bitte nicht.«

»Es war einmal«, sagte Regina, »ein undankbares kleines Mädchen, das von zu Hause weggelaufen ist …«

»Hören Sie auf damit.«

»Sie hatte sich im Wald verirrt, war allein, ihr war kalt, sie hungerte, aber dann führte eine freundliche alte Frau sie an ihren Kamin und erwies ihr so große Güte.«

»Aufhören!«, sagte Maddie.

»Gefällt dir die Geschichte nicht? Wie wäre es denn mit dieser: Es war einmal eine junge Mutter, die zwei anbetungswürdige rotbäckige Jungen gebar …«

Maddie kniff die Augen fest zusammen. Sie brannten hinter ihren Lidern; frische Tränen aus Blut stiegen darin auf.

»Bitte«, sagte sie mit heiserer, kehliger Stimme. »*Nicht*.«

»Wenn dir die Bedingungen deiner Anstellung nicht gefallen«, sagte Regina, »kannst du jederzeit kündigen und dich aus meinem Schutz entfernen. Alle deine Fesseln hast du selbst angelegt. So war es schon immer. Und bis du sie abwirfst, gehörst du *mir*. Mach dich wieder an die Arbeit. Finde mein Manuskript. Erstatte mir Bericht, sobald du Erfolg hattest.«

Regina beendete die Verbindung. Maddie stand still da, wie zu Stein erstarrt, und atmete tief und langsam durch, bis das Herandrängen weiterer roter Tränen hinter den brennenden Lidern nachließ.

Ihre Finger tauchten in das Geheimfach ein. Nun holte Maddie einen purpurfarbenen Samtbeutel heraus, der schwer in ihrer Hand lag. Darin klapperte es leise. Sie schob die Möbel beiseite, schlug den Perserteppich zurück und setzte sich mit überkreuzten Beinen auf die bloßen dunklen Dielenbretter.

Ein Flüstern ergoss sich über Maddies Lippen, und Worte glitten geschmeidig von ihrer Zunge. Es war ein Gesang, ein Gewirr aus altgriechischen Worten, ein Gebet ohne einen Gott, an den es sich gerichtet hätte. Die Welt verschwamm vor ihren Augen, während die Worte sie einhüllten. Sie schüttete den Inhalt des Beutels in ihre offene Handfläche, während ihr Blickfeld scharlachrot und sepiafarben wurde.

Sie schüttelte die Faust, als würde sie würfeln, dann öffnete sie die Finger. Winzige Stücke aus vergilbtem Elfenbein fielen auf die Bodendielen, prallten ab, zerstreuten sich. Maddie beobachtete sie, wie sie zur Ruhe kamen. Sie hielt den Kopf schräg, war tief in Konzentration versunken und wisperte weiter ihr Lied. Die Knochen erzählten eine Geschichte. Das Muster, in dem sie gefallen waren, die Richtungen, in welche die schartigen Spitzen zeigten – das alles wob einen Teppich aus Symbolen. Das letzte Wort des Gesangs verklang in der Luft. Sie beugte sich vor und betrachtete die Knochen.

Es naht Gefahr, dachte sie, während sie mit den Fingerspitzen unsichtbare Linien zwischen den Knochen zog. *Sagt mir etwas, das ich noch nicht weiß. Unerwartete Verbündete? Vage. Und …*

Sie hielt inne. Der Rand, den die verstreuten Knochen bildeten, war falsch. Maddie hob sie auf, schüttelte sie in beiden Händen und warf sie ein zweites Mal.

Sie landeten im selben Muster wie vorher. Sie widersetzten sich still den Gesetzen der Physik und zwangen Maddie, ihre Botschaft anzuerkennen. Ein kleines Knochenstück landete etwas neben seiner früheren Position und glitt wie von einem Magneten gezogen in seine alte Stellung zurück. Maddie starrte das Muster stumm an.

Das Blut von Unschuldigen. Eine Katastrophe am Horizont, wie ein sich zusammenbrauender Sturm.

Ihre Fingerspitzen fuhren abermals den Rand der Knochenformation ab. Von links nach rechts und wieder zurück, gewunden, schlangenlinienartig.

Treibende und planende Schatten. Umtriebe im Land der Toten.

Maddies Augen verengten sich zu Schlitzen und glitzerten im schwachen Licht.

Nein. Die Toten sind hier. In New York.

Elf

Eine halbe Stunde später betrat Lionel ein *24 Connect*, ein Internetcafé, das rund um die Uhr geöffnet hatte. Computer mit mächtigen Bildschirmen standen auf vier langen Tischreihen und hingen an einem Kabelgewirr, das wie ein Tintenfischnest wirkte. An den Wänden saßen unter Postern für Ballerspiele und Fantasy-Rollenspiele einige Versprengte an kleinen Tischen und beugten sich über ihre zerschundenen Laptops. Lionel gab zehn Dollar für eine Stunde Computerzeit aus und weitere vier für eine lauwarme Cherry Coke in einem Plastikbecher. Die Preise waren Wegelagerei, aber er hatte keine Zeit, nach günstigeren Angeboten zu suchen.

Er setzte sich auf einen leeren Stuhl in der hintersten Reihe, öffnete einen privaten Browser und machte sich an die Arbeit.

Als Erstes wollte er ein knappes Dossier über Ray Barton erstellen. Lionel hatte früh gelernt, dass ein Enthüllungsjournalist ungefähr die gleichen Fähigkeiten wie ein privater Ermittler besitzen musste. Einige der besten Ratschläge, die er je erhalten hatte, stammten von einem Detektiv, der sich auf die schmierigsten Scheidungsfälle spezialisiert hatte. Er hatte gesagt, dass jedermann Spuren hinterließ. Und je allgegenwärtiger die Technik wurde, desto einfacher war es, diesen Spuren zu folgen.

Lionel gab Bartons Namen in alle ihm bekannten speziellen Suchmaschinen wie Tracers, TLOxp oder IRBsearch ein und erntete die Daten des Toten mit einigen Mausklicks. Es war ein wahrer Strom an Informationen, von denen nur wenige wichtig waren: widersprüchliche Einschätzungen zur Kreditwürdigkeit und ein gewiss unvollständiges Vorstrafenregister – allesamt kleinere Vergehen, da Schwerverbrechen nur selten zur Anklage kamen – sowie verschiedene registrierte Adressen. Wenn Lionel nicht schon gewusst hätte, dass Barton ein Verbrecher mit Mafiakontakten gewesen war, dann wäre es ihm nun klar geworden.

Sein eigentliches Ziel aber war Bartons mysteriöse SMS-Freundin Rosa. Sie wusste offenbar, dass Barton geplant hatte, das Poe-Manuskript zu verkaufen, und sie hatte einen Anteil des Erlöses für sich beansprucht. Damit war sie die beste Spur, die Lionel gegenwärtig hatte, falls sie überhaupt noch unter den Lebenden weilte. Wenn Bartons Mörder das, was sie haben wollten, nicht aus dem Safe mitgenommen hatten, war jeder, der mit dem Mann in Verbindung gestanden hatte, in Gefahr.

Barton hatte ein Facebook-Profil. Perfekt. Er hatte es kaum benutzt – seine letzte Eintragung lag einen Monat zurück und verkündete lauthals seinen Geburtstag –, aber die Liste seiner Freunde umfasste dreihundert Personen. Lionel betrachtete das Mosaik aus Gesichtern, und ein Name nach dem anderen tauchte unter seinem Cursor auf.

Ray hatte dreihundert Freunde, aber nur eine Rosa.

Sie war kaum zwanzig Jahre alt, hatte eine sonnengebräunte Haut, große Disney-Prinzessinnenaugen, und über ihren ganzen linken Arm zog sich die pechschwarze Tätowierung erblühender Rosen an einer Ranke. Ihr letztes Update, das vom vergangenen Abend stammte, zeigte Rosa und Ray Arm in Arm bei einer Hausparty. Sie hoben ihre roten Plastikbecher, grinsten und zeigten der Kamera den Stinkefinger.

»Omeingott«, hatte sie das Bild kommentiert, »war das etwa

das Haus der kleinen Bitty? Erinnere mich nicht mal dran, haha.«

Das konnte er benutzen. Normalerweise hätte sein nächster Schritt darin bestanden, den ersten Schritt zu wiederholen und Rosas vollständigen Namen durch den Datendschungel zu schicken. Aber ihr voller Name lautete dem Profil zufolge Rosa Gehtdichnixan.

»Vermutlich«, murmelte er, als er das Bild kopierte und durch ein Bilderkennungsprogramm sandte, »eine der vornehmen Gehtdichnixans aus den Hamptons.«

Nun hatte er Zeit für ein wenig soziale Manipulation. Im Hintergrund des Bildes saß ein schläfrig wirkender Kerl mit Dreadlocks auf einem Sofa und schmauchte einen Joint. Lionel zog ein Rechteck um das Gesicht des Kerls und sicherte es als neues Bild. Zehn Minuten später hatte er eine Einweg-Mailadresse mit einem frisch gefälschten Facebook-Eintrag verbunden, der den schläfrigen Raucher als Inhaber auswies. Rosa hatte über tausend Freunde mit ihrem eigenen Profil verbunden, und daher vermutete Lionel, dass sie nicht sehr wählerisch war. Er schickte ihr eine Einladung.

Nun lag der Ball auf ihrer Seite. Während er wartete, suchte Lionel in seinen Taschen herum und holte schließlich den Manschettenknopf hervor, den er vom Tatort mitgenommen hatte. Das Gesicht aus Onyx und die winzigen goldenen Hieroglyphen waren ein Detail, das einfach nicht zum Rest passte. Er suchte nach einer Webseite mit Listen von Hieroglyphen. Er hegte nicht die Hoffnung, sie übersetzen zu können – die alten Sprachen des Nahen Ostens waren nicht gerade sein Steckenpferd –, aber wenigstens hatte er dadurch etwas zu tun, während er darauf wartete, dass Rosa auf seine Freundschaftsanfrage antwortete.

Er hatte Glück. Lionel hatte angenommen, dass die drei

Hieroglyphen auf dem Manschettenknopf – ein Vogel, ein auf dem Kopf stehender Halbkreis und ein sitzender Mann – drei Buchstaben oder Wörter waren. Es stellte sich jedoch heraus, dass diese Zeichen den Namen eines Gottes bildeten.

Thoth, las er, *ist die griechische Ableitung des phonetischen* dhwty, *auch wiedergegeben als Djehuty oder Tetu. Er war einer der wichtigsten Götter im ägyptischen Pantheon und wurde üblicherweise in Paviangestalt oder als Mann mit Ibiskopf dargestellt. Er war der Gott des Wissens und der Gelehrsamkeit und wurde mit Magie, mit dem Mond und dem Bewahren von Geheimnissen in Verbindung gebracht.*

Lionel nippte an seinem Getränk und betrachtete den Bildschirm mit zusammengekniffenen Augen. Ray Barton war ein Undergroundpornograf gewesen, der Geld für die Russenmafia gewaschen hatte. Warum hatte er den Namen eines Gottes der Gelehrsamkeit auf seinen Manschettenknöpfen getragen? Es gab keinen klaren Weg von A nach B, und das nervte Lionel wie eine Fliege, die einem immer wieder nahe am Ohr vorbeibrummt. Er las weiter, richtete den Blick auf Darstellungen ausgeblichener Papyri, auf Bilder von Strafgerichten und von menschlichen Herzen, die auf einer Waage abgewogen wurden, während Thoth das endgültige Urteil schrieb.

Ein Foto in der Randleiste stach heraus. Es war das Bild einer vogelköpfigen Gottheit, die in einem Bronzerelief dargestellt war. *Lee Lawries* Thoth *(1939), Library of Congress, John Adams Building, Washington, D. C.* Lionel klickte darauf und erhielt eine Reihe von Fotos des John-Adams-Gebäudes, dessen östliche und westliche Türen der Künstler mit Bildern von Göttern aus aller Welt geschmückt hatte. Zum Thoth-Bild fand er bei der Götter-Liste eine Fußnote.

»Lawrie reichte 1939 eine Klage gegen das Architekturbüro Bruckman & Shale ein und behauptete, man habe seine Arbeit für das bedeutende Blackstone-Gebäude in New York kopiert. Bruckman & Shale entgegneten, die Vorlage stamme aus originalen archäologischen Quellen …«

Lionel ließ sich nur noch von seinem Instinkt leiten. Er suchte nach dem Blackstone-Gebäude – und hielt die Luft an. Es war ein Art-déco-Tempel, weniger ein Apartmenthaus als eine Ausstattung für einen Cecil-B.-DeMille-Film. Eine hoch aufragende Säulenreihe aus weißem georgianischem Marmor zog sich an der Straßenseite entlang und wurde bekrönt von Bildern sitzender ägyptischer Pharaonen. Große Buntglasfenster füllten den Raum zwischen den Säulen; es war ein Tumult von Farben und Umrissen, die Götter mit den Köpfen von Vögeln, Bullen und Käfern zeigten – eine heidnische Kathedrale im Herzen des Lincoln Square.

Das Gebäude hatte als Aufnahmestudio, als Collegecampus und – zweimal – als Wohnanlage mit Eigentumswohnungen gedient, bis es vor einem Jahrzehnt seine Türen geschlossen hatte, als die letzten Eigentümer in Konkurs gegangen waren. Seitdem stand diese Kathedrale im Fegefeuer; die Türen waren verschlossen, und umfangreiche Renovierungsarbeiten waren nur zur Hälfte ausgeführt worden. Es hatte immer wieder Gerüchte über mögliche Investoren gegeben, aber kein Projekt war bis zur Vertragsreife gediehen.

Lionel hob die Brauen, als er die Kommentare las. »Dieser Ort wirkt wie aus *Illuminati*«, bemerkte jemand, die sich selbst Pythia nannte. »Ägypten, Dreiecke, Pyramiden. Überzeugt euch selbst, Leute, es liegt direkt vor euren Augen!«

»Ja«, antwortete ein weiterer Kommentator, »erstaunlich, dass diese allmächtige Geheimgesellschaft überall Hinweise hinterlässt und du die Einzige bist, die klug genug ist, sie zu sehen. Oder vielleicht existieren sie gar nicht, und du bist ein Idiot.«

»Genau das sollt ihr glauben. Wacht auf, ihr Schäfchen!«

Ein dritter Kommentator mischte sich ein: »Halb richtig. Das Blackstone war die Zentrale einer Geheimgesellschaft, aber es waren nicht die Illuminaten, sondern der Thoth-Club. Die meisten der Vanderbilts waren Mitglieder, so wie Henry Ford und Andrew Carnegie. Daran war nichts Unheimliches; es war bloß eine Bruderschaft für reiche Kerle. Irgendwann in den Sechzigern wurde sie aufgelöst.«

»Offensichtliche Desinformationstaktik«, antwortete Pythia. »Du bist den Illuminaten auf den Leim gegangen.«

Lionel wollte gerade im Internet nach dem Thoth-Club suchen, als ein offener Reiter in seinem Browser flackerte. Rosa Gehtdichnixan hatte seine Freundschaftsanfrage bei Facebook akzeptiert.

Jetzt waren sie in Kontakt. Sie hatte ihm schon eine Nachricht geschickt: »Hey, du kommst mir bekannt vor. Warst du gestern auf Bittys Party? War toll.«

Er dachte sorgsam über seine Antwort nach. Ihm blieb nur ein einziger Versuch. Wenn er sie verschcuchte, verlor er seine einzige Spur.

»Entschuldigung«, murmelte er und tippte seine Antwort. »Ich musste deine Aufmerksamkeit erwecken. Mein Name lautet Lionel Page. Ich bin Reporter bei Channel Seven News in Chicago. Wenn du willst, kann ich dir eine Kontaktadresse meiner Chefin geben, und sie wird dir bestätigen, dass alles, was ich schreibe, zu hundert Prozent wahr ist. Ray Barton ist tot. Er wurde letzte Nacht ermordet; sein Leichnam wurde erst vor wenigen Stunden entdeckt, und du könntest in Gefahr sein. Wir müssen uns treffen. Such dir einen Ort aus, der dir passt – je öffentlicher, desto besser. Du kannst Freunde zum Schutz mitbringen, wenn du dich dann sicherer fühlst. Bitte nimm diese Nachricht sehr ernst.«

Er wartete. Und wartete. Entweder hatte er es vermasselt, oder sie forschte über ihn nach. Wie dem auch sei, sie hatte ihn noch nicht als Freund gelöscht, und das Fenster blieb offen. Zehn Minuten später antwortete sie.

»High Line. Heute, acht Uhr.«

Lionel trank den Rest seiner Cherry Coke, schaltete den Rechner aus und begab sich zur Tür des Internetcafés.

ZWÖLF

Maddie nahm ein Taxi nach Brooklyn.

Im Süden des Viertels schimmerte ein feuchter und stickiger Sonnenuntergang und verwandelte das Wasser hinter der Strandpromenade von Brighton Beach in ein Meer aus geschmolzenem Messing. Auf der Promenade strahlten elektrische Lichter unter einer langen geldscheingrünen Markise auf, die den Namen des Restaurants in gotisch wirkenden Goldbuchstaben trug: *Natalya*. Drinnen drängten sich einige runde Tische vor dem Halbkreis einer Bühne. Die königsblauen Vorhänge, die auf die Bühne herabhingen, passten zu den Tischdecken, bissen sich aber mit den Servietten auf jedem Teller, die in hellem Orange erstrahlten.

Samstags wurde hier Kabarett geboten. Heute aber war die Bühne leer, und Musik drang aus einem alten Stereosystem. Streicher, etwas Lustloses, Trauriges, Erinnerungen an die Heimat, vergiftet durch den Schmerz der Nostalgie.

Der Mann der Stunde saß am Tisch in der Mitte; seine orangefarbene Serviette flatterte wie ein Fähnchen, als er sie schwenkte; dann legte er sie sich über den Schoß. Er trug die Farbe seines Alters mit Stolz, hatte die glatten silbernen Haare zurückgekämmt und zeigte offen seine Geheimratsecken. Das einzig junge an ihm waren seine Augen. Jung und hungrig und auf die Frau gerichtet, die ihm gegenübersaß. Bei ihrem Eintreffen hatte sie alle Blicke auf sich gezogen; ihr Körper steckte in einem engen schwarzen Cocktailkleid, und eine schmale Tasche hing an einer silbernen Kette von ihrer Schulter herab.

Die Männer an der Eingangstür, die Maddie mit höflicher Anspannung begrüßt hatten und deren maßgeschneiderte Anzüge von ihren Handfeuerwaffen ausgebeult waren, hatten sie gebeten, ihre Handtasche bei der Kellnerin zu lassen. Sicherheitsgründe. Sie verstehe doch, oder? Ja. Sie gab vor, nicht zu bemerken, dass die Frauen, die sich um sie herum befanden, ihre Handtaschen in Reichweite hatten. So wie sie höflich übersah, dass die anderen Männer sie mit Raubtierblicken bedachten, während sie ihr Sodawasser tranken, die Weingläser aber unberührt ließen.

Ihr Tischgenosse hingegen trank für sie alle mit. Der Burgunder ergoss sich in seinen bodenlosen Schlund, und ein lautloser Kellner zog sich zurück und holte eine zweite Flasche. Der alte Mann hob sein Glas und betrachtete Maddie über den Rand hinweg.

»Du hast dich überhaupt nicht verändert, *Nočnitsa*. Du bist noch immer so schön wie bei unserer ersten Begegnung.«

»Weißt du, Aleksandr«, sagte Maddie, »die meisten Frauen würden Anstoß daran nehmen, als Nachthexe bezeichnet zu werden.«

Die Gläser klirrten unter seinem tiefen, kehligen Lachen.

»Ich glaube, du nimmst es in der richtigen Weise auf. Außerdem hast du den Titel geerbt. Wie geht es deiner Mutter übrigens?«

»Sie genießt ihren Ruhestand in Spanien«, antwortete Maddie.

»Schick ihr meine besten Grüße.« Aleksandr Sokolov lehnte sich auf seinem Stuhl zurück, trank seinen Wein und badete in der Geigenmusik. Sein Blick fiel in die Ferne. »Wir – ich und meine ganze Familie – verdanken dieser Frau so viel.«

»Sie war zur richtigen Zeit am richtigen Ort.«

»Ach ja. Zur richtigen Zeit am richtigen Ort, um meinem verrückten Hund von Großvater eine Kugel ins Herz zu schießen.« Er schenkte ihr ein kurz aufblitzendes Grinsen und blinzelte ihr über sein Glas hinweg zu. »Ich hätte es ihr normalerweise übel genommen, wenn ich nicht derjenige gewesen wäre, der sie dafür bezahlt hat. Weißt du, was komisch an deiner Mutter ist, *Nočnitsa*?«

»An meiner Mutter ist eine Menge komisch.«

Aleksandr hielt kurz inne. Sein Lächeln gefror, und der Humor verließ seine Augen. Nun sah er aus wie ein Geschäftsmann, der mit dem Stift in der Hand vor einem Vertrag sitzt, über seine Optionen nachdenkt und sich fragt, ob er ein großes Risiko eingehen soll oder nicht.

Seine Hand kam mit einem Foto aus der Tasche hervor. »Sie war der beste Aktivposten meiner Familie. Sie hat uns geholfen, das zu werden, was wir heute sind. An dem Tag, an dem sie ging, flehte ich sie an, doch zu bleiben – und du weißt, dass ich kein Mann bin, der andere anfleht. Aber sie musste gehen. Zwanzig Jahre später erfahre ich, dass sie eine Tochter hat. Dasselbe Blut. Dasselbe Geschäft. Dieselbe …« Er verstummte und suchte nach dem korrekten englischen Ausdruck. »Dieselbe göttliche Fähigkeit. Aber eines frage ich mich andauernd. Es hält mich nachts wach.«

Er legte das verblasste Polaroidfoto zwischen ihnen auf das königsblaue Tischtuch. Der schlechten Mode und der noch schlechteren Frisur nach zu urteilen, stammte das Foto aus den Siebzigerjahren – im Winter, denn es fiel leichter Schnee –, und im Hintergrund waren die Türme des Kreml auf dem Roten Platz zu sehen. Aleksandr war darauf ein viel jüngerer Mann, mit kalten Augen, aber lächelnd, sich spreizend wie ein Pfau und mit einer Frau an seinem Arm. Einer bleichen, dünnen Frau, deren Locken unter ihrer Häkelmütze hervorlugten.

»Ich frage mich immer«, sagte er und klopfte sich mit dem Zeigefinger gegen die Schläfe, »wie es kommt, dass die Tochter der Mutter *so* ähnlich sieht. Sie wirken eher wie eineiige Zwillinge. Oder …«

Er verstummte wieder und ließ den Rest seines Gedankens unausgesprochen. Die Frage, die er hatte stellen wollen, verwehte knapp vor der Ziellinie.

Maddie legte die Spitze eines scharlachroten Fingernagels auf den Rand des Fotos.

»Meine Mutter mag es nicht, wenn Aufnahmen von ihr herumgeistern«, sagte sie und hielt Aleksandrs Blick stand. »Und mir gefällt es ebenso wenig.« Mit dem Nagel zog sie das Polaroid auf ihre Seite des Tisches. »Das nehme ich mit.«

Einen Augenblick lang spiegelte sein Gesicht eine Reihe widersprüchlicher und miteinander kämpfender Gefühle. Der Schwung hatte ihn verlassen; er hatte die Hand zurückgezogen, bevor er sich die Finger verbrennen konnte, und nun fand er nicht zurück in sein Gleichgewicht. Aleksandr legte einen anderen Gang ein und versuchte, die Kontrolle über das Gespräch zurückzugewinnen.

»Du bist sehr lange nicht mehr in New York gewesen.«

»Ich hatte ein paar Schwierigkeiten«, sagte Maddie. »Sie haben nichts mit unserer Geschäftsbeziehung zu tun. Es ist eine andere Art von Schwierigkeiten.«

»Und dennoch bist du hier«, sagte er und hob sein Weinglas. »Das bringt mich zu der Frage nach dem Warum.«

Erneut stockte er kurz vor der wahren Frage. Maddie wusste um seine Sorge, und sie kannte den Grund, weshalb er das Restaurant heute Abend geschlossen und alle Tische mit seinen eigenen Leuten besetzt hatte.

»Du bist nicht der Grund, aus dem ich hier bin, Aleksandr.«

Er stieß den angehaltenen Atem aus. Seine Schultern sackten ein wenig herunter.

»Niemals«, sagte Maddie. »Wir haben eine lange gemeinsame Geschichte. Loyalität ist mir wichtig, und solange du loyal zu mir bist, bin ich es zu dir. Ich hatte einige Angebote.«

Er kniff die Augen zusammen. »Pietrowitsch.«

»Ich wusste, dass es dich nicht überraschen würde. Er hat mit mehreren Handvoll Rubel vor meiner Nase herumgewedelt. Und wenn er versucht hat, mich für den Job anzuheuern …«

»Dann versucht er es auch bei anderen«, brummte Aleksandr. »Bei solchen, die keine Loyalität kennen. Danke dafür. Aber du hättest mich mit einem Telefonanruf warnen können. Warum der persönliche Besuch?«

»Wegen der Sache, die mich hergeführt hat. Du hast – nein, seit letzter Nacht *hattest* du – einen Mann namens Ray Barton in deinen Diensten.«

Aleksandr runzelte die Stirn und winkte den Oberkellner herbei. Der Mann im Frack verneigte sich tief, die beiden führten ein leises Gespräch in wahnsinnig schnellem Russisch. Schließlich nickte Aleksandr und schickte den Mann fort.

»Ja, ja. Barton. Pardon, aber er ist nicht gerade das hellste Licht in meiner Organisation. Man könnte es auch so sagen, dass du gerade den Vorstandsvorsitzenden nach dem Jungen in der Poststelle fragst. Warst du diejenige, die …« Er deutete mit dem Finger gegen seine Schläfe.

»Nein. Ich habe ihn so vorgefunden. Ich wollte nur mit ihm über ein Manuskript sprechen, nach dem meine Auftraggeberin sucht. Klingelt da vielleicht etwas bei dir? Ein altes Schriftstück aus der Mitte des 19. Jahrhunderts. Ich weiß nicht, woher er es hatte, denn so etwas gehörte nicht zu seinen üblichen Geschäften.«

Aleksandr schnippte mit den Fingern und nickte.

»Jetzt, wo du es erwähnst... Ja. Ich habe dieses Dokument nie gesehen, nicht mit eigenen Augen, aber er hat mich deswegen angesprochen. Raymond war ein guter Geldwäscher, aber ein lausiger Geschäftsmann. Er hat es zu sehr angepriesen.« Aleksandr rollte theatralisch mit den Augen. »Oh, es ist ein unbezahlbares Manuskript, bestimmt viele Millionen wert, ein verlorenes Meisterwerk von Edgar... Edgar...«

»Edgar Allan Poe«, sagte Maddie.

Aleksandr richtete seinen Zeigefinger auf sie. »Genau der. Aber was gehen mich Horrorgeschichten an? Wenn es ein verlorener Dostojewski gewesen wäre, hätten wir vielleicht miteinander reden können. Ich habe ihm gesagt, dass er zu viel erwartet und er es zu einem Buchhändler bringen solle, der sich auf solche Sachen spezialisiert hat – wir sind schließlich in New York, und es muss hier mindestens ein Dutzend solcher Händler geben –, es dort anbieten, es verkaufen und dann vergessen solle. Warum hat er einen solchen Wirbel darum gemacht?«

»Er hat also nicht erwähnt, wo er es gefunden hat?«

»Nein.« Aleksander nahm wieder einen Schluck Wein und zog die Stirn kraus. »Er hat das Manuskript nur noch ein einziges Mal erwähnt, ein paar Tage später. Er meinte, er habe jetzt jemanden gefunden, der ihm helfen werde, das Ding zu verkaufen.«

»Er hat deinen Rat angenommen?«, fragte Maddie.

»Es war kein Buchladen. Nein, dieser Mann, Raymonds Partner, hatte Freunde, Kunstsammler, eine sehr private Gesellschaft. Sie halten untereinander Auktionen ab. Dort wollten sie die Handschrift versteigern.« Aleksandr machte eine abweisende Handbewegung. »Sie nennen sich Thoth-Club. Das ist wohl der Name eines Gottes, an denen sich keiner mehr erinnert – als ob sie dadurch zivilisiert wirken würden.

Bourgeoise Dilettanten mit mehr Geld als Geschmack. Ich habe ihm viel Glück gewünscht, und das war alles. Ich will dich etwas fragen, *Nočnitsa*: Glaubst du, dass Raymonds Tod etwas mit diesem Unsinn zu tun hat?«

»Er war ein Krimineller. Vermutlich gibt es viele Gründe, warum ihn jemand tot sehen wollte«, erwiderte Maddie. Sie dachte weiter über die Frage nach, während sie an ihrem Wein nippte. Er hatte einen erdigen Geschmack nach Torf und muffigen Kirschen. »Er war also ein Mitglied deiner Familie. Ich nehme an, dass das kein Geheimnis war?«

»Es war den richtigen Leuten bekannt.«

Sie nahm diese Information in sich auf. »Also wusste jeder Eingeweihte, dass eine Handlung gegen Ray Barton eine Handlung gegen dich ist. Eine Einladung zur Vergeltung.«

Aleksandrs Stirn legte sich in Falten. »Das ist richtig.«

Ein Kellner trat an den Tisch, herbeigerufen durch ein fast unmerkliches Nicken von Aleksandr, und stellte eine weiße Papiertüte neben Maddies linke Hand. Es war eine Tragetasche für eine Mahlzeit, die sie nicht bestellt hatte. Sie öffnete sie und schaute hinein. Zwei Bündel sauberer Geldscheine befanden sich darin, frisch von der Bank – oder woher auch immer Aleksandr sie haben mochte – und zusammengehalten von steifen Pappbanderolen.

»Ich habe jetzt wirklich nicht die Zeit, mich um Pietrowitsch zu kümmern«, sagte sie.

»Das ist kein Geld für einen Pietrowitsch-Auftrag«, sagte ihr Gastgeber. »Es ist eher ein … Zeichen der Dankbarkeit meiner Familie. Ein Geschenk für all das, was du für uns möglich gemacht hast.«

Es ist also Du-bist-nicht-die-Nächste-Geld, dachte Maddie. Sie schloss die Papiertüte und zog sie in stummer Anerkennung ein wenig näher zu sich heran.

»Möge unsere Freundschaft lang und gesund sein«, sagte sie.

Ein Flackern der Erleichterung zeigte sich auf Aleksandrs Gesicht. Dann kam er zurück zum Geschäft. »Also … Raymonds Tod. Eine Botschaft an mich? Ein absichtlicher Affront?«

»Niemand, der einen Bandenkrieg beginnen will, nimmt sich für die erste Salve einen so unbedeutenden Widerling wie Ray vor«, sagte Maddie. »Nein, das war weder Pietrowitsch noch einer deiner anderen Rivalen. Das ergibt keinen Sinn. Es muss ein Außenseiter gewesen sein – jemand, der nicht wusste oder dem es egal war, welche Schwierigkeiten er sich damit einhandelt, wenn er einen Mann tötet, der unter deinem Schutz steht.«

»Und was von beiden war es?«, fragte Aleksandr. »Unwissenheit oder Ignoranz?«

Wieder kam ein Kellner herbei. Sie schwiegen, während der Mann ihre Gläser nachfüllte. Maddie wechselte von Wein zu Mineralwasser. Sie wollte unbedingt einen klaren Kopf behalten.

»Sie haben ihn gefoltert, umgebracht, seinen Safe ausgeräumt und nicht einmal versucht, die Leiche zu verstecken oder das Verbrechen zu vertuschen«, sagte sie. »Meine Intuition sagt mir, dass es ihnen egal war. Sie halten sich für unantastbar. Meine Intuition sagt mir auch, dass sie erwarten, dass du nach ihnen suchst. Aber mich erwarten sie nicht.«

»Deine Intuition«, wiederholte er.

»Meine Intuition täuscht mich nur selten.« Sie schenkte ihm ein schwaches Lächeln und hob ihr Wasserglas. »Das habe ich von meiner Mutter.«

Dreizehn

Die High Line – die den Namen und einen Teil der Adresse mit Lionels Hotel teilte – führte durch den westlichen Teil von Manhattan. Sie war eine Trasse der Hochbahn gewesen, die von Hell's Kitchen zum Viertel der Schlachthöfe verlief, bis ein zerstörtes Gleis sie von der West Side Line abgeschnitten hatte. Die Stadt fand stets neue Verwendungen für alles Mögliche. Brücken wurden zu Fußwegen, Geländer erblühten unter rostfreien Pflanzgefäßen, die mit nährstoffreicher Erde gefüllt waren, mit dem kalten New Yorker Regen bewässert wurden und in denen es wild und grün blühte. Das abgetrennte tote Glied des Nahverkehrssystems hatte ein neues Leben als zweieinhalb Kilometer langer, schmaler öffentlicher Park gefunden.

Auf der einen Seite brachten die letzten schimmernden Sonnenstrahlen den Hudson River zum Erglühen, auf der anderen lehnte sich Lionel gegen das polierte Geländer und schaute hinunter auf eine Stadtschlucht, an deren Laternen Wimpel für das Whitney Museum of American Art hingen. Ihm war nicht klar gewesen, wie lang die High Line war und dass der Park auch noch um acht Uhr abends von Touristen, Paaren und Joggern bevölkert wurde, die zwischen den Bäumen und Wildblumen um ihren Platz auf der gewundenen Bahntrasse kämpften. Er schickte Rosa eine Nachricht mit der Bitte um die Angabe eines genaueren Treffpunkts.

»Bei der Treppe zur 27th«, antwortete sie. Er ging dorthin und hielt die Augen offen.

Sie war nicht schwer zu erkennen. Sie sah genauso aus wie auf ihrem Bild, trug ein grelles purpurfarbenes Bustier und eine Yogahose, und ihre Augen waren hinter einer klobigen Plastiksonnenbrille verborgen. Mit dem Rücken lehnte sie sich gegen das Geländer und hielt die Arme eng vor dem Bauch gekreuzt. Sie wirkte wie ein verschrecktes Reh, das jederzeit davonschießen konnte. Lionel näherte sich ihr, ging dabei langsam und hielt die Hände offen und locker an seiner Seite.

»Ich bin Lionel«, sagte er. »Können wir hier reden?«

Sie sah ihn nicht an, redete an ihm vorbei, behielt ihn aber aus den Augenwinkeln im Blick.

»Ich habe die Cops angerufen. Sie sagen, dass du recht hast. Ray ist tot. Aber keine Einzelheiten.«

»Die willst du auch gar nicht hören.«

»Sie haben ihn ziemlich übel zugerichtet, was?«

»Weißt du, wer ›sie‹ sind?«, fragte er.

»Seine Angelegenheiten waren nicht meine Angelegenheiten«, sagte Rosa. »Das hat er mir immer gesagt. Ich habe gewusst, dass er die Finger in allen möglichen dunklen Sachen hat. Ich hatte bloß nicht angenommen, dass sich das irgendwann mal an ihm rächen würde. Und wieso soll *ich* etwas damit zu tun haben?«

»Du hast ihm eine Textnachricht über ein paar ›Blätter‹ geschickt, die angeblich eine Menge Geld wert sind.«

Sie schob ihre Sonnenbrille nach unten und sah ihn über den Rand hinweg an.

»*Darum* geht es?« Sie setzte sich die Brille wieder auf die Nase. »Verdammt. Das habe ich jetzt davon, dass ich helfen wollte. Ja, Ray hat irgendwie diese Mappe mit alten Blättern darin in die Finger bekommen. Alles altmodisch handschriftlich, wohl so etwas wie eine Kurzgeschichte.«

»Weißt du, woher er sie hatte?«

»Weiß nicht, will's auch nicht wissen«, sagte sie zu ihm. »Wie ich schon sagte, waren seine Angelegenheiten nicht meine Angelegenheiten. Ich war in ein paar von seinen Filmen, okay? Ich bin *Schauspielerin*. Abgesehen davon sind wir hin und wieder zusammen auf eine Party gegangen. Oder ich bin mit Freunden von ihm auf eine Party gegangen. Er hat den Termin gemacht und eine Provision kassiert, wenn du verstehst?«

Lionel nickte. »Und wie hast du geholfen? Bei den Blättern, meine ich.«

Sie schob den Arm hinter sich zum Geländer, zog die Schultern hoch und rollte mit einem müden Seufzen den Kopf.

»Da ist noch ein anderer Kerl, mit dem ich manchmal auf Partys gehe. Der Knabe ist *stinkreich*. Reine Wall Street. Er sammelt alles mögliche historische Zeug. Als er einmal völlig mit Koks zugedröhnt war, hat er damit angegeben und gesagt, er sei ganz dicke mit diesen Kunstsammlern. Hat sie ... wie hat er sie noch gleich genannt?« Sie schnippte mit den Fingern, als sie sich zu erinnern versuchte. »Tot ... irgendwas mit tot.«

»Der Thoth-Club?«, fragte Lionel

»Ja, das klingt gut. Was auch immer. Anscheinend sind das reiche weiße Leute, die Reiche-weiße-Leute-Scheiß machen. Also hab ich die Kupplerin gespielt. Hab meinen reichen Wade zu Ray geschickt, weil ich dachte, die beiden könnten ein Geschäft machen, und ich bekomme etwas davon ab. Ich habe gehört, sie wollten was mit Wades Kumpels einfädeln und die Blätter bei ihrem nächsten Treffen verkaufen. Sag mir: War das der Grund, warum Ray sterben musste? Hat er diese Blätter jemandem gestohlen?«

»Das glaube ich, ja«, sagte Lionel. »Wer hatte denn das Manuskript in Besitz? War es in Rays Safe?«

»Nö. Wade hat es ihm vor ein paar Tagen abgenommen. Er

meinte, er müsste die Echtheit überprüfen lassen. Ein Professor oder so jemand müsste schwören, dass es keine Fälschung ist. Sonst würde es niemand kaufen.«

Ray hatte bestimmt geredet, bevor er gestorben war. Wenn Lionel etwas wusste, nachdem er den Zustand von Rays Leichnam gesehen hatte, dann war es das. Er trat ein wenig näher an Rosa heran und erstarrte, als sie gereizt reagierte. Der Sensor für ihre Distanzzone war ein äußerst fein eingestelltes Instrument.

»Es ist sehr gut möglich, dass der Mörder hinter dem Manuskript her war«, sagte er zu ihr. »Ich muss wissen, wie ich mit diesem Wade Kontakt aufnehmen kann.«

»Dawson. Wade Dawson. Er arbeitet bei *Stamford and Cross Investment Partners*. He, und was ist mit *mir*? Muss ich mir Sorgen machen, dass sie auch zu mir kommen?«

Lionel dachte darüber nach, betrachtete die Sache aus allen Blickwinkeln, doch am Ende schüttelte er den Kopf.

»Nein, das glaube ich nicht. Sie sind hinter dem Manuskript her. Du hast es nicht, und das wird Ray ihnen gesagt haben. Also haben sie keinen Grund, dir einen Besuch abzustatten.«

»Er hätte lügen können. Ray hat sich täglich den Arsch abgelogen.«

Lionel hatte eine kurze Vision von Rays Tod. Er sah den zusammengesackten Leichnam auf dem Bondage-Thron. Den Tisch mit der Zange und dem Akkubohrer.

»Er hat nicht gelogen«, sagte Lionel.

Was immer Rosa in seinen Augen erblickte, veranlasste sie dazu, ein paar Schritte zur Seite zu machen.

»Ja«, sagte sie. »Okay.

»Wie dem auch sei«, meinte er, »du solltest dich zu deiner Sicherheit für eine Weile versteckt halten. Was kannst du mir sonst noch über Wade sagen?«

»Nur dass er hinter geschlossenen Türen ein Freak ist. Er hat zu Hause eine Frau, und nachts wird er seltsam. Manchmal mache ich Party mit ihm und diesem Mädchen, das ich hin und wieder bei ihm sehe. Chantille. Sie ist kaum älter als sechzehn, und er weiß es. Er mag sie jung, besonders wenn er ein paar Pillen eingeworfen hat.« Rosa streckte den Finger vor und wackelte damit, sodass er wie ein toter Fisch wirkte. »Er kriegt keinen mehr hoch, wenn er ein paar Pillen hatte, aber er versucht es trotzdem. Das ist doch keine Sache für die Cops, oder? Und was hast du damit zu tun? Du bist doch nicht einmal von hier.«

Er wünschte, er könnte ihr eine Antwort darauf geben, die einen Sinn ergab und nicht wie eine Lüge klang, sobald er sie aussprach. Er war aus einem ganz einfach wirkenden Grund nach New York gekommen, hatte einen oder zwei Tage Arbeit und einen raschen Erfolg erwartet – und all das nur, weil er sich einen allzu eifrigen jungen Reporter hatte vom Hals halten wollen. Nun war dieser Reporter tot, der letzte Mann, in dessen Besitz sich das Poe-Manuskript befunden hatte, war ebenfalls tot, und die Polizei in zwei Städten hatte ihn deshalb im Visier.

Jene seltsame Empfindung des Fallens, die er verspürt hatte, als er über Reginas Angebot nachgedacht und die Abmachung mit ihr getroffen hatte, überkam ihn nun erneut. Lionel fühlte sich, als würde er eine enge Wendeltreppe hinuntergezerrt, die in eine Säule aus mitternachtsschwarzem Stein gemeißelt worden war, und hätte nichts als eine flackernde Kerze kurz vor dem Erlöschen dabei. Er konnte nicht einmal nach oben schauen. Die Finsternis unter ihm zog ihn magnetisch an, und je tiefer er stieg, desto schwerer wurde es stehen zu bleiben.

Und Lionel wollte nicht stehen bleiben. Er wollte nicht aufhören. Seine Nase verriet ihm, dass hier eine Story auf ihn wartete, etwas Größeres als das Poe-Manuskript, größer auch als der Mord an Ray Barton. Und er wollte nicht ohne diese Story abreisen.

»Es könnte noch gefährlicher sein, wenn die Polizei mitmischt«, sagte er zu ihr und hoffte, dass sie seine Argumentation nicht hinterfragte. Er legte sie sich zurecht, während er weiterredete. »Es ist besser, wenn ich Wade persönlich warne.«

»Aber lass meinen Namen aus dem Spiel. Ich will nicht, dass Wade sauer auf mich ist.«

»Du bist eine vertrauliche Quelle«, sagte Lionel. »Dein Name wird niemals über meine Lippen kommen.«

Auf der High Line wurde es allmählich dunkel. Rosa nahm trotzdem ihre Sonnenbrille nicht ab. Daher konnte er ihre Augen nicht sehen, aber er spürte, dass sie ihn eingehend musterte, über seine Worte nachdachte und herauszufinden versuchte, ob sie aus Zuckerwatte oder Stein bestanden. Sie nickte ihm kurz zu.

»Pass auf dich auf. Wade ist … speziell.«

»Speziell?«

»Er ist nicht gewalttätig oder so«, sagte Rosa. »Er hat mich nie geschlagen, und auch nicht die anderen Mädchen, mit denen er auf die Partys geht, soweit ich weiß. Aber er steht immer irgendwie unter Strom. Er tut dir zwar nichts, aber er *will* es tun. Ich habe ihn nie wirklich wütend gesehen, und ich kann gut darauf verzichten.«

»Ich werde vorsichtig sein. Danke, Rosa.«

Er drehte sich um und wollte gehen. Sie hob das Kinn und sah ihn an. »Hey. Reporter.«

Lionel schaute zurück zu ihr.

»Vertrauliche Quelle. Zahlt sich das aus?«

Er griff in seine Geldbörse, faltete zwei Zwanziger um seine Fingerspitzen und hielt sie ihr entgegen. Sie ließ die Scheine verschwinden.

Teelichter tanzten in der Dunkelheit vor Lionels Hotel und warfen treibende Schatten über die abgesondert stehenden Tische und die Bar unter freiem Himmel. Die Gäste einer Party füllten den Raum zwischen der neogotischen Fassade des früheren Klosters und dem von Gebüsch gesäumten Eisenzaun, der einen Schutzwall um das gesamte Anwesen bildete. Heute Abend konnte Lionel nicht mehr viel tun – der Besuch bei Rosas »Freund« würde bis morgen früh warten müssen –, aber ein Drink oder auch zwei wären ganz in Ordnung. Auf der Karte stand eine sorgfältig zusammengestellte Reihe von eisgekühlten Cocktails – gute Mittel gegen die Hitze der schwülen Sommernacht. Er fand einen Platz an der Bar und bestellte sich einen Mojito.

Der klare Rum-Mix kam in einem geeisten Glas, und ein Minzblatt neigte sich darin zur Seite wie eine Feder an einem Hut. Das sanfte Hintergrundgeräusch der Gespräche und der erste kühle Schluck seines Drinks legten einen Nebel um Lionel. Aus dem Gewirr der Stimmen waren keine deutlichen Worte und kein Sinn herauszuhören. Er stellte sein Glas ab und legte sich einen Schlachtplan für den nächsten Morgen zurecht. Bei Wade Dawson vorbeizuschauen war das Beste, was er machen konnte, aber es gab verschiedene Möglichkeiten, wie er es angehen konnte …

Plötzlich klirrte ein anderes, identisches Glas gegen seines. Er schaute hoch, war aus seinen Gedanken gerissen.

»Sieh an«, sagte Maddie. »Wir haben uns von Kaffeekameraden zu Mojitokameraden hochgearbeitet.«

Er hatte nicht bemerkt, wie sie sich neben ihn an die Bar

gesetzt hatte, aber da war sie nun. In ihren Augen glitzerte es, und ihr Lächeln schien ihn zu etwas aufzufordern. Wozu, wusste er nicht. Aber es spielte wohl auch keine Rolle.

»Zu heiß für Kaffee«, sagte er. »Verzeihen Sie das Klischee, aber … kommen Sie öfter hierher?«

»Immer wenn ich in der Stadt bin.« Sie deutete mit dem Kopf an der Bar vorbei zu dem sanften Licht hinter den Türen des Hotels. »Ich mag die Atmosphäre hier. Hier ist das Übernachten angenehmer als in jedem Haus einer Hotelkette.«

»Übernachten …« Lionel hielt inne und betrachtete sie. Ein Teelicht in einer Glaskugel auf der Theke warf einen blassen Schein auf ihre hohen Wangenknochen. »Ich war der Meinung, Sie seien eine Einheimische.«

Eine warme Brise wehte durch den Hof. Maddies schwaches Lächeln und die Herausforderung in ihrem Blick wurden umso stärker präsent, je mehr das Teelicht flackerte.

»Und eine Schauspielerin. Ja, Sie *glauben* diese Dinge. Ich habe aber nie gesagt, dass Sie richtig geraten haben. Reiseschriftsteller sollten den Details größere Aufmerksamkeit schenken.«

»Ich habe nie gesagt, dass ich Reiseschriftsteller bin.« Er nippte an seinem Mojito. »Ich habe nur gesagt, dass Sie nahe dran sind.«

Sie stemmte die Hand in die Hüfte und zog eine nicht ganz überzeugende Schnute. »Lionel, allmählich habe ich den Eindruck, dass unsere ganze Beziehung auf Lug und Trug errichtet ist. Wie soll ich Sie denn unter diesen Umständen an Thanksgiving zu meinen Eltern mitnehmen? ›Mama, Papa, das hier ist Lionel. Ich weiß wirklich nicht, womit er sein Geld verdient.‹ Das ist einfach inakzeptabel.«

Er versuchte, keine Miene zu verziehen. Er schaffte es drei Sekunden lang.

»Oh?«, gab er zurück. »Und wie werde *ich* mich wohl fühlen? ›Hallo allerseits, das hier ist Maddie. Ich habe davon geträumt, sie aus den Kulissen heraus zu beobachten und ihr bei ihrem erfolgreichen Debüt am Broadway einen Strauß Rosen zu überreichen. Aber dann habe ich herausgefunden, dass sie weder Schauspielerin noch New Yorkerin ist.‹«

»Wollten Sie mir wirklich Rosen bringen?«

»Natürlich hätte ich Ihnen Rosen gebracht«, sagte Lionel. »Wir in Chicago sind durchaus kultivierte Menschen. Egal, was die Leute an der Küste von dem Land denken, über das man bloß hinwegfliegt – wir sind keine völligen Barbaren.«

»Aha«, sagte sie und zeigte mit dem Finger über ihr Glas hinweg auf ihn. »Chicago wurde soeben bestätigt. Eine Spur. Eine gute Spur. Ich hatte recht, was Ihren Akzent und die Vokale angeht. Also bin ich bei unserem kleinen Wettbewerb gerade in Führung gegangen«

»Sie sind gut«, sagte er.

Sie hob eine Braue. »Sie haben *keine* Ahnung. Bei welchem Teil habe ich mich denn geirrt? Bei der Reise oder beim Schriftsteller?«

»O nein«, sagte er mit einem Grinsen. »Hier fehlt eindeutig die Gegenseitigkeit. Ich habe Ihnen solide Informationen über mich gegeben, und jetzt sind Sie an der Reihe.«

Maddie holte tief Luft und stieß ein melodramatisches Seufzen aus. Sie legte den Handrücken gegen die Stirn und gab sich geschlagen.

»Also gut, das ist nur gerecht. Ich stamme aus einer Stadt namens Athen.«

»Und es gibt ein Athen in …« Lionel dachte angestrengt nach. »Illinois, Michigan, New York, Pennsylvania …«

»Vergessen Sie nicht Georgia, Ohio, Alabama und Maine.

Vermutlich habe ich jetzt ein paar andere ausgelassen. Es ist ein ziemlich beliebter Name für eine Stadt.«

»Das hilft mir nicht viel weiter«, sagte er. »Aber ich glaube nicht, dass Sie aus den Südstaaten kommen.«

»Ah«, meinte sie und fächelte sich mit der Hand Luft zu, während sie ihren Mojito trank. »Mein Vater holt die Flinte raus, wenn er spitzkriegt, dass ich mit 'nem Kerl ausm Norden ausgeh. Aber es könnte das Risiko wert sein.«

Draußen vor dem Umzäunungsgitter war der Bürgersteig unter Lionels Füßen hart und unnachgiebig gewesen. Alles war real, vorhersehbar und fest geordnet. Aber als er in den Hof des Hotels getreten war, in den Kreis aus Eisen und Erde, hatte es den Anschein gehabt, als sei er in einen alten magischen Schutzbereich eingedrungen. Er befand sich auf heiligem Boden. Elfen schwirrten in den Teelichtern, glitzerten in Maddies Augen und in ihrem unablässigen amüsierten Grinsen.

Er war weit weg von zu Hause. Es gab keine Karten für diesen Teil von New York. Es gab nur eine Reiseführerin. Er wusste nicht, ob er ihr vertrauen konnte. Er wusste nicht, ob es ihm egal war.

»Ausgehen?«, fragte er. »Ist es das, was wir gerade tun?«

Sie zuckte lässig mit den Schultern. »Ich weiß nicht. Zwei Reisende, Schiffe, die in der Nacht aneinander vorbeisegeln … wer weiß schon, was noch alles passieren wird? Vielleicht gar nichts. Oder es wird eine jener leidenschaftlichen, herzzerreißenden, das ganze Leben verändernden Romanzen, über die so viele Bestseller geschrieben werden. Hatten Sie schon einmal eine solche Romanze?«

»Das kann ich nicht behaupten. Meine Ex-Freundinnen berichten überwiegend von schrecklicher Enttäuschung. Das ist das Einzige, was sie alle gemeinsam haben.«

Sie streckte die Hand aus. Mit der Fingerspitze berührte sie sein Glas und zog träge Kreise in das kalte Kondenswasser an der Außenseite.

»Hätten Sie gern eine, wenn es Ihnen möglich wäre?«

»Leidenschaft und Liebeskummer? Könnte ich vielleicht nur den leidenschaftlichen Teil bekommen?«

»Nein«, sagte Maddie. »Vergnügen ohne Schmerz ist Zeitverschwendung. Niemand hat je ein episches Gedicht über glückliche Menschen geschrieben, die alles bekommen, was sie haben wollen. Außerdem formen Verletzungen den Charakter. Also: Würden Sie es tun? Würden Sie sich in einen Hurrikan werfen, nur um der Erfahrung willen?«

Er dachte darüber nach und unterdrückte eine reflexartige Verneinung, bevor sie seine Lippen erreichen konnte. Er dachte an den Augenblick, als er nach der Entlarvung des Reverend Wright auf der Bühne gestanden und gesehen hatte, wie die Menge einer Flutwelle gleich auf ihn zuströmte, und er dachte an das Adrenalin, das wie ein Heroinschuss durch seinen Körper gerast war. Er hatte aus dem Herzen eines Aufruhrs berichten wollen, umgeben von einem wütenden Pöbel. Seine ganze Laufbahn hindurch hatte er Grenzen weiter nach außen verschoben, war Risiken eingegangen und stets dicht am Rand der Flamme gesegelt, aber immer hatte er entkommen können, bevor seine Flügel Feuer fingen. Er könnte behaupten, dass das nur für seinen Job und nicht für sein Privatleben galt, aber das würde bedeuten, dass er so tat, als hätte er ein Privateben neben dem Job.

Lionel war ein Sturmjäger. Und Maddie war der Sturm.

»Sicher«, sagte er zu ihr. »Wenn ich die Gelegenheit dazu hätte.«

»Ich verspreche nichts«, sagte Maddie. »Aber ich will mehr über Sie wissen, Lionel. Ich schlage Ihnen einen Handel vor.«

»Nur zu.«

»Sagen Sie mir, für wen Sie arbeiten«, meinte sie, »und ich gebe Ihnen meine Telefonnummer. Und dann werden wir sehen, wie sich die Nacht weiterentwickelt.«

VIERZEHN

Lionel sah Maddie an, und sie beobachtete ihn in stiller Erwartung. Ihr Angebot hing wie ein Köder in der Luft zwischen ihnen. Für gewöhnlich redete er offen über seine Arbeit; wenn er daheim in Chicago vor der Kamera stand, war er so etwas wie ein C-Prominenter, und es gab nichts, dessen er sich schämen müsste. Aber er war nicht in offizieller Mission hier. Und auch wenn Regina Dunkle es ihm nicht ausdrücklich verboten hatte, beschlich ihn das Gefühl, dass sie es nicht gutheißen würde, wenn er über ihren Auftrag spräche.

Und dann war da noch der junge Reporter. Tot in einer Seitengasse, eine halbe Stunde, nachdem Regina Lionel versprochen hatte, dass er zum Schweigen gebracht würde.

Das hatte ihn dazu veranlasst, den Mund zu halten, als er die Gelegenheit hatte, Brianna um Hilfe bei den Nachforschungen zu bitten, und vor allem als die Cops ihn hier in New York verhört hatten. Er konnte all seine Karten auf den Tisch legen – bis auf eine.

»Ich bin Reporter«, sagte er. »Sie hatten also fast recht.«

»Ich war mir *sicher*, dass Sie Autor sind.«

»Ich habe tatsächlich einmal ein Buch geschrieben«, sagte Lionel. »*Ein* Buch. Es ist einfach so aus mir herausgeflossen.«

Maddie nahm eine Serviette von einem Stapel auf der Theke, holte einen Stift heraus und schrieb etwas auf.

»Ich suche andauernd nach neuem Lesestoff. Ein Roman?«

»Es ist so etwas wie der erste Teil meiner Memoiren«, sagte

Lionel zu ihr. »Ich habe mir einen Namen damit gemacht, Betrüger, Schwindler und Hochstapler zu entlarven. Enthüllungsjournalismus. Es ist so etwas wie eine Sammlung meiner größten Erfolge.«

Sie schob ihm die Serviette entgegen. Darauf standen sieben fein gemalte Ziffern und eine Vorwahlnummer.

»Meine Telefonnummer«, sagte sie. »Sie sind bestimmt aus beruflichen Gründen hier. Was untersuchen Sie gerade?«

Er faltete die Serviette sorgfältig zusammen, nachdem er mit dem Finger über die Tinte gefahren war und sich vergewissert hatte, dass sie getrocknet war, und steckte sie ein. »Bekomme ich denn gar nichts?«

»Das haben Sie doch gerade. Wie versprochen.«

Lionel schüttelte den Kopf. »Ich wollte sagen: Erfahre ich denn nichts über Sie?«

»Vielleicht gefällt es mir, eine Frau mit Geheimnis zu sein.«

»Na los, geben Sie mir etwas. Was machen Sie beruflich?«

»*Argh.*« Sie rollte die Augen. »Haben Sie sich je gefragt, warum diese Frage der Tod jeder Konversation ist? Immer wollen die Leute wissen, welchen Beruf man hat. Nicht, was man mag oder was man hasst, sondern was man zum Gelderwerb treibt. Was sagt das über uns als Gesellschaft aus?«

»Haben Sie mir nicht die gleiche Frage gestellt?«

»Ich habe gefragt, für wen Sie arbeiten«, erwiderte Maddie. »Das ist nicht dasselbe wie die Frage nach dem Beruf. Es handelt sich um einen feinen semantischen Unterschied.«

»Na gut«, meinte Lionel. »Für wen arbeiten Sie denn?«

Ihr Lächeln fiel nicht in sich zusammen, aber das belustigte Glitzern in ihren Augen verblasste ein wenig. Wieder wehte eine Brise durch den Hof und wirbelte die feuchte Luft umher. Das Teelicht in dem Glasgefängnis zwischen ihnen zitterte und neigte sich zur Seite.

»Ich bin in einer Versicherung«, sagte sie.

Er hielt den Kopf schräg und hob seinen Drink. So wie die Worte von ihrer Zunge gesprungen waren, hatte es geklungen wie »Ich bin eine Versicherung«. Das Eis in seinem Mojito war zu kleinen Splittern geschmolzen, und das Glas fühlte sich glitschig an. Er spürte den Geist ihrer Fingerspitzen dort, wo sie kleine Kreise in das Kondenswasser gezeichnet hatte.

»Eine Schadensregulierererin oder so etwas?«

»So etwas.« Das Licht kehrte in ihre Augen zurück, und ihr Lächeln bildete eine neue Herausforderung. »Wie lange werden Sie in der Stadt bleiben?«

Lionel rieb sich den Nasenrücken. Normalerweise vertrug er eine Menge Alkohol – eine Grundvoraussetzung für jeden gestandenen Reporter –, aber das eiskalte Getränk hatte sich an ihn herangeschlichen wie ein Räuber mit einer Rolle Kleingeld in der fleischigen Faust. Der Alkohol fiel ihn von hinten an, und Lionel wurde schwindlig. *Das ist die Hitze,* dachte er. *Schleichende Austrocknung und der Schnaps werden morgen für einen höllischen Kater sorgen, wenn ich nicht sofort aufhöre.*

»Vermutlich ein paar Tage. Ich finde es grässlich, dieses Gespräch jetzt abzubrechen, aber ich brauche unbedingt ein wenig Schlaf.« Er hielt inne und sah sie eindringlich an. »Möchten Sie … ich weiß nicht … vielleicht mit mir zu Mittag essen? Morgen?«

Sie kippte den letzten Schluck ihres Drinks hinunter und stellte ihr Glas neben das seine. »Ich glaube, das sollte möglich sein. Rufen Sie mich an. Kommen Sie, ich gehe mit Ihnen nach drinnen.«

Sie durchquerten die Lobby – in der es sehr ruhig geworden war – und warteten darauf, dass der Aufzug zu ihnen hinuntergekrochen kam. Sie stiegen gemeinsam ein. Er drückte den

Knopf für den dritten Stock, sie drückte auf die zwei. Als sie Maddies Stockwerk erreichten, blieb sie in der offenen Aufzugtür stehen und hielt sie mit dem Absatz ihres glänzenden Stöckelschuhs auf. Ihre Blicke begegneten sich. Einen Augenblick lang glaubte Lionel, sie würde ihn auf ihr Zimmer einladen. Aber dann warf sie ihm ein Grinsen zu und zog den Fuß zurück.

»Süße Träume, junger Löwe«, sagte sie, während sich die Tür rumpelnd zwischen ihnen schloss.

Im Badezimmer seiner Suite goss sich Lionel ein Glas Wasser ein und stürzte es hinunter. Dann noch eines. Und ein drittes. Wenn es ums Trinken ging, war das Nachspülen mit Wasser das einzige zuverlässige Gegenmittel gegen einen Kater, das er bisher kennengelernt hatte, und er hatte schon vieles versucht. Sobald die Sonne aufging, würde er auf die Großwildjagd gehen, und dazu brauchte er all seine Sinne in funktionsfähigem Zustand.

Er fiel auf das unvertraute Bett, schlüpfte unter die unvertrauten Laken und trieb in einen unruhigen Schlaf.

Er wusste nicht, wie spät es war, als er aufwachte. Kein Licht leuchtete an den Rändern der Vorhänge, kein Laut von der Straße drang herein. Er hörte nur das Rascheln von Schritten.

Jemand befand sich in seinem Zimmer.

Sein vom Schlaf benebeltes Hirn versuchte, diese Information zu verarbeiten. Er hatte die Tür abgeschlossen und den Riegel vorgelegt. Es hätte niemandem möglich sein dürfen, hineinzugelangen … aber da war die Person, ein Schatten am Rand seines Schlafzimmers, über den Schreibtisch gebeugt. Er dachte daran, die Laken zurückzuschleudern, aufzuspringen und den Eindringling mit einem lauten Schrei zu überraschen – doch dann drehte sich der Schatten, und er sah die Umrisse einer Pistole in der Hand der Gestalt. Es war eine schmale Pistole, auf deren Lauf ein langer Schalldämpfer geschraubt war.

Lionel hatte Artikel über die Mafia geschrieben und über Auftragsmörder berichtet. Er wusste, dass es nur einen Grund gab, warum ein Einbrecher eine Waffe mit Schalldämpfer dabeihatte: Er wollte jemanden leise töten und unbemerkt entkommen.

Seine Muskeln versteinerten. Er bekämpfte den plötzlich einsetzenden Fluchtimpuls. Jeder seiner Nerven schrie ihm zu, er sollte zum Angriff übergehen. Er aber tat das Klügste, was er tun konnte. Er lag vollkommen reglos da, mit halb geschlossenen Augen, beobachtete den Eindringling durch die Wimpern hindurch und tat so, als schliefe er. Wenn er etwas unternahm – irgendetwas –, würde er erschossen werden. Er beschloss, das Spiel weiterzuspielen. Wenn der Dieb bloß sein Zimmer durchsuchte, konnte er mitnehmen, was er haben wollte; das Bargeld in Lionels Brieftasche war nicht so viel wert wie sein Leben.

Aber wenn er sich mit der Waffe in der Hand dem Bett nähern sollte, war das eine ganz andere Sache.

Es gab Zeiten, in denen sich Lionel, eigentlich ein Skeptiker bis ins Mark, halbherzig wünschte, er könnte an Gott glauben. Ein Gebet würde zwar vielleicht nicht helfen, aber es würde seinem fiebrigen Geist etwas zu tun geben. Doch stattdessen schluckte er seine Angst herunter, konzentrierte sich ganz darauf, still zu liegen und gleichmäßig zu atmen, und überdachte bei jeder Bewegung, die der Schatten machte, seine Möglichkeiten. Nun wandte er Lionel den Rücken zu, und dieser hörte, wie der Reißverschluss seines Koffers aufgezogen wurde.

Jetzt, dachte er. Vermutlich war das die beste Gelegenheit. Die einzige Gelegenheit. Er sollte aufspringen, drei schnelle Schritte durch das Zimmer machen und den Eindringling von hinten niederschlagen …

Ein feucht klingendes Rasseln unterbrach seine Gedanken. Langsam richtete er seinen Blick auf den Ursprung des Geräuschs irgendwo links von ihm.

Er lag nicht allein in seinem Bett.

Ein zweiter Schatten hockte auf allen vieren neben ihm und starrte ihn an. Es war eine Frau, dünn und langgliedrig; ein Vorhang aus strähnigen Haaren verdeckte ihr gesenktes Gesicht. Sofort wurde ihm eines klar: Sie wusste, dass er wach war.

Die Matratze sank unter ihren verkrümmten Händen ein, als sie auf ihn zukroch. Es war ihre Kehle, aus der das feucht rasselnde Geräusch kam, und ihre Schulterknochen knackten. Lionel war erstarrt, aber nicht aus freiem Willen. Seine Muskeln hatten sich verkrampft, begehrten gegen sein Hirn auf und machten ihn zu einer hölzernen Puppe.

Sie kletterte auf ihn. Ihre Hände drückten gegen seine Rippen und pressten ihm die Luft aus der Lunge. Brüchige Nägel gruben sich in seine Haut, einer bog sich über seinem Herzen und brach ab. Ein knochiges Knie sank in seinen Bauch, schwer wie ein Bleigewicht, und er konnte keine Luft mehr holen. Ein letztes Keuchen drang aus seinem Mund, und als er einzuatmen versuchte, drückte das Gewicht der Gestalt seine Lunge zusammen wie in einer geballten Faust.

Das Herz klopfte ihm bis in die Ohren, das Blut toste, und seine Arme verweigerten noch immer jede Bewegung. Der Schatten auf der anderen Seite des Zimmers durchstöberte weiterhin sein Gepäck. Lionel versuchte, ihm etwas zuzurufen – er brauchte Hilfe und musste alles versuchen, was möglich war, egal, ob der andere eine Pistole hatte oder nicht –, aber er brachte keinen Laut heraus. Er konnte nicht atmen. Sie ließ ihn nicht atmen. Sein Sichtfeld wurde grau an den Rändern, Flecken von geplatzten Adern sprenkelten seinen Blick, und die Frau strich ihm über die Wange wie eine Geliebte.

Sie drehte den Kopf. Der Haarvorhang fiel zur Seite und enthüllte ihr Gesicht zur Hälfte – ein unmöglich altes Gesicht, beinahe mumifiziert, mit ledriger Haut und tiefen Runzeln. Ein verrücktes blutunterlaufenes Auge starrte ihn an. Dann leckte sie sich über die aufgesprungenen, ausgetrockneten Lippen und beugte sich zum Kuss vor.

»*Verdammt!*«

Lionel drosch auf sein Bettzeug ein, drehte sich, warf sich herum, sprang von der Matratze und landete auf dem harten Holz des Fußbodens. Seine Schulter schlug schwer gegen die Dielen. Er sprang auf die Beine, zuckte zusammen und schlug noch immer auf Geister ein.

Er hielt inne, erstarrte. Das Morgenlicht drückte sich gegen die Ränder der Vorhänge. Niemand befand sich in seinem Bett. Sein Gepäck war noch genau dort, wo er es abgestellt hatte, verschlossen und unangetastet. Der Riegel an der Tür, sein stummer Wächter, war vorgeschoben.

Er wedelte mit den Armen, sprang auf und ab und vergewisserte sich, dass er sich wieder bewegen konnte.

»Ein Albtraum«, sagte er laut und lief ins Badezimmer. »Lionel, jetzt ist es offiziell: Du wirst alt. Das war ein Drink. Ein einziger. Ein *Mojito*. Es ist zum Heulen.«

Die schwarz-weißen Bodenfliesen im Badezimmer fühlten sich kühl unter seinen Füßen an. Sie wirkten real, waren poliert, glatt und hart, und sie zogen eine Grenze zwischen der Welt des Wachens und der flüchtigen, schnell verblassenden Erinnerung an die Schrecken der vergangenen Nacht. Er betrachtete sich im Spiegel, sah in trübe, verschlafene Augen und fühlte auf der Wange Stoppeln, die wie Sandpapier kratzten. Sein Handy lag auf dem Rand des Waschbeckens. Er tippte auf den Bildschirm und rollte die Liste mit seinen Kontakten nach unten. Etwa fünfzig Namen blitzten in alphabetischer Reihenfolge auf, bevor er endlich an den Buchstaben B gelangte. Das Telefon am anderen Ende klingelte zweimal, dann hallte der Lärm des Redaktionszimmers durch den blechernen Lautsprecher des Handys.

»Sag mir, dass du im Flugzeug sitzt«, sagte Brianna. »Und zwar in einem Flugzeug nach Hause.«

»Das würde ich gern, aber ich hasse Lügen.«

»Was *machst* du? Zuerst erhalte ich einen Anruf von der Chicagoer Polizei, die sich darüber beklagt, dass du noch nicht zur Vernehmung erschienen bist. Dann bekomme ich einen Anruf von der New Yorker Polizei, die mich darum bittet, deinen Aufenthaltsort zu bestätigen und wissen will, ob du in offizieller Mission in der Stadt bist.«

»Es ist mir aufgefallen, dass du mich nicht gedeckt hast.«

»Ich kann dir keine Deckung geben, wenn ich nicht weiß, was du gerade tust«, sagte sie. »Du musst mich ins Bild setzen.«

Lionel drehte den Wasserhahn auf und spritzte sich kaltes Wasser ins Gesicht.

»Hallo?«, sagte Brianna. »Bist du noch dran?«

»Ja. Ich habe nur … Du willst, dass ich dich ins Bild setze? Ich konnte mich nicht für eine höhnische Antwort darauf entscheiden. Zu viel Auswahl. Etwas Subtiles oder etwas mit dem James-Bond-Holzhammer …«

»Hey, Lionel! Ich setze jetzt offiziell meinen Ex-Freundinnen-Hut ab und den Chefhut auf. Du kannst es am Telefon nicht sehen, aber es geschieht gerade in diesem Augenblick. Drei, zwei, eins, jetzt. Hut gewechselt. Rede.«

Er bemerkte die Anspannung in ihrer Stimme und wusste, dass hier eine Linie verlief, die er nicht überschreiten sollte. Er griff nach dem Rasierschaum und dachte über eine Antwort nach.

»Ich folge der Spur eines möglichen literarischen Betrugs«, sagte er. »Ich arbeite noch an der Story, aber sie scheint Hand und Fuß zu haben.«

»Du bist weit gereist für ein ›scheint‹. Und warum hat mich die New Yorker Polizei gefragt, ob ich dich dorthin geschickt habe?«

Lionel trug den Rasierschaum auf und formte sich daraus einen künstlichen Bart aus limettengrünem Schaum. Dann holte er tief Luft.

»Weil mich eine Quelle zu einer anderen Quelle geschickt hat, mit der es böse geendet hat, und ich war der Trottel, der über sie gestolpert ist.«

Brianna schwieg kurz. Als sie weitersprach, klang ihre Stimme argwöhnisch. »Wie böse?«

Lionel lächelte sein Spiegelbild an, als er das Rasiermesser an sein Gesicht setzte und langsam eine lange Linie auf der Wange herunterzog. Schaumige Creme und Bartstoppeln fielen in das Porzellanbecken.

»Wie klingt ›Undergroundpornograf mit Verbindungen zur Russenmafia, der zu Tode gefoltert wurde?‹ Und, ja, ich habe Fotos vom Tatort gemacht.«

Brianna war in jeder Hinsicht, die ihm wichtig war, wie Lionel selbst. Sie glaubte an die Bedeutung des Enthüllungsjournalismus, an *gute* Berichte und an die Macht der freien Presse, böse Taten aufzudecken und die Welt zu einem etwas besseren Ort zu machen. Aber sie war immer noch ihren eigenen Vorgesetzten verpflichtet, und jeder kannte das Credo der Nachrichtensender: Blut tut gut.

»Wie viel Zeit brauchst du noch?«, fragte sie ihn.

»Ein paar Tage«, antwortete er.

»Ich werde mit der Rechtsabteilung reden. Sie können die Cops auf unserer Seite für eine Weile ausbremsen, aber sie werden dich sehen *müssen*. Diese Angelegenheit verschwindet nicht einfach.«

»Verstanden. Darf ich dich trotzdem um einen Gefallen bitten?«

»Einen Gefallen?«, fragte Brianna. »Jetzt? Nach den Kopfschmerzen, die du mir bereitet hast? Glaubst du wirklich, das ist eine gute Idee?«

»Nicht im Mindesten, aber ich will die Bitte trotzdem aussprechen. Ich suche nach Informationen über eine Gruppe, die sich der Thoth-Club nennt.« Er buchstabierte es für sie und wartete, während sie mitschrieb. »Anscheinend war es eine halb geheime Bruderschaft für den Geldadel der Stadt. Angeblich wurde er in den Sechzigerjahren aufgelöst, aber vielleicht existiert er doch noch, oder eine neue Gruppe hat ihn unter dem alten Namen wiederbelebt.«

»Ich setze jemanden darauf an. Hey, Lionel? Denkst du bitte an etwas Wesentliches?«

»Woran?«

»Du bist nicht die Story«, sagte Brianna. »Du bist der Reporter. Geh hin, geh wieder weg und berichte. Das ist deine Aufgabe. Weiter reicht sie nicht.«

»Du sagst das, als sei ich für leichtsinniges Verhalten berüchtigt.«

Ihr Seufzen drang durch die Telefonleitung. »Sei einfach nur vorsichtig, ja?«

Sie legte auf. Der Rasierer zog einen letzten sauberen

Strich, und nun war Lionels Gesicht nackt und glitzerte. Er schaute das Handy an, dessen Bildschirm die beendete Verbindung anzeigte.

»Ich liebe dich auch«, sagte er.

Fünfzehn

Ein Taxi brachte Lionel im Morgenlicht nach Lower Manhattan. Er stieg aus und stand an einer Straßenecke, einen Steinwurf von der Börse entfernt, und schaute die Hochhäuser aus Glas und Granit an. Jeder hier hielt sich entweder ein Handy ans Ohr oder hatte einen Kaffeebecher in der Hand oder beides. Die Leute joggten zu ihren Büros und begannen mit der morgendlichen Tretmühle. Menschliche Rädchen in einer gewaltigen unsichtbaren Maschine, die nur dazu da war, Geld hin und her zu schaufeln.

Stamford and Cross Investment Partners hatten ihr Büro im vierundvierzigsten Stock eines jener von Menschen belebten Bienenstöcke. Eine Wand des Eingangsbereichs bestand vom Boden bis zur Decke aus Glas, hinter der die Silhouette der Stadt zu sehen war. Lionel vermutete, dass sie für diese Aussicht eine gewaltige Summe hatten zahlen müssen. Der Rest des Foyers war mit Holz von der Farbe braunen Zuckers eingerichtet, und in der perfekt temperierten Luft lag ein schwacher Duft von Potpourri. Er hatte damit gerechnet, die Empfangsdame beschwatzen zu müssen, damit er vorgelassen wurde, aber sobald er erwähnte, dass er Reporter sei, nickte sie weise und bat ihn, Platz zu nehmen, bevor er in die Einzelheiten gehen konnte.

Er vermutete, dass Wade Dawson einen Reporter erwartete. Er vermutete auch, dass er den Irrtum der Empfangsdame korrigieren konnte, indem er sagte, dass er nicht der erwartete Reporter sei. Aber stattdessen saß er geduldig da, blätterte eine neue Ausgabe von *Bloomberg Businessweek* durch und hielt den Mund.

»Mr. Wade empfängt Sie jetzt«, sagte sie schließlich. Eine Tür links von ihr wurde geöffnet, als hätte die Frau am Empfang gerade *Sesam öffne dich* gesagt.

Lionel hatte keine klare Vorstellung von Dawsons Büro gehabt, aber ein Museum hatte er keineswegs erwartet. Das Büro war länger als breit – eigentlich eine kurze Galerie, die zu einem halbrunden Schreibtisch aus poliertem Holz und der ganzen Stadt als Hintergrund führte. Auf dem Weg dorthin zeigten sechs Vitrinen – drei auf jeder Seite, in vollkommen gleichem Abstand voneinander und mit LED-Lampen beleuchtet – hinter Glas historische Artefakte. Eine ägyptische Tonscherbe, an der noch ausgeblichene Farbreste klebten; eine Theatermaske mit einem ausdruckslosen Gesicht unter elfenbeinfarbenen Locken, die wohl aus dem antiken Griechenland oder Rom stammte; ein abgegriffenes Metallabzeichen, das überkreuzte Gewehre zeigte und eine Erinnerung an den Bürgerkrieg war. Lionel riss den Blick von den Vitrinen los und sah den Mann an, der auf dem hochlehnigen Lederstuhl hinter dem Schreibtisch saß.

Wade Dawson stand auf und begrüßte ihn. In dem Augenblick, in dem sie sich ansahen, begriff Lionel, was Rosas Warnung bedeutete.

Er war ein Raubtier in seiner natürlichen Umgebung – die Art von Mann, die noch vor dem Mittagessen ein Dutzend millionenschwere Geschäfte abschloss und unter Druck aufblühte. Jeder erfolgreiche Gladiator in der Wall Street hatte sein eigenes Druckventil. Für einige war es der Alkohol, andere bevorzugten harte Drogen. Er kannte eines von Wades Lastern, mal abgesehen von der gelegentlichen Linie Koks –

der Mann mochte Escortmädchen, je jünger, desto lieber –, aber Lionel erkannte sofort, dass das nicht die einzige Leiche in Wades Keller war. Dieser trug das Haar in einem Zweihundert-Dollar-Schnitt zurückgekämmt und geglättet, und sein Maßanzug saß millimetergenau auf dem athletischen Körper. Der Mann schüttelte Lionels Hand, als wollte er sie zerquetschen. Der Geruch von Gewalt hing an diesem Investment-Guru wie ein Moschusparfüm.

Lionel fragte sich, ob er diese Alphawolf-Attitüde absichtlich pflegte, um seine Rivalen abzuschrecken, oder ob es unwillkürlich geschah.

»Peter«, bellte Wade und sank zurück auf seinen Stuhl, »wie schön, dass wir uns endlich persönlich treffen. Nehmen Sie Platz. Ich kann Ihnen fünfzehn Minuten geben.«

»Ich fürchte, ich bin nicht Peter«, sagte Lionel, »aber die gute Nachricht ist, dass ich vermutlich nicht die ganzen fünfzehn Minuten brauchen werde.«

Wades Stirn runzelte sich so weit, wie es seine straffe Haut erlaubte. *Botox*, dachte Lionel. *Und zwar eine ganze Menge*. »Und Sie sind …?«

»Mein Name ist Lionel Page, und ich bin tatsächlich Reporter, aber ich bin ganz inoffiziell hier. Ich möchte mit Ihnen über Ray Barton sprechen.«

Wade schloss den Mund; es wirkte, als schnappten die Bügel eines stählernen Tellereisens zu. Er reckte die Schultern vor, hielt die Arme dicht an den Seiten und zog den Kopf ein wie eine Schildkröte, die sich in ihrem Panzer verkriechen will.

»Ich kenne niemanden mit diesem Namen.«

»Mr. Dawson«, sagte Lionel mit sanfter Stimme, »ein Mann in Ihrer Position sollte wissen, dass Journalisten wie Kriminalpolizisten sind. Wenn wir Ihnen eine Frage stellen, kennen wir zumindest schon einen Teil der Antwort. Zum Beispiel weiß ich von dem Poe-Manuskript. Ich weiß, dass Sie und Barton vereinbart hatten, es zu versteigern und den Gewinn zu teilen.«

»Sie müssen gehen. Sofort.«

Lionel bewegte sich nicht auf seinem Stuhl. Er bedachte Wade mit einem starren, festen Blick.

»Mr. Dawson, Ray Barton ist tot. Es ist sehr wahrscheinlich, dass er wegen des Manuskripts umgebracht wurde. Und wenn es so war, dann kann ich Ihnen versichern, dass er seinem Mörder Ihren Namen verraten hat, bevor er starb. Ich bin nicht hergekommen, weil ich Ihnen Schwierigkeiten bereiten will. Ich bin hier, um Sie zu warnen.«

Wade schluckte schwer und riss das Telefon von seinem Schreibtisch. Es klapperte in seiner Hand.

»Sie haben fünf Sekunden, um aus meinem Büro zu verschwinden, oder ich rufe den Sicherheitsdienst. Und danach die Polizei.«

Lionel stand auf und zeigte seine leeren Hände, während er den Stuhl zurückschob.

»Schon gut, schon gut, ich gehe. Aber ich könnte Ihnen helfen. Ich bin nicht Ihr Feind. Alles, was ich will ...«

Wades Stimmlage stieg um eine Oktave. »Es ist mir verdammt egal, was Sie wollen! Ich ... Ich weiß nicht, wovon Sie überhaupt reden und wer Ray Barton ist. Sie haben sich an die falsche Person gewandt. Und jetzt *verschwinden Sie*!«

Mit zitternden Fingern tippte Wade die Nummer des Sicherheitsdienstes. Lionel war fort, bevor er zu Ende wählen konnte.

Es hätte besser laufen können, dachte Lionel. Allerdings war es ungefähr so gelaufen, wie er es sich vorgestellt hatte. Er hatte ins Schwarze getroffen. Wades Reaktion hatte ihm gezeigt, dass Rosas Geschichte richtig war und er das Poe-Manuskript besaß. Lionel hatte nicht erwarten können, dass der Mann einem Fremden sein Herz ausschüttete – und erst recht nicht einem Reporter.

Dafür würde er eine kleine zusätzliche Motivation brauchen.

Rosa hatte ihre Verbindung auf Facebook aufrechterhalten, vielleicht in der Hoffnung auf einen weiteren Bonus für sie als vertrauliche Quelle. Lionel trat auf dem Bürgersteig zur Seite, ließ den Strom der Passanten vorbeifließen und tippte rasch eine Botschaft in sein Handy.

»Brauche hier ein bisschen Hilfe«, schrieb er. »Für dich sind zweihundert in bar drin. Setz dich mit mir in Verbindung, wenn du kannst.«

Für zweihundert konnte sie. Zwanzig Minuten später fuhr Lionel in einem anderen Taxi in den Norden von Manhattan und überdachte seinen Plan in allen Einzelheiten.

Dann ging er einkaufen. Dabei behielt er die Uhr im Auge. Es war gerade elf Uhr, als er mit einer dicken Papiertasche unter dem Arm einen winzigen Laden verließ. Er hatte früher am Morgen Maddies Nummer von der Serviette in sein Handy übertragen und rang mit sich, ob er sie jetzt wählen sollte.

Wenn er sie zu früh anrief, wirkte er allzu bemüht. Zu spät konnte aber so wirken, als wollte er sie loswerden. Er schüttelte den Kopf über seine Unentschlossenheit. *Ich bin in den Dreißigern*, dachte er. *Viel zu alt, um wie ein schwärmerischer Teenager zu handeln. Na los, ruf sie an. Zwei Erwachsene, die gemeinsam zu Mittag essen. Das hast du doch schon tausendmal gemacht.*

Aber das hier fühlte sich anders an. An Maddie war etwas Besonderes. Etwas Einzigartiges, wie ein Parfüm, das er nie zuvor gerochen hatte, oder ein Gewürz, das er noch nie geschmeckt hatte. Er hatte gerade so viel von ihr bekommen, dass sein Appetit geweckt war und er mehr haben wollte. Er wollte die sorgfältig arrangierten Schleier zurückziehen, in die sie sich eingewickelt hatte, und einen Blick auf die echte Frau dahinter werfen. Falls sie es zuließ.

»Hallo«, sagte er, als sie abnahm. »Ich bin's. Ich frage mich, ob das Angebot zum gemeinsamen Mittagessen noch steht?«

»Hallo«, erwiderte sie und stieß einen Seufzer der Frustration aus. »Das würde ich gern tun, aber ich habe gerade ...«

Er zuckte zusammen, als er am anderen Ende ein metallisches Knacken und dann ein Rauschen hörte, als wären auf einem Regal gestapelte Dosen in Bewegung geraten und fielen und rollten nun in alle Richtungen.

»Maddie? Ist alles in Ordnung bei Ihnen?«

»Ja«, sagte sie, aber sie klang atemlos. »Entschuldigung, es ist nur ... Meine Chefin hat mir aufgetragen, etwas für sie zu erledigen. Vermutlich sitze ich hier noch ein paar Stunden fest. Wie wäre es mit einem Abendessen?«

Er zuckte zusammen. Rosa erwartete ihn bei Sonnenuntergang.

»Das geht leider nicht. Die Pflicht ruft. Ich folge einer heißen Spur«, sagte er. »Mist. Ich hatte gehofft ... vielleicht morgen?«

»Wir können es versuchen. Vielleicht schaffen wir beide es ja, eine Pause einzulegen.« Sie verstummte kurz. »Lionel?«

»Ja?«

»Ich *mag* Sie.«

Er musste lächeln. »Ich mag Sie auch.«

Der Sonnenuntergang fand Lionel auf dem Absatz einer Feuertreppe im fünften Stock eines Hauses in Brooklyn vor, wo er wie ein Dieb kauerte.

Oder eher wie der Privatdetektiv, der Lionel all seine besten Tricks verraten hatte. Lionel hockte auf dem Absatz aus Metall, und neben ihm lag auf der zerknitterten Papiertüte das Handwerkszeug seines Berufsstands. Er hatte sich in einer Bodega an der Ecke einen Energieriegel gekauft und damit seinen knurrenden Magen beruhigt. Widerstrebend hatte er den frisch gemahlenen Kaffee gemieden, auch wenn dieser verdammt gut gerochen hatte. Er wusste nicht, wie lange er hier würde hocken und seine Beute beobachten müssen, und Pinkelpausen waren nicht möglich.

Gegenüber der Feuertreppe erhob sich auf der anderen Seite der Gasse in einer Entfernung von etwa fünf Metern ein weiteres Wohnhaus. Gurrende Tauben drängten sich auf der durchhängenden weißfleckigen Traufe und starrten hinunter auf ihn. Lionels Blick war auf ein bestimmtes Fenster gerichtet. Es lag im fünften Stock, das dritte Fenster von rechts, vor dem eine billige Polyestergardine zugezogen war. Lionel ließ es nicht aus den Augen, wie ein Scharfschütze, und wartete.

Ein vager Schatten bewegte sich hinter dem Vorhang. Eine Hand zog den Stoff zurück, band ihn an der einen Seite fest, öffnete das Fenster einen Spaltbreit und ließ frische Luft herein. Rosa. Sie schaute über die Gasse hinweg auf Lionel, knapp und kurz, und nickte ganz schwach, bevor sie dem Fenster den Rücken zuwandte.

Lionel nahm seinen neuen Einkauf zur Hand, eine Canon-Rebel-Digitalkamera mit einem besonders starken Zoomobjektiv. Er richtete das Kameraauge auf das Fenster, zielte sorgfältig und eröffnete das Feuer.

Sechzehn

»Lesen Sie Ihre E-Mails«, sagte Lionel. Es war Morgen. Er hatte gut geschlafen. Endlich keine Albträume mehr.

»Wie sind Sie hier hereingekommen?« Wade Dawson lehnte seitwärts in seinem Sessel und brüllte an Lionels Schulter vorbei: »*Marcie!*«

»Sie können mich wieder hinauswerfen, wenn Sie wollen.« Lionel deutete mit dem Kopf auf den Monitor, der zwischen ihnen auf dem Schreibtisch stand. »Aber Sie sollten zuerst Ihre E-Mails lesen.«

Wade kauerte in seinem hochlehnigen schwarzledernen Sessel wie ein mürrischer König. Ein paar Mausklicks später zerbrach seine Zuversicht still und leise. Die Empfangsdame stand in der Tür.

»Mr. Dawson?«

Wade nahm den Blick nicht vom Bildschirm und wedelte mit der freien Hand herum. »Es ist … Entschuldigung. Nichts. Nichts.«

Sie verschwand wieder, und die Tür schloss sich leise.

»Sie Hurensohn«, zischte Wade.

Lionel hatte auf dem Absatz der Feuertreppe mehr als zwei Dutzend Bilder geschossen. Die besten hatte er ausgewählt. Sie zeigten Wades Gesicht hinter dem Fenster deutlich – nacktes Fleisch zwischen Rosa und ihrer Freundin Chantille.

»Ich habe Ihre Mailadresse von der *Stamford and Cross*-Website«, sagte Lionel. »Gut, dass ich die Bilder nicht Ihren

Chefs geschickt habe, nicht wahr? Sie wissen, dass das eine Mädchen erst sechzehn ist, oder?«

»Sie Hurensohn«, sagte Wade erneut.

»Wäre nun vielleicht ein Gespräch möglich?«

Wenn Blicke töten könnten, wäre Lionel jetzt so tot gewesen wie Ray Barton. Wade starrte ihn mit brennenden Augen an und drückte die Armlehne seines Sessels zusammen, als wäre sie Lionels Kehle.

»Was wollen Sie?«, spuckte Wade aus. »Geld?«

»Nein. Ich will Sie nicht erpressen, Mr. Dawson. Nun, technisch gesehen ist es durchaus eine Erpressung, aber Sie können mich leicht loswerden, und es wird Sie keinen Penny kosten. Ja, was will ich? Ehrlichkeit wäre für den Anfang nicht schlecht. Und auch wenn es nicht obligatorisch ist, wäre eine winzige Menge Dankbarkeit dafür, dass ich gerade versuche, Ihnen das Leben zu retten, nicht ganz fehl am Platz.«

»Ray war nachlässig«, sagte Wade. »Und er war unbedacht. Ich bin keins von beidem.«

»Diese Fotografien beweisen das Gegenteil.«

Wade machte einige weitere Mausklicks und verbannte die Bilder. »Sie zeigen nicht die beiden Gorillas in der Lobby, die ich angemietet hatte. Und auch nicht den Sicherheitsdienst, der mein Haus und mein Auto rund um die Uhr bewacht. Ray war ein leichtes Ziel. Das bin ich nicht. Sie nehmen an, dass seine Geschäfte mit mir der Grund für seinen Tod waren. Glauben Sie mir, eine Menge Leute in dieser Stadt hatten eine Menge Gründe, Ray Barton tot sehen zu wollen. Der Kerl war ein Drecksack.«

»Und doch haben Sie Geschäfte mit ihm gemacht.«

»Nur einmal.« Wade hielt einen Finger hoch. Der Ärmel seines maßgeschneiderten Jacketts rutschte herunter und enthüllte einen Manschettenknopf aus Onyx und Gold auf dem elfenbeinfarbenen Hemdstoff. Die Hieroglyphen bildeten den Namen Thoths, wie bei Ray. »Nur ein einziges Mal, und nur weil Rosa es vermittelt hatte. Er hatte etwas zu verkaufen, und ich hatte Zugang zu interessierten Käufern. Danach wären wir wieder getrennte Wege gegangen.«

»Ich habe gehört, dass Sie beide demselben Club angehören«, sagte Lionel.

Wade verzog die Lippen zu einem höhnischen Grinsen. »Dann haben Sie etwas Falsches gehört. Ich habe ihm zu einer vorübergehenden Mitgliedschaft verholfen – *vorübergehend* –, damit er an der Auktion hätte teilnehmen können. Er hatte mir nicht vertraut und wollte selbst sehen, wie viel Geld hereinkam. Ray Barton war nicht aus dem Material, aus dem die Mitglieder unseres Clubs bestehen.«

»War sein Kontostand zu niedrig?«

»Es geht nicht nur um Geld. Es geht auch um eine gute Herkunft. Um den Stammbaum. Es geht darum, in dieser Stadt einen Platz zu haben. *Wurzeln*. Das sind Dinge, die Ray nicht begriffen hat. Schauen Sie sich um. Was sehen Sie?«

Lionel drehte den Kopf und betrachtete die Vitrinen an den Wänden von Wades Büro. Das sanfte LED-Licht schimmerte unter den Artefakten – den zusammengerafften Überresten der Geschichte.

»Ein winziges Museum«, sagte Lionel.

»Das Wort Museum leitet sich her vom griechischen *mouseion*, was so viel bedeutet wie ›Sitz der Musen‹. Die Musen waren Göttinnen. Sie waren die unirdischen Kräfte, die den Menschen dazu inspirierten, Kunst zu erschaffen. Darum geht es bei einem Museum. Dort kommuniziert man mit den Musen.« Wade tippte sich mit dem Daumen zweimal gegen den Mittelfinger und zeigte hoch zur Decke. »Dort findet man Inspiration. Geld machen kann jeder. Aber wer Reichtum von der Art erschaffen will, der viele Generationen hindurch Bestand hat, muss sich mit etwas verbinden, das größer ist als er selbst.«

»Und Ray hat das nicht getan?«

»Ray konnte nicht über seine eigene Nasenspitze hinaussehen.« Wade klopfte gegen seinen Manschettenknopf. »Anwärter werden jahrelang überprüft, bevor sie eine Einladung erhalten, und eine einzige Neinstimme reicht aus, um jemanden durchfallen zu lassen.«

Lionel deutete auf den Bildschirm und erinnerte damit an die Fotografien.

»Sie wurden bloßgestellt«, sagte er.

Wade stieß ein bellendes Lachen aus. »Wirklich? Zehn Sekunden, bevor Sie hereingekommen sind, habe ich ein Zwanzig-Millionen-Geschäft abgeschlossen. Ich hatte drei Kerle in der Leitung. Der eine musste sich die Nasenscheidewand richten lassen, weil er täglich eine Unmenge Koks schnupft, der andere bezahlt Straßenhuren, damit sie ihn durchprügeln, und bei dem dritten bin ich mir ziemlich sicher, dass er echte Snuff-Filme sammelt. Ich hingegen bin bloß jemand, der sehr junge Frauen mag. Für einen Mann in meiner Position sind meine Laster nichts Besonderes. Und Sie sind niemand, der mir damit drohen kann. Sie haben gesagt, dass Sie Reporter sind. Stimmt das?«

»Allerdings.«

»Ich war der Meinung, dass es im Journalismus noch so etwas wie Ethik gibt. Erpressen Sie immer die Personen, die Sie interviewen, oder bin ich eine Ausnahme?«

Auf dem Absatz der Feuertreppe hatte Lionel ein langes Gespräch mit sich selbst geführt. In der Hitze des Augenblicks war es leicht gewesen, seinen Plan in die Tat umzusetzen; ihm hatte alles zur Verfügung gestanden, was er dazu brauchte, und er hatte einen genügend großen Ansporn gehabt. Erst als er allein auf dem Absatz gewartet hatte, nur mit seinen Gedanken als Gesellschaft, war ihm klar geworden, was er da tat.

Es gab die abstrakte Ethik, und es gab die reale Welt. Er hatte gelernt, dass es zur Arbeit des Reporters gehörte, Grenzen zu überschreiten. Niemand kam an eine bedeutende Story, indem er die Regeln strikt befolgte. Die eigene Identität verschleiern und das Objekt einer Nachforschung anlügen? Natürlich. Jemandem einen Zwanziger zustecken, damit eine oder zwei Türen geöffnet wurden? Andauernd. Manipulation, Bestechung, Betrug – das waren nur Werkzeuge im Repertoire. Notwendige Übel im Dienst des größeren Guten.

Aber echte Erpressung … das war eine Linie, die er bisher nie überschritten hatte. Ein Teil von ihm glaubte, dass er nun zu weit gegangen war. Der Rest von ihm sah es bloß als natürlichen Fortschritt an. Ein weiterer Schritt auf der Wendeltreppe nach unten. Es war so einfach wie ein Spaziergang. *Ich glaube, es läuft auf eine einzige Frage hinaus*, hatte er zu sich selbst gesagt, als er die Kamera ans Auge gehoben und sein Ziel auf der anderen Seite der Gasse anvisiert hatte. *Wie sehr willst du die Wahrheit wissen?*

So sehr, hatte er gedacht. Die Blende hatte geklackt wie der Abzug eines Gewehrs.

»Ich will Ihnen weder wehtun noch Schwierigkeiten machen«, sagte Lionel. Dieser Abwiegelungsversuch klang schwach. Ein Schild aus durchweichter Pappe.

»Aber Sie sind hier.« Wade trommelte mit seiner perfekt manikürten Hand auf der Platte des Schreibtischs. »Was wollen Sie, wenn es nicht um Geld geht? Ich nehme an, Sie schreiben an einem Artikel über den Thoth-Club. Es tut mir leid, Sie enttäuschen zu müssen, aber so etwas gibt es schon. Niemand redet darüber, weil die Wahrheit viel langweiliger als die Fiktion ist. Dort geht nichts Abgründiges hinter verschlossenen Türen vor sich – keine Orgien, keine Jungfrauenopfer.«

»Warum dann die Heimlichtuerei?«

»Nun, wissen Sie, was geschieht, wenn Sie einige der reichsten Männer und Frauen von New York in demselben Raum versammeln?«

Lionel zuckte mit den Schultern. »Dann tauschen sie Insiderinformationen von der Börse aus?«, vermutete er.

»Selbst wenn wir das nicht täten, bekäme die Börsenaufsicht Wind davon. Wenn wir unsere Mitgliedschaft geheim halten, bereitet das allen weniger Kopfschmerzen. Außerdem: diese Geheimgesellschaftsatmosphäre, diese Pracht und Herrlichkeit …« Wade spreizte die Hände. »Das macht einfach *Spaß*. Wenn Sie all das wegnehmen, bleibt nichts übrig als eine Gruppe aufstrebender Gleichgesinnter mit einer gemeinsamen Leidenschaft für Geschichte.«

»Ich bin nur wegen Ihres Geschäfts mit Ray Barton hier«, sagte Lionel. »Wegen des Poe-Manuskripts. Ist es echt?«

»So echt wie alles im Metropolitan Museum. Ich habe es von einer Expertin mit anderen Handschriften des alten Edgar Allan vergleichen lassen. Sie arbeitet als Freischaffende und hat keine Verbindung zum Club, weil ich nicht wollte, dass jemand die Auktion manipuliert. Es sollte nicht passieren, dass jemand das Manuskript als Täuschung bezeichnet und einem seiner Kumpels sagt, er solle es billig ersteigern. Sie hat die Wahrscheinlichkeit, dass die Handschrift echt ist, mit 97 Prozent beziffert, was mehr ist als bei einer üblichen Authentifizierung.«

»Und so haben Sie Ray gesagt, dass Sie das Manuskript unter Ihren Kumpeln vom Thoth-Club versteigern und den Erlös aufteilen wollen.«

»Das war der Plan.« Wade lehnte sich in seinem Sessel zurück und bedachte Lionel mit einem festen Blick. »Jetzt werde ich wohl die *gesamte* Summe einstreichen.«

Er musste es nicht ausdrücklich sagen. Lionel glaubte nicht, dass das Manuskript einen Mord wert war. Aber vielleicht war es das Geld wert. Er dachte darüber nach und sah die Herausforderung in Wades Blick.

»Sie haben Ray nicht umgebracht«, sagte Lionel.

»Woher wollen Sie das wissen?«

»Weil Sie sich ein Bein ausgerissen haben, damit er diese Manschettenknöpfe bekommt«, sagte Lionel und deutete mit dem Kinn auf Wades Ärmel, »und weil es ein einmaliges Geschäft für einen Mann war, den Sie und Ihre Kumpel nicht in Ihren Club aufnehmen wollten. Er hatte Ihnen das Manuskript schon übergeben. Wollen Sie wirklich behaupten, dass es Ihnen nicht möglich gewesen wäre, Ihr Wort zu brechen und ihn davonzujagen? Ray hatte die Handschrift vermutlich gestohlen, und deshalb hätte er nicht zur Polizei gehen können. Sie hätten ihn mit Leichtigkeit übers Ohr hauen können, ohne dass ein Mord nötig gewesen wäre, aber Sie haben es nicht getan.«

Wade hielt seinem Blick stand. Seine Augen waren kalt wie Eis, während er versuchte, Lionel über den Schreibtisch hinweg einzuschüchtern. Lionel stellte sich vor, wie er diesen Blick bei seinen Deals anwendete, und vermutlich wirkte er bei den meisten Menschen. Das war das, wovor Rosa ihn gewarnt hatte. Obwohl Lionel annahm, dass es nichts als eine Pose war, rutschte er näher an die Kante seines Stuhls, damit er, falls es nötig wurde, schnell aufspringen konnte. Schneller als Wade.

»Wer hat ihn denn Ihrer Meinung nach umgebracht?«, fragte Wade.

»Wie ich schon sagte, hat er das Manuskript vermutlich

gestohlen. Wir beide kennen die Kreise, in denen er sich bewegt hat. Diese *Bratva*-Kerle, die Russenmafia – sie idealisieren Diebe und Banditen. Aber wenn man sie selbst bestiehlt?« Lionel stieß Luft zwischen seinen Lippen aus und schüttelte den Kopf. »Dann stirbt man nicht nur. Man stirbt auf entsetzliche Weise. So wie Ray. Und das ist ein Problem für Sie, denn Sie besitzen die heiße Ware noch.«

»Wie ich schon sagte: Ich bin gut geschützt. Und Ray war nicht die einzige Person in dieser Stadt mit mächtigen Freunden.« Wade beugte sich in seinem Sessel vor und rückte etwas näher an Lionel heran. »Das ist etwas, das Sie sich hätten überlegen sollen, bevor Sie den Fotonarren gespielt haben.«

Lionel reckte die Schultern. Er wiederholte Wades Bewegungen, beugte sich vor, und seine Stimme wurde gefährlich sanft.

»Ich werde Ihnen ein Geheimnis verraten«, sagte Lionel. »Ich habe mein ganzes Berufsleben damit verbracht, Leuten mit mächtigen Freunden an den Karren zu fahren. Und ich bin noch da. Die meisten dieser Leute hingegen nicht. Also müssen Sie eine Wahl treffen. Sie können den dicken Max spielen und versuchen, mich einzuschüchtern, oder Sie erweisen mir einen kleinen Gefallen, und ich werde für immer verschwinden – und die Fotos mit mir.«

Wade dachte darüber nach. Er kniff die Augen ein klein wenig zusammen.

»Was ist das für ein Gefallen?«

»Die Auktion«, sagte Lionel. »Ich will dabei sein. Sie haben Ray hineinbekommen, dann wird es Ihnen auch bei mir möglich sein.«

»Nein, das kann ich nicht. Zum einen findet sie schon heute Abend statt. Zum anderen sind Sie Reporter. Man wird Sie nicht einlassen. Nicht heute. Nie.«

Lionel rieb sich das Kinn und dachte nach.

»Sie sagen, Sie haben Ray überprüft? Seinen Hintergrund, seine Finanzen und dergleichen?«

»So viel wie nötig«, sagte Wade. »Da er kein Anwärter auf eine echte Mitgliedschaft war, hing das meiste von meinem Wort ab. Es war allen klar, dass es nur eine einmalige Sache sein sollte, und – wichtiger noch – es war ihnen klar, was er mitbringen würde. Wir sind Sammler. Wir suchen nach dem Einzigartigen, nach dem Unerreichbaren, nach historischen Gegenständen, die in keinem *öffentlichen* Museum zu finden sind. Der einmalige erste Entwurf einer Geschichte von Edgar Allan Poe? Man könnte sagen, einige meiner Gefährten waren so beschäftigt damit, sich ihren eigenen Sabber abzuwischen, dass sie nicht mehr klar denken konnten.«

»Die anderen haben ihn also nicht persönlich unter die Lupe genommen?«, fragte Lionel.

»Haben Sie ihnen mitgeteilt, dass er tot ist?«

Wade starrte Lionel an, als wollte er versuchen, dessen Gedanken zu lesen. »Was haben Sie vor?«

Lionel lächelte, legte die Hände auf den Tisch und wollte die Abmachung besiegeln.

»Ich werde heute Abend mit Ihnen zu der Auktion gehen«, sagte er. »Als Ihr guter Freund Ray Barton.«

Siebzehn

Warmes Wasser trudelte in einem trägen Kreis um den Ablauf der Badewanne und hinterließ Schaumschlieren auf dem makellos weißen Porzellan. Maddies Rasiermesser lag noch unberührt auf dem Rand der Wanne; stattdessen hielt sie die Sicherheitsklinge fest im Griff. Sie fuhr mit der Hand über das soeben rasierte Bein und lächelte die Klinge schwach an. *Hundertfünfundachtzig Tage ohne Zwischenfall*, dachte sie.

Heute war es einfach gewesen. Heute war sie sehr beschäftigt gewesen. Die Arbeit verdrängte die bösen Gedanken und machte es ihnen schwerer, sich festzusetzen. Außerdem musste sie zugeben, dass sie an Lionel gedacht hatte. Das war ebenfalls nichts Schlimmes.

Ihr Lächeln verblasste, als sie auf die lange gepolsterte Bank gegenüber der Wanne schaute. Ihre Kleidung lag dort verstreut, so wie sie sie beim Eintreten von sich geworfen hatte. Blut – nicht ihr eigenes – befleckte ihre Lieblingsbluse wie ein Bild von Jackson Pollock und sprenkelte auch die Hüften ihrer Jeans. »Das wird nie wieder rausgehen«, klagte sie in den leeren Raum hinein.

Ihre bequeme Kleidung würde sie später betrauern. Heute brauchte sie etwas Vornehmeres. Sie trat aus der Wanne, trocknete sich mit dem Handtuch ab und öffnete den Wandschrank in ihrem Zimmer. Sie betrachtete das schwarze Cocktailkleid, das sie bei ihrem Treffen mit Aleksandr getragen hatte, rümpfte die Nase und griff nach etwas anderem: einem rückenfreien Kleid in elegantem Pflaumenblau. Sie zog sich gerade an, als ihr Telefon, das sie auf die Bettdecke geworfen hatte, klingelte.

»Statusbericht«, sagte Regina Dunkle mit einer Stimme, die so trocken klang wie die einer mumifizierten Leiche.

»Bin auf dem Weg zu einer Party«, antwortete Maddie. »Ich habe in der Stadt herumgefragt und ein paar Antworten erhalten. Ray Barton hatte beabsichtigt, das Manuskript in einer privaten Loge namens Thoth-Club zu versteigern. Dort befindet es sich jetzt.«

»Ausgezeichnet. Sieh es dir an und bestätige seine Echtheit.«

Maddie schaltete den Lautsprecher ein und trug das Telefon ins Badezimmer, wo sie es auf den Rand des Waschbeckens legte. Sie hielt den Kopf schräg und legte ein Paar zarter Perlenohrringe an. Sie waren antik und wertvoll, ohne protzig zu wirken – genau das, was sie heute Abend brauchte.

»Und wie soll ich es an mich bringen?«, fragte sie. »Soll ich mitbieten oder es ihnen einfach abnehmen?«

»Weder … noch«, erwiderte Regina. »Misch dich nicht ein. Beobachte die Auktion, identifiziere den Höchstbietenden und nimm wegen weiterer Anweisungen Kontakt mit mir auf. Du sollst dem neuen Eigentümer später ein privates Angebot machen und es ihm abkaufen.«

Maddie sah ihr Spiegelbild fragend an. Das ergab doch keinen Sinn. Bis zum Ende auf der Auktion zu bleiben, dann zum Höchstbietenden zu gehen und ihm einen noch höheren Preis zu bieten, war reine Geldverschwendung. Sie hätte es beinahe gesagt, aber dann erinnerte sie sich daran, mit wem sie es zu tun hatte. Sie wechselte das Thema.

»Lionels und meine Pfade haben sich erneut gekreuzt«, sagte sie. »Es hat sich herausgestellt, dass er Journalist ist. Ich habe ihn überprüft. Bin noch nicht überzeugt, dass er so unschuldig ist, wie er aussieht. Er ist jemandes Handlanger. Ich bin aber noch nicht sicher, um wen es sich handelt.«

»Jeder ist jemandes Handlanger, mein liebes Mädchen. Das solltest du wissen. Ich vermute, er hat vor Kurzem einen schrecklichen Albtraum erlebt?«

»Wie ich schon sagte: Ich habe ihn überprüft«, antwortete Maddie. Sie öffnete den Reißverschluss ihrer Kosmetiktasche aus durchsichtigem Plastik, holte einen Kabukipinsel heraus und betrachtete ihre Wangen im Spiegel.

»Vielleicht eingehender, als es nötig gewesen wäre?«

»Was soll das heißen?«

»Es steckt eine gewisse Leichtigkeit in deinem Tonfall«, sagte Regina, »die umso mehr auffällt, weil sie lange nicht mehr da war. Bist du in den Jungen vernarrt?«

Maddie dachte darüber nach. Der flaumweiche Pinsel huschte über ihren Wangenknochen, legte eine sanfte Färbung auf die blasse Haut und hob die Konturen ihres Gesichts hervor. Die Frage wirkte wie eine Falle, die halb im Verborgenen auf einem Stück verwilderten Landes lag. Sie hielt ihren Tonfall bewusst neutral.

»Ich war der Meinung, Sie wollen unsere Gespräche auf einer unpersönlichen Ebene führen, Mrs. Dunkle.«

Reginas Kichern erinnerte an die aneinanderreibenden Schuppen eines Reptils.

»Von Zeit zu Zeit nehme ich gern Anteil am Leben meiner Mitarbeiter. Was ist deine Strategie? Wirst du etwas Schreckliches tun, das ihn von dir wegtreibt, oder wirst du einfach verschwinden und ihn mit der Frage sitzen lassen, was hätte sein können?«

Maddies Gefasstheit zerfranste an den Rändern. »Warum tun Sie das?«

»Ich frage mich nur, wie du die Dinge sabotieren wirst. Es klingt, als sei etwas Gutes in dein Leben getreten, und das können wir nicht dulden, oder? Selbstzerstörung ist deine verlässlichste und beständigste Fähigkeit.«

»Warum tun Sie das? Ich mache alles, was Sie mir auftragen. Alles. Sie haben sogar zugegeben, dass ich Ihr bester Aktivposten bin. Warum sind Sie so …« Maddie biss die Zähne zusammen, als könnte sie damit die Enttäuschung aufhalten, die in ihrer Kehle hochstieg – »… *schrecklich*?«

»Weil ich es kann«, sagte Regina leichthin. »Und du kannst gehen, wann immer du willst. Du bist frei, bist es stets gewesen. *Ich* würde es tun, wenn ich an deiner Stelle wäre. Ich kann nur das Offensichtliche vermuten: dass dies genau das ist, was du willst, auch wenn du im Jammerton das Gegenteil behauptest. Wie eine Sünderin im Fegefeuer. Hm. Warte, da kommt gerade ein anderer Anruf herein. Denk darüber nach. Ich bin gleich wieder bei dir.«

Es knackte in der Leitung und die Verbindung war abgerissen. Maddie dachte darüber nach.

Als er Wade den Vorschlag unterbreitete, Rays Platz bei der Auktion einzunehmen, sah Lionel, wie eine neue Empfindung über das Gesicht des Mannes kroch: Angst. Es war nur kurz zu sehen, wie die Andeutung von etwas Verzweifeltem und in die Enge Getriebenem, bevor er all das unter einer Maske der Reglosigkeit verbarg.

»Das ist keine gute Idee«, sagte er.

»Warum nicht? Niemand weiß, dass Ray tot ist, und niemand ist ihm begegnet. Wer kann da behaupten, dass ich nicht er bin? Die Einladung steht bereits, und er wird auf der Auktion erwartet.«

»Sie bitten mich, den Club anzulügen. Wenn sie es herausfinden…« Wade biss sich auf die Unterlippe. Sein Blick glitt zur Seite. »Das sind Leute, die man besser nicht belügt.«

Lionel rutschte noch weiter in Richtung Stuhlkante. Er drehte Wade die Schulter zu, beugte sich vor und sprach mit freundlicher, aber fester Stimme.

»Sie werden es nie erfahren«, sagte er. »Sie sind meine vertrauliche Quelle. Wade, ich schwöre Ihnen beim Grab meiner Mutter: Ich habe noch nie in meinem ganzen Leben eine Quelle preisgegeben. Für nichts auf der Welt.«

Wade schnaubte. »Sie begehen eine Erpressung, aber so etwas würden Sie nie tun?«

»Das ist richtig. Ich habe meine Regeln. Wenn Sie mir nicht glauben, können Sie Nachforschungen über mich anstellen: Ich habe einmal dreiunddreißig Tage wegen Missachtung des Gerichts im Gefängnis verbracht, nur weil ich eine Quelle nicht preisgeben wollte. Ich hätte auch ein Jahr abgesessen, wenn es nötig gewesen wäre. Sie werden geschützt sein.«

»Und was geschieht, wenn Sie Ihre große Story veröffentlichen?«, fragte Wade und malte dabei mit den Fingern die Anführungsstriche in die Luft. »Was dann? Was ist, wenn Sie jemand nachträglich erkennt?«

»Ich werde nicht über den Club berichten. Ich bin nur wegen des Manuskripts hier.«

Lionel wusste nicht einmal, ob es für ihn überhaupt eine Story geben würde. Aber es roch gewaltig nach einer. Er kam sich vor wie ein Verhungernder in einem Labyrinth, der den quälenden Duft eines Steaks auf dem Grill irgendwo hinter der nächsten Biegung einatmete. Oder hinter der übernächsten. Oder hinter der Biegung danach. Es war so nahe, dass er es beinahe auf der Zunge schmeckte, und es führte ihn immer tiefer in das Labyrinth hinein.

»Was wäre dann?«, beharrte Wade.

»Nichts wird gesendet, was mit meinem Gesicht oder meinem Namen in Verbindung gebracht werden kann«, sagte Lionel. »Ich werde alle Beweise vernichten. Ich werde es sogar zulassen, dass jemand anderes die Lorbeeren für die Story einheimst. Darauf haben Sie mein Wort. Sie müssen mich bloß in die Auktion einschleusen, dann sind Sie mich für immer los. Um mehr bitte ich nicht.«

Wade verfiel in mürrisches Schweigen und dachte über seine Möglichkeiten nach.

»Also?«, fragte Lionel. »Was sagen Sie dazu?«

Bei Sonnenuntergang war Lionel zurück in seinem Zimmer im High-Line-Hotel; ein geliehener Frack hing an der Badezimmertür. Er rasierte sich und betrachtete sein Gesicht im Spiegel, während Schaum und Bartstoppeln im Abfluss verschwanden. Gleichzeitig tätigte er einen Telefonanruf.

»Lionel«, sagte Regina. Ihre Stimme klang wie ein sanfter, warmer Windstoß – wie eine ältliche Tante, die ihren Lieblingsneffen begrüßte. »Ich freue mich, dass Sie sich melden. Ich habe mir schon Sorgen um Sie gemacht.«

»Ich war auf der Jagd, und bald werde ich die Beute heimbringen. Ich habe das Manuskript gefunden. Ray Barton hatte ein Abkommen mit einem Geldwäscher geschlossen, dem zufolge es auf einer Auktion verkauft werden soll. Es war nicht ganz einfach, aber ich habe mir eine Einladung erschlichen.«

»Was Sie nicht sagen! Faszinierend! Und wie haben Sie das geschafft?«

»Wie ich schon sagte«, erwiderte Lionel, »es hat einige Mühen gekostet.«

»Dessen bin ich sicher. Ich hoffe, Sie sind stolz auf Ihre Leistung.«

Lionel riss seinen Blick vom Spiegel los. Weil er den Rasierer säubern wollte, sagte er sich. Es hatte nichts mit dem plötzlichen Gefühl zu tun, dass er sich selbst nicht mehr in die Augen sehen konnte.

»Ich werde meine Aufgabe erledigen.«

»Das werden Sie. Und Sie sind Ihrem Wunsch, diese lästige Kindheitsgeschichte möge für immer verschwinden, wieder einen Schritt näher gekommen.«

»Was das angeht…«, sagte er und überlegte, ob er sie jetzt darauf ansprechen sollte oder nicht, aber da seine Aufgabe beinahe erfüllt war, schien es ihm die richtige Zeit zu sein. »Dieser junge Reporter, der die Geschichte über mich schreiben wollte… Ich habe es von meiner Chefin im Sender gehört. Er ist tot.«

»Wirklich?«, sagte sie so beiläufig, als spräche sie über ihre Einkaufsliste. »Das ist gleichgültig. Mein Wort gilt noch. Helfen Sie mir, das Manuskript zu erwerben, und ich werde Ihre Vergangenheit vor jedem beschützen, der sie aufdecken will. Wirklich: Er war *ein* Problem, aber er war nicht das einzige Problem. Sie haben ein behütetes Leben geführt und konnten bisher die Wahrheit auch ohne meine Hilfe verbergen.«

»Er wurde ermordet. Jemand hat ihn in einer Seitengasse überfallen und ihm alles abgenommen, was er bei sich trug. Auch die Aufzeichnungen über mich.«

»Ist es das, was Ihnen Sorgen bereitet? Ich glaube nicht, dass ein gewöhnlicher Räuber weiß, was er da erbeutet hat«, sagte Regina. »Ich vermute, das kleine Dossier über Sie verrottet gerade auf dem Boden irgendeines Müllcontainers. Ich kann es Ihnen sogar versprechen.«

Das war es, wovor er Angst hatte. Dass sie es wirklich versprechen konnte. Denn sie war dafür verantwortlich. Er hatte sie nicht geradeheraus gefragt; er hatte es nicht fertiggebracht. Er überlegte, was er sagen sollte. Wie konnte er die offensichtliche Frage umgehen und seine eigenen Gefühle beiseiteschieben?

»Ich fühle mich verantwortlich«, sagte er schließlich.

»Verantwortlich?«

»Es liegt mir auf der Seele«, sagte Lionel zu ihr. »Ich … ich will damit nicht sagen, dass sein Tod etwas mit mir oder mit der Geschichte zu tun hat, an der er arbeitete. Ich will nicht sagen, dass …«

»Aber wenn er nicht versucht hätte, Sie bloßzustellen, wäre er an jenem Tag nicht im Sender gewesen. Und er wäre danach nicht durch jene Straße zu seinem Büro zurückgegangen. Und er wäre nicht in dieser Gasse überfallen, ausgeraubt und erstochen worden.«

Lionel schaute wieder auf. Der Mann im Spiegel sah zehn Jahre älter aus als er. Er wirkte gequält, als stünde er am falschen Ende all seiner schlechten Entscheidungen.

»Regina«, sagte er.

»Ja, Lionel?«

»Ich habe gesagt, dass er ermordet wurde. Ich habe mit keinem Wort gesagt, dass er erstochen wurde.«

ACHTZEHN

Regina erwiderte nichts darauf.

Lionel zählte die Sekunden, die in die Stille fielen. *Eins. Zwei. Drei. Vier.*

»Ich war mir sicher, dass Sie es erwähnt hatten«, sagte sie schnell und lebhaft, als hätte es keinen Bruch in ihrem Gespräch gegeben.

»Ich bin mir sehr sicher, dass ich es nicht erwähnt habe.«

»Wo sonst hätte ich denn eine so schreckliche Einzelheit aufschnappen können?«

Sie hatte den Ball auf seine Seite des Spielfelds zurückgeworfen, und er ließ ihn dort liegen.

»Ich habe das Gefühl, dass ich an dem schuld bin, was dem jungen Mann zugestoßen ist.«

»Es erstaunt mich immer wieder«, sagte Regina, »wie bereitwillig sich die Menschen Schuld aufladen, bis sie unter ihrem Gewicht zusammenbrechen, insbesondere wenn sie sich mit einem leichten Schulterzucken davon befreien könnten. Auf Ihren Schultern lastet nur das, was Sie selbst tragen wollen. Sie haben sich dafür entschieden, vor Ihrer Vergangenheit wegzulaufen, Lionel. Sie laufen schon seit vielen Jahren weg.«

»Ich laufe nicht weg«, sagte er. »Ich bin … bloß nicht mehr dieselbe Person.«

»Das Schöne beim Weglaufen ist der Umstand, dass man jederzeit stehen bleiben kann. Aber jetzt sollten wir uns wichtigeren Dingen zuwenden, nicht wahr? Wurde die Echtheit des Manuskripts bestätigt?«

»Ray Bartons Partner behauptete es jedenfalls.« Lionel spritzte sich kaltes Wasser ins Gesicht und klopfte sich auf die Wangen. »Sowohl die Handschrift als auch das Papier wurden geprüft. Beide sind echt. Was soll ich jetzt tun? Soll ich versuchen mitzubieten?«

»Nein. Mischen Sie sich nicht ein. Beobachten Sie die Auktion, identifizieren Sie den Höchstbietenden und kontaktieren Sie mich wegen weiterer Anweisungen. Ich werde nach der Auktion ein privates Angebot machen und das Manuskript an mich bringen.«

Lionel sah das Handy an und hob eine Braue. »Wäre es nicht sinnvoller, wenn ich einfach darauf biete? Wie hoch die Verkaufssumme auch sein mag, Sie werden noch viel mehr bezahlen müssen, um es von der Person, die …«

»Hören Sie mir genau zu«, sagte Regina und schnitt ihm damit das Wort ab. »Identifizieren Sie den Höchstbietenden. Berichten Sie mir alles über diese Person. Ich will wissen, wer sie ist, wie viel sie bezahlt hat und wohin sie ihren Kopf zur Nacht bettet.«

»Warum werde ich das Gefühl nicht los, dass Sie mir etwas verheimlichen?«

»Als wir unseren Pakt eingegangen sind, haben ich Ihnen gesagt, Sie sollten es als den Beginn eines Abenteuers betrachten.« Er konnte das verschlagene Grinsen in ihrer Stimme hören. »Wo bleibt denn der Spaß bei einem Abenteuer ohne Überraschungen? Oh, und wenn Sie auf der Auktion sind, machen Sie bitte einige Aufnahmen von dem Manuskript. Ich brauche klare, deutlich lesbare Fotos, damit meine eigenen Experten einen Blick auf die Handschrift werfen können. Insbesondere bitte von der letzten Seite.«

»Es wird mir nicht möglich sein, eine Kamera hineinzuschmuggeln«, sagte Lionel. »Mein Kontaktmann sagt, dass die Clubmitglieder sich jeder Überwachung entziehen.«

»Dann ist es gut, dass ich einen so klugen jungen Mann angeheuert habe, nicht wahr? Ich bin sicher, dass Ihnen eine Lösung für dieses Problem einfallen wird. Aber jetzt müssen Sie mich entschuldigen, denn auf der anderen Leitung wartet ein Anruf auf mich.« Ein leises, kaum hörbares Kichern ertönte am anderen Ende. »Seien Sie mutig und einfallsreich, Lionel. Ich weiß, dass Sie das sind. Freuen Sie sich, ich bin *fast* fertig mit Ihnen. Von jetzt an geht es nur noch bergab.«

»Und dann?«, fragte er.

»Und dann erhalten Sie alles, was Ihnen zusteht. Alle Belohnungen, die ich Ihnen versprochen habe, und noch etwas mehr.«

Maddie hatte ihr Kleid angezogen und das Make-up aufgetragen, während der Bildschirm ihres Handys stumm die Minuten zählte. Regina hatte sich nicht mehr gemeldet, nachdem sie Maddie gebeten hatte, in der Leitung zu bleiben. Sie wagte es nicht aufzulegen. Maddie hatte das einmal zuvor getan – ein einziges Mal – und es dann einen ganzen Monat lang bereut. Stattdessen lief sie auf und ab, beobachtete die Uhr und wartete. Der Teppich fühlte sich unter ihren nackten Füßen rau und kühl an. Sie hatte sich ein Paar Schuhe mit dünnen Absätzen zurechtgestellt, die genauso pflaumenfarben waren wie das Kleid, aber die Schuhe zog sie stets zuletzt an, wenn sie wegging, und als Erstes aus, wenn sie nach Hause kam.

Es erstaunte sie, dass es ihr nicht schwerfiel, das Hotelzimmer als ihr Zuhause anzusehen. Maddie lebte in Hotels. In Berlin und Mailand, in Los Angeles und Albuquerque – sie hatte schon seit Jahren keine feste Adresse mehr. Ihr Zuhause war der Ort, an dem sie es wagen konnte, zu jedem ihr angenehmen Zeitpunkt in Sicherheit einzuschlafen. Oder auch nur der Ort, an dem sie schlief. Eigentlich sollte ihr das seltsam erscheinen – die meisten Menschen verstanden unter dem Wort »Zuhause« etwas vollkommen anderes –, aber sie lebte schon so lange auf diese Weise, dass es sich für sie ganz normal anfühlte.

Ein dauerhaftes Zuhause war so etwas wie eine Belastung. Maddie hatte in ihrem Leben keinen Platz für Belastungen.

Ihr Handy flackerte. Reginas Stimme drang aus dem Lautsprecher. »Bist du noch dran?«

»Ich glaube, das wissen Sie genau«, sagte Maddie so dreist, wie sie es wagen konnte.

»Die Person am anderen Ende war jemand, der für mich recherchiert«, sagte Regina, »ein Experte für Netzwerke und Machtstrukturen. Ich wollte Informationen über diesen Thoth-Club einholen, weil ich noch nie davon gehört hatte.«

»Ja? Was ist denn darüber bekannt? Ich war bisher der Meinung, dass es sich um einen Verein für die Reichen und Seltsamen handelt. Haben Sie etwas erfahren, das wichtig für mich sein könnte?«

»Nichts Konkretes«, sagte Regina, »aber aus den Gerüchten und bruchstückhaften Informationen gelange ich zu dem Schluss, dass du heute Abend eine Waffe mitnehmen solltest.«

Maddie blieb mitten auf dem Perserteppich stehen.

»Was wissen Sie?«, fragte Maddie.

»Ich weiß nur, dass der Club Geheimnisse hat – Geheimnisse, die verschlungener sind als die Buchführung seiner Mitglieder. Und einige dieser Geheimnisse könnten *beißen*. Hoffentlich geht alles gut, aber du solltest dich bewaffnen, bevor du gehst.«

»Ich bin stets bewaffnet«, erwiderte Maddie.

»Gutes Mädchen. Dann solltest du dich jetzt auf den Weg machen.«

Lionel betrat den Aufzug und betrachtete sich in den Wandspiegeln. Er drückte den Knopf zum Foyer. Dann warf er abermals einen Blick auf sich und nestelte an seiner Fliege herum. Da er jetzt in geheimer Mission unterwegs war, hatte er gehofft, in den Spiegeln James Bond zu sehen. Die Wahrheit entsprach jedoch nicht ganz seinen Erwartungen.

»Guten Abend, Monsieur«, sagte er zu seinem Spiegelbild und legte sich eine imaginäre Handserviette über den Arm. »Willkommen im *Chez Snob*. Mein Name ist Lionel. Ich werde Sie heute Abend mit Verachtung übergießen. Möchten Sie unsere Weinkarte sehen? Nein, Sir, *kein* Wein ist ausgepreist…«

Der Aufzug hielt im zweiten Stock. Die Tür glitt auf, und Maddie trat zu ihm in die Kabine. Er starrte sie gerade lange genug an, um zu bemerken, dass er sie anstarrte.

»Maddie«, sagte er, »äh… hallo. Sie sehen…«

Er nahm ihr Bild in sich auf – das hochgesteckte Haar, die Perlen an den Ohrläppchen, die die Konturen ihres Gesichts hervorhoben, das pflaumenfarbene Kleid, das an ihrem Körper hing wie Wasser an einem Blatt. Sie hielt den Kopf schräg und hob eine nachgezogene Braue.

»Ja?«, sagte sie.

»… fantastisch. Sie sehen fantastisch aus.«

»Aha.« Sie zuckte die Achseln. »Lange Übung. Aber schauen Sie sich doch selbst an. In Ihrem Pinguinanzug geben Sie ebenfalls ein hübsches Bild ab.«

»Ich würde auch gern sagen, dass ich lange Übung darin habe, aber das wäre eine Lüge. Für das Binden der Fliege habe ich eine halbe Stunde und drei Erklärungsvideos auf YouTube gebraucht.«

»Aber Sie haben es geschafft.« Sie musterte ihn von oben bis unten. »Allerdings tragen Sie den Kummerbund etwas zu hoch.«

Sie trat dicht an ihn heran und packte die Schärpe um seine Hüfte. Während sie den Stoff nach unten zog, berührten ihre Finger seine Hüften. Sie sah auf zu ihm, ihre Nasen stießen beinahe zusammen, und der Moschusduft ihres Parfüms tanzte einen langsamen Tango um seinen Kopf.

Sie zwinkerte. Dann legte sie einen anderen Gang ein.

»Der Kummerbund wurde in den 1850er-Jahren von britischen Offizieren entwickelt, die in Indien dienten«, erklärte sie ihm. »Sie brauchten eine Alternative zu einer geschlossenen Weste. Wegen der Hitze.«

Er sah ihr in die Augen. »Was Sie nicht sagen.«

»Die Plisseefalten sollen immer nach oben getragen werden. Die Gentlemen steckten sich oft die Opernkarten zwischen die Falten, damit sie nicht in ihren Taschen herumwühlen mussten. Die Ihren zeigen nach oben. Das ist gut.«

»Maddie?«

Sie bewegte sich nicht. Ihre Hände lagen noch immer an der Schärpe und hielten seinen Körper nur einen Atemhauch von dem ihren entfernt.

»Ja?«, fragte sie.

»Halten Sie regelmäßig Vorlesungen über die Geschichte eigentümlicher Männerkleidung?«

»Nicht nur über Männerkleidung«, sagte sie. »Wissen Sie, warum in Damenkleidung so selten Taschen eingenäht sind? Ich weiß es.«

Der Aufzug kam rumpelnd zum Stillstand. Mit einem Klingeln glitt die Tür zur Seite. Keiner von beiden bewegte sich.

»Maddie?«

»Ja?«, fragte sie.

»Wir sollten jetzt den Aufzug verlassen.«

Sie ließ ihn los. Seite an Seite gingen sie durch das Foyer und hinaus in die zunehmende Dunkelheit; ihre Hände berührten sich fast.

»Wohin sind Sie unterwegs?«, fragte er. »Zum Vergnügen?«

»Das darf man wenigstens hoffen. Und Sie?«

»Arbeit.« Er trat vom Bürgersteig herunter, hob den Arm und hielt ein Taxi an. Der Wagen schwenkte herüber an den Straßenrand, Lionel öffnete die hintere Tür und winkte Maddie herbei. »Das ist Ihres. Ich nehme das nächste.«

Sie lächelte und schritt an ihm vorbei. »Was für ein Gentleman. Es muss am Frack liegen.«

»Das ist die einzige Erklärung.«

Er schloss die Wagentür, nachdem sie eingestiegen war. Sie sagte etwas zum Fahrer und senkte dann die Fensterscheibe um wenige Zentimeter.

»Ich wünsche Ihnen viel Spaß heute Abend. Tun Sie nichts, was ich nicht auch tun würde«, meinte sie.

»Ich habe keine Ahnung, was Sie nicht tun würden. Aber … warum?«

»Warum … was?«

»Warum haben Damenkleider keine Taschen?«

Sie rief es ihm zu, als das Taxi anfuhr, und wedelte mit den Fingern durch den Fensterschlitz.

»Weil Modedesigner Idioten sind. Bis später, Lionel.«

Er sah zu, wie die Rücklichter ihres Taxis mit der Nacht verschmolzen. Es fiel Lionel schwer, den Blick abzuwenden; er hatte das Gefühl, als würden zwei Magneten auseinandergezerrt. Wohin auch immer Maddie gehen mochte, er wünschte sich, er hätte sie begleiten können.

Diese Frau war ein Rätsel. Nein. Rätsel waren dazu da, um gelöst zu werden. Und das wollte sie nicht. Maddie war ein Palast mit verschlossenen Türen. Lionel war dazu eingeladen worden, die Halle und die Korridore zu betreten, durch ihre Welt zu wandeln und einen schwachen Eindruck von ihr zu erhalten, aber die Zimmer – die Orte, an denen Maddie tatsächlich lebte und wo sich ihr Herz und ihre Erinnerungen befanden – waren ihm versperrt.

Er wusste, dass er eingehende Nachforschungen über ihren Hintergrund anstellen und mit den Einzelheiten, die ihm bekannt waren – ihr Bild, ihre Telefonnummer, ihr Vorname – etliche Informationen ausgraben konnte. Das war ein Teil seiner gewöhnlichen Arbeit; so etwas machte er andauernd. Aber es fühlte sich nicht richtig an. Er wollte mehr über sie wissen, wollte ihr näherkommen, doch er würde nicht in den Palast ihres Herzens vordringen, indem er die Türen eintrat.

Er würde auf ihre Erlaubnis warten, falls die jemals kam. Und wenn nicht, nun ja … dann war sie das Rätsel, das er nie lösen würde, auf dass sie in seiner Erinnerung weiterlebte.

Schließlich erwischte er ein zweites Taxi und machte sich auf den Weg zur Upper West Side von Manhattan. Der Wagen rollte an der reich verzierten dunklen Fassade des Blackstone-Gebäudes vorbei. Lionel hatte Bilder davon gesehen, aber in der Realität war es noch viel großartiger. Die weißen ionischen Marmorsäulen waren gigantisch und schienen sich vorzubeugen, sodass es wirkte, als hockte das Gebäude wie ein wartender Geier über der Straße. Die gewölbten Fenster zwischen den Säulen waren aus farbigem Bleiglas, und Art-déco-Gemälde ägyptischer Götter schmückten die braunen Paneele darüber. Hoch im Dachgesims, neun Stockwerke über dem Boden, steckte eine Uhr, deren granitfarbene Zeiger bei 3.33 Uhr erstarrt waren.

Wade Dawson wartete an der Ecke auf ihn.

Sein Frack war silbern und natürlich nicht geliehen, sondern maßgeschneidert. Er trug ihn, als sei er darin geboren worden. So unruhig, wie er hin und her lief, müssten seine polierten Oxford-Schuhe eigentlich Furchen in den Asphalt ziehen. Er hielt zwei gebogene elfenbeinfarbene Gegenstände in den Händen, und als Lionel sich ihm näherte, erkannte er, worum es sich handelte: Masken. Wade reichte ihm die eine; es handelte sich um eine weiße Domino-Maske, die an den Seiten in angedeuteten griechisch-römischen Schwingen auslief.

»Ich dachte mir, dass Sie keine haben. Setzen Sie sie noch nicht auf.«

Lionel schenkte der Maske einen zweifelnden Blick. »Warum soll ich denn überhaupt eine aufsetzen?«

»Es ist ein *Maskenball*«, sagte Lionel, als sei dies das Offensichtlichste auf der Welt. »Hey, Sie können noch immer einfach gehen. Ich wünschte, Sie würden es tun – mir ist schon den ganzen Nachmittag übel.«

»Entspannen Sie sich. Hey!« Lionel schwenkte die Hand vor Wades Gesicht, damit er nicht länger auf und ab lief. »Hören Sie mir zu. Niemand wird etwas bemerken. Niemand wird Verdacht schöpfen. Sie müssen mich bloß als Ray Barton vorstellen, und ich werde es wie ein Karnickel machen: schnell und leise. Ich werde verschwunden sein, bevor Sie es bemerken.«

»Reden Sie mit *niemandem*.«

»Das werde ich nicht. Ich will hier keine Interviews führen.«

»Wer weiß, dass Sie hier sind?« Wade riss die Augen in erneuter Paranoia auf. »Wird jemand von Ihrem Sender nach Ihnen suchen, wenn Sie fünf Minuten zu spät kommen? Wird jemand die Cops rufen? Schwören Sie zu Gott, dass Sie, wenn die Cops diese Party sprengen und es auf mich zurückfällt …«

»Niemand weiß, dass ich hier bin. Klar? Niemand. Ich arbeite allein.«

Wade beugte sich vor und stach mit dem Finger gegen Lionels Brust. »Schwören Sie das? Schwören Sie bei Gott, dass niemand sonst von alldem hier weiß?«

»Ich verspreche es Ihnen, in Ordnung? Ich beschwöre es mit erhobenen Fingern, wenn Sie es wollen, aber wir sind zwei erwachsene Männer, die im Frack an einer Straßenecke stehen, und das würde doch ziemlich seltsam aussehen.«

Dies beruhigte Wade ein wenig. Er hob die Hände, neigte den Kopf, gab nach.

»Also gut. Prima. Alles gut. Bringen wir es hinter uns.«

Er ging voraus – nicht zum Vordereingang des Blackstone-Gebäudes, der mit Stahlplatten versperrt war, sondern zu einer Seitengasse, die an dem Haus entlangführte – weiter und weiter weg von den Straßenlaternen, bis nur noch ein dünner Strahl des knochenweißen Mondes am bewölkten Himmel von Manhattan ihnen den Weg wies.

Neunzehn

Wade führte Lionel zu einem alten Seiteneingang und zog einen Schlüssel an einer zarten Silberkette hervor. Das Schloss sprang mit einem dumpfen metallischen Klicken auf, und die alten Angeln ächzten, als die Tür geöffnet wurde. Dahinter erstreckte sich ein kalter Korridor, dessen Wände aus nacktem Gips und verstrebten Holzbalken bestanden. Ein Farbeimer stand dicht hinter der Tür, und an einer der Wände lehnte eine Klappleiter. Lionel vermutete, dass diese Dinge von den letzten Arbeitern zurückgelassen worden waren, als die Eigentümer des Blackstone Konkurs angemeldet hatten und das letzte Geld für die Renovierung draufgegangen war. Ein im Entstehen begriffenes, nie vollendetes Meisterwerk.

»Maske auf«, sagte Wade. »Von hier an folgen Sie mir und reden nicht mehr, es sei denn, Sie werden angesprochen. Und berühren Sie *nichts*.«

Die elfenbeinfarbene Domino-Maske saß gut über Lionels Augen und wurde am Hinterkopf von einer einfachen Spange gehalten. Wades Maske war feiner ausgearbeitet und wirkte mit ihren Locken und dem Lorbeerkranz wie aus einer griechischen Tragödie. Er deutete mit dem Kopf den Korridor entlang. Die Tür hinter ihnen schwang ins Schloss, während Wade auf eine Treppe zuging.

Kurz vor dem oberen Ende der Treppe vernahm Lionel die ersten schwachen Klänge von Musik. Es war etwas Klassisches, vielleicht ein Streichquartett, aber es war noch so weit entfernt, dass er keine Melodie heraushören konnte. Trübe Notlichter leuchteten in fensterlose Nebenräume und tauchten den Treppenschacht in samtige Schatten. Die beiden Männer stiegen weiter nach oben, und der schwarze Stahl des Handlaufs lag kühl und glatt unter Lionels Hand. Sie erreichten den zweiten Stock.

Elektrische Wandleuchter erhellten einen Korridor, der mit dunklem Mahagoniholz getäfelt war. Das gelbe Licht der Glühbirnen zuckte und flackerte, es imitierte offene Kerzenflammen. Die Silhouetten der beiden Männer bebten an den Wänden. Der Korridor endete vor einer zweiflügeligen Tür, die von zwei maskierten Männern in Anzügen bewacht wurde. Die eine Maske erinnerte an einen Ziegenbock, komplett mit elfenbeinernen Hörnern und einem ausgeformten Kinnbärtchen. Die andere Maske zeigte abstrakte, gezackte Art-déco-Muster.

Der Ziegenbock trat vor Wade und hob die rechte Hand.

»*Konx om pax*« sagte er.

Wade hielt den linken Arm wie einen Stab waagerecht vor seine Brust und setzte den rechten in einem Winkel von 45 Grad dagegen, sodass es wie die aufsteigende Seitenfläche einer Pyramide wirkte. Die gerade Handfläche mit den ausgestreckten Fingern zeigte zur Decke.

»*Khabs am pekht*«, erwiderte Wade.

Der Mann mit der Bocksmaske drückte die Hände zusammen; die eine war zur Faust geballt, die andere legte sich mit der offenen Handfläche dagegen.

»Licht in Ausbreitung. Willkommen, Bruder. Ich sehe, Sie haben jemanden zu einer möglichen Initiation mitgebracht.«

»Dieser Herr ist Ray Barton«, sagte Wade. »Er wurde zugelassen.«

Der stille Mann vor dem anderen Türflügel hielt ein Klemmbrett mit einer Namensliste in der Hand. Er schaute darauf, kniff die Augen zusammen und strich dann mit einem roten Filzstift zwei Namen durch. Er nickte dem Ziegenbock zu. Dieser drehte sich um, griff in einen niedrigen Schrank an der Wand und holte ein Tablett hervor, das mit schwarzem Samt bezogen war.

»Ihre Mobiltelefone bitte, meine Herren.« Er sah Lionel an. »Sie sind zur Sicherheit unserer Mitglieder im Club nicht erlaubt. Das werden Sie verstehen.«

Lionel hatte darüber nachgedacht, wie er heimlich Aufnahmen von dem Poe-Manuskript machen könnte. Die Erfüllung dieser Aufgabe wurde nun noch viel schwieriger. *Mir wird schon noch etwas einfallen*, dachte er, als er sein Handy auf das Tablett legte. Wade tat es ihm gleich. Der Mann mit der Bocksmaske legte das Tablett zurück in den Schrank, wo es nicht mehr zu sehen und sicher verwahrt war.

Der Ziegenbock sah Lionel fest an, als könnte er durch die Maske hindurchblicken, bis auf Fleisch und Knochen.

»Ich höre, Sie sind ein Außenstehender, und deshalb könnten unsere Gepflogenheiten Ihnen seltsam erscheinen, aber ich muss Sie bitten, mir eine Frage zu erlauben, bevor ich Ihnen den Zutritt gestatte. Bitte antworten Sie mit vollkommener Aufrichtigkeit.«

»Wie lautet die Frage?«, wollte Lionel wissen.

»Sie stehen an der Schwelle zu einem Museum. Erleuchtung wartet darin. Treten Sie aus eigenem, freiem Willen ein, ohne jeden äußeren Zwang? Und akzeptieren Sie, dass die Konsequenzen Ihres Handelns einzig und allein Ihnen selbst zuzuschreiben sind, was auch immer dort drinnen geschehen mag?«

»Ja, und: Ja«, sagte Lionel.

»Dann seien Sie willkommen, Freund«, erwiderte der Ziegenbock mit Anerkennung in der Stimme. »Mögen Sie die Wahrheit finden, nach der Sie suchen.«

Wade machte einen Schritt nach vorn. Der Ziegenbock trat ihm mit erhobenem Finger entgegen.

»Sie müssen *ebenfalls* die Frage beantworten.«

Hinter seiner Maske kniff Wade die Augen zusammen; er wirkte, als sei er aus dem Gleichgewicht gebracht worden. Lionel nahm an, dass dies nicht die übliche Vorgehensweise war.

»Ja. Und Ja«, sagte Wade.

Die Wächter der Schwelle drückten die beiden Türflügel weit auf und hießen sie mit einer ausladenden Bewegung ihrer Arme in den maßgeschneiderten Anzügen willkommen.

Gleißendes Licht stach Lionel in die Augen; der sanfte bernsteinfarbene Schein hatte eiskalten blauen Strahlen Platz gemacht. Kammermusik drang durch die offene Tür heraus, und als er über die Schwelle trat, wurde die Luft plötzlich so kalt, dass er eine Gänsehaut an den Armen bekam. Er roch Minze und Beeren. Die Party war in vollem Gange. Der Raum hinter der Tür war ein Ballsaal, der vollständig renoviert worden war, angefangen bei dem schwarz-weißen Schachbrettmuster des Bodens bis hin zum vergoldeten Gesims im römischen Stil. Paare in Abendkleidung und mit barocken Masken vor den Gesichtern tanzten zum Klang der Violinen durch den Raum. Die Deckenlichter veränderten sich in regelmäßigen Abständen; die eisblauen Strahlen des Neonlichts änderten ihre Richtung und verdunkelten sich wie ein Dutzend Mondfinsternisse in Zeitlupe. Sie bemalten den Ballsaal mit Bändern aus lunarer Helligkeit und Finsternis.

»Noch eine letzte Hürde«, flüsterte Wade ihm ins Ohr. »Die Hierophantin erwartet eine Vorstellung. Wieder einmal …«

»... folge ich Ihnen, sage nichts und fasse nichts an?«, wollte Lionel wissen.

»Bringen Sie mich nicht dazu, die ganze Sache noch mehr zu bedauern, als ich es schon tue.«

Wade führte Lionel am Rand der Tanzfläche vorbei. Vitrinen standen in regelmäßigen Abständen voneinander an den Wänden; es waren von unten beleuchtete Glasquader auf Säulen aus grün geädertem Marmor. Die Sammlung des Thoth-Clubs stellte Wades Bürokollektion bei Weitem in den Schatten. Lionels Blick glitt über Steintafeln, in die Hieroglyphen eingemeißelt waren, über ausgeblichene römische Wandbehänge und über ein Kästchen aus schimmernder Jade, welches das Siegel eines chinesischen Künstlers trug. Artefakte aus der ganzen Welt waren hier ausgestellt. Er fragte sich, wie viel Geld sich in diesem Raum befinden mochte – nicht nur in Form der Kunstgegenstände, sondern auch in den Portemonnaies der Anwesenden. Es waren etwa vierzig Gäste hier, und auch wenn sie ihre Gesichter unter einer Vielzahl von Masken aus Bein, Messing und Silber verborgen hatten, die Tiere und Götter symbolisierten, bemerkte er doch hier und da die vertraute Rundung eines Kinns oder den Klang einer bekannten Stimme. Er war sich fast sicher, dass er eine oder zwei Berühmtheiten identifizieren konnte, und ein Mann wirkte wie der Doppelgänger des Geschäftsführers eines umsatzstarken Unternehmens, den er im vergangenen Jahr interviewt hatte. Plötzlich war er dankbar für seine eigene Maske.

In der hintersten Ecke des Zimmers hielt eine spindeldürre Frau in einem weiten schwarzen Kleid Hof und schwenkte ein Glas Wein, während sie sich leise mit drei Hofschranzen unterhielt. Als Wade und Lionel herankamen, weiteten sich ihre Augen hinter der Maske. Diese war silbern, plastisch gearbeitet und trug ein rundes, wirbelndes Symbol zwischen den stechenden blauen Augen. Sie schnippte mit den Fingern, und ihre Freunde verschwanden in der Menge.

»Wade«, sagte sie, ihre Stimme troff vor kalter Herablassung. »Du hast uns einen solchen… Leckerbissen mitgebracht.«

»Ich habe den Star des Abends mitgebracht«, erwiderte er.

»Ich würde mich nicht gerade als Star bezeichnen…«, begann Lionel. Beide bedachten ihn mit eiskalten Blicken.

»Damit meinte ich *das Manuskript*«, sagte Wade durch seine zusammengebissenen Zähne. »Dolores, erlauben Sie mir, Ihnen Ray Barton vorzustellen. Ray, das hier ist unsere freundliche Gastgeberin Dolores Croft.«

Der Name erinnerte ihn an etwas. Er hatte die Frau in einem oder zwei Hochglanzmagazinen gesehen, und ihr Familienname hatte unter dem Bild eines Krankenhauses gestanden. Sie war eine Philanthropin, die ihr Geld mit Arzneimitteln gemacht hatte. Ihre Hand war ausgezehrt, die Haut wirkte wie Pergament über Vogelknochen, und sie schüttelte seine Hand, als sei er die letzte Person auf Erden, die sie berühren wollte.

»Vielen Dank für die Einladung«, sagte Lionel. »Es ist wirklich toll hier.«

Dolores kniff ihre Augen zu Schlitzen zusammen.

»›Toll‹, sagt er. Mr. Barton, wissen Sie überhaupt, wo Sie sind?«

Lionel hob den Arm und zeigte auf den geborgten Manschettenknopf. »Im Thoth-Club.«

»Das ist nichts als ein Name. Wir streben nach dem Segen der Musen. Die Kunst überall um Sie herum, diese Fragmente der Menschheitsgeschichte, sind nicht nur eine ordinäre Sammlung von Verschrobenheiten. Sie sind eine Quelle des Gebets.«

Lionels Reporterinstinkte erwachten. Er warf die Angelleine aus – aber nicht zu weit.

»Soweit ich weiß, haben Sie ein bedeutendes Gefolge. Große Namen. Noch größere Taschen.«

»Die Elite«, erwiderte sie. »Aber es ist wichtig, dass Sie die richtige Reihenfolge beachten. Wir sind die Elite dieser Stadt, weil wir uns um den Segen der Musen bemüht haben. Wir haben Opfer gebracht, um unsere Stellung zu fördern. Frömmigkeit und Hingabe sind das, was uns über das gemeine Volk erhebt. Es geht nicht um ererbten Reichtum oder politische Macht – es geht um den Charakter.«

»Und wie ist es«, fragte er, »wenn jemand wie ich … zur Elite gehören will?«

»Dann würde ich Ihnen zunächst einmal raten, eine weniger abstoßende Arbeit zu finden.« Sie klang nun sanfter – aber nur ein wenig. »Während wir auf die Auktion warten, lade ich Sie ein, einen Rundgang durch unsere äußere Galerie zu unternehmen. Betrachten Sie unsere Sammlung. Finden Sie heraus, ob etwas zu Ihrem Herzen spricht. Wie Sokrates uns gelehrt hat: ›Weisheit beginnt im Staunen‹.«

»Wann genau findet die Auktion statt?«

»Oh, es dauert nicht mehr lange …« Dolores verstummte. Einer der Türwächter – derjenige mit der Art-déco-Maske – trat auf sie zu und flüsterte ihr etwas ins Ohr. Lionel fing das Wort *Hotel* auf, mehr nicht. Sie nickte dem Mann diskret zu, und er verschwand. »Das heißt, es könnte noch ein klein wenig dauern, bis wir alles vorbereitet haben. Etwa zwanzig Minuten. Höchstens eine halbe Stunde.«

»Großartig«, sagte Lionel. »Und wo befindet sich das Manuskript jetzt? Ich bin etwas unruhig, wie Sie sich vorstellen können …«

»In Sicherheit.« Sie schenkte ihm ein dünnes, humorloses

Lächeln; ihre Lippen waren eine harte Linie hinter den Rundungen ihrer Maske. »Es ist an einem vollkommen sicheren Ort. Gehen Sie, Mr. Barton. Schauen Sie sich unsere Sammlung an und lauschen Sie auf die Stimme Ihrer Muse. Wade, Sie bleiben hier bei mir. Wir haben noch etwas zu besprechen.«

Lionel wusste, wann er sich zurückziehen musste. Er ging langsam am Rand des Raumes entlang und entfernte sich so weit wie möglich von Dolores. Je weniger Zeit er unter ihrem Adlerblick verbrachte, desto geringer wurde die Gefahr, dass sie ihm auf die Schliche kam. Er tat so, als betrachtete er die Museumsvitrinen. Aber sein wahres Interesse galt dem Raum selbst. Er kam an der Flügeltür vorbei, durch die er vorhin eingetreten und die nun wieder verschlossen war, und machte langsam die Runde. Dabei fiel ihm eine einzelne Tür mit einem Tastenfeld neben dem Schloss auf – ohne Hilfe würde er sie nicht öffnen können –, und kurz darauf kam er an einem kleinen, kurzen Korridor vorbei, der wie ein Versorgungsgang wirkte. Er könnte sich dort hinein zurückziehen, ohne dass es jemand bemerkte. Doch selbst wenn er herausfand, wo das Manuskript aufbewahrt wurde, musste er sich noch eine Kamera besorgen. Er fühlte sich nackt ohne sein Mobiltelefon, ohne Verbindung zur Außenwelt. Vielleicht waren es auch die sich bewegenden eisblauen Lichter, die diese Empfindung verursachten.

Er war so in seinen Gedanken versunken, dass er die Frau neben sich erst bemerkte, als sie sich bei ihm unterhakte und ihn auf die Marmortanzfläche zog. Die Biegung ihres blassen Kinns unter der Maske gab ihm einen Hinweis auf ihre Identität. Aber erst die Stimme lüftete das Geheimnis.

»Tanzen Sie mit mir«, sagte Maddie zu ihm. Der Saum ihres pflaumenblauen Kleides schwang umher, und ihre Augen waren funkelnde Diamanten hinter der Maske: Knochen mit eingearbeiteten Rissen, die den oberen Teil eines menschlichen Schädels nachahmten.

»Seltsam, Sie hier zu treffen«, sagte er. Er floss in den Tanz hinein, ergriff ihre Hand und übernahm die Führung; die alten Lektionen aus der Tanzschule wurden wieder lebendig.

»Das kann ich nur zurückgeben. Ich habe nicht gewusst, dass Sie Mitglied sind.«

»Das bin ich nicht«, sagte er. »Und was ist mit Ihnen?«

»Ich sollte gar nicht hier sein. Wissen Sie, Sie stellen für mich ein ernstes Problem dar.«

»Warum?«

»Weil ich das, was ich sagte, ernst gemeint habe«, teilte sie ihm mit. »Ich mag Sie.«

»Und warum ist das ein Problem?«

Sie drehte ihren Körper, drückte sich an ihn. Sie waren zwei Magnete, die sich anzogen. So tanzten sie durch den Raum.

»Weil Sie möglicherweise hinter demselben Gegenstand her sind wie ich. Und wenn das der Fall ist, könnte das bedeuten, dass ich Ihnen wehtun muss.« Ihre Wange presste sich an die seine, und ihre Stimme klang fröhlich. »Ich muss Ihnen vielleicht sehr, sehr wehtun. Und das will ich nicht. Wir sollten deshalb ein Spiel spielen.«

Lionels Magen zog sich zusammen. Sie machte keine Scherze. Und obwohl sie sich mitten auf einer vollen Tanzfläche befanden, hatte er den Verdacht, dass es sich nicht um eine leere Drohung handelte. Er zwang sich zu einem ängstlichen Kichern.

»Sie machen mich etwas nervös, Maddie.«

»Eigentlich wollte ich Sie sehr nervös machen, Lionel. Bereit zum Spiel?«

»Was ist das für ein Spiel?«

»Es heißt ›Wahrheit oder Pflicht‹«, sagte sie.

ZWANZIG

Lionel und Maddie drehten sich am Rand der Tanzfläche. Nun führte sie und hatte ihre Hand fest auf die seine gelegt.

»Wahrheit«, sagte Lionel.

»Wie sind Sie hier hereingekommen?«

Er holte tief Luft und dachte über seine Möglichkeiten nach.

»Ich gebe vor, ein Toter zu sein«, sagte er. »Ich habe ein Mitglied erpresst, damit er mich anstelle seines kürzlich verstorbenen Gasts mitnimmt.«

»Das ist gut, Lionel«, schnurrte sie ihm ins Ohr. »Das ist wirklich gut. Nicht nur Ihr Tanzen, auch wenn ich Ihre Schritte bewundere. Ich habe Sie im Auge behalten, seit Sie durch die Tür getreten sind, und Ihre Antwort passt zu dem, was ich gehört habe. Das bedeutet, dass Sie mir die Wahrheit gesagt haben, und *das* bedeutet, dass Sie den Geist des Spiels erfasst haben.«

»Jetzt sind Sie an der Reihe.«

»In Ordnung. Wahrheit.«

»Wie sind *Sie* hier hereingekommen?«

»Durch ein Fenster in einem der oberen Stockwerke.«

Er warf ihr einen Blick von der Seite zu. »Die Fenster im Erdgeschoss sind bleiverglast und lassen sich nicht öffnen. Die nächsten Fenster liegen drei Stockwerke höher.«

»Ich bin eine gute Kletterin. Sie sind wieder dran.«

»Wahrheit«, sagte er.

Die letzten Töne des Walzers verklangen unter dem Gewoge der Mondlichter. Lionel und Maddie standen sich in einem herankriechenden Band aus Finsternis gegenüber, das sie erreicht hatte, als das nächste Lied begann. Es war etwas Langsames, Klagendes – eine traurige Erinnerung, in die Klänge einer Violine gebannt. Sie tanzten langsam; er hatte die Hände auf den unteren Teil ihres Rückens gelegt, und ihre Arme zogen ihn zu sich heran. Sie flüsterte ihm ihre Frage zu; ihr warmer Atem drang an sein Ohr.

»Warum sind Sie hier?«

»Wegen des Manuskripts von Edgar Allan Poe«, flüsterte er zurück. »Es soll heute Abend versteigert werden.«

Sie schlang die Arme fester um ihn.

»Bieten Sie darauf?«

»Das sind zwei Fragen«, sagte er.

»Nein. Spielen Sie richtig. Sie haben meine Frage nicht vollständig beantwortet.«

Fast hätte er sich verteidigt, aber da sie für jede seiner Antworten ebenfalls eine Antwort gab, beschloss Lionel, weiterhin offen zu sein.

»Nein«, flüsterte er. »Ich wurde angeheuert, weil ich seine Echtheit bestätigen soll. Es gibt einen potenziellen Käufer, der solche Dinge sammelt – nicht hier, sondern in einem anderen Bundesstaat. Entweder ist das Manuskript echt, oder es handelt sich um einen Betrug, mit dem viel Geld gemacht werden soll. Bisher hat es den Anschein, dass es echt ist. Ich soll die Auktion beobachten, den glücklichen Gewinner identifizieren und dann Bericht erstatten.«

Maddie schürzte die Lippen und wirkte wütend.

»Jetzt bin ich an der Reihe. Wahrheit.«

»Die gleiche Frage.«

»Die gleiche Antwort. Sie sind wieder dran.«

»Wahrheit«, sagte er.

»Jetzt wird es wichtig.« Ihre Worte kamen langsam und

waren so geschmeidig wie die Rundung ihrer Hüften. Ihr Körper schmiegte sich an den seinen; sie waren wie zwei Teile eines Puzzles. »Jetzt geht es ums Ganze. Bereit?«

»Los.«

»Lionel, wer hat Sie angeheuert?«

»Das ist vertraulich.«

»Dann hätten Sie die Pflicht wählen müssen.« Sie schüttelte den Kopf. »Ich mache Ihnen einen Vorschlag: Sie vertrauen mir, und ich werde Ihnen vertrauen. Ich zähle bis drei, und auf drei werden wir die Frage gemeinsam beantworten. Gleichzeitig. In Ordnung?«

Er vertraute ihr tatsächlich, obwohl er den Grund dafür nicht kannte. Sie war ein Funke von Vertrautem in einem finsteren, garstigen Gelände, eine Führerin im Labyrinth der eisblauen Lichter. Er schluckte schwer und nickte.

»Also gut. Auf drei.«

Sie zählten stumm und sahen einander dabei tief in die Augen.

»Regina Dunkle«, sagten sie gleichzeitig.

»Dieses *Miststück*«, zischte Maddie, und ihre Augen blitzten hinter der Schädelmaske.

»Wie bitte?«

»Ich hätte fast …« Sie schüttelte den Kopf. »Egal. Wozu sie mich fast gebracht hätte … Das … Verdammt soll sie sein!«

»Warten Sie«, sagte Lionel. »Sie hat uns beide angeworben, damit wir dieselbe Aufgabe erledigen?«

»Sie sollen nicht mitbieten, oder? Sie sollen nur beobachten und dann Bericht erstatten? Hat sie Sie gebeten, Fotos von dem Manuskript zu machen?«

»Insbesondere von der letzten Seite«, sagte er, »aber man hat mir an der Tür mein Handy abgenommen, und ich konnte keine Kamera hereinschmuggeln. Warum heuert sie uns beide an und sagt uns nichts davon? Wir hätten mehr schaffen können, wenn wir von Anfang an zusammengearbeitet hätten.«

Maddie kicherte, aber es lag nicht die geringste Spur von Humor darin.

»Es ist Ihr erstes Mal, nicht wahr? Sie ist völlig unerwartet in Ihr Leben getreten und hat Ihnen etwas Wunderbares angeboten. Etwas, zu dem Sie nicht Nein sagen konnten. Darin ist sie gut. Sie findet bei allen Leuten die richtigen Knöpfe, auf die sie drücken muss.«

»Daraus schließe ich, dass es ... nicht Ihr erstes Mal ist?«

»Ich arbeite für sie«, sagte Maddie. »Ich bin sozusagen fest angestellt.«

»Und was machen Sie für sie?«

»Was immer sie will, wo sie es will und wann sie es will. Aber jetzt sollten wir uns konzentrieren. Die Mission ist noch immer die Mission. Wir werden uns aufteilen, den Raum im Auge behalten und versuchen, das Manuskript in Augenschein zu nehmen, bevor die Auktion beginnt. Dann beobachten wir das Ganze und gehen wieder. Auf getrennten Wegen. Vermeiden Sie jeden Kontakt – auch Augenkontakt – mit mir, wenn es nicht unbedingt sein muss. Danach treffen wir uns an der Hotelbar.«

»Und dann?«

»Und dann werden wir ein Gespräch führen. Ich werde mir überlegen, wie ich Sie aus ihren Klauen befreien kann, bevor Sie so enden wie ich.«

»Ich befinde mich nicht in ihren Klauen«, sagte er.

Ihr Blick wurde sanft, beinahe mitleidig.

»Oh, Lionel, Sie haben es noch immer nicht verstanden. Das hier ist nicht Ihre Welt. Sie haben Ihre Welt in der Sekunde verlassen, in der sie durch Regina Dunkles Tür getreten sind. Wir müssen einen Weg finden, Sie wieder nach Hause zu bringen.«

Der letzte Ton des Liedes verflog. Ihre Hände glitten an seinen Schultern entlang, während sie einen Schritt zurücktrat.

»Aber darum kümmern wir uns später«, sagte sie. »Jetzt gilt erst einmal: Augen auf, Mund zu, unauffällig bleiben. Regina tut nichts ohne Grund, und das bedeutet, dass hier etwas oberfaul ist. Wir sehen uns später an der Bar.«

Sie trieb in die Menge hinein und ließ ihn allein zurück.

Jetzt wollte er aus zwei Gründen sein Handy wiederhaben: Er wollte eine Verbindung mit der Außenwelt erhalten, und er wollte Regina anrufen und erfahren, was hier los war. Doch das würde warten müssen. *Wir werden sie gemeinsam anrufen*, dachte er. Er setzte seinen Rundgang durch den Raum fort, merkte sich die Ausgänge und suchte nach Hinweisen darauf, wo sich das Manuskript befand.

Die Zeit verstrich. Der Tanz ging weiter. Der Ballsaal glich einem Casino: keine Fenster, keine Uhren, keine Verbindung zur Wirklichkeit. Er war sich jedoch sicher, dass inzwischen mehr als eine halbe Stunde vergangen war, aber nichts deutete darauf hin, dass die Auktion bald beginnen würde. Die Organisatoren schienen sie hinauszögern zu wollen.

Er bog um die nächste Ecke des Raums. Ein warmer Schimmer erregte seine Aufmerksamkeit. Einer der Gäste lehnte sich lässig gegen die Wand, hielt sein Mobiltelefon in der Hand und setzte rasch eine Textbotschaft ab, bevor er es wegsteckte und sich wieder auf die Tanzfläche begab.

Lionel runzelte die Stirn. Er trat auf einige Personen zu, die sich miteinander unterhielten. »Verzeihen Sie«, sagte er. »Weiß jemand von Ihnen, wie spät es ist?«

Ein Mann mit einer Schwanenmaske zog sein Handy heraus und schaute auf den Bildschirm. »Viertel vor zehn«, antwortete er.

Lionel dankte ihm und schlenderte davon.

Es existierte also kein grundsätzliches Handyverbot. Zumindest nicht für den Rest der Clubmitglieder. Nur für ihn und Wade. Die Wächter an der Eingangstür hatten Lionel von der Außenwelt abgeschnitten, und zwar absichtlich. Er dachte daran, wie der Mann mit der Art-déco-Maske Dolores Croft etwas ins Ohr geflüstert und sie daraufhin sofort den Zeitplan geändert hatte.

Er hat das Wort Hotel *benutzt*, dachte Lionel. *In der Zwischenzeit hätte jemand mein Zimmer durchsuchen können.*

Lionel hatte oft verdeckte Ermittlungen durchgeführt und wusste, wann seine Tarnung aufgeflogen war. Hier war es schon geschehen, als er durch die Tür getreten war. Er suchte in der Menschenmenge nach Maddies Maske. Sein Instinkt schrie ihm zu, er solle sofort von hier verschwinden, aber wenn er unter Beobachtung stand, war seine Unterhaltung mit Maddie gewiss bemerkt worden. Er musste sie warnen.

Ein Gegenstand aus hartem Metall drückte sich gegen seinen Rücken. Eine Hand packte ihn an der Schulter.

»Ja«, sagte der Mann mit der Bocksmaske, der hinter ihm stand, »das ist eine geladene Pistole. Ja, ich werde den Abzug betätigen, wenn es sein muss. Nein, keine einzige Person im Raum wird die Polizei rufen. Falls ich damit all Ihre Fragen zu Ihrer Zufriedenheit beantwortet habe, setzen Sie sich bitte in Bewegung.«

Er presste den Lauf seiner Waffe fester gegen Lionel. Dieser ging los.

Die Art-déco-Maske gesellte sich zu ihnen, zusammen mit zwei stämmigen Kerlen in schwarzen Anzügen. Der eine trug ein goldenes Engelsgesicht, der andere die Maske eines Dalmatiners, komplett mit aufgemalten Flecken. Ihre Jacketts waren ausgebeult. Nun traten auch Dolores und Wade heran. Wade warf Lionel einen Seitenblick zu und grinste.

»Ich hätte mir kein besseres Ergebnis vorstellen können«, sagte Wade.

Lionel hob eine Braue. »Und was ist aus Ihrer Angst geworden, dass Ihnen etwas zustoßen könnte, wenn ich enttarnt werde?«

»Enttarnt? Ich bin derjenige, der *Ihnen* diese Falle gestellt hat.« Wade hob in einer Geste des Spotts die Hände. »Das ist *mein Werk*.«

»Und was ist mit Ray Barton? Ich war der Meinung, Sie hätten damit nichts zu tun. Haben Ihre Kumpels ihn getötet?«

»Nein«, antwortete Wade. »Darüber habe ich Ihnen die Wahrheit gesagt. Wir haben wirklich keine Ahnung, wer den Kerl um die Ecke gebracht hat. Aber er ist uns auf die Nerven gegangen, als er begriffen hatte, dass wir ihn wirklich heute Abend hier haben wollten.«

»Er hätte einem besonderen Zweck dienen sollen«, fügte Dolores hinzu. »Und nun werden Sie diesen Zweck erfüllen, Mr. Page, und an seine Stelle treten. Anton, wie ist es gelaufen?«

Der große Mann mit der Dalmatinermaske hüpfte wie ein Hündchen hinter ihr her. »Sein Zimmer war sauber – nur etwas Gepäck, sonst nichts.«

»Wir konnten sein Handy bisher nicht knacken«, fügte die Art-déco-Maske hinzu, »aber das wird uns sicher noch gelingen. Doch vielleicht würde Mr. Page uns ja seinen Sperrcode verraten?«

Lionel warf ihm einen raschen Blick zu. »Mr. Page würde Ihnen eher raten, sich aus dem Fenster zu stürzen.«

Der Ziegenbock versetzte ihm einen Schlag gegen den Kopf. Er zuckte zusammen, taumelte, ging weiter.

Sie schritten durch die Tür mit dem Tastenschloss und durch einen schmalen, hohen Korridor dahinter, der von elektrischen Wandleuchtern mit LED-Lampen erhellt wurde. Ihr Lichtspektrum reichte von eisigem, glitzerndem Blau bis zu geschmolzenem Gold. Die Luft wurde kälter. Lionel beobachtete, wie sein Atem zu gewundenen Dunstschwaden kondensierte, und es lief ihm plötzlich kalt über den Rücken. Die Musik aus dem Ballsaal verebbte hinter ihnen. An ihre Stelle trat ein leises, aber stetiges Brummen, das aus dem Marmor unter ihren Füßen hochzusteigen schien – als erbebte das Gebäude selbst in hungriger Vorfreude.

»Sie sollten froh darüber sein«, sagte Dolores zu Lionel. »Ich habe mich über Sie informiert. Sie sind ein selbst ernannter Kreuzzügler, ein Wahrheitssucher. Sie werden jetzt so viel Wahrheit erhalten, wie Sie verarbeiten können. Vergessen Sie nicht, dass Sie sich damit einverstanden erklärt haben, bevor Sie über die Schwelle getreten sind. Es ist Ihre Wahl, und Sie müssen die Konsequenzen tragen.«

»Ich glaube nicht, dass das eine rechtlich bindende Einverständniserklärung war«, sagte Lionel.

Ihr perlendes Lachen hallte durch den eisigen Korridor. »Oh, ich kann Ihnen versichern, dass es das ist. Wir reden hier natürlich nicht von dem Recht, das der *Mensch* geschaffen hat, aber wir leben auch nicht nach menschlichem Recht. Das ist etwas für kleine Menschen wie Sie.«

»Anscheinend haben Sie sich nicht gut genug über mich informiert«, sagte Lionel, »denn das war so ziemlich das Dümmste, was Sie sagen konnten.«

»Warum?« Ihre Lippen kräuselten sich zu einem nachsichtigen Lächeln. »Stehe ich jetzt auf Ihrer Liste? Werden Sie eine Enthüllungsstory über mich veröffentlichen? Werden Sie mich zu Fall bringen und meinen Thron umstürzen? Lächerlich. Wissen Sie, was Ihr Problem ist? Sie halten es für Ihre Aufgabe, vor den Mächtigen die Wahrheit auszusprechen.«

»Ich bin Reporter. Genau das ist mein Job.«

»Sie haben noch nie *wahre* Macht gesehen«, sagte Dolores. »Gewähren Sie mir die Ehre, Sie ihr vorzustellen.«

Die Gruppe ging durch einen offenen gewölbten Türbogen, dessen weißer Marmor mit Goldfäden durchsetzt war. Sie betraten eine Eiskammer. Lionel stockte der Atem. Er starrte mit geweiteten Augen auf etwas vor sich.

»Was …«, keuchte er. »Was zur Hölle ist das?«

Dolores verschränkte die Arme vor der Brust und reckte das Kinn vor.

»Das ist das Geheimnis unseres Erfolges, Mr. Page. Wie ich Ihnen schon sagte, haben wir alle Opfer gebracht, um an die Spitze zu gelangen.«

Einundzwanzig

Die Gruppe – Lionel, Wade, Dolores und ihre vier maskierten Schläger – stand am Eingang zu einem achteckigen Raum. In Bronzeschalen an der Wand knisterten Feuer und hüllten die hohe gewölbte Decke in Schwaden aus aufsteigendem grauem Rauch. Die Luft roch nach altem Weihrauch und halb vergessenen Träumen.

In der Mitte der Kammer bildeten Mosaikplatten einen Kreis auf dem Boden. Ihre Farben waren Scharlachrot, Mitternachtsschwarz und Gallegrün. Griechische Buchstaben säumten den äußeren Rand des Kreises und wechselten sich mit Symbolen ab, die Lionel nicht kannte. Eines von ihnen, purpurn wie ein Amethyst, ragte ein wenig hervor und passte zu dem Symbol auf Dolores' Maske.

Doch nicht das erregte seine Aufmerksamkeit. Sein Blick war auf die Luft im *Inneren* des Kreises gerichtet.

Schwarzer Rauch wirbelte dort wie ein Zyklon, überragte Lionel um Haupteslänge, drehte sich unablässig innerhalb der Begrenzungslinien des Kreises hin und her. Manchmal nahm er deutlichere Konturen an, nur für eine Sekunde, dann lösten sie sich wieder auf. Die Erscheinung wirkte wie eine umhertreibende Schlange; Lionel gewann den Eindruck von hakenförmigen Zähnen und Unheil verkündenden Augen. *Zu vielen* Augen.

»Was ist das?«, fragte Lionel. »Das ist… ein Hologramm, nicht wahr? Eine optische Illusion.« Er reckte den Hals und blinzelte durch den Dunst des Rauchs hinauf zur Decke. »Wo ist der Projektor?«

Der Ziegenbock und die Art-déco-Maske flankierten ihn, packten ihn an den Unterarmen und hielten ihn fest. Dolores stieß einen schweren Seufzer aus. Sie trat an den Rand des Kreises, breitete die Arme aus und streckte die geöffneten Hände dem Himmel entgegen.

»Diesmal nicht, Mr. Page. Keine versteckten Projektoren, keine technischen Tricks, kein raffinierter Betrug. Ich fürchte, Sie haben das Ende Ihres Kreuzzuges erreicht.« Sie sah ihn über ihre Schulter hinweg an. Ihre Augen fingen das Licht des Feuers ein; die tanzenden Flammen spiegelten sich stecknadelkopfgroß darin. »Zum ersten Mal in Ihrem ganzen nutzlosen Leben werden Sie zum Augenzeugen der Wahrheit. Schauen Sie sie an. Schauen Sie *Melpomene* an. Betrachten Sie sie und beten Sie sie an.«

Nun behielt der Rauch länger seine deutlichere Gestalt: Ein Krokodilkopf knirschte mit den Zähnen. Ein Klapperschlangenschwanz knallte wie eine Peitsche. Eine hallende Stimme drang aus dem Chaos. Es war die Stimme einer jungen Frau, wohltönend und kalt.

»Du sprichst Worte der Ehre vor mir aus, kleine Priesterin, aber mich verlangt nach mehr als nur nach Worten. Tritt in den Kreis. Knie vor mir nieder. Ich will dich für deine freundlichen Dienste belohnen.«

Dolores verzog die Lippen zu einem Grinsen. »Ich glaube, ich diene Euch am besten von dort aus, wo ich jetzt stehe.«

»Du solltest mich befreien. Ich habe vorhergesehen, wie dein Schicksal sein wird, wenn du es nicht tust. Es ist kein angenehmes Schicksal.«

»Meine wunderschöne Herrin«, sagte Dolores, »freundliche Herrin, großzügige Herrin …«

»Schmeichle mir nicht, Hexe.«

»Warum verachtest du unsere Gesellschaft? Bin ich etwa keine gute Gastgeberin? Gewähre ich dir nicht eine feine Unterkunft, üppiges Essen und die besten aller Dinge?«

»Eine Gefängnisaufseherin sollte nicht so tun, als wäre sie die Freundin der Gefangenen«, höhnte der Rauch.

Dolores legte sich die Hände auf die Brust und verzog den Mund in gespielter Bestürzung. »Eine Gefangene? Wie könnten denn einfache Sterbliche die große Melpomene, die Muse der Tragödie und Mutter der Sirenen, gefangen nehmen? Eine Tochter des Zeus in Ketten legen? Undenkbar. Nein, nein, das kann ich nicht glauben. Wir stimmen gewiss darin überein, dass Ihr ein geschätzter Gast seid.«

Das ist eine Täuschung. Lionels Gedanken rasten so schnell wie sein Herz. Seine Augen trogen ihn – das war die einzige rationale Erklärung. Er war nicht imstande, den Trick zu durchschauen, aber es *musste* ein Trick sein. *Dolores. Ihre Familie stellt Arzneimittel her. Sie muss mir etwas eingeflößt haben. Vielleicht hat sie LSD in meinen …*

Er erstarrte, als die Kreatur in dem Kreis ihre volle Aufmerksamkeit auf ihn richtete. Er hatte das Gefühl, als senkte sich ein Bleigewicht auf sein Herz und seinen Magen und presste ihm die Luft aus dem Körper. Finger aus eiskaltem Marmor drückten sich in sein Hirn und blätterten seine Gedanken durch, als seien sie auf Karteikarten geschrieben.

»Du bist nicht unter Drogen gesetzt worden«, sagte Melpomene zu ihm.

Dolores blinzelte. »Ich … was …?«

»Ich denke daran, eine neue Tragödie zu schreiben«, sagte die Stimme in dem Chaos zu Lionel. »Und du wirst darin die Hauptrolle spielen.«

Dolores glaubte noch immer, das Wesen spräche zu ihr, und

hob das Kinn. »Es ist mir klar, dass dies eine Drohung sein soll, erhabene Muse, aber ich betrachte es lieber als ein Zeichen Eurer Wertschätzung …«

»Vielleicht wäre eine Frau in dieser Rolle besser«, hallte die Stimme. »Im Herzen dieser Frau dort steckt mehr als nur ein wenig von Macbeth. Du wärest am besten für die Rolle des Macduff geeignet. Schließlich wurdest auch du vor der Zeit aus dem Leib deiner Mutter gerissen.«

Dolores spähte in den Rauch. »Eine … Frau? Wovon redet Ihr?«

»Ichbesessene Idiotin«, fuhr Melpomene sie an. »Es geht nicht immer nur um dich. Frage mich nach Tipps für die Börse oder dergleichen wie gewöhnlich. Lass mich dir helfen, noch mehr *Geld* zu machen. Du wirst bald erfahren, wie gut man es im Hades ausgeben kann.«

Dolores trat einen Schritt zurück. Sie unterdrückte eine bissige Bemerkung und holte tief Luft.

»Ein wenig Dankbarkeit wäre nicht fehl am Platze, meine Muse. Ich habe Euch ein feines Opferpaar mitgebracht.«

Wade hielt den Kopf schräg, und seine tragische Maske verrutschte. »Ein Opferpaar? Was …«

Nun packten ihn die beiden anderen Schläger – die Dalmatinermaske und der Engel – bei den Armen.

»Ein Paar«, sagte Dolores zu ihm. »Das bedeutet zwei.«

Wade wand sich heftig im Griff der beiden Männer. Seine Maske rutschte ihm vom Gesicht und fiel klappernd auf den Mosaikboden. Sein Gesicht war gerötet. Schweißtropfen klebten ihm eine verirrte Haarsträhne an die Stirn.

»Was zur Hölle soll das heißen, Dolores? Was machen Sie da?«

»Als Raymond Barton getötet wurde, hätten Sie in der Versenkung verschwinden sollen, bis diese ganze Sache vorbei gewesen wäre«, sagte sie. »Der Schutz des Clubs und seiner Mitglieder ist unsere vornehmste und wichtigste Aufgabe. Aber was haben Sie getan? Sie haben einen *Reporter* hierhergeführt.«

»Ich habe es doch mit Ihnen abgesprochen ...«

»Nachdem Sie die Entscheidung getroffen hatten.«

»Ich habe mich vergewissert, dass niemand hier ihn kennt. Niemand wird zu seiner Rettung kommen. Ich habe es *überprüft*!«

Dolores umkreiste ihn wie ein Hai. Ihre Absätze klackten auf den kalten Bodenplatten. »Sie sind ein Hanswurst. Wie haben Sie das denn gemacht? Haben Sie ihn nett gefragt? Barton wäre das ideale Opfer gewesen. Aber er hier? Sobald er verschwunden ist, werden wir monatelang aufräumen müssen. Wir müssen ständig über die Schulter schauen und uns fragen, ob wir etwas übersehen haben. Das ist unverzeihlich.«

Sie trat dicht an Wade heran; ihre Blicke bohrten sich ineinander.

»Sie sind es nicht länger wert, zu uns zu gehören. Und Sie wissen so gut wie jeder andere, dass es auf dieser Welt nur zwei Rollen gibt. Entweder *Sie essen* das Steak, oder *Sie sind* das Steak. Wenn Sie mich jetzt bitte entschuldigen würden; ich muss eine Auktion durchführen. Adieu, Wade.«

Sie wollte gehen, hielt aber noch einmal inne und sah Lionel an.

»Und was Sie angeht, so hege ich keinen Groll gegen Sie, Mr. Page. Ich bete darum, dass Ihr Tod schnell und gnädig sein wird. Ich bezweifle es zwar ernsthaft, aber ich werde trotzdem darum beten. Doch ich hoffe – und das ist viel wichtiger –, dass Ihnen Ihre letzten Augenblicke ein großes Maß an Erleuchtung schenken werden. Und vielleicht Frieden.

Wie ich schon sagte, habe ich mich über Sie informiert. Ob es Ihnen bewusst ist oder nicht, Sie haben Ihr ganzes Leben mit der Suche nach wahrer Magie verbracht.«

Dolores hob die Hand und deutete lässig auf den Zyklon aus Rauch.

»Bitte sehr.«

Sie wandte sich auf dem Absatz um, trat durch die offene Tür und ging den Korridor mit den goldenen Lichtern hinunter.

Wade trat aus, wand sich in den Armen seiner Bewacher, und sein Gesicht glitzerte vor Schweiß. »Dolores!«, rief er und versuchte die Schultern zu drehen. »Das können Sie mir nicht antun! *Dolores*!«

Sie blickte nicht zurück.

Drei von Dolores' Männern schauten den Ziegenbock an, was Lionel allmählich ihre Hackordnung verdeutlichte. Die Bocksmaske hielt den Kopf schräg, sah zuerst Lionel und dann Wade an und dachte nach.

»Wade geht als Erster«, sagte er schließlich. »Wissen Sie warum, Wade? Weil Sie ein aufgeblasener Idiot sind und ich Sie nie gemocht habe. Tschüss.«

»Nein, tun Sie das nicht!« Einer von Wades Ärmeln riss ab, als er sich wehrte. Die Nähte lösten sich auf, doch der Dalmatiner und der Engel hielten ihn weiterhin in festem Griff. »Um der Liebe Gottes willen, nicht so! *Bitte!*«

Der Ziegenbock rollte mit den Augen. »Was ist denn an Tschüss so schwer zu verstehen? Meine Damen und Herren, es ist angerichtet.«

Die beiden liefen los und warfen Wade über die scharlachrote und die schwarze Mosaikplatte hinweg in den Kreis. In den Zyklon aus Rauch.

Wade stolperte, fiel auf Hände und Knie, und Lionel konnte

gerade noch das Grauen auf dessen Gesicht sehen, bevor ihn der Rauch einhüllte. Dann begann Wade zu schreien.

Wunden öffneten sich auf seinen ausgestreckten Händen. Seine Kleidung zerriss, wies lange und dünne Schnitte auf, als wäre der Rauch zu einem Wirbelwind aus Skalpellen geworden. Wades Blut geriet in den Zyklon und kreiste als rote Bänder durch die Luft. Lionels Füße erstarrten zu Eis. Die Kälte breitete sich in seinem Körper aus und ließ ihn steif werden, während er zusah, wie der Rauch Wade in Stücke fetzte.

Wade schrie noch immer. Es war ein langes, endloses Kreischen; eigentlich hätte er schon lange keine Luft mehr dazu haben dürfen. Ein unsichtbarer Mund traf in einem blutverschmierten Kuss auf den seinen, und unsichtbare Zähne rissen ihm die Unterlippe ab. Danach kamen die Augen an die Reihe.

Mein ganzes Leben, dachte Lionel, dessen Verstand sich in ähnlichem Aufruhr befand wie der wirbelnde, hungrige Rauch. Er hatte sein ganzes Leben auf dieser Jagd verbracht. Hellseher, Geistheiler, Wunderwirker – er hatte sie alle entlarvt und bewiesen, dass ihre angeblichen Kräfte nichts als billige Tricks waren und so etwas wie Magie nicht existierte. Und jedes Mal hatte ein kleiner Teil von ihm in stiller Enttäuschung die Schultern hängen lassen. Dieser kleine, tief verborgene Teil seiner selbst hatte sich immer nach dem Wunderbaren gesehnt. Nach dem, was Wissenschaft und Logik nicht erklären konnten.

Einer von Wades Armen brach, das Fleisch zerriss, und ein Knochensplitter brach heraus. Scharlachrote Blutströme flossen aus dem klaffenden Riss und vereinigten sich mit den nassen Bändern, die seinen schrumpfenden Körper wie eine DNA-Doppelhelix umgaben. Er schrie noch immer.

Als hätte er Lionels Gedanken gelesen, trat der Mann mit der Bocksmaske von hinten auf ihn zu. Sein heißer Atem, der nach Wein und kalten Zigarettenrauch stank, fuhr über Lionels Nacken.

»War es das wert?«, fragte der Mann.

Lionel spürte, wie sich seine Lippen krampfartig zu einem Grinsen verzogen. Er konnte nichts dagegen tun. Wades großer Zeh ragte unter den Fetzen seines Lederschuhs hervor und verschwand. Ein unsichtbarer Mund schloss sich darüber und nagte ihn bis auf den Knochen ab. Es war eine Einzelheit von hundert, die gleichzeitig geschahen, als die Kreatur im magischen Kreis ihr Opfer verstümmelte und aufzehrte, und es lebte und schrie noch immer. *So muss es sich anfühlen, wenn man verrückt wird*, dachte Lionel. Es war zu viel. Es war viel zu viel.

Wades Rückgrat brach mit einem lauten Knacken der Knochen. Das Schreien erstarb. Es wurde still im Raum.

Die Bänder aus Blut, die in einem geradezu anmutigen Tanz umhergewirbelt waren, fielen zu Boden. Es war, als hätte jemand den Aus-Schalter betätigt. Diese Bänder waren durch die Luft getrieben, hatten der Schwerkraft getrotzt und sich um den Rauch-Zyklon gelegt, dann plötzlich spritzten sie in einer scharlachroten Woge auf die Bodenplatten.

Der Mann mit der Bocksmaske klopfte Lionel auf die Schulter.

»Jetzt sind Sie an der Reihe«, sagte er.

ZWEIUNDZWANZIG

Der Schläger mit der goldenen Engelsmaske löste den Ziegenbock ab und packte Lionels linken Arm. Lionel wehrte sich nicht einmal. Er war noch immer stocksteif; seine Muskeln waren zu eiskaltem Stein geworden, und er starrte den Rauchgeist und den Haufen feuchten, zerfetzten Fleisches an, der einmal Wade Dawson gewesen war.

Der Ziegenbock stellte sich vor ihn. Er hielt zwei Gegenstände hoch und schwenkte sie vor Lionels Gesicht, um dessen Aufmerksamkeit zu erlangen. In der linken Hand hatte er Lionels Mobiltelefon, in der rechten eine Pistole.

»Ich weiß, dass es nicht so aussieht«, sagte er, »aber heute ist Ihr Glückstag.«

Lionel konnte nicht verhindern, dass sich seine zitternden Lippen zu einem Grinsen verzogen. Und dieses wahnsinnige, verängstigte Grinsen blieb auf seinem blutleeren Gesicht wie angeklebt.

»Sehen Sie«, sagte der Ziegenbock, »das Saubermachen wird heute Abend richtig fies. Und damit meine ich nicht die Eingeweide. Normalerweise opfern wir unselige Personen, die niemand vermisst. Solche wie Ray Barton. Kriminelle. Leute, von denen man mehr oder weniger *erwartet*, dass es ein schlimmes Ende mit ihnen nimmt. Aber Sie? Sie sind ein guter Bürger und sogar eine öffentliche Person. Das ist ein großes Problem. Der Schlüssel zur Lösung dieses Problems liegt darin herauszufinden, mit wem Sie gesprochen und was

Sie gesagt haben, und dazu muss ich dieses Handy entsperren.«

Lionel fand seine Stimme wieder, aber er musste die Worte am Zucken seiner Mundwinkel und am Zittern seiner Stimme vorbeisprechen. Der Raum war jetzt eine Eiskammer, und sein Atem zog weiße, nebelähnliche Schlieren durch die Luft.

»Sie können mich mal«, stammelte er. »Ich werde Ihnen nicht helfen, mich umzubringen.«

»Natürlich werden Sie das«, sagte die Bocksmaske. »Sie werden mir nicht nur helfen, Sie werden mir sogar dafür danken.«

Lionel blinzelte ihn an. »Wieso?«

»Sie werden dort hineingehen, so wie Wade. Sie haben gesehen, was geschehen wird, nicht wahr? Das ist Ihre Zukunft. Alles, was gerade mit ihm geschehen ist, wird auch mit Ihnen geschehen. *Aber* …« – er wedelte mit dem Handy herum – »… es gibt noch einen Ausweg für Sie. Sie müssen mir nur Ihren Code zum Entsperren geben, und ich werde Ihnen eine Kugel in den Kopf jagen, bevor wir Ihren Körper in den Kreis werfen. Kurz und schmerzlos. Sie *werden* heute Abend sterben, mein Freund. Ich lüge Sie nicht an; es gibt keinen Weg, der daran vorbeiführt. Aber Sie müssen nicht so leiden wie Wade.«

Lionel konnte nichts mehr einwenden. Sein Widerstand war ihm ausgerissen worden, wie Wade das Fleisch von seinem Körper. Das Wesen in dem Mosaikkreis war keine Illusion, war kein Trick, war kein Mensch hinter einer Gummimaske. Er hatte gerade die größte Story seines Lebens gefunden. Vielleicht sogar die größte Story auf Erden.

Und er würde von ihr lebendig verspeist werden.

Aber vielleicht …, dachte er. In seinem Kopf wirbelte alles herum. Lionel war wie ein Ertrinkender, der nach einem Rettungsring greift, während ihn das eisige Wasser nach unten zieht. Vielleicht gab es tatsächlich keinen Ausweg mehr, aber das bedeutete nicht unbedingt, dass er sang- und klanglos abtreten würde. Brianna würde nach ihm suchen, wenn er sich nicht mehr meldete, vielleicht sogar schon morgen. Und die Chicagoer Polizei wollte unbedingt mit ihm reden. Die Bocksmaske hatte recht: Niemand würde sein Verschwinden einfach so unter den Teppich kehren können.

Andere würden kommen, wenn er ihnen genügend Zeit verschaffte. Wenn er es Dolores und ihren Kultanhängern erschwerte, eine falsche Spur zu legen und dadurch seine Retter abzuschütteln. Andere würden kommen, und sie würden diesen Ort finden, und sie würden die Wahrheit finden.

»Na los«, sagte der Mann mit der Bocksmaske. Er zeigte Lionel das Handy und die Pistole. »Machen Sie es sich nicht unnötig schwer. Treffen Sie die richtige Wahl.«

Lionel schaute an ihm vorbei auf die hungrige und erwartungsvolle Finsternis.

Es war eine einfache Rechnung. Wenn er ihnen den Code gab, würde er durch eine Kugel sterben, und sie würden alles vertuschen. Oder er begab sich in Melpomenes Umarmung. Dann würde er so sterben wie Wade – langsam und unter unvorstellbaren Schmerzen –, aber er würde Brianna und seinen Freunden die Möglichkeit geben, sich auf seine Spur zu setzen. Er würde ihnen die Gelegenheit verschaffen, der ganzen Welt die Wahrheit zu enthüllen und seine Arbeit zu beenden.

Eigentlich war es gar keine schwere Wahl.

»Ich bin Lionel Page«, sagte er leise, »live aus New York auf seiner letzten Sendung. Gute Nacht, meine Damen und Herren.«

Die Augen des Geißbocks verengten sich hinter seiner Maske. »Was reden Sie da?«

Lionel wandte sich ihm zu. Jetzt fühlte er sich seltsam ruhig. Es war in Ordnung.

»Ich bin noch nie einer Göttin begegnet«, sagte er. »Ich würde sie mir gern näher ansehen. Sie können sich die Kugel sparen.«

Die übrigen drei Männer – der Engel, der Dalmatiner und der Mann mit der Art-déco-Maske – sahen den Ziegenbock an und warteten auf sein Urteil. Er blickte finster drein und schob den Hahn seiner Pistole langsam wieder nach vorn.

»Sie dummer, anmaßender Hu…«

Durch den offenen Türbogen und den golden beleuchteten Korridor hallten Schritte auf dem Marmorboden heran. Jemand rannte, kam schnell näher. Die Männer drehten sich gleichzeitig um. Maddie lief auf sie zu, ihre Augen brannten hinter der Schädelmaske, und etwas Kupfernes glitzerte in ihrer linken Hand, als sie diese hob.

Ihre Hand schoss herunter. Ihr Messer, eine lange, dünne Kupferklinge mit lederumwickeltem Griff, pfiff durch die Luft. Es drang in die Kehle des Bocks ein und trat im Nacken wieder aus.

Der Ziegenbock sackte auf die Knie und spuckte einen Schwall Blut auf Lionels Schuhe. Drei Meter entfernt drehte Maddie ihre leere Hand. Das Messer löste sich wie von selbst aus der Kehle des Sterbenden und tanzte frei in der Luft, als hielte Maddie es. Ihre leere Hand schwang nach links. Die Klinge folgte ihrer Bewegung. Der Mann mit der Art-déco-Maske kreischte auf und taumelte zurück. Er ließ Lionels Arm los, während ihm die Kupferklinge die Augen zerschnitt. Lionels Starre löste sich. Er ballte die Faust und trieb seine Knöchel gegen das fette Kinn des Engels. Knochen knirschte auf Knochen. Der geblendete Mann hielt die Hände vor sein zerfetztes Gesicht. Er taumelte durch den Raum – und geriet dabei über den Rand des Kreises auf dem Boden. Sofort umgab ihn der Rauch-Zyklon, und die Tonhöhe seiner Schreie stieg um vier Oktaven.

Der Dalmatiner hatte seinen Revolver gezogen; der Schoß seines Jacketts fiel zurück, als er die Waffe aus dem Schulterholster zog. Maddie kam über ihn. Sie schlug gegen den Revolver, packte das Handgelenk des Mannes, verdrehte es und schlug ihm mit der Kante ihrer anderen Hand gegen den Ellbogen. Sie wand die Waffe aus seinem Griff, wirbelte sie herum und betätigte den Abzug. Der Schuss hallte von den Wänden wider wie Kanonendonner, und die Kugel schleuderte den Hinterkopf des Dalmatiners als feinen roten Nebel auf den Mosaikboden.

Der Engel rang mit Lionel, packte dessen Handgelenke mit schraubstockartigem Griff und versuchte, ihn Richtung Kreis zu ziehen. Er stieß und schob Lionel Zentimeter für Zentimeter über den Boden. Hinter Lionel verstummten die Schreie des Mannes mit der Art-déco-Maske plötzlich. Lionel spürte den Rauch am Rand des Kreises schweben – nahe und hungrig. Noch zwei Schritte und …

Maddie erschien hinter dem Engel, wieder mit dem Messer in der Hand, und schlitzte ihm die Kehle vom einen Ohr bis zum anderen auf. Der Mann machte große Augen. Dann brach er auf dem Boden zusammen. Sein Blut ergoss sich über die Mosaikplatten und floss in einem gewundenen Strom an den Fugen entlang.

Lionel stand verblüfft in der plötzlichen Stille da; der Schuss hallte noch in seinen Ohren. Maddie packte einen Ärmel der Jacke des Dalmatiners und wischte damit das Blut von ihrem Messer. Sie raffte ihr pflaumenfarbenes Kleid hoch und entblößte dabei ein Futteral aus schwarzem Leder, das sie auf der Innenseite ihres linken Schenkels am Strumpfband befestigt hatte. Nachdem sie die Klinge weggesteckt hatte, zog sie ihre Schuhe aus und schleuderte sie durch den Raum.

»Wissen Sie, was schlimmer als Schuhe im Allgemeinen ist, Lionel? *Hochhackige* Schuhe. Klar, darin sehen die Waden gut aus! Aber meine Füße werden mit den Waden ein ernstes Wörtchen reden müssen. Für heute Abend bin ich mit jeder Art von Schuhen fertig.«

»Sie …«, sagte Lionel, als er erkannte, dass er von den Leichen von vier Männern umgeben war, die binnen einer Minute ihre Leben verloren hatten. »Sie haben gerade …«

Sie schüttelte den Kopf und sah ihn an. »Was habe ich? Vier Drecksäcke getötet, bevor die Sie töten konnten? Gern geschehen.«

Die Luft erbebte von einem trockenen Kichern. Melpomenes Stimme drang rauschend aus dem Rauch-Zyklon heraus.

»*Maddie*. Es ist so viele Jahre her. Komm näher, damit ich einen deutlicheren Blick auf dich werfen kann.«

»Ihr beide kennt euch?«, fragte Lionel. »Und wie haben Sie das mit Ihrem Messer gemacht? Es hat sich … *von selbst* bewegt.«

Maddie schloss die Augen. Sie holte tief Luft und massierte ihre Nasenwurzel.

»Also gut«, sagte sie. »Lionel, wir haben hier nicht viel Zeit. Wo diese Jungs herkamen, gibt es etwa dreißig weitere von der Sorte, und da ist noch Dolores Croft, die gemessen an dem Glühen, das sie abstrahlt, eine Hexe von *verblüffender* Macht ist. Wir müssen uns an ihnen allen vorbeistehlen, bevor sie herausfinden, dass Sie noch leben. Die Auktion hat soeben begonnen, und alle sind abgelenkt. Das ist unsere Chance, aber sie schwindet dahin. Wir sollten sofort von hier verschwinden, und Sie können mir all Ihre Fragen stellen, sobald wir an der Hotelbar sitzen. Abgemacht?«

»Eine Hexe«, flüsterte Lionel. »Eine echte Hexe. Und … Sie haben diese Sache mit dem Messer gemacht. Warten Sie. Sie sind … warten Sie.«

»O mein Gott, Sie sind wirklich hinreißend. Es ist, als wäre über ihrem Kopf gerade eine kleine Glühbirne angegangen. Ja, ich bin eine Hexe, das da ist eine Halbgöttin, wirklich, und wir gehen jetzt. *Jetzt*, in Ordnung?«

Sie hob sein Handy vom Boden auf und steckte es ihm in die Tasche. Dann packte sie seine Hand und zerrte ihn auf den Türbogen zu. Melpomenes Stimme hallte vom Stein wider und traf sie im Rücken wie ein Strahl eisiger arktischer Luft.

»Du wirst mich jetzt nicht verlassen, verlorene Tochter. Selbst wenn du dich weigerst, deine Mutter zu ehren, kannst du die alten Pakte nicht vernachlässigen.«

»Ich habe jetzt keine Zeit, um mit dir zu verhandeln«, fuhr Maddie sie an, während sie über die Schulter blickte. »Ich komme zu dir zurück. Ehrenwort.«

Der Rauch-Zyklon brummte, dann verstummte er.

Lionel wolle sie fragen, was sie damit meinte. Er wollte tausend Fragen gleichzeitig stellen. Doch stattdessen biss er die Zähne zusammen und rannte neben Maddie her. Sie hasteten durch den Korridor, dessen Licht wie geschmolzenes Gold wirkte, und hielten auf den einzig möglichen Weg hinaus zu. Zurück durch den Ballsaal, an Dolores und ihren ganzen Kultanhängern vorbei.

Dreiundzwanzig

»Haben Sie es jetzt begriffen?«, flüsterte Maddie.

Sie gingen am hinteren Rand der versammelten Menge im Ballsaal entlang und bahnten sich einen Weg durch die Bänder aus eisblauem Licht und Schatten. Der gesamte Thoth-Club war hier versammelt, und die Mitglieder starrten hinter ihren Masken auf die andere Seite des Raumes. Dolores hielt Hof und stand mit einem Auktionshammer in der Hand an einem Mahagonipult. Links von ihr erhob sich ein polierter Säulenstumpf mit einem purpurfarbenen Samtkissen darauf – und auf dem Kissen lag ein kleiner Stapel vergilbter Blätter, geschützt in einem Behälter aus dünnem Sicherheitsglas.

»Mir geht es gut«, flüsterte Lionel zurück. »Ich habe bloß … eine Sekunde dazu gebraucht.«

Sie drückte seine Schulter und schenkte ihm ein knappes Lächeln.

»Unter den gegebenen Umständen halten Sie sich gut. Hier. An diesem Platz können wir warten.«

Er sah von Maddie zu der Flügeltür, die sich fünf Meter rechts von ihnen befand.

»Warten?«, fragte er. »Worauf?«

Maddie deutete mit dem Kopf auf die Papiere neben Dolores. »Wir haben noch einen Auftrag zu erledigen.«

»Werte Seelen«, rief Dolores und hob die Hand zur Menge. »Wahrheitssucher! Während wir reden, erhält die Muse ihr Opfer. Wie immer werden wir Lose ziehen. Drei von euch werden mich ins Heiligtum begleiten und Melpomenes Orakel empfangen – und den Glückssegen, der damit einhergeht. Aber zuerst wartet ein besonderer Leckerbissen auf uns. Heute Abend sind wir in den Besitz einer außerordentlichen Neuerwerbung gelangt, die in jeder Raritätensammlung …«

»Sind Sie *verrückt*?«, zischte Lionel Maddie ins Ohr. »Die Tür ist gleich da drüben. Wir sollten von hier verschwinden, bevor diese Missgeburten uns bemerken.«

»Regina will wissen, wer der Höchstbietende ist. Wir haben die Fotos, die sie unbedingt haben wollte, nicht bekommen, und ich werde auf keinen Fall mit leeren Händen von hier weggehen. Außerdem …«

Sie packte sein Handgelenk, fuhr mit den Fingerspitzen über seinen Puls und spürte das Klopfen der Ader. Sie nickte in sich hinein, als hätte sie die Bestätigung für eine Vermutung gefunden.

»Außerdem?«

»Außerdem«, sagte sie, drehte den Kopf und sah ihm in die Augen, »sollten Sie nicht lügen. Sie sind eher erregt als verängstigt. Sie sind genau wie ich. Sie *genießen* das hier.«

Lionel kniff den Mund zusammen. Er wandte den Blick ab und sah hinüber zu der Säule und dem Glasbehälter, in dem Poes verlorene Geschichte lag. *Die* Geschichte.

Er versuchte noch immer, alles zu verarbeiten, was er vorhin gesehen hatte. Die Offenbarungen, die sich in sein Leben gedrängt hatten, schnitten in seine Wahrnehmung wie ein schartiges Messer. Tief in seinem Inneren war er aber noch immer derselbe Mann. Er wollte sich noch immer in den nächsten Aufruhr stürzen oder vor einer zornigen Menge auf die Bühne springen. Er jagte noch immer der Wahrheit und den Adrenalinstößen nach.

»Ja«, flüsterte er zurück. »vielleicht ein kleines bisschen.«

Ihre Fingerspitzen glitten an seinem Handrücken herunter und schlangen sich um seine Finger. Um das Handgelenk trug sie eine einfache dünne Silberkette, die locker herunterhing und wie ein elektrischer Draht an Lionels Haut kitzelte.

»… und natürlich«, sagte Dolores gerade, »wird unser glücklicher Gewinner ein Echtheitszertifikat erhalten. Womit sollen wir beginnen? Ich würde die Auktion gern mit dem Gebot von zwanzigtausend Dollar eröffnen.«

Die beiden Flügel der Tür schwangen weit auf.

Zwei Männer mit Domino-Masken – sie hatten wohl die Türsteherfunktion der beiden Toten im inneren Heiligtum übernommen – kamen mit nervösen Mienen herein und stellten sich links und rechts neben die Tür. Lionel senkte den Kopf. Er schaute zur Seite, und sein Herzschlag setzte kurz aus. Ein letzter Gast schlenderte in den Ballsaal, ging zwischen den beiden Wächtern hindurch, und die Menge teilte sich vor ihm wie das Meer, als er seinen großen Auftritt hatte.

Kein maßgeschneiderter Anzug. Der letzte Gast trug zerschlissene graue und schwarze Kleidung, die überdies so verschmutzt war, als hätte er sich gerade seinen Weg aus einem feuchten Grab gebuddelt. Unter einer spitzen Kapuze trug er eine Gummimaske, die das ganze Gesicht bedeckte: das Antlitz eines uralten Mannes, die weiße Haut war mit dunkelroter Farbe gesprenkelt. Sein Mantel wurde von einer abgegriffenen Brosche zusammengehalten, deren gehämmertes Kupfer mit Edelsteinen aller möglichen Farbschattierungen besetzt war.

Er pfiff eine muntere Melodie, während er einherging. Lionels Eingeweide klumpten sich zu einem Knoten zusammen. Er erstarrte; jeder Muskel in seinem Leib schien plötzlich versteinert zu sein. Seine Hand schloss sich fest um die von Maddie.

»Was ist los?«, flüsterte sie.

»Dieses … dieses Lied. Ich kenne dieses Lied.«

Er bemühte sich, es ihr zu erklären. Er verstand es selbst nicht. Er wusste nur, dass er diese Melodie kannte. Und sie ängstigte ihn mehr als alles andere auf der ganzen Welt.

Dolores gab ein aufgedrehtes Lachen von sich und klatschte in die Hände, als der zerlumpte Mann sich dem Podium näherte. »Ah, das ist nun der wahre Geist des Ganzen, verehrtes Publikum. Ich habe Ihnen gesagt, dass wir heute Nacht das Werk von Edgar Allan Poe feiern, und es scheint so, als gäbe uns der Rote Tod höchstpersönlich die Ehre. Gut gemacht, und genau zur rechten Zeit.«

Er pfiff nicht mehr.

Der Mann mit der Maske stellte sich neben Dolores an das Pult und betrachtete den Raum. Seine Augen hinter der Maske waren von einem durchdringenden Blau, fast zu hell, um echt zu sein. Er hob die behandschuhte Hand zu einem lässigen Winken. Die Menge entbot ihm einen höflichen Applaus und folgte damit Dolores' Beispiel.

»Wirklich«, sagte sie, während sie die Handflächen gegeneinander schlug, »wer ist denn das unter der Maske? Jackson? West? Sie sind es, nicht wahr, Jackson? Immer der perfekte Schauspieler. Ich hätte so etwas erwarten sollen.«

Der blauäugige Mann sprach mit der Stimme eines Geschichtenerzählers. Sie klang verwittert, aber nicht alt; es war die Stimme eines Mannes, der die Welt gesehen hatte und sie in ihrer Gesamtheit an einem knisternden Lagerfeuer beschreiben konnte.

»Ich fürchte, ich bin kein Mitglied Ihres Clubs«, sagte er. »Aber als ich von den Festlichkeiten des heutigen Abends hörte, nun, da konnte ich einfach nicht fernbleiben.«

»Kein …« Dolores runzelte die Stirn und betrachtete den Mann neben ihr eingehend. Sie senkte ihre Stimme ein wenig, denn sie sprach nicht mehr zu der Menge. »Ich vermute, das ist ein Teil des Spiels, aber unter den gegebenen Umständen muss ich darauf bestehen, dass Sie sich demaskieren.«

»Demaskieren?«, erwiderte er. »Ich trage keine Maske.«

Er brummte leise. Es war ein zufriedenes Brummen, das über die wachsende Unsicherheit der Menge hinwegwogte. Dann hob er die Hände wie in einer Geste spöttischer Niederlage.

»Pardon«, sagte er, »ich bringe meine literarischen Zitate durcheinander. Das war von Robert Chambers, nicht von Poe. *Der König in Gelb*. Sind Sie vertraut damit?«

»Das bin ich«, sagte Dolores, deren Blick immer finsterer wurde.

»Aber es ist ein passender Vergleich. Sowohl Chambers' fiktives Schauspiel innerhalb einer Geschichte als auch Poes *Maske des Roten Todes* besitzen einige verblüffende Gemeinsamkeiten. In beiden geht es um ein Fest, zu dem sich die Aristokratie versammelt hat, und um eine dekadente Führerperson, die sich selbst als unantastbar betrachtet.«

»Ich bestehe darauf, dass Sie sich demaskieren«, sagte Dolores.

Die blauen Augen des Mannes schienen zu brennen, als er den Kopf drehte. Die Augenwinkel kräuselten sich unter einem Lächeln. Er zog seine Handschuhe aus, zuerst den einen, dann langsam den anderen und warf sie vor sich auf den Boden. Seine Hände waren breit und kräftig und hatten eine bräunliche Färbung.

»Eine weitere wichtige Parallele«, sagte er. »Am Ende beider Geschichten stirbt jeder Gast des Festes.«

Er schlug mit dem Handrücken auf seine Brosche und brüllte ein Wort. Es kam knirschend und mahlend aus seiner Kehle. Es klang wie von einem Häcksler, jedoch einem aus menschlichem Fleisch. Die Edelsteine erstrahlten heller als die eisblauen Lichter. Jede Tür im Ballsaal wurde aufgeworfen, und Lionel empfand Schwindelgefühle. Er wurde von einem wüstenheißen Wind umtost, der ihn aus allen Richtungen gleichzeitig traf. Er wurde herumgeworfen, und seine Sinne waren vernebelt. Er hörte nur noch das Kreischen des Windes und das Kreischen der Gäste, als das Fest zu einem lebendigen Albtraum wurde. Gestalten kreisten im Raum, transparent und schlammig braun huschten sie durch die Luft über den Köpfen der Anwesenden. Gestalten mit langen, langen Armen und Klauenhänden und weit aufgerissenen, hungrigen Mäulern. Lionel sah verstört zu, wie eines der Phantome auf ein Clubmitglied herabstieß und es zu Boden schleuderte. Mit wilden Bewegungen seiner Klauen riss es die Brust des Mannes auf wie ein Hund, der nach einem Knochen gräbt, und steckte dann den Kopf zum Schlemmen in die klaffende Wunde.

Maddie packte Lionels Hemdkragen und zerrte ihn zurück in Richtung der am weitesten entfernten Ecke des Saals. Die silberne Kette fiel ihr vom Handgelenk in die offene Hand. Sie zischte rasch und scharf etwas, das wie Altgriechisch klang, und türkisfarbene Funken flackerten entlang der Kette auf.

»Bleiben Sie bei mir!«, rief sie durch den lärmenden Aufruhr. »Halten Sie den Kopf gesenkt!«

Lionel kauerte sich nieder und sah zu, wie die Welt verrückt wurde. Menschen rannten umher, stürzten, wurden von anderen auf der Flucht niedergetrampelt, und die Masse der missgestalteten Geister packte und riss sie wie Löwen eine Herde verwirrter Gazellen. Eine Frau in einem langen Kleid – er glaubte, es sei burgunderrot gefärbt, bis er begriff, dass es weiß gewesen und jetzt mit Blut durchtränkt war – taumelte an ihm vorbei; ihr Kiefer war gebrochen, ihr Zahnfleisch leer und offen. Ein Schatten tanzte spöttisch in der Luft hinter ihr, ein Hofnarr in Begräbnisgrau, und jonglierte mit den Zähnen, die er ihr aus dem Mund gerissen hatte. Er versuchte, die elfenbeinfarbenen Stücke nacheinander in sein eigenes zahnloses Maul zu stopfen, doch sie fielen durch sein gläsernes Gesicht und klimperten auf den blutgefleckten Marmorboden.

Maddie drehte ihre Kette und zeichnete eine glitzernde violette Acht in die Luft, während sie einen rhythmischen Flüstergesang anstimmte. Mit dem nackten Fuß stampfte sie den Takt dazu. Der Rhythmus war ein Bollwerk gegen das Chaos, eine kleine Bastion der Ordnung, die den Wind aufhielt. Eine Kuppel wölbte sich gleich einer Fata Morgana über sie, war gerade groß genug für sie beide. Eines der Phantome schoss quer durch den Ballsaal wie eine Rakete, flog kreischend auf sie zu und streckte die Klauen nach Lionels Gesicht aus. Es stieß gegen die Kuppel, prallte davon ab und taumelte davon. Sein Umriss zerfranste an den Rändern, wirkte wie statisches Rauschen in einem schlecht eingestellten Fernsehkanal.

Der blauäugige Mann bewegte sich. Nachlässig schlenderte er durch das Gemetzel und pfiff wieder; der kleine Glasbehälter mit dem Poe-Manuskript steckte unter seinem Arm. Er blieb an der Tür stehen, sah Lionel und Maddie an und hielt den Kopf schräg.

»Huh«, sagte er. Dann verließ er den Saal, und seine Trophäe mit ihm.

Der letzte Körper traf auf den Boden. Alle fünf Teile, in die er zerrissen worden war. Ein Geist nach dem anderen verschwand. Sie flogen durch die Pfützen auf dem Boden, die unter den farbigen Lichtern des Ballsaals purpurn und schwarz schimmerten, oder sie trieben durch die Wände, und ihr Heulen und das Jammern des Windes erstarben langsam, waren endlich verschwunden, und alles war still.

Die gekräuselte Kugel zerfloss, als Maddie die Kette in ihrer

Hand langsamer drehte, bis sie schließlich schlaff herunterhing. Maddie schob sie wieder über ihr Handgelenk, wo sie wie ein Schmuckstück wirkte.

Lionel schluckte. Sein Mund war staubtrocken. Er konnte kaum einatmen, ohne zu würgen. Die Luft war schwer vom Gestank nach Kupfer und rohem Fleisch. Er und Maddie waren die einzigen Überlebenden. Die Mitglieder des Thoth-Clubs lagen verstreut auf dem Boden, bis hinauf zum Rednerpult. Dolores Croft war nur noch an ihrem Kleid erkennbar. Sie war in einem einzigen Augenblick um hundert Jahre gealtert und kaum mehr als eine vertrocknete, ausgezehrte Mumie, die auf dem Boden lag.

Die Stille hing wie ein Leichentuch über dem Raum. Nur Maddies Stimme wagte es, sie zu stören.

»Kommen Sie«, sagte sie, »wir gehen.«

Es war schon sehr spät, als sie endlich wieder im High-Line-Hotel eintrafen. Der Innenhof war geschlossen, die Teelichter waren gelöscht. Die Lobby war schwach erhellt, aber leer. Maddie und Lionel gingen mit schweren Schritten zum Aufzug; nur der schiere Wille hielt ihre erschöpften Körper in Bewegung. Lionel warf einen Blick auf die verspiegelten Wände der Kabine und wünschte sich, er hätte es nicht getan. Er sah schrecklich aus; sein geliehener Frack war verdreckt und zerrissen, sie beide waren mit dem getrockneten Blut anderer Menschen bespritzt und wirkten so fertig, als wären sie gerade einen Marathon gelaufen.

Maddie stieg nicht im zweiten Stock aus. In schweigender gegenseitiger Übereinstimmung folgte sie Lionel zu seiner Suite.

Diese war gründlich auf den Kopf gestellt worden; sein Gepäck lag auf dem Boden, alle Schubladen waren herausgezogen und durchwühlt, und sogar der Inhalt der Minibar war auf der Suche nach nicht existenten Geheimnissen geplündert und verstreut worden. Lionel holte tief Luft, bückte sich und machte sich daran, die Dinge aufzusammeln. Maddie hielt ihn auf, indem sie ihm die Hand auf die Schulter legte.

»Morgen«, sagte sie.

Sie führte ihn zum Bett. Er trat seine Schuhe von den Füßen, schälte sich aus dem Jackett und legte sich in den Überresten seines zerfetzten Leihfracks nieder. Sie drehte ihn auf die Seite. Still lag er da, während sie ins Bett stieg, hinter ihn glitt und sich an seinen Rücken drückte. Einen Arm legte sie ihm über die Seite. Ihr Atem war eine Wolke aus warmer Luft in seinem Nacken, während sie ihn dicht an sich gepresst hielt.

»Schlaf, junger Löwe«, flüsterte sie. »Alles andere kann bis morgen früh warten.«

Vierundzwanzig

Das Sonnenlicht kroch um die Ecken der Vorhänge herum und fiel auf Lionels Lider. Er rollte auf den Rücken, streckte sich in dem leeren Bett und stellte fest, dass er noch immer die Kleidung vom gestrigen Abend trug. Er zwang sich, die Augen zu öffnen, und blinzelte, bis er etwas erkennen konnte. Hinter der geschlossenen Badezimmertür lief die Dusche.

»Maddie!«, rief er.

»Bin in einer Minute da«, rief sie zurück.

Er richtete sich mühsam auf und ächzte, als ein Muskel in seinem Rücken wie eine zu fest angezogene Klaviersaite krampfte und stach. Er sah sich in dem schwach erhellten Schlafzimmer um und betrachtete das Chaos, das die Leute vom Thoth-Club hinterlassen hatten.

»Nimm dir Zeit«, sagte er. Er hob einiges vom Boden auf, packte seinen Koffer wieder und rettete vom Inhalt der Minibar alles, was noch zu retten war. Dem Wecker auf dem Nachttisch zufolge war es schon fast zehn Uhr morgens. Auf seinem Handy waren vier Anrufe eingegangen, aber keine Sprachnachricht – ein Anruf von Brianna und drei von Regina Dunkle.

Reginas Name brachte die letzte Nacht in einem plötzlichen tosenden Strom zu ihm zurück. Der gesamte Albtraum spulte sich hinter seinen zugekniffenen Augen ab, und er musste sich am Nachttisch festhalten, um das Gleichgewicht nicht zu verlieren.

Die Dusche wurde abgestellt. Die Badezimmertür öffnete sich einen Spaltbreit, und Maddie steckte den Kopf hindurch, um dessen schimmernde Locken sie ein Handtuch gewickelt hatte, das wie ein Turban wirkte. »Regina bestürmt unsere beiden Handys«, sagte sie. »Ruf sie nicht zurück. Ich bin in einer Minute fertig.«

»Ich weiß nicht…« Er streckte die Hand aus. Das unordentliche Schlafzimmer wirkte wie eine Karte seines Lebens. Alles stand am falschen Platz. »Ich weiß nicht, wo ich anfangen soll.«

Sie zwinkerte ihm zu. »Das schaffe ich schon. Warte auf mich.«

Sie musste Kleider aus ihrem Zimmer geholt haben, als er noch geschlafen hatte, denn sie kam aus dem Badezimmer in einer schwarzen Jeans und einem Konzert-T-Shirt einer Band, von der er noch nie gehört hatte. In der Hand hielt sie zwei abgetretene Turnschuhe. Sie lenkte ihn ins Badezimmer.

»Wasch dich und zieh dich an«, sagte sie zu ihm. »Dann wirst du dich besser fühlen. Ich räume hier auf. Und danach werden du und ich ein langes Gespräch führen.«

Sie hatte recht. Das warme Wasser wusch ein wenig von der Nacht weg, und Lionels Kopf wurde klarer, während er seinen Körper abschrubbte. Schließlich rasierte er sich und starrte dabei in den vernebelten Spiegel. Er zog sich ein Hemd an, stieg in eine saubere Khakihose und fühlte sich bereit, der Welt wieder gegenüberzutreten. Zumindest der Welt, die er kannte. Den Rest würde er noch kennenlernen.

Licht durchflutete das Schlafzimmer der Suite. Maddie hatte alle Vorhänge aufgezogen, damit die Sonne hereinstrahlen konnte, und beseitigte gerade die letzten Schäden. Sie drehte eine Pirouette und hieß Lionel willkommen, als er aus dem Badezimmer trat.

»Ta-daa!«, sang sie. »Jetzt ist alles besser.«

»Ich habe eine Frage. Es ist eine dumme Frage.«

»Eigentlich müsste ich jetzt sagen, dass es keine dummen Fragen gibt, aber wir beide wissen, dass das eine schmutzige Lüge ist.«

»Bin ich verrückt?«

Sie schüttelte den Kopf und schenkte ihm ein sanftes, beinahe wehmütiges Lächeln.

»Nein«, sagte sie. »Nein, das bist du nicht. Bei Gott, ich kann mich fast noch daran erinnern, wie es sich anfühlt. Du bist nicht der erste Mensch, der die reale Welt zum ersten Mal sieht und sich dabei fragt, ob er den Verstand verliert. Das müssen wir alle durchmachen. Ich will es einmal so sagen: Wenn du das, was du in der letzten Nacht gesehen hast, als vollkommen rational ansähest, dann würde das bedeuten, dass du verrückt bist.«

»Wer war dieser Kerl?«

»Sag du es mir«, meinte Maddie. »Du bist erstarrt wie ein Reh im Scheinwerferlicht, als er sein Lied gepfiffen hat.«

Er schüttelte den Kopf und blickte finster zu Boden.

»Ich weiß es nicht. Ich habe das Gefühl, dass ich es wissen *müsste*. Ich … weiß es aber nicht.«

»Zwinge dich nicht«, sagte sie. »Heute haben wir eine Menge zu tun, und es ist schon heller Tag. Ich glaube, wir sollten uns zuerst dem unangenehmen Teil zuwenden.«

»Und was ist das?«

Sie hob ihr Handy hoch. Gemeinsam setzten sie sich auf das Bett, Seite an Seite. Sie hielt das Handy zwischen sie, stellte den Lautsprecher an und drückte die Kurzwahltaste. Stumm warteten sie, während es am anderen Ende klingelte.

»Madison«, sagte Regina schließlich. »Ich warte schon den ganzen Morgen auf deinen Bericht. Wo bist du gewesen?«

»Oh, hallo, Mrs. Dunkle. Ich habe ein paar schöne Stunden mit einem neuen Freund verbracht. Sag hallo, Lionel.«

»Hallo, Lionel«, wiederholte er.

Maddie grinste und hob den Daumen. Reginas schwerer Seufzer glitt durch den Lautsprecher.

»Ihr seid also in Kontakt miteinander«, sagte Regina. »Gut. Ich gehe davon aus, dass wenigstens einer von euch die Informationen bekommen hat, die ich haben will?«

»*Gut?*« Lionel starrte das Telefon an. »Das ... ist alles, was Sie dazu zu sagen haben? Regina, ich wäre in der letzten Nacht fast gestorben. *Zweimal*. Wenn Maddie nicht da gewesen wäre ...«

»Aber sie war da«, sagte Regina.

»Ich habe Sie geradeheraus gefragt, ob Lionel für Sie arbeitet«, sagte Madison. »Wenn Sie von Anfang an ehrlich zu mir gewesen wären, hätte die ganze Angelegenheit besser erledigt werden können.«

»Ich habe nie ausdrücklich gesagt, dass er nicht zu mir gehört. Meine Liebe, eine Frau deines Kalibers sollte keine Nachhilfe benötigen, was die Macht der Worte angeht. Ich habe dir auch gesagt, dass es nicht deine Aufgabe ist, mich zu verstehen, sondern mir zu gehorchen. Am Ende ist alles so gekommen, wie ich es beabsichtigt hatte. Wie immer.«

»Nicht ganz«, sagte Lionel. »Das Manuskript ist verschwunden. Dieser Kerl im Kostüm des Roten Todes ist plötzlich aufgetaucht und hat ...«

Er verstummte und warf Maddie einen fragenden Blick zu. Sie schüttelte den Kopf, und er beugte sich zu ihr hinüber.

»Weiß sie von der Hexensache und all dem anderen Zeug?«, flüsterte er.

»*Oh*«, sagte Maddie. Sie schaute das Handy an. »Lionel hat

in der letzten Nacht seine Unschuld verloren. Er war nicht sicher, ob Sie in das große Geheimnis eingeweiht sind.«

»*Maddie*«, sagte er.

»Ich hätte mich noch viel vulgärer ausdrücken können. Ich habe meine Sprache nur deinem empfindsamen Gemüt angepasst.«

»Das ist bedauerlich«, sagte Regina. »Ich gehe also davon aus, dass die hochgeschätzten Mitglieder des Thoth-Clubs ...«

»... in einer von Manhattans besten Immobilien verstreut liegen«, beendete Maddie den Satz für sie. »Das Spiel ist aus, in Ordnung? Was immer Sie Lionel versprochen haben, er hat seinen Teil der Abmachung eingehalten – und noch viel mehr. Ich kann jetzt übernehmen. Geben Sie ihm seinen Lohn und schicken Sie ihn nach Hause.«

»Unsinn«, sagte Regina. »Lionel ist erst dann fertig mit seiner Arbeit, wenn ich sage, dass er fertig ist, und ich will, dass ihr beide für mich weiterarbeitet.«

»Er hat nicht das Rüstzeug für ...«

»Dann *rüste du ihn aus*, Madison. Ich will, dass das Manuskript gefunden wird, und ich will es so bald wie möglich in den Händen halten. In Anbetracht der Umstände scheinen wir das Stadium der friedlichen Verhandlungen hinter uns gelassen zu haben. Findet diesen Kostümierten und tötet ihn für mich.«

Lionel starrte das Handy an. Ein kalter Finger strich ihm langsam über sein Rückgrat. Er dachte an den jungen Reporter in Chicago, der in einer Gasse erstochen worden war. Er hatte sich gefragt, ob Regina Dunkle fähig war, jemanden ermorden zu lassen.

Jetzt wusste er es.

»Halt«, sagte er. »Das entspricht nicht unserer Abmachung.«

»Lionel.« Ihre Stimme glich einer Eisschicht über einem bodenlosen See. Kühl und glatt wie Glas und das dunkle, tödliche Wasser darunter nur andeutend. »Wir haben eine Übereinkunft. Dienen Sie mir, und ich schütze Ihren guten Namen. Wenn Sie das nicht tun, kann das Gegenteil eintreten.«

»Was soll das heißen?«

»Das soll heißen, dass die Geschichte, die Sie unbedingt beerdigen wollen, in jedem Fernsehsender in Amerika landen wird, wenn Sie nicht mitspielen.«

»Vielleicht kann ich damit leben.«

»Können Sie das?«, fragte sie. »Der Journalismus – Ihre besondere Art von Journalismus – ist Ihr ganzes Leben und Ihre Leidenschaft. Wie werden Sie noch verdeckt arbeiten können, wenn ganz Amerika Ihr Gesicht und Ihren Namen kennt? Wie sollen Sie dann noch die Bösen entlarven und die Mächtigen zu Fall bringen, wenn diese Sie schon von Weitem erkennen? Ja, Sie werden diese Geschichte überleben. Aber Ihre Karriere wird es nicht, und dann können Sie allem, was Sie lieben und was Ihnen etwas bedeutet, Lebewohl sagen. Dafür werde ich sorgen.«

»Sie erpressen mich«, sagte er mit tonloser Stimme. Maddie blinzelte ihn an, als versuchte sie, die Wahrheit von seinem Gesicht abzulesen.

»Ich motiviere Sie nur«, sagte Regina. »Sie haben Ihre Befehle. Ich erwarte in nächster Zeit einen Bericht über Ihre Fortschritte.«

Sie legte auf. Der Bildschirm des Telefons, das zwischen Maddies und Lionels Beinen lag, wurde dunkel. Maddie streckte den Arm aus. Ihre Fingerspitzen flatterten über Lionels Handrücken, während sie stumm über etwas nachdachte.

»Lionel, was hat sie dir angeboten?«, fragte sie schließlich. »Was ist das für eine Geschichte, von der sie gesprochen hat?«

Er hielt den Blick starr auf den Teppich unter seinen Füßen gerichtet.

»Es ist nicht wichtig.«

»Es ist wichtig für dich.«

»Es ist wirklich …« Er schüttelte den Kopf. »Ich will nicht darüber reden.«

»Du solltest nach Hause gehen«, sagte sie.

»Das kann ich nicht. Du hast sie gehört.«

»Lionel.«

Maddie hob ihre Hand. Sie legte die Finger sanft um sein Kinn und hob es, sodass er sie ansehen musste. Sie erwiderte seinen Blick und zeigte dabei Mitgefühl und eine schwache Spur von Sorge.

»Du bist noch nicht bereit für all dies«, sagte sie. »Was du gestern Abend gesehen hast … Das ist nur die Spitze eines Eisbergs. Du hast eine besondere Erfahrung gemacht. Aber das ist auch schon alles. Du kannst noch immer weglaufen. Du kannst nach Chicago zurückgehen, zurück zu allem, was du hattest, bevor Regina Dunkle in dein Leben getreten ist. Ich kenne sie und weiß, wie sie arbeitet. Sie würde ihre Drohung vermutlich nicht einmal wahrmachen. Fass das nicht falsch auf, aber du bist nicht wichtig für sie. Wenn du jetzt gehst und den ersten Flieger nimmst, kannst du dein altes Leben weiterführen. In einigen Jahren wirst du dir all dies vermutlich rational erklären. Du wirst dir sagen, dass alles nur eine Halluzination war oder ein Trick, oder du wirst die ganze Reise als real wirkenden Albtraum abtun. So etwas geschieht andauernd.«

Als Lionel über seine Möglichkeiten nachdachte, spielte Reginas Drohung dabei seltsamerweise keine Rolle. Er würde die Enthüllungen überleben. Er verstand, was Maddie ihm anbot: die Aussicht auf ein Leben in einer Welt, in der es keine Göttinnen gab, die in Mosaikkreisen steckten und lebendige Menschen fraßen, und in der es keine Geister gab, die Ballsäle in

Manhattan überfielen und verwüsteten. Sie wollte ihm den Segen der Unwissenheit schenken, für die alle Ungeheuer nur Märchenfiguren waren.

»Und was ist, wenn ich bleibe?«, fragte er sie.

»Dann ist das hier …« – sie machte eine ausladende Handbewegung, die das Zimmer, die Stadt, die ganze weite Welt umfasste – »… jetzt dein Zuhause. Das, was du in der letzten Nacht gesehen hast, sehe ich *jede* Nacht. Nicht die Gewalt – normalerweise nicht –, aber du kannst diese Welt nie wieder aus dir verbannen. Du kannst es nicht verhindern, die Wahrheit zu sehen, wie schlimm es auch werden mag. Du wirst niemals wieder ein normales Leben führen. Das ist sozusagen der Eintrittspreis. Das ist das Opfer.«

Lionel schaute zu Boden und schwieg. Als er den Kopf wieder hob, spürte er in sich etwas Neues. Eine stille, starke Entschlossenheit.

»In Ordnung«, sagte er.

»In Ordnung?«

»Ich habe mein ganzes Leben mit der Jagd nach Wahrheit verbracht. So bin ich nun einmal. Und das ist meine einzige Beschäftigung.« Er schaute durch das offene Fenster und lauschte dem Verkehrslärm auf der sonnenüberfluteten Straße unter ihm. »Als ich zum ersten Mal von Regina hörte, habe ich mich gefühlt, als fiele ich in einen Kaninchenbau. Wie Alice im Wunderland.«

»Das hier ist kein Wunderland«, sagte sie zu ihm.

»Nein. Aber es ist die Wirklichkeit. Und jetzt kann ich nicht mehr zurückkehren.«

Maddie holte tief Luft. Sie schürzte die Lippen, atmete aus und trommelte mit den Fingern auf ihren Beinen herum.

»In Ordnung«, sagte sie. »Zuerst musst du ein paar grundlegende Fähigkeiten erwerben. Und zwar schnell.«

»Fähigkeiten?«

Sie wedelte mit ihren Fingern. »Hexen-Fähigkeiten.«

»Wirst du mir beibringen, ein Hexer zu sein?«

Maddie stieß ein heftiges Lachen aus. »Zur Hölle, nein. Wir haben nicht viel Zeit, falls du es noch nicht bemerkt hast. Ich würde ein Jahr und einen Tag brauchen, bloß um dir die Grundlagen beizubringen. Und dann ein weiteres Jahr und einen Tag, um dir den Kopf wieder zurechtzurücken, damit du endlich die *nützlichen* Sachen lernen kannst. Nein, die Lage erfordert eine schnelle und schmutzige Einweihung, die dein Hirn ein wenig öffnet, damit du da draußen nicht überrumpelt wirst.«

»Was für eine … Einweihung?«, fragte er.

Sie tätschelte sein Knie und erhob sich von der Matratze.

»Eine Einweihung, die richtig wehtut, wie es bei allen guten und richtigen Einweihungen der Fall ist. Ich muss ein paar Sachen aus meinem Zimmer holen. Ich bin gleich zurück. Zieh schon einmal dein Hemd aus.«

FÜNFUNDZWANZIG

Die Vorhänge waren wieder fest zugezogen, und der Raum lag im Schatten. Lionel und Maddie saßen einander gegenüber auf den Boden; ihre Knie berührten sich. Die grobe Wolle des Perserteppichs kratzte unter Lionels Fingerspitzen. Wie von Maddie gewünscht, hatte er sein Hemd ausgezogen. Sie hatte ihren Oberkörper ebenfalls bis auf den purpurfarbenen Baumwoll-BH entkleidet. Sie suchte etwas in einer Leinentasche und zuckte die Schultern, als er eine Braue hob.

»Es geht hier nicht um Sex«, sagte sie. »Sexualmagie kann überaus wirksam sein, aber das ist sozusagen Hexerei auf Universitätsniveau, während du gerade erst auf die Highschool gekommen bist. Außerdem macht es nicht so viel Spaß, wie du vielleicht glaubst. Dazu gehört eine Menge Konzentration. Und Mathematik.«

»Sex-Mathematik?«

»Das *Kamasutra* ist nichts gegen die *Litaneien der Aphrodite*.« Sie hob einen kleinen Plastiktiegel mit Schraubdeckel in die Höhe, öffnete ihn und zeigte Lionel die dicke schneeweiße Creme darin. Der Duft von wintergrüner Minze und einem schwachen, pfeffrigen Gewürz erfüllte das verdunkelte Zimmer. »Flugsalbe.«

»Wir werden doch nicht ... wirklich fliegen?«, fragte Lionel. »Oder?«

»Nicht *wirklich*, nein. Mein Besen ist gerade in der Werkstatt.«

Sie stellte den offenen Tiegel ab und holte einen kleinen Beutel aus purpurnem Samt aus der Tasche hervor. Dabei fiel Lionels Blick auf ihren linken Arm. Dünne Narben bedeckten die bleiche Haut vom Handgelenk bis zum Ellbogen – wie Striche an der Wand einer Gefängniszelle. Sie waren weiß, runzelig und verblasst.

Sie bemerkte, dass er sie anstarrte, und drehte den Arm, sodass ihre Narben zum Boden zeigten. Er stellte keine Fragen. Sie öffnete den Beutel und ließ ein Deck Spielkarten, deren Rückseiten mitternachtsblau und mit winzigen goldenen Sternen bedeckt waren, in ihre offene Hand fallen.

»Was weißt du über Tarot?«, fragte sie.

»Ich habe einmal Poker mit Tarotkarten gespielt«, witzelte Lionel. »Fünf Leute sind dabei gestorben.«

Maddie sah ihn finster an. »Wie niedlich. Aber du bist gar nicht weit von der Wahrheit entfernt, wenn auch nicht so, wie du glaubst. Es gibt eine Menge Geschichten über den Ursprung des Tarot. Einige sind der Meinung, er komme aus dem alten Ägypten und habe als Mittel zum Wahrsagen gedient. Andere behaupten, die Symbolik der Karten sei mit der hebräischen Kabbala verbunden, mit dem Baum des Lebens, der das Fundament des Universums bildet.«

»Und was davon ist wahr?«

»Beides nicht. Beide Geschichten sind vollkommener Unsinn. Der Tarot wurde im fünfzehnten Jahrhundert in Italien erfunden, und zwar für ein Kartenspiel, das *Tarocchi* hieß. Der Tarot sollte zum Spielen dienen; der Gedanke, die Karten zur Wahrsagerei zu benutzen, kam erst später auf – mindestens *hundert Jahre* später.«

Sie mischte die Karten mit leichter Hand, nahm einige unten aus dem Stapel und schob sie weiter oben in das Deck, während das schwache Licht auf den goldenen Sternen glitzerte.

»Das klingt nicht sehr mystisch«, sagte Lionel.

Sie schenkte ihm ein kokettes Lächeln. »Lektion eins: Hexen benutzen alles, was wirkt. Es muss keine große Abstammung oder Geschichte haben, es muss kein Teil einer geheimen mystischen Tradition sein, die von besonderen Lehrern weitergegeben wurde. Wichtig ist nur, dass es funktioniert. Und der Tarot funktioniert.«

»Aber wenn die Geschichten nicht stimmen ...«

»Lektion zwei«, sagte sie. »Das tatsächlich Wahre und das mythisch Wahre sind zwei verschiedene Dinge. Ich kann dir schon jetzt sagen, dass es für dein Gehirn schwierig sein wird, das zu begreifen.«

»Weil es nicht so ist«, erwiderte er. »Wahr ist wahr. Ein Fakt ist ein Fakt.«

»Faktisch ist nichts Übernatürliches an einem Tarotspiel. Aber sehen wir uns einmal deine Initiatorin an, die Hohepriesterin.«

Maddie hörte auf, die Karten zu mischen, klopfte mit den Knöcheln auf die oberste Karte und drehte sie um. Sie zeigte eine Frau, in ein Gewand in warmem Blau und Weiß gehüllt, mit einer Elfenbeinkrone auf dem Kopf und einer Mondsichel zu ihren Füßen. Sie saß zwischen zwei Säulen, einer schwarzen und einer weißen. Unten auf der Karte stand *II: Die Hohepriesterin*.

Lionels erster Impuls bestand darin, eine Bemerkung über Kartentricks zu machen. Maddie sah ihm in die Augen, hob eine Braue leicht und forderte ihn stumm heraus. Er hielt den Mund.

»Der ursprüngliche Name dieser Karte lautete *Die Päpstin*«, sagte sie. »Im Laufe der Zeit hat sie alle möglichen Personen dargestellt, einschließlich Maifreda Visconti. Sie wollte im Jahr 1300 Päpstin werden. Es hat nicht funktioniert. Man hat sie auf dem Scheiterhaufen verbrannt. Die Karte wurde auch mit der Päpstin Johanna aus dem dreizehnten Jahrhundert verbunden, die Männerkleidung trug und die vielleicht wirklich gelebt hat, vielleicht auch nicht, oder sie sollte die Frau in generalisierter, symbolhafter Form darstellen – die weibliche Verkörperung der spirituellen Essenz der Kirche.«

»Und was davon stimmt deiner Meinung nach?«, fragte Lionel.

»Das spielt keine Rolle. Die Fakten sind für unsere Zwecke unwichtig. Wichtig ist nur das, was die Karte darstellt. Symbole beziehen sich auf andere Symbole. Sieh genauer hin.«

Sie fuhr mit dem Fingernagel über die Oberfläche der Karte. Lionel kniff die Augen zusammen und erkannte Einzelheiten, die ihm bisher entgangen waren. Gegenstände, die in Farbwirbeln verborgen waren. Winzige Buchstaben im Saum der Robe.

»Diese Schriftrolle, dieser Schleier, dieser Granatapfel – jedes einzelne Detail auf der Karte besitzt eine Entsprechung in der Geschichte. Es ist ein Katalog von Symbolen, die zusammen eine gemeinsame Vorstellung ausdrücken: die Vorstellung von einer Hohepriesterin. Denk es dir wie eine neue Sprache: Je mehr Wörter du lernst, desto deutlicher kannst du die Botschaft lesen.«

Maddie legte den Rest des Kartenspiels beiseite. Dann nahm sie Lionels Hand, drehte seine Handfläche nach oben und gab ihm die Karte.

»Betrachte sie.«

»Aber«, sagte er, »ich kenne die Sprache noch nicht. Ich sehe das, worauf du gezeigt hast, doch ich weiß nicht, was all das bedeutet.«

»Das ist ein Teil der Lektion. Verlass dich nicht auf deinen Kopf. Verlass dich ganz auf dein Herz. In der Hexerei geht es nicht um Fakten und Zahlen, und es wird dir überaus schwerfallen, diese alten Vorstellungen über Bord zu werfen. Es geht um Impulse, Emotionen, Intuition. Betrachte die Karte und finde heraus, was du dabei fühlst. Bringe in Erfahrung, was hervorsticht und welche Einzelheiten dich anziehen.«

Er starrte auf die Karte in seiner Hand. »Wie erfahre ich, ob ich es richtig mache?«

»Du beginnst, indem du diese Frage loslässt. Magie wird am besten ohne Erwartung auf Erfolg oder Ähnliches durchgeführt. Suche nicht nach einem Ziel oder einem Zweck. Bewege dich nur in diesem Augenblick.«

Lionel gab ein halbherziges Kichern von sich. »Ich bin wirklich nicht gut darin, mich nur im Augenblick zu bewegen.«

»Nein?« Maddie legte eine Hand vor den Mund und machte große Augen. »*Wirklich?* Das wäre mir nie aufgefallen.«

»Haha.«

»Betrachte bloß die Karte. Spüre ihr nach. Fließe.«

Sie nahm den offenen Tiegel, tauchte die gekrümmten Finger hinein und holte einen kleinen Klumpen schneeweißer Salbe heraus. Leise sang sie etwas; es war ein Zischen und Flüstern, so leise, dass Lionel die Worte nicht verstehen konnte, während sie sich die Arme, den Oberkörper und den Bauch einrieb und dabei glänzende Bögen und Spuren hinterließ.

Er war als Nächster an der Reihe. Ihre Finger fuhren langsam über seine nackte Brust und zogen eine Spur dicht unter seinem Schlüsselbein. Die Salbe kitzelte auf seiner Haut, war zuerst heiß, wurde dann aber winterkalt. Maddie holte eine weitere Portion Salbe heraus und verteilte sie auf seinem Arm von der Schulterbiegung bis zum Handgelenk.

»Ich will«, flüsterte sie und unterbrach ihren Gesang, »dass du hier bei mir bist. In diesem Augenblick. In Ordnung? Nur du und ich und die Karte. Es gibt draußen keine Welt, es gibt nichts außerhalb dieses Raumes. Nichts ist von Bedeutung außer dir und mir und der Karte – hier und jetzt.«

Er versuchte, etwas zu erwidern, aber seine Stimme floh vor ihm, weggetragen auf einem frostigen Strom, während Maddies Hand in einer langsamen, sanften Berührung an seinem anderen Arm hinunterglitt. Sie war ihm nahe, beugte sich vor, ihr Atem strich über seine Brust, und die darauf trocknende Salbe kitzelte. Dann umkreiste sie Lionel und kniete sich hinter ihn auf den Perserteppich. Sie salbte ihm den Rücken, ihre Hände rieben die Creme in seine Muskeln und kneteten sie, während der Duft – aufreizend und pfeffrig – in seinem Hirn Purzelbäume schlug. Er fühlte sich, als hätte er eine Magnumflasche mit goldenem Champagner geleert. Er fühlte sich, als würde er fließen; die Lichter verblassten, es wurde dunkel, dann riss die Zimmerdecke auf und öffnete sich weit. Endloser Raum war über ihm, eine sternenlose Leere, die auf ihn wartete und nach ihm rief, aber er schaute nicht hoch. Seine Augen waren auf die Tarotkarte gerichtet.

Die darauf dargestellte Frau hob das Kinn. Sie begegnete seinem Blick mit einem sanften Lächeln. Nichts davon kam ihm seltsam vor.

Und es war auch nicht seltsam, als die Karte allmählich größer wurde, als sich die Ränder dehnten und kräuselten, als die gemalten Einzelheiten klar und deutlich wie auf einer Fotografie wurden. Oder als Maddie fest gegen seine Schultern drückte und ihn in das Bild hineinschob.

Helle Lichter hinter Lionels Lidern weckten ihn. Er war nicht sicher, wie lange er bewusstlos gewesen war. Er blinzelte, legte die Hand über seine Augen und schirmte sie vor dem grellen und plötzlich einfallenden Sonnenlicht ab. Er lag auf taufeuchtem Gras, und eine sanfte Brise fuhr ihm durch die Haare.

Er setzte sich auf. Er befand sich auf einem Hügel, irgendwo, nirgendwo ein Zeichen der Stadt, irgendeiner Stadt, in keiner Richtung. Da war nur ein kleiner Pavillon, in dem die Hohepriesterin in kontemplativer Stille auf ihrem Thron saß.

Er sprang auf die Beine. Das war real. Die Karte war lebendig geworden, das gemalte Bild hatte eine dreidimensionale Gestalt angenommen, anderthalb Meter von ihm entfernt. Die Frau in der blauen und weißen Robe, die Säulen im windgeküssten Gras, die zahlreichen Symbole. Ein Halbmond aus sattgelbem Gold lag vor dem Stuhl der Frau zu ihren Füßen und spiegelte einen Teil ihrer Elfenbeinkrone wider. Sie beobachtete ihn, ohne ein Wort zu sagen, als ob sie darauf wartete, dass er den ersten Zug machte.

Maddie stand an seiner Seite. Sie trug eine fließende weiße Robe, die fast wie eine Toga wirkte und von einer scharlachroten Schärpe gehalten wurde. Ein gewebtes Haarband hielt ihre roten Locken zurück, und in ihrer Hand steckte der umwickelte Griff der Kupferklinge.

»Wo zur Hölle sind wir?«, fragte er und sah zwischen ihr und der Priesterin hin und her. »Sind wir … *in* der Karte?«

»Wir sind eher … in der Karte und in dir. Denk nicht darüber nach. Denke überhaupt nicht. Die Lektion hat sich nicht verändert.« Maddie deutete auf die Szenerie vor ihnen. »Betrachte sie. Dies ist eine der wenigen Gelegenheiten, bei denen es vollkommen angemessen ist, nur zu starren. Es ist ihr gleichgültig.«

Lionel sah die Hohepriesterin an. Jetzt erkannte er, dass sie nicht mit dem gemalten Porträt auf der Tarotkarte identisch war. Ganz und gar nicht. Wieso war ihm das nicht schon früher aufgefallen? Ihr Haar war anders, nämlich lang und blond. Die Biegung ihres Kinns, der sanfte Glanz ihrer großen haselnussbraunen Augen – das alles war so vertraut. Wo hatte er …?

»O mein Gott«, keuchte er. *»Mama?«*

»Nein«, sagte die Priesterin. »Es tut mir leid, Lionel, aber deine Mutter ist tot. Du weißt das.«

»Aber … aber du …« Er spürte, wie seine Augen feucht wurden und wie ihm der schwache Zugriff auf die Wirklichkeit durch die Fingern glitt. Maddie packte seine Hand und drückte sie.

»Ich bin der Nexus«, erklärte die Priesterin, »in dem ein universales Symbol sich in deiner inneren Landschaft manifestiert. Um es einfacher auszudrücken: Ich bin *jede* Hohepriesterin. Dein Unbewusstsein hat mir ein Gesicht gemalt. Etwas, das dein Innerstes tief bewegt.«

»Für mich sieht sie völlig anders aus«, fügte Maddie hinzu. »Und für jeden anderen wiederum ebenfalls.«

Er holte tief Luft und biss sich auf die Unterlippe, bis er sich wieder beruhigt hatte.

»Was machen wir hier?«, fragte er.

Maddie klopfte leicht mit ihren Fingerknöcheln gegen seine Schläfe. »Wir müssen dich ein wenig öffnen. Es gibt eine Menge gefährlicher Kreaturen da draußen in der großen, bösen Welt. So wie in der letzten Nacht, aber sie sind mit bloßem Auge nicht immer so leicht zu erkennen. Ich habe nicht die Zeit, dir die Fähigkeiten einer Hexe zu verschaffen, aber wir können dich wenigstens mit ihren Sinnen ausstatten.«

Die Priesterin verschränkte die Arme vor der Brust. »Seid ihr sicher, dass ihr das tun wollt? Der Prozess darf nicht beschleunigt werden.«

Maddies Hand lag nun auf Lionels Schulter.

»Wir können ihn hindurchbringen«, sagte sie. »Wir drei gemeinsam.«

Allerdings befanden sich vier Personen auf dem grasbewachsenen Hügel.

Die dritte Frau war einfach *da*, als wäre sie schon immer da gewesen und als hätte Lionel sie bisher nur nicht wahrgenommen. Sie war groß, gertenschlank, bleich und stand hinter der linken Schulter der Priesterin. Ihr Haar fiel in rabenschwarzen Locken über die Schultern ihres Kleides, das flammend rot war, wie es eine Chansonsängerin aus den Zwanzigern getragen haben könnte. Um ihren Hals hing an einer silbernen Kette ein alter Schlüssel.

»Warte«, sagte Lionel. »Wer ist …«

Die Frau in Rot legte den Finger an ihre burgunderfarbenen Lippen. Sie schenkte ihm ein schelmisches Lächeln und flüsterte: *»Psst.«*

Sechsundzwanzig

»Wer ist was?«, fragte Maddie.

Lionel schaute von ihr zu der Frau in Rot und wieder zurück. Bevor er die Hand heben und auf den Eindringling in ihrer Mitte zeigen konnte, hallte die Stimme der Frau in seinem Kopf wider.

»Dieses Geheimnis ist allein für dich bestimmt«, sagte sie mit einer Stimme, in der Belustigung mitschwang. »Wenn dir Maddie lieb und wert ist, schweigst du jetzt.«

»Ich bin nur... etwas aus dem Gleichgewicht geraten«, sagte Lionel.

»Dann sollten wir uns darum kümmern«, erwiderte die Hohepriesterin. »Tritt vor mich.«

Seine Beine bewegten sich wie von selbst und zogen ihn zu der Szenerie hin. Die elegante, anmutige Priesterin saß auf ihrem einfachen Thron, hob den Kopf, betrachtete ihn. Die Frau in Rot hinter ihr sah in aufmerksamem Schweigen zu. Weder Maddie noch die Priesterin schien zu wissen, dass sie da war.

Nun hielt die Priesterin einen großen silbernen Kelch in der Hand. In seinen Tiefen wirbelte eine bernsteinfarbene Flüssigkeit. Eine frische Brise fuhr durch das betaute Gras und brachte den schwachen Duft von frischen Beeren mit.

»Wissen«, sagte die Priesterin, »kann süßer Nektar sein, aber es kann auch so bitter wie Asche sein. Ein wahrer Sucher der Weisheit muss stets bereit sein davon zu trinken, egal, wie es schmeckt.«

»Ich war schon immer ein Sucher nach der Wahrheit«, sagte er zu ihr.

Trauer berührte ihren Blick. Sie schüttelte den Kopf.

»Das stimmt nicht, Lionel. Ein Teil deines Herzens fehlt. Du hast ihn hinter einer Mauer eingesperrt. Aber das ist, als würdest du ein Leck im Keller deines Hauses unbeachtet lassen. Es mag zunächst nur ein Tröpfeln sein, doch irgendwann schwillt dieses Tröpfeln an und höhlt das Fundament aus, auf dem dein Haus errichtet ist. Du kannst deiner Vergangenheit nicht entkommen, indem du vor ihr wegläufst.«

»Maddie weiß *alles* darüber«, sagte die Frau in Rot. Lionel sah Maddie an. Sie stand reglos da und starrte die Hohepriesterin an, als hätte sie kein einziges Wort mitbekommen.

»Ich bin nicht hier, um dir ein Geschenk zu machen«, sagte die Priesterin zu Lionel. »Ich bin hier, um dich herauszufordern. Ich will dir die Mängel zeigen, die beseitigt werden müssen, bevor du für die wahre Macht bereit bist.«

»Ich suche nicht nach Macht«, sagte er. »Ich suche nur nach Wahrheit.«

»Aber ohne Macht wird die Wahrheit dein Tod sein.«

»Höre auf sie«, sagte Maddie zu Lionel. »Wir spielen jetzt nach den Regeln der großen Mädchen, klar? Die letzte Nacht war nicht einmal annähernd so schlimm, wie es da draußen werden kann. Und es wird noch viel schlimmer werden, bevor wir unsere Aufgabe erfüllt haben.«

»Das ist eine Untertreibung«, sagte die Frau in Rot.

Nun saß sie auf einem Schemel, noch immer hinter der Schulter der Priesterin. Neben ihr stand eine Staffelei. Lionel betrachtete das Gemälde darauf, das in dunklen, kräftigen Ölfarben ausgeführt war. Ein brennender Streitwagen schwebte am sternklaren Nachthimmel über einem reetgedeckten Haus. Die nur undeutlich sichtbare Gestalt eines Mannes kniete auf dem Boden unter dem Streitwagen und hielt sich den geneigten Kopf – seine Haltung drückte bitteres Elend und Verzweiflung aus.

Die Frau in Rot wirbelte einen Pinsel mit Holzgriff zwischen ihren Fingern herum. »Was meinst du, Lionel? Mir gefällt es sehr gut. Antworte mir nicht laut. Aber behalte das Gemälde in Erinnerung. Später wird es noch Fragen dazu geben.«

Er schwankte auf den Beinen; seine Aufmerksamkeit wurde gleichzeitig in drei verschiedene Richtungen gelenkt. Er sah die Priesterin an. »Was muss ich tun?«

»Ich bin ein Symbol, und doch bin ich so real wie du. Ich verkörpere die Brücke zwischen dem Weiblichen und dem Göttlichen. Die Gezeiten des Mondes. Die Strömungen der Magie. Verstehst du das?«

»Ich … glaube schon«, sagte er. »Das heißt, ich beginne allmählich zu verstehen.«

»Ich kann den Weg zu deiner Verwandlung nicht aufzeigen, solange du nicht selbst die Tür dazu öffnest.«

»Hier geht es um den freien Willen, nicht wahr?« Er warf einen Seitenblick auf Maddie. »Zuerst Regina, dann die Schläger vom Thoth-Club. Andauernd scheint jemand mich zu bitten, etwas aus freiem Willen zu tun. Und ich werde immer wieder fertiggemacht, sobald ich Ja gesagt habe.«

»Worte besitzen Macht«, sagte Maddie zu ihm.

»Allerdings.« Die Hohepriesterin lehnte sich auf ihrem Thron zurück und hielt den Kelch mit beiden Händen fest. »So wie Abmachungen. Es steht dir frei wegzugehen, Lionel.«

Er warf einen Blick über die Schulter auf die weite, wogende grüne Ebene und den klaren blauen Himmel.

»Ich bin noch hier«, sagte er.

»Dann antworte mit deinem Herzen. Wirst du meine Autorität als deine Initiatorin anerkennen? Wirst du mir dorthin folgen, wohin ich dich führe, welchen Weg auch immer wir nehmen werden?«

»Mit anderen Worten«, fügte die Frau in Rot hinzu, »schnall dich an und mach dich auf Turbulenzen gefasst. Außerdem gibt es keine Garantie dafür, dass du nicht abstürzen und verbrennen wirst. Glaubst du, dass du damit zurechtkommst?«

Als er antwortete, sprach er zu beiden gleichzeitig.

»Wenn ich es muss«, sagte er, »und wenn es nötig ist, diese Sache hinter mich zu bringen … dann ja. Ich nehme an.«

Die Priesterin deutete mit einer langsamen Handbewegung auf das Gras unter ihren Füßen.

»Knie vor mir nieder«, sagte sie.

Lionel kniete nieder. Er neigte den Kopf, kaum zehn Zentimeter von ihrem Schoß entfernt, und der silberne Kelch beherrschte nun sein Blickfeld.

Sie reichte ihm den Kelch entgegen. »Trink. Bis auf den letzten Tropfen. Derjenige, der zögert, ist verloren.«

Er warf einen Blick zur Seite, während er den Kelch ergriff. Die Frau in Rot ragte hoch über ihm auf und zeigte einen Ausdruck kalter, beinahe bösartig wirkender Freude.

»Mut, junger Löwe«, sagte die Frau in Rot zu ihm. »Du wirst ihn brauchen.«

Er schloss die Augen, legte den Kopf zurück, setzte den Kelch an seine Lippen und trank. Kräftiger bernsteinfarbener Wein floss über seine Zunge, herb, pfeffrig, doch plötzlich wurde er beißend und abscheulich, als er die Kehle traf. Er würgte alles herunter, während sich die Welt um ihn drehte und in gewundene Bänder aus Scharlachrot und Schwarz auflöste.

»Ich werde dir ein Geheimnis verraten«, flüsterte ihm die Priesterin ins Ohr. »Du bist bereits eingeweiht worden. *Erinnere dich daran*.«

Lionel war fünf Jahre alt.

Er lag wach im Bett, hatte die Augen geöffnet, schaute hoch zu den rustikalen, splitterigen Deckenbalken des alten Bauernhauses und lauschte dem Zirpen der Grillen vor dem Fliegengitter des Fensters. Es war früher Herbst, das Wetter änderte sich, kündete die Erntezeit an, und eine kalte Nachtbrise trieb von den Bäumen herbei. Sie roch nach Kiefernzapfen.

Jemand stand vor seinem Fenster.

Er hatte diesen Albtraum schon öfter gehabt. Er wusste, wie es weiterging. Der Mann stand da, nur seine Umrisse waren zu sehen – die Biegung seiner breiten Schultern, die ausladende, krumme Krempe seines Stetsons – und er stand so reglos da, dass Lionel schon fast davon überzeugt war, bloß eine optische Täuschung vor sich zu haben.

Dann setzte das Pfeifen ein.

Jetzt erkannte er die Melodie wieder, die sich im Ballsaal des Thoth-Clubs seiner Erinnerung entzogen hatte. Er erkannte sie, sobald der Mann das langsame, leise Lied anstimmte und seine Stimme auf einem Windstoß aus dem Wald herbeiwehte.

»O Mädchen aus Buffalo, kommt ihr nicht heut Nacht?
Kommt nicht heut Nacht, kommt nicht heut Nacht?
Mädchen aus Buffalo, kommt ihr nicht heut Nacht?
Und tanzt im Mondenschein.«

Dann drehte der Mann sein Gesicht und starrte durch das Fliegengitter am Fenster auf Lionel, der in seinem Bett lag. Noch immer war der Mann in Finsternis gehüllt – mit Ausnahme seiner durchdringenden blauen Augen.

Lionel träumte nicht.

Er stand wie am Boden festgewachsen im Schlafzimmer seiner Kindheit, mit nackten Füßen und im Pyjama, und er sah, wie die Wälder um die Smaragd-Ranch unter einem knochenweißen Mond brannten. Flammen züngelten gen Himmel und stießen wogenden schwarzen Rauch hoch in die Luft, sodass die Sterne verdunkelt wurden. Menschen schrien und rannten umher. Ein Pferd galoppierte vorbei. Es brannte ebenfalls, loderte wie eine Römerkerze, während es zum Sterben in den Wald lief.

»Holt alle aus dem hinteren Teil«, hörte er seine Mutter rufen. »Ich halte ihn auf.«

»Janet wollte das Gewehr holen…« rief eine andere Frau. Ein Schrank schrappte über die Bodendielen und klapperte gegen eine Tür – eine behelfsmäßige Barrikade.

»Das wird ihn nicht aufhalten! Wo ist Lionel? Martha! Such nach Lionel!«

Starke Arme hoben ihn hoch. Hielten ihn fest. Es war die Art von Liebe, die Welten bewegen konnte. Er schaute auf in das Gesicht seiner Mutter, als sie sich zu einem Lächeln zwang, damit er ihre Angst nicht sah. Sie schob ihm die störrischen Locken aus dem Gesicht, küsste ihn und flüsterte ihm etwas ins Ohr.

»Hör mir zu«, sagte sie…

Aber das Bild ruckelte und kippte und flog davon wie bei einem Film, der auf einem defekten Projektor lief. Die alte Frau, die ihn festhielt – Martha –, schob ihn auf die offene Klappe eines Kriechkellers zu. Waldluft, überhaucht von Rauch und Kiefern, stob über sein Gesicht.

»Wir sind gleich hinter dir, versprochen«, flüsterte sie. »Was immer du auch tust, schau nicht zurück und *hör nicht auf zu laufen*.«

Der Himmel öffnete sich und ertränkte die Welt. Lionel hastete durch den Sturzregen, so schnell ihn seine kleinen Beine trugen. Nun war er ganz allein. Er durchbrach den Waldsaum, lief auf das offene Feld, ganz allein. Der eisige Regen durchtränkte seinen Pyjama, und seine nackten Füße platschten durch Matsch und Gras und Pfützen. Er stolperte und fiel. Er landete auf dem Baum im Schlamm, kämpfte sich wieder auf die Beine und lief weiter. Sein Herz raste, wollte platzen, und jeder Atemzug brannte ihm in der Lunge. Dann sprang er auf eine unasphaltierte Landstraße und blieb stehen, als bernsteinfarbene Scheinwerfer ihn erfassten und fesselten wie ein Reh in Panik. Eine Autohupe dröhnte lauter als der Sturm.

Der Perserteppich auf dem glatten Holzboden kehrte zurück. Seine Suite kehrte zurück. New York und die Welt kehrten zurück.

Lionel fiel aus seiner Vision und landete bäuchlings auf dem Boden. Er rollte sich auf die Seite, zog die Knie an wie ein Embryo und schlang die Arme um seinen Körper, während er wie ein Blatt im Sturm zitterte und bebte. Jemand hämmerte gegen die Tür. Undeutlich nahm er wahr, dass Maddie aufsprang, sich ihr T-Shirt glatt strich und zur Tür lief.

»Wir haben Schreie gehört ...«

»Alles in Ordnung. Mein Freund hatte einen Albtraum. Es geht ihm wieder gut.«

»Sind Sie sicher? Wir können jemanden holen ...«

»Wirklich, es geht ihm gut. Vielen Dank.«

In seinem ganzen Leben war es ihm noch nie weniger gut gegangen als jetzt.

Sie legte den Riegel vor die Tür, dann half sie Lionel beim Aufstehen. Sie nahm ihn in die Arme und drückte ihn eng an sich. Mit den Fingerspitzen fuhr sie ihm durch die Haare.

»Psst«, flüsterte sie. »Es ist alles gut. Du bist wieder auf der anderen Seite. Du hast es geschafft.«

»Nein«, stammelte er, »n...nein, habe ich nicht, es ...«

Sie küsste ihn auf die Wange und streichelte ihn. Dann gab sie ein leises, zärtliches Glucksen von sich. »Alles wird gut, ich verspreche es. Es tut mir leid. Wie ich schon sagte: Initiationen sind harte Arbeit. Wir müssen dich erst einmal hierbehalten und deinem Körper Wasser und Proteine einflößen.«

Dann brach der Damm in seinem Herzen – die Schutzmauer, die er aus Halsstarrigkeit, Angst und Wut errichtet hatte. Und die Tränen, die er seit Jahrzehnten zurückgehalten hatte, brachen sich Bahn wie eine Flut. Er senkte das Kinn auf die Brust und weinte um alles, was er verloren hatte, und um alles, was ihm genommen worden war, und sie hielt ihn fest, barg ihn an ihrer Schulter und sagte kein Wort, bis sein Schluchzen zu einem zitternden, gebrochenen Beben abebbte.

Er wich so weit von ihr zurück, dass er ihr in die Augen sehen konnte. Er wusste, dass er schrecklich aussah. Es schien ihr gleichgültig zu sein.

»Jetzt weiß ich, warum ich hier bin«, sagte er. »Ich … ich meine, ich weiß nicht, ob es Schicksal ist oder Zufall, oder ob ich einer in einer Million …«

»Es spielt keine Rolle.« Maddie griff in ihren Leinenbeutel und holte ein Päckchen Taschentücher heraus. Sie nahm eines und tupfte ihm damit die Wangen ab. »Was hast du dort drinnen gesehen?«

Er dachte ein letztes Mal daran zurück, bevor er es auszusprechen wagte. Die Antwort drohte die Tränen zurückzubringen, aber er schaffte es. Sprach ein Wort nach dem anderen.

»Der Mann mit den blauen Augen«, sagte er. »Maddie … Er hat meine Mutter getötet.«

SIEBENUNDZWANZIG

»Ich erinnere mich nicht an vieles«, sagte Lionel. »Aber jetzt erinnere ich mich an mehr als je zuvor.«

Er saß auf dem Boden, mit dem Rücken gegen den Rand seines Bettes gelehnt, hielt in der einen Hand eines von Maddies Taschentüchern und in der anderen ein Glas mit Wasser aus dem Hahn im Badezimmer. Maddie hatte eine Schachtel Salzcracker aus ihrem Beutel hervorgeholt und gab ihm drei davon, bevor sie ihm erlaubte, ein weiteres Wort zu sprechen.

»Das dient als Fundament«, erklärte sie. »Ich weiß, dass es nicht sehr hexenmäßig wirkt, aber Cracker und Taschentücher sind ein wesentliches Zubehör der Zeit nach dem Ritual.«

»Mein Name lautete nicht immer Lionel Page«, sagte er. »Ursprünglich hieß ich Paget.«

Sie stand auf, ging an ihm vorbei und zog einen der Vorhänge auf. Frisches Sonnenlicht durchflutete den düsteren Raum und vertrieb die Schatten.

»Ich war fünf Jahre alt. Damals, in den frühen Neunzigern, hat mich meine Mutter mitgenommen in diese … nun, es war im Wesentlichen eine Kommune. Diese Ranch in Michigan. Mein Vater war nie da. Ich hatte angenommen, dass er meine Mutter vielleicht missbraucht hatte und wir vor ihm auf der Flucht waren. Und dabei haben uns diese Leute geholfen.«

»Sie haben Missbrauchsopfern Schutz geboten?«

Lionel nickte und nippte an seinem Wasser.

»Frauen und Kindern. Ich war der einzige Junge auf der

Ranch. Sie waren so etwas wie Neu-Heiden. Wie Hexen, aber nicht…« Er schwenkte sein Taschentuch und suchte nach den richtigen Worten. »Nicht *deine* Art von Hexe, sondern eher… Esoteriker. Traumfänger in Batikhemden, die die große Mondgöttin anbeten. So etwas. Hippiezeugs. Es waren gute Menschen. Vor allem erinnere ich mich an… ein Gefühl.«

»Ein Gefühl?«

»Sie kannten weder mich noch meine Mutter. Sie hatten keinen Grund, uns aufzunehmen und sich um uns zu kümmern. Aber ich habe mich… geliebt gefühlt. Die Kommune war ein Ort, an dem Frauen heilen konnten. Ich sollte eigentlich nicht dort sein. Ich wusste, dass ein paar von ihnen nicht glücklich darüber waren, aber selbst sie – *gerade* sie – haben sich sehr darum bemüht, dass ich mich willkommen gefühlt habe. Ich hatte nie den Eindruck, am falschen Ort zu sein.«

Er lehnte den Kopf zurück, gegen das Fußende des Bettes.

»Manchmal«, sagte er, »glaube ich, dies war das letzte Mal, dass ich mich so gefühlt habe. Und dann, eines Nachts, ging alles schief.«

Maddie setzte sich neben ihn auf den Teppich. Sie ergriff sanft seine Hand mit dem Wasserglas und ermunterte ihn, noch einen Schluck zu nehmen. Er trank und stählte sich für die Geschichte, die nun folgte.

»Hast du je von dem Massaker auf der Smaragd-Ranch gehört?«, fragte er sie.

Sie riss die Augen auf, und ihre Lippen teilten sich, als sie die einzelnen Teile der Geschichte für sich zusammensetzte.

»Ich erinnere mich«, sagte sie. »War das nicht ungefähr so wie bei der Manson-Family…?«

»Das war die allgemein vorherrschende Theorie: dass ein rivalisierender Kult die Ranch aus Rache für irgendeine Beleidigung angegriffen hat. Ein Krieg zwischen satanistischen

Hexen.« Lionels Lippen verzogen sich zu einer Grimasse der Bitterkeit. »Die Medien sind regelrecht verrückt geworden. Da niemand einen lebenden Verwandten von mir auftreiben konnte, kam ich in eine Pflegefamilie. Ich nahm ihren Nachnamen an, aber das reichte nicht aus, um mich versteckt zu halten. Die Leute vom Jugendamt haben sich von jedem Schmutzreporter bestechen lassen, der mit Geldscheinen wedelte. Ich war sechs Jahre alt, und die Reporter kampierten auf der Treppe meiner Grundschule, hielten mir ihre Kameras vors Gesicht und fragten mich, wie ich mich *fühlte*.«

»Jesus«, sagte Maddie. »Kein Wunder, dass du all das verdrängt hast.«

»Nun ja, irgendwann verlor die Presse das Interesse, wie es so üblich ist. Ich hatte gerade noch genug Zeit, mir eine halbwegs normale Kindheit aufzubauen. Dann kam der zehnte Jahrestag, und dieser Bluthund vom *People*-Magazin spürte mich auf.«

»Du hattest zehn Jahre, um das alles zu verarbeiten«, sagte Maddie. »Und er hat alles zurückgeholt.«

»O ja, und zwar mit noch größerem allgemeinem Interesse aufgeladen. Es war der Januar des Jahres 2002. Der erste Harry-Potter-Film war im November angelaufen, und deshalb und wegen der Bücher wurde die ganze Welt plötzlich verrückt nach Zaubererwaisen. Und so hat dieser … absolute Bastard nicht nur einen Artikel über mich geschrieben, in dem er auch die Stadt erwähnte, in der ich damals lebte, und die Schule, auf die ich ging, sondern er nannte es auch noch ›Der *echte* Junge, der überlebte‹. Wenigstens hat er sich an die Fakten gehalten. Aber sobald die Boulevardzeitungen auf den Zug aufsprangen, ging es richtig los.«

Seine Hand zitterte, als er das Glas wieder an die Lippen hob. Maddie legte ihre Finger auf die seinen und hielt das

Glas fest, als er trank, dann setzte sie es ihm wieder auf den Schoß.

»Sie haben *allen möglichen Mist erfunden*, Maddie. Beide Male, aber es war noch schlimmer, als zehn Jahre vergangen und keine Verdächtigen mehr greifbar waren. Diese Frauen waren gute Menschen gewesen. Sie haben anderen Menschen geholfen und sie *gerettet*. Und ich musste über sie lesen, dass die Polizei geschlachtete Ziegen und Pentagramme am Tatort gefunden hatte. Und dass die Polizisten, die die Ranch durchsucht hatten, von einem düsteren Fluch befallen wurden, der jeden traf, der das Gelände betrat. Es durfte nicht einfach bloß ein Verbrechen sein. Es durften nicht bloß böse Menschen sein, die Böses getan hatten. Sie wollten an Flüche glauben. Sie wollten an *Magie* glauben.«

Er holte tief Luft und starrte durch das offene Fenster. Staubflocken tanzten still auf den Streifen aus Sonnenlicht.

»So wurde ich zum Ausgestoßenen in der Schule. Auf dem Kopf stehende Kreuze wurden auf meinen Schulspind gesprüht, mein Leben war mehr oder weniger ruiniert, und die Medientypen packten bloß ihre Sachen zusammen und zogen zur nächsten Story weiter, sobald die Quoten runtergingen. Auf zur nächsten Sensation. Und ich stand allein inmitten der Trümmer.«

»Wann bist du zu Lionel Page geworden?«, fragte Maddie.

»An meinem achtzehnten Geburtstag. Ich habe meinen Namen und meine Adresse geändert und mir einen neuen Haarschnitt verpasst. Martha, eine der Frauen auf der Ranch, hatte mir und den anderen Kindern jeden Nachmittag aus Büchern vorgelesen. Sie hat uns immer gesagt, dass auf jeder neuen Seite eine ganze Welt aus Möglichkeiten zu finden sei. Und so wurde Lionel Page geboren. Ein Mann mit einer Mission. Ich wollte der Welt zeigen, wie hoch der Preis des Aberglaubens ist. Ich wollte beweisen, dass es keine Wunder gibt und keine Magie und keine Ungeheuer, die nachts umherstreichen.«

Er schloss die Augen und sackte gegen die Matratze.

»Ich vermute, ich bin ein ziemlich großer Idiot, nicht wahr?«

»Nein.« Maddies Hand schloss sich um die seine. *»Nein.* Weil du recht hattest. Du hast es dir zur Aufgabe gemacht, Betrüger zu entlarven, Lionel. Du hast Leute bloßgestellt, die behauptet haben, *echte* magische Kräfte zu besitzen, und die ihre Anhänger ausgebeutet haben. Das ist es, was du getan hast. Und das war eine gute und wichtige Arbeit. Die Tatsache, dass Magie real ist, ändert gar nichts daran. Glaubst du etwa, ich sei keine Skeptikerin, nur weil ich eine Hexe bin? Es ist eher das Gegenteil. Ich stelle alles infrage und überprüfe es zweimal. Genau wie du. Ist es das, was Regina dir angeboten hat? Dass sie deine Vergangenheit begraben sein lässt?«

»Dieser junge Reporter hat alles wieder ausgegraben, mich aufgespürt und mir gedroht, mich bloßzustellen. Dann wäre alles zurückgekommen. Wieder ein Gang durch die Hölle, und diesmal könnte ich nicht einfach verschwinden. Beim letzten Mal habe ich meine Privatsphäre und meinen Namen verloren und wurde gejagt, bis ich unter einen Stein kriechen und sterben wollte. Diesmal … nun, es ist so, wie Regina gesagt hat. Ich bin ein Enthüllungsreporter. Meine Arbeit hängt davon ab, dass ich verdeckt ermitteln kann und die bösen Buben mich nicht kennen. Kannst du dir vorstellen, wie mir das noch gelingen würde, wenn ich wieder einmal die Hauptattraktion des Zirkus bin?«

»Du könntest dir ein anderes Arbeitsgebiet suchen.«

»Klar. Ich könnte das einzige aufgeben, was mir je etwas bedeutet hat. Den einzigen Job, der mir das Gefühl verschafft, dass ich etwas Gutes für die Welt leiste und etwas *wert* bin.« Er sah sie von der Seite an. »Dieser junge Reporter … er ist tot.«

»Das ist mir klar«, erwiderte Maddie so sachlich, als spräche sie über das Wetter draußen.

»Es macht mir Sorgen, dass du nicht überrascht bist.«

»Lionel«, antwortete sie, »ich habe es dir doch schon gesagt. Ich arbeite für diese Frau. Ich stehe auf ihrer Gehaltsliste. Kannst du vielleicht über das andere reden? Darüber, was du gesehen hast?«

Das andere. Er nickte beklommen.

»Meine Erinnerung ist lückenhaft«, erklärte Lionel. »Ich weiß, dass meine Mutter mir etwas gesagt hat. Etwas Wichtiges. Ich weiß, dass ich in der Nacht, in der es passiert ist, mehr gesehen habe als das, woran ich mich erinnern kann. Und da ist noch etwas anderes. Etwas *nach* dem Massaker. Martha hat mich durch einen Kriechkeller nach draußen gebracht. Ich bin weggelaufen, auf eine Straße, gerade als ein Auto um die Ecke bog. Manchmal glaube ich, es war ein Sattelschlepper. Und manchmal glaube ich, es war ein Pritschenwagen.«

»Hat er angehalten?«, fragte Maddie.

»Ich glaube schon, aber …« Er schüttelte den Kopf. »Es ist weg. Die Polizisten sagten, ich sei an der Tür unserer nächsten Nachbarn aufgetaucht, deren Farm über zehn Kilometer entfernt lag. Ich war allein, vom Regen durchnässt und stand unter Schock. Nichts deutete darauf hin, dass mich jemand mitgenommen hatte, und ich kann … Ich kann mich nicht an eine einzige Sekunde dieses Weges erinnern. *Irgendetwas* ist mir da draußen auf der Straße zugestoßen, aber es ist weg.«

Maddie fuhr ihm mit den Fingerspitzen über das Bein. »Du hast dein ganzes Leben damit verbracht, vor dem wegzulaufen, was in jener Nacht geschehen ist. Lionel, diese Erinnerungslücken … Ist es vielleicht so, dass du dich gar nicht erinnern *willst*?«

»Nein. Vielleicht. Ich weiß es nicht.«

Er griff in die Schachtel mit den Crackern, kaute auf einem davon herum und spülte ihn mit einem Schluck lauwarmen Wassers herunter.

»Aber heute Nacht kam ein Stück meiner Erinnerung zurück«, sagte er. »Er war es, Maddie. Der Mann im Ballsaal. Es ist derselbe Mann.«

»Also hat dieser angebliche Kult nie …«

»Nein. Er war *allein*. Er hat sie alle umgebracht. Die Frauen, die Kinder. Er hat das Haus niedergebrannt. Und da sind zwei Dinge, die ich …« Er sah Maddie an. »Es ist nur ein Bauchgefühl, klar? Ich kann es nicht mit Tatsachen untermauern. Ich habe keinen Beweis …«

»Lionel.« Sie hob den Finger. »Intuition. Vertraue ihr. Rede.«

»Ich glaube, meine Mutter war eine Hexe«, sagte er. »Eine echte. Wie du.«

»Und das andere?«

Er holte tief Luft. »Ich glaube, sie war der Grund dafür, dass er auf die Smaragd-Ranch kam. Der Mann mit den blauen Augen ist ihr gefolgt … von dort, wo wir ursprünglich herstammten. *Er* war der Mann, vor dem sie sich versteckte. Alle anderen, die zwei Dutzend Menschen, die er in jener Nacht ermordet hat, waren nur Kollateralschäden. Er war ihretwegen dort.«

Maddie hörte schweigend zu und dachte nach. Die Crackerpackung raschelte, als sie mit den Fingern darin herumfuhr.

»Du kannst nicht mehr nach Hause gehen«, sagte sie.

»Ich weiß«, meinte er. »Ich will es auch gar nicht.«

Lionels Gedanken schweiften zurück zu der Initiation und zu seinem Gang hinein in die Tarotkarte. Alles schien ihm etwas lebendiger zu sein als vor diesem Augenblick. Die Farben waren greller, die Schatten klarer umrissen, als hätte jemand seine Augen neu eingestellt, so wie man einen Fernseher einstellt, wenn man ein schärferes Bild bekommen will. Sogar sein Geruchssinn schien empfindlicher geworden zu sein. Er roch Spuren alten Papiers in der Luft, und er nahm die Seife im Badezimmer und das Salz der Cracker wahr. Seine Sinne waren nicht übermenschlich geworden, nur … feiner.

Er dachte an die Frau in dem roten Kleid, die hinter der Schulter der Hohepriesterin gestanden hatte.

»Ich bin nicht sicher, ob wir im Inneren der Karte beide dasselbe gesehen haben«, sagte er.

»Das haben wir nicht«, erwiderte Maddie. »Das ist normal. Wir waren nicht am selben Ort; unsere Verstandeskräfte haben sich im rechten Winkel gekreuzt.«

Er überlegte, ob er die Frau in Rot erwähnen sollte, aber sofort erinnerte er sich wieder an ihr kaltes Lächeln und an den Finger vor ihren Lippen: *Psst*.

Auch erinnerte er sich an ihre Warnung, dass er den Mund halten sollte, falls ihm Maddie etwas bedeute.

»Ich habe … ein Gemälde gesehen«, sagte er ausweichend.

»Ein Gemälde? Interessant. Vermutlich ein persönliches Symbol, das du noch nicht entschlüsselt hast. Halte die Augen offen; vielleicht siehst du es irgendwann irgendwo wieder.« Maddie reckte den Hals und schaute zu der Uhr auf dem Nachttisch. »Zeit für deine zweite Lektion. Sie wird der Hammer für dich sein.«

»Ach ja? Was machen wir denn? Springen wir von einer Klippe?«

Sie stand auf und streckte ihm die Hand entgegen.

»So ähnlich«, sagte sie. »Wir gehen zurück zum Blackstone-Gebäude.«

Er ergriff ihre Hand und folgte ihr zur Tür.

»Wir werden diese Spur gemeinsam verfolgen«, sagte sie, »aber wenn wir an ihr Ende kommen und gewisse Dinge getan werden müssen … Ich will nur sagen, dass du nichts tun musst, wozu du dich nicht in der Lage siehst, egal, wie *Regina* darüber denkt. An deinen Händen klebt noch kein Blut. Es ist in Ordnung, wenn es so bleiben soll.«

Maddie griff nach dem Türriegel. Lionel hielt sie auf, indem er ihr die Hand auf den Arm legte. Sie drehte sich um und sah ihn an.

»Maddie, ich habe mein ganzes Leben in dem Versuch verbracht, damit zurechtzukommen, was in jener Nacht geschehen ist, in der meine Mutter starb. In der Nacht, in der ich die einzige wahre Familie verloren habe, die ich je hatte. Ich renne weg, renne irgendwohin, ich *renne* seit meinem fünften Lebensjahr. Ich habe das Rennen satt.«

Lionel schob den Riegel zurück. Er gab ein tiefes metallisches Klacken von sich.

»Das hier hat nichts mit Regina selbst oder mit dem zu tun, was sie mir angeboten hat«, sagte er. »Nicht mehr. Ich werde diesen verdammten Hurensohn finden, und er wird sich für das, was er getan hat, verantworten müssen. Nicht wegen Regina. Meinetwegen, für *mich*.«

Maddie sah ihn von oben bis unten an. Sie nickte und schien im Stillen zu einer Entscheidung gelangt zu sein.

»Na gut«, sagte sie. »In Ordnung. Spring in den Sattel und halt dich gut fest. Jetzt kommt die echte Scheiße.«

Achtundzwanzig

Als Lionel das Blackstone-Gebäude zum ersten Mal erblickt hatte, war es ihm wie ein Tempel erschienen. Jetzt, beim zweiten Mal, malten die ionischen Säulen des Granitvorbaus Gitterstäbe aus Schatten auf die Straße, und das Bauwerk wirkte eher wie ein Mausoleum. Die Sonne hatte sich hinter den Wolken über Manhattan versteckt und verweigerte der Stadt ihre Wärme. Eine kalte Brise pfiff durch die Betonschluchten. Die tierköpfigen Götter in den Bogenfenstern aus farbigem Bleiglas starrten auf Lionel herab wie die Richter eines höllischen Tribunals; in den dunklen Juwelenaugen lag die Entscheidung über seine ewige Bestrafung. Maddie und er bogen um die Ecke in die Seitengasse.

»Kein Absperrband der Polizei, keine Anzeichen dafür, dass in der Zwischenzeit jemand hier war«, sagte sie. »Gut.«

Er warf einen Blick über die Schulter und erwartete jeden Augenblick, einen Mannschaftswagen der Polizei heranrasen zu sehen. »Wie kann es sein, dass noch niemand hergekommen ist? In diesem Ballsaal war die Crème de la Crème der New Yorker Oberschicht versammelt. Es muss doch Leute geben, die sich fragen, wo die jetzt alle sind.«

»Es gehört zu den Regeln jeder Geheimgesellschaft, dass die Mitglieder ihre Treffen *geheim* halten, Lionel. Natürlich werden in spätestens ein paar Tagen Vermisstenanzeigen aufgegeben werden, und irgendwann wird jemand den einen oder anderen Abgängigen mit dem Blackstone-Gebäude in Verbindung bringen, aber bis dahin werden sie weiter dort verrotten. Das erinnert mich daran, dass ich dir zwei Warnungen mit auf den Weg geben muss. Nummer eins: Diese Leichen hatten etwa einen Tag Zeit zum Reifen. Mach dich auf Unangenehmes und Unschönes gefasst.«

»Es war schon nicht mehr schön, als wir gegangen sind«, sagte er.

»Aber da hatten sich die Fliegen noch nicht an die Arbeit gemacht.« Sie blieb vor der Seitentür stehen und zog ein schmales Lederetui aus der Hüfttasche ihrer Jeans. Sie klappte es auf. Darin aufgereiht lagen etliche Dietriche. »Zweitens: Dein drittes Auge wurde gerade erst geöffnet. Manchmal sind Überreste an Orten, wo sich ein gewaltsamer Tod ereignet hat, zurückgeblieben. Die meisten Menschen können sie nicht erkennen, aber du? Du hast dir eine Eintrittskarte für die Geisterbahn verschafft und solltest dich zur Fahrt bereit machen. *Für gewöhnlich* tun sie niemandem etwas.«

»Für gewöhnlich?«

Sie ging in die Hocke und steckte zwei Dietriche in das Schloss, während ein dritter wie ein Zahnstocher in ihrem Mundwinkel steckte.

»Für gewöhnlich.« Sie tauschte einen der Dietriche gegen den in ihrem Mund aus und blinzelte. Sie hielt den Kopf schräg, als könnte sie so die Bewegungen innerhalb des Schlosses besser hören.

»Kannst du dafür nicht … einfach einen Zauberspruch benutzen?«

Sie hielt inne, nahm den Dietrich aus dem Mund und schwenkte ihn vor Lionels Augen hin und her.

»Das hier«, sagte sie, »bietet dir eine ausgezeichnete Gelegenheit, etwas zu lernen. Also gut, ja. Theoretisch. Ich könnte mich an ein paar Zwerge wenden …«

»Zwerge? Wie die kleinen Kerle mit den spitzen Hüten?«

»Nein, keine Gartenzwerge. Es sind alte Erdgeister. Ich könnte ihnen einen Pakt anbieten und ihre Arbeit mit einem Gefallen vergelten, und sie könnten den Stahl in diesem Schloss so brüchig wie Balsaholz machen.«

»Das klingt nach viel Arbeit«, sagte Lionel.

»Du hast es erfasst. Außerdem schulde ich ihnen dann einen Gefallen. Und jetzt kommt das Entscheidende. Es ist vermutlich das Wichtigste, was ich dir heute beibringen werde: Eine Hexe zu sein bedeutet, Dinge zu wissen. Ich weiß, was Magie ist. Ich weiß aber auch, wie ich ein Schloss knacken kann, wie ich mit einer Waffe umgehen muss, wie eine Autobatterie gewechselt wird. Außerdem spreche ich fließend Französisch und kann um zwei Uhr morgens die beste Pizza in Brooklyn auftreiben. All diese Kenntnisse haben mir schon einmal das Leben gerettet, einschließlich der Pizza – diese Geschichte erzähle ich dir später. Wenn sich eine Hexe einem Problem gegenübersieht, benutzt sie einfach das beste Werkzeug, das sie bekommen kann.«

»Daher die Dietriche.« Lionel nickte, während er diese Informationen in sich aufnahm. »Bis zur letzten Nacht hatte ich mich gefühlt, als wüsste ich alles.«

»Du wusstest alles, was du wissen musstest, um in deiner Welt leben zu können. Aber jetzt lebst du an einem neuen Ort. Es liegt keine Schande darin, ein Schüler zu sein, Lionel, und auch nicht in der Unwissenheit. Es ist nur eine Schande, wenn man unwissend bleibt, obwohl man die Gelegenheit zu lernen hat. Dein Ehrgeiz ist nicht verschwunden. Er wird dir jetzt helfen, so wie er dir immer geholfen hat. Halte Augen und Ohren offen. Und auch dein Herz. Das ist der wichtigste Teil.«

»Ich werde es versuchen. Also … was wartet dort drinnen auf uns?«

»Magst du Horrorfilme mit Schockelementen?«

»Überhaupt nicht.«

In dem Schloss knackte es deutlich hörbar, als die Riegel beiseitesprangen. Maddie stand auf, trat zurück und steckte ihre Dietriche ein.

»Hm. Na gut. Ich wollte dir eigentlich die gute Nachricht überbringen, dass du jetzt kein Geld mehr für Horrorfilme ausgeben musst, aber du hast meinen Witz gerade ruiniert.«

»Ich bin schreckhaft«, meinte Lionel. »Mehr kann ich dazu nicht sagen.«

Sie zog die Tür auf, verneigte sich und deutete ins Innere.

»Nach dir, mein frischgebackener Lehrling.«

Er schenkte ihr ein Lächeln und trat über die Schwelle. »Bin ich jetzt dein Lehrling?«

Die Tür fiel hinter ihnen zu. Eine bedrückende Stille lag über dem staubigen Korridor. Maddie ging bis zum Fuß der Treppe, lehnte sich dagegen und schaute hinauf.

»Nun«, sagte sie, »ich habe dich initiiert, auch wenn es schnell und schmutzig war. Das macht mich verantwortlich für dich, bis du auf eigenen Füßen stehen kannst.«

Das half Lionels Erinnerung auf die Sprünge. »Da war noch etwas. Bevor ich zurückgekehrt bin – zurück in jene Nacht –, hat mir die Priesterin gesagt, ich sei schon eingeweiht worden. Was bedeutet das?«

Maddie zuckte mit den Schultern und schritt die Betonstufen der Treppe hoch.

»Lebende Symbole haben die Angewohnheit, in Rätseln zu sprechen. Sie lieben diese Glückskekssprüche – sie sind sozusagen in den kosmischen Prozess eingebacken. Wir werden es herausfinden. Immer nur ein Rätsel nach dem anderen.«

Die beiden rochen den Ballsaal, bevor sie ihn sahen. Der Gestank setzte auf der letzten Treppenflucht ein und schlug

Lionel ins Gesicht, als er eine Biegung auf der Treppe machte und sich dabei an dem eisernen Geländer festhielt.

Als Fünfzehnjähriger hatte er mal mit seinen Pflegeeltern einen Zelturlaub gemacht. Bei ihrer Rückkehr hatten sie feststellen müssen, dass der Strom im Haus wegen einer durchgebrannten Sicherung fast eine Woche lang ausgefallen war. Er erinnerte sich, wie er die Kühlschranktür geöffnet hatte und ihm der Gestank verwester Hamburger und sauer gewordener Milch voll entgegengeschlagen war.

Das hier war schlimmer. Der Geruch nach verwesendem Fleisch war ähnlich, aber angereichert mit dem Gestank einer offenen Latrine an einem heißen Sommertag. Lionel versuchte, durch den Mund zu atmen. Das war ein Fehler. Er packte das Geländer und drückte es, bis die Galle in seiner Kehle allmählich wieder nach unten floss. An Maddies angespannter Miene war abzulesen, dass es ihr nicht viel besser erging.

»Sehen wir es einmal positiv«, sagte sie zu ihm. »In zehn Minuten wirst du es nicht einmal mehr wahrnehmen. Das ist ein praktischer geistiger Trick: Dein Hirn passt sich allmählich an.«

»Ich glaube nicht, dass ich mich je daran gewöhnen kann.«

Sie betrat den obersten Absatz der Treppe und ging in Richtung des Ballsaals.

»Du wirst überrascht sein«, sagte sie. »Der hervorstechendste Wesenszug des Menschen ist seine Fähigkeit, sich an alles zu gewöhnen.«

Der kleine Vorraum war leer. Lionel sah sich um, bemerkte den Stuhl des Türwächters und den kleinen Schrank, in dem sein Handy weggesperrt worden war, bevor man ihn eingelassen hatte. Er versuchte, eine unbeteiligte Miene aufzusetzen. Die Untersuchung eines Tatorts und die vollständige Konzentration auf die Fakten und Details waren Hilfsmittel, die er als Reporter erworben hatte. Sie erleichterten es ihm, sich auf das vorzubereiten, was hinter der Flügeltür auf ihn wartete.

»Etwas fehlt«, sagte er.

Maddie hatte bereits die Hand auf den Türknauf gelegt und hielt inne. »Wie bitte?«

Lionel sah den Schemel in der Ecke an und dachte daran, wie er zum ersten Mal hier gestanden hatte.

»Als ich zusammen mit Wade hergekommen bin, haben zwei Kerle die Tür bewacht. Der eine hat unsere Handys an sich genommen, und der andere hat unsere Namen auf einer Gästeliste abgehakt.« Lionel deutete auf den Schemel, öffnete den Schrank und spähte hinein. »Die Liste ist verschwunden. Auch Wades Telefon ist nicht mehr da.«

»Wer hätte sie stehlen sollen? Der Typ im Kostüm des Roten Todes hatte vor, alle Anwesenden abzuschlachten; da brauchte er wohl keine Gästeliste.«

Lionel runzelte die Stirn und trat neben Maddie an die Flügeltür.

»Ich weiß nicht. Es scheint mir nur seltsam zu sein. Also: Packen wir es an?«

Sie schoben die Türflügel auf. Der Gestank kam ihnen entgegen – der Gestank von dreißig Mordopfern, die im Ballsaal verwesten. Sie lagen wie Unrat auf dem Boden, Leichen und Leichenteile, ein Arm hier, etliche Zähne und getrocknete Darmstränge dort – als wäre der grün geäderte Steinboden mit menschlichen Pinseln bemalt worden. Die Deckenlichter strahlten noch und bebänderten den Raum in Eisblau und Schwarz. Fette Fliegen summten durch die Stille. Lionel scheuchte eine weg, als sie im Sturzflug sein Ohr angriff. Neben ihm runzelte Maddie die Stirn.

»Was ist los?«, fragte er sie.

»Erinnerst du dich daran, dass ich Überreste erwähnt habe?«

Er betrachtete die Leichen und versuchte, sich zusammenzureißen. »Ja?«

»Hier sind keine.« Sie blinzelte und musterte den Raum eingehend. »Das ist nicht normal. Wenn du willst, dass ein Ort von Geistern heimgesucht wird, sind ein oder zwei gewaltsame Tode – oder in diesem Fall dreißig – die beste Methode, das zu erreichen. Aber dieser Raum hier ist nur … *leer*.«

»Ist das gut oder schlecht?«

»Es ist nicht normal. Diese Beobachtung ist wertneutral. Es ist bloß … komm, wir müssen mit einer Augenzeugin reden.«

Er folgte ihr zu der Tür mit dem Tastenschloss. Rasch tippte sie fünf Zahlen ein, und das Licht über dem Schloss wechselte von Rot auf Grün.

»Woher kennst du den Code?«

»Ich habe zugesehen, als sie dich und Wade durch die Tür geschoben haben«, sagte sie. »Die Leute gehen immer sehr leichtfertig mit diesen Tastencodes um. Es spielt keine Rolle, wie lang der Code ist, wenn man ihn vor der Nase eines anderen eingibt.«

Die Tür schwang auf. Dahinter erwartete sie der von LED-Leuchten golden erhellte Korridor. Lionel spannte die Schultern an. In seinem Nacken prickelte es, als wollte ihn eine Fingerspitze auf neckische Art näher an sein eigenes Grab heranlocken.

»Sie kann aus diesem Kreis nicht entkommen, oder?«

»Noch nicht«, erwiderte Maddie. »Nicht, wenn ich sie nicht herauslasse.«

»Und … wirst du das etwa tun?«

»Nur wenn sie mir einen Grund dafür gibt.«

Lionel ging neben ihr her. Der offene Türbogen lag vor ihnen.

»Sie hat zwei Menschen in winzige Stücke zerrissen und sie aufgefressen«, sagte Lionel. »Ich wäre beinahe das Hauptgericht geworden.«

Maddie zuckte die Achseln. »Und?«

»Ich wollte damit nur sagen, dass mir das ein sehr triftiger Grund zu sein scheint, sie nicht freizulassen.«

»Siehst du, das ist der Grund, warum ich die Lehrerin bin und du der Schüler«, sagte Maddie. »Mach dich bereit. Als du das letzte Mal hier warst, hatte dir noch niemand die Augen geöffnet.«

Lionel stand am Eingang der Kammer und erstarrte. Der Rauch-Zyklon, der immer wieder angestrengt versucht hatte, Gestalt anzunehmen, war verschwunden.

An seiner Stelle stand eine Frau in heiterer Gelassenheit. Sie war fast drei Meter groß, und ihre Augen, Haut und Haare waren genauso elfenbeinfarben wie ihre Robe – sie wirkte wie eine lebendig gewordene Marmorstatue. In der linken Hand hielt sie lässig ein langes Messer mit dünner Klinge.

In ihrer Rechten hielt sie ein menschliches Gesicht.

Die Haut war sauber vom Schädel abgeschält worden, und ein paar lockige Haarsträhnen hingen noch von der Kopfhaut herab. Die Schwerkraft zog die Winkel des lippenlosen Mundes nach unten, wodurch das Gesicht wie die grausige Imitation einer antiken Tragödienmaske erschien. Lionel krampfte sich der Magen zusammen, als er erkannte, dass sich die Lippen der »Maske« bewegten. Das augenlose Antlitz ohne Stimme und ohne Körper versuchte, etwas zu sagen.

»Hat dir noch nie jemand gesagt, dass du nicht mit deinem Essen spielen sollst?«, fragte Maddie. Sie schritt über einen am Boden liegenden Leichnam hinweg – es war der Mann mit der Bocksmaske, dessen Kehle eine Pfütze aus verkrustetem Rostrot bildete – und trat an den Rand des Kreises.

»Ah, die verlorene Tochter«, erwiderte die Riesin mit wohlklingender Stimme. »Mit aller Anmaßung, die ich von dir erwarten kann. Sie haben mir meine Maske gestohlen. Ohne sie habe ich mich unschicklich gefühlt. Außerdem musste ich mich ja mit irgendetwas beschäftigen, während ich darauf gewartet habe, dass du deine Verpflichtungen einhältst. Befreie mich jetzt. Sofort!«

Maddie hob die Hand. »Noch nicht. Zuerst werdet ihr einander vorgestellt. Lionel?«

Er stand wie angewachsen in dem offenen Türbogen, bis sie ihn herbeiwinkte. Er trat einige Schritte näher heran, machte dabei einen Bogen um die Leichen auf dem Boden, und die Riesin betrachtete ihn eingehend.

»Anscheinend sind da jemandem Augen gewachsen, mit denen er jetzt sehen kann. Sei mir erneut gegrüßt.«

Lionel erwiderte nichts darauf. Er wusste nicht, was er hätte sagen sollen, und dieses Gefühl, dass kalte Marmorhände in seinen Gedanken herumstöberten und in seinen Geist eindrangen, war wieder da. Ihr starrer Blick fesselte ihn; er kam sich vor wie eine Ameise unter einem Beobachtungsglas.

»Nun, kleiner Hexer?«, fragte die Halbgöttin mit einer Spur von Verärgerung in der Stimme. »Hast du deine Zunge für die Macht geopfert?«

Lionel sah Maddie unsicher an.

»Stell dich vor«, sagte sie zu ihm.

Es erschien ihm sinnlos – er war sich ziemlich sicher, dass die gewaltige Frau seine Gedanken lesen konnte und sehr genau wusste, wer er war – aber er versuchte es trotzdem.

»Uh… hallo. Ich bin Lionel Page. Es freut mich … dich kennenzulernen.«

Die Frau sah Maddie an und zog die Stirn kraus. »Wir haben die gegenseitige Vorstellung noch nicht einmal hinter uns gebracht, und schon lügt er mich an? Er passt wirklich zu dir.«

»Ich habe nicht gelogen«, sagte Lionel. »Das ist mein Name.«

»Wir wissen beide, dass das nicht stimmt. Und der Rest?«

Er schüttelte den Kopf. »Welcher Rest?«

Maddie verschränkte die Arme vor der Brust und seufzte. »Lionel *Paget* stammt aus meiner Familie und gehört keinem Zirkel an. Er hat keine Schuld auf sich geladen, die einer Erörterung bedürfte, und ohne mein Einverständnis wird er keinerlei Pakt eingehen.«

Die Riesin zeigte mit einem Marmorfinger auf Lionel. »*Er* hätte diese Worte sprechen sollen. Du hast ihm nicht einmal die Grundregeln der Etikette beigebracht und führst ihn trotzdem vor mein Angesicht?«

»Seine Einweihung liegt erst eine Stunde zurück. Er ist neu, klar? Außerdem …« Maddie deutete mit dem Kinn auf den Kreis am Boden, der mit roter, grüner und schwarzer Farbe gezogen und von Symbolen umgeben war. »In Anbetracht der Tatsache, dass du im Gegensatz zu uns eingesperrt bist, solltest du vielleicht etwas weniger das wütende Biest geben.«

Lionel schluckte schwer. »Äh, Maddie?«

Die Riesin ragte hoch über ihr auf. Als sie sich dem Rand des Kreises näherte, schien sie noch größer zu werden. »Hüte deine Zunge, Kind. Eingesperrt oder nicht – du stehst vor einer Göttin.«

»Einer *Halb*göttin«, schnaubte Maddie. Sie stemmte die Hände in die Hüften und senkte die Stimme zu einem Flüstern. »Einer *Fast*göttin.«

»*Maddie*«, keuchte Lionel. Er packte die Ärmel ihres T-Shirts und zerrte daran, bis sie gemeinsam mit ihm ein paar Schritte rückwärts machte.

»Was ist los?«, flüsterte sie.

»Ich will dir nicht sagen, was du zu tun hast …«

»Ich freue mich trotzdem darauf, deine Schülermeinung zu hören«, erwiderte sie.

»Vielleicht solltest du ein wahrhaft göttliches Wesen nicht beleidigen?«

Sie schenkte ihm ein Grinsen und drehte sich dabei um, sodass die Riesin ihr nicht ins Gesicht sehen konnte.

»Das ist nur ein kleines Geplänkel zum Aufwärmen, Lionel. Für so etwas gibt es Traditionen. Es wird von mir erwartet, dass ich sie ein wenig reize, damit sie noch härter zurückschlagen und ihre Vertrauenswürdigkeit betonen kann. Dann werde ich mich reuevoll zerknirscht zeigen und ihr Selbstwertgefühl aufpolstern, und sie wird mit dem Bewusstsein, respektiert zu werden, an den Verhandlungstisch treten.«

»Und woher weißt du, dass du sie nicht zu sehr reizt?«

»Aus Erfahrung. Ich habe aus den Fehlern der Vergangenheit gelernt. Wie ich dir draußen schon gesagt habe: Eine Hexe zu sein bedeutet, Dinge zu wissen. Wir gehen mit allen möglichen Arten von Wesen um, die du dir – noch – nicht vorstellen kannst, und jedes hat seine eigenen besonderen Rituale und Gewohnheiten.« Maddie strich ihm durch den Stoff über das Schlüsselbein. »Das Wichtigste: Eine Hexe verhandelt immer aus einer Position der Stärke heraus. Selbst wenn sie gerade nicht stark ist. *Gerade* dann. Bin ich deine Lehrerin?«

»Also, ja …«

»Dann musst du zwei Dinge tun: Erstens musst du mir vertrauen. Wirst du mir vertrauen?«

»Ich vertraue dir«, sagte er.

»Gut. Zweitens musst du mir zuschauen und daraus lernen. Das könnte dir eines Tages das Leben retten. Tatsächlich wird das schon gleich geschehen.«

»Wie meinst du das?«

»Ich werde sie jetzt freilassen« sagte Maddie und zwinkerte ihm zu. »Und wenn ich es nicht perfekt hinkriege, wird sie uns beide töten.«

Neunundzwanzig

Maddie und Lionel traten gemeinsam an den Rand des Mosaikkreises.

»Ich wollte mich umdrehen und weggehen«, sagte Maddie zu der Riesin, »aber mein Schüler scheint der Meinung zu sein, dass du ein Mindestmaß an Respekt verdient hast.«

Die Halbgöttin hielt ihr Marmorgesicht schräg und schaute auf die beiden herunter.

»Der Schüler ist klüger als seine Lehrerin. Vielleicht habe ich ihn falsch eingeschätzt.« Sie richtete ihren Blick auf Lionel. »Du stehst vor Melpomene, kleiner Hexer, der Muse der Tragödie, der Ersten ihrer Schwestern.«

»Acht von neun sagen, sie seien ›die Erste ihrer Schwestern‹«, murmelte Maddie Lionel zu. »Mit Polyhymnia ist besser auszukommen. Sie ist ein echter Salz-der-Erde-Typ.«

»Du hast sie länger nicht mehr gesehen«, sagte Melpomene zu ihr. »Polyhymnia hat eine ungesunde Besessenheit für Maschinen entwickelt. Die industrielle Revolution ist nicht sanft mit ihr umgesprungen. Und damit sind die gegenseitigen Vorstellungen zufriedenstellend vollzogen. Warum zögerst du noch? Schlag auf den Stein. Befreie mich.«

Maddie beugte sich zurück und warf einen zweifelnden Blick auf den Kreis aus Mosaikplatten. »Für jemanden mit meinen Kräften scheint das eine sehr leichte Aufgabe zu sein. Würde ich mich nicht selbst erniedrigen, indem ich dir helfe?«

»Dich *erniedrigen*?«, erwiderte Melpomene wütend. »Ich

habe der Menschheit eine Stimme gegeben. Ich habe euch die Kunst geschenkt. Ich habe eure Geschichtenerzähler gelehrt, wie sie Verse und Strophen zu komponieren haben, um das volle Spektrum einer Tragödie auf die Bühne bringen zu können.«

Maddie rieb sich das Kinn. Sie nickte langsam, als sei sie zu einer Erkenntnis gelangt. »Das stimmt.«

»Eure größten Autoren und Theaterdichter haben unter den Absätzen meiner Sandalen geschuftet. Habe ich etwa nicht Sophokles inspiriert? Und Euripides? Hat mir Shakespeare nicht in seiner dunkelsten Stunde Opfergaben aus Milch und Honig angeboten? Und habe ich ihn nicht mit Inspiration belohnt?«

»Ich habe davon gehört«, sagte Maddie.

Die Lichter in den Wandlampen flackerten und wurden schwächer. Maddie und Lionel standen im Schatten der Riesin, der nun immer länger wurde und sie in Dunkelheit hüllte.

»Bin ich denn nicht die Mutter der Sirenen?«, wollte die Muse wissen. »Wurde nicht Thamyris wegen seiner Anmaßung geblendet, und wurde ihm nicht die Zunge herausgeschnitten, als er meine Schwestern und mich zu einem Gesangswettstreit herausforderte? Wurden nicht die Töchter des Narrenkönigs Pieros in Elstern verwandelt, nachdem wir sie beim Tanz und Gesang besiegt hatten?«

Maddie hob beide Hände mit einer heftigen Gebärde hoch über den Kopf. Sie bog ihre Finger und schloss sie zu einem rituellen Gestus.

»Das ist alles wahr!«, verkündete Maddie. »Du bist Melpomene, die größte der Musen, Bringerin von Schrecken und Schönheit.«

Sie senkte die Arme, neigte den Kopf und drückte die eine Hand gegen ihr Herz.

»Ich stehe gezüchtigt vor dir. Es wäre die größte Ehre für mich, dir dienen zu dürfen, indem ich dir die Freiheit gebe.«

Anmutig hob die Muse die Hand; es war eine Geste der Vergebung. Lionel sah zwischen den beiden Frauen hin und her und begriff endlich, was Maddie gemeint hatte. Es war ein Tanz. Bitten, Vergebung, und dann …

»Aber du bist so mächtig«, fügte Maddie hinzu, »und wir sind nur Ameisen in deiner Gegenwart, was du vollkommen klargemacht hast. Daher ist es gewiss keine Schwierigkeit für dich, mit uns einen Friedensbund zu schließen, bevor ich deine Fesseln zerschlage. Es ist eine so unbedeutende Kleinigkeit, dass es mir peinlich ist, darum zu bitten, aber wir Menschen fürchten uns in der Gegenwart von Göttern.«

Hat sie … hat sie gerade gelächelt?, fragte sich Lionel, während er Melpomenes Gesicht betrachtete. Es waren nur ein winziges Zucken ihrer Marmorlippen und eine schwache Spur von Belustigung in ihren Augen zu entdecken gewesen. Sie genoss dieses Spiel. Die Muse stieß ein Schnauben wohlkalkulierter Verachtung aus und war schon nach einem Herzschlag wieder vollkommen kalt und gleichmütig.

»Natürlich. Ich gebe dir mein Wort – bei meinem Vater und bei seinem Thron im Olymp. Du und dein Schüler, ihr werdet durch meine Hände keinen Schaden erleiden, es sei denn, du schlägst als Erste zu.«

»Ich vertraue deinem Wort«, sagte Maddie. »Da ist nur noch eine Kleinigkeit: Das hier ist die erste Begegnung meines Schülers mit einer Göttin. Er wird sich bis an sein Lebensende an diesen Augenblick erinnern.«

Das stimmte zwar, aber Lionel warf ihr trotzdem einen nervösen Blick zu, als er sich unerwartet im Mittelpunkt der Aufmerksamkeit wiederfand. Die Muse schaute nachdenklich auf ihn herab.

»Das sollte er«, erwiderte Melpomene. »Warum sagst du das?«

»Wenn du ihm deinen Segen spendetest, würde ich das als ein persönliches Geschenk an mich betrachten.«

»Oh«, sagte Lionel, »das ist schon in Ordnung, du musst nicht …«

Nun lächelte die Muse. Es war ein kaltes, schreckliches Lächeln. Sie deutete auf den Boden vor ihr, der noch feucht glitzerte von den zerfetzten Überresten der Männer, die sie verschlungen hatte.

»Also gut«, sagte sie. »Ich kann sehr großzügig sein. Lionel … komm her. Stell dich vor mich hin.«

In den Kreis.

Er wusste nicht, ob Melpomene ihr Versprechen halten würde. Er wusste nicht, ob er auch nur zwei Sekunden überleben würde, nachdem er die Rundung der blutbefleckten Mosaikplatten überschritten hatte. Er wusste nicht, ob Maddie die Macht hatte, ihn aus dem Kreis zu ziehen, wenn es brenzlig werden sollte.

Als Lionel Maddies ruhigen Blick auffing, erkannte er, dass es genau darum ging. Sie hatte ihn um sein Vertrauen gebeten. Und er hatte gesagt, er vertraue ihr, aber das war nur leeres Gerede gewesen. Jetzt musste er beweisen, dass er seine Worte ernst gemeint hatte.

Er holte tief Luft, sah die Muse an und überschritt die scharlachrote Linie. Er hielt Melpomenes Blick stand, während sie vor ihm in die Hocke ging, bis sich ihre Köpfe ungefähr auf gleicher Höhe befanden.

»Es ist mir … peinlich«, sagte sie, »wie du mich bei unserer ersten Begegnung gesehen hast. Ich war von dieser *widerlichen* kleinen Magierin in einem Zustand unnatürlichen Heißhungers gehalten worden.«

»Dolores Croft?«, fragte er.

»Genau die. Ist sie tot?«

Er dachte daran, wie er Dolores' Leichnam im Ballsaal gesehen hatte. Um ein Jahrhundert gealtert, fast zu nichts zerschrumpelt, das tausend Dollar teure Kleid von Staub bedeckt. Eine Hexe, die so mächtig gewesen war, dass sie eine Göttin zu ihrer Gefangenen hatte machen können – und der Mann mit den blauen Augen hatte sie mühelos vernichtet.

»Sie ist tot«, antwortete er. »Sie sind alle tot.«

Melpomene nahm diese Nachricht ungerührt auf. Sie legte eine Hand, kalt und hart wie Stein, auf Lionels Hinterkopf und sah Maddie an.

»Und da ich dir diese Gnade so freundlich erweise, bin ich sicher, dass du es mir gleichtun wirst. Du musst auf deinen Eid nehmen, dass du stillschweigen wirst, damit niemand erfährt, in welch misslicher Lage ich mich hier befunden habe. Ihr werdet jeder dieses Wissen mit ins Grab nehmen – und es darüber hinaus bewahren.«

Maddie faltete die Hände vor sich. »Ich schwöre es, genau wie mein Schüler.«

Die Riesin hätte seinen Schädel genauso leicht zerdrücken können wie eine Fliege. Innerhalb eines Herzschlags erkannte Lionel die nächste Ebene des Tanzes. Melpomene musste ihr Gesicht wahren. Indem Maddie Lionel in die Gewalt der Muse gegeben und sie um ihren Segen gebeten hatte, war es Melpomene möglich geworden, im Gegenzug das Geschenk des Schweigens zu verlangen. Ein Eid für einen anderen, sodass am Ende jeder das bekam, was er haben wollte, und keine Rechnungen mehr offen waren. Die Eleganz des Rituals hätte ihn beinahe von der Gefahr abgelenkt, in der er schwebte. Beinahe. Er riss sich aus seinen Gedanken los und bemerkte, dass Melpomene ihn anstarrte.

»Ich schwöre es ebenfalls«, sagte er zu ihr. »Ich werde niemals auch nur ein Wort darüber verlieren.«

»Dann sei es so. Hat deine Lehrerin dir gesagt, was passiert, wenn du einen Eid brichst, den du einer Göttin geleistet hast, kleiner Hexer?«

Er versuchte, den Kopf zu schütteln, aber die Marmorfinger der Göttin hielten ihn fest umspannt.

»Furien«, sagte sie. »Wenn du Glück hast.«

Ihr Griff lockerte sich. Sie tätschelte Lionel den Kopf, als wäre er ein besonders schwieriges Hündchen, und zog die Hand weg. Dann beugte sie sich zu ihm vor. Die Riesin legte die Lippen an sein Ohr.

»Vergiss nicht, was ich dir gesagt habe, Lionel. Deine Lehrerin hat einige Anteile von Macbeth in ihrem Herzen. Sie ist entschlossen, ihren eigenen Untergang herbeizuführen. Sieh dich gut vor, damit sie dich nicht ins Grab mitnimmt, wenn sie am Ende erfolgreich ist. Das ist ein Segen der Weisheit, von mir an dich. Vergiss ihn nie.«

Sie richtete sich zu ihrer vollen Größe auf, wobei sie ihn beträchtlich überragte, und wandte sich an Maddie. »Du kannst fortfahren.«

Maddie kniete sich auf den Mosaikboden. Sie schwenkte die Kupferklinge hoch über ihrem Kopf, hielt die Spitze nach unten und kniff die Augen vor Konzentration zusammen. Ihre Lippen bewegten sich; sie sprach eine fast stumme Litanei in einem einzigen Atemzug. Dann stach sie zu. Sie hatte das Messer in beide Hände genommen und trieb die Spitze kraftvoll in eine der Mosaikplatten, was ein lautes Klirren verursachte.

Jede andere Klinge wäre bei diesem Aufprall zerbrochen. Doch dieses Messer war noch heil, als die Platte unter ihm aufbrach und sich haarfeine Risse darauf ausbreiteten, wodurch sie wie die Straßenkarte eines fremden Königreiches wirkte.

Ein plötzlicher Schlag fuhr durch Lionels Beine, als hätte er einen Stromstoß erhalten. Und dann … nichts.

»War es das?«, fragte er und wühlte damit die Stille auf.

Maddie streckte die Hand mit der Innenfläche nach unten über dem Kreis aus und fuhr von der einen Seite zur anderen, als wollte sie die Luft überprüfen. Dann stand sie auf. »Es ist geschehen.«

Melpomene trat an Lionel vorbei und verließ den Kreis. In dem offenen Türbogen blieb sie stehen.

»Meine Herrin«, sagte Maddie.

Die Muse warf einen Blick zurück zu ihr. »Ich bin nicht deine Herrin, verlorene Tochter. *Deine* Herrin wartet darauf, dass du nach Hause kommst, wo du hingehörst.«

Maddie zuckte zusammen, als hätte ihr die Riesin soeben eine Ohrfeige verpasst. Sie holte tief Luft und beruhigte sich wieder. Ihr Gesicht flammte feuerrot. »Wir suchen einen Mann, einen Magier mit hellblauen Augen. Er war derjenige, der Dolores und ihr Gefolge vernichtet hat …«

»Dann richte ihm bitte meinen Dank aus«, sagte Melpomene.

»… und er hat es mit der Hilfe verrückter Geister getan. Er hat ein Manuskript gestohlen, ein Werk von Edgar Allan Poe …«

»Ich bin seinerzeit ein- oder zweimal an Poes Bett getreten und habe dem Schlafenden etwas ins Ohr geflüstert. Er hatte eine Begabung für die Dunkelheit. Der Rest deiner Geschichte sagt mir nichts. Ich bin vor zwei Jahren in diese Stadt gekommen, weil ich einem Gebet um Hilfe entsprechen wollte. Es kam von einer meiner Töchter.« Sie sah Lionel finster an. »Ich habe auch heute noch Anbeter, die die Musen und ihre Gaben respektieren und die angemessenen Andachten abhalten. Sie war eine Dramatikerin. Chandra Nagarkar.«

»Ich kenne sie«, sagte Lionel. »Das heißt, ich bin ihr nie persönlich begegnet, aber ich kenne ihr Werk. Sie hat dieses Musical über die Kennedys geschrieben. Ich habe es gesehen, als es vor ein paar Jahren in Chicago aufgeführt wurde.«

»In meinen Augen ist es das Ergebnis einer Zusammenarbeit«, erwiderte Melpomene.

»Hat sie nicht Selbstmord begangen?«

»Nein.« Melpomenes Marmoraugen verengten sich, als sie ihn ansah. »Das hat sie *nicht*. Es sei denn, man betrachtet es als Selbstmord, wenn jemand seine Göttin um Schutz anfleht. Was immer die sterblichen Ärzte sagten, sie hat sich nicht das Leben genommen. Schlimmer noch, ich habe deutlich gespürt, wie sie meinem Griff entrissen wurde. Von Rechts wegen gehört ihre Seele mir, aber ihr müder Schatten hat seinen Weg zu meinem Haus nicht gefunden. Zu *keinem* Haus.«

»Jemand hat ihre Seele geraubt?«, fragte Maddie.

»Ja. Ich hätte sie mir zurückholen können, wenn es nicht jemand verhindert hätte. Dolores Croft hatte ein feines Gespür für Macht und fühlte meine Gegenwart, als ich die Stadt betrat. Sie hat einen Köder ausgelegt, und …« Die Muse warf einen unheilvollen Blick zurück auf den Kreis und wandte ihm dann den Rücken zu. »Ich habe die letzten beiden Jahre als Gefangene in dieser Kammer verbracht. Mein Wissen von der äußeren Welt ist gegenwärtig verständlicherweise begrenzt. Ich habe noch viel zu tun. Ich wünsche dir Glück auf deiner Suche, aber ich weiß nichts, was für dich hilfreich sein könnte.«

Melpomene schritt den Gang entlang, der in goldenes Licht getaucht war, und ihre Marmorhaut warf das schwingende elektrische Licht zurück. Dann verschwand sie aus dem Blickfeld, und der letzte ihrer Steinschritte verhallte in der Stille.

Maddie packte Lionel und umarmte ihn so heftig, dass sie

ihn beinahe von den Füßen gerissen hätte. Er stieß ein überraschtes Lachen aus, während sie ihm einen Kuss auf die Wange drückte.

»Wofür war das denn?«

Sie strahlte ihn an, als hätte er etwas Unmögliches vollbracht und es dabei geschafft, es völlig einfach und natürlich aussehen zu lassen.

»Dafür, dass du mir vertraut hast«, sagte sie.

»Das habe ich dir doch gesagt.«

»Es gibt einen großen Unterschied zwischen Sagen und Tun. Und ich habe dich wirklich auf den Schleudersitz geschnallt.«

»Ich glaube, ich verstehe allmählich, was du getan hast«, sagte er. »Es steckte eine Art von Rhythmus darin, eine …«

»Eine Wechselseitigkeit«, sagte Maddie. »Es ist gefährlich, jemandem einen Gefallen zu schulden. Aber unter gewissen Umständen kann es noch gefährlicher sein, wenn jemand anderes in deiner Schuld steht. Es hängt davon ab, um wen es sich handelt.«

»Ich wünschte nur, wir hätten etwas bekommen. Ja, wir haben unsere gute Tat für heute getan. Ich … ich *glaube* jedenfalls, dass es eine gute Tat war. Aber wir sind der Antwort auf die Frage, was gestern Abend geschehen ist, noch nicht näher gekommen.«

Maddie betrachtete den Türbogen. Ihr Blick fiel durch ihn hindurch.

»Vielleicht doch.«

»Was willst du damit sagen?«

»Der Mann mit den blauen Augen hatte eine Schar von Geistern zu seiner Verfügung«, sagte Maddie. »Sie waren nicht von der normalen Art. Sie waren verdreht und verzerrt. Und mit Befugnissen versehen.«

Lionel dachte an den Überfall zurück. Er dachte daran, wie

der Mann seine Handschuhe ausgezogen und auf den Boden geworfen hatte, und dann … »Diese Brosche an seinem Umhang. Die Steine sind kurz aufgeflammt, bevor alles losging.«

Maddie legte den Finger an ihr Kinn. »Keine Überreste. Keine wandernden Seelen, nicht einmal ein Echo.«

»Und du glaubst … was? Hat er alles mitgenommen, als er gegangen ist?«

»Er ist eindeutig ein Nekromant, und er ist so mächtig, wie ich es seit sehr langer Zeit nicht mehr gesehen habe. Ich kann es nicht ausschließen. Und wenn er es hier geschafft hat, kann er es auch woanders tun. Das könnte erklären, was vor zwei Jahren mit Melpomenes Dramatikerin geschehen ist. Menschliche Schatten verschwinden nicht einfach, insbesondere dann nicht, wenn sie gezeichnet und einer Göttin versprochen waren. Nicht einfach so.«

»Für mich klingt das ziemlich dünn.« Lionel schaute von ihr zu dem offenen Türbogen. »Es könnte Zufall sein. Aber abgesehen von der fehlenden Gästeliste – und ich kann mir noch immer nicht vorstellen, *warum* sie fehlt – ist die Dramatikerin unsere einzige Spur. Was sollen wir als Nächstes tun?«

Maddie ergriff seine Hand, zog daran und führte ihn zu der Tür.

»Wir finden heraus, wo Chandra Nagarkars Leiche begraben wurde«, sagte sie. »Und dann sollten wir selbst ein wenig Totenbeschwörung betreiben.«

DREISSIG

Ein Zug brachte Lionel und Maddie quer durch die Stadt zu Chandra Nagarkars letzter Ruhestätte: Woodside im Stadtbezirk Queens. Es war ein Arbeiterviertel mit alteingesessenen Iren und einer beständig wachsenden asiatischen Gemeinschaft, deren unterschiedliche Kulturen sich aneinander rieben und gegeneinanderdrückten. Dies zeigte sich auch in der Architektur: Alte Ziegeltürme standen neben ultramodernen Hochhäusern, und doch passte alles irgendwie zusammen.

Sie stiegen an der Sixty-First Street aus, gingen zu Fuß los, hielten Ausschau nach einem Taxi. Maddie schaute immer wieder auf ihr Handy und die Karte, die der Bildschirm zeigte.

»Chandra liegt auf dem Calvary Cemetery«, sagte sie zu Lionel, »was im Hinblick auf deine Ausbildung ein Glücksfall ist.«

»Wieso?«

Sie drehte ihr Gesicht der Sonne zu, die nun, um vier Uhr nachmittags, allmählich am Horizont versank, und genoss die Sommerhitze.

»Nun«, meinte sie, »Er ist einer der größten und ältesten Friedhöfe des Landes: mehrere Quadratkilometer groß und mehr als drei Millionen Gräber umfassend.«

»Und das ist gut … warum denn?«

»Weil du jetzt Hexenaugen hast und ich dir zeigen kann, was dir all die Jahre hindurch entgangen ist. Ich hatte gehofft, dass wir eine oder zwei im Ballsaal zurückgebliebene Seelen sehen würden und ich dich lehren könnte, wie du damit umzugehen hast. Aber auf einem Friedhof von den Dimensionen des Calvary werden sich bestimmt noch einige wütende Tote herumtreiben.«

»Einen Augenblick, bitte«, sagte Lionel. »Willst du mich etwa in einen Kampf treiben?«

Sie blieben an einer Kreuzung stehen und warteten darauf, dass ihnen die Ampel das Überqueren der Straße erlaubte. »Ja. Genau das habe ich vor. Regel Nummer eins für den Umgang mit Toten: Wenn du sie sehen kannst, können sie dich auch sehen. Und wenn sie stark genug sind, können sie eine ganze Menge mehr tun, als nur sehen. Würdest du lieber jetzt lernen, dich zu verteidigen, während ich dabei bin und mich einmischen kann, falls es brenzlig werden sollte, oder willst du allein das Risiko eingehen und das Beste hoffen?«

»Wenn du es so formulierst …«, meinte er.

»Gut. Je öfter du auf mich hörst, desto weniger schmerzhaft wird es für dich sein.«

Die Ampel schaltete um und forderte zum Gehen auf. Maddie stellte sich Lionel in den Weg, legte ihm die Hand auf die Brust und beugte sich vor, bis sie dicht vor seinem Gesicht war. Ihre Mine war ernst und ihre Stimme fest, als wollte sie ihm etwas von ungeheurer Wichtigkeit mitteilen.

»Lionel … die erste Regel des Hexenklubs lautet: Sprich nicht über den Hexenklub. Die zweite Regel des Hexenklubs lautet: Wenn es deine erste Party ist, musst du Hexensachen machen.«

Sie packte ihn am Arm und schleifte ihn förmlich über die Straße.

Hinter den Toren des Friedhofs umgaben sie Stille und Stein. Seit dem Augenblick seiner Ankunft in New York hatte Lionel immer wieder erstaunt wahrgenommen, wie unruhig und hektisch diese Stadt war. Alles darin war in ständiger Bewegung, Tag und Nacht, und die Bürgersteige und Straßen brodelten vor quirligem Leben. Im Gegensatz dazu wirkten diese sorgsam gemähten Rasenflächen, die gepflegten Pfade und die endlosen Reihen von Monumenten und Grabsteinen wie erstarrt, ein Bollwerk am Ende des Weges. Er stellte sich vor, wie Generationen von Menschen die Straßen überfluteten, durch die Viertel schwappten und sich schließlich in diesen Friedhof ergossen. Sie strömten in die offenen Gräber, frische Kreuze und Steine zeugten von ihren Lebensspannen, und die Flut ebbte ein wenig ab. Dann wogte eine neue Generation über die vorangegangene und wurde ihrerseits von der nächsten Welle fortgespült. Höher, immer höher stieg die Flut und griff nach den Sternen. Und die Gräber des Calvary harrten ihrer in freundlicher Erwartung und waren bereit, sie aufzunehmen, wenn sie wieder zur Erde zurückfiel.

»Ich würde nur zu gern wissen, was du gerade denkst«, sagte Maddie. Er erkannte, dass sie eine Weile schweigend nebeneinanderher gegangen waren.

»Ich bin heute Nachmittag einer Göttin begegnet«, sagte er.

»Einer *Halb*göttin.«

»Dadurch geriet mein ganzes Weltbild ins Wanken.«

Sie hakte sich bei ihm unter. »Machst du jetzt eine Glaubenskrise durch?«

»Ich war als Atheist durchaus recht glücklich.«

Maddie beschattete mit der freien Hand ihre Augen und schaute auf den Horizont. In alle Richtungen erstreckten sich die Reihen der schweigenden Toten, so weit der Blick reichte.

»Das muss sich im Prinzip nicht ändern«, sagte sie. »Die Götter stören dich üblicherweise nicht, solange du ihnen nicht in die Quere kommst.«

»Ja, aber … wohin gehen die Menschen, wenn sie sterben? Unter gewöhnlichen Umständen, meine ich.«

»Das ist eine Frage, die man am besten bei einem Drink erörtert. Aber du solltest zumindest wissen, dass du verschiedene Möglichkeiten hast. Ein paar gute und eine ganze Menge schlechte. Wenn du die richtigen Abmachungen triffst, kannst du deine Aussichten bedeutend verbessern.«

»Abmachungen wie die mit Regina Dunkle?«

Sie warf ihm einen Seitenblick zu. Ihre Augen verengten sich.

»Regina ist keine Göttin. Sie ist eine Hexe. Eine sehr alte und sehr gefährliche, und du hast deine *letzte* Abmachung mit ihr getroffen. Zumindest gilt das, wenn ich herausgefunden habe, wie ich dich aus ihren Fängen befreien kann.«

»Und warum arbeitest *du* für sie?«

Sie schürzte die Lippen und wandte sich ab. Dann wechselte sie das Thema.

»Chandra sollte irgendwo dort hinten begraben sein. Es ist nur eine Vermutung, aber ich hoffe, dass sich an ihrem Grab noch eine Spur von ihrer Energie befindet. Wenn dem so ist, können wir sie dazu benutzen, um nach Chandras Seele zu suchen. Es ist so ähnlich, wie wenn man einem Suchhund das Kleidungsstück einer verschwundenen Person unter die Nase hält.«

Lionel wollte die Frage nicht stellen, aber er zwang sich dazu.

»Wir müssen sie nicht … ausgraben, oder?«

Maddie machte große Augen. Sie blieb stehen und wandte sich zu ihm.

»*Mist!* Lionel, wir müssen umkehren. Wir haben die Schaufeln vergessen.«

»Warte. Du …« Er blinzelte sie an. »Meinst du das ernst, oder …?«

Sie musste grinsen und schlug ihm spielerisch mit der Hand auf den Arm.

»Nein, du Dummerchen, wir müssen sie nicht ausgraben.« Sie hielt inne, und in ihren Augen erschien ein schelmisches Funkeln. »Vermutlich nicht. Außerdem benutzt man für so etwas keine Schaufeln. Für eine solche Arbeit stiehlt man einen Bagger – damit geht es viel leichter.«

Dann sah Maddie sich lange um. Lionel vermutete, dass sie sich zu orientieren versuchte, aber ihr Lächeln verschwand langsam.

»Hier stimmt etwas nicht. Es ist zu still.«

»Das ist ein Friedhof«, sagte er, »und keine Partymeile.«

»Nein, hier ist etwas falsch. Schau dich um. Schau *genau hin*. Was siehst du?«

Er gehorchte, drehte sich langsam um die eigene Achse und nahm die Umgebung in sich auf. Tausend Monumente für tausend vergessene Leben. Ein Fink landete auf der Spitze eines Betonkreuzes, flatterte kurz mit den Flügeln, flog weiter, hielt auf die Zweige einer schattigen Eiche zu.

»Gräber«, sagte er. »Gras, einige Vögel … Eigentlich genau das, was ich zu sehen erwartet hatte.«

»Genau das ist das Problem.«

Plötzlich rannte Maddie los und schoss zwischen den Gräberreihen dahin. Er bemühte sich, mit ihr Schritt zu halten, keuchte aber hinter ihr her.

»Maddie!«, rief er. »Was …«

Sie blieb ruckartig stehen, hob die eine Hand und hielt sich die andere hinter das Ohr.

»Dreihundert Morgen Land«, sagte sie. »Drei Millionen Gräber.«

»Ja, das hast du mir schon gesagt, als wir hier angekommen sind. Was ist damit?«

Sie zog die Schultern hoch und schaute mit kaltem Blick von der einen Seite zur anderen wie ein Soldat im Kriegsgebiet. Sie hielt Ausschau nach Gefahren, entdeckte aber keine.

»Ich bin in meinem ganzen Leben noch nie auf einem Friedhof gewesen, in dem nicht irgendeine Art von Restenergie umhergetrieben wäre. Erinnerungen, Echos, ein paar verlorene und verwirrte Seelen. Aber das hier …« Sie nahm die Hand von ihrem Ohr und machte eine ausladende Armbewegung. »Es ist *leer*. Wie in dem Ballsaal. Du siehst nichts, weil es nichts zu sehen gibt. Aber so sollte es nicht sein.«

»Hat etwa jemand alle Geister aufgesaugt?«

»Ja, so könnte man es ausdrücken«, sagte sie. »Ich habe eine Zeichendeutung unternommen, nachdem wir uns zum ersten Mal begegnet sind. Es war so etwas wie ein Orakel. Die Botschaft lautete: ›Die Toten sind hier‹. Hier, in New York. Aber sie sind nicht hier. Sie sind *nirgendwo*.«

»Und … was machen wir jetzt? Müssen wir etwas unternehmen? Wie besorgt sollte ich deswegen sein?«

»Ich weiß es nicht«, sagte Maddie, »und das bereitet mir die größten Sorgen. Komm, wir suchen nach Chandras Grab. Ich bezweifle jetzt zwar *ernsthaft*, dass wir etwas finden werden, aber solange wir hier sind, können wir es zumindest versuchen.«

Die tote Schriftstellerin war auf der Spitze eines kleinen, einsamen Hügels unter einer Platte aus schwarzem Obsidian zur letzten Ruhe gebettet worden. Mit deutlichen, schlichten Buchstaben stand in den Stein gemeißelt:

CHANDRA NAGARKAR
1992–2016
»DAS LOS DER STERBLICHEN IST HART.
GEWÖHNE DICH DARAN.« – EURIPIDES

Sie standen vor dem Grabstein. Eine heiße Brise fuhr durch den Friedhof und bewegte das Gras zu ihren Füßen.

»Spürst du irgendetwas?«, fragte Lionel.

Maddie antwortete mit einem Kopfschütteln. Sie starrte den Grabstein an, als hätte dieser sie persönlich beleidigt.

Eine ältliche Frau in einem geblümten Kleid humpelte von links auf sie zu; in ihren dünnen, knochigen Armen hielt sie einen Blumenstrauß. Sie hatte eine Hakennase und kleine helle Elsternaugen, und unter ihrer Haube lugten einige Strähnen baumwollweißen Haars hervor.

»Ich dachte immer, dass ich alle Freunde Chandras kenne«, sagte sie.

Lionels Reporterinstinkt erwachte. Er vermutete noch immer, dass sie auf dem völlig falschen Dampfer waren, aber *irgendetwas* war Melpomenes Dramatikerin zugestoßen, und er erkannte eine gute Quelle, wenn er sie sah. Er versuchte, sich an das Theaterstück zu erinnern, das er gesehen hatte, und überlegte sich eine Geschichte, die glaubhaft klang. Die Lügen rollten ihm mühelos von der Zunge.

»Oh, wir waren keine engen Freunde«, sagte er, »zumindest nicht so eng, wie es mir lieb gewesen wäre. Vor ein paar Jahren habe ich zu der Theatertruppe gehört, die mit dem Stück *Der Untergang des Hauses Kennedy* durch den Mittelwesten getourt ist. Gehören Sie zur Familie?«

Er machte einen Schritt zurück, als sich die Frau näherte. Langsam bückte sie sich, zuckte dabei zusammen und legte den Strauß vor den dunklen Stein.

»Familie? Nicht blutsverwandt, aber eng mit ihr verbunden. Helen Grimble. Ich bin Chandra begegnet, als ich die Leiterin des Theaterprogramms an der Columbia University war. Ich habe sie von Anfang an gefördert. Ach, dieses Mädchen war ein wahres Kleinod.«

Maddie war noch nicht fertig mit ihrer Wut auf den Grabstein. Sie deutete mit dem Finger darauf. »Wer hat das ausgesucht?«

»Das Zitat?«, fragte Helen. »Sie selbst, bevor sie gestorben ist. Es war einer ihrer Lieblingstexte. Chandra liebte die griechische Tragödie. Wenn Sie ihr Werk kennen, dann haben Sie gewiss deren Einfluss bemerkt. Euripides …«

»Ich bin vertraut mit Euripides«, sagte Maddie.

Lionel räusperte sich. »Wir machen Urlaub in dieser Stadt und hielten es für eine gute Idee, Chandras Andenken zu ehren. Sie war wirklich ein ganz besonderer Mensch.«

Helen holte einen Flyer aus ihrer Tasche, eine schlechte Fotokopie auf grünem Papier, und drückte ihn Lionel in die Hand.

»Wenn Sie ihr Andenken ehren wollen, können Sie bei uns mitmachen. Das nächste Treffen findet am Montagabend statt.«

Er schaute auf das Faltblatt. RETTEN SIE DAS ERBE UNSERER STADT!, stand da in schreienden Großbuchstaben. TREFFEN DES KOMITEES ZUR ERHALTUNG DES PARTHENON-THEATERS.

»Dieser Sache galt ihre ganze Leidenschaft, bevor sie uns verlassen hat«, sagte Helen. »Seitdem trage ich die Fackel weiter.«

»Das Parthenon-Theater?«, fragte Lionel.

»Eines der ältesten Theater in New York. Es ist seit den späten Neunzigern geschlossen, und seitdem schwebt das Schwert des Damokles über ihm. Es herrscht Streit um das Grundstück, verschiedene Parteien kämpfen um die Eigentumsrechte, und es gab einige Restaurierungsversuche, die nie sehr weit gediehen sind. Ehrlich gesagt ist es ein ziemlicher Schlamassel. Chandra wollte das Gebäude unter Denkmalschutz stellen lassen. Ich glaube, die Aufregungen dieses Kampfes … haben letztendlich ihren Untergang herbeigeführt.«

»Gegen wen hat sie denn gekämpft? Gegen die Stadt?«

Helen sah den Grabstein an, und eine Spur von Bitterkeit lag in ihrem Blick.

»Hauptsächlich gegen Geld. Gegen dieses Pack von Geldwäschern, die sich Corbin Investment Partners nennen. Sie wollten einen ganzen Häuserblock als ›Sanierungsobjekt‹ kaufen, und das Parthenon-Theater liegt genau in der Mitte. Am Ende haben sie das Grundstück bekommen, aber wir halten die Abrissbirne bisher mit einer Unterlassungsklage nach der anderen fern.« Sie schenkte Lionel einen schrägen Blick. »Spenden sind stets willkommen, wie ich hinzufügen sollte. Auch die kleinste Summe hilft.«

Während Lionel seine Geldbörse hervorholte, riss Maddie endlich ihren Blick von dem Grabstein los.

»Sie war erst vierundzwanzig, als sie starb«, sagte sie zu Helen. »So jung.«

»Die erste Fassung der *Kennedys* schrieb sie, als sie siebzehn Jahre alt war«, erwiderte Helen. »Ein wahres Wunderkind. Aber mit ihrer Gabe war eine Tragödie verbunden. Sie hätte es vermutlich als Ironie des Schicksals angesehen, wenn sie an ihrem Ende noch dazu in der Lage gewesen wäre. Durch schieres Pech wurde sie sowohl mit einem ungeheuren Talent als auch mit einem schwerwiegenden genetischen Hirndefekt geboren.«

Maddie hielt den Kopf schräg. »Sie war geisteskrank?«

»Heimgesucht«, erwiderte Helen. »Ich würde eher sagen, dass sie von Geistern verfolgt wurde.«

Einunddreissig

Helen stand vor dem Grabstein ihrer Freundin. Lionel beobachtete, wie sie den Kopf ein wenig senkte und die Hände faltete, während die blumengeschmückte Krempe ihres Huts ihren Augen Schatten spendete.

»Sie hatte schon immer ihre Eigenarten, aber die eigentlichen Wahnvorstellungen setzten erst etwa einen Monat vor Chandras Selbstmord ein. Sie war überzeugt, dass sie von den rastlosen Toten verfolgt würde. Sie rief mich oft an und erzählte mir, dass sie hören konnte, wie die Toten in den Wänden hämmerten und sie um Hilfe anflehten.«

Maddie kniff die Lippen zusammen. Lionel versuchte, ihre Miene zu deuten und zu erraten, was die Sturmwolken in ihren Augen bedeuteten.

»Das tut mir leid«, sagte er. »Hat jemand versucht, ihr Hilfe zu besorgen?«

Helen sah ihn nicht an. Sie richtete ihre Antwort an den Grabstein.

»Es war nicht genug. Sie hatte in der Vergangenheit schon oft Anfälle gehabt, und sie hatte es stets geschafft, sich daraus zu befreien. Nach ein paar Wochen war sie dann wieder ganz die Alte. Wir hätten nie geglaubt … Nun, wir hätten es nie für möglich gehalten, dass so etwas passieren könnte – bis es zu spät war.«

»Ich bin sicher, dass Sie Ihr Bestes getan haben«, sagte Lionel zu ihr.

»Es gab einen Augenblick, in dem ich es wusste. In dem ich wusste, dass nichts wieder in Ordnung kommen würde. Sie gehörte zum Inventar des Cafés *Spence's Beans* im East Village. Jeden Tag saß sie von neun bis fünf am selben Tisch. Sie müssen wissen, dass Chandra dort schrieb. Sie sagte, sie könne keine Kunst schaffen ohne ihren Lieblingsstuhl und ohne Spences Kaffee. Als wir zum letzten Mal miteinander sprachen, sagte sie mir, sie könne nie wieder dorthin zurückgehen. Sie sagte, es stehe ein Sarg auf der Straße, vollgestopft mit Toten – sie sagte, sie habe ihn *gesehen* – und sie könne nicht mehr klar denken, weil die Toten unablässig schrien und verlangten, freigelassen zu werden.«

Helen kniff die Augen zusammen.

»Ich habe es *versucht*. Wissen Sie, wie schwierig es ist, jemanden in eine Klinik einweisen zu lassen, insbesondere wenn man keine Blutsverwandte ist? Sie können es vergessen, solange die betreffende Person keinen Selbstmordversuch unternommen oder jemand anderen angegriffen hat. Ich habe Krankenhäuser, Ärzte und Anwälte angerufen – ich wollte absolut nicht aufgeben. Sechs Stunden nachdem ich mit meinen Bemühungen begonnen hatte, rief mich jemand an. Da erfuhr ich, dass sie nicht mehr bei uns war. Und vermutlich werde ich den Rest meines Lebens damit verbringen, mich zu fragen, was wohl noch aus Chandra hätte werden können, wenn ich bloß ein wenig schneller gehandelt hätte.«

Maddie schüttelte langsam den Kopf. Sie streckte die Hand aus, bis sie fast Helens Schulter erreicht hatte. Dann ließ sie die Hand wieder sinken.

»Schuldgefühle sind wie ein Mühlstein um den Hals«, sagte Maddie. »Sie werden Sie hinunterziehen, und Sie ertrinken, wenn Sie es zulassen. Ich glaube nicht, dass Chandra so etwas für Sie gewollt hätte.«

Helen öffnete die Augen, wischte sich mit der Handfläche eine Tränenspur aus dem Gesicht und zwang sich zu einem Lächeln.

»Das glaube ich ebenfalls nicht. Aber ich bin trotzdem hier.« Sie seufzte. »Es ist gut, dass Sie sich an sie erinnern. Bitte tun Sie etwas für mich. Vergessen Sie, was ich Ihnen gesagt habe. Wenn Sie an Chandra denken, dann denken Sie an ihr Werk. An ihre Kunst. Das ist der höchste Tribut, den Sie ihr zollen können.«

»Das werden wir tun«, sagte Lionel. »Vielen Dank.«

Helen humpelte zwischen den Gräbern davon. Lionel und Maddie gingen in nachdenklichem Schweigen Seite an Seite in die entgegengesetzte Richtung, auf das ferne Friedhofstor zu.

»Woran denkst du gerade?«, fragte Lionel.

»Ich versuche, das Gehörte zu verarbeiten«, antwortete Maddie.

»Du schienst … wütend auf ihren Grabstein zu sein. Warum?«

»Ich war der Meinung, dass es sehr unpassend ist, auf den Grabstein einer Selbstmörderin zu schreiben: ›Das Los der Sterblichen ist hart.‹« Sie verstummte kurz. »Zumindest als ich noch glaubte, sie hätte sich selbst getötet.«

»Bist du der Meinung, dass Melpomene recht hatte?«

Sie holte tief Luft, legte den Kopf in den Nacken und atmete in den bewölkten Himmel aus. Die Sonne war hinter Wolken verborgen und weigerte sich, ihr Gesicht zu zeigen.

»Wenn eine Person ein angeborenes Talent für Magie besitzt, aber keinen Lehrer hat, der ihr hilft, diese Magie zu verstehen und zu lenken, verliert sie leicht das Gefühl für die Wirklichkeit. Auf den Rest der Welt kann das wie eine unbehandelte Schizophrenie wirken.« Maddie sah zum Horizont und runzelte die Stirn. »Ich will das sehen, was sie gesehen hat. Wie lautete noch gleich der Name des Cafés, in dem Chandra geschrieben hat?«

»*Spence's*.«

»Das war der letzte Ort, zu dem sie gegangen ist – sechs Stunden vor ihrem Tod. Ich würde jetzt gern einen Kaffee trinken. Wie steht es mit dir?«

Da der Tod der Dramatikerin schon zwei Jahre zurücklag, war Lionel nicht sicher, ob es das *Spence's* noch gab. Die Lebensspanne eines unabhängigen Cafés in Chicago ließ sich oft in Wochen bemessen, und er vermutete, dass der Wettbewerb in New York noch härter war.

Vielleicht lag es an der Örtlichkeit oder am tatsächlich guten Kaffee, das *Spence's* war zumindest noch da. Ein Taxi setzte sie am Rand der schmalen, holperigen Straße im Village unter einer langen Kunststoffmarkise ab, deren Farbe der eines Espressos ähnelte. Ein Hipster mit einem Dutt auf dem Kopf und einem Holzfällerbart kam durch die Eingangstür herausgeschlendert, und das Aroma frisch gemahlener Kaffeebohnen drang mit ihm nach draußen.

»Ich weiß, dass wir nach Spuren suchen«, sagte Lionel, »aber ich möchte jetzt wirklich einen Kaffee trinken.«

Er öffnete die Tür für sie, warf dabei einen Blick auf die andere Straßenseite und erstarrte.

KUNSTHANDLUNG L. JACKSON stand in silbernen Lettern auf mitternachtsblauem Grund über dem breiten Schaufenster. Eine Kunsthandlung zwei Läden entfernt von einer Weinhandlung mit dem passenden Namen *Korkenladen*. Normalerweise hätte er jetzt darüber gewitzelt, dass es in derselben Straße nur noch ein Käsegeschäft brauchte, um das Dreigestirn zu vervollständigen, aber die Auslage im Schaufenster der Galerie beanspruchte seine gesamte Aufmerksamkeit und lief mit seiner Stimme davon.

Es war ein Ölgemälde, und er hatte es schon einmal gesehen. Ein brennender Streitwagen an einem mitternächtlichen Himmel, darunter ein verängstigter und besiegter Mann, der im Gras kauerte.

Seine Initiation. Die Frau in Rot – die Frau, die weder Maddie noch die Hohepriesterin hatten sehen können – hatte es ihm gezeigt. Ihre sardonische Stimme kehrte zu ihm zurück. *»Aber behalte das Gemälde in Erinnerung. Später wird es noch Fragen dazu geben.«*

»Äh, Maddie? Weißt du noch, dass ich gesagt habe, ich hätte in der Tarotkarte Dinge gesehen, die du nicht gesehen hast?«

»Sicher«, antwortete sie und blieb auf der Schwelle stehen. »Hat gerade etwas dein Gehirn wachgerüttelt?«

»O ja, und wie! Es ist ...«

Er streckte den Arm aus. In dem Galerieschaufenster war nun eine dunkelhäutige Frau in einem fließenden türkisfarbenen Kleid zu sehen, die sich daranmachte, die Auslage neu zu dekorieren. Sie nahm das Gemälde, hob es von der Staffelei und hatte es bereits außer Sichtweite getragen, als Maddie sich umdrehte.

»Es war eben noch da«, sagte er.

»Erinnerst du dich an das, was ich dir über Intuition gesagt habe? Vertraue darauf, und geh in die Galerie. Halte deine Augen und den Geist offen.«

»Du begleitest mich nicht?«

»Das Symbol war nicht für mich, sondern für dich bestimmt«, sagte sie, »und die Hohepriesterin wird dich nicht in Schwierigkeiten bringen, mit denen du nicht umgehen kannst. Wenn wir Glück haben, kannst du vielleicht sogar einige deiner verschütteten Erinnerungen freilegen.«

Aber sie war nicht diejenige, die … wollte er ihr sagen. Er hörte wieder die Stimme der Frau in Rot, die ihm klar und deutlich ins linke Ohr zischte: *Psst.*

Maddie drückte seine Schulter. »Geh. Ich sehe mich bei *Spence's* um, und wir treffen uns in zehn Minuten wieder. In Ordnung? Vielleicht lasse ich dir sogar ein bisschen Kaffee übrig.«

Es ertönte ein metallisches Glockenspiel, als Lionel die Galerie betrat. Die Wände waren mattweiß gestrichen; ihre Farbe erinnerte ihn an Maddies Flugsalbe. Überall hingen Porträts in den Farben eines dunklen Regenbogens: das Blau der Nacht, das Rot und Orange des Feuers, sparsam aufgetragenes Purpur und Grün. Die kühle Luft roch warm und frisch, wie Rauch von einer Kerze mit Kieferduft. Die Frau, die er im Fenster gesehen hatte, schenkte ihm ein ermunterndes Lächeln. Schmucksteine zierten den Kragen ihres Kleides, Fäden aus Kupfer und Türkis und Glas, um den Hals trug sie eine Kette aus winzigen Muscheln, und ihr Handgelenk lief geradezu über vor schweren Reifen, als sie die Hand hob und ihn begrüßte.

»Guten Tag«, sagte sie hinter der Biegung eines hellgelben hölzernen Schreibtischs. »Wenn Sie Fragen zu den Kunstwerken haben, lassen Sie es mich bitte wissen.«

Er dankte ihr und richtete seine Aufmerksamkeit auf die Wände. Zwischen verzerrten Gesichtern und kantigen abstrakten Bildern suchte er nach dem Gemälde, das sich in sein Gedächtnis eingebrannt hatte. Es war nicht da.

»Äh, ich hatte … ich glaube, hier ein Bild gesehen zu haben. Einen Streitwagen.« Er hob die Hände und versuchte, das Bild zu beschreiben. »Einen fliegenden Streitwagen. Er brennt. Und darunter sind ein Mann und eine Hütte zu sehen.«

»Hm«, sagte die Händlerin. Ihr Blick glitt an den Wänden

der Galerie entlang, und sie schüttelte den Kopf. »Das sagt mir gar nichts. Sind Sie sicher, dass es in dieser Galerie war?«

Ich habe vorhin gesehen, wie Sie das Bild aus dem Schaufenster genommen haben, wollte er sagen. Gerade noch rechtzeitig erkannte er, wie verrückt das klingen musste.

»Vielleicht nicht«, sagte er. »Aber vielen Dank.«

Er gab vor, die anderen Kunstwerke zu betrachten, während er seine Gedanken ordnete. Er hatte das Gemälde gesehen. Oder zumindest wollte jemand ihn das glauben machen. Es war wie eine Spur aus Brotkrumen, die ihn an diesen Ort hatten locken sollen.

Und was jetzt?, dachte er. Er fühlte sich, als stünde er vor der Tür, die zur Erleuchtung führte, und konnte den Knauf nicht finden. Er erkannte, dass er nur eine einzige Frage stellen konnte.

»Darf ich aus reiner Neugier fragen, ob eine Frau namens Chandra Nagarkar jemals in diesem Geschäft war und hier etwas gekauft hat? Es könnte schon ein paar Jahre her sein.«

Das sanfte Lächeln der sommersprossigen Frau wurde ein wenig breiter. Sie neigte den Kopf.

»Oh, ich habe Chandra gekannt. Sie kam ein- oder zweimal in der Woche herein, nachdem sie den ganzen Tag bei *Spence's* verbracht hatte. Wir waren zwar keine engen Freundinnen, aber wir haben uns eingehend über Kunst unterhalten, und manchmal hat sie mir gezeigt, woran sie gerade arbeitete.« Der Blick der Frau glitt zur Seite, während sie an jene Zeit dachte. »Ein so *trauriges* Mädchen. Sogar dann, wenn sie glücklich war. Glauben Sie nicht auch, dass manche Menschen traurig auf die Welt kommen?«

»Allerdings«, sagte Lionel.

»Eines Tages kam sie nicht mehr, und da wusste ich es.«

»Ich habe gehört, dass sie unter großem Druck stand.«

»Das Theaterprojekt.« Die Frau machte eine abwehrende Handbewegung. »Wenn Sie mich fragen, hat sie nur versucht, sich damit abzulenken. Das Problem bestand darin, dass sie als Teenager ein Broadway-Musical geschrieben hat. Sie war zu jung gewesen für einen solchen Erfolg. Nachdem die Serie der Aufführungen beendet war, wollte jedermann wissen, was sie als Nächstes schreiben würde. Sie war noch ein Kind. Und eine solche Last sollte man nicht auf die Schultern eines Kindes laden.«

Lionel stützte sich auf die Vorderseite des Tischs und senkte die Stimme, während er zur Tür hinüberschaute.

»Es mag komisch klingen«, sagte er, »aber hat sie je mit Ihnen über … Geister gesprochen?«

Das Lächeln verschwand, als wäre es ausgeknipst worden. Der Blick der Frau wurde hart, und sie sah ihn an wie ein Buch mit sieben Siegeln.

»Und Sie sind … wer?«, wollte sie wissen.

»Nun, es ist mir ein wenig peinlich, aber …«, antwortete er langsam, während er versuchte, seinen Angelhaken mit dem Köder einer glaubhaften Geschichte zu versehen, »ich bin ebenfalls Bühnenautor. Nicht annähernd von Chandras Qualität, wie ich zugeben muss. Aber ich will ein Stück über ihr Leben schreiben. Eines in vollem Respekt. Eines, das die wahre Geschichte erzählt und zur echten Person hinter dem Werk vordringt.«

Die Frau schien über seine Worte nachzudenken. Ihr Blick wurde wieder etwas sanfter. »Was Sie nicht sagen.«

»Ich habe Nachforschungen über ihr Leben angestellt und Personen befragt, die mit ihr befreundet waren. Zum Beispiel Helen Grimble. Ich weiß nicht, ob Sie sie kennen, aber sie war Chandras Professorin an der Columbia University. Immer wieder wird erwähnt, dass Chandra das Gefühl hatte, von Geistern verfolgt zu werden, und mir scheint, dass dies unbedingt in mein Stück einfließen muss. Die Vorstellung von Geistern kann als Metapher für das geistige Trauma stehen, mit dem sie zu kämpfen hatte.«

Nun nickte die Frau und schien ihn zu verstehen.

»Ich will es aber richtig machen«, sagte er. »Es darf nicht billig sein, und ich will keine Sensationsgier befriedigen. Daher versuche ich, alles über Chandras letzte Wochen herauszufinden, damit die Einzelheiten stimmen.«

Die Halsketten der Kunsthändlerin klirrten unmelodiös aneinander wie ein Windspiel, als sie sich bückte und unter den Schreibtisch griff. Sie holte einen dicken Plastikordner hervor, schlug ihn auf und durchforstete die Visitenkarten, die darin aufbewahrt waren.

»Ich weiß nicht mehr als das, was Sie bereits gehört haben«, sagte sie. »Allerdings sagte ich etwa einen Monat vor Ihrem Tod zu Chandra, sie solle sich einmal mit jemandem unterhalten. Sie hatte es mit einem Psychologen versucht, und mit einem praktischen Arzt, aber keiner konnte helfen.«

Bald hatte sie gefunden, wonach sie gesucht hatte. Sie zog eine Karte hervor – blassblaues Papier, mit rotbrauner Schrift, die an Terrakotta erinnerte – und gab sie Lionel. Er drehte sie in seinen Fingern um. WEN XIULANG, NATURHEILKUNDE. Chinesische Schriftzeichen standen wie Echos unter einer Adresse in lateinischen Buchstaben.

»Xiulang *weiß* Dinge«, sagte die Händlerin zu ihm. »Meine Cousine Letisha hatte ganz furchtbare Migräne und hätte fast ihren Job verloren, weil sie deswegen so oft gefehlt hat. Im Krankenhaus konnte man nichts für sie tun. Xiulang hat ihr einen besonderen Tee gemischt, und sie hatte keine Kopfschmerzen mehr. Sie waren völlig verschwunden. Ich habe zu Chandra gesagt, wenn ihr jemand helfen kann, dann ist es diese Frau. Allerdings weiß ich nicht, ob sie tatsächlich einen Termin bei ihr ausgemacht hat.«

»Danke«, sagte Lionel und hielt die Karte hoch. »Darf ich sie behalten?«

Zweiunddreissig

»Ich habe etwas herausgefunden«, sagte Maddie. Sie sah aus, als wäre sie einem von Chandras Geistern begegnet. Sie hatte sich auf dem Bürgersteig zu Lionel gesellt, als dieser die Galerie verließ, und war so schnell auf ihn zugegangen, wie sie konnte, ohne zu rennen.

»Ich auch.« Er zeigte ihr die blassblaue Visitenkarte. »Es besteht die Möglichkeit, dass Chandra kurz vor ihrem Tod mit dieser Wen Xiulang gesprochen hat. Wir sollten das überprüfen.«

Sie schloss ihre Finger viel härter um sein Handgelenk, als es nötig gewesen wäre, und zerrte ihn über die Straße und auf das Café zu.

»Verdammt, nein«, sagte sie mit einem humorlosen Lachen. »Wir werden Wen Xiulang *nicht* aufsuchen.«

»Kennst du sie etwa?«

»Und sie kennt mich. Nein, das wird nicht geschehen.«

Er wartete auf eine Erklärung. Sie bot ihm keine an. Maddie führte ihn stattdessen unter der espressobraunen Markise des *Spence's* entlang zur nächsten Straßenecke und umrundete sie. Lionel blieb am Eingang zu der Gasse ruckartig stehen.

»Was war das denn?«

Maddie machte große Augen. »Du hast es gesehen?«

Er war sich nicht sicher. Er sah die Gasse, einen klaffenden Schlund aus ölverschmiertem Beton und unverputzten roten Ziegeln. Ein überfüllter Müllcontainer stand an der einen

Seite und rostete vor sich hin, während einige volle Müllbeutel vor seinen Rädern lagen und wirkten wie die Opfergaben an eine zweitrangige Gottheit. Graffiti schmückten die Mauer gegenüber. Es waren Gangzeichen, spitz und übereinanderliegend, und sie alle schrien nach Aufmerksamkeit, obwohl in den vielen übereinanderliegenden Schichten gemalten Lärms kein Ton mehr deutlich zu vernehmen war.

Dann sah er den Pfeil aus blau-silbernem Rauch. Er schoss still an Lionels Schulter vorbei, hatte den Schwung eines Zuges in voller Fahrt, brachte ihm dabei aber nicht einmal die Haare durcheinander und jagte vor ihnen um die Ecke.

»Da hinten«, sagte er und streckte die Hand aus.

Er lief die Gasse entlang, folgte der Erscheinung, und Maddie rannte neben ihm her.

»Ich habe zwei weitere solche Pfeile gesehen, als ich bei *Spence's* war«, sagte sie. »Sie kamen aus unterschiedlichen Richtungen, schienen aber dasselbe Ziel zu haben.«

Hinter dem Café öffnete sich die Gasse zu einem unebenen Hinterhof mit drei Parkplätzen und einigen weiteren Müllcontainern. An jedem anderen Tag hätte Lionel den Stahlkasten nicht bemerkt, der in Augenhöhe an der Mauer hing und von dem aus Kabel hoch zum Gebälk des Cafés und wieder hinunter zum Straßenpflaster verliefen. Es war nur ein Verteilerkasten, so etwas wie ein »elektrisches Nest« – die Art von städtischer Infrastruktur, die für gewöhnlich unsichtbar ist.

Doch für gewöhnlich schimmerten solche Kästen nicht violett und schwarz. Das dunstige Glimmen hing an dem verrosteten Metall, als hätte jemand es mit psychedelischer Farbe bemalt und dann ein Schwarzlicht eingeschaltet.

»Was ist das?«, fragte Lionel. »Du siehst es auch, nicht wahr?«

»Du siehst das, was ich dir im Ballsaal hatte zeigen wollen.

Und auf dem Friedhof.« Maddie trat näher an den Kasten heran, behielt aber einen gewissen Abstand bei und zog einen unsichtbaren Kreis, als sie um das Ding herumging und es von allen Seiten betrachtete. »Das ist verbliebene Todesenergie.«

»Wie bitte? So etwas wie … ein Geist?«

Sie schüttelte den Kopf. »Nein, es handelt sich eher um eine Art … Abfallprodukt. Es ist die übrig gebliebene Energie, nachdem eine Seele hinübergeschritten ist. Du kannst es dir vorstellen wie das Fett, das nach einem großen Barbecue am Grill kleben bleibt. Technisch gesehen war es ein Bestandteil der Speisen, aber du würdest es jetzt nicht mehr essen wollen.«

»Und warum ist es *hier*?«

»Eine ausgezeichnete Frage«, murmelte sie und trat ein wenig näher an den Kasten heran. »Eine noch bessere Frage: Warum zur Hölle befindet es sich in diesem Kasten? Erst einmal müssen wir es vertreiben. Es mag sich nur um einen schäbigen Rest handeln, aber konzentrierte Todesenergie ist Gift für jedes lebende Wesen, was wohl nicht sonderlich erstaunt.«

»Was passiert, wenn du etwas davon abbekommst?«, fragte er.

»In kleinen natürlichen Dosen? Nicht viel. Aber so hoch konzentriert, wie wir es hier sehen? Blasen, Verbrennungen, Tumore, und vielleicht fallen dir die Haare aus. Möglicherweise stirbst du langsam und qualvoll.«

Er sah sie von der Seite an und machte einen Schritt zurück von dem Kasten.

»Das klingt wie die Auswirkungen einer radioaktiven Verstrahlung«, sagte er.

»Das trifft es ziemlich gut. Es ist so etwas wie eine okkulte Verstrahlung. Andere Quelle, selber großartiger Geschmack. Es ist wohl wieder einmal Zeit für eine Lektion. Dieser Dreck muss entfernt werden, und du wirst es tun. Stell dich neben mich. Hake die Finger ineinander – ungefähr so.«

Er brauchte eine Weile und mehrere Versuche, bis er ihre Bewegungen nachmachen konnte, während sie Schulter an Schulter standen. Der linke Zeigefinger schlang sich nun um den rechten kleinen Finger, die Handgelenke standen schräg, einige Finger waren ineinander verhakt, andere berührten sich nur. Maddie atmete schnell und scharf aus und drehte ihre Hände, was zu einer völlig neuen Anordnung der Finger führte. Es wirkte wie das komplizierteste Fadenspiel der Welt.

»Das ist eine Schutzgeste«, erklärte sie Lionel. »Die erste Position ist eine Absichtserklärung. Die zweite ist der Schlag. Atme bei der ersten ein und bei der zweiten aus. Und *konzentriere* dich. Behalte dein Ziel im Auge und schiebe alles andere zur Seite.«

»Absichtserklärung?« Er versuchte es noch einmal. Die erste Position, dann die zweite. Seine Finger bewegten sich wie ein Haufen schlaksiger Drittklässler beim Versuch einen Gesellschaftstanz einzuüben.

»Damit sagst du dem Universum, wer du bist und was du kannst. Und mit dem darauffolgenden Schlag beweist du es. Du drückst der Welt deinen Willen auf.«

Sie machte es ihm noch einmal vor. Ihre Finger tanzten wie die Beine einer Ballerina.

»Bei dir sieht es ganz einfach aus«, meinte er.

»Ich habe langjährige Übung. Und jetzt fügen wir die Worte hinzu. Die *voces mysticae*. Das ist eine Sprache, die keine menschliche Kultur je gesprochen hat. Aber die Geister kennen und verstehen sie. Wenn du sie richtig anwendest, müssen sie dir zuhören. Ich kenne siebentausend dieser Worte. Aber für die Aufgabe, die hier vor uns liegt, brauchen wir nur drei davon.«

»Wer hat dir eigentlich all das beigebracht?«

Maddies Blick glitt zur Seite. Sie hielt kurz inne und dachte über die Antwort nach. Sie zwang sich zu einem Lächeln, das jedoch ihre Augen nicht ganz erreichte.

»Ich habe von der Besten gelernt. Das bedeutet, dass auch du sozusagen von der Besten lernst. Also hör genau zu.« Sie hob die Hände. »Die Erklärung. *Akhas*.«

»Wie wichtig ist die richtige Aussprache? Könnte ich mich etwa in einen Fisch verwandeln, wenn ich eine Silbe falsch wiedergebe?«

»In ein Schwein vielleicht oder in einen Ziegenbock.« Sie zwinkerte ihm zu. »Die Worte selbst sind nicht magisch. Sie bergen keine objektive Macht in sich. Sie sind ein Kommando. Ein Kommando, dem bestimmte Naturkräfte aufgrund der Gesetze ihrer Existenz gehorchen müssen. Deine Konzentration und deine Absicht sind der Schlüssel. Du schleuderst deine Energie aus dir heraus, und die Worte und Gesten bringen sie auf die richtigen Pfade. Stell dir eine Platine vor. Sie selbst kann gar nichts ausrichten, aber sobald du Elektrizität hindurchleitest, erfüllt sie den Zweck, zu dem sie geschaffen wurde.«

»Ich glaube, allmählich begreife ich es«, sagte er.

»Gut. Dann kommen wir zum zweiten Schritt.« Sie behielt die erste Position ihrer Finger bei, hob die Hände um einige Zentimeter und reckte die Schultern vor. »*Dromenei*. Hierbei musst du dir deiner selbst völlig sicher sein. Deine Magie ist immer nur so stark wie deine Zuversicht.«

Er ahmte ihre Handhaltung nach und fühlte sich wie ein hässliches Entlein neben einem strahlenden Schwan. Es war lange her, seit Lionel etwas Neues gelernt hatte, und hier ging es überdies um eine Fähigkeit, an deren Existenz er vor dem gestrigen Tag niemals geglaubt hätte. Er hatte sich daran gewöhnt, auf jedem Gebiet der Experte und in seinem Feld stets der Professionellste zu sein. Die Rückkehr auf den Erdboden fiel ihm daher nicht leicht. Aber er schluckte seinen Stolz herunter, hob die Hände und folgte Maddies Anleitung.

Sie schien seine Gedanken zu lesen. »Wie ich dir schon sagte: Du besitzt noch nicht das Wissen, aber du verfügst über den nötigen Ehrgeiz und auch den Verstand. Du schaffst das. Ich würde meine Zeit nicht damit verschwenden, dir etwas beizubringen, wenn ich der Meinung wäre, du wärst dazu nicht fähig. Wirst du jetzt dein Bestes geben?«

»Ja.« Er nickte und fühlte sich etwas stärker. »Also los.«

»Jetzt.« Maddie ging in die zweite Position, schob die Hände vor wie zu einem Schlag in Zeitlupe und stellte gleichzeitig den linken Fuß nach vorn. »*Keh*. Du atmest das Wort aus. Das ist der Schlag. Du legst deine ganze Konzentration und Energie hinein.«

»Aber schneller.«

»Genau. Alle drei Schritte sollten zu einer einzigen fließenden Bewegung verschmelzen.«

Sie machte einen Schritt zurück und deutete auf den Kasten. Eine dunkle, heftige Kräuselung lief durch das schwarzviolette Glimmen, als wüsste die toxische Energie, was nun geschehen würde. Genau wie Lionel, der gerade tief Luft holte und sich breitbeinig hinstellte, machte sie sich für den Kampf bereit.

»Los«, sagte Maddie. »Schlag zu.«

Schweigend vollführte er noch einige Male die Handgesten, bevor er sich der Herausforderung stellte; es war wie ein rasches Aufwärmen. Dann verhakte er die Finger ineinander, hob die Hände und richtete seinen Blick starr auf den Kasten.

»*Akhas. Dromenei.*« Er sprang vor, kam ganz kurz aus dem Takt und wusste, dass er es vermasselt hatte. »*Keh*.«

Das Glühen der Energie flackerte wie eine Fackel in einer milden Brise.

»Gut«, sagte Maddie. »Noch einmal.«

»Es hat nicht funktioniert.«

»Du *lernst*. Versagen ist ein Teil des Lernens. Mach es noch einmal.«

Er trat einen Schritt zurück, nickte und bereitete sich vor. Die Erklärung, die Vergewisserung … und als er sich für den Schlag bereitmachte, bemerkte er, dass er seine Finger nicht so verhakt hatte, wie es Maddie beim zweiten Schritt getan hatte. Dann stolperte er in den dritten Schritt …

Diesmal flackerte die Energie nicht einmal.

»Du stellst dich selbst infrage«, sagte sie zu ihm.

»Ich fühle mich, als hätte ich zwei linke Füße.« Er hielt kurz inne. »Zwei linke Hände. Was auch immer. Ich versuche, die Gesten perfekt hinzubekommen, die richtige Haltung einzunehmen *und* die Worte auf die Bewegungen abzustimmen …«

»Du denkst zu viel nach. Bei dieser Kunst geht es nicht ums Denken, Lionel. Es geht um Wissen und Fühlen. Erinnerst du dich daran, wie wir im Blackstone-Gebäude miteinander getanzt haben?«

»Nichts aus jener Nacht werde ich je vergessen.«

Sie trat an ihn heran, stellte sich dicht hinter ihn und legte ihm die Hände auf die Schultern.

»Berechnest du deine Bahn, wenn du tanzt? Achtest du auf die Ecken des Raumes?«

»Nein«, sagte er. »Ich … Ich weiß nicht. Ich tanze bloß.«

»Hexerei ist ein Tanz.«

Ihre Lippen berührten seinen Nacken. Der warme flüchtige Kuss verursachte ihm eine Gänsehaut.

»Tanz mit mir«, flüsterte sie. Dann trat sie von ihm zurück und nahm ihre Hände weg. »Versuch es noch einmal.«

Lionel richtete seinen Blick auf den schimmernden Kasten. Er überwand seine Ängste, seine Unsicherheit und sein Selbst. *Die einzige Person, die mir Steine in den Weg legt, bin ich selbst,* sagte er zu sich. *Ich kenne die Worte, ich kenne die Bewegungen. Ich muss nur …*

Er beendete den Gedanken nicht einmal. Etwas – die Bewegung eines Zeigers an der kosmischen Uhr – sagte ihm, dass jetzt der richtige Augenblick war.

»*Akhas. Dromenei.*« Seine Finger tanzten, als er eine Bewegung nach vorn machte, mit dem linken Fuß fest auftrat und die ineinanderverschränkten Hände vorstieß. »*Keh.*«

Die Luft kräuselte sich, wurde zu einer Lanze aus brodelnder Hitze, fuhr an seinen Armen entlang und brach aus den Händen hervor. Das schimmernde Trugbild durchstieß die abgestandene Luft, fuhr mit einem plötzlichen Aufblitzen über den Kasten, und gleißende orangefarbene Flecken blieben auf Lionels Netzhaut zurück. Das schwarz-violette Glimmen zuckte, schrumpfte, aber seine Überreste klammerten sich noch immer an den verrosteten Metallkasten wie ein eifersüchtiger Liebhaber.

Lionels Muskeln schmerzten. Sein Atem war irgendwohin geströmt und schien keine Lust zu haben, zu ihm zurückzukehren. Maddie fing ihn auf, bevor er stürzen konnte, und er lehnte sich verblüfft an sie.

»Ruhig, ganz ruhig«, sagte sie. »Es zieht dir eine Menge Kraft ab, wenn du nicht daran gewöhnt bist.«

»Was ist …« Er blinzelte. »Was ist gerade passiert?«

Sie drehte ihn um und zog ihn in ihre Umarmung.

»Du hast gerade deinen ersten waschechten Zauber gewirkt. Nichts weniger als einen Bannspruch.«

»Wenn du es machst, erscheint es so einfach. Ich kann jetzt aber kaum mehr stehen.«

»Ich hatte zwei Jahre Zeit zum Üben. Alles sieht einfach aus, wenn eine Expertin es macht, aber du solltest niemals ›leicht aussehen‹ mit ›leicht sein‹ verwechseln. Entscheidend ist nur, dass es am Ende funktioniert, und das hat es bei dir getan.«

Er sah den Kasten an. »Nein, das hat es nicht.«

»Hat es doch. Sieh dir das Glimmen an. Erkennst du den Unterschied zu vorhin? Du hast etwa die Hälfte dieses Drecks beseitigt. Du kannst es noch nicht einschätzen, aber glaube mir: Das war für einen ersten Versuch sehr beeindruckend. Und nun entspannst du dich; ich erledige den Rest. Unangekündigte Testfrage: Was brauchst du jetzt?«

Er dachte an seine Initiation und an die Zeit nach seiner Reise in die Tarotkarte hinein.

»Eine Grundlage«, sagte er. »Äh ... Wasser und Cracker?«

Sie lachte und ließ ihn los, sobald sie sicher war, dass er wieder auf eigenen Beinen stehen konnte.

»Im allgemeinen Wasser und Kohlenhydrate. Protein hilft auch. Komm, wir beenden das hier, und dann gehen wir essen.«

Ihre Finger verhakten sich schneller ineinander, als Lionel es erkennen konnte, und die drei Worte des Zaubers – ihre *voces mysticae* – flossen aus ihr heraus, als wäre es ein einziges Wort mit drei scharfen Akzenten. Ihre Macht drückte mit der Kraft eines Sandstrahlers gegen den Verteilerkasten und scheuerte das Glimmen ab, bis nichts mehr übrig war als das nackte, mit Rost überzogene Metall und ein schweres Vorhängeschloss.

»Fertig«, sagte Maddie. Sie holte das Etui mit den Dietrichen heraus, betrachtete das Schloss und drehte es in der Hand. »Hm. Beste Qualität.«

»Kannst du es öffnen?«

Sie sah ihn über die Schulter hinweg an und hob eine Braue.

»Ich habe ›beste Qualität‹ gesagt. Von ›schwierig‹ war nicht die Rede.«

Nach fünf Minuten hatte sie es geschafft. Das Schloss fiel klappernd vor ihren Füßen auf das Pflaster. Der Deckel des Kastens ächzte an verzogenen Scharnieren, als sie ihn aufriss.

»Das ist … nicht normal«, sagte Lionel.

Ein wahres Rattennest aus Elektrodrähten, Kupferkabeln und Vakuumröhren füllte den Stahlkasten. Lionels Blick war auf die obere linke Ecke und den saphirblauen Schimmer gerichtet, der von dort aus über ihre Gesichter fiel. Eine Stahlscheibe mit einem Durchmesser von etwa fünf Zentimeter und gut anderthalb Zentimeter Dicke steckte wie eine Batterie in einer besonderen Halterung. In der Scheibe befanden sich zwei wirbelnde Fenster mit den Umrissen von Kaulquappen, fast wie ein Yin-Yang-Symbol, und dahinter zeigte sich fließende, knisternde Kraft.

Lionel beugte sich vor und starrte in den blauen Nebel hinter den Fenstern. Blitze flackerten hinter dem gehärteten Glas; ein Hurrikan tobte – eingeschlossen in einem winzigen Wunder, und Schatten jagten in dem Sturm umher.

»Sind das …?«, fragte er.

Ein deutlicher Schatten, kleiner als ein Daumennagel, trieb an einem der Fenster vorbei: Arme und Beine, ein in stummem Schrei aufgerissener Mund drückten sich gegen das Glas, bevor der Sturm alles in den Mahlstrom zurücksaugte.

»Menschen«, keuchte Lionel und beantwortete damit seine eigene Frage. »In diesem Ding sind Menschen!«

Dreiunddreissig

»Was hatte Chandra Helen gesagt?«, fragte Maddie. »Ein Sarg in der Gasse, vollgestopft mit toten Menschen, die schrien, weil sie herausgelassen werden wollten? Das hat sie tatsächlich gesehen.«

»Diese silbernen Pfeile, die wir beide auf unserem Weg hierher bemerkt haben …« Lionel deutete auf die Gasse hinter ihnen. »Das waren …?«

Er wollte den Satz nicht beenden. Sie tat es für ihn.

»Menschliche Seelen. Die Seelen frisch Verstorbener.« Maddie riss den Kopf zurück, und ihre Wangen verzerrten sich in plötzlichem Abscheu. »Das hier ist eine Falle für die Toten.«

»Der Ballsaal und der leere Friedhof …«

Sie schüttelte den Kopf und runzelte die Stirn. »Ich weiß es nicht. Nicht mit Sicherheit. Das hier … das sollte nicht möglich sein, nicht nach den Prinzipien der Magie, die ich gelernt habe. Das hier dürfte buchstäblich nicht existieren.«

»Nun«, sagte Lionel, »wir starren es aber gerade an. Was jetzt?«

Maddie betrachtete den offenen Kasten. Das blaue Licht aus der Seelenfalle floss über ihr Gesicht, und Blitze spiegelten sich im wütenden Blick ihrer Augen wider.

»Alles der Reihe nach. Zuerst schalten wir diesen Mist ab. *Jetzt.*«

Sie legte die Finger um die Ränder der Scheibe und riss sie heraus.

Lionel spannte die Schultern an und machte sich auf eine Explosion gefasst, aber nichts geschah. Der Kasten hing noch immer an der Wand und gab ein schwaches elektrisches Summen von sich. Die Scheibe schimmerte zwischen Maddies Fingern.

»Kannst du sie aufbrechen?«, fragte Lionel. »Wir müssen diese Leute doch befreien, oder? Ich meine, ob tot oder nicht, das scheint mir kein passender Ort zu sein.«

»Nicht bevor wir mehr wissen. Ich habe keine Ahnung, wie viele Seelen in dieses Ding hineingequetscht wurden und was sie dort drinnen gefangen hält. Wenn wir etwas falsch machen, könnten sie vernichtet werden, sobald wir es öffnen. Oder noch Schlimmeres geschieht.«

Das war eine weitere Frage, die Lionel eigentlich nicht stellen wollte, aber er tat es trotzdem. »Was ist denn schlimmer als die Vernichtung der eigenen Seele?«

Maddie packte das Kabelgewirr und riss es heraus. Die Drähte baumelten aus dem Kasten.

»Es wird eine Weile dauern, bis das repariert ist«, sagte sie, »wenn sie herausfinden, dass wir ihre kleine Batterie gestohlen haben. Und um deine Frage zu beantworten: Eine ganze Menge kann schlimmer sein, doch du hattest einen langen Tag, und wir müssen das nicht jetzt besprechen.«

Sie steckte sich die Scheibe in die Hüfttasche und klopfte leicht gegen den Jeansstoff.

»Wir sollten uns etwas zu essen besorgen«, sagte sie.

Maddie kannte ein gutes griechisches Restaurant in Midtown, und sie nahmen ein Taxi dorthin. Das Licht war gedämpft, weiße Kerzen standen auf allen Tischen, die Wände waren mit Gemälden der griechischen Heimat geschmückt, und leise, melodische Geigenmusik drang aus den Lautsprechern. Die

Kellnerin führte sie an einen Zweiertisch im hinteren Teil des Lokals, und sie setzten sich in den Schatten gemalter Bauern, die in einem Olivenhain arbeiteten. Im Restaurant duftete es nach frisch gebackenem Brot und pfeffrigem Wein.

Lionel hatte den Nachmittag in einer Art selbst zugefügtem Schockzustand verbracht. Nichts schien ihm mehr real zu sein. *Ich habe einen Zauber gewirkt*, dachte er, *was mich wohl zu einem Hexer macht. Ich habe geronnene toxische Todesenergie gebannt, weil jemand eine Maschine zum Einfangen menschlicher Seelen gebaut und in einem Verteilerkasten in einer Gasse mitten in Manhattan versteckt hat.*

Das ist wirklich geschehen.

Er fuhr mit den Fingern über das dicke Leinen der Serviette, die er über seinen Schoß gebreitet hatte. Gewebe. Gewicht. Reale Dinge.

»Die *Dolmadakia* sind ausgezeichnet«, sagte Maddie. »Das sind Weinblätter, gefüllt mit Reis, Dill und anderen Kräutern, serviert mit einer Joghurtsoße. Echt lecker.«

»Ich hatte eher an die Hühnchenspieße gedacht.« Er starrte die Speisekarte an, als wäre sie in einer fremden Sprache abgefasst. Seine Gedanken waren keineswegs auf Hühnchenspieße gerichtet, sondern noch immer auf die Gasse hinter dem *Spence's*, aber das waren wenigstens Worte, die er verstand und an denen er sich festhalten konnte.

»Ich will nicht *diese Art* von Freundin sein …«, sagte Maddie gerade.

»Ich habe nur sehr wenige echte Freunde und Freundinnen, und du bist wirklich ganz anders als sie alle.«

»… aber ich möchte, dass du darüber nachdenkst, ob es dir möglich wäre, dich vegetarisch zu ernähren. Du musst nicht gleich ganz zum Vegetarier werden – versuche es einfach einmal eine Woche lang und finde heraus, ob du es magst.«

Diese Worte durchbrachen Lionels Trancezustand. Er hob eine Braue, warf einen Blick auf das halb leere Restaurant und vergewisserte sich, dass niemand ihn belauschen konnte. Um sie herum saßen Paare, ließen die Gläser klingen und schauten sich über ihren Lammbraten hinweg verliebt an. Normale Menschen, normale Verabredungen.

»Maddie«, sagte er, »ich habe im Blackstone-Gebäude erlebt, wie du vor meinen Augen vier Menschen getötet hast.«

»Drei«, erwiderte sie. »Melpomene hat einen von ihnen gegessen. Ich habe ihn nur geblendet.«

»Ich will nicht undankbar sein, denn damit hast du mir das Leben gerettet, aber … wirklich? Danach kannst du doch nicht ernsthaft behaupten, dass du dir wegen der Kühe Sorgen machst.«

Sie lachte. Die Kellnerin kam.

»Zwei Gläser von dem 2006er Pavlidis Thema Rot, bitte. Ach, bringen Sie lieber gleich eine ganze Flasche.« Als die Kellnerin gegangen war, sah Maddie wieder Lionel an. »Es ist schon fast kriminell, wie stark unterbewertet griechische Weine sind. Nein, es geht mir nicht um ethische Fragen, sondern um praktische Erwägungen.«

»Inwiefern?«

Sie streckte die offenen Hände vor und simulierte eine Waage.

»Leben, Tod, Natur – das alles sind nicht nur metaphorische Konzepte. Es sind eigenständige Kräfte – Energien, mit denen wir regelmäßig arbeiten. Je mehr du lernst und übst, desto deutlicher wirst du sie wahrnehmen.«

»Aber ich verstehe noch immer nicht, warum mich das davon abhalten sollte, ein gutes Steak zu genießen«, sagte Lionel.

»Erinnerst du dich an den schimmernden Dreck auf dem

Verteilerkasten, den du vor dem heutigen Tag nicht hättest sehen können? Wenn du dir den nächsten saftigen Hamburger bestellst, solltest du einmal genauer hinschauen, was zwischen den Brötchenhälften steckt, bevor du sie dir in den Mund schiebst. Ich glaube, dir wird nicht gefallen, was du siehst.«

»Das … klingt nicht gerade appetitlich.«

»Keineswegs. Wir sind das, was wir unserem Körper zuführen. Nahrung, Worte, Gedanken, Einstellungen. Die Welt formt uns, und im Gegenzug formen wir die Welt. Es macht mir nichts aus zu *töten*; Hexen sind die Ordnungskräfte und Interessenwahrer der Natur, und es gibt nichts Natürlicheres als Gewalt, wenn sie nötig ist.«

»*Natur, rot an Zahn und Klaue*«, zitierte Lionel.

»Du kennst deinen Tennyson. Das schätze ich sehr. Und es stimmt. Aber indem ich meinen Körper so frei wie möglich von allen Verunreinigungen halte, fällt es mir leichter, die natürlichen Kräfte um mich herum zu rufen und zu beherrschen. Das ist keine moralische Haltung; es erleichtert mir nur meine Arbeit. Und es erschwert mir die Wahl meiner Nahrung.«

»Und das soll gut sein? Ich war der Meinung, dass all das besser ist, was leichter ist.«

»In diesem Fall ist es umgekehrt. Du hast bereits gesehen, was Magie mit deinem Körper anstellt und wie sehr du dich danach um ihn kümmern musst.«

»Cracker und Wasser«, sagte Lionel.

»Nun, das war nur der Einstieg. Je mehr du übst, desto genauer wirst du wissen, wie die verschiedenen Nahrungsmittel dich im Gleichgewicht halten. Oder dich aus dem Gleichgewicht bringen. Wenn du dich vegetarisch ernährst, bedeutet das, dass du ein paar Extrasekunden lang darüber nachdenken musst, was du in deinen Körper hineinstopfst und wie du an alle Nährstoffe kommst, die du brauchst. Für Menschen wie uns ist es immer sinnvoll, bewusst zu leben. Magie ist ein wenig wie das Jonglieren mit Dynamitstangen, während man eine Augenbinde trägt. Außerdem gibt es einen wichtigen Punkt hinsichtlich des Vegetarisch-Lebens, den du vermutlich noch gar nicht bedacht hast.«

»Und der wäre?«

»Vegetarische Speisen sind köstlich. Probier einmal die *Dolmadakia*.«

Als er das zweite mit Reis gefüllte Weinblatt in die kühle, minzige Joghurtsoße tunkte, musste Lionel zugeben, dass sie recht hatte. Der Wein, ein schwerer Roter mit einer leicht pfeffrigen Brombeernote, schadete ihm ebenfalls nicht. Er versuchte, auf seinen Körper zu hören. Es war ein neues Gefühl. Abgesehen von seinen Grundbedürfnissen – hungrig oder satt, müde oder wach, mit genügend Koffein versehen oder nicht – hatte Lionel ihm für gewöhnlich nicht viel Aufmerksamkeit geschenkt.

»Die Natur …«, sagte er und schaute auf das weiße Tischtuch, als könnte er geradewegs hindurchsehen, bis zu der Hüfttasche von Maddies Jeans und der schimmernden Scheibe darin. »Aber an diesem Ding ist nichts natürlich.«

Sie verzog die Lippen, als hätte sie plötzlich auf etwas Saures gebissen. »Nein. Und die Vermischung von Magie und Technik führt nur selten zu etwas Positivem.«

»Verletzt das irgendein kosmisches Gesetz?«

»Es ist *unästhetisch*. Und für gewöhnlich funktioniert es nicht. Wenn doch, ist es meistens ein billiger Ersatz für echtes Können.«

»Mir scheint es aber, dass diese Scheibe recht gut funktioniert hat.«

Maddie griff nach der Flasche und goss ihnen beiden Wein nach.

»Aber das sollte sie nicht. Ich habe die Nekromantie gelernt von …« Sie hielt inne und nahm einen Schluck Wein. »Wie ich schon sagte, habe ich von der Besten gelernt. Gegenwärtig will ich eigentlich nur zwei Dinge wissen: Wer hat die Scheibe erschaffen, und gibt es noch mehr davon?«

»Glaubst du, es hat etwas mit uns zu tun? Ich meine, diese ganze …« Er verstummte und wusste nicht, wie er es bezeichnen sollte. Suche? Aufgabe? Regina hatte es ein Abenteuer genannt – damals, als er noch ein dickköpfiger Journalist gewesen war, der keine Ahnung gehabt hatte, in welchen Albtraum er da hineingeraten würde.

Der Gedanke, dass dies nur vier Tage her war, verblüffte ihn. Bloße vier Tage hatten ausgereicht, um sein Leben auf den Kopf zu stellen. Und er wusste, dass er nie wieder in sein früheres Selbst zurückkehren konnte, was auch immer ihn am Ende dieser Straße erwarten sollte.

»Ich glaube tatsächlich, dass es etwas mit uns zu tun hat«, sagte Maddie. »Melpomene und ihre Dramatikerin, die Seelenfalle, du und deine Mutter, das Poe-Manuskript, der Mann mit den blauen Augen … Meine Intuition sagt mir, dass das alles irgendwie zusammenhängt. Und meine Intuition hat mir schon öfter das Leben gerettet, als ich es zählen kann, und deshalb höre ich genau hin, wenn sie zu mir spricht. Ich weiß bloß nicht, an welchem Faden des Netzes ich zuerst ziehen soll. Wir könnten es mit einer Prophezeiung versuchen – ich muss dir sowieso noch beibringen, wie so etwas funktioniert –, aber Knochen und Karten sind nicht immer ein guter Ersatz für richtige Spuren und echte Hinweise. Meistens handelt es sich um vage und rätselhafte Zeichen, die erst in der Rückschau einen Sinn ergeben.«

Lionel nippte an seinem Wein, atmete mehrmals tief durch und versuchte, seine rasenden Gedanken zu beruhigen. Er war schon Hunderten von Geschichten nachgejagt, bei denen die Spuren dürftiger gewesen waren, und er hatte Reportagen aus Gerüchten und Bruchstücken von Informationen zusammengesetzt. Auch wenn es hier um Hexerei ging, war es doch wohl kaum anders. Er machte sich eine Liste der losen Enden und Warnzeichen und betrachtete alles, was sich vom Rest abhob. Zwei Stücke von den entgegengesetzten Enden des Puzzles passten plötzlich perfekt zusammen.

»Zwei Dinge gehen mir nicht aus dem Kopf«, sagte er. »Zum einen die Gästeliste.«

»Die fehlende Liste aus dem Ballsaal?«

»Genau. Der Mann mit den blauen Augen muss sie mitgenommen haben, aber warum? Das ergibt doch keinen Sinn: Außer uns hat er alle im Ballsaal umgebracht.«

»Vielleicht wollte er sich vergewissern«, sagte Maddie. »Vielleicht wollte er sicherstellen, dass er jeden erwischt hat.«

»Das wäre denkbar, aber warum hat er sich diese Mühe gemacht? Er war gekommen, weil er das Manuskript stehlen wollte. Dieser Typ macht sich bestimmt keine Sorgen darüber, dass ihm jemand auf der Spur sein könnte. Ich meine, was würdest du tun, wenn du so viel Macht hättest? Er wird bestimmt nicht andauernd einen Blick über die Schulter werfen und befürchten, dass ein versprengtes Mitglied des Thoth-Clubs Rache an ihm nimmt.«

»Vielleicht will er nur alle Spuren verwischen.« Maddie sah nachdenklich in ihr Glas. Sie drehte es und fing den Kerzenschein in den burgunderroten Tiefen ihres Weins ein. »Vielleicht wollte er nicht nur das Manuskript besitzen, sondern auch alle aus dem Weg räumen, die von seiner Existenz wussten.«

»Oder alle, die es gelesen haben könnten«, sagte Lionel. »Jemand hat Ray Barton in seinem eigenen Studio umgebracht. Er wurde gefoltert, sein Safe wurde geleert, und er selbst wurde danach ins Jenseits befördert. Ich weiß nicht, wie tief du gegraben hast, aber ich habe herausgefunden, dass Barton Verbindungen zum organisierten Verbrechen hatte. Zur Russenmafia.«

Maddie hob die Brauen in milder Überraschung. Es wirkte nicht sehr überzeugend. »Was du nicht sagst.«

»Es war eigentlich die gleiche Vorgehensweise. Wer immer Ray getötet hat, war nicht daran interessiert, ob Rays Gangsterfreunde Vergeltung üben würden. Dabei sind die *Bratva*-Leute dafür bekannt, dass sie mit ihren Vergeltungsmaßnahmen oft weit über das Ziel hinausschießen. Für mich sieht das so aus, dass der Mann mit den blauen Augen auch für diesen Mord verantwortlich ist. Mafiosi, Magier – er macht da keinen Unterschied.«

»Ja.« Maddie nickte, während sie seinen Gedanken folgte. »Er tötete Barton, erfuhr von Bartons Beziehung zu Wade Dawson und dem Plan, das Manuskript auf einer Auktion im Thoth-Club zu verkaufen, und so erschien er in dem Ballsaal und brachte es an sich. Das passt zusammen.«

Unwillkürlich musste Lionel grinsen. Diesen Teil seines Jobs liebte er mehr als alles andere. Es war der Augenblick, wenn alle Bruchstücke und Einzelteile, alle verstreuten Fakten und Nachforschungen zusammenkamen und plötzlich ein Bild ergaben.

»Nicht ganz«, sagte er. »Wenn es ihm nur um das Manuskript gegangen wäre, hätte er direkt in Wades Büro gehen und es ihm abnehmen können. Aber er hat noch ein paar Tage gewartet und sich viel mehr Arbeit gemacht, als es nötig gewesen wäre. Was hat er wohl aus Ray herausbekommen? Die Abmachung mit Wade, Ort und Zeitpunkt der Auktion … und die Tatsache, dass Wade die Echtheit des Manuskripts hatte untersuchen lassen.«

»Wenn er es also vor der Welt verbergen will«, sagte Maddie, »muss er dafür sorgen, dass jeder stirbt, der es je gesehen hat …«

»Deshalb wird er auch Jagd auf den Experten gemacht haben, den Wade angeheuert hatte. Wenn er davon ausging, dass dieser Experte einer von Wades Kumpeln aus dem Thoth-Club war – eine durchaus naheliegende Annahme –, dann würde er die Gästeliste brauchen, um nachprüfen zu können, wer nicht auf der Party erschienen war.«

Lionel legte die Hände flach auf den Tisch und grinste wie ein Wolf.

»Eine naheliegende Annahme, aber sie ist *falsch*. Wade sagte mir, er habe einen Experten von außerhalb herangezogen, der keine Verbindung zum Club hatte. Der Mann mit den blauen Augen sucht nach der falschen Person.«

»Dann müssen wir die richtige finden«, erwiderte Maddie.

Vierunddreissig

Sie leerten die Flasche Wein und schmiedeten Pläne bei Kerzenschein. Dann beendeten sie ihre Mahlzeit und traten – gerade satt genug und gerade betrunken genug – hinaus auf die Straße, die in den Schimmer des elektrischen Lichts getaucht war. Lionel konnte sich selbst nicht davon abhalten, nach oben zu schauen. Bei seiner ersten Fahrt nach Manhattan hinein hatten die Wolkenkratzer auf ihn gewirkt wie Zähne aus Granit, wie die Kiefer einer missgestalteten Bestie. Nun glichen sie eher den Türmen eines Märchenschlosses. Vielleicht war es die Magie. Vielleicht war es die Gesellschaft. Maddie ging neben ihm, hatte sich bei ihm untergehakt, und sie gingen am Rand des Central Park entlang und schwiegen in stummer Übereinkunft. Der Nachtwind fuhr ihnen durch die Haare und brachte den Duft von Eichen und Wildblumen mit.

Immer wieder warf Lionel ihr verstohlene Blicke zu, während sie nebeneinanderher gingen. Aus den Augenwinkeln sah er, dass sie das gleiche tat. Es fühlte sich richtig an, wie ihr Arm in seinem lag; es passte perfekt, wie zwei Puzzleteile. Maddie war noch immer ein Haus der Mysterien, aber sie hatte ihm einige ihrer Türen aufgeschlossen.

»Also … was jetzt?«, fragte er schließlich.

»Bis morgen früh können wir nichts Sinnvolles tun«, antwortete sie. »Du bist bestimmt niemand, der auf diejenigen Reisenden herabschaut, die ein klassisches Touristenprogramm absolvieren, oder?«

»Nicht im Mindesten. Ich wollte schon immer den Times Square sehen.«

Sie zog eine Schnute. »Nein, das willst du nicht. Oder vielleicht ein andermal. Ich habe eine bessere Idee.«

Pferdekutschen zockelten die Fifth Avenue entlang und fuhren Liebespaare um den Park herum. Maddie hielt eine leere Kutsche an, gab dem Fahrer einige gefaltete Geldscheine, und sogleich ging es los. Sie und Lionel kuschelten sich auf der Rückbank aneinander und sahen zu, wie die Stadt an ihnen vorbeirollte. Die Kutsche wirkte wie aus schmutzigem Elfenbein, ein Rad lief unrund, und die zotteligen, nicht zusammenpassenden Pferde gingen buchstäblich auf dem Zahnfleisch, und doch erschien Lionel das alles wie ein Märchen.

»Ich dachte mir, wir können ein wenig Entspannung vertragen«, sagte Maddie zu ihm und schmiegte sich an seinen Arm. Ihre Berührung verursachte ein leises elektrisches Kitzeln auf Lionels Haut. »Wir beide, aber vor allem du. Schließlich soll dir an deinem ersten Tag nicht gleich der Kopf platzen, und du darfst nicht überschnappen.«

»Zu spät.«

»Noch bist du nicht übergeschnappt.« Sie sah ihn von der Seite an. »Ehrlich: Kommst du mit alldem klar? Oder war es zu viel?«

Er dachte darüber nach. Dann schüttelte er den Kopf.

»Nein, es ist schon in Ordnung. Heute musste ich eine Menge verarbeiten, und ich habe etwa hundert Fragen, und bestimmt gibt es noch hundert mehr, auf die ich bloß noch nicht gekommen bin, aber ich …« Er suchte nach einem passenden Wort. »Ich schwebe.«

»Willkommen in New York«, sagte sie.

Das schwache und schnell abschwellende Heulen einer Sirene rief eine Erinnerung in ihm hervor.

»Es ist merkwürdig«, sagte er. »Mein ganzes Leben lang habe ich diese Stadt nur auf dem Bildschirm betrachtet. Kurz nach der Landung habe ich einen Krankenwagen vorbeirasen sehen und mich gefragt, welcher Film hier wohl gerade gedreht wird. Ich war der Meinung, dass dieses Gefühl vorübergehen und dass ich irgendwann bloß in einer anderen Stadt sein würde.«

»Aber …?« In Maddies Augen lag ein wissender Blick.

»Aber nach alldem, was passiert ist, seit ich hergekommen bin … Ich weiß nicht mehr, was real ist und was nicht. Verdammt, ich bin mir nicht einmal mehr sicher, ob *ich selbst* real bin. Vielleicht bin ich nur eine Figur in der Geschichte von irgendjemandem.«

»Dein Fehler liegt darin, dass du glaubst, Geschichten und Realität seien nicht dasselbe«, sagte sie. »Weißt du, warum New York in so vielen Filmen und Shows vorkommt?«

Er zuckte die Achseln. »Weil es eine Stadt ist, in der sich Welten kreuzen? Sie ist groß, hat Kultstatus …«

»Kultstatus. Mythisch. Und zwar nicht zufällig. Hier war Magie im Wasser und im Boden, noch bevor Menschen an diesem Ort siedelten. Das erste Schiff, das mit Kaufleuten der *Dutch West India Company* anlegte, hatte einen Magier an Bord. Er wusste es. Er schrieb darüber, und andere kamen. *Streghe* kamen aus Italien, die Frauen und Töchter der Bauern ohne eigenes Land, die einen Neuanfang wagen wollten. Die *Bandraoi* kamen aus Irland. Aus Polen kamen die weisen Frauen, die dort *Czarownice* genannt werden. Als der Sklavenhandel in New York verboten wurde, blieben einige der Opfer hier und gaben sich die allergrößte Mühe, um Freiheit zu finden. Unter ihnen waren *Mambos* und *Maes-de-Santo*.«

»Also ist diese Stadt so etwas wie ein … magischer Schmelztiegel«, sagte Lionel.

Maddie hob die Hand zum bewölkten Himmel. Er glaubte, das Gewebe der Geschichte sehen zu können, an dem sie mit den Fingern entlangfuhr – es war wie die Fäden eines Spinnennetzes.

»Sie kamen nach Five Points, und sie kamen nach Harlem, verbreiteten sich in den Vierteln und brachten ihre Götter, ihre Göttinnen und ihre Geheimnisse mit.« Maddie drehte sich auf der gepolsterten Bank um und begegnete Lionels Blick. »Die Stadt ist mit göttlichen Wesen und mit Geheimnissen geradezu durchtränkt. Und mit Magie. Sie wurde seit Generationen weitergegeben, in die Fundamente eingearbeitet und in die Steine gemeißelt. Sie ist in der Luft. Sag mir: Was ist eine Geschichte?«

»Ein … ein Bericht über bestimmte Ereignisse, für gewöhnlich in der Reihenfolge ihres Auftretens abgefasst – aber nicht immer.«

Sie strich ihm sanft über die Stirn. »Hör auf, analytisch zu denken. Was ist eine Geschichte?«

Er schaute hoch zum Himmel, auf die Stadt, auf den dunklen Wald des Central Park an der einen Seite und den Granit-Wolkenkratzern an der anderen und atmete tief ein, während er all das in sich aufnahm. Er hatte sich seit seiner Ankunft vom Wesen der Stadt ferngehalten, ein Fremder in einem fremden Land, aber nun keimte in seinem Geist ein neues Verstehen auf, als würden prähistorische Steine gegeneinandergeschlagen und Funken stöben hervor.

»Es ist … all das hier. Es ist alles um uns herum.«

»Wir alle sind eine Geschichte«, sagte sie. »Ich bin eine Figur in deiner Geschichte, und du bist eine Figur in meiner Geschichte. Und wir beide sind ein Teil der Geschichte New Yorks, zusammen mit acht Millionen anderen Menschen. Es ist alles Fiktion, es ist alles Wahrheit, und es ist genau so, wie es dir als Kind beigebracht wurde: eine ganze Welt voller Möglichkeiten auf jeder neuen Seite des Buches. Wenn du das akzeptierst, bleibt nur noch eine einzige Frage, die es wert ist, gestellt zu werden.«

»Welche?«, fragte er.

»In welcher Geschichte willst du leben?«

Vielleicht lag es am Wein. Vielleicht an der Art, wie Maddies Augen das Licht der Laternen einfingen, wenn die Kutsche daran vorbeifuhr. Die Worte flossen von seiner Zunge, bevor Lionel sie aufhalten konnte.

»Was war es noch gleich, das du an der Hotelbar empfohlen hast? Eine leidenschaftliche, das Leben verändernde Romanze?«

Ein Wirbelsturm von Gefühlen rauschte über ihr Gesicht hinweg. Sie hob die Hand ein wenig, griff nach der seinen, zögerte. Sie zog sie nicht zurück, berührte ihn aber auch nicht, sondern ließ die Hand unsicher in der Luft schweben.

»Ich glaube«, sagte sie und zwang ihre Stimme zu einem fröhlichen Tonfall, »ich habe gesagt: ›eine leidenschaftliche, herzzerbrechende Romanze‹.«

»Ich erinnere mich. Vor allem das ›herzzerbrechend‹ schien dir wichtig.«

Maddie zog ihre Hand zurück, lehnte sich an das Rückenpolster der Sitzbank und schaute auf die Straße vor ihnen. Ihre Schulter lehnte noch an der seinen.

»Ich enttäusche andere Menschen nicht gern,« sagte sie. »Deshalb versuche ich, sie schon im Vorfeld zu warnen.«

»Das klingt nach Selbstsabotage.«

»Das klingt nach dem wirklichen Leben. Ich weiß, was ich bin, Lionel.«

Er hielt den Kopf schräg und betrachtete sie eingehend: die klar gezeichnete Kontur ihrer Wange, die Spur von Bitterkeit in ihren Augen.

»Ehrlich«, sagte er, »davon bin ich nicht überzeugt.«

»Ich bin Regina Dunkles Botenmädchen. Und sobald wir hier fertig sind, wird sie mir eine andere Aufgabe stellen und mich weit, weit weg schicken, und du wirst mich nie wiedersehen.« Sie biss sich auf die Unterlippe, bis sie weiß wurde. »Können wir nicht einfach ein wenig in dieser Kutsche fahren, ohne zu reden?«

Er nickte, erwiderte nichts darauf und lauschte dem ungleichmäßigen Hufgeklapper der Kutschpferde, während er herauszufinden versuchte, wie diese Nacht aus dem Ruder gelaufen war. Sie hatte sich nicht von ihm entfernt – zumindest nicht ihren Körper. Ihre Schulter stieß noch immer gegen die seine, und sie lehnte sich an ihn. Aber er spürte, wie sie ihre Gefühle unterdrückte. Sie hätte sich ihm beinahe geöffnet. Aber dann hatte sie lieber nach neuen Ziegeln und frischem Mörtel gegriffen.

Lionel schaute hoch zu den Häusern und den erleuchteten Fenstern, von denen die dunklen neugotischen Fassaden erhellt wurden. Hier und da fing er Bruchstücke der Geschichten anderer Menschen auf: Bilder von Ländern, die er nie besucht hatte, das Flackern eines Fernsehers, in dem eine Show lief, die er nie zuvor gesehen hatte. Acht Millionen Leben.

Jemand erwiderte seine Blicke.

Eine Frau stand inmitten eines großen horizontalen Fensters im dritten Stock eines Hauses. Selbst wenn er sich nicht an ihre Kleidung erinnert hätte – das dunkelrote Kleid einer Chansonsängerin aus den Zwanzigerjahren, der alte Schlüssel, der an einer silbernen Kette um ihren bleichen Hals hing –, hätte er sie sofort an ihrem kalten, triumphierenden Lächeln erkannt. Es war die Frau aus seiner Tarotvision, so real wie er selbst, die auf ihre vorbeirollende Kutsche herunterschaute.

Langsam hob sie die Hand und krümmte die Finger zu einem spöttischen Gruß.

Er musste zusammengezuckt sein, als er sie sah. Maddie schaute ihn an und runzelte die Stirn. »Lionel? Was ist los?«

Er überlegte, was er sagen sollte. Er hatte Maddie nicht erzählt, dass er die Frau in Rot in seiner Vision gesehen hatte, da sie ihm Schweigen geboten hatte, und sein Bauchgefühl sagte ihm, dass er ihr gehorchen musste. In Anbetracht der Tatsache, wie diese Nacht bisher verlaufen war – angesichts der sich plötzlich auftürmenden Mauer zwischen ihm und Maddie –, konnte er jetzt kaum mit der Wahrheit herausrücken. Aber er konnte auch nicht *nichts* sagen.

»Äh, jemand hat uns von einem Fenster aus beobachtet«, sagte er. »Sie sah so … anders aus.«

Maddies Stirnrunzeln wurden tiefer. »Anders? Wie?«

»Sie war bleich, hatte gewelltes schwarzes Haar und trug ein altmodisches rotes Kleid wie aus den Zwanzigerjahren …«

Maddie machte große Augen. Sie packte sein Handgelenk. Und hielt es mit sehr festem Griff.

»Erzähl weiter.«

»Also, sie hatte diesen …« Er deutete auf sein Schlüsselbein. »… diesen altmodischen Schlüssel an einer Kette …«

Ihr Blick glitt zu dem Kutscher, und sie schlug mit der Handfläche auf die Rückseite seines Sitzes. »Halten Sie die Kutsche an. *Halten Sie die verdammte Kutsche an!*«

Die Kutsche rollte noch, als Maddie hinaussprang. Sie traf hart auf dem Bürgersteig auf und rannte los.

Lionel warf dem Kutscher noch ein paar zerknitterte Geldscheine zu, entschuldigte sich knapp, stieg ebenfalls aus und lief hinter Maddie her. Sie war ihm schon weit voraus, ein Schatten am Rand des Parks, und sie rannte, als sei der Leibhaftige hinter ihr her.

»Maddie!«, rief er ihr zu. »Maddie, *warte*!«

Sie blieb gerade lange genug stehen, um vom Bordstein zu springen und armwedelnd ein Taxi anzuhalten. Lionel holte sie ein, als sie gerade in den Wagen stieg. Er keuchte seine Worte heraus und versuchte, gleichzeitig Luft zu holen.

»Was ist los? Was stimmt nicht?«

»*Steig ein*«, zischte sie, dann sah sie den Fahrer an. »Zum High-Line-Hotel. Tenth Avenue und West Twentieth. Fünfzig Dollar, wenn Sie uns in fünfzehn Minuten dorthin bringen.«

Der Fahrer stieg aufs Gas, setzte den Wagen in eine Lücke im Verkehr, und Lionel wurde tief in den Kunstledersitz gedrückt. Eine lose Feder stach ihm in den Rücken.

»Maddie, jetzt machst du mir Angst.«

Sie verschränkte die Arme eng vor ihrer Brust und biss die Zähne so fest zusammen, dass er erkennen konnte, wie sehr ihr Unterkiefer zitterte. Fast hätte sie etwas gesagt. Doch sie zerbiss das erste Wort, bevor es ihr über die Lippen kommen konnte. Wie zuvor spürte er, dass ihr Innerstes nach ihm griff. Sie wollte ihn erreichen und kämpfte gleichzeitig mit aller Macht dagegen an.

»Wer war diese Frau?«, fragte Lionel.

»Es gibt Dinge …« Sie schüttelte den Kopf. »Frag mich das nicht.«

Sie tastete nach ihrem Handy und drückte es in ihrer zitternden Hand. Da er neben ihr saß, konnte er Reginas Stimme am anderen Ende hören.

»Ich nehme an, du hast mein Manuskript?«

»*Sie* ist hier«, sagte Maddie.

»Natürlich ist sie das.« In Reginas Stimme lag eine Spur Verärgerung. »Es ist schließlich ihre Stadt.«

»Sie hat uns *gesehen*, Regina. Lionel hat sie gesehen, und sie hat uns angeschaut …«

»Deshalb rufst du mich an? Du dummes, anmaßendes kleines Mädchen! Glaubst du wirklich, wir würden jetzt miteinander sprechen, wenn er sie wirklich gesehen hätte und du nicht unter meinem Schutz stündest? *Sie hätte euch nicht gehen lassen.*«

Darauf wusste Maddie keine Antwort. Sie schluckte nur schwer, während ihr Kopf nach vorn sackte.

»Du bist so lange unsichtbar für sie, wie du mir von Nutzen bist«, hörte Lionel Reginas scharfe Stimme, »was unter den gegebenen Umständen wohl nicht mehr lange der Fall sein wird. Hast du mich verstanden? Oder du erweist uns beiden einen Gefallen und reichst deine Kündigung ein. Du kannst jederzeit gehen.«

Nun klang Maddies Stimme sanft, aber gebrochen.

»Ja, Mrs. Dunkle.«

»Ich weiß nicht, wessen ich überdrüssiger bin. Es ist entweder dein Gejammer oder deine monströse Unfähigkeit. Du weißt, dass ich noch andere Mitarbeiter in New York habe. Du bist ersetzbar.«

Maddies Kopf sank noch tiefer. Sie schloss die Augen. »Es … es tut mir leid, Mrs. Dunkle.«

»Mach dich wieder an die Arbeit.«

Regina beendete das Gespräch. Das Handy sank in Maddies Schoß. Sie hielt die Augen geschlossen.

Lionel fragte sie nicht mehr nach der Frau in Rot. Er wusste, sie würde ihm nicht antworten. Außerdem bedrückte ihn eine andere Frage weitaus mehr.

»Warum lässt du dich von ihr so behandeln?«

Das Taxi hielt am Bordstein vor der schützenden Mauer ihres Hotels an. Maddie bezahlte den Fahrer, stieß die Tür auf und sprach ihre Antwort in die Nachtluft, als sie Lionel den Rücken zudrehte.

»Weil ich es verdient habe.«

Sie redeten weder in der Lobby noch im Fahrstuhl miteinander. Er hatte das Gefühl, dass er etwas sagen sollte. Sicherlich wartete sie darauf, dass er einen Weg durch das Minenfeld zwischen ihnen fand, aber er wusste nicht, wie ihm das gelingen sollte. Der Aufzug hielt im zweiten Stock an, und sie stieg aus.

Sie blieb stehen und starrte etwas an, das er nicht sehen konnte. Die Aufzugtür glitt zu, und er blockierte sie mit dem Fuß. Dann streckte er den Kopf heraus.

In diesem Korridor sah es genauso aus wie oben bei ihm. Drucke von ausgestopften Tieren, schwarze Türen – ein früheres Kloster, umgewandelt in eine Herberge für Reisende. Er folgte Maddies Blick auf ihre Tür.

Sie ging darauf zu, fuhr mit den Fingerspitzen über das Holz neben dem Schloss. Dort waren Kratzer zu sehen, dünne Risse in der Onyxfarbe. Bedrückung und Angst verschwanden aus ihrem Gesicht, während er sie beobachtete, und sie verwandelte sich in das Bild einer anmutigen, angespannten Jägerin.

»Maddie?«

Sie hob den Finger. Dann spitzte sie die Ohren und lehnte sich mit der Schulter gegen die Tür.

»Komm her und bleib hinter mir«, sagte sie.

FÜNFUNDDREISSIG

Maddie zog ihre Schlüsselkarte über das Schloss. Es gab ein Piepsen von sich und blinkte grün. Dann schoss sie in das Zimmer. Lionel folgte ihr dicht auf den Fersen. Und erstarrte.

Sie hatte einen Besucher. Er saß in dem Armlehnsessel vor dem Fenster, hatte das eine Bein über das andere geschlagen, und es wirkte beinahe lässig, wie er den Revolver mit dem kurzen Lauf in der leberfleckigen Hand hielt. Das Licht der Nachttischlampe warf einen kränklichen gelben Schimmer auf seinen langen Kiefer und die bleichen Wangen. Er wirkte wie ein silberhaariger Kadaver in einem Tausend-Dollar-Anzug.

»Schließt die Tür und werdet bitte nicht laut.« Er richtete seine Waffe auf sie. »Wenn ihr laut werdet, muss ich noch lauter werden.«

»Pietrowitsch«, sagte Maddie. Ihre offenen Hände hingen entspannt, aber reaktionsbereit an den Seiten herunter. Lionel schloss die Tür und tat es ihr gleich, dann glitt sein Blick von ihr zu dem Eindringling und wieder zurück.

»Du kennst diesen Kerl?«, fragte Lionel.

»Die *Nočnitsa* und ich waren Freunde«, sagte er.

»Wer sagt, dass wir keine Freunde mehr sind?«, wollte Maddie wissen. Ihre Stimme klang ruhig und kühl, als starrte sie nicht in den Lauf einer Waffe, sondern hielte ein Arbeitstreffen ab.

»Ein kleiner Vogel hat Aleksandr von meinen Bestrebungen

erzählt. Es gibt zwei Dinge, die wir in der *Bratva* nicht dulden können, Madison. Polizisten und Spitzel.«

»Drei Dinge«, sagte sie. »Polizisten, Spitzel und Idioten. Du hast in der ganzen Stadt Schläger angeheuert und überall versucht, jemanden zu finden, der verrückt genug ist, es mit Aleksandr aufzunehmen. Wenn du lange genug über etwas redest, verbreitet es sich. Ich bin beleidigt, dass du annimmst, ich wäre diejenige, die ihn gewarnt hat.«

Er kicherte leise und hoch; es klang wie eine Violinsaite, die so stark gespannt war, dass sie bald reißen musste. Nun da der Schock wich, konnte Lionel einen genaueren Blick auf den Mann werfen. In seinen Augen lag etwas Verzweifeltes; er wirkte wie eine verhungernde Ratte, die in einem Labyrinth nach einem Ausgang sucht, den es nicht gibt.

»Wer sagt das? Du bist die Dritte auf einer Liste von fünf Personen, die ich heute Abend besuche. Ich muss fliehen. Fliegen wie ein Vögelchen, hinein in den Wind. Aber vorher werde ich noch aufräumen.«

»Eins nach dem anderen.« Maddie deutete mit dem Kopf auf Lionel. »Lass meinen Freund gehen. Er hat mit dieser Sache nichts zu tun.«

Lionel schluckte einen Klumpen in seiner Kehle herunter, als sich der Lauf der Waffe in seine Richtung bewegte. Pietrowitschs Finger befand sich zu nahe am Abzug und war zu nervös. Bei einer Entfernung von nur fünf Meter würde er nicht vorbeischießen können, wenn er den Lauf direkt auf Lionels Gesicht richtete.

»Das weiß ich nicht«, sagte Pietrowitsch. »Vielleicht arbeitet die *Nočnitsa* nicht länger allein.«

»Er ist heute Abend mein Begleiter. Mein *gemieteter* Begleiter. Er weiß gar nichts über unsere Geschäftsbeziehung. Lass ihn gehen.«

Pietrowitsch sah Lionel an und hob eine schmale Braue. »Stimmt das? Bist du ein Gigolo?«

»Das ist durchaus eine ehrliche Arbeit«, sagte Lionel mit einem Schulterzucken, das hoffentlich lässig und echt genug wirkte.

»Ehrlicher als die meisten anderen, aber du hast dir die falsche Kundin ausgesucht. Pech, mein Freund.«

Pietrowitsch stand aus dem Sessel auf. Jetzt zielte er auf Maddie.

»Ich will nicht um mein Leben betteln«, sagte Maddie, »aber ich bin bereit, es zu kaufen.«

Er hielt den Kopf schräg. »Ich höre.«

»Du musst mehr tun als nur die Stadt zu wechseln. Du musst vom Antlitz der Erde verschwinden. Dazu brauchst du Geld. Keine Aktien, kein Buchgeld, sondern Bargeld. Du weißt, was Aleksandr mit Verrätern macht. Er hat schon einen Fleischerhaken und einen Schneidbrenner mit deinem Namen darauf, und wenn du nicht die Mittel hast, dich unsichtbar zu machen, wird er dich schnappen, noch bevor du die Straße nach Jersey erreicht hast.«

Lionel sah Pietrowitschs Lid zucken. Es war ein spasmodischer Angsttanz, der den Arm hinunter bis zum Finger am Abzug lief. Die meisten Menschen würden versuchen, einen Killer zu beruhigen, aber Lionel begriff Maddies Strategie. Sie wählte ihre Worte so, dass sie den maximalen Eindruck machten. Sie wollte, dass er Angst bekam. So viel Angst, dass er nach jedem Strohhalm griff, den sie ihm anbot.

»Glaubst du etwa, dass ich diese Mittel nicht besitze?«, fragte er.

»Ich glaube, du hattest nur eine Vorwarnzeit von fünf Minuten, bevor du dein Haus verlassen musstest. Zehn vielleicht, wenn er dir einen kleinen Vorsprung lassen wollte, nur so zum

Spaß. Du hast nicht einmal eine Tasche gepackt und konntest erst recht nicht deinen Safe leeren, und du kommst nicht an deine Geldverstecke in New York heran, weil Aleksandr sie schon alle im Visier hat. Erinnerst du dich an Waleri Utkin?«

Pietrowitschs einzige Reaktion bestand in einem weiteren Zucken des Augenlids. Seine Knöchel um den Griff der Waffe wurden weiß.

»Ich war dabei. Er hat Aleksandr nur *bestohlen*. Sie haben ihn zu jenem Ort in Asbury Park gebracht – du weißt, von welchem ich spreche. Sechs Tage.« Maddies Augen waren wie kalter Stahl – starr und ungerührt. »Sie haben ihn sechs Tage am Leben gehalten. Möchtest du gern wissen, was noch von ihm übrig war, als Aleksandr ihm schließlich erlaubte zu sterben? Es war nicht mehr viel.«

Sein Finger spannte sich noch ein wenig mehr an. »Was willst du mir geben?«

»Aleksandr hat mich, wie jeden anderen in dieser Stadt, angeheuert, dich zur Strecke zu bringen. Aber im Gegensatz zu den anderen hat er mich im Voraus bezahlt. Wir schließen einen Handel ab. Mein Bargeld gegen dein Ehrenwort, dass du uns gehen lässt.«

»Du setzt großes Vertrauen in mein Ehrenwort.«

»Du lässt mir kaum eine andere Wahl.« Maddies Stimme wurde nun versöhnlich und besänftigend. »Du hast hier die Kontrolle, Pietrowitsch. Du hältst alle Karten in der Hand. Triff eine kluge Wahl und gib dir selbst wenigstens eine kleine Chance.«

Er dachte darüber nach. Der Lauf seiner Waffe ruckte im Einklang mit seinem Kopf auf und nieder.

»Das Geld«, sagte er.

Sie deutete auf ihren Koffer, der auf dem Schreibtisch lag. »Darf ich?«

Er hielt sie nicht auf. Sie machte zwei Schritte und zog den Reißverschluss auf. Lionel beobachtete, wie ihre Finger an einem versteckten Haken zogen. Ein zweiter Deckel öffnete sich und enthüllte ein kleines Abteil darunter sowie die Schätze, die es barg: zwei Bündel frischer Banknoten, in der Mitte mit Pappbanderolen umwickelt, und Maddies Rückversicherung: eine sturmgraue Sig Sauer mit einem auf den Lauf geschraubten Schalldämpfer.

Ihre Hand glitt in den Koffer, Pietrowitsch hob seine Waffe und zielte sorgfältig.

»Ganz ruhig jetzt«, sagte er. »Wenn ich deine Hand wieder sehe, sollten sich zwischen deinen Fingern nichts als Geldscheine befinden.«

»Entspann dich.« Sie sah ihn von der Seite an. »Ich bringe es dir.«

»Nein. Ich kenne dich, *Nočnitsa*. Nahe genug für einen Kuss ist auch nahe genug für den Tod.« Er nickte Lionel zu. »Der Callboy soll das machen.«

Maddie legte die Banknotenbündel in Lionels offene Hände. Alle ihre Bewegungen waren langsam, wohlüberlegt, und sie sah ihn an, während sie ihre Stimme senkte.

»Mach alles, was er sagt. Keine Dummheiten!«

Sie unterstrich ihre Worte mit einem Blick auf die Pistole in ihrem Koffer.

Es würde eine oder vielleicht zwei Sekunden dauern, bis sie feuern konnte. Selbst wenn Pietrowitsch nicht so nervös wäre wie ein Kaninchen auf Droge, konnte er das Magazin seiner Waffe schneller leer schießen. Lionel wusste, was Maddie von ihm wollte: eine Ablenkung.

Hoffentlich würde sie nicht bewirken, dass sie beide draufgingen.

Lionels Herzschlag wurde langsamer und donnerte in seinen Ohren, als er auf Pietrowitsch zuging. Jeder Schritt, jedes Ächzen der alten Dielenbretter unter seinen Schuhen hallte im Einklang mit seinem Puls wider. Die Bewegung der ganzen Welt verlangsamte sich auf das Tröpfeln von Sirup. Der Raum, Pietrowitsch, Maddie … alles außer Lionels Daumen schien zu erstarren.

Er hielt die Geldscheinbündel in den nach oben gedrehten Handflächen wie ein Salonmagier, der die Karten für einen Trick manipuliert. Seine Daumen befanden sich außerhalb von Pietrowitschs Sichtfeld, glitten unter die Pappbanderolen und lösten den brüchigen Kleber. Die Spitzen seiner Zeigefinger hielten die Bänder auf der anderen Seite fest an Ort und Stelle.

Pietrowitsch beobachtete Maddie und hielt seine Waffe auf sie gerichtet, während er die andere Hand zu Lionel hinüberstreckte. »Gib es mir«, sagte er.

Lionel warf ihm beide Bündel ins Gesicht. Die losen Scheine flatterten umher; es war ein Sturm aus Grün, der Pietrowitschs Angst und Nervosität zur Panik anwachsen ließ. Er taumelte zurück, riss die Augen auf, und der Lauf seiner Waffe schwenkte zu Lionel herüber.

Maddie schoss ihm ins Gesicht.

Lionel bekam kaum mit, wie sie sich bewegte. Im einen Augenblick hatte ihre Hand noch in dem Koffer gesteckt, und im nächsten lag kalter grauer Stahl darin. Der Schalldämpfer machte ein Geräusch, das an das Zuschlagen einer Tür erinnerte. Pietrowitsch fiel auf die Knie und hatte die Augen weit aufgerissen, während das Blut aus dem Loch in seiner Stirn floss wie aus einer lecken Leitung. Eine scharlachrote Linie fuhr an seiner Nase entlang, und das Blut sammelte sich in dem Grübchen an seinem Kinn. Überall um ihn herum segelten die Banknoten zu Boden; einige waren mit feuchten Flecken gesprenkelt.

Maddie sprang auf Lionel zu, packte ihn am Hemd und riss ihn in eine aufrechte Position. »Handtuch!«, sagte sie scharf. »Wenn etwas davon auf den Boden spritzt, müssen wir die ganze Nacht lang schrubben.«

Der Schuss hallte noch in Lionels Ohren, vielleicht war es auch nur seine Einbildung. Er hatte keine Zeit, darüber nachzudenken. Er rannte ins Badezimmer, riss ein feuchtes Handtuch von der Stange des Duschvorhangs und rannte zurück zu Maddie. Sie befahl ihm, Pietrowitsch bei den Schultern zu packen, während sie das Handtuch zu einem Turban wand, der das halbe Gesicht des Toten bedeckte.

»Du hast dich gut geschlagen«, sagte sie. »Ist alles in Ordnung mit dir?«

Lionel sah ihre Pistole an, die nun auf dem Schreibtisch lag, während er versuchte, seine Gedanken zu ordnen und um den Stein in seiner Brust herum zu atmen.

»Das war lauter als in den Filmen«, sagte er.

»Ja, dieses Ploppen ist reines Hollywood. Aber so klingt ein Schuss wie ein Dutzend anderer völlig normaler Geräusche, und genau das ist nötig, wenn du jemanden an einem belebten Ort erschießen willst. Hilf mir, ihn in die Badewanne zu legen.«

Er schob die Hände unter Pietrowitschs Schultern. Der Kopf des Toten drückte gegen Lionels Bauch, als Maddie dessen Beine packte. Sie schleppten ihn ins Badezimmer und senkten ihn in die Wanne. Der langsam sich ausbreitende Fleck aus der Schusswunde verlieh dem Handtuch das Aussehen einer Eistüte mit Vanille und Kirsch. Der Stein in Lionels Magen wurde noch größer.

Maddie legte Lionel die Hand auf die Schulter. »Ehrlich: Ist alles in Ordnung mit dir?«

»Willst du mir sagen, worum es hier ging?«

»Gleich. Zuerst muss ich jemanden anrufen.«

Sie ließ ihn mit der Leiche allein. Der Mord entsetzte ihn nicht so sehr, wie es eigentlich der Fall hätte sein sollen. Er hatte seine ersten Erfahrungen als Kriminalreporter gemacht und mehr Zeit an Tatorten verbracht als die meisten Polizisten. Und was Maddie anging, so hatte sie gestern Abend vor seinen Augen drei Menschen getötet. Einer mehr machte da nicht mehr viel aus. Es war eher das Plötzliche der Ereignisse – zuerst eine Kutschfahrt durch eine kühle Sommernacht und dann, unvermittelt, ein gewaltsamer Tod.

Das war die Welt, in der Maddie lebte. Sie hatte ihn gewarnt, und allmählich verstand er den Grund dafür.

Sie kam zurück und tippte gegen den Bildschirm ihres Handys. »Ein Reiniger ist auf dem Weg hierher. Wir müssen die Stellung halten, bis er eintrifft.«

»Das gibt dir die Zeit für eine Erklärung«, sagte Lionel. Sein Tonfall ließ keine Ausflüchte zu.

Maddie stemmte die Hände in die Hüften und seufzte, während sie zu der Leiche in der Wanne hinüberschaute.

»Kurz gesagt: Regina forderte vor einiger Zeit einen Regimewechsel in der New Yorker Unterwelt. Gewisse Personen mussten einsteigen, andere mussten aussteigen. Seitdem ist die Lage hier mehr oder weniger stabil, aber es gibt immer jemanden, der versucht, alles über den Haufen zu werfen.«

»Willst du mir damit sagen, dass Regina Dunkle einen Bandenkrieg entfacht hat? Warum?«, wollte Lionel wissen.

»Das ist die falsche Frage.«

»Wie weit reicht ihr Einfluss?«

»Das ist die richtige Frage«, sagte Maddie. »Die Antwort lautet: so weit, wie sie es will. Sie zeigt auf das Ziel, ich schieße … und kümmere mich manchmal um die Auswirkungen.«

Es klopfte an der Tür. Lionel folgte Maddie aus dem Badezimmer.

»Wie hat er dich genannt? *Nočnitsa*?«

»Ich habe eine Menge Namen«, sagte sie. »Wenn du lange genug dabeibleibst, wirst du ebenfalls bald eine Menge Namen haben.«

Ihre Hand schwebte über dem Türknauf.

»So ist nun einmal mein Leben«, sagte sie. »Das ist für mich Normalität.«

Ein ernster, aber lächelnder junger Mann stand auf der Schwelle. Mit seinem hellroten Pullover und der getupften Fliege wirkte er wie ein Überbleibsel aus einer anderen Zeit.

»Eugene«, sagte Maddie. »Wie geht es der Familie?«

»Ich soll dich herzlich von Mutter grüßen. Du musst wirklich bald einmal zum Essen kommen.«

»Wenn ich das nächste Mal in der Stadt bin.«

»Das nächste Mal …«, sagte er. »Wo ist der Kunde?«

Sie führte ihn in das Badezimmer. Lionel sah zu, wie er sich über die Wanne bückte, den Leichnam betrachtete und dabei »Hm« und »Ah« sagte. Eugene zog an den Aufschlägen von Pietrowitschs Jackett.

»Das ist hübsch. Maßgeschneidert.« Sein Blick stellte Maddie eine Frage.

»Mach dich an die Arbeit«, sagte sie. »Du musst die Leiche wegzaubern. Alles muss verschwinden.«

Er trat zurück und rieb sich das Kinn. »Dazu muss ich erst einmal meine Werkzeuge aus dem Wagen holen. Und ich brauche ein wenig Zweisamkeit mit dem Kunden, bitte.«

Maddie hakte sich bei Lionel unter.

»Ich bin in der Suite unmittelbar über dieser hier, falls du mich brauchst«, sagte sie.

Sechsunddreissig

Der Adrenalinstoß traf Lionel im Aufzug. Er hatte Kriegsveteranen interviewt, die davon berichtet hatten, dass sie im Gefecht ungerührt und professionell geblieben waren, doch als sich der Staub legte, waren sie lachend oder weinend zusammengebrochen. Plötzlich wollte er beides tun. Er wollte schreien. Er wollte, dass der faustgroße Stein in seinem Magen ihn wieder atmen ließ.

Maddie schien es zu spüren. Sie legte die Arme um ihn, zog ihn eng an sich und wiegte ihn sanft, während sich der Aufzug zum dritten Stock hochzitterte.

»Ich weiß«, sagte sie. »Ich weiß.«

Körper an Körper, Wange an Wange – nun schmolz der Stein in seinem Bauch zu einer Speerspitze. Sie stieß nach oben wie etwas Primitives, Animalisches, das unter seiner Haut steckte. Er drehte den Kopf. Ihre Münder trafen sich, zogen einander an wie hungrige Magneten.

»Ich weiß«, murmelte sie zwischen den Küssen.

Sie zwängten sich gemeinsam durch die Tür von Lionels Suite. Er schloss die Tür, legte den Riegel vor, und schon war sie auf ihm. Sie küssten sich wieder, langsam und feucht, während ihre Finger den obersten Knopf seines Hemdes lösten. Er wusste erst, wie sehr er sie begehrte, als er sie in seinen Armen hielt. Seine Hände glitten an der Biegung ihres Rückens entlang, an ihren Hüften, schlüpften unter ihr wollenes T-Shirt und spürten die warme, glatte Haut.

Er zwang sich, von ihr zurückzuweichen. Nicht weit; ihre Stirnen berührten sich noch, als sie die Lippen voneinander lösten. Nur so weit, dass er etwas sagen konnte.

»Wir müssen das nicht tun«, sagte er. »Wenn du nur schlafen willst, kannst du das gern machen.«

»Das weiß ich. Aber ich will es.«

Sie beugte den Kopf und küsste seinen Hals. Ihre Zungenspitze zuckte über seine Haut und verursachte ein Prickeln. Gemeinsam taumelten sie zum Bett und fielen auf die Matratze. Sie zog sich das T-Shirt über den Kopf und warf es beiseite, und er küsste sich bis zu ihrer Kehle und zum Tal zwischen ihren Brüsten hinunter. Ihre Schuhe fielen auf den Teppich. Sie hatte den Versuch aufgegeben, ihm das Hemd auszuziehen; einer der Knöpfe hing nur noch an einem Faden. Ihre Finger packten seinen Gürtel und zerrten daran. Das Blut rauschte durch seinen Körper, trommelte ihm in den Ohren und verdrängte alle Gedanken. Sie sah ihn mit einem wölfischen Grinsen an und biss ihm zwischen den Küssen in die Lippen. Er spürte, wie sein Gürtel weggerissen und der Reißverschluss der Hose aufgezogen wurde.

»Ich sollte … für Schutz sorgen«, gelang es ihm gerade noch zu sagen.

»Schon gut.« Ihre Hand glitt in seine Hose und schloss sich um ihn. Ihr Daumen rieb ihn in langsamen, festen Kreisen.

»Ja, aber …«

»Ich nehme etwas dagegen. Kräuter. Und jetzt halt den Mund.«

Maddie stieß ihn rücklings auf die Matratze und bestieg ihn. Ihre Haare fielen ihm ins Gesicht und bildeten einen Vorhang um sie beide.

»Kräuter?«, keuchte er. »Meinst du damit die Pille, oder …«

»*Lionel!*« Sie ragte über ihm auf; in dem abgedunkelten

Raum leuchteten ihre Augen wild und hungrig. »Willst du mich haben?«

Er legte die Hände auf ihre Hüften. »Seit dem Moment, in dem ich dich zum ersten Mal gesehen habe.«

»Dann bitte«, keuchte sie, »denk nicht, sondern *fick* mich.«

Er griff nach dem Knopf ihrer Jeans. Der Stoff rutschte nur langsam herunter, und er verhakte die Finger im Bund ihrer Unterhose, während sie die Jeans abstreifte. Sie packte ihn wieder mit einer solchen Selbstverständlichkeit, als wären sie schon seit Jahren ein Liebespaar und als kenne sie jeden Zentimeter seines Körpers. Dann half sie ihm, in sie einzudringen.

Sie liebten sich so hungrig, als wollten sie einander fressen. Maddies Gefühle überfluteten Lionel wie bei einem Dammbruch. Ihre ganze aufgestaute Angst und Qual traten als rohe, animalische Aggression zutage. Bald konnte er sich nicht mehr zurückhalten, und er kam. Er drückte den Rücken durch und ächzte auf, während sie ihm in die Schulter biss.

Nun wurden sie langsamer und küssten sich, und er rollte sie sanft auf den Rücken, während er nach Luft rang. Ihre Locken schimmerten auf dem Kissen. Mit den Lippen erforschte er ihren Körper. An ihrem Bauch vorbei, zwischen den Schenkeln. Er atmete ihren Moschusduft ein. Mit der Zungenspitze zog er langsam federleichte Kreise und gab ein wortloses Versprechen ab. Ihre Finger vergruben sich in seinen Haaren und packten zu.

Als er Maddie hinterher in seinen Armen hielt, kamen ihm die schweißfeuchten Bettlaken wie Segel nach einem Hurrikan vor. Er war von einem Sturm hin und her geschleudert und in einen Mahlstrom geworfen worden. Das Gewitter in Maddies Augen hatte ihn in sich aufgesogen. Nun aber war sie still, das Wasser war wieder ruhig. Ihre Brust hob und senkte sich unter seinem angewinkelten Arm wie langsame, rhythmische Wellen.

Er schlief ein, während er sie in den Armen hielt.

Der Wecker auf dem Nachttisch zeigte 2.14 Uhr an, als er allein erwachte. Eine dünne Lichtbahn schimmerte auf dem Perserteppich; sie drang unter der Badezimmertür hervor. Er lächelte, rollte sich auf den Rücken und wartete auf Maddies Rückkehr.

Ein Geräusch durchbrach die Stille. Es klang wie ein Schluchzen, das in der Kehle erstickt wurde. Er warf die Laken zurück und schwang die Beine aus dem Bett. Der Teppich fühlte sich unter seinen nackten Füßen rau und warm an.

»Maddie?«, flüsterte er.

Er hörte eindringliches Flüstern hinter der Badezimmertür, die nur einen Spaltbreit offen stand. Es war Maddies Stimme; sie redete mit sich selbst. *»Hätte nie geschehen dürfen… Hätte nie geschehen dürfen.«*

»Maddie?«, fragte er noch einmal mit lauterer Stimme. Er legte die Finger auf das glatte Holz der Tür.

Das Flüstern erstarb.

»Nicht«, sagte sie. Nur dieses eine kleine, harte Wort.

Widerstrebend hatte Lionel ihr Schweigen hingenommen. Ihre Weigerung, über die Vergangenheit zu sprechen, ihre seltsame Beziehung zu Regina Dunkle, ihre Angst vor der Frau in Rot – all das hatte er akzeptiert. Maddie war ein Buch voller Geheimnisse, und auch wenn er jede Seite lesen und sie wirklich *kennenlernen* wollte – bisher war er nicht dazu eingeladen worden. Sie sollte ihre Geheimnisse für sich behalten, und er würde die Gesellschaft des Gesichts genießen, das sie ihm zu zeigen bereit war.

Aber das war vorbei. Sie waren zu weit gegangen. Er hatte

ihr Schluchzen gehört, ihr Flüstern, ihre verrückten Worte, zweieinhalb Meter und eine halb geschlossene Tür von ihm entfernt, und wenn er sie jetzt in Ruhe ließ, täte er ihr damit keinen Gefallen. Er würde mitschuldig an ihren Schmerzen sein, wie ein Passant, der den Schauplatz eines Unfalls verlässt, ohne den Verletzten zu helfen. So war er nicht.

Er stieß die Tür auf.

Maddie hockte auf dem geschlossenen Toilettendeckel und hatte die Knie an die Brust gezogen. In der Hand hielt sie ein Rasiermesser mit einem Beingriff. Und jetzt verstand er die langen Reihen der verblassten Narben an ihrem linken Arm. Heute Nacht hatte sie sich nicht geritzt – noch nicht. Aber da war Blut – zwei scharlachrote Schlieren auf ihrem Gesicht, die aus ihren Augenwinkeln getropft zu sein schienen. Sie sah ihn an. Ihr Gesicht war verzerrt vor Erniedrigung und Qual, und ihre Hand packte den Griff des Messers so fest, dass die Fingerspitzen weiß wurden.

»Ich habe ›nicht‹ gesagt«, meinte sie.

Er hob langsam die Hände.

»Maddie, es ist in Ordnung.«

»Es ist *nicht* …« – sie kniff die Augen zusammen – »… es ist nicht *in Ordnung*. Was ich getan habe, ist nicht in Ordnung. Ich war selbstsüchtig, ich war einsam, ich …«

»He, warte. Reden wir etwa über heute Nacht?« Lionel deutete mit dem Kinn auf das leere zerwühlte Bett. »Denn das war wirklich unglaublich.«

Sie holte tief Luft, öffnete die blutfleckigen Augen und starrte ihn an.

»Du verstehst es nicht. Es ist nicht gut für dich. Ich habe dich gewarnt. Jetzt bist du hoffnungslos verliebt, und wir können gern das Liebespaar geben und dieses Märchenabenteuer weiterspielen. Aber weißt du, was als Nächstes geschehen wird, Lionel?« Sie zeigte mit der Klinge auf ihn. »Weißt du, was als Nächstes geschieht?«

»Was denn?«, fragte er.

»Du wachst eines Morgens auf, und ich bin weg … Ich bin … einfach weg. Weil ich immer irgendwann gehe, weil ich ein kolossales Miststück bin, und weil das Einzige, was ich wirklich gut beherrsche, das Verletzen von Menschen ist.«

Sie atmete tief und rasselnd durch die Nase ein und rieb sich mit dem Handrücken über die Wange. Das verschmierte Blut hinterließ auf ihren wundervollen hohen Wangenknochen einen rostroten Halbmond. Sie starrte ihre Hand an und schwenkte sie.

»Ein Geburtsfehler«, sagte sie und zog erneut die Luft ein. »Meine Tränenkanäle sind ruiniert. Das hat nichts mit Magie zu tun. Es gibt keine Magie. Es gibt nur Mist. Du solltest gehen, Lionel. Du solltest den nächsten Flug weg von hier nehmen und niemals zurücksehen. Denn wenn du das nicht tust, kann ich bei Gott schwören, dass ich dir den Rest deines Lebens versaue. Es wird auf alle Fälle geschehen. Es ist nur eine Frage der Zeit.«

»Ich gehe nicht«, sagte er.

Er schritt vorsichtig über den gefliesten Boden und näherte sich ihr von der Seite, als wäre sie ein in die Ecke getriebenes Tier mir messerscharfen Reißzähnen. Er schluckte, riss sich zusammen und streckte die Hand nach ihrem Messer aus.

»Ich werde dir das jetzt abnehmen, in Ordnung? Du brauchst das heute Nacht nicht.«

Sie erwiderte nichts darauf, aber ihre Finger wurden schlaff, als er die Klinge ihrem Griff entwand. Er lehnte sich an den Rand des Waschbeckens, knapp außerhalb ihrer Reichweite.

»Ich habe den Eindruck, dass ich es allmählich verstehe«,

sagte er. »Du glaubst, du seist versehrt. Du glaubst, du seist Gift. Und ich habe schon so viele schlechte Beziehungen gehabt. Immer beginnt es leidenschaftlich und stark, und dann rast man unweigerlich mit voller Geschwindigkeit gegen einen Felsen. Weißt du, irgendwann ist mir klargeworden, dass das gemeinsame Element all dieser Schiffbrüche nicht die jeweilige Frau ist. Ich bin es. Und da habe ich die Wahrheit erkannt.«

Sie blinzelte ihn mit blutigen Augen an. »Was für eine Wahrheit?«

»Ich bin der Beste darin, etwas Gutes zu nehmen und es kaputt zu machen«, sagte er mit einem reumütigen Lächeln. »Jede meiner Ex-Freundinnen hat einen anderen Grund, mich für die Trennung verantwortlich zu machen, und jeder dieser Gründe stimmt. Ich bin besessen von meiner Arbeit, ich bin sarkastisch, selbstgerecht, ich benutze Menschen, damit ich das von ihnen bekomme, was ich haben will. Ich müsste einen Umzugswagen mieten, wenn ich mit all dem schweren Gepäck zurechtkommen wollte, das ich mit mir herumschleppe. So bin ich nun einmal. Und damit kann ich leben.«

Er streckte die Hand nach ihr aus, legte sie unter ihr Kinn, während seine Finger ihre Wangen streichelten und er mit dem Daumen ein rotes Rinnsal wegwischte.

»Und ich gehe nirgendwohin«, sagte er. »Ich glaube nämlich, dass wir beide vielleicht auf die gleiche Weise kaputt sind. Unsere Ecken und Kanten … möglicherweise passen sie einfach zusammen. Ich würde gern versuchen, es herauszufinden.«

»Selbst wenn es damit endet, dass ich dir Schmerzen zufüge?«, fragte Maddie.

»Es gibt eine ganze Menge, was ich bitter bereue. Weißt du, was mir den größten Kummer macht? Es ist der Blick zurück und die Frage, was wohl passiert wäre, wenn ich den Mut gehabt hätte, nach dem zu greifen, was ich haben wollte.« Er hockte sich neben sie und sah sie an. »Und ich will dich haben. Wenn du mich haben willst, nun, dann … dann sollten wir den Versuch wagen.«

Sie wandte das Gesicht ab, sodass seine Finger nicht mehr an ihrem Kinn lagen.

»So leicht ist das nicht«, sagte sie. »Wenn wir hier fertig sind, wenn der Mann mit den blauen Augen tot ist und ich das Manuskript an mich gebracht habe, wird Regina mir die nächste Aufgabe stellen. Vielleicht schickt sie mich ans andere Ende der Welt. Das ist sogar sehr wahrscheinlich.«

»Du hast gesagt, dass du damit aufhören kannst. Für mich hat das so geklungen, als wolltest du genau das tun.«

»So einfach ist es nicht.«

»Dann begleite ich dich«, sagte Lionel.

Sie erwiderte seinen Blick. Ihre Augen weiteten sich.

»Du kannst nicht … Lionel, du weißt nicht, was du mir da anbietest. Was heute Nacht in meinem Zimmer passiert ist, war keine schreckliche Ausnahme. Da, wo ich herkomme, ist der Umgang mit wütenden Verbrechern eine nette Abendunterhaltung. Ich kann von *Glück* reden, wenn das das Schlimmste ist, worum ich mich kümmern muss.«

»*Wir* haben uns darum gekümmert. Zusammen. Er ist tot, und wir sind noch da. Das bedeutet doch etwas, oder?«

»Du hast ein Zuhause, einen Job, ein *Leben* …«

»Manchmal braucht man eine neue Perspektive«, sagte er. »Ich glaube, dass du es wert bist.«

Maddie ein Taschentuch aus einer Schachtel auf dem Boden, schnäuzte sich die Nase und warf es in den Abfalleimer neben ihr. »Du bist anders. Weißt du das?«

»Weißt du, wir sollten heute Nacht keine Pläne schmieden. Wir bringen einen Tag nach dem anderen hinter uns und erledigen das, wozu wir hergekommen sind. Wenn wir damit fertig sind, überlegen wir, was wir als Nächstes tun. Zusammen. Abgemacht?«

Ihr Kopf fuhr auf und ab. Er griff nach einem Waschlappen, hielt ihn unter den Hahn und tränkte ihn mit warmem Wasser.

»Zuerst säubern wir dich«, sagte Lionel. »Es sind noch ein paar Stunden bis zum Sonnenaufgang, und ich glaube, wir beide brauchen etwas Schlaf. Außerdem kannst du nicht mehr viel länger in diesem Raum bleiben.«

»Warum nicht?«, fragte sie ihn. Er beugte sich vor und tupfte ihr Gesicht mit dem Waschlappen ab. So sanft wie möglich entfernte er die Blutspuren.

»Weil ich das da wirklich dringend brauche«, sagte er und deutete mit dem Kopf auf die Toilette.

Sie stieß ein Lachen aus und lehnte sich in seine Arme. Er hielt sie fest und drückte die Lippen auf ihre Schulter. Alles war gut. Für den Augenblick war alles gut.

Siebenunddreissig

Als Lionel das nächste Mal erwachte, war Maddie noch da. Sie hatte sich an ihn gekuschelt wie ein Kätzchen, ihre Locken lagen auf seiner Brust, und sie versetzte ihm vor Schreck einen kleinen Tritt, als der Wecker schellte.

»Neeeein.« Sie rollte sich auf die andere Seite und schlug auf die Uhr, bis das Klingeln aufhörte. Dann legte sie sich auf den Bauch und drückte ihr Gesicht in das Kissen. »Ich hatte gerade einen so schönen Traum.«

Er streichelte ihren Rücken und knetete die Muskulatur mit sanftem Kreisen – eine Aufweckmassage. »Ja? Worum ging es denn?«

»Ich habe geträumt, wir könnten ausschlafen.«

Keiner von beiden bewegte sich mehr. Schließlich unternahm Lionel eine gewaltig Willensanstrengung und setzte sich auf.

»Ich gehe als Erster ins Badezimmer. Dann kannst du noch weitere fünfzehn Minuten genießen.«

»Du bist ein wunderbarer Schüler, wunderbar«, murmelte sie ins Kissen.

Um acht Uhr hatten beide geduscht, aufgeräumt und sich angezogen. Heute würden sie als Team arbeiten. Aber zuerst begaben sie sich in den Aufzug, und Maddie drückte den Kopf für den zweiten Stock.

Eugene hatte das »Bitte nicht stören«-Schild von außen an die Tür gehängt. Maddie öffnete sie mit ihrer Schlüsselkarte und streckte den Kopf ins Zimmer. Lionel stand neben ihr und verzog das Gesicht. Der Geruch nach Chemikalien, der aus dem Zimmer drang, war so ätzend, dass er ihm beinahe die Nasenhaare verbrannt hätte.

»Läuft es gut?«, rief Maddie.

Eugene reckte den Kopf aus der Badezimmertür und hob den Daumen. Er trug eine Brille und besonders feste Gummihandschuhe.

»Noch etwa acht Stunden«, sagte er. »Zwölf im Höchstfall.«

»Wir überlassen dich wieder deiner Arbeit«, sagte sie zu ihm.

Lionel schwieg, bis sie im Aufzug standen.

»Das ist also … Was macht er?«

»Er lässt Leichen verschwinden. Allein in New York ist Eugene für mehr als hundert ungelöste Mordfälle verantwortlich. Und soweit ich weiß, hat er nur sechs dieser Personen eigenhändig getötet.«

»Noch einer von Reginas Leuten?«

Maddie schaute auf die blinkenden Zahlen über der Aufzugtür, die nacheinander aufleuchteten.

»Wir sind alle Reginas Leute.«, sagte sie.

Sie schlugen ihr Lager im *Cookshop* auf und schmiedeten beim Frühstück Pläne. Lionel zerrte am Knoten seiner kupferbraunen Krawatte, während er die Speisekarte betrachtete und – zumindest fürs Erste – Speck und Würstchen Lebewohl sagte. Schließlich kam die Sonne heraus und tauchte die staubigen Straßen der Stadt in einen warmen Glanz.

»Mmh, Frittata«, sagte Maddie. »Gebackener Kürbis, Frühlingszwiebeln, frischer Mozzarella …«

»Früher habe ich gern Geflügelwurst gegessen«, sagte er in seinen Kaffeebecher hinein.

»Macht verlangt Opfer. Manche Menschen würden sich

für mystische Erleuchtung ein Auge ausreißen. Du hingegen musst nur ein wenig gesünder essen. Wenn du es von der richtigen Seite betrachtest, ist es nur eine kleine Unannehmlichkeit.«

Sie nahmen sich ihr Ziel vor – ihren einzigen Vorteil gegenüber dem Mann mit den blauen Augen. Wade Dawson hatte einen Experten von außen mit der Authentifizierung des Poe-Manuskripts beauftragt. Sie wussten das, aber ihrem Feind war es nicht bekannt. Zumindest noch nicht. Irgendwann würde er es herausfinden, und das hieß, sie mussten Wades Fachmann vor ihm finden.

Das Massaker im Blackstone-Gebäude war noch nicht entdeckt worden. Zweifellos machten sich einige Personen inzwischen Sorgen, und die Abendnachrichten würden gewiss bald eine Meldung über das gleichzeitige Verschwinden von so vielen Angehörigen der New Yorker Elite bringen. Aber erst einmal galt Wade offiziell noch nicht als vermisst oder tot, und das bedeutete, dass bisher niemand sein Büro nach Hinweisen durchsucht hatte.

Nach dem Frühstück ging Lionel zurück ins Hotel und machte sich an die Arbeit, während Maddie einige Dinge besorgte. Sie kam mit Tüten von drei verschiedenen Baumärkten zurück. Vorher hatte sie ihm eine Aufgabe gestellt. Sie mussten an Wades Empfangsdame vorbeikommen, und dazu brauchte Maddie den vollständigen Namen der Frau.

Stamford and Cross hatten eine offizielle Webseite, und sie enthielt zwar eine Liste mit den Biografien der Manager, aber die einfachen Angestellten waren nicht aufgeführt. Nach einigem Suchen fand Lionel eine Fotogalerie vom letzten Picknick der Firma. Die Empfangsdame hatte zu einer Softballmannschaft gehört, und der Name unter ihrem Bild lautete Mrs. Marcie Nowak-Connors. Er schaute sich in den sozialen Medien um und versuchte herauszufinden, welcher Teil ihres Doppelnamens ursprünglich der ihre gewesen war und welchen Mittelnamen sie damals getragen hatte. Drüben am Schreibtisch formte Maddie gerade eine kleine Puppe aus einem Klumpen grauen Modelliertons. Sie glättete die groben Stummelarme und Beine und hatte vor lauter Konzentration die Lippen geschürzt.

»Was ist das denn? Eine Voodoopuppe?«, fragte er.

»Nur zur Klarstellung: Voodoopuppen sind eine Hollywood-Erfindung. Voodoo ist eine der wenigen magischen Traditionen, die diese Art von stellvertretender Bildlichkeit *nicht* benutzen. Reichst du mir bitte die Schere? Und das Papierbündel aus der Tasche auf dem Bett.«

Nun war der Puppe ein Kopf gewachsen. Nachdem Lionel den vollständigen Geburtsnamen der Empfangsdame herausgefunden hatte, schnitt Maddie das Pergamentpapier in dünne Streifen. Wieder und wieder schrieb sie diesen Namen in winzigen schwarzen Buchstaben auf die Papierstreifen, dann wickelte Maddie sie um den Körper der Puppe, die bald einer ägyptischen Mumie glich.

»Es wäre viel wirkungsvoller, wenn wir etwas Persönliches von ihr besäßen«, sagte Maddie, »zum Beispiel einen abgeschnittenen Fingernagel oder ein wenig von einer Körperflüssigkeit. Aber so wird uns diese Puppe nur etwa fünf Minuten schenken. Vielleicht.«

»Ich habe schon in kürzerer Zeit wichtige Informationen gefunden.« Er trat neben sie und küsste sie auf die Wange. »Und das ohne eine Hexe an meiner Seite. Wir stehen also gut da.«

Sie packte seine Krawatte und zog ihn an sich. Ihre Lippen pressten sich aufeinander – schnell, wild, hungrig. Sie inhalierte seinen Atem und ließ ihn los.

»Wenn du mich küssen willst«, sagte sie, »dann mach es richtig.«

Die Büroetage bei *Stamford and Cross* sah noch genauso aus wie bei Lionels letztem Besuch: das rohrzuckerbraune Holz, die Panoramafenster, die fünfundvierzig Stockwerke über dem Boden einen Blick auf die Hochhäuser des Börsenviertels eröffneten, und in der Luft lag noch immer der Duft von Potpourri. Sie waren gemeinsam eingetroffen, aber Lionel hatte in der Lobby gewartet und Maddie fünf Minuten gegeben, in denen sie die Geschichte erzählen konnte, die er für sie erfunden hatte.

Auf dem Weg hierher hatte er eine Reihe von Telefonaten geführt und sich dabei als Geschäftsmann ausgegeben. Auf diese Weise war er an eine Information gekommen, die sie gut benutzen konnten: Jordan Cross würde noch mindestens eine Stunde in einer wichtigen Telefonkonferenz stecken, und in dieser Zeit gab es keine Möglichkeit, mit ihm Kontakt aufzunehmen. Maddies Aufgabe war es, seinen Termin um zehn Uhr zu spielen. Wie bitte? Sie stand nicht im Kalender? Das musste natürlich ein Irrtum sein, aber sie würde sich gern in die Lobby setzen und warten. Eine solche List hatte er schon oft angewendet und dann darauf gewartet, sein Opfer quasi aus dem Hinterhalt anspringen, es überrumpeln und interviewen zu können.

»Die beiden Schlüssel zum Erfolg sind Festigkeit im Auftreten und Freundlichkeit«, hatte er zu Maddie gesagt. »Wenn du selbstsicher und entschlossen auftrittst, ist es schwer, dich loszuwerden. Und wenn du freundlich bist, erleichterst du deinem Gegenüber die Kooperation. Du musst den Weg des geringsten Widerstands gehen, damit du das bekommst, was du haben willst.«

»Und was machst du, wenn es nicht funktioniert?«, hatte sie gefragt.

»Sei entschlossen, selbstbewusst, freundlich – und lauf weg, bevor die Polizei kommt.«

Maddie saß in der Mitte einer langen Reihe von Stühlen an der linken Seite der Lobby und las in einem ausliegenden Exemplar des *Wall Street Journal*. Zumindest gab sie vor zu lesen. Lionel sah von seiner Position aus, dass die Tonpuppe in ihrem Schoß lag. Sie drehte die darüber gewölbte Hand, als er an ihr vorbeiging und enthüllte den winzigen schwarz angemalten Zahnstocher. Mit einem Lächeln begab er sich zur Rezeption.

»Hallo«, sagte er. »Ich weiß nicht, ob Sie sich an mich erinnern, aber ich bin der Reporter, der vor Kurzem Mr. Dawson interviewt hat. Es haben sich noch einige Fragen ergeben, und ich hoffe, er hat ein paar Minuten Zeit für mich. Wirklich nur ein paar Minuten.«

Die Empfangsdame zog ein gequältes Gesicht. »Es tut mir leid, aber … nein, er … er ist heute nicht hier.«

Entweder hatte die Firmenleitung bisher keine offizielle Erklärung für sein Verschwinden abgegeben, oder es war noch gar nicht aufgefallen. Perfekt. Er kratzte sich am Rücken und gab damit Maddie ein Zeichen.

»O, das ist schade«, sagte er. »Wissen Sie, wann er zurückkommt? Ich würde gern einen Termin ausmachen, wenn das in Ordnung ist.«

»Also, er ist … krank, und deswegen kann ich Ihnen keinen Termin geben. Aber ich kann mir Ihre Telefonnummer notieren, und sobald er wieder hier ist …«

Sie verstummte. Das Blut floss aus ihren Wangen ab, als hätte jemand einen Stöpsel in ihrem Fuß herausgezogen. Schweiß perlte auf ihrer Stirn.

»Ist alles in Ordnung mit Ihnen?«, fragte Lionel und beugte sich vor.

Sie zuckte zusammen und hielt sich den Magen. Dann trat sie ihren Stuhl zurück und sprang so schnell auf, dass er gegen die Wand hinter ihr stieß.

»Nein, ich will sagen, ja, ich… ich habe etwas gegessen, das… Entschuldigen Sie mich.«

Die Empfangsdame presste die Lippen zusammen und schoss aus der Lobby in Richtung der Damentoilette um die Ecke. Maddie warf die Zeitschrift beiseite, steckte die Puppe ein – der schwarze Zahnstocher ragte noch immer aus dem Tonbauch hervor – und ging hinter ihr her. Ihre Aufgabe war einfach: Sie sollte die Frau beruhigen, sobald die Welle ihrer Übelkeit verebbt war, und sie so lange wie möglich von der Rückkehr an ihren Arbeitsplatz abhalten.

Lionels Aufgabe war etwas schwerer. Er huschte in Wades Büro.

Er schaltete den PC auf dem Schreibtisch ein und durchsuchte die Schubladen des Toten, während das System hochfuhr. Börsenberichte, ausgedruckte Kurzmitteilungen – alles war in beschrifteten Aktenordnern abgeheftet. »Gott sei gedankt für ordentliche Irre«, murmelte Lionel. Er fand nicht, wonach er suchte, aber wenigstens konnte er sich vergewissern, dass sich nicht etwa eine Spur auf einem Stückchen Papier unmittelbar unter seiner Nase befand.

»Da ich gerade von Nase spreche…«, meinte er leise und zog eine kleine Glasampulle aus der obersten Schublade. Darin befanden sich einige Gramm eines weißen Pulvers. Er legte sie dorthin zurück, wo er sie gefunden hatte. Nun lief der Computer und verlangte ein Passwort.

Die meisten Leute waren nachlässig, wenn es um die Sicherheit ihres Rechners ging – noch nachlässiger als bei Passwörtern für einzelne Webseiten, denn schließlich erwartete niemand, dass ein Hacker in die eigene Wohnung oder ins Büro eindrang. Daher war es gut möglich, dass es sich um etwas Einfaches handelte. Um einen Namen, ein Geburtsdatum … Er warf einen Blick auf die Vitrinen an den Wänden des Büros. Wades kleines Privatmuseum.

Museum. Kein Zugang. *Muse*. Nein. *Melpomene*. Ebenfalls nicht. Lionel betrachtete die Gegenstände in den Vitrinen eingehender. Sie stammten von verschiedenen Orten der Welt und aus verschiedenen Zeitaltern, aber die Hälfte war eindeutig ägyptisch. Wade schien eine Vorliebe für diese Epoche gehabt zu haben.

Thoth, tippte er ein. Kein Treffer. Er holte sein Handy heraus und rief eine Liste mit ägyptischen Gottheiten auf. Er versuchte es mit Isis und Horus – vergeblich – und hatte bald das Gefühl, dass ihm die Möglichkeiten ausgingen. Es bestand die Gefahr, dass sich Wades Computer nach zu vielen Fehlversuchen sperrte, und dann wäre all das hier umsonst gewesen.

Sekhmet. Der Bildschirm flackerte, der PC wurde aktiviert, und auf dem Monitor erschien eine ordentliche Reihe von Symbolen in exakt gleichem Abstand voneinander – genauso ordentlich wie der wirkliche Schreibtisch. Lionel hatte zwei Minuten von seiner Zeit verbraucht, und Maddie hatte ihn gewarnt, dass er nicht mehr als fünf Minuten zur Verfügung haben würde. Mit einem Doppelklick öffnete er Wades Terminkalender.

Die meisten Eintragungen bezogen sich auf E-Mail-Adressen von *Stamford and Cross* oder auf Finanzinstitute, die Lionel dem Namen nach kannte. Einige Termine stachen hervor, da sie nicht mit einer Mailadresse verbunden waren und nur eine Zeit sowie die Initialen »R. B.« verzeichnet waren. *Ray Barton*, dachte er. Nach seinem zweiten Treffen mit Ray hatte Wade eine Verabredung außer Haus mit einer Lana Taylor eingetragen. Daneben standen eine Telefonnummer, eine Adresse und ein einzelnes Wort: *Valdemar*.

Wie in Poes Geschichte. »Treffer«, keuchte Lionel. Er schrieb sich den Namen und die Telefonnummer ab, schaltete den Computer aus und verließ fluchtartig Wades Büro.

Die Tür war gerade hinter seinem Rücken ins Schloss gefallen, als die Empfangsdame zurückkehrte. Ihr Gesicht war noch blass, die Lippen waren feucht, und Maddie war ihr dicht auf den Fersen. Lionel lehnte sich an den Empfangstresen und versuchte, unschuldsvoll dreinzublicken.

»Wirklich«, sagte Maddie, »ich kann jemanden rufen …«

»Nein, es ist schon wieder in Ordnung, wirklich. Ich fühle mich gut«, erwiderte Mrs. Nowak-Connors. Aber sie wirkte völlig verwirrt, als sie hinter ihrem Tisch Platz nahm. »Sogar besser als gut. Ich musste nur etwas verarbeiten. Seltsam.«

»Ich melde mich morgen noch einmal«, sagte Lionel zu ihr. »Mit etwas Glück fühlen Sie und Mr. Dawson sich dann schon viel besser.«

Maddie blieb noch einige Minuten, damit ihre Deckung nicht aufflog. Sie und Lionel hatten verabredet, dass sie drei Minuten nach Lionels Fortgang eine »dringende Textnachricht« erhalten würde, weshalb sie sofort aufbrechen musste, nachdem sie versprochen hatte, Mr. Cross in der nächste Woche aufzusuchen. Wenn alles gut lief, würde die Empfangsdame sie zur Mittagszeit schon vergessen haben – und wenn die Polizei erschien und Nachforschungen wegen Wades Verschwinden anstellte, würden Maddie und Lionel nicht einmal erwähnt werden.

Maddie verließ den Aufzug im Erdgeschoss und ging schnell durch die Eingangshalle. Lionel kam auf sie zu und lief neben ihr her bis zur Drehtür mit der dahinter wartenden Stadt.

»Hast du etwas gefunden?«, fragte sie ihn.

»Allerdings. Ihr Name lautet Lana Taylor. Ich habe über sie recherchiert, während ich auf dich gewartet habe. Sie ist Privatdozentin an der New York University, und ihre Spezialgebiete sind Handschriftenanalyse und die kriminaltechnische Auswertung von Dokumenten. Anscheinend verdient sie sich als freie Handschriftenexpertin ein wenig Geld nebenher.«

»Wir gehen zur Universität?«

»Nein, zu ihr nach Hause. Die Adresse in Wades Terminkalender gehört zu einem Wohnblock in Brooklyn, in der Nähe der Seventh Street.« Sie traten auf den sonnenüberfluteten Bürgersteig. Der Verkehr war ein lautstarkes Gewühl, Hupen blökten, ein Lastwagen fuhr bei Rot in eine Kreuzung hinein. Lionel warf einen Blick zurück auf das Hochhaus mit den Glaswänden. »Wird es ihr bald wieder gut gehen?«

»Der Empfangsdame? Aber ja. Ich habe ihr einen Fünfzigdollarschein in die Handtasche gesteckt, während sie ihr Frühstück von sich gegeben hat. Sie wird nicht wissen, woher er stammt, aber ich hoffe, dass sie sich damit etwas Gutes gönnt.«

»Das war nett von dir.«

»Nicht wirklich«, sagte Maddie. »Es war Reginas Geld.«

Achtunddreissig

Die Straße, in der Lana Taylor wohnte, musste irgendwann in den 1950er-Jahren erstarrt sein. Wohnhäuser aus beigefarbenem Ziegelmauerwerk waren in wildem Durcheinander wie Unkraut an der Straße entlang dem geborstenen Asphalt gesprossen und zeigten staubige Fenster, »Geöffnet«-Schilder und leere Türrahmen. Ein altmodisches Schild in Gelb warb für »Lemmons Schuh- und Stiefel-Reparatur.« Vermutlich war es modern gewesen, als es angebracht worden war.

Lionel und Maddie standen im Eingang von Lanas Haus; unter einer Reihe von Klingelknöpfen klebte welliges rotes Isolierband, auf dem der jeweilige Nachname stand.

Lana wohnte im Apartment 302. Lionel drückte den Klingelknopf und wartete. Keine Reaktion.

»Glaubst du, sie ist nicht zu Hause?«, fragte Maddie.

»Das wäre der günstigste Fall.«

An ihrem Blick erkannte er, dass sie dasselbe dachte wie er: Sie lieferten sich ein Wettrennen mit dem blauäugigen Mann. Vielleicht war er doch schneller gewesen, als sie es für möglich gehalten hatten.

»Ich kann versuchen, die Haustür zu öffnen«, sagte Maddie, während sie die dicke Metallplatte vor sich beäugte. Hinter einer kleinen Scheibe aus Drahtglas führte eine hölzerne Treppe mit einem schmutzigen olivgrünen Läufer nach oben.

»Ich weiß eine bessere Lösung«, sagte Lionel.

Er drückte nacheinander auf jeden einzelnen Klingelknopf. Etliche blecherne Stimmen drangen gleichzeitig aus dem Lautsprecher und überlagerten sich. Er drückte auf den Sprechknopf und rief: »Eine Sendung von UPS.«

Die Tür brummte dumpf, und der Schnapper sprang knirschend auf. Lionel zog die Tür auf, bevor die Verriegelung sich wieder schließen konnte.

»Ein alter Reportertrick. Er funktioniert jedes Mal«, erklärte er, während er die Tür für Maddie aufhielt und sie mit einer theatralischen Handbewegung zum Betreten des Hausflurs einlud.

Sie stiegen die Treppe hoch. Unter ihnen wurde eine Wohnungstür geöffnet, und ein verwirrter Bewohner hielt nach einem Paket Ausschau, das nicht kam. Sie stiegen still und leise hoch in den dritten Stock.

Die Tür des Apartments 302 stand weit offen.

Das Schloss war nicht beschädigt. Es hatte den Anschein, als habe die Bewohnerin selbst einem Besucher geöffnet. Die Glassplitter, die auf dem Holzboden lagen, das umgestürzte Büfett und die verstreuten Blumen, die in einer Pfütze aus vergossenem Wasser starben, erzählten die Geschichte weiter.

Und die schlaffe Hand einer älteren Frau in der Tür zum Wohnzimmer teilte den Rest mit.

Lionel wollte weglaufen, aber Maddie hielt ihn zurück, legte ihm die Hand auf den Brustkorb; dann ging sie als Erste hinein. Sie bewegten sich schnell und so behutsam, wie es ihnen möglich war. Trotzdem klang jedes Ächzen der Dielenbretter in der Stille so laut wie ein Pistolenschuss. Lionel hatte im Netz ein Bild von Lana gesehen; sie war Mitte dreißig, vielleicht fast vierzig. Die Leiche könnte die ihrer Großmutter sein oder die einer alten Freundin …

Er trat an die offene Wohnzimmertür heran, und ihm stockte der Atem.

Es war Lana. Der Leichnam hatte eine pflaumenfarbene Haut und wurde von einem Pullover und einem Rock beinahe verschluckt, die zu groß für den verschrumpelten Körper zu sein schienen. Er wirkte wie der von Dolores Croft im Blackstone-Gebäude. Vorzeitig gealtert, *ausgesaugt* und all dessen beraubt, was ihn zu einem Menschen gemacht hatte.

Aus einem Zimmer am anderen Ende der Diele drang ein Rascheln. Jemand zog Schubladen heraus und suchte nach etwas.

Der Mann mit den blauen Augen war hier.

Lionel ballte die Hände zu Fäusten. Maddie musste die Mordlust in seinen Augen entdeckt haben, denn sie berührte wieder seine Brust. Dann schüttelte sie den Kopf und zeigte auf Lanas Leichnam. Es erinnerte ihn daran, wozu dieser Mann fähig war. Er verstand. Sie brauchten einen Plan. »Reinlaufen und sich prügeln« war kein Plan.

Das Rascheln verstummte.

Er spürte etwas am Rand seiner Sinne. So als bohrte sich ein scharfkantiger Stab durch seine Hirnwindungen. So ähnlich hatte es sich angefühlt, als Melpomene seinen Geist durchforstet hatte. Aber das hier war gröber und weder so gründlich noch so tief. Sobald ihn diese harte geistige Liane berührt hatte, zog sie sich bereits wieder zurück.

Die Stimme des Mannes drang aus dem Zimmer am anderen Ende der Diele herüber. Sie klang so rostig und zugleich jovial wie damals im Ballsaal.

»Ich hatte es eilig in jener Nacht«, sagte er. »Ich habe gemerkt, dass ihr beide das Unausweichliche mit diesem flotten Zauberspruch hinausgezögert habt, und so habe ich es nicht beendet. Die meisten Menschen, die eine solche Situation überleben, betrachten es als Zeichen und ziehen weiter zu grüneren Wiesen. Auf keinen Fall jedoch stürzen sie sich kopfüber in neue Schwierigkeiten.«

»Wissen Sie, wer ich bin?«, fragte Lionel.

»Ich weiß es jetzt. Ich habe euch beide im Auge behalten, seit ich jeden Namen auf der Gästeliste überprüft und die euren nicht darauf gefunden habe.« Er lachte tief und voll. »Lionel! Der kleine Lionel Paget, ich kann es kaum glauben.«

Lionel ballte die Fäuste noch fester.

»Sie haben meine Mutter getötet.«

»Natürlich habe ich das«, erwiderte die Stimme. »Ich hätte auch dich umgebracht, damit ich endlich hätte einen Schlussstrich ziehen können, aber deine Mutter war verdammt gerissen. Ich wusste, dass sie ein Kind in deinem Alter hatte, aber ich hatte sie seit vielen Jahren nicht mehr gesehen, und daher wusste ich nichts über dich. Nicht einmal deinen Namen. Als ich zu ihr kam, hatte sie ein kleines Mädchen bei sich. Es muss eins der Kinder von der Ranch gewesen sein, die Tochter von jemand anderem. Sie hatte sich schützend vor das Mädchen gestellt. Und da habe ich natürlich geglaubt, sie sei ihr eigen Fleisch und Blut. Während ich das kleine Mädchen in Stücke riss, haben sie dich durch die Hintertür in Sicherheit gebracht. Wie heißt es doch so schön: Glauben heißt nicht wissen.«

Unzählige Fragen kochten in Lionels Brust hoch und drohten, sie zu sprengen, und sie alle platzten in einem erstickten *»Warum?«* aus ihm heraus.

Die Antwort des Mannes mit den blauen Augen bestand in einem langen leisen Kichern.

»Deine Mutter war eine Hure, Lionel.«

Er lief auf den gegenüberliegenden Raum zu. Maddie stellte sich ihm in den Weg und hielt ihn zurück.

»Mach das nicht«, zischte sie durch die zusammengebissenen Zähne. »Er *will*, dass du das tust. Lass es nicht zu, dass er dich ködert.«

Lionel atmete tief durch, bewegte sich nicht mehr.

»Sie schulden mir Antworten«, sagte er.

»Du kennst sie bereits«, erwiderte die Stimme. »Wie viele Jahre bist du meinen Spuren nachgelaufen, Sohn? Sag mir nicht, dass du es noch immer nicht herausgefunden hast. Denn sonst hättest du niemals so weit kommen können.«

»Ich bin Ihnen nicht nachgelaufen«, sagte Lionel. »Ich wusste nicht einmal, dass Sie existieren, bis ich Sie in dem Ballsaal gesehen habe. Ich … habe meine Erinnerungen an jene Nacht getilgt.«

»*Bockmist*. Willst du mir wirklich einreden, dass sich Sheila Pagets Junge rein zufällig im Blackstone-Gebäude aufhielt, als ich dort eine Kleinigkeit zu erledigen hatte? All die Jahre und die ganze Welt lagen zwischen uns, und dann kreuzen sich unsere Pfade *rein zufällig*? Wenn sich jemand auf einem Rachefeldzug befindet, dann bist du das.«

»Vor jener Nacht war ich es nicht.« Lionel richtete seinen Blick starr auf das andere Ende der Diele und den schwachen, beinahe reglosen Schatten eines Mannes auf den hölzernen Bodenbrettern. »Aber jetzt bin ich es.«

Der unsichtbare Stab drang wieder in sein Hirn. Lionel schlug mit seinen Gedanken danach, handelte instinktiv, wie er mit der Hand nach einer Mücke schlug. Er verspürte eine schwache Befriedigung, als der Stab herausgezogen wurde. Einen Moment lang schwieg der Mann mit den blauen Augen. Dann redete er wieder, und in seiner Stimme, die von den Wänden widerhallte, lag eine gewisse Faszination.

»Du lügst nicht. Sie hat dich nicht markiert. Sie hat dich nicht für sich beansprucht.«

»Wer?«, fragte Lionel.

»Du weißt es wirklich nicht.« Seine Worte endeten in einem ironischen Kichern. »Nun, ich vermute, du kannst nichts verlieren, was du nie hattest. Deine Mama war eine Hexe. *Das* weißt du doch, oder? Sie war keine abgehobene Kristalle-Schwingerin; das war nur ihre Tarnung. Nein, sie war *echt*.«

»Ich weiß.«

»Auf ihrer Schulter lag die Hand einer Göttin. Deine Mutter wurde gekauft, es wurde ein Preis für sie bezahlt, sie wurde gebrandmarkt und gab ihre Seele weg. Ich hatte es für möglich gehalten, dass du ebenfalls das Zeichen trägst. Vielleicht hatte die Göttin dich mir zur Vergeltung geschickt. So etwas mögen sie. Große Rache, Krieg der Blutlinien – die Art von Epos, die alle Dichter in Brot und Arbeit hält.« Er kicherte erneut. »Aber du trägst es nicht. Sohn, du bist auf die Straße gesetzt worden. Die Göttin deiner Mutter hat dich armen Kerl *im Stich gelassen*.«

Lionel wusste nicht genau, wie er darauf reagieren sollte. Der Mann hatte recht; man konnte nicht verlieren, was man nie besessen hatte. Konnte man es vermissen? Wenn er die Wahrheit sagte, dann war seine Mutter mit dem Göttlichen in Konflikt geraten – mit etwas, das größer als diese Welt war.

Etwas, das Lionel für unbedeutend und nicht der Mühe des Darumkümmerns wert hielt.

»Ich brauche keine Göttin, wenn ich es mit Ihnen aufnehmen will«, sagte er. Er wusste, dass er seine Tapferkeit nur aufgesetzt war, aber nun hatte er seine Wut unter Kontrolle, und das Einzige, was ihn davon abhielt, die Diele zu durchqueren, war der kühle, ruhige Druck von Maddies Fingern gegen seine Brust.

»He, geheimnisvolles Mädchen«, rief der Mann mit den blauen Augen. »Ich kann dich nicht einordnen, aber ich habe den Eindruck, dass du unseren kleinen Lionel unter deine Fittiche genommen hast. Ist das richtig?«

»Das ist richtig«, sagte Maddie.

»Wirst du es zulassen, dass er Selbstmord begeht? Oder

wirst du den Jungen an die Hand nehmen und auf demselben Weg von hier verschwinden, auf dem ihr hergekommen seid?«

Sie zog die Brauen zusammen, und Lionel konnte ihren Gedanken folgen, ohne dass Maddie sie aussprach. Sie wussten, dass der Mann mit den blauen Augen sehr mächtig war; das hatte er mit dem Sturm der Geister im Blackstone-Gebäude bewiesen, und der zusammengeschrumpfte Leichnam vor ihnen war ein weiterer Beleg dafür. Aber warum kam er nicht heraus und kämpfte?

»Lionel sagt, dass Sie ihm Antworten schulden«, meinte Maddie. »Da muss ich ihm widersprechen. Sie schulden ihm viel mehr als das. Ich bin hier, weil ich ihm helfen will, seine Schulden einzutreiben. Muss ich Sie formell herausfordern?«

»Komme ich dir vor wie ein Mann, der etwas auf Traditionen gibt? Hier stimmt etwas nicht. An dieser ganzen Sache ist etwas faul, und ich werde es nicht zulassen, dass du mich zu einer unbedachten Handlung verleitest. Du kannst mich herausfordern, so viel und so lange du willst, aber heute werden wir nicht kämpfen. Nicht, solange ich nicht der ganzen Angelegenheit auf den Grund gegangen bin.«

Ein Kratzen wie von Holz auf Holz ertönte aus dem angrenzenden Zimmer.

»Du willst Antworten, Lionel? Hier bekommst du eine: Ich habe deine Mutter in Notwehr getötet, damit sie mir nicht mehr nachstellt. Das ist alles; es war nichts Persönliches. Und es wird auch nichts Persönliches zwischen dir und mir sein, wenn du nicht unbedingt darauf bestehst. Geh nach Hause. Geh zurück nach Chicago, heirate, zieh ein paar Kinder groß, werde zum Familienmenschen. Diese Welt hier ist nicht die deine. Geh heim.«

Lionel dachte an jenen Morgen, als er neben Maddie gesessen und sich wie Alice gefühlt hatte, die überlegte, ob sie den

Sprung in den Kaninchenbau wagen sollte. Entweder ein normales Leben oder die Initiation. Er hatte seine Wahl getroffen.

»Diese Welt *ist* jetzt mein Zuhause«, sagte er.

»Dann solltest du dir allmählich dein Grab schaufeln«, sagte der Mann mit den blauen Augen. »Lang und tief. Ich werde dich sehr bald wiedersehen.«

Schuhe klapperten auf Metall. Nun begriff Lionel, was das Kratzen bedeutete.

»Das Fenster«, sagte er zu Maddie. »Er flieht über die Feuertreppe!«

Sie rannten durch die Diele und die offenstehende Tür. Der Mann mit den blauen Augen hatte in einem winzigen Arbeitszimmer gelauert, kaum größer als ein Wandschrank, und in dem sich nur ein überquellendes Bücherregal und ein kleiner Computertisch befanden. Der Computer sah aus, als hätte er zwölf Runden gegen einen Schwergewichtsboxer hinter sich. In der gegenüberliegenden Wand befand sich ein hohes, schmales offenes Fenster.

Lionel sprang hinaus auf die Feuertreppe und landete mit beiden Füßen auf dem Metall, das ein klapperndes Geräusch von sich gab. Sein Ziel erreichte gerade den Absatz zwei Stockwerke tiefer, rannte weiter die Stufen hinunter und hielt dabei mit der einen Hand einen braunen Stetson fest, damit er ihm nicht davonflog. Lionel sah zwischen den Metallstäben rötliche Haut aufblitzen, dazu ein beigefarbenes Anzugjackett und polierte Gamaschen. Lionel jagte ihm nach, und Maddie war dicht hinter ihm.

Die Gestalt unter ihnen sprang von der letzten Leitersprosse auf das Pflaster der Seitengasse und rannte davon. An der nächsten Straßenbiegung blieb der Mann stehen, wirbelte herum und sah, wie Lionel ebenfalls die Gasse erreichte.

Er war es. Ein Splitter der Erinnerung wurde in Lionels Geist freigesetzt, als wäre er vorher in Plastik eingeschweißt gewesen. Lionel roch den dichten Qualm der brennenden Ranch, er hörte das Prasseln der Flammen, und er hörte die Schreie. Und er sah den Mann mit den blauen Augen, der unversehrt durch das Feuer schritt.

Er war kein Ungeheuer. Ohne seine Maske war er bloß ein gewöhnlicher Mann: etwas über vierzig, mit vollen Wangen, einer spitzen Nase und recht langem Kinn. Leicht zu vergessen. Wären da nicht seine Augen gewesen, Augen von einem Blau, dass sie nicht real wirkten, hätte er auf jeder belebten Straße in Amerika untertauchen können.

Er grinste, tippte grüßend gegen die Krempe seines Huts und zwinkerte Lionel zu. Dann verschwand er um die Ecke.

»Lionel!«, rief Maddie, als Lionel hinter ihm her rannte. »Sei vorsichtig! Es könnte eine …«

Das Wort erstarb auf ihren Lippen, als sie die Ecke umrundet hatten. Vor ihnen erstreckte sich lediglich ein unbebautes Grundstück zwischen den Ziegelmauern; es war so schmal, dass kein Haus darauf passte.

Nur ein offener Gully, dessen schmutzverkrusteter Deckel daneben lag. Das dunkle Loch wirkte wie eine Einladung.

»Eine Falle«, sagte Maddie.

Lionel zog an dem Deckel. Er ließ sich kaum bewegen, und sein Rücken protestierte. Es war unmöglich, dass der Mann den Abfluss gerade erst geöffnet hatte, nicht so schnell und nicht ohne eine Brechstange. Das hieß, dass es schon offen gewesen sein musste, als die Jagd begonnen hatte.

»Hier ist er hergekommen«, sagte Lionel. Er hockte sich vor das Loch und spähte hinunter in die Dunkelheit. »Vielleicht *lebt* er sogar dort unten. Er hat gewiss nicht erwartet, dass wir plötzlich auftauchen.«

»Das heißt aber nicht, dass es keine Falle ist.«

Lionel holte sein Handy hervor. Er aktivierte die Taschenlampe und ließ einen blassen Strahl in die Tiefe gleiten. Nichts bewegte sich dort unten. Und es war auch nichts zu hören.

»Warum ist er weggelaufen, Maddie? Wir haben gesehen, wozu er imstande ist. Warum wollte er sich uns nicht stellen?«

»Er hat vor irgendetwas Angst«, sagte sie.

Lionel hob den Blick und sah ihr in die Augen.

»Ich will wissen, wovor.«

Neununddreissig

Zwei Lichtstrahlen tasteten die feuchten Betonwände ab. Das Licht aus Maddies Handy enthüllte eine Schablonenschrift aus nüchternen gelben Buchstaben an der Wand: »Zugang Abzweigung 23-B-1«. Hier unten war die Luft schal und heißer als oben auf den sommerlichen Straßen, und es stank nach verfaulendem Müll und nassem Hundefell. Wenigstens war dies nicht die Hauptkloake. Der Stein unter ihren Füßen war zumeist trocken und nur hier und da mit nassen Flecken gesprenkelt. Seite an Seiten gingen sie langsam durch den Versorgungstunnel, lauschten auf jede Bewegung, hörten aber nichts außer dem Klappern ihrer eigenen Schritte, das einsam von den Wänden zu ihnen zurückhallte.

»Er hatte recht«, meinte Lionel mit flüsternder Stimme. »Wie wahrscheinlich war das?«

»Was?«

»Dass ich im selben Raum mit dem Kerl ende, der meine Mutter getötet hat? Vielleicht hat mich keine Göttin dorthin geschickt, aber irgendjemand hat es getan.«

»Regina«, sagte Maddie.

»Glaubst du, dass sie es weiß? Was er getan hat?«

»Sie ist Regina«, sagte Maddie. »Ich habe schon vor langer Zeit gelernt, dass es reine Zeitverschwendung ist, herausfinden zu wollen, was sie weiß und warum sie gewisse Dinge tut. Sie wird dir ihre Karten offenlegen, wenn sie glaubt, dass der richtige Zeitpunkt dafür gekommen ist.«

Sie erstarrten. Etwas glitt durch die Dunkelheit vor ihnen, wo sich der Tunnel erweiterte und zugleich absenkte. Dicke Metallrohre führten an der einen Seite entlang. Darin rumpelte es leise, und auf der Oberfläche hatte sich Kondenswasser gebildet.

Maddie hob ihr Handy. Der Strahl fing eine schimmernde Bewegung ein, rasch und dicht am Boden.

»Was ist das?«, fragte Lionel und kniff die Augen zusammen. »Eine Ratte?«

Die Antwort kam aus der Dunkelheit auf sie zugeschlurft – volle drei Meter lang. Während sich das Geschöpf auf vier kurzen, kräftigen Beinen vorwärts zog, glitzerte sein Schuppenpanzer im Lichtstrahl. Der Alligator stieß ein rasselndes Geräusch aus, und ein hellbraunes Auge starrte sie an.

»Ein Alligator«, keuchte Lionel, »in der Kanalisation! Maddie, das ist doch bloß … ein Großstadtmythos. Es gibt sie nicht wirklich.«

»Dieser hier sieht für mich verdammt real aus«, entgegnete Maddie. »Denk daran, was ich dir beigebracht habe: Nur weil etwas eine Geschichte ist, heißt das noch lange nicht, dass es nicht stimmt.«

Der Alligator drehte den Kopf. Das andere Auge war milchig-weiß und quoll aus einem Schädel heraus, dem das Fleisch abgerissen worden war. Der halbe Körper der Kreatur war eine Masse verrottender Schuppen und bloßliegender Knochen; die inneren Organe waren geschrumpft. Lionels jüngst gewecktem Blick entging nicht der schwarz-violette Dunst, der an den untoten Eingeweiden hing wie ein Überzug aus giftigem Moos.

»Ein Alligator mit ernsthaften Hautproblemen«, sagte er.

»Er ist tot, Lionel. Dieser Alligator ist tot.«

Sein Schwanz peitschte dumpf auf den feuchten Beton.

»Und dennoch …«, sagte Lionel.

»Wir sollten jetzt sehr langsam zurückweichen.«

Keine Zeit. Das Wesen stieß ein ersticktes, pfeifendes Knurren aus, als triebe jemand Luft durch einen eingerissenen, eingerosteten Blasebalg, und dann griff es an.

Ob tot oder nicht, dieses Ding war ungeheuer schnell. Es rannte los und schoss auf Lionel zu wie ein außer Kontrolle geratener Zug. Er warf sich zu Boden, prallte mit der Schulter auf den Beton und rollte zur Seite. Maddie reagierte blitzschnell. Sie wirbelte herum, riss die Hände hoch, verhakte die Finger ineinander und zischte rituelle Worte. Der Bannspruch summte durch die schmutzige Luft, bewegte sich wie eine flirrende Fata Morgana und wogte über den verwesten Alligator. Die Todesenergie klammerte sich unbeirrt an seine Rippen und wirkte wie Rost auf Stahl. Der Alligator erbebte und schien verblüfft zu sein, dass er getroffen worden war. Dann drehte er sich langsam um und bewegte sich auf Maddie zu.

Sie wartete bis zur letzten Sekunde. Verfaulte Zähne schnappten nach ihrem Fuß, verfehlten ihn knapp und knirschten aufeinander wie die Eisen einer Falle. Der Schwanz des Alligators peitschte vor Hunger und Enttäuschung gegen den Betonboden.

»Er ist zu stark. Ich kann ihn nicht bannen«, keuchte Maddie. »Die Todesenergie wirkt belebend auf ihn. Ich muss sie aufsaugen. Dazu brauche ich ein paar Sekunden. Lenk ihn in der Zwischenzeit ab.«

Lionel sah sie an, als wäre ihr soeben ein zweiter Kopf gewachsen. Aber ihnen blieb keine Zeit für Diskussionen, denn der Alligator drehte sich und startete einen neuen Angriff. Lionel stampfte mit dem Fuß auf und lenkte den Strahl seiner Handylampe in das gesunde Auge der Kreatur. Das erregte ihre Aufmerksamkeit. Er wusste bloß nicht, was er jetzt tun sollte. Er atmete tief durch und stellte sich breitbeinig auf den Boden wie ein Matador ohne Cape, als das Wesen auf ihn zukam.

Nun übernahm Lionels Instinkt. Er verhakte die Finger ineinander und sprach die magischen Worte.

»*Akhas. Dromenei.*« Der Alligator rückte rasch näher, hatte die Schnauze aufgerissen, und die verfaulten Zähne waren bereit zuzubeißen, während sich Lionels Finger wanden und er die Hände vorstreckte. »*Keh.*«

Auf dem Parkplatz hatte er Zeit zum Nachdenken gehabt. Zeit, in Angst zu geraten. Jetzt aber überließ er sich ganz seiner Intuition, seinen Gefühlen, und das Entsetzen nährte den Funken in seinem Bauch und fachte ihn zu einem brüllenden Feuer an. Er spürte, wie die Hitze an seinen Armen entlangschwappte und zu einem brausenden Strom wurde. Der Bannspruch traf die Kreatur mit der Macht eines bleigefüllten Boxhandschuhs am Schädel. Sie brüllte auf; es war ein gutturales Röhren wie von einem Müllwagen, der mit Vollgas einen Berg hinauffuhr, und dann wankte sie davon.

Maddie hatte ihre eigene Abwehr vorbereitet und sang leise, während sie die Bestie umrundete. Nun schlug sie zu. Sie fiel auf ihr Knie und drückte die offenen Handflächen gegen die Seite des Alligators. Ihre Finger gruben sich in verwestes Fleisch und brodelnde Todesenergie, packten freiliegende Rippen und hielten sich daran fest. Die Wolke aus violettem Dunst pulsierte und floss auf Maddies Kommando aus dem belebten Kadaver ab. Sie glitt unter Maddies Haut und strömte in ihren Körper.

Der Alligator schlug ein letztes Mal mit dem Schwanz, heulte auf und verstummte.

»Maddie«, keuchte Lionel, »bist du …«

Sie brach auf alle viere zusammen und bog ihren Rücken

so heftig durch, dass er ein Knacken von sich gab. Dann riss sie den Mund auf und erbrach einen Strom aus schwarzem Rauch. Er trat zwischen ihren Lippen hervor und löste sich in der Luft auf; zurück blieb nur ein Geruch nach saurer Milch. Nach einem heftigen feuchten Hustenanfall entwichen auch die letzten Rauchfäden. Lionel eilte an ihre Seite, hielt ihre Schultern und wusste nicht, wie er ihr helfen konnte.

»In Ordnung«, ächzte sie. »Innere Alchemie. Ich habe die Energie abgezogen und durch meinen Körper geleitet. Als ich sie wieder ausgespuckt habe, war sie harmlos geworden. Sie riecht nur schlecht.«

Ihre Haut war feucht und fühlte sich heiß an. Er legte ihr die Hand auf die Stirn, und sie war sofort schweißnass.

»Du siehst nicht gut aus«, sagte er. »Himmel, du verbrennst ja!«

Es gelang ihr, den Kopf zu heben. Sie schenkte ihm ein von Schmerz verzerrtes Lächeln. »Das ist Todesenergie, Lionel. Weißt du, was niemals in einem lebendigen Körper sein sollte? Genau das. Der Name verrät es. Alles in Ordnung, ich brauche nur etwas Ruhe. Bringst du mich nach Hause?«

Er schaffte es, sie auf der Leiter nach oben zu bugsieren, indem er sie von einer Sprosse zur nächsten schob. Bald befanden sie sich wieder auf der Straße. Maddie lehnte sich an die Gassenmauer, während Lionel an den Straßenrand lief und nach einem Taxi Ausschau hielt. Als er endlich eines erwischt und Maddie auf den Rücksitz geschoben hatte, befand sie sich an der Grenze zum Delirium.

»Das darfst du niemals versuchen«, flüsterte sie gerade so laut, dass er ihre Worte verstehen konnte. »Fortgeschrittene Technik. Brauchst hundert Jahre Erfahrung, bis du auch nur daran denken kannst.«

Er glaubte, dass sie dies metaphorisch meinte. Er wollte sie nicht fragen. Dafür war jetzt keine Zeit. Er drückte sie in den Sitz und schnallte sie an, als das Taxi losfuhr, dann wischte er ihr erneut mit dem Ärmel den Schweiß von der Stirn. An ihrer Wange war eine Blase aufgeplatzt, und er erinnerte sich an ihre früheren Worte.

»*Das klingt wie die Auswirkungen einer radioaktiven Verstrahlung*«, hatte er gesagt.

»*Das trifft es ziemlich gut. Es ist so etwas wie eine okkulte Verstrahlung. Andere Quelle, selber großartiger Geschmack.*«

»Ich passe auf dich auf«, sagte er. »Alles wird gut.«

Er kam sich wie ein Lügner vor. Er hoffte, dass sie recht hatte – dass sie bloß ein wenig Bettruhe brauchte und diese Sache vorbeigehen würde wie eine Erkältung vorbeiging –, aber jetzt sah sie schlechter aus als unten in der Kanalisation. Die Farbe war aus ihrem Gesicht gewichen; es war bleich und schimmerte schweißfeucht, und auf der Unterlippe hatte sich eine neue Blase gebildet.

»Es ist lange her, dass ich so etwas tun musste«, keuchte sie. Ihre Stimme klang, als wäre sie hundert Kilometer entfernt. »Vielleicht habe ich einen Fehler gemacht. Sag es bitte nicht meiner Mutter. Versprich mir, dass du es nicht meiner Mutter sagen wirst, Lionel. Versprich es mir. Sie würde mir das nie verzeihen.«

Der Fahrer schaute in den Rückspiegel und hob die buschigen Brauen. »He, Kumpel, ist mit Ihrer Freundin alles in Ordnung? Braucht sie einen Arzt? Sollen wir ins Krankenhaus?«

Kein Krankenhaus konnte so etwas heilen. Lionel zwang sich zu einem sorglosen Lächeln. Es wurde zu einer Grimasse.

»Es geht uns gut«, sagte er. »Nur ins Hotel. Bitte.«

»Sie ist doch nicht ansteckend, oder? Ansteckende Leute haben in meinem Taxi nichts zu suchen. Ich bekomme im Krankheitsfall keinen Lohn.«

»Nein.« Er wischte ihr wieder über die Stirn. »Sie … hat verdorbenen Fisch gegessen, das ist alles.«

Die buschigen Brauen stießen beinahe auf der Stirn zusammen. »Sagen Sie mir Bescheid, wenn sie kotzen muss, ja? Dann halte ich an. Bitte nicht in meinem Wagen.«

Wenigstens fuhr er jetzt schneller. Fünfzehn Minuten später stützte sich Maddie auf Lionel, während dieser sie durch die Hotelhalle schob. Sie konnte sich kaum mehr auf den eigenen Beinen halten, und ihr fielen die Augen zu. Er legte ihr den Arm um die Schulter und brachte sie zum Aufzug. Er spürte, dass zahlreiche Blick auf ihnen ruhten, er hörte fragendes Murmeln, aber niemand stellte sich ihnen in den Weg.

Er geleitete sie zu seiner Suite, legte sie auf das Bett, und sie durchnässte die Laken mit ihrem Schweiß, während er Bahnen in den Teppich lief. Weitere Blasen waren an ihren Armen erschienen. Ihre Haut strahlte Hitze ab wie ein Ofen, und sie atmete sehr flach.

»Maddie, ich … ich weiß nicht, was ich tun soll«, sagte er. »Bitte hilf mir.«

»He«, keuchte sie. »Lionel.«

Er beugte sich zu ihr und bemühte sich, sie zu verstehen.

»Ich mag dich.« Sie hob mühsam die Hand und fuhr mit dem Finger über seine Nasenspitze. »Piep.«

Ihre Hand fiel schlaff auf die Matratze zurück.

Er brauchte fremde Hilfe. Er brauchte jemanden mit Erfahrung und großem Wissen. Also rief er Regina an. Das Telefon am anderen Ende klingelte. Und klingelte.

»Wirklich?«, fuhr er sein Handy an. »Gerade jetzt bist du nicht da? Da brauche ich dich ein einziges Mal, und du nimmst das Gespräch nicht an?«

Es klickte in der Leitung, und ein Anrufbeantworter sprang an. »Sie sind mit Regina Dunkles Anschluss verbunden. Ich bin im Augenblick nicht zu sprechen, aber wenn Sie mir Ihre Kontaktdaten hinterlassen …«

Er wartete auf den Piepton, während er auf und ab lief. »Regina, hier ist Lionel. Rufen Sie mich bitte *sofort* zurück. Und zwar schnell. Wir brauchen Hilfe. Maddie ist verletzt, und es geht ihr immer schlechter.«

Er beendete das Gespräch. Es hatte keinen Sinn zu warten. Er wusste nicht, wann Regina zurückrufen würde, oder ob sie es überhaupt tun würde. Er hatte keine Ahnung, wie viel Zeit Maddie noch blieb.

Da erinnerte Lionel sich an etwas. Er packte seine Brieftasche, blätterte in den zusammengefalteten Rechnungen herum und zog schließlich die Visitenkarte heraus, die er von der Kunsthändlerin in der Galerie erhalten hatte. Da stand der Name der Kräuterheilerin mit terrakottafarbener Tinte auf dem blassblauem Papier – und eine Telefonnummer.

Sie nahm nach dem dritten Läuten ab und meldete sich mit einer klaren, festen Stimme. »Wen Xiulang.«

»Mrs. Wen«, sagte Lionel, »ich brauche Ihre Hilfe. Das heißt, eine Freundin von mir braucht sie. Es ist ein Notfall.«

»Und welcher Art ist Ihr Problem?«, fragte die Frau.

»Sie sagt, dass sie beide sich kennen oder zumindest einmal gekannt haben. Ihr Name lautet Madison …« Er hielt inne. Plötzlich wurde Lionel klar, dass er keine Ahnung hatte, welchen Nachnamen Maddie trug. »Bitte legen Sie nicht auf, wenn ich jetzt etwas sage, das völlig verrückt klingen wird, ja?«

Keine Antwort. Die Kräuterheilerin hörte schweigend zu.

»Maddie ist eine Hexe«, sagte Lionel, »und sie hat irgendeine Todesenergie aufgesaugt und sie wieder auszuspucken versucht, aber etwas davon steckt noch in ihr, wie ich vermute. Und es bringt sie um, und ich selbst habe erst gestern damit begonnen, Magie zu wirken und weiß nicht, was ich tun soll.«

Abermals: keine Antwort. Mrs. Wen schwieg so lange, dass Lionel die Verbindung überprüfte, weil er befürchtete, sie könnte doch aufgelegt haben.

»Sagen Sie mir, wo Sie sind«, meinte sie schließlich. »Ich komme sofort zu Ihnen.«

Vierzig

An der Tür des Hotelzimmers wurde dreimal forsch geklopft. Lionel riss sie auf. Seit seinem verzweifelten Anruf war eine halbe Stunde vergangen, und Maddie ging es nicht besser. Sie hatte die Augen geschlossen, ihr wahnhaftes Murmeln war verstummt, und nur das langsame, schwache Heben und Senken ihrer Brust zeugte davon, dass sie noch lebte.

Wen Xiulang lief ohne ein Wort an ihm vorbei ins Zimmer; in der Hand hielt sie einen schweren Lackkoffer von der Größe eines Angelkastens. Unter einer chinesischen Kräuterheilerin hatte sich Lionel eine verhutzelte Alte vorgestellt, doch stattdessen erblickte er eine Frau von kaum mehr als zwanzig Jahren mit scharfem Blick, kurzen Haaren und den flinken Bewegungen einer Gottesanbeterin. Sie trug ein Hemd aus Rohseide und eine Designerjeans. Ihren Koffer stellte sie auf dem Nachttisch ab und schlug gezielt mit der Handkante darauf. Der Deckel klappte auf, drei Schubladenreihen wurden ausgefahren. Sie war bereit.

Die Luft füllte sich mit einem moschusartigen Duft und mit dem Aroma getrockneter Wurzeln und Pilze, während Xiulang Maddie aufmerksam untersuchte.

»Es war gut, dass Sie mich gerufen haben«, sagte sie.

»Können Sie sie retten?«

Sie sah Lionel zum ersten Mal an, schnaubte verächtlich, wandte sich wieder Maddie zu und zog ein Paar Latexhandschuhe aus ihrem Koffer.

»Ich habe unten einen Kaffeestand gesehen«, sagte sie. »Gehen Sie dorthin und holen Sie zwei Becher mit heißem Wasser für Tee. So heiß wie möglich.«

Lionel rannte zum Aufzug. Bald kam er mit einem dicken Pappbecher in jeder Hand zurück und spürte die Hitze des Wassers auf der verschwitzten Haut. Im Zimmer hatte Xiulang inzwischen einen Salbenbrei auf Maddies Stirn und Wangen verteilt. Die Salbe war gelb und roch nach Holzrauch.

»... hasse dich so sehr«, murmelte Maddie gerade, während sie die Augen noch geschlossen hatte.

»Ich weiß«, antwortete Xiulang ihr. Sie schnippte mit den Fingern und befahl Lionel, ihr das Wasser zu geben. »Gut. Und jetzt bringen Sie mir mehr Wasser aus dem Badezimmer. So kalt wie möglich. Vielleicht müssen Sie Eiswürfel holen.«

Er musste. Also lief er auf der Suche nach einem Pack mit Eisstücken wieder nach unten. Maddie war verstummt, als er zurückkam, aber nun atmete sie tiefer und gleichmäßiger. Xiulang hielt ihren Arm und betrachtete die Handfläche und das Gelenk eingehend. Dann beugte sich die Kräuterheilerin vor und lauschte mit gerunzelter Stirn angestrengt auf etwas, das Lionel nicht hören konnte.

»Was soll ich als Nächstes tun?«, fragte er.

Xiulang zeigte in die Ecke des Zimmers. »Sie können sich dort hinstellen. Bewegen Sie sich nicht, und vor allem seien Sie still.«

Das waren zwei Gebiete, auf denen er nicht gut war, aber er versuchte es. Er sah zu, wie Xiulang einen kleinen silbernen Hammer nahm und damit gegen die Innenseite von Maddies Arm klopfte. Jeder Schlag schien ihr etwas mitzuteilen. Sie betrachtete die Farbe von Maddies Haut, nahm mit der Fingerspitze einen Schweißtropfen auf und legte ihn sich auf die Zunge. Schließlich holte sie einen Mörser und einen Stößel aus ihrem Koffer.

»Woher kennen Sie sie?«, fragte Lionel.

Sie warf ihm einen raschen Blick zu, mit dem sie Glas hätte schneiden können, dann widmete sie sich wieder ihrer Arbeit. Sie holte kleine Mengen von Kräutern aus dem Koffer, dazu einige grüne und braune Stränge, und vermischte alles in dem marmornen Mörser.

»Das ist das Erste, was ich meinen Schülern beibringe«, sagte sie schließlich. »Redet nur, wenn ihr angesprochen werdet. Auf diese Weise lernt ihr mehr.«

»Maddie hat gesagt, dass sie sich von früher kennen, und deshalb bin ich neugierig.«

Xiulang holte tief Luft und stieß sie mit einem langen Seufzer wieder aus. Sie schloss die Augen, als zählte sie stumm.

»Als Zweites bringe ich ihnen bei, dass ein Rohrstock in den richtigen Händen sehr schmerzhafte Wirkungen haben kann.« Sie bedachte ihn mit einem durchdringenden Blick. »Soll ich meinen Stock holen, oder lassen Sie mich arbeiten?«

Lionel hob die Hände. »Entschuldigung.«

Sie schnalzte mit der Zunge und machte sich daran, weitere Kräuter zu mischen.

Stumm sah er ihr zu und versuchte zu verstehen. Es waren breiige Substanzen, Cremes und Räucherwerk, das wie Gras nach einem Regenguss duftete. Xiulang entzündete es in einer kleinen Feuerschale, hielt sie hoch und wedelte den Rauch in Maddies Gesicht, während sie etwas in einer Sprache sang, die Lionel noch nie gehört hatte. Draußen vor den Fenstern glitt die Sonne allmählich hinter die Hochhäuser von Manhattan, und der Himmel färbte sich zuerst rot, dann dunkelbraun.

Irgendwann wachte Maddie auf und blieb so lange bei Bewusstsein, dass Xiulang ihr einige Kissen unter den Kopf schieben und ein wenig Tee einflößen konnte. Sie öffnete die

Augen, aber ihr Blick war schläfrig und unstet. Die Blasen auf ihrer Haut verschwanden allmählich.

»Lionel«, seufzte Maddie.

»Ich bin hier«, sagte er.

»Ich hasse dich in diesem Augenblick so sehr.«

Xiulang schnaubte sie an und goss ein wenig Tee zwischen Maddies aufgerissene Lippen. Kurz darauf schlief Maddie wieder ein, aber nun schnarchte sie leise und zufrieden.

»Sie wird sich erholen«, sagte Xiulang. »In ein paar Stunden wird sie wieder herumlaufen. Und sie wird für eine Weile wütend auf Sie sein. Dagegen kann ich leider nichts tun. Aber sie wird es überwinden.«

»Warum sollte sie wütend sein?« Mrs. Wen bedachte Lionel mit einem weiteren »Sei still«-Blick, aber er ließ sich nicht mehr einschüchtern. »Wenigstens das können Sie mir doch sagen.«

Die Kräuterheilerin hielt zwei Finger hoch. »Das ist das *zweite* Mal, dass ich so etwas für sie tun musste. Das erste Mal ist sehr, sehr lange her. Seitdem steht sie in meiner Schuld. Und jetzt schuldet sie mir noch mehr. Lernen Sie keine innere Alchemie von ihr. Darin ist sie eindeutig sehr schlecht.«

»Wann war das erste Mal?«, fragte Lionel. »Ich will Sie nicht beleidigen, aber Sie wirken so, als gingen Sie noch aufs College.«

Xiulang machte sich wieder an die Arbeit, säuberte Mörser und Stößel und holte weitere Kräuter aus ihrem Koffer. »Sie kennen nicht einmal ihren richtigen Namen, oder?«

»Madison«, sagte Lionel. »Sie wurde nach diesem Film benannt – *Splash*. Mit Daryl Hannah und Tom Hanks.«

Sie verzog die Lippen zu einem bösartigen Grinsen. »Dann ist sie also Ihre Meerjungfrau? Werden Sie Ihr altes Leben aufgeben und mit ihr ins Meer gehen?«

Lionel beugte sich über das Bett und betrachtete die schlafende Madison.

»Darüber muss ich mir noch klarwerden«, sagte er.

»Eine ehrliche Antwort. Dumm, aber aufrichtig.« Sie zeigte zur Tür. »Machen Sie einen Spaziergang. Kommen Sie in einer Stunde zurück. Nicht früher.«

»Warum? Ich meine, ich kann doch aufhören zu reden …«

»Ich muss ihre internen Pfade neu ausrichten und dafür sorgen, dass auch der letzte Rest von Gift aus ihrem Körper verschwindet; dann wird ihre gute Energie rasch zurückkehren. Aber dazu muss ich Worte und Gebete einsetzen, die Sie nicht kennen dürfen. Gehen Sie. Es wird ihr gut gehen. Sobald ich mit ihrer Behandlung fertig bin, wird sie aufstehen und herumlaufen und sich vermutlich beschweren. Oder sie wird nach Ihnen suchen. Genießen Sie den Frieden, solange er noch anhält.«

Lionel ging.

Er dachte an die Bar und fragte sich, ob ihm ein Cocktail guttun würde, aber er konnte gerade jetzt keinen Schwips gebrauchen. Seine Gedanken waren zu verworren. Er sehnte sich nach Klarheit. Vielleicht würde er Aufmunterung in der Nachtluft der Stadt finden, die rasch abkühlte und ihn mit ihrem leisem Benzingeruch umwehte. Er verließ den ummauerten Hof des Hotels, wandte sich auf der Tenth Avenue nach Süden und spazierte los.

Er konnte mit dem Kummer und der Trauer umgehen, die nun wieder auf ihn einstürmten, und auch mit dem Schmerz, den er überwunden geglaubt hatte, und mit den Erinnerungen an die Nacht, in der seine Mutter gestorben war. Er konnte mit der Wut umgehen, die er empfunden hatte, als er nur ein paar Meter von dem Mann entfernt gestanden hatte, der für ihren Tod verantwortlich war, und ihn hatte gehen lassen müssen. Er konnte mit allem umgehen – nur nicht mit der Schuld.

Maddie lag in seinem Bett, war verletzt und hatte sich am Rand des Todes befunden – nur seinetwegen. Er hatte sie in diese Falle geführt. Er hatte sie zu jenem Mietshaus gebracht. Er konnte es nicht beweisen, aber tief in seinem Innern wusste er, dass Maddie seinetwegen hier war. Der Mann mit den blauen Augen hatte recht: Das alles war kein Zufall. Regina hatte ihre Wiedervereinigung irgendwie herbeigeführt, indem sie ihn und Lionel auf Kollisionskurs geführt und zusätzlich Maddie ins Spiel gebracht hatte.

Aber Maddie war die Einzige, die dafür hatte bezahlen müssen.

Nie wieder. Das war Lionels Kampf. Er würde ihn allein führen. Irgendwie. Er rief wieder bei Regina an und lauschte abermals ihrem Anrufbeantworter.

»Maddie wird es bald besser gehen«, sagte er mit müder, matter Stimme. »Rufen Sie mich zurück. Wir müssen reden.«

Er hatte kein Vertrauen in Reginas Antworten, aber er wollte sie trotzdem hören. Der Himmel war dunkel geworden, und Lionel wusste nicht mehr, wo er sich befand. Er ging durch ruhige Stadtschluchten, auf deren Straßen nur wenig Verkehr herrschte, und war so in seine Gedanken vergraben, dass er seiner Umgebung kaum mehr Aufmerksamkeit schenkte. Dann riss ihn ein Klingeln aus seinem Tagtraum. Ein öffentliches Telefon an einer Straßenecke läutete.

Ruckartig blieb er stehen.

In Chicago gehörten die öffentlichen Fernsprecher inzwischen zu den aussterbenden Arten. Seit jedermann sein eigenes Handy in der Tasche hatte, waren sie überflüssig geworden. Er vermutete, dass es in New York genauso war. Er hatte nicht darauf geachtet. Aber er war sicher, seit seiner Ankunft hier keine Telefonzellen gesehen zu haben. Und doch stand hier eine. Sie war alt, mit zerkratzten Plexiglaswänden, einer Falttür und einer Neonröhre, die in der Dunkelheit flackerte und surrte. Ein Aufkleber an dem Telefon bot ein dreiminütiges Gespräch für zehn Cent an.

Lionel näherte sich der Zelle so vorsichtig, als könnte die Falttür ein Maul sein, das ihn verschlingen wollte. Das Telefon klingelte noch immer. Er betrat das Häuschen. Der schwere schwarze Hörer fühlte sich kalt an, als Lionel ihn aufnahm und an sein Ohr hielt.

Ein melodisches Pfeifen drang aus der Muschel – so frisch und klar, als stünde der Mann mit den blauen Augen unmittelbar hinter ihm und gäbe die ersten Takte von »Mädchen aus Buffalo« zum besten. Lionel warf den Hörer auf die Gabel. Er sprang zurück, als ihm ein Adrenalinstoß durch die Brust fuhr.

Das Telefon läutete erneut. Er atmete mehrmals tief durch, riss sich zusammen und nahm den Hörer wieder zur Hand.

»Was ist los?«, fragte der Mann in sein Ohr. »Magst du keine Musik?«

»Wer *sind* Sie?«, fragte Lionel.

»Der Mann, dessen Schoßtier du vorhin getötet hast. Ich bin deswegen etwas angefressen.«

»Besorgen Sie sich eine Katze«, sagte Lionel. »Sie brauchen weniger Pflege.«

»Du könntest recht haben. Ich werde darüber nachdenken. Sag mal, Lionel… Jene Nacht, in der sich unsere Pfade im Blackstone gekreuzt haben – warum warst du dort, wenn du nicht nach mir gesucht hast?«

Lionel packte den Hörer etwas fester. »Wenn ich es sage, will ich Antworten hören. Ich weiß, dass Sie hinter dem Poe-Manuskript her waren. Sie haben Ray Barton gefoltert, weil

Sie Informationen haben wollten. Er hat Ihnen gesagt, dass Wade Dawson es hatte, aber Sie haben gewartet. Sie haben bis zu der Auktion gewartet, damit Sie dort jeden töten konnten, der das Manuskript je zu Gesicht bekommen hat. Sie haben sogar die Frau umgebracht, die Wade mit der Authentifizierung der Handschrift beauftragt hatte, und ich habe bemerkt, dass Sie auf dem Weg nach draußen auch noch ihren Computer zerstört haben. Ich vermute, dass Sie Ihre Spuren beseitigt haben. Sie sorgen dafür, dass es keinerlei Beweis mehr für die Existenz des Manuskripts gibt.«

»Darin erkenne ich keine Frage.«

»*Warum?*«, sagte Lionel. »Es ist nicht einmal ein verschollenes Manuskript, sondern nur die erste Fassung einer Kurzgeschichte, die es schon seit über hundertfünfzig Jahren gedruckt zu kaufen gibt. Natürlich, es ist eine wertvolle Handschrift, aber wir reden hier nicht über Picasso oder Rembrandt. Warum haben sie all diese Menschen ermordet?«

»Vielleicht töte ich gern.«

»Vielleicht erzählen Sie nur Mist. Sie versuchen, diesen Text verschwinden zu lassen. Ich will den Grund dafür erfahren.«

Ein Seufzer kratzte durch die Leitung wie eine Steppenhexe, die vom Wind über eine Wüstenebene getrieben wurde.

»Wie ich schon sagte: Ich habe nur eine Aufgabe erledigt. Wir alle gehorchen höheren Mächten, Lionel. Und manchmal muss man sehr unangenehme Arbeiten verrichten, wenn man diese höheren Mächte bei Laune halten und weiterhin entlohnt werden will. Nur darum ging es mir. Um die Verrichtung einer unangenehmen Arbeit. Ich muss gestehen, dass ich kein großer Leser bin. Und ich habe überdies auch noch eigene Ziele.«

Lionels Gedanken flogen zurück, klammerten sich an Bruchstücke und lose Fäden und vernetzten alles miteinander.

Das vollkommene Fehlen von Todesenergie nach dem Massaker im Ballsaal. Der Friedhof ohne Geister. Die unsichtbare Linie, die eine durch Selbstmord geendete Dramatikerin, ihr Lieblingscafé und das Gemälde aus seiner Tarotvision miteinander verband und ihn lockte weiterzugehen.

»Zum Beispiel diese Maschine, die in dem Verteilerkasten hinter dem *Spence's* versteckt war?«, fragte Lionel. »Die Maschine, die die Seelen von Toten aufsaugt?«

In den Worten des Mannes mit den blauen Augen gab es ein winziges Stocken. Es war kaum merklich, aber Lionel spürte die Erregung über einen gelungenen Volltreffer. Zum ersten Mal wirkte der Mann überrascht.

»Ah, diese habt ihr also gefunden.«

Diese, dachte Lionel. Das bedeutete, dass es mehr als eine gab.

»Sie sagten, Sie hätten Nachforschungen über mich angestellt,« meinte Lionel. »Sie müssten also wissen, dass ich meinen Lebensunterhalt damit verdiene, Geheimnisse aufzudecken. Es heißt, ich sei gut darin.«

»Ja, das sagt man.« Er hielt kurz inne. »Weißt du, ich bin der Meinung, wir sollten uns einmal zusammensetzen. Von Mann zu Mann. Und die Karten auf den Tisch legen.«

»Und wo?«

»An einem hübschen öffentlichen Ort«, sagte der Mann. »Ganz friedlich. Wir können reden, wenn wir es wollen. Und wenn jeder alles gesagt hat, was er dem anderen sagen wollte, und dann noch immer den Wunsch hat, gegen ihn Krieg zu führen ... nun, dann können wir das weiterhin tun.«

Lionel wusste, dass er nicht hingehen sollte. Er hatte gesehen, wozu der Mann fähig war, wie er Leben nahm und auch die Toten mit derselben Bedenkenlosigkeit für sich beanspruchte. Aber als Lionel den Hörer vom Ohr nehmen, auflegen und weggehen wollte, sah er nur noch das Gesicht seiner Mutter vor sich.

Er erinnerte sich an das letzte Mal, als sie ihn in ihren Armen gehalten hatte. Sie hatte ihn fest an sich gedrückt, als die Flammen an den Wänden geleckt und der brennende Wald den Himmel mit wabernden schwarzen Rauchschwaden erfüllt hatten. Sie hatte ihm etwas ins Ohr geflüstert, etwas Wichtiges … und die Erinnerung zerrann ihm unter den Fingerspitzen. Fort. Gestohlen.

Alles, woran er sich erinnern konnte, waren ihr Gesicht und der Blick ihrer Augen, als sie ihn zum Abschied ein letztes Mal küsste.

»Nennen Sie den Ort und die Zeit«, sagte er. »Ich werde dort sein.«

Einundvierzig

Der Mann mit den blauen Augen antwortete Lionel mit einem gierigen knochentrockenen Kichern.

»Was du heute kannst besorgen... Nun, hinsichtlich des Ortes... nein. Das musst du dir verdienen. Ich bin noch nicht ganz davon überzeugt, dass du meine Zeit wert bist. Verdammt, nach Meinung der Göttin deiner Mama warst du es nicht einmal wert, im Auge zu behalten zu werden. Und Ansprüche hat sie erst recht keine auf dich angemeldet. Sie hat dich zusammen mit dem anderen Abfall auf der Straße liegen lassen. Aber vielleicht – nur vielleicht – hast du ja ein wenig von Sheilas Feuer geerbt. Sheila hatte ein *ziemlich heißes* Feuer. Bis ich es gelöscht habe.«

Lionel biss sich auf die Innenseite seiner Wange, bis es wehtat. Er weigerte sich, den Köder zu schlucken. Der Mann wartete einen Herzschlag lang, ließ seine Worte in der Luft hängen, dann redete er weiter.

»Ich möchte gern deinen Weitblick auf die Probe stellen. Geh einfach los. Wenn du die Kraft eines richtigen Hexers hast, wirst du mich finden.«

»In welche Richtung soll ich gehen?«, fragte Lionel.

»Das ist ganz einfach«, antwortete der andere. »In die Richtung, die zu mir führt. Alle übrigen sind sinnlos.«

Am anderen Ende wurde aufgelegt, und das laute Tuten des Freizeichens drang in Lionels Ohr. Er hängte den Hörer an den Haken.

Lionel verließ die Telefonzelle, stand an der Straßenecke und betrachtete die Kreuzung. Vier Möglichkeiten, vier Straßen, und keine hob sich irgendwie von den anderen ab. Sein Bauchgefühl sagte ihm, er solle sich nach links wenden. Also tat er es und ging los.

An der nächsten Kreuzung schaute er zurück auf den Weg, den er bis hierher genommen hatte. Weit hinten sah er dort, wo die Telefonzelle gestanden hatte, eine leere Ecke und nacktes Pflaster. Das überraschte ihn nicht im Mindesten.

Er konzentrierte sich ganz auf seine Sinne. Auf das harte Pflaster unter seinen müden Füßen, auf die Nachtkühle, die ihm wie mit Fingern über die Haut fuhr. Die Geräusche des Stadtlebens umgaben ihn: rumpelnde Reifen, laute Motoren, das ferne Heulen einer Polizeisirene. Das Knirschen von Metall auf Stein. Vor ihm bellten Hunde. Sie schienen ihm ein gutes Zeichen zu sein, auch wenn er keinen Grund dafür anführen konnte, und so blieb er auf seinem Kurs.

Lionel ging und ging und spürte, wie seine Gedanken die Grenzen seines Schädels überwanden. Ihn überkam das Gefühl, die Stadt sei ein lebendes Wesen. Die Menschen, die Hochhäuser, die Adern des Straßenverkehrs und der Züge – all das war Teil eines pulsierenden und atmenden Organismus. Er spürte es, und er glaubte, dass die Stadt ihn ebenfalls spürte. Sie war nicht freundlich, sie war nicht feindlich. Sie *war* einfach. Sie betrachtete ihn durch ein gewaltiges fernes Auge, war neugierig, aber an seiner Lage nicht beteiligt. Im Körper dieser Stadt lebten so viele Menschen, dass sie sich nicht um jeden einzelnen davon kümmern konnte. Die Stadt war so alt, und die Menschen starben so schnell.

Welchen Weg soll ich nehmen?, fragte er.

Biege an der nächsten Ecke nach links ab, antwortete New York.

Vielleicht fand das alles nur in seinem Kopf statt. Oder die Intuition eines Hexers fühlte sich so an. Er wandte sich nach links und sprach ein stummes Dankgebet. Die Stadt hatte aber schon den Blick von ihm genommen und ihn vergessen.

Einen Häuserblock weiter hatte ein Kind mit unsicherer Hand einen grünen Kreidepfeil auf den Bürgersteig gemalt. Die Pfeilspitze zeigte nach rechts. Er folgte ihr. Inzwischen wusste er nicht mehr, wo er sich befand. Natürlich konnte er jederzeit sein Handy hervorholen, eine Karte laden und das GPS einschalten, aber schon der bloße Gedanke verursachte ihm Unbehagen. Das hier war kein Ort für Karten. Sogar die Straßenschilder verrutschten vor seinen Augen; die weißen Buchstaben verschwammen unter hauchdünnen Schlieren und tauschten die Plätze miteinander, bis sie zu einer unsinnigen Buchstabensuppe geworden waren. Er stand unter einer einsamen Laterne, deren Birne zerdeppert und dunkel war, an der Kreuzung von Vinea und Astaroth. Eine leichte Brise trieb ihn in die links abzweigende Straße. Er nahm den Rat des Windes an.

Lionels Ohren richteten sich auf, als er ein neues Geräusch wahrnahm, das ihn anlockte. Es war ein schwaches, schnelles rhythmisches Trommeln, das aus dem Pflaster unter seinen Füßen empordrang. Er lief an einer Reihe von Läden vorbei, in deren Schaufenstern Staub und tote schwarze Fliegen angesammelt hatten und deren Türen mit Brettern vernagelt waren, bis er zu einer offenen Tür kam, hinter der eine schmale Holztreppe in die Tiefe führte. Die Treppe war mit einem schmutzigen roten Läufer bedeckt, dessen Flecken wohl von Rohöl stammten. Lionel hörte die Musik dort unten stampfen. Es waren heftige, brutale Industrial-Töne. An eine der schwarzen Wände hatte jemand mit großen gezackten Buchstaben Worte in Kirschrot gesprüht:

FOLGE MIR HINAB

Lionel wusste nicht, ob das der Name eines Clubs oder eine Botschaft für ihn persönlich war. Wie dem auch sei, das hier war der Ort.

Am unteren Ende der Treppe zog ein Türsteher in einem ärmellosen Shirt und mit einer billigen Sonnenbrille auf der Nase eine mit einer Stahlplatte verstärkte Tür auf. Nun überfiel die Musik Lionel mit voller Macht. Sein Herz klopfte im Einklang mit dem wummernden Bass, und seine Knochen klapperten, als wollten sie tanzen.

»Kostet es Eintritt?«, rief er über den Lärm.

Der Türsteher richtete die Sonnenbrille auf ihn, hinter der sich seine Augen verbargen.

»Nicht heute Nacht«, sagte er und zeigte mit einem fleischigen Daumen auf die offene Tür. »Willst du rein oder nicht?«

Lionel trat ein und wurde sogleich von der Musik verschluckt. Er hörte nicht einmal, wie die Tür hinter ihm geschlossen wurde. Stroboskoplicht tauchte alles in blitzendes Weiß und Scharlachrot, wie die Lichter eines Krankenwagens, wodurch der überfüllte Club wie der Schauplatz eines Unfalls wirkte. Körper wanden sich in dem Glitzern, tanzten, kämpften, prallten gegeneinander wie Flipperkugeln aus Fleisch und Knochen. In den Sekunden, wenn die Tanzfläche zwischen dem Aufflackern des Lichts in Schatten getaucht war, waren ihre Umrisse eine amorphe Masse. Eine einzige Kreatur mit hundert Armen und Köpfen, die gemeinsam im Takt zuckten.

Er bahnte sich einen Weg hindurch zur Bar, wo Lampen mit ruhigem, blassem Licht entlang eines staubigen Regals eine gewisse Erholung von dem Stroboskopgewitter boten. Der Barmann war eine Bohnenstange in einem zerschlissenen T-Shirt. Seine Augen waren fahl und eingesunken wie bei einem Heroinsüchtigen, und sein Kiefer war zu lang und schmal für sein Gesicht. Er schlurfte herbei, als sei ihm sein Job eine unwillkommene Verpflichtung und er Lionel dafür hasse, dass er nun etwas tun musste.

»Ich suche nach jemandem«, rief Lionel über die Musik hinweg.

Der Barmann schwenkte ein dreckiges Geschirrtuch und sah sich um. »Jeder sucht nach jemandem.«

Lionel deutete mit zwei Fingern auf sein eigenes Gesicht. »Einen Mann mit blauen Augen. *Richtig* blauen Augen. Ich glaube, er erwartet mich.«

»Oh, ja, der.« Der Barmann machte eine saure Miene und streckte die Hand aus. Eine Treppe, deren Stufen durch Streifen purpurnen Lichts erhellt wurden, führte am Rand des Clubs hinauf zu einer Galerie, von der man die ganze Tanzfläche überblickte. »Der ist da oben mit Dergwyn.«

Lionel war nicht sicher, ob das ein Name oder ein Gegenstand war, oder ob die Musik einen Teil der Antwort verschluckt hatte. »Wer?«, rief er.

»*Dergwyn*.« Der Barmann schüttelte den Kopf. »Sie sollten nicht hier sein. Sie wissen das, oder?«

Lionel zuckte mit den Achseln. »Jemand scheint das Gegenteil zu glauben.«

»Dann ist es Ihre Beerdigung.«

Er ging davon und beschäftigte sich mit irgendetwas am anderen Ende der Bar. Lionel stieg die Stufen hoch. Sie waren klebrig von vergossenem Bier. Die Treppe führte zu einer abgerundeten Galerie, gerade groß genug für einige ausladende weiße Ledersessel und einen einzelnen Tisch, dessen Farbe an eine Muschelperle erinnerte. Dieser Balkon hing über den Lautsprechern, sodass die Musik hier ein leiseres Brüllen war und man die eigenen Worte und Gedanken noch hören konnte. An dem Tisch saß der Mann mit den blauen Augen. In der linken Hand hielt er ein Glas mit Bourbon und in der rechten seinen Stetson. Er war nicht allein. Eine Frau leistete ihm Gesellschaft. Sie drehte sich in ihrem Sessel um und schenkte Lionel ein wölfisches Grinsen.

Wölfisch. Das war das einzig passende Wort. Sie wirkte wie eine Wall-Street-Börsenmaklerin, die es nach einem Atomkrieg auf die falsche Seite verschlagen hatte. Sie war schick gekleidet und wirkte wild, trug einen cremefarbenen Chanel-Blazer, eine Glockenhose mit ausgefranstem Saum und eine schlaffe seidene Fliege, die leicht schief saß. Zwei Schmutzstreifen auf ihren Wangen wirkten wie dunkles Rouge. Es war zu kunstvoll für ein Missgeschick. Durch ihre kurze, ungepflegte blonde Mähne zogen sich rostfarbene Streifen. An ihrem Handgelenk hing ein Armreif – ein Reif aus Zähnen. Aus menschlichen Zähnen, durchbohrt und auf eine zarte Silberkette gereiht. An den Wurzeln der meisten Zähne klebten noch Blutflecken, die wie ein Rostüberzug wirkten. Sie trank Rotwein aus einem wasserfleckigen Glas.

»Gut, gut«, sagte der Mann mit den blauen Augen. »Sieh an, wen der Alligator uns gebracht hat. Wenn ich ehrlich bin: Ich hatte nicht geglaubt, dass du mich finden würdest.«

Lionel spreizte die Hände. Er stand auf dem oberen Absatz der Treppe zwischen dem Mörder seiner Mutter und dem Weg nach draußen. »Hier bin ich.«

»Da bist du.« Er prostete ihm mit seinem Bourbonglas zu und nahm einen Schluck. »So viel zu meinem ruhigen Abend. Es tut mir leid, Lionel. Ich wollte nicht grob sein. Das hier ist Prinzessin Dergwyn. Dergwyn, das ist der Junge, von dem ich dir erzählt habe. Er ist ein wenig ungehalten, weil ich vor einiger Zeit seine Mama getötet habe.«

»Ach ja?« Dergwyns Stimme klang hart, und ihre Worte wirkten wie von einer Axtschneide abgehackt. »Mir ist dasselbe passiert. Aber darüber weine ich sicherlich nicht.«

»*Du* hast deine Mutter getötet, wenn ich mich recht erinnere.«

Derwyns Augen weiteten sich vor Vergnügen, und sie zeigte ihm ihr Gebiss. Die Eckzähne waren ein wenig zu lang. Und ein wenig zu scharf.

»Prinzessin wovon?«, fragte Lionel.

»Von hier.« Sie blinzelte ihn an und grinste noch immer. Ihre Stimme wurde zu einem rauen Singsang. »Du weißt nicht, wo du bist. Du weißt nicht, wem du gegenübersitzt, kleines verlorenes Lämmchen.«

Der Mann mit den blauen Augen schüttelte den Kopf in echtem oder gut gespieltem Bedauern.

»Ich habe dir doch gesagt, dass das hier nicht deine Welt ist, Lionel. Du leidest unter einem bedauerlichen Mangel an Erziehung und Ausbildung. Wenn du korrekt angeleitet worden wärest, wie es bei richtigen Hexen und Hexern der Fall ist, hättest du niemals das getan, was du getan hast.«

»Sie aufgespürt?«, fragte Lionel.

Der Mann sah ihn über sein Glas hinweg nachdenklich an. Nun lag in seinen Augen ein mutwilliges Glitzern und auf seinem Gesicht das träge Lächeln eines Pokerspielers, der gerade einen Royal Flush ablegt.

»Aufgespürt im Herzen eines Ghul-Nestes«, sagte er.

Die Musik änderte sich; die Lautsprecher unter dem Balkon grollten. Die neue Melodie war schneller und härter; der Takt schlug mit der Macht eines Hurrikans zu, während Synthesizer ein wahnsinniges, schrilles Riff spielten.

»Eilmeldung, mein Sohn«, sagte der Mann mit den blauen Augen. »Du und ich sind die beiden einzigen menschlichen

Wesen in diesem Raum. Und ich bin der Einzige, der eine Einladung erhalten hat.«

Lionel hatte das Gefühl, dass die Wände um ihn herum zusammenrückten. Die Musik wurde zu einer physischen Kraft, die Takte legten ihn in Eisenbänder. Dergwyns hungriges Starren machte ihn reglos.

»Sie haben mir eine Falle gestellt«, sagte Lionel.

»Keineswegs«, erwiderte er. »Das hast du selbst getan. Weißt du etwas über Tarot, Lionel?«

»Bisher sehr wenig. Aber ich lerne schnell.«

»Die erste Karte der großen Arkana ist der Narr. Nun ist aber der Narr kein Narr, zumindest ist er nicht das, was wir mit dieser Bezeichnung verbinden. Er ist nicht dumm – er ist *neu*. Er ist noch ohne jede Erfahrung, macht einen neuen Anfang und begibt sich auf eine Reise. Aber unter seinen Füßen befindet sich eine bröckelige Klippe. Er könnte große Dinge tun, doch er könnte auch einfach nur in die Tiefe stürzen.« Der Mann mit den blauen Augen zeigte auf Lionel. »Das bist du. Du bist der Narr.«

Lionel fühlte sich noch immer eingeengt in dieser Falle, als schnürte sie ihm die Luft ab, aber er schaffte es, tief Luft zu holen und sich zusammenzureißen. Er wurde wieder zum Reporter und packte seine Empfindungen in eine Kiste mit Stahldeckel. Wenn er überleben wollte, musste er den Mann weiterreden lassen und so viel erfahren, wie nur irgend möglich. Jedes Stückchen Information konnte dasjenige sein, das ihm das Leben rettete.

»Ich … gehe davon aus, dass ich das nicht als Beleidigung auffassen sollte.«

»Gut. Du hast zugehört. Die zweite Karte zeigt den Magier. Einen Mann der Magie und sehr machtvoll. Er weiß Dinge, und er kann Dinge geschehen machen. Viele glauben, dass auf beiden Karten derselbe Mann dargestellt ist. Manchmal sind die Zeichnungen wirklich identisch; es hängt von dem jeweiligen Tarotdeck ab. Kannst du mir folgen?«

»Der Narr wird zum Magier«, sagte Lionel.

»Am Ende seiner Reise.« Der Mann betrachtete seinen Bourbon. »Falls er nicht vorher von der Klippe fällt. Bei dir wäre wohl beides möglich. Ich weiß noch immer nicht, wie und warum du nach all den Jahren meinen Pfad gekreuzt hast, und ehrlich gesagt bereitet mir das Sorgen. Es bereitet mir sogar *große* Sorgen. Vielleicht besitzt du doch das Feuer deiner Mutter. Vielleicht hat dich etwas tief in deinem Innern – eine Kraftreserve, von der du bisher nichts wusstest – auf meine Spur gebracht. Und wenn du Sheilas Feuer hast, dann ist das ein Problem, das beseitigt werden muss. Ich kann nicht zulassen, dass mir gerade jetzt jemand ein Bein stellt – und schon gar nicht, wenn es ein junger Hitzkopf ist, der Rache üben will. Meine Zeit ist knapp bemessen. Deshalb habe ich eine Entscheidung getroffen.«

Er kippte den Rest seines Drinks hinunter. Dann stellte er das Glas auf dem perlweißen Tisch ab und sah Lionel in die Augen.

»Ich wollte dich einer Prüfung unterziehen, die du nur bestehen kannst, wenn du die echte Gabe der Magie besitzt. Wenn du versagt hättest – wovon ich ausgegangen bin –, wäre mir klar gewesen, dass du keine Bedrohung für mich darstellst und ich dich getrost vergessen kann. Ich bin gewiss kein freundlicher Mensch, aber ich gebe mich nicht damit ab, Fliegen die Flügel auszureißen. Ich habe Besseres zu tun.«

»Und wenn ich sie bestünde?«, fragte Lionel.

»Nun, dann würdest du tatsächlich eines Tages eine Bedrohung für mich sein.« Der Mann mit den blauen Augen nickte seiner Gefährtin zu. »Wenn du sie bestündest – und das hast du getan, weil du diesen Ort gefunden hast, also beglückwünsche ich dich dazu –, würdest du Prinzessin Dergwyn zum Fraß vorgeworfen. Ihr und ihren hundert engsten Freunden. Sie sind alle dort unten. Sie sind hungrig und warten auf dich.«

Zweiundvierzig

Das Rasseln der Tanzmusik wechselte zu einem Jungle-Beat: schnell, fließend, hart, und die Schatten pulsierten im Gleichklang mit dem Bass. Lionels Herz nahm den Rhythmus auf, hundert Schläge in der Minute, und schneller werdend. Er hatte geglaubt, den Mann mit den blauen Augen zwischen sich und der Treppe in die Enge getrieben zu haben, aber nun kannte er die Wahrheit. Er selbst war es, der in der Falle steckte: Zwischen ihm und dem einzigen Ausgang des Clubs befand sich eine kleine Armee.

Lionel war in die Höhle der Löwen geraten, und die Löwen wussten, dass er hier war.

»Er gehört ganz dir«, sagte der Mann mit den blauen Augen zu Dergwyn. »Erweise mir einen Gefallen und mach es schnell. Ich habe heute Nacht noch anderes zu tun.«

Das rasche Aufblitzen in ihren Augen ließ eine schwache Spur von Verärgerung erkennen. »Vielleicht bin ich noch nicht hungrig.«

»Wann bist du *nicht* hungrig? Also bitte, ich werfe dir hier ein saftiges Steak vor …«

Sie schlug mit den Handflächen auf den Tisch. Der Reif aus Zähnen klapperte an ihrem Gelenk.

»Ich bin nicht dein *Tier*«, brüllte sie ihn an.

Er kicherte, schüttelte den Kopf und rollte mit den Augen. »Aber hallo! Ist das der Lohn dafür, dass ich versuche, nett zu sein? Prinzessin, du weißt, dass ich dich respektiere.«

»Wirklich?«

»Ich hätte noch viel größeren Respekt vor Dir, wenn du hin und wieder das tätest, was ich dir sage. Zier dich doch nicht so. Dafür bist du viel zu schön.«

Dergwyn drehte ihren Stuhl um. Sie betrachtete Lionel von oben bis unten und fuhr sich mit dem Finger über die Lippen. In ihren Augen lag etwas Verschlagenes. Etwas Hinterhältiges und Unvorhersehbares.

»Mir ist nach einem Spiel zumute.«

Der Mann mit den blauen Augen seufzte und schob seinen Sessel zurück.

»Das ist mein Stichwort für den Aufbruch. Deine Spiele sind für meinen Geschmack etwas zu grob.«

Er kletterte lässig auf die Einfassung des Balkons, als wäre das absolut normal. In vollkommenem Gleichgewicht stand er dort, setzte sich den Hut auf und breitete die Arme aus.

»Lionel.« Er warf einen Blick über die Schulter. »Es war nie etwas Persönliches. Zumindest nicht, bis du es zu etwas Persönlichem gemacht hast. Ich hoffe, du weißt das.«

Dergwyn war nun näher an Lionel herangerückt. Mit der Zungenspitze fuhr sie an den Rändern ihrer Zähne entlang. Sie roch nach Moschusparfüm und frisch umgegrabener Erde. Er schluckte seine plötzlich aufsteigende Angst hinunter und hielt sie unten.

»Es ist noch nicht vorbei«, sagte Lionel zu ihm.

»Du weißt nicht, wie recht du damit hast. Du hattest einen guten Lauf, Junge. Du hast dein Bestes getan. Du hast versagt, aber du hast es versucht, und das respektiere ich. Außerdem wirst du bald eine wichtige Wahrheit erfahren. Es gibt zwei Arten von Personen in dieser Stadt: die Lebenden und die Toten. Die Lebenden können tun und lassen, was sie wollen. Freier Wille und all das. Aber die Toten ...«

Der Mann wandte sich von ihm ab und balancierte leicht wie ein Vogel auf dem Geländer. Er schaute hinunter auf die brodelnde Masse der tanzenden Leiber.

»Die Toten gehören mir.«

Er trat vor und vollführte einen Schwalbensprung.

Lionels Erstarrung löste sich, und er rannte zu der Einfassung. Unten in dem Gewühl aus Schweiß und zuckenden Lichtern war nichts von dem Mann zu sehen. Dort gab es nur eine Horde gesichtsloser Schatten, die im Takt der Presslufthämmer stampften. Er drehte sich um. Dergwyn stand dicht hinter ihm. Sie grinste und zeigte ihre Zähne.

»Sie müssen das nicht tun«, sagte Lionel.

»Doch«, erwiderte sie. Ihr Grinsen verschwand, sie zuckte verärgert mit den Achseln und schaute zur Seite. »Wir haben einen Pakt.«

Lionels Gedanken rasten; er suchte nach einem Ansatzpunkt. Vorhin hatte er Dergwyns Zorn bemerkt, als der Mann mit den blauen Augen versucht hatte, sie zum Handeln anzutreiben. Vielleicht konnte er das für sich nutzen.

»Sie machen also die Drecksarbeit für ihn?«, fragte er. »Ich war der Meinung, dass Sie so etwas wie eine Prinzessin sind.«

Sie rümpfte die Nase. »Ich habe jeden gegessen, der je behauptet hat, ich sei keine Prinzessin. Das bedeutet, dass ich eine bin.«

»Er behandelt Sie aber wie ein Schoßhündchen.«

»Du quatschst dich geradewegs auf meinen Teller«, fuhr sie ihn an und zwang sich zu einem humorlosen Lächeln. »Mach nur weiter damit. Ich mag das Vorspiel.«

»Haben Sie sich nicht gefragt, *warum* er darauf bestanden hat, dass Sie mich töten, während er ebenfalls hier war? Sie haben gesehen, wozu er imstande ist, nicht wahr? Ich werde es Ihnen sagen. Weil er Angst hat.«

Dergwyn blinzelte ihn an.

»*Etwas* geschieht hier«, sagte Lionel zu ihr. »Mein Pfad und der seine kreuzen sich hier und jetzt nach all den Jahren. Plötzlich passt alles zusammen. Jemand zieht die Fäden. Er hat nicht länger die Kontrolle, und ich habe bemerkt, dass es ihm gar nicht gefällt, wenn ihm die Kontrolle aus den Fingern gleitet. Er wird nervös. Ich habe recht, nicht wahr?«

Sie nickte sehr langsam.

»Er ist … *vorsichtig*.« Sie spuckte das Wort aus, als schmeckte es ranzig. »Aber er ist stark.«

»Er hat Angst. Er weiß, dass etwas unter der Oberfläche vorgeht – etwas, das er nicht sehen kann. Und deshalb wollte er, dass *Sie* mich töten, anstatt es selbst zu tun. Wenn es dabei um so etwas wie eine verborgene Falle geht, etwas, wodurch er Schaden nehmen könnte, wird er entkommen, und Sie werden den Schlag kassieren.«

Sie streckte die Hand aus. Ihre scharfen kleinen Fingernägel fuhren über Lionels Brust und hinterließen ein leichtes Brennen.

»Und bist du eine Falle?«, fragte sie und sah ihm in die Augen.

Lionel war ziemlich sicher, dass er es nicht war, aber er bluffte nach besten Kräften. Sein Leben hing davon ab. Er hielt ihrem Blick stand und hob das Kinn.

»Wollen Sie es wirklich auf die harte Tour herausfinden?«

Seine Hoffnung sank, als sie ein kehliges Glucksen von sich gab.

»Weißt du, was ich glaube?«, meinte sie. »Du bist kein Magier. Noch nicht. Noch bist du der Narr. Du bist kein Spieler, sondern ein Spielstein. Aber …«

Sie verstummte, dachte nach. Sie klopfte mit ihren Nägeln gegen seine Brust, dann zog sie ihre Hand weg.

»Aber vielleicht ist diejenige Person, deren Spielstein du bist, uns gewogen, wenn wir dich gehen lassen. Allerdings bedeutet es Ärger für mich und die Meinen, wenn ich dir die Freiheit schenke.«

»Wenn Sie sich Sorgen wegen Ihres Meisters machen«, sagte Lionel, »dann helfen Sie mir, ihn aufzuhalten.«

»Und wenn du versagst und untergehst – und du wirst versagen und untergehen –, dann wird mein ganzes Rudel für unseren Verrat büßen. Nein. Hm.« Sie schnippte mit den Fingern. »Ich habe gesagt, dass mir nach einem Spiel zumute ist. Er hat nicht gesagt, dass das nicht infrage kommt.«

Lionel gefiel nicht, was er da hörte. »Was haben Sie vor?«

Dergwyn rückte noch näher an ihn heran, drückte sich an ihn, so vertraut wie eine Geliebte. Sie packte seinen Hemdkragen und zog daran, während ihre Nasen sich aneinander rieben.

»Wir lassen das Schicksal entscheiden.«

Die Musik erreichte ein Crescendo, schraubte sich immer höher, und die Menge unter ihnen ließ ein raues Brüllen ertönen, wie es auf einer Achterbahn vor dem ersten Sturz in die Tiefe zu hören war. Dann gefror der Lärm. Der Bass erstarb. Der Takt sprang vor, ein Strom von Synthesizertönen stürzte mit der Geschwindigkeit eines Tornados in die Tiefe, und Lionel spürte, wie sein Herz im Einklang damit ins Bodenlose fiel.

»Die Musik bleibt«, sagte Dergwyn zu ihm. »Die Lichter werden gelöscht. Wenn du es aus eigener Kraft von hier bis zur Vordertür schaffst, ohne eingefangen zu werden … dann lasse ich dich gehen. Mein Rudel wird dich nicht die Treppe hochjagen.«

»Und was passiert, wenn ich gefangen werde?«

»Dann haben wir einen Narren zum Abendessen.« Sie fuhr sich mit der Zunge über die Lippen. »Willst du mitspielen?«

»Habe ich eine andere Wahl?«, fragte Lionel.

»Natürlich. Streck mir deine Kehle entgegen, und ich werde sie dir herausreißen, hier und jetzt. Das wäre ein schnellerer Tod als das, was dich dort unten erwartet. Sie werden sich Zeit lassen. Sie werden dich langsam verspeisen. Menschen schmecken besser, wenn sie noch leben und schreien. Botenstoffe der Angst sind eine wunderbare Marinade für das Fleisch.«

Die scharfen Nägel ihrer Hand fuhren ihm über das Schlüsselbein.

»Hast du Angst vor Schmerzen?«, fragte sie.

Lionel horchte in sich hinein. Er hatte vor vielem Angst. Von Ungeheuern lebendig gefressen zu werden, stand nicht einmal ganz oben auf der Liste. Er hatte Angst davor, sterben zu müssen, ohne vorher die Dinge ins Lot gebracht zu haben, und sterben zu müssen, ohne dass der Mörder seiner Mutter für diese Tat büßen musste. Er hatte Angst davor, sterben zu müssen, ohne von dieser seltsamen neuen Welt, in die er hineingeworfen worden war, mehr begriffen und erkundet zu haben.

Er hatte Angst davor, sterben zu müssen, ohne Maddie noch einmal wiederzubegegnen. Und wenn er sie noch einmal in den Armen halten, ihr Lächeln sehen und ihr Lachen hören wollte, dann musste er dafür kämpfen.

»Wir spielen«, sagte er.

Erfreut klatschte Dergwyn in die Hände. Sie trat auf die Brüstung des Balkons, beugte sich vor und rief der tanzenden Menge unter ihr etwas zu. Es klang wie ein Befehl, aber es war kein Englisch – für Lionel schienen es nicht einmal Worte zu sein. Es klang eher nach dem Geheul eines Schakals, es konnte nicht aus einer menschlichen Kehle stammen, denn es war zu harsch und misstönend. Sie bellte zweimal kurz und scharf, und als Antwort stieg ein Chor aus gierigem Bellen und Jaulen von der Tanzfläche empor.

Sie zeigte auf die Lichter. Sofort gingen sie aus, schnell wie gelöschte Kerzen, und der Club lag in Dunkelheit. Nichts außer der Musik blieb, aber sie war noch so laut, dass sie die ganze Welt übertönte. Dergwyns Augen glitzerten in den Schatten wie Opale, als sie Lionel ansah.

»*Lauf*«, zischte sie.

Er nahm immer zwei Treppenstufen gleichzeitig und sprang so schnell nach unten, wie er es wagen konnte. Das Rudel würde wohl nicht annehmen, dass er wie der Mann mit den blauen Augen vom Balkon sprang, und daher würde es ihn am Fuß der Treppe erwarten. Von diesen Wesen wegzukommen, war das Wichtigste. Die Angst legte ein Netz aus Stacheldraht um seine Gedanken, und er bemühte sich, einen Weg nach draußen zu finden. Er stellte sich den Grundriss des Clubs vor. Der kürzeste Weg zwischen der Treppe und der Tür führte quer über die Tanzfläche. Aber das war zu gefährlich. Wenn er die Orientierung verlor oder auf der Flucht gegen jemanden stieß, würden die anderen von allen Seiten über ihn herfallen.

Also musste er sich an den Wänden entlangbewegen. Er konnte die rechte Hand an die Mauer legen, sich an der Bar vorbei tasten und die Tanzfläche umrunden. So käme er geradewegs zum Ausgang. Er gelangte zum Ende der Treppe und wäre beinahe über seine eigenen Füße gestolpert, weil er eine weitere Stufe dort erwartet hatte, wo keine mehr war. Er fing sich, zog den Kopf ein und lief los. Nun befand er sich unter den Lautsprechern, und die Musik war so ohrenbetäubend, dass er den Rhythmus eher spürte als hörte; jeder Takt erschütterte seine Knochen wie eine Bombenexplosion.

Die Bar bot sechs Meter bester Deckung. Er duckte sich dahinter, drückte sich voran und hätte beinahe zu hoffen gewagt, dass er es schaffen würde. Dann traf ihn etwas von hinten. Der Barmann. Das Ding, das der Barmann gewesen war. Lionel fiel auf die geriffelte Gummimatte, die hier den Boden bedeckte, rollte herum und starrte in das verzerrte Gesicht der Kreatur. Ihre Augen glichen Bruchstücken eines glitzernden Opals, und der Kiefer war übernatürlich weit aufgesperrt, ausgehängt wie der einer Schlange. Die Mundwinkel waren eingerissen und blutig rot, und sie enthüllten zwei Reihen scharfer Zähne. Die Zunge des Barmanns war ein dünnes Band aus schwarzen, ledrigen Sehnen, das hin und her peitschte, als er zum Töten ansetzte.

DREIUNDVIERZIG

Lionel war zwar seit seiner Highschool-Zeit nicht mehr in einen Kampf verwickelt gewesen, aber er hatte noch nicht vergessen, wie man beim Boxen einen Treffer landete. Seine Faust schlug gegen den Kiefer des Barmanns, und dessen Kopf prallte gegen die Theke. Lionel kroch von ihm weg, verschaffte sich eine Sekunde zum Luftholen und zwang sich auf die Beine. Er griff in dem unbeleuchteten Regal links von ihm nach den verstaubten Flaschen. Seine Hand schloss sich um einen Glashals, als der Barmann angriff. Er rannte auf Lionel zu, hatte die Hände zu Klauen gebogen, und seine Fingernägel waren lang und verfault.

Lionel schlug ihm die Flasche so hart wie möglich auf den Kopf. Sie explodierte; Glassplitter und Tequila wurden in der Dunkelheit in alle Richtungen geschleudert wie bei einer Supernova. Der Barmann ging nicht zu Boden. Er legte seine Klauen um Lionels Hals und drückte zu. Die Nägel rissen ihm die Haut auf. Lionel blieben nur noch zwei Dinge: seine Verzweiflung und das schartige Ende der zersplitterten Flasche in seiner Faust.

Heißes Blut spritzte über Lionels Gesicht, als er das scharfkantige Glas in den Hals des Barmanns rammte und Fleisch und Muskeln durchtrennte. Dann riss er das Glas wieder heraus. Der Körper landete als zuckender Haufen vor seinen Füßen. Lionel hatte keine Zeit, zu begreifen, was er soeben getan hatte. Er rannte los, erreichte das Ende der Gummimatte und prallte mit der Schulter gegen die Wand. Dann kletterte er auf den Tresen. Er rollte über das klebrige Holz, sprang auf der anderen Seite herunter und schlug mit dem Steißbein gegen den Rand eines Hockers. Der Schmerz, der an seinem Rückgrat entlanglief, raubte ihm den Atem.

Er musste in Bewegung bleiben. Der Ausgang befand sich etwa dreißig, vielleicht fünfunddreißig Meter vor ihm. Schatten schossen, huschten, schwammen durch die Finsternis, und Opalaugen glitzerten darin. Sie machten Jagd auf ihn. Lionel stolperte, wäre beinahe gestürzt, aber sein Schwung verhalf ihm kurzfristig dazu, noch einmal schneller zu werden – dann packten ledrige Finger sein Handgelenk. Er wurde zurückgerissen, verlor das Gleichgewicht und landete hart auf dem Rand der Tanzfläche.

Weitere Finger packten sein anderes Handgelenk. Sie schleiften ihn über den Boden, in die Mitte des Clubs hinein. Siegesgeheul zerriss die Luft und brachte ganze Schwälle stinkenden Atems mit. Lionel trat um sich, versuchte zu kämpfen, aber bald drückten ihn die Körper um ihn herum zu Boden. Wie Hunde kletterten sie ihm auf Bauch und Brust und hätten ihm beinahe die Rippen gebrochen, während das letzte bisschen Atem aus seiner Lunge gepresst wurde. Er konnte sich nicht mehr bewegen. Raue Hände rissen sein Hemd auf.

Dann legte sich dicht über der linken Brustwarze der erste Mund auf seine Haut und biss kräftig zu. Die Musik und das Geheul übertönten Lionels Schrei, als sein Fleisch zerriss. Weitere Zähne bohrten sich in seinen linken Unterarm. Er spürte warmen Speichel und den Druck harter Zähne gegen seine Knochen, während vier Händepaare mit seinem Gürtel und dem Reißverschluss kämpften und versuchten, ihm die Hose herunterzuzerren. Nun wurde Lionel klar, dass er hier sterben würde. Er würde inmitten der rasenden Kreaturen sterben, von ihren Mäulern in Stücke gerissen, und er konnte nichts dagegen tun.

Neben seiner Angst und dem zerfetzenden Schmerz spürte er nur noch seine Gefühle für Maddie. Er hatte es vermasselt. Er hatte sie im Stich gelassen. Als er nach ihrer Liebesnacht ins Badezimmer gekommen war und das verborgene Gesicht ihrer Depression und Selbstzerstörung gesehen hatte, war ihm klar geworden, dass jeder in Maddies bisherigem Leben sie irgendwann im Stich gelassen hatte. Er wäre so gern der Mann gewesen, der anders war. Aber auch das hatte er nicht geschafft.

Es tut mir so leid, sagte er zu der Dunkelheit.

Und die Dunkelheit antwortete ihm.

Er kniff die Augen zusammen, als die Schatten in einer grellweißen Flamme explodierten. Es wirkte, als seien hundert Fackeln gleichzeitig entzündet worden, deren diamantweißes Licht nun den Club durchflutete.

Nein. Es war ein einziges Licht. Maddies Licht. Sie stand am Rand der Tanzfläche, hatte den Arm hoch erhoben, hielt in der Hand einen langen antiken Schlüssel und zeigte damit in Richtung des Himmels. Der Schlüssel brannte heller als ein Stern, eine Funkenkaskade stob herunter und umtanzte ihre Füße.

»Bei Hekate Phosphoros«, brüllte Maddie, »bei den Eiden, die euch an Erde und Grab binden, bei dem Pakt der Toten und bei meinem Befehl: *Verschwindet oder verbrennt*!«

Die Kreaturen kreischten auf, hielten sich die Hände vor die verzerrten Gesichter und schützten die Augen vor dem Licht, während sie in alle Richtungen davonstoben. Lionel sah, wie sie auf allen vieren Deckung suchten und miteinander um Schutzräume kämpften. Manche kletterten sogar die Wände hoch. Wie Kakerlaken, die vor dem Licht flohen. Bald war er allein und lag blutend und zerfleddert auf dem Tanzboden.

Das Gleißen des Schlüssels verblasste, er glühte nur noch sanft und rötlich wie ein Stück Kohle in einem Kamin. Die letzten Funken erloschen auf Maddies Schuhen, als sie sich Lionel näherte. Sie streckte ihm die Hand entgegen.

»Komm, wir gehen nach Hause«, sagte sie.

Sie kannte den Weg zurück. Maddie führte Lionel durch schlafende Straßen; sie gingen in völligem Schweigen nebeneinander her. Sie betrat das Hotel als Erste und winkte ihn herein, nachdem sie sich vergewissert hatte, dass die Luft rein war. Er erhaschte einen Blick auf sein Spiegelbild im Glas der Tür: zerfetzte Kleidung, mit Blut bedecktes Gesicht, glasige Augen. Er sah aus, als hätte er soeben ein Massaker überlebt – oder als hätte er eines begangen. Das Foyer war leer mit Ausnahme des Nachtportiers, der sie mit großen Augen begrüßte.

»Alles in Ordnung? Sir? Brauchen Sie einen Krankenwagen?«

»Es geht ihm gut.« Maddie schob dem Mann ein paar gefaltete Geldscheine zu. »Sie können sich nicht einmal daran erinnern, uns gesehen zu haben.«

Maddie brachte Lionel in sein Zimmer, entkleidete ihn und setzte ihn auf den Rand der Badewanne, während sie warmes Wasser einließ. Er versuchte, die Ereignisse zu verarbeiten und hundert Fragen in so etwas wie eine Ordnung zu bringen, bevor er sie stellen konnte, während Maddie einen Wattebausch an die Öffnung einer braunen Plastikflasche hielt.

»Das ist Jod«, sagte sie, »und es wird wehtun. Sehr weh.«

Sie drückte die Watte gegen die klaffende schartige Wunde in seiner Brust. Sie hatte nicht gelogen. Er keuchte durch seine zusammengebissenen Zähne, als das Desinfektionsmittel auf seiner Haut zischte wie Öl in einer Pfanne.

»Wir müssen diese Bisse genau beobachten«, sagte sie. »Du

willst gar nicht wissen, was sich diese Wesen so alles ins Maul stopfen.«

»Wo wir gerade davon reden …«

»Ghule«, sagte Maddie so leichthin, als spräche sie über das Wetter. »Widerliches Gezücht. Sie sind so etwas wie … Parasiten. Hauptsächlich fressen sie Aas. Tote Menschen. Oder lebende, wenn möglich, aber im Wesentlichen halten sie sich an Leichen. Und deshalb leben sie dort, wo auch die Menschen leben. *Unter* den Orten, an denen die Menschen leben.«

Lionel berichtete ihr, was er gesehen und erfahren hatte. Er wünschte, er hätte ihr mehr anzubieten.

»Nein, das ist gut«, sagte sie. »Jetzt wissen wir, dass da draußen mehr als nur ein Seelensammler ist. Ich habe keine Ahnung, was er mit ihnen *anstellt,* aber wir wissen jetzt, wonach wir Ausschau halten müssen.«

»Wir wissen auch, dass er einen Meister hat, dem er verpflichtet ist. Alles, was er im Zusammenhang mit dem Poe-Manuskript unternommen hat – der Diebstahl und das Verwischen der Spuren – hat er nicht für sich selbst getan. Also … wie hast du das gemacht? Das mit dem Schüssel?«

Maddies Blick glitt in die Ferne. Sie schaute auf das Fenster, als könnte sie durch den zugezogenen Vorhang hindurchsehen, und schüttelte den Kopf.

»Das war ein Fehler.«

»Du hast mir das Leben gerettet.«

»Lionel … ich stecke jetzt in großen Schwierigkeiten.«

Er ergriff ihre Hände und drückte sie sanft, während er ihr in die Augen sah.

»Ich will dir helfen«, sagte er. »Ich verlasse dich nicht. In Ordnung? Ich gehe nicht weg, egal, wie schwierig es wird. Wir stehen das gemeinsam durch.«

Er spürte, wie sie mit sich selbst kämpfte. Ein Sturm tobte

hinter ihren Augen. Schließlich hisste eine Seite in ihr die weiße Flagge.

»Hekate«, sagte sie. »Kennst du diesen Namen?«

Er kannte ihn, wusste aber kaum etwas darüber. Es war etwas aus der Mythologie oder aus Shakespeare – Bruchstücke vergessener Nebensächlichkeiten.

»Sie ist eine Göttin, nicht wahr?«

»Nein«, sagte Maddie. »Sie ist eine Titanin. Die Titanen waren *vor* den Göttern hier. Vor allem anderen im Universum. Sie sind nun alle tot – nur sie nicht. Sie ist die Königin der Magie. Die Mutter der Hexen. Und sie war meine Lehrerin.«

Lionel hob die Brauen. »Verdammt. Du hast gesagt, du hast von der Besten gelernt.«

»Das habe ich. Und …«

Sie nahm die Hände von ihm, wandte ihm den Rücken zu und ging zum Badezimmerfenster. Dabei schaute sie zur Seite in den Spiegel.

»Gott, es ist so lange her, dass ich mich frage, woran ich mich wirklich erinnere und was ich nachträglich erfunden habe. Das machen wir manchmal. Wir erinnern uns nicht an das, was tatsächlich gewesen ist, sondern daran, wie wir es gern gehabt hätten. Wie dem auch sei, ich war einmal verheiratet.«

»Eine schlimme Scheidung?«

»Er hat mich verwundet. Verraten. Betrogen. Ich wollte ihm wehtun. Ich wollte es mehr als alles andere auf der Welt. Und deshalb habe ich einen sehr, sehr schlimmen Fehler begangen.«

Sie drehte sich um und sah Lionel an. Blut schimmerte in ihren Augenwinkeln.

»Ich habe zu meiner Mutter gebetet«, sagte sie, »und zwar um die Macht, meine rechtschaffene Rache auszuführen. Und sie hat mir diese Macht verliehen.«

»Maddie? Was hast du getan?«

»Etwas Unverzeihliches. Als ich wieder zu Verstand kam und begriff, dass …« Sie kniff die Augen zusammen. »Ich war so wütend. Ich war wütend auf Hekate, weil sie meine Gebete erhört hatte. Ich war wegen meiner Tat wütend auf mich selbst. Ich musste gehen. Ich konnte weder ihr noch meinen Schwestern mehr gegenübertreten. Ich musste in die Welt hinausgehen und so etwas finden wie … Ich weiß nicht. Buße? Vergebung? Schließlich lernte ich, dass es so etwas nicht gibt. Das Einzige, was es dort draußen gab, war ich selbst. Das Einzige, vor dem ich nicht weglaufen konnte.«

»Hey.« Lionel stand auf und berührte ihren Arm. Sie zuckte vor ihm zurück. »Hey, was immer du getan hast … Nichts ist unverzeihlich.«

»Ich laufe schon sehr lange weg, Lionel.« Sie sah ihn unsicher an. »Das weißt du, nicht wahr? Du weißt, dass ich älter bin, als ich aussehe. Du musst es inzwischen herausgefunden haben.«

Er wusste es. Er wusste es schon seit einer Weile. Er hatte die Hinweise darauf in die hinterste Ecke seines Verstandes geschoben, damit er nicht über die Konsequenzen nachdenken musste, aber nun war es an der Zeit, die Karten auf den Tisch zu legen.

»Als ich dir nach dem Kampf mit dem Alligator aus der Kanalisation geholfen habe«, sagte er, »hast du mir gesagt, es brauche hundert Jahre, um das zu lernen, was du soeben getan hattest. Du warst nicht ganz bei Sinnen, und ich wollte die Worte deinem Delirium zuschreiben, aber dann bin ich deiner Freundin Xiulang begegnet …«

»Sie ist nicht meine Freundin.«

»… und sie hätte beinahe alles ausgeplaudert. Ich fresse einen Besen, wenn sie erst ungefähr zwanzig Jahre alt ist. Und das hat mich zum Nachdenken gebracht. Über Melpomene.«

Maddie hielt den Kopf schräg. »Wieso über sie?«

»Du hast gesagt, jede Muse behaupte, die erste ihrer Schwestern zu sein – außer einer. Wie lautet noch gleich ihr Name?«

»Polyhymnia.«

»Genau. Und Melpomene sagte, ihre Schwester habe sich seit der industriellen Revolution verändert, und zwar nicht auf eine gute Weise. Damals habe ich es nicht recht verstanden, denn ich war zu verängstigt und desorientiert, aber später habe ich begriffen, was mich daran irritiert hat. Du wusstest nichts von der Veränderung Polyhymnias. Und dafür kann es nur einen einzigen Grund geben.«

Er hielt ihrem Blick stand und kratzte all seinen Mut zusammen, den er brauchte, um die Wahrheit auszusprechen.

»Weil«, sagte er, »du zum letzten Mal *vor* der industriellen Revolution mit ihr gesprochen hast. Du musst mindestens zweihundert Jahre alt sein.«

Sie schenkte ihm ein schwaches, trauriges Lächeln. Die rubinroten Tränen in ihren Augenwinkeln schimmerten.

»Eher dreitausend«, sagte sie.

»Jahre?«

»Jahre«, wiederholte sie. »Ich wurde in Griechenland geboren, Jahrzehnte vor dem Trojanischen Krieg. Ich habe dir die Wahrheit gesagt, als ich behauptete, dass ich aus einer Stadt namens Athen stamme.«

»Aber über deinen Namen hast du nicht die Wahrheit gesagt.«

»Nein. Offensichtlich lautet er nicht Madison. Ich … nun, mir hat der Film *Splash* wirklich gefallen, und deshalb benutze ich diesen Namen nun schon seit einer Weile. Und rechtlich gesehen ist er wirklich mein Name. Er steht auf meinem Führerschein, und deshalb ist er nicht nur …

»Maddie«, sagte Lionel. »Du musst mir nichts sagen, was du mir nicht sagen willst.«

Sie nickte, schluckte und sah in den Spiegel. Darin begegnete sie seinem Blick.

»Medea«, sagte sie. »Mein Name ist Medea.«

Vierundvierzig

Maddie tupfte Lionels Wange mit einem feuchten, warmen Waschhandschuh ab und entfernte das getrocknete Blut. Nach und nach kam die Haut zum Vorschein, während sich der Waschhandschuh rot färbte. Sie hatte sich selbst ein wenig Wasser ins Gesicht gespritzt und ihre roten Tränen weggewischt. Ihre hohen Wangenknochen schimmerten nun wie Alabaster. Langsam zog sie das Gespräch an sich.

»Es ist schon komisch«, sagte sie zu Lionel, »aber es ist gar nicht so schwer, unsterblich zu werden. Manche Götter verleihen dir diese Gabe einfach. Entweder zur Belohnung oder als Strafe. Meistens zur Strafe.«

Dreitausend Jahre. Er versuchte noch immer, es zu begreifen.

»Du hast gesehen …« Er schaute sie an, als könnte er hinter ihrem Gesicht die Wahrheit erkennen. »Alles. Du hast alles gesehen.«

»Nicht *alles*. Allerdings habe ich 1965 die Beatles im Shea Stadium spielen gesehen.«

»Ein gutes Konzert?«

Sie zuckte bei der Erinnerung zusammen. »Ziemlich schlimm. Die Menge hat von Anfang bis Ende geschrien, man konnte nichts hören, und sie haben die Show nach einer halben Stunde beendet. Aber immerhin habe ich sie gesehen. Und … ich war auf der Weltausstellung in Chicago im Jahr 93 – das heißt natürlich 1893. Ich bin zusammen mit

Madge Breckinridge in Kentucky marschiert – das war ungefähr 1918.«

»Mit wem?«, fragte Lionel.

»Meinst du das ernst? Mit Madge Breckinridge, der Frauenrechtlerin! Ich habe mich sehr für die Frauenrechte eingesetzt. Du kannst bestimmt den Grund dafür nachvollziehen. Zeichne ein Venn-Diagramm, schreibe in den einen Kreis ›Menschheitsgeschichte‹ und in den anderen ›Zeiten, in denen es wirklich mies war, eine Frau zu sein‹. Diese Kreise sind fast deckungsgleich.«

Sie hielt inne, richtete ihren Blick in die Ferne und tippte sich gegen die Schläfe.

»So ist es, wenn du lange genug lebst. Du erinnerst dich an Nebensächlichkeiten. An Dinge, die einen kurzen Moment aus dem Fluss des Nichts herausragen. Und je älter du wirst, desto bedeutungsloser wird alles. Das beste Konzert, das ich je gesehen habe, war in den frühen 1300ern – ich könnte dir das genaue Jahr nicht mehr nennen. Es war ein Franzose namens Courtemanche. Unter seinen Händen klang eine einfache Fidel wie das Weinen eines Engels. Ich habe weder vorher noch nachher jemals etwas Ähnliches erlebt.«

Lionel schüttelte den Kopf. »Ich habe nie von ihm gehört.«

»Genau. Niemand hat das. Er hat in Vergessenheit gelebt und ist in Vergessenheit gestorben, und jetzt existiert er nur noch als kleiner Fleck in meiner Erinnerung. Ich kenne den Blick, den du mir jetzt zuwirfst. Als sollte ich eigentlich eine mächtige Zeugin der Geschichte sein, ein … Gefäß voll uralter Weisheit.« Sie hob die Hand, zuckte mit den Schultern, ließ sie wieder fallen. »Ich bin bloß ich selbst. Ich kann dir sagen, was ich weiß. Was ist der beste Ort und die beste Zeit zum Leben in der ganzen Menschheitsgeschichte? Das Hier und Jetzt.«

Sie beugte sich über den Rand der Badewanne und drehte

am Heißwasserhahn. Wasser strömte heraus. Sie drehte den Hahn wieder zu, und der Fluss versiegte.

»Sieh dir das an. Heißes, sauberes Wasser, so viel du willst und wann immer du willst. Du hast keine Ahnung, wie erstaunlich das ist. Ich kann dir sagen, dass du es wirklich nicht weißt. Und die Straßen sind nicht mit Mist bedeckt.«

»Das meinst du wortwörtlich …?«, fragte er.

»Allerdings. So war es die längste Zeit der menschlichen Zivilisation. Wenn du mit einer Zeitmaschine ins viktorianische England zurückreisen könntest, würdest du in derselben Sekunde, in der du bemerkst, wie es dort riecht, darum betteln, nach Hause zurückkehren zu dürfen. Innentoiletten und persönliche Hygiene sind etwas Wunderbares.«

Lionel hielt den Kopf schräg und sah sie an. »Du bist also unsterblich. Heißt das, dass *nichts* dich töten kann?«

»Wenn es doch nur so wäre! Nein. Ich bin noch immer aus Fleisch und Blut, genau wie du. Ich altere bloß nicht, und meistens werde ich auch nicht krank. Nicht *richtig* krank. Leider hat die Unsterblichkeit nichts gegen meinen Heuschnupfen ausrichten können. Dagegen nehme ich Clarityn. Und wieder einmal: ein Dank an die moderne Wissenschaft.«

Er spürte, wie sie dem Thema auswich; es war der sprichwörtliche stille Elefant im Raum. Sie war lebhaft und putzmunter, solange sie nicht über einen besonderen Teil ihrer Vergangenheit sprach. Über den Teil, vor dem sie noch immer weglief.

»Erzähle mir von Hekate«, sagte er.

Maddie schwieg zunächst. Sie legte den Kopf in den Nacken. Die Lampen über dem Badezimmerspiegel leuchteten in ihren Augen wider, waren wie winzige gleißende Monde. Sie schlang die Arme um sich und hielt sich selbst fest.

»Sie ist die Mutter der Finsternis, die Göttin der Wegkreuzungen, die Königin der Nacht.« Maddies Schultern zitterten leicht, als sie weitersprach. »Sie ist die Trägerin des Schlüssels. Die Bringerin des Lichts. Wenn sie es will, spendet sie ihre Gaben. Wispern, Geheimnisse, Schreckgespenster, Träume.«

»Warum ... warum spendet eine Göttin Schreckgespenster?«

»Sie können dir zeigen, was du im wachen Zustand übersiehst. Welche Probleme du lösen musst. Es ist nicht immer leicht, ihr zu dienen, aber ...« Sie runzelte die Stirn und suchte nach einem passenden Vergleich. »Hattest du je einen Lehrer, der dich dazu angetrieben hat, überragend zu sein? Der dich wirklich angetrieben hat, der nicht um der Strenge willen streng war, sondern nur wollte, dass du so gut bist, wie du nur irgend sein kannst?«

Lionel bekam das Bruchstück einer goldenen Erinnerung zu fassen. Seit Jahren hatte er nicht mehr an sie gedacht. »Meine Journalismusprofessorin an der Northwestern. Sie hat mich in ihrer Klasse härter gefordert als alle anderen. Zuerst hatte ich geglaubt, dass sie mich nicht mag. Aber eines Tages nahm sie mich beiseite und nannte mir den Grund für ihr Verhalten. Sie sagte, ich sei einer ihrer wenigen Studenten mit einem wahren Karrierepotenzial. ›Lionel‹, sagte sie zu mir, ›du wirst meinen Kurs entweder als wahrer Journalist verlassen, oder du wirst gar keinen Abschluss machen.‹«

»Genau so«, sagte Maddie.

»An dem Tag, an dem ich ein Projekt eingereicht und ein richtiges Lächeln sowie ein ›gute Arbeit‹ dafür bekommen habe, war ich der Herr der Welt.«

»Dann weißt du, was ich meine. Meine Herrin hat ihre schwierigen Momente. Sie kann launenhaft sein, wenn sie es sein will. Sie hat Phasen dunklen Humors. Sie reizt, und sie verhöhnt.« Maddie schlang die Arme noch enger um sich. Die

Lichtkugeln in ihren Augen wirkten wie Mondlicht im Wasser. »Und sie liebt. So heftig und so süß.«

»Warum hast du sie verlassen?«

Das Schimmern in Maddies Augen verschwand. Sie senkte den Kopf, die Lichter glitten fort, ihre Arme rutschten langsam an die Seiten, und sie ließ die Schultern hängen.

»Nachdem ich … gewisse Dinge getan und die Macht, die mir von ihr verliehen worden war, missbraucht hatte, konnte ich ihr nicht mehr gegenübertreten. Also bin ich weggelaufen. Ich habe ihren Ruf nicht beachtet und bin geflohen. Du musst wissen, dass ich mich ihr ganz verschrieben hatte. Ich habe ihr mein Leben übereignet. Meine Seele. Einen Pakt mit Hekate bricht man nicht so einfach. Von allen Kräften des Universums ist sie die Letzte, die du jemals betrügen willst. Und das machte es nur noch schlimmer.«

Ihr Blick fiel auf das Badezimmerfenster und die geschlossene Jalousie. Die schwachen Runzeln auf ihrer Stirn zeugten von ihrer Angst.

»Meine Schwestern, ihre anderen Töchter, haben mich jahrelang verfolgt. Jahrzehntelang. Jahrhundertelang. Du weißt nicht, wie kräftezehrend das war. Dann bin ich Regina Dunkle begegnet. Du musst wissen, dass sie … sehr alt ist.«

»Und das sagt eine Frau, die ihren dreitausendsten Geburtstag feiern wird …«

»*Älter*. Geboren in einer Höhle, die erste Schamanin ihres Stammes. So alt ist sie. Sie sagte mir, sie sei einst der Wesir eines Pharaos gewesen, und ich glaube ihr. Sie hat Hekate ebenfalls verlassen, auch wenn ich den Grund dafür noch immer nicht kenne – sie will nicht darüber reden –, aber sie hat das Geheimnis entdeckt, sich unsichtbar zu machen.«

Ihre Telefonanrufe, Reginas Drohungen … all das ergab jetzt einen Sinn. »Sie verrät dir den Trick nicht, aber sie ermöglicht es dir, ebenfalls unsichtbar zu sein. Daher bist du so lange vor Hekate sicher, wie Regina es will.«

»Das stimmt«, sagte sie. »Und dafür mache ich alles, was sie von mir verlangt. Jetzt weißt du es.«

»Maddie, das ist nicht richtig. Regina behandelt dich wie eine Sklavin.«

Sie biss die Zähne zusammen. »Ich *bin* ihre Sklavin.«

»Sie sagte, du kannst gehen, wann immer du willst.«

Maddies finsterer Blick hätte Lionel beinahe einen Schritt zurückgetrieben. Ihre Augen waren wie zwei Wärmelampen, die sich in ihn einbrannten.

»Und was wäre die Alternative für mich? Sag es mir bitte. Ich würde gern deine erstaunlichen Einsichten teilen. Wohin soll ich denn gehen?« Sie warf die Hände in die Luft. »Das hier ist *ihre Stadt*, Lionel. Wenn man überhaupt sagen kann, dass eine Göttin irgendwo lebt, dann *gehört* New York Hekate. Es gefällt ihr hier. Wenn ich Regina verlasse, wird sie mich sofort finden. Meine Uhr tickt bereits. Der Schlüssel, den ich heute Nacht benutzt habe, um dich aus dem Ghul-Nest zu holen, war Hekates Initiationsgeschenk an mich. Sie kann unmöglich nicht bemerkt haben, dass ich ihn benutzt habe, und deshalb ist es nur eine Frage der Zeit, bevor sie ihren Zirkel auf die Straße schickt oder selbst auf mich Jagd macht.«

Maddies Hände sanken herunter. Ihre Wut erlosch, war aufgebraucht. Sie sackte gegen die Wand des Badezimmers und schloss die Augen.

»Ich sitze fest«, sagte sie. »Ich kann nirgendwohin gehen.«

»Was ist denn das Schlimmste, das passieren könnte?«, fragte Lionel. »Was würde sie tun, wenn sie dich findet? Würde sie dich umbringen?«

Maddie öffnete ein Auge. Sie starrte ihn damit an.

»Du hast es nicht verstanden.«

»Dann hilf mir, es zu verstehen.«

»Ich habe jeden Eid gebrochen, den ich je abgelegt habe. Ich habe meine Verantwortung und meine Schwüre mit Füßen getreten. Ich bin eine Versagerin. Eine Schande. Ich laufe nicht weg, weil ich der Strafe entgehen will. Ich habe keine Angst davor, dass sie mir wehtun wird.«

Sie schloss das Auge wieder.

»Ich habe Angst davor, dass sie mir vergeben könnte. Denn ich bin ihrer Liebe nicht würdig. Ich bin niemandes Liebe würdig.«

Lionel näherte sich ihr und ergriff ihre Hand. Diesmal wich sie nicht vor ihm zurück.

»Das stimmt nicht«, sagte er.

Sie ließ es zu, dass er sie an sich zog und umarmte. Sie legte den Kopf an seine Schulter. So verharrten sie lange, schaukelten still hin und her; es war wie ein langsamer Tanz zum Klang der Autos auf der Straße vor dem Fenster.

»Wenn du mich verlässt«, sagte sie, »kann ich das verstehen.«

Er fuhr mit den Fingern durch ihre Locken.

»Ich bin noch hier«, sagte er.

Er war auch am Morgen noch da, als das erste Licht der Morgendämmerung sanft hinter den Vorhängen des Schlafzimmers aufschimmerte. Auch sie war noch da. Sie lagen aneinandergeschmiegt wie Katzen unter den warmen, zerwühlten Laken. Sie richtete sich auf und nahm ihn bei der Hand. Er folgte ihr ins Badezimmer und rieb sich den Schlaf aus den Augen.

Das warme Wasser der Dusche brachte das Leben zurück in ihre Muskeln, während sie sich umarmten und von einer Dampfwolke eingehüllt wurden. Lionel beugte sich vor und küsste sie lange und innig.

»Siehst du?«, sagte sie zu ihm. »Das ist die beste Zeit zu leben.«

»Man hat mir vorgeworfen, eine Vorliebe für jüngere Frauen zu hegen,« sagte er. »Du stellst alles auf den Kopf.«

»Mag sein, aber mit dem Alter kommt die Erfahrung.« Sie zwinkerte ihm zu. »Ich kenne da einige Tricks.«

»Ich glaube, du hast mir den einen oder anderen schon gezeigt.«

Sie griff nach dem Waschhandschuh, hielt ihn unter die warmen Strahlen und machte ihn gründlich nass.

»Warte mal. Hier kommt etwas, das in der sprichwörtlichen guten alten Zeit sehr beliebt war, aber ich kann dir garantieren, dass du noch nie in einem Geschichtsbuch davon gelesen hast.«

Ein kleiner Schauer fuhr über seine Haut, als sie um seine Schultern griff und mit dem Waschhandschuh an seinem Rückgrat entlangfuhr. Dabei flüsterte sie ihm etwas ins Ohr.

»War ... war das Griechisch?«, fragte er. »Ich habe keine Ahnung, was du gerade gesagt hast.«

»Es existiert keine präzise Übersetzung. Ich will es dir stattdessen zeigen.«

Und sie zeigte es ihm. Später, als sie aufgeräumt und ihre Kleidung wiedergefunden hatten, war er noch immer etwas wacklig auf den Beinen.

»Ich habe nachgedacht«, sagte er. »Auch wenn ich darin gerade nicht besonders gut bin.«

Maddie saß auf dem Rand der zerknüllten Tagesdecke und zog sich gerade die Socken an. Sie hielt inne, tat so, als leckte sie sich den Finger ab und zeichnete einen Haken in die Luft. »Sieg«, flüsterte sie nach der Seite, wie auf einer Bühne.

»Glaubst du, Dergwyn wird eingestehen, dass ihr Rudel es gestern Nacht nicht geschafft hat, mich zu töten?«

»Schwer zu sagen. Ghule sind nicht gerade bekannt für ihre Vertrauenswürdigkeit. Das kommt daher, dass sie geborene Opportunisten sind. Sie brechen ein Abkommen, sobald es ihnen nützt. Deshalb schließt niemand, der halbwegs bei Verstand ist, mit ihnen einen Handel ab. Ich frage mich, warum er das getan hat.«

»Du hast gesagt, dass sie unter der Erde leben, richtig?« Lionel knöpfte sein Hemd zu und warf im Dielenspiegel einen Blick auf seine Frisur. »Wir wissen, dass er sich ebenfalls unter der Erde fortbewegt. Aber das passt nicht zusammen, denn ich habe ihn schließlich aus der Nähe beobachtet. Er ist ein Ungeheuer, aber er sieht nicht wie eines aus. Er müsste nur eine Sonnenbrille tragen und könnte oberirdisch leben wie jeder andere. Niemand würde ihm einen zweiten Blick zuwerfen.«

Maddie betrachtete finster die Dielenbretter. »Er selbst ist nicht der Grund. Er versteckt etwas dort unten.«

»Wir haben viel zu tun und nur wenig Zeit«, sagte Lionel. »Insbesondere wenn Blauauge herausfindet, dass ich die letzte Nacht überlebt habe. Er weiß, wer ich bin. Vermutlich weiß er inzwischen alles über mich. Es wird dir nicht gefallen, aber … ich fürchte, wir werden uns Hilfe von draußen holen müssen.«

Fünfundvierzig

Im Nachrichtengeschäft standen die Räder niemals still. Brianna bahnte sich mit einem Kaffeebecher in der einen Hand und einem Bagel nebst Serviette in der anderen einen Weg durch die betriebsame Redaktion und hielt dabei auch noch ihr Telefon ans Ohr gepresst. Schon seit zwanzig Minuten versuchte sie, ihr Büro zu erreichen, und alle drei Meter kämpfte jemand um ihre Aufmerksamkeit.

»Die Grafiken sind gut«, sagte sie zu einem Designer, während sie sich über seinen Stuhl beugte und in den Monitor starrte. Dann wandte sie sich wieder ihrem Handy zu. »Nein, die *Grafiken*. Die *Optik* ist miserabel. Ich rede gerade mit meinem … Nein, hör mir zu, Morty, Lionel ist unser bester Reporter, klar? Das Studio muss gerade jetzt hinter ihm stehen, so seltsam das auch …«

Sie hielt inne. Karen stand neben der Tür ihres Büros. Die Verwaltungsangestellte wippte auf ihren Fersen und winkte sie heftig herbei. Brianna rannte an den letzten Schreibtischen vorbei wie eine Marathonläuferin auf der Zielgeraden.

»Nimm mir irgendetwas ab«, sagte sie.

Karen packte sowohl den Kaffee als auch den Bagel und trug beides zu Briannas Schreibtisch.

»Falsche Wahl«, seufzte diese. »Du hättest mir das Handy mit dem Anwalt daran abnehmen sollen.«

Karen deutete auf Briannas Tischtelefon. »Ein Anruf von Lionel«, flüsterte sie. »Er sagt, es sei dringend.«

»Nein, ich bin sicher, dass er … Hey, Morty, ich muss aufhören – Anruf auf der anderen Leitung.«

Brianna schaltete das Handy aus und sank auf ihren Stuhl. Er schwankte, und eine lockere Feder quietschte.

»Ich hasse mein Leben.«

»Vor einer Stunde hat die Polizei noch einmal angerufen«, sagte Karen. »Ich habe dir ihre Nachricht notiert.«

»Ja, und die Rechtsabteilung macht mir deswegen die Hölle heiß. Sie wollen wissen, wieso Lionel noch nicht zur Vernehmung erschienen ist und warum ich ihn verstecke. Dabei weiß ich doch nicht einmal, wo er *ist*.«

Karen zeigte auf das Tischtelefon. Brianna nahm den Hörer ab und drückte einen Knopf, der den Anruf zu ihr durchstellte.

»*Idiot*.«

»Hallo«, sagte Lionel. »Ist es gerade ungünstig?«

»Nein, nein, alles prima. Die Chicagoer Polizei hat noch keinen Haftbefehl für dich ausgestellt. Bisher. Aber je länger sich diese Sache hinzieht, desto mehr sieht es danach aus, als hättest du den Bundesstaat nicht bloß verlassen, sondern wärest aus ihm *geflohen*. Angesichts der Tatsache, dass sie einen toten Reporter und keine weiteren Verdächtigen haben und du die letzte Person bist, die ihn lebend gesehen hat, musst du dich ihnen wirklich stellen. Von wo rufst du an? Ich kann dich kaum verstehen. Bitte sag mir, dass es der Flughafen ist. Bitte sag mir, dass du den nächsten Flug nach Chicago nimmst.«

»Ich brauche deine Hilfe, Bri.«

Brianna blinzelte das Telefon an. »Was war das denn? Du nennst mich doch sonst nie Bri.«

»Ich stecke in Schwierigkeiten. In ernsthaften Schwierigkeiten. Es geht um mehr als nur die Sache in Chicago. Und ich arbeite an einer richtig großen Story. Weißt du, wir haben nie wirklich über meine Vergangenheit gesprochen. Nicht in allen Einzelheiten. Aber du weißt, dass ich ein Waisenkind bin, oder?«

»Sicher«, sagte sie, konnte ihm aber nicht folgen.

»Er ist hier, Brianna. Der Mann, der meine Mutter getötet hat, ist hier in New York. Deswegen kann ich noch nicht abreisen.«

Sie hielt sich den Hörer vor die Brust und sah Karen an.

»Gib mir ein paar Minuten allein mit ihm, in Ordnung?«

Auf dem Weg hinaus schloss Karen die Tür hinter sich. Brianna atmete tief durch, zog die Tastatur des Computers heran, falls sie sich Notizen machen musste, und hielt den Hörer wieder an ihr Ohr.

»Rede mit mir, Lionel.«

»Ich kann dir nicht alles am Telefon erklären. Einiges davon … du musst es sehen, um es glauben zu können. Du musst nach New York kommen.«

»Ich kann hier doch nicht alles stehen und liegen lassen und …«

»*Bitte*«, sagte Lionel. »Ich würde dich nicht anflehen, wenn ich nicht wirklich verzweifelt wäre. Es sind bloß anderthalb Stunden Flug. Morgen Nachmittag wirst du wieder an deinem Schreibtisch sitzen, das verspreche ich.«

Brianna holte langsam und tief Luft. Und versuchte, sich zu beruhigen. Dieser Mann schaffte es, abwechselnd die Gefühle von Faszination und Wut in ihr zu erregen. Zuerst hatten sie sich geliebt, dann hatten sie einander gehasst, und seit sich der Staub ihrer Beziehung gelegt hatte, waren sie zu so etwas wie beste Freunde geworden. Sie kannte ihre Antwort, bevor sie ihr über die Lippen kam.

»Bin schon unterwegs.«

»Gut, aber schreib dir bitte das Folgende auf«, sagte Lionel. »Nimm einen Flug zum John-F.-Kennedy-Flughafen und dann den AirTrain bis zur Haltestelle Jamaica. Dort steigst du in einen Zug der Linie E bis zum Court Square und wechselst in die 7. Sie bringt dich geradewegs zur Grand Central Station. Dort warten wir auf dich.«

Sie runzelte die Stirn und klimperte mit ihren Schlüsseln, während sie seine Anweisungen niederschrieb. »Wer ist ›wir‹? Und warum kann ich mir vom Flughafen nicht einfach ein Taxi nehmen und mir das Leben damit leichter machen?«

»Weil ein Taxi mindestens sechzig Dollar kosten wird und die Redaktion dir diese Ausgabe nicht ersetzen wird. Außerdem ist der Zug im Berufsverkehr vermutlich schneller.«

Briannas Stimme hallte blechern aus dem Lautsprecher. Es war eher ein primitives Handfunkgerät, das an einem halb abgezogenen Kabel aus einem offenen Telefonkasten hing.

»Ja, in Ordnung. Ich werde dir Bescheid sagen, sobald ich in der Nähe bin.« Sie seufzte noch einmal. »Du solltest mich nicht an der Nase herumführen, Lionel.«

Eine knotige Hand packte das Gerät. Die Kreatur hockte mit bloßen Füßen und gelben, abgebrochenen Zehennägeln auf dem feuchten Steinboden des Tunnels. Ein schmutziges T-Shirt und eine Hose, die von einem irgendwo abgerissenen Seil gehalten wurde, umhüllten die schäbige Gestalt.

»Du bist mein Ein und Alles«, sagte der Ghul mit Lionels Stimme.

»Wir werden reden müssen, wenn ich bei dir bin«, sagte Brianna. »*Ernsthaft*.«

Sie legte auf. Der Ghul ließ den Hörer fallen und warf einen Blick über die Schulter. Sein weit aufgerissener Unterkiefer hing schlaff herab. Die Augen, die in der Dunkelheit wie Opale glitzerten, bettelten um Anerkennung.

Dergwyn stand hinter ihm. Ein zerfetzter Sonnenschirm mit gebrochenem Gestänge lag auf ihrer Schulter, und sie ließ ihn kreisen wie eine modebewusste Friedhofsbewohnerin. Sie bellte den Ghul mit einer Reihe von Knurr- und Heullauten an. Er brach in ein irres Grinsen aus, bellte zurück und sprang auf allen vieren in die Finsternis hinein. Fernes Heulen hallte von den Wänden des Versorgungstunnels wider. Auf der Straße über ihren Köpfen rumpelte der ahnungslose Verkehr.

Sie sah den Mann mit den blauen Augen an. »Bist du jetzt zufrieden?«

»Ich wäre noch zufriedener, wenn du deine Arbeit gleich zu Anfang richtig gemacht hättest.«

Sie runzelte die Stirn und wandte sich ihm zu. »Du hattest mir nicht gesagt, dass er eine Freundin hat.«

»Diese sogenannte Freundin war eine unbekannte Größe. Ich wusste nicht, wozu sie imstande ist.« Er zuckte mit den Achseln. »Jetzt weiß ich es.«

»Ist dir bekannt, wie ich zur Prinzessin wurde?«

»Dein Papa war der König?«

Sie stieß ihm einen Fingernagel gegen die Brust. »Nein. Der Titel wird nicht vererbt. Jeder Ghul kann zum Anführer des Rudels werden. Dazu muss er – oder sie – nur jeden töten und essen, der es ebenfalls werden will. Und immer weiter töten. Und immer weiter essen. Wenn mich ein Mitglied meines Rudels herausfordert, *metzle ich es nieder*.«

Er rollte mit den Augen. »Das klingt anstrengend.«

»Auf diese Weise bin ich stets wohlgenährt.« Sie beugte sich vor, starrte ihn mit ihren Juwelenaugen an und senkte die Stimme. »Wenn mein Rudel zu der Überzeugung gelangen sollte, dass ich feige bin, würde es mich in Stücke reißen. Und das wäre richtig. Ein Feigling darf nicht herrschen.«

»Ich habe das Gefühl, dass du mich durch die Blume anklagen willst, Prinzessin. Vielleicht solltest du einfach offen sagen, was du meinst.«

Seine Hand schoss vor, schloss sich um ihre Kehle und drückte plötzlich zu wie ein stählerner Schraubstock.

»Oder besser noch«, sagte er, »du hältst deinen verdammten kleinen Mund und erinnerst dich daran, wer hier das Sagen hat. Ich bin nicht dank deiner Erlaubnis in diesen unteren Gefilden. Du bist mit meiner Erlaubnis hier.«

»Du tust mir weh«, keuchte sie.

»Dessen bin ich mir bewusst.«

Er stieß gegen sie, ließ sie los, und sie fiel auf den Tunnelboden. Sie landete auf ihrem Sonnenschirm und zerbrach ihn vollends.

»Mein Werk ist fast vollbracht«, sagte er zu ihr. »Wenn du auf Kurs bleibst, helfe ich dir *vielleicht,* deine Krone und dein Rudel zu behalten, wenn ich fertig bin.«

Weniger als einen Kilometer entfernt ging Maddie allein durch die Straßen von Lower Manhattan. Sie hatten beschlossen, sich aufzuteilen und Zeit zu sparen. Lionel wollte zurück zu Lana Taylors Wohnung gehen und dort nach Hinweisen suchen, während Maddie sich um die zusätzliche Hilfe kümmerte, die sie unbedingt brauchten.

Sie war noch immer nicht glücklich darüber.

Sie lief auf dem überfüllten Bürgersteig der Grand Street und kam dorthin, wo Little Italy allmählich aufhörte und Manhattans Chinatown begann. Es gab keine offizielle Grenzlinie, kein Schild mit der Aufschrift »HIER BEGINNT CHINATOWN«, sondern nur eine allmähliche Veränderung, die zunächst an den hellroten und goldenen Markisen zu erkennen war. Sie bog in eine Seitenstraße, die eigentlich nur breit genug für anderthalb Autos war, wo der Verkehr aber trotzdem in beiden Richtungen rollte, und sie ging durch die Schatten, die von lindgrünen Feuerleitern und Schildern mit Aufschriften in Mandarin geworfen wurden. Abseits der Touristenpfade bemühte man sich nicht mehr um Übersetzungen ins Englische.

Sie drückte eine Tür auf, deren verblasste Farbe an Oliven erinnerte, betrat einen nur schwach erhellten Laden und atmete tief ein. Die Luft roch nach Kamille und frischer Petersilie. In Wandregalen standen Gläser mit Klebebandetiketten, auf die mit Filzschreibern chinesische Schriftzeichen gemalt waren. In den Gläsern befanden sich getrocknete Blätter, Kräuterklumpen und kleine Haufen aus bernsteinfarbenen Splittern. Wen Xiulang schaute von ihrer Theke im hinteren Teil des Ladens auf. Eine dünne Rauchfahne, die von einem Ständer mit einem Räucherstäbchen aufstieg, umspielte ihr Kinn und rahmte die Wangen im Zwielicht ein.

»Sieh an, in alter Frische«, sagte sie. »Aber etwas ist komisch – deine Hände sind leer.«

Maddie drehte das Schild in der Ladentür um, sodass von draußen nun »Geschlossen« zu lesen war. »Warum sollte das komisch sein?«

»Ich hatte gehofft, du würdest mir ein Geschenk mitbringen, denn schließlich habe ich dir nun schon zweimal das Leben gerettet.«

»Hier ist dein Geschenk.« Maddie holte tief Luft und drückte die Arme gegen ihre Flanken. »Ich brauche deine Hilfe.«

»Dabei überkommt mich als Erstes der Impuls, in die Luft zu springen, in die Hände zu klatschen und wie ein Kind zu kreischen«, sagte Xiulang. »Aber dann verspüre ich den Wunsch, mein Handy herauszuholen und dich zu bitten, deine Worte zu wiederholen, während ich sie für die Nachwelt aufnehme.«

»Ich schätze deine Zurückhaltung.«

»Aber«, sagte sie, »wenn du herkommst … dann ist es schlimm, nicht wahr?«

Maddie nickte. »Es ist sehr schlimm.«

»Ich erfreue mich nicht an deinen Schmerzen«, sagte Xiulang, »aber an deinem ernsthaften Unbehagen. Man muss Grenzen ziehen.«

»Du bist so anständig wie immer.«

Maddie näherte sich der Theke. Sie hielt eine kleine Scheibe in der Hand, hinter deren Fenstern aus blauem Licht winzige menschliche Schatten in einem Mahlstrom umherwirbelten. Xiulang riss die Augen auf, als Maddie die Scheibe zwischen ihnen auf die Theke legte.

»Irgendwo in der Stadt gibt es noch mehr davon. Ich hoffe, dass wir herausfinden, wo sie sich befinden, und dann auch begreifen, warum sie da sind.«

Die Kräuterheilerin bückte sich hinter ihrer Theke und kam wieder hervor mit einem Gerät aus Metall und Glas, an dem Lederriemen befestigt waren, mit denen man es sich um den Kopf schnallen konnte. Mit seinen in Reihen hintereinandergesteckten dicken Linsen erinnerte es ein wenig an das Sehtestgerät eines Optikers. Xiulang betätigte kleine Hebel an den Seiten und bewegte damit die Linsen aus gefärbtem Glas auf und ab, während sie die Scheibe betrachtete.

»Faszinierend«, murmelte sie. »Eine ekelhafte Abscheulichkeit, aber dennoch faszinierend. Es ist wie … eine Batterie.«

»Eine Batterie, die mit menschlichen Seelen aufgeladen wird.« Maddie stieß mit der Fingerspitze gegen die Scheibe. »Können wir sie herausholen?«

»Nicht ohne Gefahr. Noch nicht. Wir müssen erst mehr wissen.«

Xiulang tauschte abermals die Linsen aus. Sie schaute hoch

zu Maddie, während ihr eines Auge hinter einem Rund aus rotem Glas und das andere hinter grünem Glas zu sehen war.

»Ich glaube, wir sollten einen Wasserkompass einsetzen.«

Maddie schnappte mit den Fingern. »Mit einem passenden Musterexemplar.«

»Und den Knoten der Drei Zweige zur astralüberschreitenden Aufhebung!«, flötete Xiulang, die immer lebhafter wurde, während Maddie ihre Aufregung teilte.

»Wie in Prag!«

Xiulang klopfte gegen die Seite ihres Geräts. Die letzten beiden Linsen klappten nach oben und enthüllten ihre Augen. Sie zögerte, und das Lächeln, das sie nur selten zeigte, gefror auf ihren Lippen.

»Ich habe dich vermisst«, sagte sie.

Maddies Blick fiel auf die Theke zwischen ihnen.

»Ich habe dich auch vermisst.« Sie machte eine ausladende Handbewegung, die den Laden und die ganze Stadt einschloss. »Es ist nur … schwer, weißt du?«

»Nur so schwer, wie du es dir machst. Komm. Wir unternehmen einen Ausflug. Wir müssen etwa zweihundert Jahre Klatsch und Tratsch austauschen.«

Während Xiulang in ihren Schubladen herumwühlte und das eine oder andere herausholte – eine lackierte Holzschüssel, eine Eisennadel, schmale Pergamentstreifen –, sah Maddie auf ihr Handy. Lionel rief gerade an.

»Hallo«, sagte er, »ich habe gut Neuigkeiten. Blauauge hatte keine Zeit gehabt, Lana Turners Wohnung gründlich zu durchsuchen, als wir ihn erwischt haben. Er hat zwar ihren Computer zerstört, aber sie hatte Sicherungskopien gemacht.«

»Auch von dem Poe-Manuskript?«

»O ja«, sagte Lionel. »Ich lese es gerade.«

SECHSUNDVIERZIG

Vielleicht war es seiner lebensgefährlichen Begegnung in der letzten Nacht zuzuschreiben – die Bisswunde in seiner Brust schmerzte immer noch, auch wenn sie unter einer frischen Watteschicht verborgen war –, aber Lionel fühlte sich selbst wie ein Ghul, als er zu Lana Turners Wohnung zurückkehrte. Niemand hatte die Frau als vermisst gemeldet, niemand hatte nach ihr gesehen. Ihr Leichnam lag noch immer dort, wo der Mann mit den blauen Augen sie getötet hatte. Ihr verschrumpelter Körper und das verdorrte Gesicht hatten keine einzige Fliege angezogen. Was immer er ihr angetan hatte, als er ihr das Leben ausgesaugt hatte, war für ihr Fleisch so giftig gewesen, dass Insekten keine Eier darin ablegen konnten. Ihre offenen Augen, winterweiß und glasig, schienen Lionel zu folgen, während er durch ihr Wohnzimmer schlich.

Er suchte die Regale ab, öffnete Bücher und schüttelte sie, suchte nach Hinweisen. In der Hauptsache fand er alte zerknitterte Rezepte und abgelaufene Gutscheine. Ihr winziges Arbeitszimmer war eine Katastrophe. Ihr Mörder hatte den Computer zertrümmert, das Plastikgehäuse wirkte, als wäre es mit einem Baseballschläger bearbeitet worden. Ein Experte in Computerforensik hätte vielleicht noch etwas aus dem Trümmerhaufen herausholen können, aber dergleichen ging weit über Lionels Fähigkeiten hinaus. Er bückte sich und durchsuchte eine der unteren Schubladen. Darin befanden sich lediglich einige gebundene Bücher – Abhandlungen über die Kunst der Handschriftenanalyse –, und die meisten trugen Lanas Namen auf dem Rücken.

Er hielt inne. Ein kleiner schwarzer Gegenstand ragte an seinem Blickfeldrand hervor.

Es handelte sich um einen USB-Stick. Die daumengroße Hülse war mit einem Klebestreifen an der Unterseite von Lanas Schreibtisch befestigt. Er zog den Streifen ab und steckte sich den Stick in die Tasche.

Es gefiel ihm nicht, Lanas Leichnam einfach zurückzulassen. Es fühlte sich falsch und respektlos an. Aber er war von der New Yorker Polizei schon vernommen worden, weil er in dieser Woche bereits ein anderes Mordopfer entdeckt hatte, nachdem er unerlaubt in dessen Räumlichkeiten eingedrungen war. Beim zweiten Mal könnte ihn nicht einmal der beste Anwalt der Stadt vor der Untersuchungshaft schützen. Also verließ er schnell und leise die Wohnung. Ihren Mörder zu finden, war das Beste, was er für sie tun konnte.

Er ging wieder zu dem *24 Connect*, dem rund um die Uhr geöffneten Internetcafé, das er kurz nach seiner Ankunft in der Stadt schon einmal besucht hatte. Vierzehn Dollar verhalfen ihm zu einer Stunde Internetzugang und einer weiteren Dose lauwarmer Cherry Coke. Er suchte sich einen Computer im hinteren Teil des Raums und steckte den USB-Stick ein.

Lana war sehr ordentlich gewesen. Sie hatte von allem eine Sicherungskopie gemacht, angefangen von ihren Einkommensteuererklärungen der letzten zwölf Jahre bis zu einigen Tausend universitären E-Mails. Ein Ordner mit der Unterschrift »Freiberufliches« wirkte vielversprechend, aber darin fand Lionel weitere sechzig Unterordner. Er ging die Dateien nach dem beigefügten Datum durch. Der jüngste Ordner, der erst gestern bearbeitet worden war, hieß »Wade Dawson – EAP-Analyse.«

Darin befanden sich eine Handvoll Bilddateien, insgesamt etwa ein Dutzend, in numerischer Reihenfolge. Er öffnete die erste. Das Foto eines vergilbten, brüchig wirkenden Blattes erfüllte den Bildschirm; es war mit einer eleganten Handschrift in sauberen Linien beschrieben.

Die seltsame Untersuchung des Todesfalles Ernest Valdemar, lautete der unterstrichene Titel. *Von Edgar A. Poe.*

»Okay«, murmelte Lionel in den Bildschirm. »Und jetzt wollen wir herausfinden, warum Menschen für diesen Text morden.«

Er öffnete einen Webbrowser und ging im Internet einkaufen. Drei Klicks später hatte er ein E-Book mit den vollständigen Werken von Edgar Allan Poe erworben. Er hielt es in einem eigenen Fenster geöffnet, damit er die beiden Geschichten – die erste handschriftliche Fassung und die endgültige Version – nebeneinander lesen konnte. Der Titel war in *Die Tatsachen im Fall des M. Valdemar* umgeändert worden, aber ansonsten waren die ersten Absätze fast identisch, abgesehen von einigen wenigen ersetzten Wörtern. Poes wirbelnde, klare Feder erzählte dieselbe Geschichte darüber, wie sein guter Freund, der titelgebende Valdemar, an einer tödlichen Krankheit dahinsiechte. Auf Poes Vorschlag stimmte Valdemar einem Experiment zu: Er sollte vor dem letzten Schlag seines Herzens in einen »mesmerischen Schlaf« versetzt werden, weil herausgefunden werden sollte, ob die Kunst der Hypnose in der Lage war, den Tod zu überwinden.

Zwei Ärzte, die nur mit ihren Initialen genannt waren, drängten sich am Bett des Sterbenden, während Poe seine mesmerischen Handbewegungen ausführte und Valdemar in Trance versetzte. Lionel konnte nachvollziehen, warum die Leser diese Geschichte als Tatsachenbericht angesehen hatten. Sie war in einem kargen, wenn auch grauenerregenden

Stil abgefasst und berichtete von Valdemars langsamem Zusammenbruch. Von dem Eiter hinter seinen Augen, vom Rasseln der verfaulten Lunge, vom stinkenden Atem des Sterbenden. Auf der Schwelle zum Tod erstarrte er und hing in einer Art von hypnotischem Kokon. Und als Poe ihn zu sprechen bat, schrie Ernest Valdemar auf seinem Totenbett.

»Um Gottes willen!«, war in dem veröffentlichten Bericht zu lesen, *»bringen Sie mich wieder in den Schlaf, oder – oder, schnell – wecken Sie mich! – schnell – Ich sage Ihnen, ich bin tot!«*

An dieser Stelle war die Geschichte verändert worden.

Die Version, die Poes Leser im Jahr 1845 so sehr entsetzt hatte und die seitdem immer wieder genauso nachgedruckt worden war, endete in einem Sturm aus Blut und Grauen. Der Autor erlöste seinen hilflosen Freund, während Valdemar verzweifelt und wie ein Rasender immer wieder »Tot! Tot!« schrie, und als sich die Trance auflöste, musste er mit Entsetzen zusehen, wie der Körper des Mannes zerfiel. Im Verlauf einer Minute verfaulte und vermoderte Ernest Valdemar und hinterließ nichts als Bettlaken, die mit Verwesungsflüssigkeit befleckt waren.

Lionel dachte an seine erste Begegnung mit Regina Dunkle und an ihr Verlangen, das originale Ende der Geschichte zu lesen. Und an den Brief, den sie ihm gezeigt hatte – an die Warnung von Poes Freund: *»Um der Liebe Gottes willen, Mann, schreib wenigstens das Ende um. Einige Geschichten sollten nicht erzählt werden.«*

»Und du hast das Ende genommen, bei dem der Knabe buchstäblich dahinschmilzt«, murmelte Lionel in den Bildschirm. Er öffnete das letzte Foto auf dem USB-Stick.

»Ich sehe ein kaltes stygisches Ufer!«, schrie der mesmerisierte Valdemar. Poes Handschrift wirkte hier angespannt und verkrampft, als hätte er immer schneller geschrieben. *»Ich treibe*

auf schwarzem Wasser. Ich muss rudern – geschwind! – rudern! – geschwind! Das Wasser ist tief und aufgewühlt, und ich bin nicht allein. Da sind angekettete Menschen, sie ertrinken unter mir. Sie richten ihre Gesichter empor zu meinem Boot und strecken die Hände aus, denen es unmöglich ist, die Oberfläche zu berühren!«

Ich bemühte mich, meinen Patienten zu beruhigen. Sein Arm hatte jede Wärme verloren, jeden Anschein des Lebens und fühlte sich unter meinen Fingerspitzen wie Walfett an, als ich die mesmerischen Streiche auf ihm vollführte. Dr. F- schlug vor, ihn zu wecken. Ich nahm all meine Entschlossenheit zusammen, doch nun zuckte M. Valdemars Zunge auf ekelhafte Weise und drückte sich zwischen seine verzerrten Lippen. Er redete erneut mit jener scheußlichen Stimme, die an das Schreien einer Katze gemahnte:

»Lachende Götter weilen am Ufer! Sie feiern ein Fest am Ufer! Sie dürsten am Ufer! Faune und Satyrn tanzen im hohen weißen Dunst, und ich habe erblickt, womit sie sich mästen! Mein Boot bewegt sich näher an sie heran! – näher!«

Meine Hände vollführten die mesmerischen Bewegungen. Ich knetete seinen kalten, feuchten Arm und drückte ihm die notwendigen Zeichen und Muster auf. Dr. F- flehte mich nun an, ihn zu wecken, und ich verstärkte meine Bemühungen. Ich musste meinen Patienten befreien, bevor er jenes schreckliche Ufer erreichte. Doch dann sprach M. Valdemar noch einmal. Es war kein Schreien, kein Kreischen, sondern die kalte, feste Stimme eines Mannes, der mindestens dreißig Jahre jünger war als er.

»Wecke mich nicht. Ich muss an das Ufer gelangen.«

Mr. L- drängte sich an seinem Kollegen vorbei. Sein Antlitz war eine Maske starren Entsetzens, als er dem Schlafenden heftige Schläge ins Gesicht versetzte. »Weckt ihn! Weckt ihn!«, drängte er. Er schüttelte M. Valdemars Schultern und packte seine befleckten Bettlaken mit beiden Fäusten, während ich versuchte, die mesmerische Trance zu durchbrechen.

Die Augen meines Freundes öffneten sich. Er richtete sich auf der Matratze auf, als würde er von unsichtbaren Händen gestützt. Auf die gleiche Weise erhob er sich vom Bett; seine Bewegungen waren knapp und leblos, und seine Gliedmaßen wirkten wie die einer Marionette, die an unsichtbaren Fäden hing.

Dr. F- und Mr. L- beobachteten ihn mit großem Erstaunen – genau wie ich, der ich wusste, dass mein Experiment ein Erfolg war! Wir hatten die Macht des Mesmerismus bewiesen und über den Frevel des Todes triumphiert. Mein Freund war lebendig und wohlbehalten zu uns zurückgekehrt. Und M. Valdemar wandte sich mir zu, als hätte er meine Gedanken erraten.

»Anmaßender Narr«, sagte er. »Ich bin TOT.«

M. Valdemar ging allein aus dem Zimmer, und Mr. L- fiel in Ohnmacht.

Lionel starrte den Bildschirm an. Im Café um ihn herum war es stumm geworden.

Er überprüfte den Ordner noch einmal und vergewisserte sich, dass er keine Seite übersehen hatte. Keinen Schlusssatz, kein letztes Puzzleteilchen. Er wusste nicht, was er erwartet hatte. Vielleicht irgendeine große Offenbarung. Einen Hinweis, der zu einem versteckten Vermögen führte. Etwas, für das zu töten sich lohnte.

Lionel fühlte sich haltlos. Seit seiner Landung in dieser Stadt war er der Antwort nicht näher gekommen. Hier lag *irgendetwas* verborgen; Menschen waren wegen dieser Seiten gefoltert und getötet worden, und dies musste aus einem triftigen Grund geschehen sein. Aber Lionel erkannte ihn nicht. Er fühlte sich, als halte er eine Schatzkarte in den Händen, aber er wusste nicht, welche Stelle mit »X« markiert war. Die Berge und Täler auf dieser Karte, die Höhen und Tiefen von Poes Handschrift, passten zu keinem Land, das er kannte.

»Ich betrachte es gerade«, sagte er in sein Handy, als er mit Maddie sprach.

»Und?«

»Und ich bin mir nicht sicher.« Er blinzelte das Foto an. »Vielleicht ist nicht die Geschichte an sich das eigentlich Wertvolle daran. Vielleicht ist auf dem Papier noch etwas anderes versteckt.«

»Mit unsichtbarer Tinte?«

»Ja«, sagte Lionel. »Spione haben Zitronensaft benutzt, und damit im amerikanischen Unabhängigkeitskrieg unsichtbare Botschaften geschrieben. Dieser Trick war schon lange vor 1800 bekannt. Zumindest habe ich das bei den Pfadfindern gelernt.«

»Du warst Pfadfinder?«

»Kurz«, sagte er.

»Es könnte sich auch etwas auf der Rückseite der Blätter befinden«, überlegte Maddie, »etwas, das Lana nicht eingescannt hat. Wärest du so freundlich, mir Kopien auf mein Handy zu schicken? Ich will sie lesen. Vielleicht erkenne ich etwas, das dir entgangen ist. Außerdem wird es Regina für eine Weile glücklich machen. Wir treffen uns in Xiulangs Laden, abgemacht?«

Als Lionel eintraf, war die Tür des Kräuterladens verschlossen und verriegelt, und in seinem Inneren brannte kein Licht. Er klopfte, dann wartete er. Er stand unter der schmalen grünen Markise und versuchte, den Verkehr nicht zu behindern. Passanten drängten sich in beiden Richtungen auf dem Bürgersteig, ein endloses Gewühl, das Blut in den Adern der Stadt. Hupen quäkten, als sich ein Lieferwagen durch die zu enge Straße schob. Ein wenig weiter hinten lieferte sich ein rotgesichtiger Mann einen Schreiwettkampf mit seinem

Taxifahrer; die beiden schleuderten auf Mandarin Sätze wie Dolche.

Die Stadt war eine große, schwerfällige Bestie, gepanzert mit Granit und Chrom. Unaufhaltbar, titanisch. Sie trug die Narben vergangener Schlachten, aber ihre Muskeln und Knochen waren mit jedem Mal stärker geworden. Doch nun sah Lionel die Gefahren, die unter der Oberfläche lauerten. Er hatte eine Armee von Geistern gesehen, die in einem Ballsaal entfesselt worden waren. Er hatte in den Tunneln unter den Straßen der Stadt ein Ungeheuer beobachtet, und er hatte einen Nachtclub voller Kannibalen besucht. Die ganze Stadt schaukelte gefangen in einem Netz aus Albträumen, zerbrechlich und brüchig wie Glas. Jeder konnte jeden Augenblick einen falschen Schritt tun, den Faden unter seinen Füßen zerreißen und in die hungrige Dunkelheit stürzen.

Er hatte es getan. Und es war reines Glück gewesen, dass er überlebt hatte.

Nun, da er die Wahrheit kannte, gab ihm das Warten Zeit zur Beantwortung der unausweichlichen Frage: *Was jetzt?* Sein Instinkt riet ihm, alles aufzudecken. Alles, was er gesehen und erfahren hatte, der Welt mitzuteilen.

Klar, dachte er, *und dann finden sie für mich eine nette, mit Weichmaterial gepolsterte Zelle und stecken mich hinein*. Er empfand es als Ironie des Schicksals, dass er seine ganze Karriere als Reporter damit verbracht hatte, Betrüger und Quacksalber zu enttarnen und das Übernatürliche zu leugnen. Nun aber, da Lionel ihm selbst begegnet war, würde man ihn mit Schimpf und Schande aus der Stadt jagen, wenn er dies öffentlich machte. *Ich könnte einen echten Geist im Fernsehen zeigen, und sie würden sagen, er sei computeranimiert. Die Menschen glauben das, was sie glauben wollen. So war es schon immer, und so wird es immer sein.*

Er hörte Briannas Stimme als Endlosschleife in seinem Kopf: »Deine Aufgabe ist es, über die Story zu berichten und nicht, die Story zu *sein*.«

Für gewöhnlich hatte sie recht. Aber er war sich nicht mehr sicher, ob das noch seine Aufgabe war. In den letzten Tagen hatte er Dinge gesehen und erfahren, die er sich früher nicht einmal hätte vorstellen können. All die Menschen auf dem Bürgersteig, die sich durch einen weiteren gewöhnlichen Tag kämpften, hatten keine Ahnung, in welcher Gefahr sie schwebten. Aber er wusste es.

Und jetzt musste er herausfinden, was er dagegen unternehmen konnte.

Er schaute nach links. Maddie und Xiulang kamen die Straße herauf, und sie sahen nicht glücklich aus. Die Kräuterheilerin hielt eine lackierte Holzschüssel in der Hand. Darin schwamm eine mit wirbelnden Symbolen bemalte Papierspirale auf einer dünnen Wasserschicht und zuckte mit jedem Schritt.

»Ist alles in Ordnung?«, fragte er.

Xiulang gab Maddie die Schüssel, holte einen Schlüsselbund hervor und sperrte die Tür auf. Sie winkte beide nach drinnen und schloss hinter ihnen ab.

»Nicht einmal ansatzweise«, sagte sie.

SIEBENUNDVIERZIG

Blaues Licht schwappte hinter den Fenstern der Stahlscheibe und warf einen kalten Saphirglanz in den abgedunkelten Laden. Maddie legte die Scheibe auf die Theke. Und Xiulang platzierte eine »Zwillingsscheibe« auf der anderen Seite.

»Es existieren noch mehr davon«, sagte Maddie zu Lionel. »Wir haben diese Scheibe einen Block entfernt gefunden – ebenfalls in einem Verteilerkasten.«

»Vor einem *Hospiz*«, zischte Xiulang. »Er bringt sie an Orten des Elends und Verlusts an. Wie Traumfänger für die Seelen der Toten.«

»Totenfänger«, sagte Maddie.

»Es wird noch schlimmer«, fügte Xiulang hinzu.

»Oh«, sagte Lionel, »natürlich wird es das. Ich bin ganz Ohr.«

Maddie fuhr mit dem Fingernagel über die Konturen der einen Scheibe. »Xiulang hat es bemerkt. Siehst du diese Rille?«

Lionel beugte sich vor. Bisher war sie ihm nicht aufgefallen. Es war eine nadelspitzendünne Vertiefung auf der Außenseite der Scheibe. Maddie drehte sie um. Auf der Rückseite war an der gleichen Stelle ein schmaler Grat zu sehen.

»Sie sind so konstruiert, dass sie ineinander einrasten können«, sagte sie. Die Grate sind mit fast mikroskopisch kleinen Siegeln bedeckt, die vermutlich mit einem Lasergerät angebracht wurden. Sie sind … leitfähig.«

Lionel kniff die Augen zusammen, hielt sie dicht über die Scheibe und versuchte, die Zeichen zu erkennen.

»Und was soll das bewirken?«

»Sie dienen nicht nur als Speichermedien.« Xiulang nahm einen Totenfänger in jede Hand und hielt sie ein paar Zentimeter voneinander entfernt. »Wenn sie genug kritische Masse bilden – genug Seelenenergie am selben Ort –, werden sie zu ihrem eigentlichen Zweck aktiviert.«

Sie führte die beiden Stahlscheiben zusammen. Sie hörten ein metallisches Klicken.

Lionel spürte die Kraft, bevor er sie sah. Der kleine Laden wurde in blaues Licht getaucht, und ein Zittern ging durch Lionels Magen. Es lief hinunter zu seiner Blase und von dort bis in die Füße.

»Was ist …«

Maddie hob einen Finger. »Warte es ab. Wir haben es auf die harte Tour herausgefunden, als wir in einer Gasse die zweite Scheibe entdeckten.«

Ein übler Gestank überdeckte nun die saubere, nach Kamille duftende Luft. Es roch eitrig und faul wie etwas, das in den Ventilationsschacht gekrochen und dort gestorben war. Wie ein überfahrenes Tier an einem heißen Sommertag. Lionel hielt sich die Hand vor Nase und Mund.

Die Welt am Rand seines Blickfelds veränderte sich. Etwas kroch von dort heran. Er erhaschte undeutliche Anblicke, die sich durchscheinend über die Welt legten, die er kannte. Verrostetes Metall, Spinnweben, Bruchstücke eines menschlichen Brustkorbs, der aus verrotteter Erde ragte. Als er die Bilder direkt aus der Nähe anzusehen versuchte, verschwanden sie, bevor seine Augen sie einfangen konnten, nur um dann vom Rand aus wieder zurückzukriechen.

Etwas bewegte sich über seinem Kopf. Etwas Ledriges, Gewaltiges …

Xiulang riss die Totenfänger auseinander. Ihr Saphirlicht

flackerte, stockte, und die Phantasmen verschwanden. Einen Augenblick später war auch der Gestank fort. Lionel atmete tief ein, nahm die saubere, nach Tee duftende Luft in sich auf und blinzelte.

»Also gut«, sagte er. »Ich bin hier der Anfänger, also solltet ihr mir helfen. Was zur Hölle war das?«

»Wir hatten angenommen, dass es sich bei diesen Scheiben um eine Art von Batterien handelt«, sagte Maddie. »Das ist aber nur die halbe Wahrheit.«

»Sie sind eine Tür«, sagte Xiulang. »Was Sie soeben gesehen haben, war bloß ein Spalt. Aber natürlich können gewisse Dinge auch durch einen Spalt schlüpfen.«

»Eine Tür – wohin?«, fragte Lionel. »Was zur Hölle *war* das?«

Maddie trommelte mit den Fingernägeln auf die Ladentheke. Sie nahm einen der Totenfänger an sich und schob Lionel den anderen zu.

»Für den Augenblick sollten wir sie sorgsam voneinander getrennt halten. Und was deine Frage angeht: Wir haben keine Ahnung. Allerdings führt diese Tür nicht zu einem guten Ort. Der Zauber wird durch die Seelen im Innern der Scheiben befeuert. Wenn du genug von diesen Dingern zusammenbringst und sie miteinander verbindest … nun, du hast gesehen, was bereits zwei davon bewirken können.«

»Wenn genügend Scheiben miteinander verbunden werden, öffnet sich die Tür«, sagte Xiulang. »Und zwar vollständig. Und gewiss nicht ohne Auswirkungen. Und vielleicht so, dass sie nie wieder geschlossen werden kann. Es wäre möglich, dass wir auf einen vollkommenen Bruch der Welten schauen.«

»Und das wäre … schlecht«, sagte Lionel.

»Das werden wir sehen«, erwiderte Maggie. »Was immer

dort drüben lebt, wird hierherkommen – und ich bezweifle, dass die andere Welt eine der magischen Liebe und Freundschaft ist. Wir wissen nicht einmal, ob Menschen die Luft auf der anderen Seite überhaupt atmen können.«

»Stellen Sie sich eine Erde wie die unsere vor«, fügte Xiulang hinzu, »aber mit einer Atmosphäre aus Chlorgas. Und jetzt stellen Sie sich vor, wie es wäre, ein dauerhaftes Loch in die Hülle jener Welt zu reißen. Und zwar mitten in New York.«

Er hatte nach dem Totenfänger vor ihm gegriffen und war mit den Fingerspitzen über die Oberfläche aus kaltem Stahl gefahren, während Xiulang redete. Nun riss er seine Hand weg, als hätte er einen heißen Ofen berührt.

»Jesus«, keuchte Lionel. »Damit würde er ... *jeden* töten.«

»Er«, wiederholte die Kräuterheilerin. »Was wissen wir über diesen Mann?«

»Er ist ein Nekromant«, sagte Maddie und zählte die Fakten an ihren Fingern auf. »Er versklavt die Toten und ermächtigt sie, für ihn zu kämpfen. Er benutzt so etwas wie eine Brosche – sie ist entweder ein Fokus für seine Macht oder ein wirkmächtiges Relikt. Er hat einen Pakt mit den Ghulen der Stadt geschlossen, was seltsam ist, denn ansonsten scheint er sehr klug zu sein und bewegt sich zumeist unter den Straßen fort.«

»Und er hat meine Mutter getötet«, sagte Lionel.

Xiulang schürzte die Lippen. Sie schwenkte den Finger vor Lionel, während sie nachdachte.

»Das«, sagte sie schließlich, »ist kein Zufall.«

»Regina hat das alles arrangiert«, sagte Maddie. »Sie muss von Blauauge gewusst haben, und Lionels Vergangenheit war ihr vertrauter, als sie zugegeben hat. Sie nimmt übrigens keine Anrufe mehr entgegen. Wenn wir nur herausfinden könnten, warum sie all das getan hat ...«

Xiulang schüttelte den Kopf. »Nein. Du stellst die falsche

Frage. Das *Warum*, das wir wirklich beantworten wollen, befindet sich am Anfang der Geschichte. *Lionel*, warum hat er Ihre Mutter umgebracht? Was waren sie füreinander?«

»Ich weiß es nicht. Ich kann mich nicht einmal an die ganze Nacht erinnern, in der sie starb, obwohl ich dabei war. Sie sagte etwas zu mir, und dann, draußen auf der Straße, hat mich jemand mitgenommen, aber …« Er zog eine Grimasse und drückte sich die Fingerknöchel gegen die Stirn. »Irgendetwas ist in jener Nacht mit mir geschehen. Aber es ist alles *weg*. Ich weiß nur, dass der Mann mit den blauen Augen behauptet hat, meine Mutter in Notwehr getötet zu haben, als wir ihn zur Rede gestellt haben. Wenn er ihr das nicht angetan hätte, hätte sie es ihm angetan.«

»Und was wissen Sie über Ihre Mutter?«

Er hob die Hände. Dann fielen sie schlaff herunter.

»Ich erinnere mich an ihr Lächeln. Ich weiß, dass sie mich geliebt hat. Ich war fünf Jahre alt. Das war alles, was ich damals wissen musste.« Er schaute über Xiulangs Schulter hinweg in die Ferne, als er an jene Zeit zurückdachte. »Nach dem, was ich jetzt weiß, würde ich sagen, dass sie eine Hexe war. Ihr Name lautete Sheila Paget. Zumindest glaube ich das. Als ich älter wurde, habe ich Nachforschungen über sie angestellt, bin aber immer nur in Sackgassen geraten. Sie hat keine Spuren hinterlassen, es gab keine offiziellen Dokumente, und für die Cops war sie ein Geist. Sie hatte außer mir keine Familie, sie besaß keinen Ausweis, es befanden sich keine Fingerabdrücke von ihr in den Datenbanken. Nichts. Sie ist aus dem Nirgendwo bei dieser Kommune in Michigan erschienen und dort gestorben.«

»Irgendjemand muss sie gekannt haben«, sagte Xiulang.

»Ja. Der Typ, den wir verfolgen, aber der wird uns nicht helfen.«

Lionel verstummte. Eine andere Möglichkeit kam ihm in

den Sinn. Er suchte verzweifelt nach Gründen, nicht darüber nachdenken zu müssen.

Maddie bemerkte seine Miene. »Was ist los?«

»Ich weiß von einer Person, die … vielleicht etwas für uns hätte. Die eine Person, die mehr Zeit als jeder andere damit verbracht hat, in meiner Vergangenheit herumzuschnüffeln.«

»Wer?«, fragte sie.

»Bo Henley«, sagte Lionel. »Der Mann, der den Magazinartikel über mich geschrieben hat. Derjenige, der mein Leben ruiniert hat.«

Maddie berührte ihn an der Schulter. Mit der Fingerspitze fuhr sie über die Rundung seines Halses.

»Weißt du, wo wir ihn finden können?«, fragte sie.

Er wusste es. Er wusste es seit vielen Jahren. Lionel hatte Bo Henley schon vor einem Jahrzehnt ausgekundschaftet, weil er den Mann aufsuchen und ihm seine Tat vorhalten wollte. Er hatte seinen Flug im letzten Augenblick storniert. Und einige Jahre später, nachdem er sich ausgiebig in billigem Bourbon und Selbstmitleid gesuhlt hatte, war Lionel nur eine Haaresbreite davon entfernt gewesen, es noch einmal zu versuchen. So war es noch mehrfach gewesen. Aber die meiste Zeit hatte er gar nicht an Bo Henley gedacht.

Und wenn er es getan hatte, für gewöhnlich nach einem Drink zu viel, dann hatte Lionel stets wissen wollen, wo der Mann war. Wie er lebte. Ob er nachts schlafen konnte. Auf alle Fälle schlief er besser als Lionel. Bo hatte das Reporterdasein im Jahre 2008 aufgegeben und war in Rente gegangen. Von seinen Ersparnissen hatte er sich einen Vorortbungalow in Hoboken gekauft.

Lionel hielt ein Taxi an. Er und Maddie schaukelten auf dem Rücksitz hin und her, als die alte gelbe Kiste durch den Holland-Tunnel raste und unter einem öligen Nachmittagshimmel im zersiedelten New Jersey wieder ans Licht kam. Im Radio war ein Sender mit Nachrichten und Sportreportagen eingestellt, und der Sprecher wechselte mühelos von den letzten Baseballergebnissen zu einer Reihe möglicher Entführungen, denn mindestens zwanzig Banker, Börsenmakler und Prominente aus Manhattan waren offenbar in derselben Nacht verschwunden.

Bos Haus stand mitten in einer Reihe von Bungalows, die wie Streichholzschachteln wirkten, und wenn man zwischen den Gebäuden seiner Nachbarn hindurchschaute und genau hinsah, konnte man den Hudson River erkennen. In der Luft lag ein salziger, metallischer Geruch wie von Flusswasser, das sich mit dem Rauch aus fernen Schornsteinen vermischt hatte. Lionel schloss die Hände um seine Knie. Zwanzig lange Jahre hatte er sich nach dieser Konfrontation verzehrt, und genauso lange hatte er sie immer wieder hinausgeschoben. Vermutlich wäre es so geblieben, und er hätte einfach nur auf die unvermeidliche Todesanzeige in der Zeitung gewartet, die ihm verraten hätte, dass Bo an irgendeiner vermeidbaren Krankheit gestorben war, umgeben von seiner Familie und all jenen, die ihn geliebt hatten. Dann hätte er vorgeben können, der bessere von ihnen beiden gewesen zu sein.

»Ist alles in Ordnung mit dir?«, fragte Maddie.

Er regte sich auf seinem Sitz, hatte den Ellbogen auf die Armlehne in der Tür gestützt und spürte, wie der Totenfänger gegen seine Hüfte drückte. Sie hatten die beiden Scheiben mitgenommen. Maddie hütete die eine und Lionel die andere. Maddie hatte ihm versichert, dass sie ungefährlich seien, solange sie nicht so miteinander verbunden wurden, wie es in Xiulangs Laden der Fall gewesen war. Widerstrebend hatte er ihr geglaubt.

»Ich habe es mir auf hundert verschiedene Arten vorgestellt«, sagte er. »Meistens bin ich in meiner Fantasie einfach auf den Kerl zugegangen und habe ihn bewusstlos geschlagen. Aber das … das ist nicht das richtige Leben, weißt du? Das ist ein Film über einen Rächer, der in deinem Kopf läuft. Ich bin nicht der edle Held, dem Unrecht widerfahren ist, und er ist kein böses Ungeheuer. Ich glaube, das ist es, was mich an Ende immer wieder davon abgehalten hat, etwas zu unternehmen. Der einzige Grund, auf der Türschwelle dieses Mannes zu erscheinen, hätte für mich darin bestanden, ihn zu verletzen.«

»Und du wolltest ihn nie wirklich verletzen.«

Darüber musste er lächeln.

»Ich wünschte, ich wäre so tugendhaft«, sagte er. »In Wahrheit war mir der Aufwand zu groß. Meine Wunde war gerade verheilt. Das hätte ich zumindest behauptet, bevor dieser junge Reporter in meinem Büro erschien und versuchte, sie wieder aufzureißen. Dann hat Regina mich angerufen, und … nun, jetzt sind wir hier.«

»Hier sind wir.«

»Und das ist gar nicht so schlimm«, sagte er.

Er legte seine Hand in die ihre.

»Wir haben uns getroffen. Ich glaube, das war es für uns beide wert.«

Am Rand von Bo Henleys Rasen stiegen sie aus dem Taxi. Das Gras führte einen recht erfolgreichen Kampf gegen Trockenheit und Sommerhitze, aber an manchen Stellen war es gelb und struppig. Das Brummen eines Rasenmähers wetteiferte mit Vogelgezwitscher. Sie näherten sich gerade der Veranda, als der Rasenmäher an der Seite des Hauses sichtbar wurde.

Die Jahre waren nicht freundlich mit Bo umgegangen. Über

seinen Bierbauch spannte sich ein Polohemd, und seine Haare bildeten einen Kranz um den Hinterkopf. Lionel stellte sich vor, dass er jeden Tag mit einem Schluck Kaffee aus einer Tasse mit der Aufschrift »Bester Opa der Welt« begann. Nach der blutunterlaufenen knolligen Nase zu urteilen, könnte auch ein wenig Whiskey in seinen Kaffee gemischt sein. Natürlich nur wegen des Geschmacks. Er bemerkte Lionel und Maddie und würgte den Rasenmäher ab. Der Motor röchelte und starb ab.

»Bo Henley«, sagte Lionel. Es war eher eine Feststellung als eine Frage.

Bo schenkte ihnen ein zögerliches, unsicheres Lächeln und zeigte auf das mit einer Schablone beschriftete Schild neben seiner Haustür. »KEIN ZUTRITT FÜR ANWÄLTE.«

»Das spart Ihnen vielleicht Zeit«, sagte er. »Und fürs Protokoll: Das schließt Zeugen Jehovas und Mormonen ein. Verkaufen ist verkaufen. Entweder Gott oder Zeitschriften. Und ich kaufe nichts.«

»Ich bin Lionel Page. Als Sie mich kannten, hieß ich noch Paget.«

Bo war langsam auf sie zugetrottet. Nun blieb er stehen. Er sah Lionel von oben bis unten an und rieb sich mit den Fingerknöcheln über die Lippen.

»Das ist schon lange überfällig«, sagte er dann. »Wenn ich an Ihrer Stelle gewesen wäre, hätte ich mir schon vor vielen Jahren einen kräftigen Tritt in den Hintern verpasst.«

Lionel zuckte die Achseln. »Als ich es wollte, hatte ich weder das Geld noch die Möglichkeiten, Sie aufzuspüren. Und als ich das Geld und die Möglichkeiten hatte, wollte ich es eigentlich nicht mehr.«

»Eigentlich.«

»Eigentlich«, sagte Lionel. »Wir müssen uns unterhalten. Ich brauche Ihre Hilfe.«

»*Meine* Hilfe? Was kann ich tun?«

»Wir haben den Mann gefunden, der es getan hat.«

Es. Er musste es nicht näher ausführen. Bos Lippen teilten sich. Seine Zunge fuhr zwischen ungleichmäßigen Zähnen umher.

»*Den* Mann. Bemerkenswert.«

Lionel nickte.

»Verdammt«, keuchte Bo. »Ich hatte recht. Sie haben gesagt, dass ich verrückt bin, und ich hatte all die Jahre hindurch recht.«

Bo deutete auf die Haustür.

»Wir sollten besser nach drinnen gehen.«

Achtundvierzig

Lionel hatte fast recht gehabt. Bo trank seinen Kaffee aus einer »Bester Vater der Welt«-Tasse. Die Enkel – nach den Fotos, die sich auf dem Kaminsims drängten, waren es mindestens acht – waren nicht hier. Genauso wenig wie die Frau auf den meisten Schnappschüssen. Sie war in Bos Alter, und die beiden lächelten und klammerten sich aneinander wie Frischvermählte.

Auf den Fotos trug Bo einen goldenen Ehering. Jetzt waren seine Hände nackt, und auf dem Küchentisch lag nur ein einziges Platzdeckchen aus Plastik.

Er holte saubere, aber nicht zusammenpassende Tassen für Lionel und Maddie, die eine aus weißem Porzellan, die andere war ziegelrot und trug das Logo einer schon lange bankrotten Spedition, und sie setzten sich an den Tisch. Bo sprach als Erster. Er legte die Hände um seine Tasse, als müsste er sie wärmen.

»Vermutlich ist es nicht von Bedeutung – was geschehen ist, ist geschehen –, aber ich wollte Ihnen nie etwas zuleide tun.«

»Das haben Sie aber, und zwar reichlich.«

»Das habe ich.« Bo nickte. Er drückte seine Kaffeetasse und sah Lionel in die Augen. »Das habe ich. Und es tut mir leid.«

Lionel führte einen kurzen und schmutzigen Kampf mit sich selbst. Er wollte zwanzig Jahre voller Frustrationen an dem Mann auslassen und ihn jedes bisschen seiner eigenen Schmerzen und Erniedrigungen spüren lassen.

Aber das war sinnlos.

Bo hatte recht. Was geschehen war, war geschehen, und zwar vor langer Zeit. Wenn er nun das Messer in der Wunde herumdrehte, würde es gar nichts bringen. Lionel würde sich danach nicht besser fühlen; es würde bloß Bo verletzen. Lionel sackte auf seinem Stuhl zusammen und ließ ein wenig von seiner Vergangenheit los. Nicht alles. Nur ein wenig.

»Sie haben sich an die Tatsachen gehalten«, sagte er, »was mehr war, als die meisten Boulevardblätter danach getan haben.«

»Ich habe Sie beobachtet. Im Fernsehen. Meine Satellitenschüssel empfängt die Sender aus Chicago, sodass ich Baseball schauen kann.« Er wölbte die Hand über die eine Seite seines Mundes, warf Maddie einen verschwörerischen Blick zu und sagte: »Erzählen Sie es nicht meinen Nachbarn, aber: einmal Sox-Fan, immer Sox-Fan.«

»Ich habe die Macht der Medien am eigenen Leib erfahren, als ich ein Kind war«, sagte Lionel. »Ich wollte die Fehler anderer Menschen berichtigen. Ich wollte dorthin leuchten, wo das Licht gebraucht wird. Und vielleicht wollte ich ein wenig Gutes tun.«

Bos spröde Lippen verzogen sich zu einem schwachen Lächeln. »Wie in einem dieser Superheldenfilme?«

»Was wollen Sie damit sagen?«

»Ist es nicht immer dieselbe Geschichte? Der Bösewicht erschafft den Helden, oder es ist andersherum, und am Ende schließt sich der Kreis. Ich habe diesen Magazinartikel über Sie geschrieben, und Jahre später waren Sie selbst ein Reporter. Wenn der Journalismus eine Superkraft wäre, würde ich sagen, dass wir hier denselben Fall haben.«

Lionel dachte darüber nach. Über den geschlossenen Kreis.

»Ein Mann hat die Person geschaffen, die ich heute bin«, sagte Lionel. »Aber das waren nicht Sie.«

»Nein. Vermutlich nicht.«

»Was haben Sie vorhin dort draußen gemeint?« Lionel deutete mit dem Kopf zum Fenster und dem Rasen sowie dem verlassenen Rasenmäher darauf. »Dass Sie all die Jahre hindurch recht hatten?«

Bo stellte sich die Kaffeetasse auf das Knie. Er redete langsam, wog seine Worte sorgfältig ab.

»Sie müssen wissen, dass die Story, die ich damals geschrieben habe, nicht die Story war, die am Ende veröffentlicht wurde. Ich habe meinen Beruf bei den Kriminalreportern der *Tribune* gelernt. Ich wollte nie aalglatte Lobeshymnen schreiben. Es ist einfach … passiert, so wie das im Leben nun einmal ist. Zuerst träumst du davon, der nächste Truman Capote zu sein, und dann folgst du Beyoncé auf die Modewoche. Mein Herausgeber wollte, dass ich einen Rückblick auf die Smaragd-Ranch schreibe und der Welt Ihre Geschichte erzähle, und zwar als Geschichte, die das Leben schrieb. Mit einem Spot auf Blut und Eingeweide, aber nur so viel Licht, wie es brauchte, um die Leser bei der Stange zu halten.«

»*Der echte Junge, der überlebte*«, sagte Maddie.

Bo zuckte zusammen. »Ja. Rückblickend bin ich nicht stolz darauf, aber damals war das eine großartige Schlagzeile. Jedenfalls hatte es mich gepackt. Und zwar heftig. Ich habe jede öffentlich zugängliche Quelle gelesen und Leute geschmiert, damit ich auch an die privaten herankam und so die Nacht des Massakers rekonstruieren konnte. Darum sollte es in meinem Artikel gar nicht gehen, aber ich konnte einfach nicht loslassen. Und alles, was ich erfahren habe, deutete in einem bestimmte Richtung: Diese Kult-gegen-Kult-Geschichte war völliger Unsinn. Diese Morde – an vierzehn Frauen und einem halben Dutzend Kinder – waren von einem einzigen Mann begangen worden, der allein handelte. Ich kenne seinen Namen.«

»Warum stand das nicht in Ihrem Artikel?«, fragte Lionel.

»In der ersten Fassung stand es noch. Der Herausgeber hat es rausgestrichen. Er war der Meinung, ich sei verrückt. Vermutlich war ich das damals sogar, aber ich wusste, dass ich recht hatte.«

Bo stellte seine Kaffeetasse wieder auf den Tisch und schob seinen Stuhl zurück.

»Kommen Sie mit. Ich will Ihnen etwas zeigen.«

Am Ende eines kurzen Korridors blieb Bo stehen, hob die Hand und griff nach einem herabhängenden Seil. Eine Luke in der Decke öffnete sich, eine Leiter kam quietschend nach unten gerutscht und klapperte, als sie auf den Teppich traf. Er kletterte voran, die alten Holzsprossen gaben unter Lionels Füßen ein wenig nach.

Eine nackte herabhängende Glühbirne wurde eingeschaltet und tauchte den Dachboden in bleichweißes Licht. Kartons standen in jedem Winkel. Sie waren bis hoch zum Gebälk gestapelt; einige von ihnen waren alt und vergilbt, andere mit Staub und toten Fliegen überzogen. Jeder Karton war mit schwarzen Buchstaben beschriftet. Einige waren datiert, andere trugen Initialen oder rätselhafte Kombinationen aus Buchstaben und Zahlen. Bo führte Lionel und Maddie zu einem besonderen Karton, der in Hüfthöhe auf einigen Kisten am anderen Ende des Dachbodens stand. Darauf lagerte weniger Staub, so als zöge Bo ihn hin und wieder hervor. »LIONEL PAGET« stand darauf.

»Jede Story, die ich je geschrieben habe.« Bo machte eine ausladende Handbewegung, die den ganzen Dachboden einschloss. »Jede Notiz, jedes kleinste Detail meiner Nachforschungen. Wenn ich sterbe, wird wohl alles auf dem Müll landen. Dieser Karton hier ist für Sie.«

Er hob den Deckel ab und stellte ihn zur Seite. Im Inneren

befand sich ein Durcheinander aus Fotografien, vergilbten Polizeiberichten und rosafarbenen Durchschlägen von getippten Aussagen. Bo zog ein obenauf liegendes spiralgebundenes Notizbuch heraus und blätterte durch die Seiten, die mit verblasster, fast unlesbar gewordener Tinte beschrieben waren.

»Meine Notizen«, erklärte er. »Diese Spiralbücher konnte man für zwei Dollar das Stück im 7-Eleven kaufen. Es war mein Ritual: Jede neue Story bekam ein neues Notizbuch. Und wenn ich fertig war, wanderte es in den Karton.«

Lionel spürte, wie Bo auswich und sich in seinen Erinnerungen verlor. Maddie bemerkte es ebenfalls. Sie stemmte eine Hand in die Hüfte und runzelte die Stirn.

»Wenn ich etwas über die Arbeitsweise von Journalisten erfahren will, kann ich Lionel fragen«, sagte sie. »Sie haben gesagt, dass Sie einen Namen kennen.«

Bo biss sich auf die Unterlippe.

»Ein Cop, der am Tatort gearbeitet hatte, einer derjenigen, die als Erste dort eingetroffen waren … hatte es sich zur Gewohnheit gemacht, Souvenirs mitzunehmen.«

»Sie meinen Beweisstücke«, sagte Lionel. »Er hat Beweisstücke gestohlen.«

»Nichts Wesentliches, nichts, was einem Fall eine Wendung in die eine oder andere Richtung hätte geben können. Er war nur eine diebische Elster, sonst nichts.« Bo stöberte in dem Karton herum. Er schaute in Lionels Richtung, konnte ihm aber nicht in die Augen sehen. »Ich bin ihm begegnet, als ich den Artikel über Sie geschrieben habe, und er hat mir etwas verkauft. Einen Gegenstand, den er in jener Nacht von der Ranch mitgenommen hatte. Ich hätte deswegen schon vor langer Zeit Kontakt mit Ihnen aufnehmen sollen. Ich hätte es Ihnen geben sollen. Ich …«

»Sie wollten mir nicht gegenübertreten«, sagte Lionel.

»Ja, so in etwa. Ich will mich deswegen nicht rechtfertigen. Es gibt keine Rechtfertigung dafür. Ich bin nur froh … nun, ich bin froh, dass Sie jetzt hier sind. Das hier gehört Ihnen.«

Er hielt Lionel seinen Fund entgegen. Es war ein Kästchen aus Teakholz, zwanzig Zentimeter breit und zehn tief, mit einer winzigen Zinnschließe und zierlichen Scharnieren. Es wirkte wie ein einfaches Schmuckkästchen oder ein Behältnis für Erinnerungsstücke.

»Es hat Ihrer Mutter gehört«, sagte Bo.

Beklemmung legte sich um Lionels Herz. Er besaß nichts von seiner Mutter. Nichts außer den zerbrochenen Erinnerungen an die Nacht, in der sie gestorben war. Und die ganze Zeit hindurch hatte ihr letzter Schatz im Haus eines abgehalfterten Reporters auf dem Dachboden gelegen und Staub angesetzt. All die Jahre …

»Sie gottverdammter *Feigling*.« Lionels Stimme erzitterte und brach. Das Kästchen in seinen Händen war das Einzige, was ihn davon abhielt, sie zu Fäusten zu ballen. »Sie *Dieb*! Sie verdammter …«

»Lionel.«

Maddies Finger hatten sich fest um sein Handgelenk gelegt, und ihr Blick war sanft.

»Das hier ist wichtiger«, sagte sie und deutete mit dem Kinn auf die Schatulle. »Das ist dein Erbe. Öffne es.«

Er holte langsam und tief Luft und riss sich zusammen. Dann klappte er die Schließe hoch und den Deckel auf.

Darin lagen eine handschriftliche Notiz, ein Foto und ein Schlüssel.

Neunundvierzig

Der Schlüssel in der Schatulle war alt. Er hatte einen großen Bart, war aus Messing geschmiedet, etwa fünfzehn Zentimeter lang, und die Reite trug ein kunstvoll ausgearbeitetes Fleur-de-Lys-Muster. Lionel hielt ihn hoch, sodass das kalte Metall das Licht der Glühbirne einfing, und sah Maddie an. Plötzlich hörte er die Worte des Mannes mit den blauen Augen wieder; sie klangen so deutlich wie eine Glocke in seinen Ohren. *Auf ihrer Schulter lag die Hand einer Göttin*.

»Er sieht wie deiner aus«, flüsterte Lionel.

»Das wusste ich nicht«, sagte sie. »Ich schwöre, Lionel, ich hatte keine Ahnung. Unsere Wege haben sich vor sehr langer Zeit getrennt. Ich habe ihre Dienerschaft nicht mehr beobachtet, als ich anfing, für Regina zu arbeiten.«

Das Foto war ein altes Polaroid, ein Foto aus einer Sofortbildkamera; es steckte in einem Rahmen aus glänzendem weißem Plastik. Aufgrund der Kleidung und der toupierten Frisuren vermutete Lionel, dass es irgendwann in den späten Achtzigern aufgenommen worden war. Es zeigte eine Ansammlung von Personen, vielleicht zwölf, in der Mehrzahl Frauen, die sich für die Gruppenaufnahme in mehreren Reihen eng aneinandergedrängt hatten. Er erkannte seine Mutter in der vordersten Reihe. Sie strahlte, ihre Haut glänzte, und sie hatte die Hände auf ihren gewölbten Babybauch gelegt.

Der Mann mit den blauen Augen stand hinter ihrer linken Schulter.

Er war seitdem keinen Tag gealtert. Wenn Lionel dieses Foto vor seiner Begegnung mit Maddie gesehen hätte, wäre er zutiefst verblüfft und verstört gewesen. Aber nach allem, was er seit seiner Ankunft in New York erlebt hatte, stand ein Mann, der nicht alterte, weit unten auf der Liste der Dinge, die ihn noch schockieren konnte. Es war seltsam, wie schnell das Unmögliche normal werden konnte – so normal wie das Atmen.

»Sieh mal«, sagte er und berührte die Fotografie mit dem Finger. Er kannte keines der anderen Gesichter, aber eine ältere Frau in der ersten Reihe trug eine markante, mit Edelsteinen besetzte Brosche an ihrem mit Schulterpolstern versehenen Blazer.

»Dieselbe wie die, die wir im Ballsaal des Blackstone-Gebäudes gesehen haben«, murmelte Maddie. »Er besitzt sie jetzt.«

Lionel drehte das Foto um. In feiner femininer Handschrift stand dort: *Die Schwestern von New Amsterdam / Olympia-Festival '86*. Er fragte sich, ob das die Handschrift seiner Mutter war. Mit der Fingerspitze fuhr er über die Tinte und sehnte sich nach einer Verbindung zu ihr. Nach einer Wiedervereinigung.

Er legte das Foto neben den Schlüssel und faltete den Notizzettel auseinander.

Sheila, stand dort, *ein kleines Andenken an glücklichere Zeiten, das dir auf deinen Reisen Trost spenden soll. Ich wünschte, ich könnte auch gute Neuigkeiten beilegen. Ich konnte bestätigen, was geschehen ist, als der Befehl zur Auflösung kam. J… war gerade lange genug aus seinem Exil zurückgekehrt, um uns zu verraten. Dieser elende Wurm ermordete M…, hat ihr buchstäblich den Dolch in den Rücken gestoßen und dann den Lapis Manalis gestohlen. Letzte Woche hat er K… in Ontario aufgespürt und von einer Brücke gestürzt. B… ist nach Houston geflohen, und von ihr ist nichts mehr zu hören. Ich fürchte, er hat sie ebenfalls gefunden. J… glaubt, wenn er uns alle zum Schweigen bringen kann, wird ihn das vor dem Zorn unserer Königin bewahren.*

Maddie schien eine unsichtbare Brosche an ihrer Brust zu betasten und murmelte Lionel ins Ohr: »*Lapis Manalis*. Das ist lateinisch und bedeutet ›Stein der Manen‹. Das war die Bezeichnung für einen Ritualstein, so etwas wie der… Schlussstein am Tor zum Hades. Zum Land der Toten.«

J… wird für seine Taten bezahlen, hieß es weiter in dem Brief. *Ich organisiere eine Kriegstruppe. Wir werden ihn jagen, und wir werden ihn vernichten. Die Herrin befiehlt es. Und was dich angeht, bleibe in Bewegung, reise hin und her, sei schnell und leise. Unsere fernen Verwandten in Michigan bieten dir einen sicheren Hafen, wenn du es bis dorthin schaffst. Ich halte dich auf dem Laufenden, wenn etwas schiefgeht. Falls du irgendwann nichts mehr von mir hören solltest, weißt du, was du zu tun hast.*

Aber ich würde mir an deiner Stelle keine Sorgen, machen. Wir sind in dieser Sache unnachgiebig, furchtlos und entschieden, wie in allem. Grüße den kleinen Lionel von mir. Sobald das alles vorbei ist und wir wieder als Familie zusammenkommen können, werden wir uns um seine korrekte Weihe vor unserer Königin kümmern. Er ist neugierig, frühreif und putzmunter… Sie wird ihn so lieben, wie sie dich liebt.

Der Brief trug keine Unterschrift. In Lionels Magen breitete sich ein Gefühl von Übelkeit aus, als er sich an den Spott des Mannes mit den blauen Augen erinnerte. *Sohn, du bist auf die Straße gesetzt worden. Die Göttin deiner Mutter hat dich armen Kerl* im Stich gelassen.

Er musste den Brief in das Kästchen zurücklegen, bevor das brüchige Papier unter seiner sich schließenden Faust zerfiel.

»Haben Sie das gelesen?«, fragte er Bo.

»Das ist eine Sprache, die ich nie zuvor gesehen habe«,

antwortete er. »Ich habe den Brief einem Linguisten von der Seton Hall University gezeigt, aber er konnte rein gar nichts damit anfangen.«

Lionel blinzelte. Er warf einen erneuten Blick auf den Brief. Er war in völlig klarem und deutlichem Englisch abgefasst. Maddie schüttelte kurz den Kopf.

»Man braucht die richtigen Augen, um ihn lesen zu können,« sagte sie zu ihm. »Deine Mutter hatte sie, und ich habe sie auch. Und du jetzt ebenfalls.«

»Sehen Sie«, sagte Bo, »ich kann es nicht wiedergutmachen, dass ich Ihnen das so lange vorenthalten habe …«

»Nein.« Lionel starrte in die Schatulle. Auf den glänzenden Messingschlüssel seiner Mutter, den Hekate ihr gegeben hatte. »Das können Sie nicht.«

»Aber ich habe es ernst gemeint, als ich sagte, dass ich einen Namen für Sie habe.«

Bo deutete auf das Polaroidfoto. Sein kurz geschnittener Fingernagel tippte gegen das Gesicht des Mannes mit den blauen Augen.

»Das ist er«, sagte Bo. »Ich kann es nicht beweisen, war nie dazu in der Lage, aber das ist der Mann, der Ihre Mutter getötet hat.«

Nun sah Lionel ihm tief in die Augen.

»Was wissen Sie?«

Bo durchwühlte den Karton. »Ich hatte sein Gesicht schon woanders gesehen. Nicht mit eigenen Augen, will ich damit sagen, aber es gibt da ein Foto vom Tatort … hier.«

Das Schwarz-Weiß-Foto musste in der Nacht des Massakers aufgenommen worden sein. Breites Polizeiabsperrband trennte die ungeteerte Straße vor der Grundstücksgrenze der Ranch ab, und eine Reihe von Feuerwehren und Krankenwagen standen im dunklen Hintergrund. Einige Einheimische – Nachbarn aus allen Richtungen, die vermutlich vom meilenweit sichtbaren Schein des Feuers angezogen worden waren – drängten sich ängstlich hinter dem Absperrband.

Ängstlich und besorgt – bis auf den Mann mit den blauen Augen, der eindeutig heiter und gelassen wirkte.

»Wer ist er?«, keuchte Lionel.

»Er heißt James V. Sloane«, sagte Bo zu ihm. »Er wurde Jimmy genannt und war ein Handelsreisender aus New York City, der mechanische Schreibmaschinen verkaufte. Die Polizei hatte ihn befragt, aber er war blitzsauber. Zumindest waren sie dieser Meinung. Er sagte, er sei auf der Fahrt zu seinem nächsten Verkaufsgespräch gewesen, als er das Feuer sah, und habe angehalten, weil er wie der Rest der Schaulustigen sehen wollte, was passiert war.«

»Sie sind anderer Meinung«, sagte Maddie. Es war keine Frage.

Bo schüttelte den Kopf. »Sloane wohnte in einem Motel in New Buffalo, etwa acht Kilometer vom Tatort entfernt. Ich habe den Mann aufgespürt, der in jener Nacht an der Rezeption Dienst hatte, und habe ihn mit Zwanzigdollarnoten gefüttert, bis er sich erinnern konnte. Er sagte, Sloane habe um sieben Uhr ausgecheckt – das war drei Stunden, bevor dieses Foto entstanden ist. Hat er drei Stunden gebraucht, um acht Kilometer weit zu fahren? Nein. Er war da. Er hat es getan.«

Lionel sah von der Schatulle in seinen Händen hoch auf das Foto mit der Menschenmenge. »Das verstehe ich nicht. Dieses Polaroid aus den Achtzigern zeigt Jimmy Sloane mit meiner Mutter. Dazu gibt es das Foto mit den Schaulustigen und die Frage, was er in den drei Stunden seit seiner Abreise aus dem Motel getan hat. Warum zur Hölle wurde er nicht verhaftet? Ich habe Leute gesehen, die aufgrund schlechterer Beweise *verurteilt* wurden.«

»Es herrschte von Anfang an ein großes Durcheinander. Ein Fall von großem öffentlichem Interesse, verschiedene Ermittlungsabteilungen, die ihn an sich reißen wollten und nicht zusammengearbeitet haben. Es war auch nicht gerade hilfreich, dass der örtliche Sheriff es auf die Damen in der Smaragd-Ranch abgesehen hatte. Ihre Gegenwart in seinem feinen Bezirk lief seinen christlichen Wertvorstellungen zuwider. Er war derjenige, der von Anfang an die Geschichte vom ›Satanisten-Kult‹ verbreitet hat, und sobald sich eine solche Geschichte bei einer Untersuchung festsetzt, und dazu noch die Aufregung in den Medien … Nun, ich muss Ihnen nicht sagen, was dann passiert. Sie kennen das.«

Lionel ließ die Schultern hängen. »Tunnelblick.«

»Tunnelblick. Als endlich jemand auf die kluge Idee kam, sich Jimmy Sloanes Geschichte näher anzusehen, war dieser schon weitergezogen. Handelsreisende neigen dazu. Und die Polizeiwachen von Kleinstädten haben nicht die Mittel, auf einen bloßen Verdacht hin eine landesweite Fahndung durchzuführen.« Bo hielt inne. »Zehn Jahre nach dem Massaker hatte ich genug Zeit und das Geld meines Herausgebers zur Verfügung. Also habe ich selbst versucht, ihn ausfindig zu machen.«

»Was haben Sie gefunden?«, fragte Maddie.

»Nicht viel. Es war wie die Suche nach der Nadel im Heuhaufen. Sloane tauchte immer wieder auf, hier und da, im ganzen Land, wie es bei Handelsreisenden üblich ist, aber ich konnte keine andere Person auf dem Polaroidfoto identifizieren – außer Sheila Paget. Und was Sloane anging, so war er hin und wieder auf einem Zeitungsfoto zu sehen, in der Nähe eines brennenden Autos oder eines schlimmen Unfalls. Nie bestand eine Verbindung zwischen ihm und den betreffenden Ereignissen, und er war stets wieder verschwunden, wenn sich endlich jemand für ihn interessierte. Ein paar Jahre nach dem Massaker wurde Sloane von einer Firma in New York angestellt. Es war … einen Augenblick.«

Er durchblätterte sein Spiralbuch. Lionel wartete mit trockenem Mund und einem Klumpen im Magen.

»Corbin.« Bo tippte auf sein Gekritzel. »Corbin Investment Partners.«

Es dauerte eine Sekunde, bis Lionel sich erinnerte, wo er diesen Namen schon einmal gehört hatte. Als er in Maddies Augen sah, erkannte er, dass sie dasselbe dachte.

Chandra Nagarkar, die Dramatikerin. Corbin hatte einen Gebäudekomplex in Midtown gekauft und wollte dort etwas Großes schaffen. Sie hatte gegen den Abriss des alten Theaters protestiert.

Die Polizei sagte, es sei Selbstmord gewesen. Melpomene sagte, es sei Mord gewesen. Chandra hatte in der Nacht nach ihrer Muse gerufen und sie um Hilfe gebeten. Dann war ihre Seele verloren gegangen.

Und sie hatte den Totenfänger in der Gasse hinter Chandras Lieblingscafé gesehen. Kurz bevor sie sich angeblich selbst getötet hatte, war sie möglicherweise auf die Jagd nach weiteren Totenfängern gegangen.

»Das ist kein Zufall«, sagte Maddie mit leiser Stimme. Lionel nickte.

»Danach ist er verschwunden«, sagte Bo, »oder Corbin hat ihn verschwinden lassen, um die eigenen Leute zu schützen. Wie dem auch sei, der Mann ist seit über zwanzig Jahren nicht mehr auffindbar. Und das ist das Ende der Geschichte. Es tut mir leid. Mehr habe ich nicht für Sie.«

Die drei kletterten auf der Leiter vom Dachboden hinunter und begaben sich schweigend zur Haustür. Lionel hatte die wieder verschlossene Schatulle seiner Mutter mit beiden

Händen gepackt und hielt sie fest gegen seinen Brustkorb gedrückt. Näher konnte er nicht mehr an sie herankommen.

»Lionel«, sagte Bo, als er die Tür öffnete, »ich will Sie nicht bitten, mir zu vergeben …«

»Gut. Denn das werde ich nicht tun.«

Sie standen da, zwei schweigende Männer, und sahen sich an. Lionel spürte Bos Verlangen nach einem Schlussstrich. Nach Erlösung. Vielleicht brauchte auch er selbst so etwas.

»Sie werden mich nicht wiedersehen«, sagte er zu ihm. Mehr konnte er ihm nicht anbieten. Dann trat Lionel nach draußen in den Sommersonnenschein.

Er stand am Rand von Bos Rasen, schaute die verschlafene Straße entlang und hielt sein Gesicht der Sonne entgegen. Er schloss die Augen, genoss das Gefühl der trockenen Hitze auf den Wangen und atmete die schmutzige, salzige Luft ein. Maddie stand neben seiner Schulter.

»Es ist gut«, sagte sie. »Wir machen Fortschritte. Möchtest du etwas Faszinierendes hören?«

»Gern.«

»Nun, durch den Brief und den Namen des Hexenzirkels, dem deine Mutter angehört hat – New Amsterdam ist der ursprüngliche Name für New York City –, wissen wir jetzt, woher du stammst.« Sie klopfte ihm sanft auf den Arm. »Du bist ein gebürtiger New Yorker und hast es nicht gewusst.«

»Großartig«, sagte er.

»Hey.«

Sie rückte näher an ihn heran – so nahe, dass der schwache Moschusduft ihres Parfüms den Salzgeruch in der Luft überdeckte.

»Was ist los? Sag es mir.«

Er wandte sich ihr nicht zu. Er konnte es nicht. Als er das Kästchen seiner Mutter geöffnet hatte, war es gewesen, als explodierte eine Bombe in seinem Brustkorb. Er hatte die Knochen knirschen hören, als er darum rang, dem Druck standzuhalten.

»Sloane. Er hat nicht gelogen. Meine Mutter hat wirklich Umgang mit einer Göttin gepflegt. Mit einer echten Göttin.«

»Allerdings«, sagte Maddie. »Das ist ein Grund, stolz zu sein.«

Nun wandte er sich ihr zu und konnte das feuchte Glitzern in seinen Augen nicht verbergen.

»Warum? Ich bin es nicht.« Er schüttelte den Kopf. »Ich bin anscheinend nichts, worauf man stolz sein kann.«

»Was willst du damit sagen?«

»Er hat auch hinsichtlich des anderen Teils der Geschichte nicht gelogen. Wo war sie, Maddie? Wo war Hekate? Dieser Hurensohn hat meine Mutter getötet, er hat diese unschuldigen Menschen abgeschlachtet – und wo war sie?«

»Die Götter …« Maddie schaute in den Himmel, in dem die Wolken wie Spinnweben trieben. »Sie sind nicht allwissend, Lionel. Und sie sind nicht allmächtig. Ihre Macht ist begrenzt, und, ganz ehrlich, manchmal entscheiden sie sich dafür, *nicht* zu helfen. Insbesondere Hekate ist groß darin, einfach zu beobachten, ob wir auf eigenen Beinen stehen können oder nicht. Natürlich beeinflusst sie das Schicksal zugunsten ihrer Töchter, aber es ist nicht ihre Art, aus dem Himmel niederzuschießen und die Lage zu retten. Dem stimmen wir zu, wenn wir einen Pakt mit ihr eingehen. Deine Mutter wird das gewusst haben. Wenn du mit hohen Einsätzen spielst, verlierst du halt manchmal.«

»Und was ist mit *mir*?«

Sie schüttelte den Kopf. »Was meinst du damit? Du hast überlebt.«

»Aus eigener Kraft«, sagte er; die Worte schmeckten bitter

auf seiner Zunge. »Sloane hat nicht gelogen. Hekate hat mich im Stich gelassen. Sie hat mich weggeworfen wie die Zeitung von gestern, und ich habe mein Leben – mein *ganzes* Leben – damit verbracht, gegen die Vorstellung anzukämpfen, Magie könnte etwas Reales sein. Dagegen, dass es irgendetwas außerhalb dieser Welt gibt, das ich sehen und berühren und messen kann.«

»Du hast nicht wirklich versucht, die Realität der Magie zu widerlegen«, sagte Maddie verständnisvoll. »Du hast nach ihr gesucht.«

Er schlug sich mit der Faust auf die Brust. »Ich wusste es. Tief in meinem Inneren wusste ich es. Ich wusste, dass etwas fehlte. Ein Teil meines Lebens, der eigentlich da sein sollte, aber er war es nicht, weil er in jener Nacht, als meine Mutter starb, aus mir herausgerissen wurde. Offensichtlich bin ich nicht… Ich bin nicht gut genug für Hekate. Ich war fünf Jahre alt, und ich bin bei einer Prüfung durchgefallen, von der ich nicht einmal wusste, dass ich ihr unterzogen wurde. *Warum bin ich nicht gut genug für sie*? Was habe ich *falsch* gemacht?«

Der Druck hinter den Rippen setzte sich bis in seine Kehle fort. Lionel biss sich auf die Fingerknöchel und wollte dadurch seine Tränen zurückhalten. In ihm tobte ein Sturm aus den Gefühlen des Verlustes und der Erniedrigung. Maddie legte die Arme um ihn, zog ihn an sich und vergrub die Finger in seinen Haaren, bis er nachgab und den Kopf an ihre Schulter legte.

»Manchmal erhalten wir keine Antworten«, sagte sie mit leiser Stimme zu ihm, während sie zu den Wolken hochschaute. »Auch das ist Magie. Aber eines kann ich dir sagen: Es hat nichts damit zu tun, dass du nicht gut genug wärest. Hekate hat ihre Mittel und Wege, sie kommt und geht, und sie verwischt ihre Fußspuren. Welchen Grund auch immer es für ihr Verhalten gab, er hatte nichts damit zu tun, dass du nicht gut genug warst.«

»Woher willst du das wissen?«, fragte er mit brüchiger Stimme.

»Weil ich eine sehr, sehr lange Zeit im Inneren meines eigenen Kopfes verbracht habe«, sagte sie. »Wie eine Ratte, die in einem Labyrinth aus Erinnerungen herumläuft. Ich war es, die dieses Labyrinth errichtet hat. Und ich hatte vergessen, einen Ausgang einzubauen. Nein, das ist nicht richtig. Ich hatte mich absichtlich eingemauert. Ich hatte das Gefühl, dass ich es nicht verdient hatte, hinausgehen zu dürfen.«

Er hob den Kopf, damit er sie ansehen konnte.

»Du bist die erste Person nach so langer Zeit«, sagte sie, »nach *so* langer Zeit, die mich aus diesem Labyrinth herausführen kann. Ich habe gewisse Angewohnheiten. Ich habe wirklich … schlimme Angewohnheiten. Das sagte ich dir schon. Ich werde dir wehtun. Eines Tages wirst du vermutlich aufwachen, und ich werde nicht mehr da sein …«

»Das ist mir egal«, entgegnete Lionel.

»Ich weiß.« Ihre Augenwinkel kräuselten sich, als sie ihm ein Lächeln der Verzweiflung zeigte. »Ich weiß. Ich habe dir jede Gelegenheit zum Gehen gegeben, ich habe dich immer wieder gewarnt, und trotzdem bist du noch hier.«

Er drückte ihre Hand. »Ich bin noch hier.«

»Und deshalb weiß ich es. Sag mir also nie wieder, dass du nicht gut genug bist. Und sag es dir selbst nie wieder.« Maddie deutete mit dem Kopf auf die Straße. »Sollen wir gehen? Wir haben jetzt einen Namen.«

Lionel fuhr sich mit dem Handrücken über die Augen. Er nickte und holte sein Handy hervor.

»Ja. Zwei Namen: Jimmy Sloane und Corbin. Zum ersten Mal sind wir wirklich einen Schritt weitergekommen.«

»Das fühlt sich gut an, nicht wahr?«

»Das fühlt sich wirklich gut an. Ich rufe uns ein Taxi.« Er warf einen Blick auf den Bildschirm. »Oh. Eine Nachricht von Brianna. Sie muss angekommen sein, während wir auf Bos Dachboden waren. Ich will sie mir nur kurz anhören.«

Lionel hielt sich das Handy ans Ohr und lauschte der Sprachbotschaft. Sofort verloren seine Wangen jede Farbe.

»Oh«, keuchte er. »Oh, nein!«

FÜNFZIG

Lionel schaltete den Lautsprecher ein und spielte die Botschaft von Neuem ab, damit auch Maddie sie hören konnte. Briannas verärgerte Stimme drang aus dem Gerät.

»Habe ich kürzlich schon einmal erwähnt, dass du ein Idiot bist? Denn das bist du. ›Der Zug ist möglicherweise schneller‹. Hast du Drogen genommen? Wenn ich mir vom JFK ein Taxi genommen hätte, wäre ich schon vor zwanzig Minuten am Ziel gewesen. Und dabei ist mir das Geld vollkommen egal.«

»Sie ist *hier*?«, fragte Maddie. »Hast du sie herbestellt?«

Lionel schüttelte den Kopf. Seine Hand drückte das Telefon so fest, dass die Knöchel weiß hervorstachen.

»Wie dem auch sei, ich entwirre allmählich die Schüssel voll Spaghettisoße, die in dieser Stadt als U-Bahn-System durchgeht, und ich werde gleich in die Nummer 7 umsteigen, die mich hoffentlich noch vor meiner Rente zur Grand Central Station bringen wird. Du solltest besser da sein, vorzugsweise mit einer Entschuldigung und einer netten Flasche Wein. Ach, vergiss die Entschuldigung und bring lieber zwei Flaschen mit.«

Er rief sie zurück. Sie nahm nicht ab.

»Sie ist im Zug«, sagte Maddie. »In den Tunneln gibt es keinen Empfang.«

»Das war er, Maddie. Sloane. Er weiß, wer ich bin. Dergwyn muss ihm verraten haben, dass ich überlebt habe, und jetzt versucht er, mich hervorzulocken.«

Seine Finger hämmerten auf den Bildschirm ein und suchten nach einem schnellen Taxi zurück in die Stadt.

»Und es funktioniert.«

Seit der Stunde, in der er gelandet war und einen seltsamen Herzschlag lang geglaubt hatte, er lebe nun in einem Film, war Lionel verzaubert von New York. Die Skyline, die mythischen Echos, die Bilder, die er in tausend Filmen und Shows gesehen hatte, waren um ihn herum lebendig geworden. Und wenn die Grand Central Station nun das Ende seiner Reise bedeuten sollte – für einen Entscheidungskampf gab es wohl keinen besseren Ort. Maddie und er quetschten sich durch die Glastüren des Eingangs an der Forty-Second Street und wateten durch eine Menschenmenge, dick und träge wie Melasse.

Ein großer Mann mit mahagonibrauner Haut stand dicht hinter der Tür und schlug mit einer in elfenbeinfarbenes Leder gebundenen Bibel auf seine offene Handfläche. »*Jesus* kommt«, rief er bei jedem dumpf klingenden Kontakt des Leders mit seiner Haut. »*Jesus* kommt.«

Sein monotoner Singsang folgte ihnen in die Vanderbilt-Halle, wo er vom Lärm der Menge übertönt wurde. Die hohe gewölbte Decke zerstreute die unzähligen Stimmen und ließ sie zu einem Rauschen wie in einem modernen Turm zu Babel werden. Pendler kamen und gingen, Reisende zogen übergroße Koffer hinter sich her, einzelne Menschen wanden sich um Aufläufe von Touristen herum, deren Fotoapparate die Halle mit grellweißen Lichtblitzen ausleuchteten. Lionel blickte in jedes Gesicht und suchte nach Brianna – und nach Jimmy Sloane.

»Maddie«, keuchte er. Die Worte schlichen ihm ganz leise aus dem Mund, als befürchtete er, belauscht zu werden. »Was er im Blackstone-Gebäude getan hat, als er dieses Geisterrudel entfesselt hat. Wenn er das *hier* täte …«

Maddies Augen wirkten hart wie Feuersteine, während sie die Menschen um sie herum betrachtete. Sie beschleunigte ihre Schritte.

»Dann wäre er verrückt. Wir halten die Magie aus gutem Grund geheim. Wenn er etwas so Wahnsinniges täte, würde das massive Konsequenzen nach sich ziehen. Eine Vergeltungsaktion, wie du sie dir nicht einmal vorstellen kannst.«

»Seit wann schert sich Sloane um eine mögliche Vergeltung? Er hat einen gesamten Hexenzirkel niedergemetzelt, und laut diesem Brief will Hekate ihn tot sehen. Er hat einen Mann mit Verbindungen zur russischen Mafia gefoltert und getötet, er hat einen ganzen Saal voll der reichsten und mächtigsten Menschen in New York in ein Schlachtfeld verwandelt. Schon sein ganzes Leben lang tanzt er herum, sammelt Macht und fordert die Welt dazu auf, ihn zur Strecke zu bringen.«

»Verstanden«, brummte Maddie.

Sie traten in die Haupthalle, die dem Bauch eines gewaltigen Steinwals glich. Menschenmassen drängten sich durch die weit offenen Türen und strömten um einen runden Informationsschalter in der Mitte der Marmorhalle. Die Kuppeldecke über ihnen zeigte einen aquamarinblauen Steinhimmel, in den goldene Sternzeichen eingelassen waren. Maddie steuerte nach links auf die Fahrkartenschalter und die Tafel über den halbrunden Kassenhäuschen zu, auf der die Abfahrts- und Ankunftszeiten der Züge angekündigt wurden.

»Wir kennen sein Ziel,« sagte Lionel. »Ich habe keine Ahnung, was das Poe-Manuskript damit zu tun hat, aber er hat diese … diese Totenfänger überall in der Stadt versteckt. Wenn er genügend davon am selben Ort versammelt und damit ausreichend Kraft aufbaut, wird er ein Loch zu einer anderen Welt reißen.«

»Ein dauerhaftes Loch.« Maddie runzelte die Stirn, als sie

die Ankunftstafel betrachtete. »Und was immer dort drüben ist, kann hierher gelangen.«

»Was wahrscheinlich keine gute Sache wäre. Was, wenn es heute geschieht? Was, wenn er bereits alle benötigte Kraft zusammengebracht hat, und dieser Bahnhof der Ort sein wird, an dem es geschieht? Er setzt es in Gang und bekommt das, was er haben will, und gleichzeitig kann er uns dabei erledigen.«

»Das glaube ich nicht«, sagte sie. »Er müsste sich nicht die Mühe machen, uns herzulocken, wenn er schon zu seinem letzten Schachzug ansetzen will. Nein, es ist etwas Persönliches … *Mist*.«

»Was ist los?«

Maddie bahnte sich den Weg zu einem freien Schalter und setzte ein Plastiklächeln für den Fahrkartenverkäufer auf.

»Hallo«, sagte sie. »Ich habe gerade gesehen, dass die Linie 7 verspätet ist. Wissen Sie, ob sie sich noch im Court-Square-Bahnhof befindet? Meine Mutter will sich hier mit mir treffen, und ich möchte mich nur vergewissern, dass mit ihr alles in Ordnung ist.«

Der um Entschuldigung bittende Blick des Fahrkartenverkäufers war fast genauso falsch wie Maddies Lächeln. Es war eher eine »Bitte-erschießen-Sie-nicht-den-Überbringer-der-Nachricht«-Miene.

»Es tut mir leid, aber der Zug ist … nun, er ist gleich auf dem Weg hierher. Wir hatten einen Stromausfall, und dieser Zug steckt im Tunnel fest, aber Sie müssen sich keine Sorgen machen, denn es wird daran gearbeitet, damit es so schnell wie möglich …«

Maddie wartete den Rest nicht ab. Sie jagte über den polierten Marmorboden wie ein aufziehender Sturm. Lionel hatte Mühe, sie einzuholen. Er wusste genau, was sie nun dachte.

»Sie leben unter der Erde und fressen Menschen. Maddie, diese Ghule … würden sie einen Zug angreifen?«

Sie hob den Finger. »Das ist einmal passiert. In Boston, in den Zwanzigerjahren. Das Rudel, das dafür verantwortlich war, existiert nicht mehr. Die Ghule, die damals überlebt haben, sind viel klüger und wählerischer geworden, was ihre Ziele angeht.«

»Aber würde *dieses* Rudel es tun? Täte Dergwyn es, wenn Sloane es ihr befiehlt?«

»Ich würde nicht dagegen wetten.«

Sie blieb stehen und packte Lionel am Arm.

»Lauf weg von hier«, sagte sie zu ihm. »Geh zurück zum Hotel und ruf Regina an. Bring sie auf den neuesten Stand …«

»Ich lasse dich nicht allein zurück.«

»*Lionel*. Du bist noch nicht bereit dazu. Du bist nicht darauf vorbereitet, dich ihm entgegenzustellen, ganz zu schweigen von Dergwyn und ihrem Rudel.«

Er gab nicht nach. »Ich bin jetzt ein Hexer. Meine Augen stehen weit offen.«

»Ein Hexer, der einen einzigen Zauber beherrscht. Einen Zauber, bei dem du eine Erfolgsquote von fünfzig-fünfzig hattest, und das ist großzügig gerechnet. Er ist zwar gut dazu geeignet, Totenenergie zu neutralisieren, aber gegen Fleisch und Blut richtet er nicht das Geringste aus.«

»Dann werde ich halt improvisieren«, sagte er. »Maddie, jetzt geht es nicht mehr nur um Brianna. Jeder einzelne Mensch in diesem Zug schwebt in Lebensgefahr. Wir beide sind die *Einzigen*, die zwischen ihnen und ihrem Schicksal stehen. Ich bin hier, ich kann helfen, und sie brauchen uns. Einen besseren Grund zu bleiben, benötige ich nicht.«

Sie drehte sich um und eilte weiter.

»Dann komm mit«, sagte sie. »Wir schaffen das.«

Ein breiter Bahnsteig aus Beton erstreckte sich vor ihnen zwischen tiefen Gleisfurchen; er wirkte wie ein Pier über einem ausgetrockneten Flussbett. Beide Gleispaare verschwanden in dunklen Tunnelschlünden. Zwei Polizisten in Uniform mit dem goldenen und schwarzen Abzeichen der Bahnpolizei standen am Rand des Bahnsteigs und sprachen mit einem gestresst wirkenden Wartungsarbeiter.

»Der rechte Tunnel«, murmelte Maddie. »Spring ins Gleisbett, drück dich an die Wand und halte dich von den Gleisen fern. Das dritte steht unter Strom, und es würde dich schneller töten, als es die Ghule könnten.«

»Was hast du vor?«

Sie deutete mit dem Kinn auf die Männer am Bahnsteigrand. »Ich werde verhindern, dass du zur Rede gestellt und verhaftet wirst. Ich komme gleich nach.«

Der Arbeiter hielt sich sein Sprechfunkgerät ans Ohr und lauschte krächzendem, verstümmeltem Geplapper. »… sage Ihnen, die Notsysteme sind tot. Alles ist verschmort, von den Lichtern bis zur Klimaanlage, und wir sitzen hier mit unseren Daumen im …«

»Verstanden«, sagte der Wartungsarbeiter. »Bleiben Sie einfach sitzen. Wir haben Mannschaften zu Ihnen geschickt, und wenn es zum Schlimmsten kommen sollte, werden wir eine Evakuierung zu Fuß durchführen.«

Lionel holte tief Luft. Dann rannte er zum Ende des Bahnsteigs, setzte sich auf die Kante und sprang hinunter ins Gleisbett. Sofort hörte er Rufe hinter sich.

»He«, brüllte einer der Bahnpolizisten, »kommen Sie sofort zurück! Sie werden sich noch umbringen!«

Hoffentlich nicht, dachte Lionel. *Wir werden sehen.*

Er setzte sich in Bewegung und rannte in den Schlund des Tunnels. Die Finsternis verschluckte ihn mit Haut und Haar.

Die Bahnpolizisten und der Wartungsarbeiter wurden eine wesentliche Sekunde lang abgelenkt. Mehr Zeit brauchte Maddie nicht. Sie eilte von hinten auf die drei Männer zu, riss dem einen Polizisten seine klobige schwarze Pistole aus dem Halfter und zielte damit auf ihre Gesichter. Die Männer wichen zurück, hoben die Hände, aber der andere Polizist ließ eine Hand wieder sinken und wollte nach seiner Waffe greifen.

»Nicht«, sagte sie. Seine Hand erstarrte etwa in Bauchhöhe.

»Hey, Lady«, sagte der Arbeiter, »was immer Sie vorhaben, Sie müssen das nicht tun …«

»Hören Sie mir gut zu«, sagte Maddie. »Auf diesem Bahnsteig befindet sich eine eindeutig geistig verwirrte Frau mit einer gestohlenen Polizeipistole. Laufen Sie los, schlagen Sie Alarm und holen Sie Verstärkung. Sagen Sie, sie sollen das A-Team schicken.«

Sie starrten Maddie mit bleichen Gesichtern an und schienen in dem Betonboden Wurzeln geschlagen zu haben. Maddie rollte mit den Augen.

»Oh, um Himmels willen!« Sie hob den Lauf der Waffe zum Himmel, drückte den Abzug und schoss zwei Löcher in die Decke. Betonstaub rieselte herunter, während die Schüsse wie Kanonendonner widerhallten. »Verrückte Frau mit Waffe! Na *los*!«

Es befanden sich nicht viele Passanten auf dem Bahnsteig, und diese rannten nun davon. Die Polizisten und der Arbeiter folgten ihnen. Maddie wartete eine Sekunde und vergewisserte sich, dass niemand mehr auf dem Bahnsteig war. Dann sprang sie hinunter ins Gleisbett und folgte Lionel.

Das Licht von Lionels Handy zuckte über die stille, dunkle Nase des Zuges der Linie 7. Er stand im Tunnel, etwa dreihundert Yards vom nächsten Notausgang entfernt. Totenstill, wie ein Segelboot bei totaler Flaute auf einem glasigen Meer. Lionel war atemlos vom Laufen. Er schlich am Führerhaus vorbei bis zur ersten seitlichen Schiebetür. Jemand hatte sie geöffnet und einen zusammengeklappten Kinderwagen zwischen die Türflügel geschoben, damit ein wenig Luft in den dunklen Zug gelangen konnte. In dem Tunnel war es heiß wie in einem Sarg unter dem Wüstensand, und im Inneren des Zuges war es gewiss noch schlimmer. Der Schweiß klebte ihm das Hemd auf die Haut, und er wischte sich einige Tropfen von der Wange.

»He!«, sagte eine Schaffnerin, als der Strahl ihrer Lampe auf Lionels Gesicht fiel. »Was machen Sie da draußen?«

Lionel sah Fahrgäste, die sich beunruhigt und aufgebracht hinter der Frau bewegten. Lionel kam näher und sah die Schaffnerin mit festem Blick an. Er versuchte, sich den Anschein einer Autorität zu geben, die er nicht besaß, und hoffte, dass sie ihn nicht herausfordern würde. Es war ein Trick, den er in seinem Reporterdasein schon tausendmal angewendet hatte, wenn er sich an Orten aufgehalten hatte, wo er nicht hingehörte, aber bisher hatte bei solchen Unternehmungen noch nie ein Menschenleben auf dem Spiel gestanden.

»Hören Sie mir zu«, sagte er leise, aber bestimmt. »Sie müssen diese Leute aus dem Zug und nach vorn zum Bahnsteig bringen. *Sofort*. Schaffen Sie das?«

»Ja, das schaffe ich«, sagte sie, »aber uns wurde gesagt, dass wir auf Anweisungen warten sollen. Wir werden den Zug nicht evakuieren, wenn der Schaden behebbar ist. Die Gefahren dabei …«

»Der Schaden ist nicht behebbar. Ich kann Ihnen keine Einzelheiten nennen, aber das hier ist kein zufälliger Stromausfall. Wir haben eine glaubhafte Drohung erhalten. Haben Sie mich verstanden?«

Eine glaubhafte Drohung. Nach dem 11. September 2001 wusste jedermann, was diese Worte bedeuteten. Insbesondere in Manhattan. Die Schaffnerin warf einen Blick über ihre Schulter.

»Darauf können Sie wetten«, sagte sie. »Ich werde den Zugführer informieren. Können Sie uns helfen?«

»Deswegen bin ich hier.«

Sie gab ihm ein Brecheisen. Es war lang, dünn, aus massivem Eisen und daher schwerer, als es aussah, und trug einen Aufdruck aus blättriger gelber Farbe: »Eigentum der MTA«.

»Wir fangen sofort mit der Evakuierung an«, sagte sie zu ihm. »Gehen Sie zwei Wagen weiter nach hinten, schieben Sie die Türen auf und holen Sie die Leute heraus. Sagen Sie ihnen, sie sollen einer hinter dem anderen nach vorn gehen. Je mehr Türen wir öffnen können, desto schneller ist der Zug leer und jedermann in Sicherheit.«

»Los geht's.«

Lionel lief an dem Zug entlang. Er erreichte die nächste Tür, drückte das gebogene Ende des Brecheisens in den Spalt und warf sich mit seinem ganzen Körpergewicht gegen die Stange. Die Türflügel kämpften um jeden Zentimeter, doch allmählich gaben sie nach. Er rief den Passagieren zu, dass sie ihm von innen helfen sollten, und mindestens sechs Hände pressten ihre Finger in den Spalt und erweiterten ihn dadurch.

»Alle müssen evakuiert werden«, rief Lionel. »Der Zug fährt nicht weiter, und deshalb wird die Schaffnerin Sie alle zum Bahnsteig führen. Jemand muss zum nächsten Wagen laufen und den Leuten dort sagen, dass sie sich bereit machen sollen. Wenn wir zusammenhelfen, werden wir schnell alle hier herausgeholt haben.«

Wenn die New Yorker sich auf etwas verstanden, dann war es die Zusammenarbeit in Zeiten der Not. Nach fünf Minuten hatten einige Fahrgäste den Zug in seiner ganzen Länge abgelaufen, jedermann alarmiert und Reihen vor den beiden offenen Türen gebildet. Zwei müde aussehende Pendler, ein Mann in einem zerknitterten Jackett und eine Frau in einem durchgeschwitzten Flanellanzug, hielten die Türen weit offen, ohne dass jemand sie darum gebeten hätte. Das verschaffte Lionel die Möglichkeit, einige Wagen weiter nach hinten zu laufen und eine dritte Tür zu öffnen.

Während der ganzen Zeit sah er keine Spur von Brianna. Und auch nicht von Jimmy Sloane. Während sich Lionel mit seinem ganzen Gewicht gegen das Eisen stemmte, schaute er in die pechschwarze Finsternis der erstarrten Metallbestie.

»Ich weiß, dass du irgendwo da draußen bist«, murmelte er. »Worauf wartest du noch?«

Einundfünfzig

Die Evakuierung des Zuges wurde von einem Schwarm digitaler Glühwürmchen begleitet. Während die Schaffnerin die Führung übernahm und ihre Maglite-Taschenlampe schwenkte, als lenkte sie ein Flugzeug auf seine Parkposition, hielten die Passagiere ihre Handys hoch und erhellten den Weg. Ein Meer aus weiß schimmernden Rechtecken wogte in den Schatten. Maddie bewegte sich gegen den Strom und bahnte sich einen Weg durch die Menge. Sie hielt die gestohlene Polizeipistole gesenkt und nah an ihrer Hüfte.

Sie konnte Lionel vor ihr nicht sehen. Aber sie hörte seine Stimme, die über den Lärm der anderen hinweghallte.

»Brianna!«, rief er. »Das bin ich nicht!«

Lionel stand bei der dritten offenen Tür, hatte gerade die Hand einer älteren Frau ergriffen und half ihr beim Ausstieg auf den Tunnelboden, als er seine eigene Stimme von den feuchten Steinwänden widerhallen hörte.

»Brianna! Hier drüben! Ich brauche deine Hilfe. Ich klemme fest.«

Er blinzelte in die Dunkelheit und sah einen einsamen Schatten, der sich in die falsche Richtung bewegte. Weg vom letzten Waggon, weg von den blasser werdenden Lampen der anderen Passagiere. Brianna.

Er übergab seine Pflichten an den nächsten Fahrgast, der aussteigen wollte, ließ ihm keine Zeit zum Diskutieren und rannte hinter ihr her. Sie befand sich etwa fünfzehn Meter vor ihm, und nicht mehr weit von ihr entfernt stand am Rand einer scharfen Kurve im Tunnel eine Gestalt unter einem dreckigen, zerfetzten Umhang.

»Brianna!«, rief er. »Das bin ich nicht!«

Sie drehte sich auf dem Absatz um, hin- und hergerissen zwischen zwei Stimmen, zwei Männern, und nun stieß das Wesen unter dem Umhang ein gurgelndes Lachen aus.

»Briaaanna«, sang es mit erdiger Stimme, »Das bin ich niiicht.«

Es warf die Kapuze seines Umhangs zurück und enthüllte glitzernde Opalaugen und einen langen, schakalartigen Kiefer. Dann sprang das Geschöpf auf Brianna zu.

Es war nicht allein. Ein weiterer Ghul brach aus den Schatten hervor, hüpfte auf Lionel zu und griff mit seinen langen, dreckigen Krallen nach Lionels Augen. Dieser packte das Stemmeisen fester und schwang es gegen den Ghul. Der stählerne Stab prallte gegen dessen Schädel, und Lionel hörte das eklige Knacken von Knochen, während heißes Blut auf sein schweißnasses Gesicht spritzte. Die Kreatur stürzte auf den Betonboden zu seinen Füßen. Dann traf ein anderer Ghul Lionel von hinten wie ein Güterzug und schlang seine schlaksigen, allzu langen Arme um die Brust seines Opfers. Das Wesen stank nach Urin und Friedhofserde. Lionel wand sich und trat nach hinten aus, als ihn der Ghul von den Beinen hob und ihm den Atem aus der Lunge quetschte.

Er spürte, wie er in der Luft hing, seitwärts bewegt wurde – und dann flog ihm der Boden entgegen, als der Ghul ihn auf den Beton krachen ließ. Lionel landete auf seinem Unterarm und biss die Zähne zusammen, als ein Muskel in seiner Schulter riss. Der schlagartig einsetzende brennende Schmerz hielt ihn in Bewegung und gab ihm die Kraft, zur Seite zu rollen, als der dreckverkrustete Stiefel des Ghuls dort aufstampfte, wo noch vor einer Sekunde Lionels Gesicht gewesen war. Er packte das Stemmeisen mit der gesunden Hand und quälte sich auf die Knie. Der Stahl pfiff durch die abgestandene Luft und zerschmetterte die Kniescheibe des Ghuls, als bestünde sie aus Glas. Lionel stand auf, nahm die Stange in beide Hände und hob sie hoch über den Kopf. Dann schlug er mit aller ihm verbliebenen Kraft zu.

Das Wesen in dem Umhang hatte inzwischen Brianna an den Handgelenken gepackt und versuchte, sie in Richtung der Gleise zu zerren. Sie ließ den Fuß vorschnellen und trieb ihm den Absatz geradewegs zwischen die Beine. Er krümmte sich vor Schmerz, und sie konnte ihren rechten Arm befreien. Ihre Hand glitt in ihre Kuriertasche. Der Ghul riss sich zusammen, griff erneut nach ihr und wollte sie wieder packen, aber dann hielt Brianna ihm eine Dose mit Pfefferspray vor das Gesicht und drückte auf die Kappe. Der Schrei des Ghuls war fast so ohrenbetäubend wie der plötzliche Schuss hinter Lionel.

Maddie war hier, und auch sie wurde angegriffen. Alles, was er sah, waren tanzende Schatten, die durch die Luft schossen und in der Dunkelheit von den Wänden abprallten. Sie drückte den Abzug. Die Waffe ging los, und das Mündungsfeuer fror den Augenblick in seinem flackernden Schein ein: eine Kugel, die durch die Stirn eines Ghuls drang, während sein Kopf nach hinten gerissen wurde und die Gleise sich rot färbten. Hinter Maddie sprang ein weiterer Ghul durch die Luft und direkt auf sie zu. Ein Herzschlag aus Dunkelheit. Dann ein weiterer gleißender Schuss, ein weiteres Donnern. Maddie in der Hocke, das eine Bein angewinkelt und das andere ausgestreckt wie eine Turnerin, und dann durchschlug eine Kugel zuerst den Kiefer den springenden Ghuls und dann seine Schädeldecke. Zwei weitere Kreaturen eilten von der anderen Seite des Zuges auf sie zu. Zwei weitere Blitze, dann rollten ihre Leichen über den Betonboden und hinterließen rote Schlieren.

Briannas Angreifer griff sich an die Augen und schrie noch immer. Mit dem Fuß stieß er gegen eines der Gleise. Er taumelte rückwärts und fiel mit dem Rücken auf das dritte Gleis. Der Körper des Ghuls zuckte, und seine Fäuste hämmerten gegen den Untergrund, während ihn der Starkstrom röstete. Dann erschlaffte er und lag reglos da. Die Luft im Tunnel war nun vom Gestank nach verdorbenem Grillfleisch erfüllt. Stille senkte sich herab, das letzte Echo des letzten Schusses verhallte in der Ferne.

Brianna machte einen vorsichtigen Schritt von den Gleisen weg. Sie betrachtete den Leichnam am Boden, dessen Opalaugen noch offen standen. Der Kiefer klaffte auf und enthüllte Reihen gezackter Zähne. Dann sah sie Lionel an. Dann wieder den Leichnam.

»Ich glaube, ich brauche 'ne Minute«, sagte sie.

»Die kann ich dir nicht geben«, erwiderte Lionel. »Dort, wo diese Wesen hergekommen sind, gibt es noch mehr davon. Noch *viel* mehr.«

»Weißt du, der Junge hat recht.«

Lionel krampfte sich der Magen zusammen, als Jimmy Sloanes rauchige und wie immer leicht spöttisch klingende Stimme von den Tunnelwänden widerhallte. Er kam um die Kurve, lässig und langsam, die Hände in den Hosentaschen, und der *Lapis Manalis* – die Brosche, die er gestohlen hatte und für die Lionels Mutter wie auch die anderen Mitglieder ihres Hexenzirkels hatten sterben müssen – glitzerte am Revers seines Jacketts. Ein kaltblaues Glimmen erhellte den Tunnel hinter ihm und hob die Umrisse seiner Gefährten deutlich hervor. Dergwyn befand sich bei ihm, hielt aber einen Schritt Abstand und sah so aus, als wäre sie lieber nicht hier.

Und hinter ihr bewegte sich ihr Rudel. Zwei Dutzend Gestalten, vielleicht noch mehr, schlurften und krochen gemächlich durch die Dunkelheit, als begäben sie sich an einen gedeckten Tisch. Etwas wie eine elektrische Spannung hing in der Luft. Es fühlte sich an, als lechzte die Horde nach dem Angriff und würde nur durch Sloanes Willen zurückgehalten.

Lionel umklammerte die blutige Brechstange und zuckte zusammen, als frischer Schmerz in seiner verletzten Schulter hochschoss. Er sah Maddie an, die neben ihm stand, und senkte die Stimme zu einem Flüstern.

»Wie viele Kugeln hast du noch?«

»Eine«, flüsterte sie zurück.

»Kannst du das … das, was du im Club gemacht hast, auch hier tun? Mit deinem Schlüssel und dem Licht? Das haben sie wirklich gehasst.«

»Der Schlüssel«, flüsterte sie, »liegt noch immer am Rand des Waschbeckens in deinem Badezimmer im Hotel. Erinnerst du dich daran, dass wir *vermeiden* wollten, die Aufmerksamkeit meiner früheren Herrin auf uns zu ziehen? Ich könnte ein solches Risiko nicht zweimal hintereinander eingehen.«

Er tastete in seiner Hüfttasche herum. Auf der Fahrt hierher hatte er die Schatulle ausgeleert und den gefalteten Brief, das Polaroidfoto und den alten Schlüssel seiner Mutter eingesteckt. Das Kästchen war bloß ein Kästchen gewesen; er hatte es auf dem Rücksitz des Taxis liegen gelassen. Nun zog er den Schlüssel hervor und hielt ihn ihr entgegen.

»Wie wäre es mit diesem hier?«

»Er ist … sie sind immer an eine bestimmte Person gebunden, Lionel. Ich kann diesen Schlüssel genauso wenig einsetzen, wie es deiner Mutter möglich gewesen wäre, den meinen zu benutzen.«

Er schaute hinunter auf seine Hand und bemühte sich, den

Schlüssel zu sehen – wirklich zu *sehen* – mit den neuen Augen, die ihm gegeben worden waren. Er suchte nach einer Quelle der Kraft, nach einer Hinterlassenschaft seiner Mutter, die er zur Rettung aus dieser Lage einsetzen konnte.

Aber alles, was er sah, war dunkles gehämmertes Messing, das kühl in seiner schweißfeuchten Hand lag. Wenn sich noch Reste von Magie darin befanden, dann entzogen sie sich ihm. Das bedeutete aber nicht, dass keine mehr da waren.

»Vielleicht kann ich es«, sagte er.

»Lionel, *nein* …«

Sie packte ihn am Ärmel, ließ ihn aber wieder los, als er einen Schritt nach vorn machte. Er stellte sich vor Maddie und Brianna und zog mit der Hand eine unsichtbare Linie auf dem Tunnelboden. Er schwenkte den Schlüssel und hielt ihn hoch.

»Ich weiß jetzt, wer meine Mutter war«, sagte er zu Jimmy Sloane. »Und ich weiß, was Sie getan haben.«

Die Ghule im vorderen Teil des Rudels wanden sich, einige streckten die Krallen in die Luft, andere beschirmten ihre Augen vor dem Schatten des Schlüssels. Dergwyn verschränkte die Arme über den Falten ihres verschmutzten Designerblazers, schürzte die Lippen und wirkte mit jedem Augenblick verärgerter.

Sloane lächelte nur kühl und lässig.

»Nun«, sagte er, »hier haben wir alle Zutaten für eine unterhaltsame Zeit miteinander, nicht wahr? Drama! Rache! Der Sohn, der sich erhebt, um die Mutter zu rächen! Sehr hübsch, sehr griechisch. Mir fällt nur eines ein, was das Ganze noch toppen kann, oder? Lionel, bist du sicher, dass du mich niederzwingen kannst? Schließlich bin ich … dein Vater.«

Stille legte sich im Tunnel über beide Seiten der unsichtbaren Linie. Dann brach Sloane in trunkenes Gelächter aus.

»Heiliger *Mist*«, sagte er und klopfte Dergwyn auf den Rücken. »Hast du … hast du seinen Blick gesehen? Hast du das *gesehen*?«

»Ich habe es gesehen«, sagte sie mit gepresster Stimme, während sie ihn finster anschaute.

»Entschuldigung, Entschuldigung.« Sloane brauchte eine Weile, um seinen Lachanfall zu überwinden. »Nein, ich habe gelogen. Ich wollte nur … aber das wäre doch großartig, nicht wahr? Wäre es nicht perfekt?«

Lionels Arm, mit dem er den Schlüssel hochhielt wie ein Leuchtfeuer, geriet ins Wanken. Er sackte unter dem Gewicht von Sloanes nachlässigem Spott herab.

»Falls es dich interessiert«, sagte Sloane, »dein Papa war eine Eintagsfliege – irgendein Lastwagenfahrer auf der Straße von Irgendwo nach Nirgendwo. Sheila wollte eine Tochter haben. Einen Ehemann nicht unbedingt. Du kannst deinem Arm ein wenig Ruhe gönnen. Der Schlüssel ist ein netter Bluff, aber du hast dabei etwas vergessen.«

»Sagen Sie es mir.«

Der Blick aus Sloanes Augen bohrte sich in die seinen, während der Mann die Lippen zu einem selbstgerechten, grausamen Lächeln verzog.

»Hekate interessiert sich überhaupt nicht für dich. Sie wird nicht kommen, und dieser Schlüssel wird nichts anderes öffnen als deine eigene Gruft.« Er sah Maddie an. »Und du? Ich weiß jetzt, wer du bist. Um *dich* schert sie sich schon gleich dreimal nicht. Ihr beiden habt nichts anderes zur Verfügung als die Magie, die ihr hergebracht habt, und die reicht nicht, um mich zu besiegen, um von meinen guten Freunden hier ganz zu schweigen.«

Er wandte sich an Brianna und zuckte unbeholfen mit den Schultern.

»Du«, sagte er, »bist einfach nur ein Kollateralschaden, und ich glaube, dass ich mich deswegen bei dir entschuldigen muss. Du warst der Köder. Ich brauchte jemanden, um den Jungen und sein Mädchen aus der Reserve zu locken, damit ein klarer Schlussstrich gezogen werden kann, und … nun ja, das warst du. Es ist nichts Persönliches. Es ist nur eine traurige Tatsache, dass ein Köder ausschließlich dazu existiert, am Haken zu hängen und gefressen zu werden.«

Brianna stand breitbeinig da und hielt ihr Pfefferspray vor sich wie ein mittelalterlicher Ritter sein Schwert – bereit zur Schlacht.

»Könnte mir bitte einmal jemand erklären, was hier abgeht?«, fragte sie durch zusammengebissene Zähne.

»Das werde ich deinem Ex-Freund überlassen«, sagte Sloane. »Du hast es inzwischen sicherlich selbst herausgefunden, oder?«

Lionel hielt seinem Blick stand. »Die Totenfänger. Sie haben sie in der ganzen Stadt verteilt. Sie stehlen die Seelen der Sterbenden.«

»Fünfundfünfzigtausend«, sagte Sloane. »So viele Menschen sterben jedes Jahr in New York. Das sind in jedem Monat viertausendfünfhundertdreiundachtzig. Wir schöpfen schon seit Jahren den Rahm ab. Bisher ist keine göttliche Macht erschienen, um die Bücher zu prüfen. Es hat fast den Anschein, als sei es dem Universum egal. Ein wenig bedrückend, wenn man es sich recht überlegt.«

»Wir …«, wiederholte Lionel. »Sie und Corbin Investment Partners.«

»Oh. Das ist aber … das ist mehr, als ich erwartet hatte. Du bist gut, Junge. Du hast dir dein Junior-Detektiv-Abzeichen redlich verdient.«

Maddie trat neben Lionel. Mit den Fingerspitzen fuhr sie

ihm über die Schulter und verlieh seinem Arm Kraft, während der Schlüssel weiterhin still und matt in seiner Hand lag.

»Sie versuchen, ein Loch zwischen den Welten aufzureißen«, sagte Maddie. »Was haben Sie davon? Was wartet auf der anderen Seite?«

Das kalte blaue Glimmen hinter Sloane wurde stärker und gerann, als er in seine Brusttasche fasste. Er zog die Hand wieder heraus. Sie schien leer zu sein. Er schwenkte sie mit großer Geste wie ein Zauberkünstler. Plötzlich steckten drei schmale Totenfänger zwischen seinen Fingern. Saphirblauer Dunst tropfte von den Stahlscheiben herab und bildete eine Lache auf dem Tunnelboden um seine polierten Gamaschen herum.

»Ich könnte es euch sagen, aber ich weiß etwas Besseres«, meinte er. »Ich werde es euch zeigen.«

Zweiundfünfzig

Zwei der Totenfänger in Sloanes Händen klickten zusammen und verbanden sich mit einem metallischen Geräusch, das von den Tunnelwänden hallte. Wie in Wen Xiulangs Laden veränderte sich nun wieder die Welt am Rand von Lionels Blickfeld. Teile der Ziegelmauern brachen weg und enthüllten unmögliche Tunnel und Öffnungen, die einen Augenblick zuvor noch nicht dagewesen waren. Er glaubte, etwas an seinen Füßen vorbeihuschen zu sehen, etwas mit einer glitzernden, fetten Schale und zu vielen Beinen, aber es verschwand, als er den Blick senkte. Nun kroch etwas über seinem Kopf den Tunnel entlang – etwas, das nach ranziger Milch an einem heißen Tag roch.

»Das sind nur Appetithäppchen«, sagte Sloane. »Es ist keine richtige Tür, sondern nur eine kleine … kurzfristige Überlappung, wenn ihr so wollt. Diese Prototypen leisten nicht viel, egal, wie viele man miteinander verbindet. Ähnlich wie wenn man zu viele Geräte an eine einzige Sicherung klemmt – am Ende brennt sie durch.«

Maddie warf einen Blick auf ihr Handy. Sie schob es zurück in ihre Jeanstasche und beugte sich zu Lionel.

»Egal, was passiert, wir müssen uns noch fünf weitere Minuten Zeit erkaufen.«

»Warum?« Er sah sie von der Seite an. »Was geschieht in fünf Minuten?«

»Sorg dafür, dass er weiterredet.«

»Du solltest dich nicht zu elend fühlen«, sagte Sloane zu Lionel. »Dass du nach dem Tod deiner Mutter im Stich gelassen wurdest, ist vermutlich das Beste, was dir passieren konnte. Ich habe mich mit Hekate zusammengetan. Ich habe ihr meine Dienste versprochen, habe mich einem ihrer Zirkel angeschlossen, und was habe ich dafür bekommen? Ein großes fettes Garnichts. Alle haben mir gesagt, ich solle zu ihr gehen, wenn ich wahre Macht und Magie ausüben und die Welt verändern will. Alles Lügen.«

Maddie kniff die Augen zusammen. Sie waren hart wie Feuersteine. »Das ist der letzte Grund, zu ihr zu gehen. Man tut es nicht, um Macht zu erringen. Sie ist kein Spielautomat, in den man Symbole der Anbetung und Hingabe hineinwirft, bis ein Gewinn herauskommt.«

Sloane sah sie an, als wäre ihr gerade ein zweiter Kopf gewachsen.

»Das ist doch dämlich. Warum sollte man sich einer Göttin verschreiben, wenn nicht um Gewinn daraus zu ziehen?«

»Wenn Sie sie je richtig gekannt hätten«, sagte Maddie, »und wenn Sie ihr wenigstens einmal begegnet wären, müssten Sie diese Frage nicht stellen.«

»Nun, ich habe nach Alternativen gesucht. Und ich habe eine gefunden. Eine Macht, die stärker ist als sie. Größer als dieser Planet. Lauter als eine Atembombenexplosion am Boden. Er hat nach mir gerufen, durch den Schleier hindurch, der die Welten trennt. Er sagte mir, wenn ich ihm ein Opfer bringe, das eines Königs wert ist, wird er mir … *alles* geben.«

Die miteinander verbundenen Totenfänger in seiner Hand pulsierten und verbreiteten ihr eisig blaues Licht in dem Tunnel, während die Verzerrungen an den Rändern von Lionels Blickfeld wuchsen. Krabbelnde, gleitende, huschende Dinge suchten die Ziegelmauern – oder das, was davon übrig war –

heim, während sich weitere Tunnel öffneten und Torbögen dort bildeten, wo noch vor einer Sekunde eine feste Mauer gewesen war.

Wenn er den Blick in eine andere Richtung lenkte, verschwanden nicht alle Veränderungen. Es wurde stärker. Die andere Seite kam näher. Dergwyn rückte an Sloane heran. Ihr Blick flatterte von einer Seite zur anderen, während ihr Rudel, das sich so dicht wie möglich hinter sie drängte, allmählich nervös wurde.

»Ganz ruhig«, sagte Sloane zu ihr. »Sie werden niemandem, der bei mir ist, etwas tun. Sie kennen mich. Und sie wissen, wer ich bald sein werde. Nicht mehr Jimmy V. Sloane, Fußabtreter des Hexenzirkels, Handelsreisender in Schreibmaschinen. Nein. Mir wird endlich der Respekt zuteilwerden, den ich verdiene. Und wenn sich der Staub gelegt hat, wird jeder, der noch da ist, meinen Namen kennen.«

Er hob die zusammengesteckten Scheiben an sein Gesicht und badete in dem saphirblauen Glanz. In der anderen Hand hielt er den dritten Totenfänger und drehte ihn zwischen den Fingern hin und her.

»Sie werden mich den ›Prinzen der Wehklage‹ nennen.«

Lionel hob seinen schweißüberzogenen Arm noch höher und hielt den Schlüssel seiner Mutter im Klammergriff, während seine Gedanken schrien. Sie drangen unter die Tunnelmauern, unter die Straßen der Stadt, reichten tiefer und tiefer.

Hekate. Ich … ich weiß nicht, wie ich beten soll. So etwas habe ich noch nie getan, für keinen Gott und keine Göttin. Aber jetzt sind Gebete alles, was mir geblieben ist. Wenn es besondere Worte gibt, die ich sagen muss, dann kenne ich sie nicht. Und wenn es ein bestimmtes Ritual gibt, das ich durchführen sollte, dann muss ich gestehen, dass ich es ebenfalls nicht kenne.

Ich weiß nur, dass meine Mutter dir etwas bedeutet hat. Es ist mir egal, dass du mich nicht haben wolltest. Das ist in Ordnung. Aber sie war etwas Besonderes für dich, und Sloane hat sie uns beiden weggenommen. Bitte hilf uns. Hilf Maddie und Brianna. Mich kannst du vergessen. Aber rette sie. Bitte. Für meine Mama und um ihres Angedenkens willen. Rette sie.

Schweigen. Der Schlüssel stak leblos in seiner Hand.

Langsam sackte Lionels Arm herab zu seiner Seite. Er senkte die Schultern.

»Und jetzt kommt der Augenblick der Erkenntnis«, sagte Sloane beinahe freundlich. »Es ist vorbei. Die Kavallerie erscheint nicht. Keine Rettung in letzter Sekunde. Das war es, Junge. All diese Verzweiflung! Nimm sie in dich auf. Es schmerzt weniger, wenn du es akzeptierst. Das macht am Ende das Menschsein aus. Wie jemand schrieb: ›Das Los der Sterblichen ist hart. Gewöhne dich daran.‹«

Sloane klickte die dritte Scheibe an. Das blaue Licht flackerte und warf glitzernde Flecken auf die Ziegelmauern. Ein Gestank nach Verwesung durchflutete den Tunnel, so stark, dass Lionel die Empfindung überkam, er hätte seine Nase in den Kadaver eines überfahrenen Wilds gesteckt, der schon seit zwei Tagen in der prallen Sonne lag. Hinter ihm hielt sich Brianna die Hand vor den Mund und würgte.

Ich muss ihn dazu bringen weiterzusprechen, dachte Lionel. Maddie hatte etwas vor. Vielleicht trat die Kavallerie doch noch auf den Plan. Sloane durfte nicht aufhören zu reden. Ein Hoffungsfunke entzündete sich in seinem Herzen, und er fachte ihn zu einer kleinen, verzweifelten Flamme an.

»Dieses Zitat«, sagte er. »Es stammt von Chandra Nagarkars Grabstein. Sie haben sie getötet, nicht wahr?«

»Schuldig«, antwortete Sloane. »Es war nichts Persönliches. Mir hat ihr Stück gefallen. Aber sie war neugieriger, als es gut für sie war.«

»Natürlich«, erwiderte Lionel. »Sie hatte einen der Totenfänger in der Nähe ihres Lieblingscafés entdeckt. Und sie war Mitglied des Komitees, das Corbin Investment Partners davon abhalten wollte, dieses Grundstück in Midtown zu sanieren. Sie muss Beweise gefunden und zwei und zwei zusammengezählt haben. Aber eines verstehe ich noch nicht: Wir wissen jetzt, was Sie sich von dieser ganzen Sache versprechen. Aber was bekommt Corbin? Sie werden keine Häuser mehr bauen, sobald Ihr Kumpel von der anderen Seite hierher durchbricht.«

»Nun, das ist so eine Sache. Ich habe den Ruf gehört, ich habe meine Mission, und ich habe die Fähigkeiten, sie durchzuführen. Nur ein wesentlicher Teil fehlte noch.« Sloane rieb Daumen und Zeigefinger gegeneinander. »Glaubst du, es ist leicht, ungefähr fünfzig Prototypen von Seelenbatterien zu bauen, in denen eine Menge Präzisionselektronik steckt, ganz zu schweigen von der Maschine, die in der Lage ist, all die gesammelte Energie zu kanalisieren und nutzbar zu machen? Allein für die Behälter brauchte es einen speziellen Hersteller, erfahrene, geschickte Arbeiter und mindestens zwanzig Jahre Feldversuche. Wir reden hier über richtig viel Geld. Ich brauchte einen Förderer mit tiefen Taschen, und ich habe ihn gefunden.«

»Trotzdem – warum sollte er …« Lionels Stimme verstummte. Seine Beklemmungen machten einem anderen Gefühl Platz. Als er die Einzelheiten zusammensetzte, hatte er den Eindruck, dass sein Magen zu einem Stein geworden war – zu einem Stein, der immer wieder in die Tiefe stürzte. »Er weiß es nicht, oder? Corbin hat keine Ahnung, wie Ihr wirklicher Plan aussieht.«

Sloane zeigte ihm ein Alligator-Grinsen.

»Ich hatte immer schon ein Talent für Nekromantie. Diese

kleine Erwerbung von meinem früheren Zirkel …« – er fuhr mit den Fingern über die Brosche an seinem Revers – »… hat mein Repertoire noch vergrößert. Ich habe ein paar Partytricks vorgeführt und meinen Unterstützer davon überzeugt, dass wir uns in eine ganz andere Ecke des Universums begeben werden. In eine viel freundlichere. Wenn jemand die Wahrheit herausfindet, wird es zu spät sein, mich aufzuhalten.«

»Wir kennen jetzt die Wahrheit«, sagte Maddie.

»Wenn ich der Meinung wäre, dass ihr auch nur die klitzekleinste Aussicht darauf habt, diesen Tunnel lebend zu verlassen, hätte ich mich vielleicht etwas vorsichtiger ausgedrückt. Aber das wird nicht geschehen.« Sloane schwang die drei miteinander verbundenen Totenfänger, die nun einen Zylinder bildeten, wie einen kleinen Zauberstab. Dann streckte er die Handfläche seiner anderen Hand aus, während die Kälte und der Verwesungsgestank überall um sie herum zunahmen und Lionel den Atem raubten. Von der Tunneldecke ließ sich an einem scharlachroten Faden eine faustgroße Spinne herunter. Sie fiel auf Sloanes Handfläche, war fett und schwarz, und ihr Chitinpanzer glitzerte.

Lionel hob den Blick. Die Tunneldecke war über und über mit Spinnen bedeckt.

Es waren Hunderte, Tausende, die herausströmten und übereinanderkrabbelten. Einige ließen sich langsam an roten Fäden herab, und ihre Fresswerkzeuge klackten.

»Maddie …«, sagte er und drückte das Wort mit seinem letzten Atem heraus.

»Es waren etwa fünf Minuten«, sagte sie und hob die gestohlene Polizeipistole.

Sloane blinzelte sie an. »Wirklich? Glaubst du wirklich, eine Kugel könnte mich aufhalten?«

»Nein, nicht *Sie*.«

Maddie zielte, spähte am Lauf entlang und feuerte ihren letzten Schuss ab.

Die Kugel traf die Totenfänger und schlug einen Funken, als sie Sloane den Zylinder aus der Hand riss. Er taumelte durch die Luft und zog eine Spur aus Saphirnebel hinter sich her, der wie heraussprühendes Herzblut wirkte. Der Zylinder fiel klappernd auf den Tunnelboden, eingedellt und tot, und seine letzten Lichter erloschen.

Eine Woge heißer Luft fegte die Spinnen, die Tordurchgänge und den Verwesungsgestank fort. Die Realität der Stadt flutete machtvoll heran und eroberte sich das gestohlene Gebiet zurück. Während Sloane Maddie in rasender Wut anstarrte, hörte Lionel ein Geräusch: ferne schwache Schritte hinter ihm. Sie kamen rasch näher.

»Glaubst du, dass du dadurch irgendetwas erreicht hast?« Sloane fuhr mit der Hand durch die Luft und winkte Dergwyn und ihr Ghul-Rudel herbei. »Ich wollte nur kreativ sein. Wir können es noch immer auf die schnelle und schmutzige Weise erledigen. Prinzessin, versammle deine Kerle und gebt den dreien hier den Rest. Ich bin fertig mit ihnen.«

»Nein.« Dergwyns Opalaugen glitzerten. Sie blinzelte in die Finsternis, vorbei an Lionels Schulter, zurück auf den angehaltenen Zug. »Nein, nein, nein.«

Sie trat zurück und bellte ihrem Rudel Befehle zu. Die Ghule lösten ihre Formation auf und verschwanden in den Tiefen des Tunnels. Sloane wirbelte auf dem Absatz herum. »Was *machst* du da?«

»Wir *leben* hier«, zischte sie ihn an. Sie rannte mit weiten Sprüngen davon und folgte ihrem Rudel in sein Rückzugsgebiet. Nun war das Stiefelgetrappel hinter Lionel lauter geworden und wurde vom Knistern und statischen Rauschen etlicher Sprechfunkgeräte begleitet. Strahlen aus starken Taschenlampen zerbrachen und zerstreuten die Schatten.

Maddie lächelte, warf ihre leere Waffe von sich und kniete sich auf den Tunnelboden.

»Lionel, Brianna, ihr solltet meinem Beispiel folgen.« Sie verschränkte die Hände hinter dem Kopf und wirkte dabei heiter und gelassen. »Sloane, jetzt können Sie tun, was Sie wollen. Sie haben vielleicht keine Angst vor *einer* Kugel …«

»*Auf den Boden!*«, brüllte die Stimme einer Frau durch ein Megafon. »*Werfen Sie Ihre Waffen weg und legen Sie sich flach auf den Boden!*«

Lionel fiel auf die Knie. Er zuckte zusammen, als er versuchte, die Hände zu heben, und seine verletzte Schulter protestierte. Maddie schenkte ihm ein fröhliches Lächeln.

»Erinnerst du dich an deine erste Lektion? Wie ich schon sagte, geht es bei den Hexen darum, Dinge zu wissen. Manchmal ist es richtig, mit einer Halbgottheit zu verhandeln. Manchmal geht es um die Symbolik des Tarot oder um die richtigen Kräuter, mit denen du heilen oder töten kannst.«

Lionel kniff die Augen zusammen, als ihn der grelle Schein einer Taschenlampe mitten ins Gesicht traf. Grobe Hände drückten ihm die Arme hinter den Rücken und stießen ihn auf den Bauch. Ein Knie presste sich gegen sein Steißbein, und er fühlte sich aufgespießt wie ein Käfer auf einer Nadel, als Handschellen sich um seine Gelenke schlossen.

»Und manchmal«, sagte Maddie, »musst du nur wissen, wie schnell das A-Team der New Yorker Polizei auf den Bericht von einer Schießerei reagieren kann.«

Dreiundfünfzig

Lionel war schon einmal hier gewesen. Nun, nicht exakt hier, aber in einem Raum wie diesem. Die Wände trugen das Weiß schmutziger Eierschalen, in der Mitte standen ein Tisch aus rostfreiem Stahl und zwei Stühle; es gab eine Tür und einen Einwegspiegel, der von den Fingerabdrücken verzweifelter Festgenommener übersät war. Lionel saß unter dem heißen Deckenlicht, und seine Handgelenke waren an den Tisch gekettet.

»Sprechen wir es noch ein weiteres Mal durch«, sagte Detective Mathers.

»Ich weiß nicht, warum Sie von mir erwarten, dass ich jetzt etwas anderes sage.«

»Die Wahrheit wäre schön«, meinte sie.

»Die habe ich Ihnen doch schon gesagt«, log er.

Mathers schob ihren Stuhl zurück und stand auf. Sie stolzierte in dem Raum herum wie eine Löwin in ihrer Höhle.

»Sie sind in New York mit einem Auftrag erschienen, über den Ihre Arbeitgeber nichts sagen können, und Sie wurden am Schauplatz eines Mordes aufgegriffen. Des Mordes an einem Handlanger der russischen Mafia.«

»Ich wurde nicht *aufgegriffen*«, widersprach Lionel. »Ich war es, der die Polizei gerufen hat.«

»Später habe ich erfahren, dass Sie Chicago am selben Tag verlassen haben, an dem ein anderer Mann ermordet wurde. Sie waren der letzte Mensch, der ihn lebend gesehen hat, und die Chicagoer Polizei will deshalb unbedingt mit Ihnen sprechen.«

»Ich kann nachweisen, wo ich den ganzen Nachmittag über gewesen bin«, sagte er. »Das … habe ich bisher bloß noch nicht getan.«

Die Cops, die in ihren Kampfanzügen gepanzerten schwarzen Käfern geglichen hatten, waren mit Lionel durch die evakuierte Haltestelle marschiert und hatten ihn auf den Rücksitz eines Streifenwagens geschoben – allein. Brianna und Maddie hatten ihren eigenen Transportservice erhalten. Seitdem hatte er sie nicht mehr gesehen. Sloane hatte wie üblich danach gehandelt, dass Vorsicht besser als Nachsicht war, und war geflüchtet, bevor die Polizisten herbeigestürmt waren.

»Und dann«, sagte Mathers zu ihm, »tauchen Sie plötzlich bei einem liegen gebliebenen U-Bahn-Zug auf und behaupten, ein Mitarbeiter des Zivilschutzes zu sein …«

Lionels Ketten rasselten, als er nachdrücklich mit den Händen auf den Tisch klopfte. »Das habe ich nie gesagt. Diese Worte habe ich nie gebraucht.«

»… aber sie haben der Schaffnerin gesagt, Sie besäßen Informationen über eine glaubhafte Drohung und würden deshalb die Evakuierung der Linie 7 anordnen.«

»Das … habe ich möglicherweise wirklich gesagt. Aber ich hatte einen triftigen Grund dafür.«

»Richtig. Wieder einmal eine mysteriöse unbekannte Quelle. Und hier liegt das Problem, Herr Journalist: Sie haben es versaut. Sie haben Terrorismus ins Spiel gebracht. Das ist eine Bundesangelegenheit. Und wenn die Bundesagenten hier eintreffen, werden sie sich einen feuchten Kehricht um Ihre ›journalistische Integrität‹ oder Ihre ›ungenannten Quellen‹ kümmern. Die Jungs haben eine Menge Möglichkeiten, das zu umgehen.«

Sie legte die Handflächen auf den Tisch und beugte sich vor. Lionel geriet unter ihren Schatten, während sie über ihm aufragte.

»Wissen Sie, was die mit Ihnen anstellen werden?«, fragte sie. »Sie werden Ihnen einen fünf Meter langen Stahlbohrer in den Hintern schieben und nach Öl suchen.«

Lionel versuchte, den knochenharten Klumpen in seiner Kehle hinunterzuschlucken. Sie log nicht. Er war über alles hinausgegangen, was er noch hätte erklären können. Er hatte heute schwere Verbrechen begangen, und niemand würde ihm zugutehalten, dass seine Motive lauter waren. Nicht, wenn er als Erklärung anbot, dass ein unsterblicher Magier und ein Rudel kannibalischer Ghule unter der Stadt versuchten, die Seelen der Menschen zu stehlen.

Es hatte immer mehr den Anschein, dass ihm nur eine einzige Möglichkeit blieb. Er musste sich entscheiden, ob sein neues Zuhause eine Gefängniszelle oder ein Zimmer in einer psychiatrischen Einrichtung sein sollte. Er kämpfte gegen seine aufsteigende Angst an und bemühte sich, ein wenig Wagemut an den Tag zu legen.

»Detective Mathers«, sagte er, »das ist … die schlechteste Metapher, die ich je gehört habe. Sie sollten sie nicht mehr benutzen, es sei denn, Sie meinen es wörtlich, und dann … autsch.«

Sie schlug so heftig auf den Tisch, dass Lionel zusammenzuckte. Dann begann sie wieder, auf und ab zu laufen und zeigte wütend mit dem Finger auf ihn.

»Sie sind nur deshalb hier und nicht auf dem Weg zur Bundespolizei, weil wir *wissen*, worum es hier geht.«

»Sie … wissen es?« Er hoffte beinahe, dass sie die Wahrheit kannte, aber er bezweifelte es.

»Sie decken sie.«

»Nur zur Sicherheit: Von wem sprechen wir hier?«

»Von ihrer Psychofreundin Madison Hannah«, sagte sie. »Von derjenigen, die einen Bahnpolizisten angegriffen, ihm die Waffe gestohlen und auf einem Bahnsteig voller Leute das Feuer eröffnet hat.«

»Oh.«

Mathers' Wut verrauchte ein wenig, als sie tief Luft holte und langsam ausatmete. Sie kam zurück zum Tisch, war nun versöhnlicher, und ihre Stimme klang sanfter. Er wusste, dass es nur Theater war, aber er hätte es ihr gern abgekauft. Diese Polizistin war gut in ihrem Job.

»Ich verstehe es«, sagte sie und setzte sich wieder auf ihren Stuhl. »Wirklich. Ihre Freundin hatte einen … nennen wir es einen ›schlechten Tag‹. Wir alle haben unsere schlechten Tage, nicht wahr? Sie ist durchgedreht. Sie wollten sie schützen, ein Ablenkungsmanöver inszenieren und sie dort herausholen, und dabei sind Sie in Panik geraten. Also haben Sie den Zug evakuieren lassen, weil Ihnen nichts anderes eingefallen ist.«

Er schwieg und folgte der Spur ihrer unstimmigen Theorie.

»Sie wollten nicht, dass jemand verletzt wird. Und wirklich, Lionel, es ist niemand zu Schaden gekommen. Aber so, wie es aussieht, haben Sie beide eine lange Zeit im Gefängnis vor sich. Allerdings muss es nicht zwangsläufig dazu kommen.«

»Nicht?«, fragte er.

»Nein. Sagen Sie einfach die Wahrheit. Sie haben gesehen, wie sie die Waffe gestohlen hat, Sie haben gesehen, wie sie das Feuer auf die Beamten eröffnet hat – zum Glück hat sie danebengeschossen – und sie hat Sie dazu gebracht, den Befehl zur Evakuierung dieses Zuges zu geben. Das war alles *ihr* Werk.«

Mathers legte einen gelben Notizblock auf den Stahltisch. Ein Kugelschreiber folgte. Dann schob sie ihm beides zu.

»Sie müssen das nur notieren und es dann unterschreiben.

Wenn Sie das tun, können Sie nach Hause gehen. Für heute jedenfalls. Das bedeutet nicht, dass keine Anklage gegen Sie erhoben wird, aber vermutlich wird es auf einige kleinere Vergehen und eine Bewährungsstrafe hinauslaufen.« Sie deutete auf die einzige Tür des Raumes. »Sie können jetzt gleich hindurchgehen.«

»Und was geschieht mit Maddie?«

»Madison wird für lange Zeit ins Gefängnis wandern. Daran führt kein Weg vorbei. So oder so, sie ist erledigt.«

»Wirklich?«, fragte Lionel. »Es klingt nämlich so, als versuchten Sie verzweifelt, mich zum Verrat zu überreden. Wenn Sie hier einen wasserdichten Fall hätten, müsste ich nicht erst Maddie verpfeifen.«

»Wir wollen nur die Wahrheit hören.«

»Aber das ist nicht die Wahrheit«, sagte er.

Ihre Freundlichkeit gefror. Mathers stand auf, begab sich auf die andere Seite des Zimmers und schaute hoch zu der Überwachungskamera in der Ecke.

Dann zog sie den Stecker. Das rote Licht unter der Kamera ging aus, das Feld wurde schwarz.

»Lionel«, sagte sie, »Sie werden dieses Geständnis schreiben. Sie werden es genauso schreiben, wie ich es Ihnen diktiere, und zwar Wort für Wort. Und dann werden Sie es unterzeichnen.«

Die Angst legte sich wie ein frostiger Überzug auf seinen Rücken.

»Was soll das?«, fragte er.

»Sie werden Ihr Geständnis unterschreiben, und dann werden Sie gehen. Sie werden diesen Raum verlassen, Sie werden New York verlassen, und Sie werden nie, *nie* wieder in diese Stadt zurückkehren. Sie werden Madison Hannah vergessen, und Sie werden alles vergessen, was Sie seit Ihrer Ankunft hier gesehen und gehört oder nicht gesehen und nicht gehört haben.«

Detective Mathers kam zum Tisch zurück. Sie beugte sich wieder über Lionel. Diesmal rutschte etwas aus dem Ausschnitt ihrer elfenbeinfarbenen Bluse.

Ein winziger antiker Schlüssel an einer silbernen Kette.

»Huch«, sagte sie gelassen. »Du meine Güte, wie konnte denn das passieren?«

Sie hielt Lionels Blick stand und schob den Schlüssel zurück in ihre Bluse.

Nun breitete sich das Eis auf Lionels Rücken bis zu den Armen und Beinen aus und fror ihn an dem Stuhl fest. Ein Wintersturm tobte in seinem Bauch.

»Warum machen Sie das?«, keuchte er.

»Niemand verlässt unsere Königin«, sagte Mathers. »Niemand. Maddie hat ihre Eide gebrochen. Es gibt eine Strafe für Verrat, und sie wird am Ende vollstreckt werden, egal, wie weit und wie lange die Schuldige wegläuft. Meine Schwestern und ich jagen sie schon seit sehr langer Zeit, Lionel. Und Sie haben sie uns geradewegs in die Arme getrieben. Vielen Dank dafür. Wir belohnen Sie dafür, indem wir Sie nach Hause schicken.«

»Es ist nicht Maddie, auf die Sie wütend sein sollten. Jimmy Sloane …«

»Um den wird man sich kümmern. Das geht Sie nichts an; es ist nicht Ihr Kampf.«

Sie schob den Kugelschreiber in Lionels angekettete Hand und schloss seine Finger darum.

»Schreiben Sie das Geständnis«, sagte sie.

»Nein.«

»Lionel, es ist ganz einfach. Entweder schreiben Sie das, was ich Ihnen sage, und Sie gehen als freier Mann durch diese

Tür, oder Sie verbringen die nächsten zwanzig Jahre – mindestens – in einer Gefängniszelle. Und wenn Sie glauben, dass wir dann nicht mehr an Sie herankommen, haben Sie sich getäuscht.« Ihre Augen verengten sich zu schmalen Schlitzen, die wie Schießscharten wirkten, und ihre Stimme sank zu einem Grabesflüstern herab. »Sie werden den Rest Ihres Lebens in einer endlosen Hölle verbringen und jede Demütigung erfahren, die Sie sich nur vorstellen können – und etliche, die Sie sich nicht vorstellen können –, und zwar jede einzelne Stunde jedes einzelnen Tages. Und dann, am letzten Tag Ihres Freiheitsentzugs, werden Sie eine Stunde vor Ihrer Entlassung bei einem Gefängnisaufstand erstochen werden. Sie werden nie wieder freie Luft atmen.«

Sie trat zurück und zeigte auf den Notizblock.

»Entweder sie oder Sie. Einfacher wird es nicht mehr. Treffen Sie eine kluge Wahl.«

Lionel schaute auf den leeren gelben Notizblock. Er klopfte mit dem Stift auf das Papier.

Dann begann er zu schreiben.

Als er fertig war, drehte er den Block herum und schob ihn über den Tisch. Detective Mathers senkte den Blick und las sein Geständnis.

Ich werde sie nicht verraten.

Sie können mich mal.

Mit freundlichen Grüßen, Lionel Page.

Mathers ballte die Hände zu Fäusten.

»Also gut«, sagte sie, umrundete den Tisch und kam auf ihn zu. »Wenn Sie es wirklich auf die harte Tour haben wollen, dann können wir …«

Die Tür des Verhörraums wurde aufgestoßen. Mathers erstarrte, als eine Frau hereinstürmte. Sie war klein und drahtig, trug einen altmodischen Hosenanzug und hatte das graue

Haar mit Nadeln hochgesteckt. Sie starrte Mathers über den Rand ihrer Bifokalbrille an.

»Lionel, Sie sagen kein Wort mehr. Detective Mathers, haben Sie meinen Klienten etwa ohne seine Anwältin verhört?«

»Er hat nicht um einen Anwalt gebeten.«

»Ich habe nicht einmal …«, begann Lionel. Die Frau warf eine Visitenkarte auf den Tisch; sie landete neben seiner gefesselten Hand. Er nahm sie auf.

»Agnes Ashcroft«, stand darauf. »Rechtsanwältin.« Unter ihrer Telefonnummer war mit einer zarten Handschrift in winzigen scharlachroten Buchstaben hinzugefügt: *Ich arbeite für Regina Dunkle. Halten Sie den Mund.*

Er beschloss, ihrer Anweisung Folge zu leisten. Tatsächlich machte die Polizistin unter dem Eindruck von Agnes' wildem Auftritt einen Schritt zurück. Die Löwin war in ihrer eigenen Höhle besiegt worden.

»Die Überwachungskamera wurde ausgeschaltet«, sagte Agnes. »Können Sie mir den Grund dafür nennen?«

»Ich … das ist mir gar nicht aufgefallen«, sagte Mathers.

»Ihnen scheinen eine Menge Dinge *nicht aufgefallen* zu sein. Auf ein Wort? Draußen?«

Sie ließen ihn mit seinen Gedanken allein in dem muffigen Verhörraum, seine Hände waren noch an den Tisch gekettet. Er faltete sie und saß reglos da.

Regina versuchte also, ihn hier herauszuholen. Gut. Aber das half Maddie nicht. Nun, vielleicht doch, aber nur wenn Regina es wollte. Und so, wie sie Maddie bisher behandelt hatte, wollte Lionel lieber nicht darauf wetten. Hier saß er nun, im Auge des Sturms, und konnte gar nichts tun.

Seine Frustration und seine Hilflosigkeit waren das Schlimmste daran. Er fühlte sich wie eine Ameise in einer

Welt von Göttern und Ungeheuern, die zusehen musste, wie sie alles zerstörten, und er konnte nichts dagegen unternehmen. Er wollte nichts anderes mehr, als sich eine kleine Blase inmitten des Chaos schaffen. Das Auge im Sturm für ihn und Maddie. Einen Ort, an dem Maddie ohne Schwierigkeiten atmen und sich ausruhen konnte, wo sie nicht mehr weglaufen musste.

Aber so wie es aussah, konnten sie beide von Glück reden, wenn sie den nächsten Sonnenaufgang noch erlebten.

Die Tür schwang auf. Detective Mathers sah aus, als hätte jemand ihren Hund überfahren. Wortlos nahm sie Lionel die Handfesseln ab. Sie sah ihm dabei nicht in die Augen.

»Sie werden nicht angeklagt«, sagte Agnes zu Lionel. »Kommen Sie, wir gehen.«

Verblüfft folgte er ihr in den Betonkorridor. »Warum nicht?«

»Nachdem ich mit den maßgeblichen Autoritäten gesprochen und die Gesetze einzeln aufgezählt habe, die Sie bei Ihrem kleinen Abenteuer verletzt haben, habe ich auch all die Möglichkeiten genannt, die mir – und Mrs. Dunkle – zur Verfügung stehen, um eine weitere Strafverfolgung für die Behörden sehr schmerzhaft zu machen. Einfach ausgedrückt: Sie sind es nicht wert.«

»Aber was ist mit …« Er senkte die Stimme zu einem Flüstern, als zwei uniformierte Polizisten an ihnen vorbeigingen. »… mit den *Leichen*? Mit den toten Ghulen?«

»Mr. Page«, sagte sie mit einem nachsichtigen Seufzen, »glauben Sie wirklich, dass in der heutigen Zeit ein Clan kannibalischer menschenähnlicher Wesen unter einer Großstadt leben kann, ohne von den Behörden entdeckt zu werden?«

»Einen Augenblick! Sie … sie *wissen* es?«

»Die Personen, die es wissen müssen, wissen es. Sie wissen genug, um die Dinge auf sich beruhen zu lassen und sie nicht in den offiziellen Berichten zu erwähnen. Die Leichen wurden inzwischen von ihren Artgenossen sauber und ordentlich beseitigt.« Sie sah ihn von der Seite an. »Ghule verschwenden kein Fleisch. Und sie sind nicht sentimental.«

»Was ist mit Maddie und Brianna? Sie müssen sie ebenfalls hier herausholen. Ich gehe nicht ohne sie.«

Die Anwältin schritt durch das Foyer der Polizeistation. Lionel folgte ihr durch die Tür auf die Betontreppe und in das grelle, heiße Licht des späten Nachmittags. Die Sonne glitt allmählich an den Rand des Horizonts wie ein Spiegelei in einer Eisenpfanne, orangefarben und wässerig an den Rändern.

»Ihre Vorgesetzte wurde bereits eine Stunde nach ihrer Festnahme wieder freigelassen. Sie gilt als unschuldige Unbeteiligte, die während der Evakuierung aus Verwirrung den falschen Weg genommen hat. Ihr Fall ist abgeschlossen. Und was Madison angeht …«

Sie zeigte auf den Parkplatz. Am Ende einer Reihe von Autos und nicht weit vom Bürgersteig entfernt standen Brianna und Maddie und waren in ein Gespräch vertieft. Maddie schien seine Gegenwart zu spüren, bevor sie ihn sah. Sie drehte den Kopf, und ihre Augen leuchteten auf wie die eines Kindes am Weihnachtsmorgen.

Er rannte, sie rannte, und sie trafen sich auf halbem Weg und fielen einander in die Arme. Sie drückten sich unbeholfen, versuchten sich zu küssen, verfehlten den Mund des anderen, und er lachte ihre Wange an, während ihre Lippen gegen seine Stirn prallten. Sie versuchten es erneut. Diesmal schafften sie es.

Maddie löste sich aus der Umarmung, blieb aber dicht bei ihm, während sie mit den Fingerspitzen über seine Arme fuhr.

»Wir müssen uns an die Arbeit machen«, sagte sie.

VIERUNDFÜNFZIG

Hinter Lionel räusperte sich die Anwältin.

»Ich will Sie nicht bedrängen«, sagte Agnes, »aber das ist richtig. Und angesichts der Tatsache, dass Ihre Schwestern nun von Ihrer Anwesenheit in der Stadt wissen …«

»Richtig.« Maddie packte Lionels Hand. »Komm, wir müssen von der Straße verschwinden.«

Brianna stand in ihrer Nähe. In ihren Augen lag etwas, das Lionel noch nie gesehen hatte. Etwas Seltsames, Gequältes. Er fragte sich, worüber die beiden Frauen geredet hatten.

»Mrs. Dunkle will Ihren Bericht hören, sobald die Angelegenheit mit Sloane erledigt ist«, sagte Agnes. »Madison, sie wird Ihnen neue Ausweispapiere geben. Ich fürchte, Madison Hannah wird nicht vor Gericht erscheinen, ihre Kaution verfallen lassen und den Rest ihres Lebens als flüchtige Person verbringen.«

»Es ist nicht die erste Identität, die ich verbrannt habe«, sagte Maddie. »Bei Weitem nicht. Trotzdem ist es unangenehm. Sie hat mir gefallen. Mein Foto auf dem Führerschein war endlich einmal *richtig* gut.«

Lionel sah Brianna an. »Hey. Ist alles in Ordnung mit dir?«

Es dauerte eine Sekunde, bis sie ein Wort herausbrachte.

»Nach dem, was ich heute gesehen habe? Nach dem, was deine Freundin mir in der letzten Stunde so alles erzählt hat?« Brianna sah ihn an, als wäre er ein Fremder. »Nein, Lionel, mit mir ist nicht alles in Ordnung.«

»Du solltest heimfahren. Begib dich zum Flughafen, nimm die nächste Maschine nach …«

»Hast du das etwa getan?«

Er starrte sie an.

»Als du die Wahrheit herausgefunden hast«, sagte sie. »Hast du das getan? Nein. Und ich werde es ebenfalls nicht tun. Dieser Mistkerl von ehemaligem Handelsvertreter hat einen wesentlichen Fehler begangen.«

»Er … hat sich mit deinem Ex-Freund angelegt?«

Brianna schnaubte verächtlich und sah Maddie an. »Glaubst du diesem Knaben? Nein. Er hat sich mit *mir* angelegt. Und das bedeutet, dass er sich gleichzeitig mit dem ganzen Team von Channel Seven News angelegt hat.«

»Ein Team, zu dem auch ich gehöre«, betonte Lionel.

»Also, ich kann nicht … die Dinge tun, die du kannst«, sagte Brianna zu Maddie, »aber wenn ich Schmutz ausgraben soll, kann ich schnell ein paar Profis besorgen.«

»Wir sind für jede Hilfe dankbar«, antwortete Maddie.

Maddie wollte eine gewisse Entfernung zwischen sich und das Polizeirevier bringen, und niemand hatte etwas dagegen einzuwenden. Sie endeten in Long Beach, einem Streifen aus hellem Sand und Teerstraße südlich von Queens, wo eine speerförmige Halbinsel ins Wasser ragte. Maddie kannte hier ein Restaurant. Es bestand aus einem langen, schmalen Raum, dessen Nischen durch verzierte Glasscheiben abgetrennt waren und von dessen Decke Kugeln in allen Regenbogenfarben herabhingen. Die Kellnerin geleitete sie in den hinteren Teil zu einem Tisch an einer Wand mit signierten Fotos, worauf lokale Berühmtheiten und Sportler aus der zweiten Liga zu sehen waren. Die laminierten Speisekarten im Achtzigerjahre-Stil waren mit grellen Dreiecken und extrem schräg gestellten Kursivschriften gestaltet, und Lionel konnte nicht einschätzen, ob dies eine gewollte Retro-Kiste war oder ob sich seit der Eröffnung des Lokals einfach nichts verändert hatte. Sie waren zwischen den Zeiten des Hochbetriebs hier eingetroffen und hatten das Lokal fast für sich allein.

»Probiert die Milchshakes – sie sind wunderbar«, sagte Maddie. »Ich bin froh, dass es diesen Ort noch gibt. Er hat mich vor vielen Jahren durch eine schlimme Zeit gebracht.«

Lionel studierte die Speisekarte. »Was darf ich denn essen?«

»Faustregel: Waffeln sind vegetarisch, Hühnchen und Waffeln sind es nicht.«

»Augenblick mal.« Brianna hatte soeben einen Laptop aus ihrer großen Tasche gezogen. »Vegetarisch? Lionel Page – ein Vegetarier?«

Er zuckte verlegen mit den Schultern. »Ich probiere halt neue Dinge aus.«

»A-*ha*.« Sie vergrub das Gesicht in der Speisekarte und murmelte: »Mein Starreporter ist durch einen Langweiler ersetzt worden. Ich nehme einen Truthahnburger, ob es euch passt oder nicht.«

Sie waren außer Gefahr und konnten erst einmal tief Luft holen, bevor sie sich wieder ans Werk machen mussten. Lionel kam damit zurecht. Er lehnte sich auf seiner Bank zurück, und die weiche, plüschige Rückenlehne schmiegte sich um seine schmerzende Schulter. Er nutzte diesen Augenblick des Friedens zum Schmieden eines Angriffsplans.

»Corbin Investment Partners«, sagte er. »Sie wissen alles: wo sich die Totenfänger befinden und wo wir Sloane finden können. Er betrügt sie, aber sie wissen alles, was wir brauchen, um ihn zur Strecke zu bringen.«

Nachdenklich sah Maddie die Wand mit den Fotos an. »Vielleicht ist es nicht in der ganzen Firma bekannt. Wir brauchen die Person, die ganz oben an der Spitze steht und die Schecks ausstellt. Aber wir müssen vorsichtig sein. Nur weil Sloane seinen Förderer übers Ohr haut, heißt das noch lange nicht, dass dieser Förderer ein guter Mensch ist. Wer immer er sein mag, er hat die Finanzierung der Totenfänger geleistet. Er *weiß*, wozu sie da sind.«

Brianna tippte etwas in ihren Laptop. Lionel saß ihr gegenüber, sodass er den Bildschirm nicht sehen konnte, aber er hörte die zahlreichen verräterischen leisen *Plings* einer Skype-Sitzung. Nachdem die Kellnerin die Bestellungen aufgenommen hatte, meldete sich Brianna zu Wort.

»Ich habe den Technik-Zwillingen Bescheid gegeben. Karen ist ebenfalls an Bord.« Sie hielt inne und sah Maddie an. »Unser Team in der Nachrichtenredaktion, und meine Adjutantin, der jede Dummheit ein Gräuel ist. Sie sind dabei und forschen nach. Natürlich habe ich ihnen nicht alles erzählt, sondern nur so viel, dass sie wissen, wonach sie suchen. Vor allem sollen sie alles über Corbin herausfinden.«

»Dieser Name«, sagte Lionel. »Irgendetwas stört mich daran.«

Die Kellnerin kam mit einem Tablett und stellte drei Milchshakes in großen geriffelten Gläsern auf den Tisch. Maddies Glas sah aus, als sei ein Regenbogen in einer Eisfabrik explodiert.

»Corbin?«, fragte Maddie. »Das ist Altfranzösisch und bedeutet ›Rabe‹. Auffallend daran ist die Verbindung zu Poe: *So sprach der Rabe: ›Nimmermehr‹.*«

»Vielleicht, aber …« Er schüttelte den Kopf und griff nach seinem Strohhalm. »Nein, das ist es nicht. Es wird mir schon noch einfallen.«

Mit der Unterstützung des Nachrichtenteams in Chicago, das nach Informationen suchte, war es schließlich ein Leichtes, die groben Umrisse zu erkennen. Corbin Investment Partners war ein Geist. Die Firma war nach der Weltwirtschaftskrise gegründet worden, hatte sich die Turbulenzen der Zeit zunutze gemacht und war dadurch als einer der wenigen Gewinner aus der Krise herausgekommen. Im Zweiten Weltkrieg konnten Corbins ihr Kapital vervierfachen, indem sie mit Munition, Waffen und anderen Rüstungsgütern spekulierten. Seitdem waren sie ein stets gegenwärtiger und stets stiller Bestandteil der New Yorker Geschäftswelt. Der Gründer hatte sich im Nebel der Geschichte verloren und nicht einmal seinen Namen hinterlassen. Aber einen Sohn.

»Der Sohn des Mannes, der Corbin gegründet hatte, übernahm die Firma in den 1930ern«, sagte Maddie. »Das ganze Direktorium ist schwerer zugänglich als Fort Knox. Es ist ein Privatunternehmen, und daher muss es keine Bilanzen veröffentlichen. Wie dem auch sei, dieser Knabe muss inzwischen uralt sein.«

»Das ist er.« Brianna runzelte die Stirn, als sie auf ihren Bildschirm schaute. »Eine Quelle sagt, er sei zweiundneunzig Jahre alt, eine andere spricht von sechsundneunzig Jahren. Er ist ein Einsiedler, weshalb sein Name in keinem sozialen Netzwerk auftaucht. Anscheinend leidet er unter Hyperästhesie.«

»Was ist das?«, fragte Lionel.

»Eine Überempfindlichkeit der Sinne. Selbst sanfte Klänge werden als schmerzhaft laut empfunden, Licht tut in den Augen weh. Laut dem einzigen Artikel, den Karen über ihn finden konnte, ist seine gesamte Kleidung aus Seide maßgeschneidert – mit den Nähten nach außen –, denn alles andere fühlt sich auf seiner Haut wie eine Käsereibe an. Eine lausige Art zu leben, ob man nun reich ist oder nicht.«

Lionel folgte gerade einer anderen Spur. Ihn ließ der Name nicht ruhen. Er wusste, dass er ihn schon einmal irgendwo gelesen hatte, in einem Buch, als er jung gewesen war, und dabei war es nicht um Raben gegangen. Schließlich fand er es mithilfe der Suchmaschine seines Handys. Er wusste bloß nicht, was es bedeuten sollte:

»In den Überlieferungen der Artus-Legende ist Corbin in einigen Quellen ein anderer Name für die Burg Corbenic. Corbin/Corbenic ist in Thomas Malorys *Le Morte d'Arthur* das Heim des Heiligen Grals …«

»Diese Information ist schon einige Jahre alt«, sagte Brianna. »Fischer hat seit Jahren kein Interview mehr gegeben …«

»Warte.« Lionel sah ihr in die Augen. »Wie lautet sein Name?«

»Fischer. Rex Fischer.«

Er sackte in seinen Sitz zurück.

»Nein«, widersprach er dann. »So heißt er nicht. Das ist ein falscher Name. Er sendet damit eine Botschaft. Es ist ein Hilferuf. Seit den Dreißigerjahren ruft er um Hilfe.«

Maddie nippte an ihrem Milchshake. »Was willst du damit sagen?«

»Corbin ist der Artus-Legende zufolge das Heim des Fischerkönigs und des Heiligen Grals. Fischer. *Rex* bedeutet König. Fischer. König.«

»Jetzt klingst du wie ein Verschwörungstheoretiker«, sagte Brianna. »Könntest du dich etwas klarer ausdrücken?«

Er legte sein Handy auf den Tisch.

»Also gut. Die Artus-Legenden sind ein einziges Durcheinander. Sie entwickelten sich innerhalb einer langen Zeitspanne, und irgendwann gab es mindestens zehn verschiedene Versionen jeder einzelnen Geschichte, wovon die Hälfte einander widersprechen. Eine von ihnen lautet so: Der Fischerkönig ist schwer verwundet und zum Krüppel geworden. Er sitzt auf der Burg Corbin und wartet darauf, dass ein Ritter zu ihm kommt und ihn heilt.«

»Wie?«, fragte Brianna.

»Mit Magie«. Lionel zeigte auf sein Handy. »Er braucht jemanden, der ihn mit Magie heilt. In der Geschichte erscheint nun Sir Perceval. Er soll dem Fischerkönig eine bestimmte Frage stellen, und wenn dieser sie richtig beantwortet, wird er geheilt.«

»Und? Wird er geheilt?«, fragte Maddie.

»Nein, er vermasselt es, und das Ende hängt von der jeweiligen Version ab. Aber das spielt hier keine Rolle. Wichtig ist für uns nur, dass Rex Fischer Sloanes Gönner ist. Darin besteht der Schwindel. Er glaubt, Sloane könnte ihn heilen.«

»Seine Hyperästhesie«, sagte Brianna.

Nein. Ihm entging da etwas. Lionel dachte zurück bis zu dem Augenblick, in dem er in New York angekommen war, und noch weiter zurück, als er zum ersten Mal Regina Dunkles Haus betreten und der Welt, wie er sie gekannt hatte, Lebewohl gesagt hatte.

Und das letzte Puzzleteilchen fügte sich ein.

»Er hat keine Hyperästhesie. Auch das ist eine Lüge. Wir müssen mit Rex Fischer persönlich sprechen. Noch heute Abend.«

»Aber er hat die Entwicklung und Herstellung der Totenfänger finanziert«, sagte Maddie. »Er ist gefährlich. Vielleicht nicht so gefährlich wie Sloane, aber wir können nicht einfach bei ihm hereinschneien.«

»Natürlich können wir das«, sagte Lionel zu ihr. »Weil ich weiß, worin seine Verletzung besteht. Und ich weiß auch genau, was er will.«

Briannas Team machte Fischer ausfindig, nachdem es seinem Geist durch drei verschiedene Schichten von Firmen nachgejagt war. Offiziell war Corbin Investment Partners in der Stadt gar nicht physisch anwesend. Inoffiziell und unter einem anderen Namen unterhielten sie ein umgebautes Bürogebäude am Ufer des Hudson in der Nähe des Schlachthofviertels. Brianna gab ihnen eine Adresse. Während sich Maddie um die Rechnung kümmerte, begaben sie und Lionel sich bereits nach draußen.

»Ich hasse es, das tun zu müssen«, sagte er zu ihr.

»Spar dir die Zeit. Jetzt kommt der Teil, wo du mir sagst, dass ich nicht mitkommen kann, weil es zu gefährlich ist. Dann sage ich: ›Oh, zur Hölle, nein, es kann nicht sein, dass du mir gerade gesagt hast, es sei zu gefährlich.‹ Dann holst du weiter aus und sagst mir, dass es vermutlich ein Selbstmordkommando ist und du es vielleicht nicht zurückschaffst, und ich sage, dass das genau der Grund ist, warum ich mitkommen will, und … liege ich noch richtig? Sag es mir.«

»Du machst Witze«, meinte er. »Wir hatten so viele Streitereien, dass ich dich wohl kaum noch überraschen kann.«

»Ja. Stimmt. Allerdings.«

Sie wandte den Blick ab. Sie beobachteten den zähen Verkehr auf der Strandstraße, während die letzten Sonnenstrahlen zischend im blauen kalten Wasser erloschen.

»Sag mir etwas«, meinte sie.

»Na los.«

Sie sah ihm in die Augen.

»Wirst du je zurückkommen?«

»Vorausgesetzt, dass ich das hier überlebe?«

»Ja«, sagte sie. »Das ist die Voraussetzung.«

»Ich nehme es an.«

»Aber du weißt es nicht.«

Er musste darüber nachdenken.

»Ich mache gerade … einige Veränderungen durch«, sagte er. »Ich werde nicht aus deinem Leben verschwinden. Ich weiß nicht, ob ich zum Sender zurückkehre. Ich weiß nicht einmal, ob ich nach Chicago zurückkehre. Aber … ich komme zu dir zurück. Wir sind noch immer Freunde. Nichts kann das ändern.«

Sie stieß ganz leicht gegen seinen Arm. »Idiot. Du hast genau das getan, wovon ich dich immer dringend gewarnt habe. Verdammt, mindestens hundertmal habe ich es dir gesagt.«

»Ja? Und was ist das?«

Sie lächelte. Die Straßenlaternen sprangen flackernd und summend an, und weißes Licht glitzerte feucht in Briannas Augen.

»Du bist zu der Story geworden«, sagte sie.

Er zog sie zu sich heran, hielt sie fest, denn das war die einzige Möglichkeit, wie er sich selbst zusammenhalten konnte.

»Pass auf dich auf«, flüsterte er ihr ins Ohr.

Das war alles, was es zwischen ihnen noch zu sagen gab. Er ließ sie los. Sie hielt ein Taxi an. Er sah ihr nach.

»Alles in Ordnung?«, fragte Maddie. Er wusste nicht, wie lange sie schon in seiner Nähe gestanden hatte.

»Ja.« Er nickte. »Gehen wir?«

Maddie hob die gespreizten Hände und ließ sie wieder fallen – ein Schulterzucken, ein schicksalsergebenes Lächeln.

»Auf die eine oder andere Weise wird bei Sonnenaufgang alles vorbei sein«, sagte sie. »He, habe ich dir schon gesagt, was der größte Spaß am Hexendasein ist?«

»Nein. Was denn?«

»Anderen Schwierigkeiten zu machen. Komm, wir gehen.«

FÜNFUNDFÜNFZIG

Das Gebäude von Corbin Investment Partners trug keinen Namen. Kein Schild zeigte an, wer dieses Haus gemietet hatte und welchem Zweck es diente. Es lag am Ufer des Hudson wie eine Molluske: Das halbe Gebäude war aus Ziegeln errichtet, drei Stockwerke hoch und gedrungen, während die linke Seite in einer gewundenen Konstruktion aus Glas und Stahl auslief, die einem Schneckenhaus ähnelte. Altmodische Genügsamkeit stieß hier frontal mit moderner Kunst zusammen. Die Lobby befand sich auf der Seite des Schneckenhauses, und ein Taxi setzte Lionel und Maddie vor den geschlossenen Flügeltüren ab. Alle Lichter drinnen waren gedämpft. Die großen Glasscheiben gaben den Blick auf einen Marmorboden und einen leeren Schreibtisch für den Wachmann frei.

»Es ist sieben Uhr«, sagte Maddie. »Entweder haben sie für heute geschlossen, oder sie haben nie für Besucher geöffnet. Beides ist gleichermaßen möglich.«

»Fischer ist da drinnen. Oder es kann uns jemand sagen, wo wir ihn finden. Auf alle Fälle müssen wir ins Innere gelangen.«

Lionel machte sich auf die Suche nach einer Seitentür, während Maddie die beiden dekorativen jungen Bäume betrachtete, die in großen Pflanzkübeln rechts und links neben dem Eingang standen. Lionel warf einen Blick über die Schulter.

»Wenn wir zur Rückseite gehen, werden wir vielleicht …«

Einer der Bäume setzte sich in Bewegung und flog durch

die Luft. Die Vordertür zerbrach unter dem Aufprall, und eine Kaskade aus Glassplittern regnete herab, während der Topf auf dem Boden der Lobby in tausend Stücke zerbrach und den importierten Marmor mit Mustern aus Erde und abgerissenen Blättern verzierte.

»Das«, sagte Lionel, »ist natürlich auch eine Möglichkeit.«

Behutsam stieg Maddie durch den Türrahmen und achtete dabei auf scharfe Glasscherben, die noch darin steckten. Lionel folgte ihr. Es war kein Alarm zu hören, aber es bestand durchaus die Möglichkeit, dass die Cops schon unterwegs waren. Er stellte sich vor, wieder einmal in einem Verhörraum mit Detective Mathers zu sitzen, und sein rasendes Herz schlug noch schneller.

»Wenn deine Theorie stimmt«, sagte Maddie, »müssen wir uns wegen dieses Einbruchs keine Gedanken machen. Und wenn du falschliegst, sind wir sowieso am Ende.«

»Ich habe das Gefühl, dass du mir gerade eine große Last auf die Schultern packst.«

»Hey, ich stimme deiner Theorie zu.« Sie streckte die Hand in Richtung des Aufzugs am hinteren Ende der verlassenen Lobby aus. »Wir sollten es zunächst im obersten Stockwerk versuchen und uns dann nach unten vorarbeiten. Die hohen Tiere hocken bevorzugt im obersten Stock.«

Sie waren noch drei Meter vom Aufzug entfernt, als dessen Tür plötzlich einen Klingelton von sich gab und aufglitt. Heraus quoll eine ganze Menge wütender Gesichter, und eine weitere Menge mattschwarzer Pistolenläufe zeigte in die Richtung der Eindringlinge. Lionel zählte sieben Waffen, aber er war sich nicht ganz sicher, da unablässig vor seiner Nase damit herumgefuchtelt wurde, während man ihm unter Gebrüll befahl, auf die Knie zu gehen. Er hielt seine leeren Hände erhoben, blieb aber stehen. Maddie tat das Gleiche.

»Wir sind hier, weil wir Rex Fischer sprechen wollen«, sagte er.

Das Gebrüll verstummte. Sechs Augenpaare schauten einen siebten Mann in einem engen Hemd mit Rundkragen und einer Cargohose an, dessen Kurzhaarschnitt seinem Kopf das Aussehen einer Pistolenkugel verlieh. Breitbeinig stolzierte er auf sie zu. Dann deutete er auf das zerbrochene Glas hinter ihnen.

»Das ist nicht die richtige Art der Terminvereinbarung.«

»Wir sind in Eile«, sagte Lionel.

»Die Cops sind unterwegs. Wenn Sie wieder aus dem Gefängnis entlassen sind, rufen Sie bitte Mr. Fischers Sekretariat an – während der Bürozeiten.«

»Er erwartet uns.«

»Das bezweifle ich.«

»Rufen Sie ihn«, meinte Lionel. »Sagen Sie ihm, Sir Perceval sei hier.«

Der Wächter machte einen Schritt zurück. Die Zuversicht in seinem Blick flackerte wie eine Kerze in einem scharfen Windstoß, klammerte sich aber an das Leben.

»Behaltet diese beiden im Auge«, sagte er zu den anderen. Dann trat er in eine Ecke der Lobby, beugte sich über sein Handy und flüsterte etwas hinein.

Einige Minuten später kam er zurück und zeigte mit dem Daumen zur Aufzugtür.

»In Ordnung. Der Mann sagt, es sei in Ordnung.«

Sie fuhren im Aufzug nicht nach oben, sondern nach unten, zwei Stockwerke unter das Straßenniveau. Die Kabine hielt auf einer Ebene, die mit »B-2« angezeigt war. Die Tür des Aufzugs öffnete sich mit einem Knirschen und gab den Blick auf einen langen, schmalen Korridor frei, der mit dunklem Mahagoniholz getäfelt war. Ein blassblauer Läufer lag auf dem polierten Parkettboden und reichte vom Aufzug bis zu einer einzelnen geschlossenen Tür am anderen Ende des Korridors. Auf dem Weg dorthin gab es zwei elektrische Wandlampen, die Kerzenleuchter aus Messing imitierten und sich bemühten, für angemessene Helligkeit zu sorgen. Doch die kleinen flackernden Glühbirnen bewirkten eher Schatten als Licht.

»Den Gang hinunter und durch die Tür«, sagte der Mann mit dem Kurzhaarschnitt. Lionel und Maddie traten aus dem Aufzug; der Mann nicht. Die Tür schloss sich hinter ihnen.

Sie gingen los. Lionel wollte etwas sagen, aber es kam ihm irgendwie falsch vor, diese Stille zu stören. Die Luft im Korridor war muffig und trocken wie in einer Bibliothek. Oder in einem Mausoleum. Die Tür auf der anderen Seite wurde mit dem Wispern frisch geölter Scharniere geöffnet.

Eine Lichtlache lag auf dem fein gefügten Parkett. Sie rührte von einem einzelnen Strahler her, der in das Zentrum des Zimmers gerichtet war, während der Rest in Dunkelheit gehüllt blieb.

Lionel und Maddie standen auf der einen Seite des Lichts. Von der anderen Seite drang das Keuchen eines Mannes herüber. Die Stimme klang feucht und träge, als wäre seine Kehle mit Grabeserde angefüllt.

»Sir Perceval. Seid Ihr gekommen, um die Frage zu stellen? Die Frage, die mich heilen und die meinen Leiden ein Ende bereiten wird?«

»Es tut mir leid«, sagte Lionel. »Nein. Diese Macht habe ich nicht. Und ich habe auch keine Frage. Nur einen Namen. Ihren Namen.«

Er machte einen Schritt nach vorn, an den Rand des Lichts.

»Ihr Name lautet Ernest Valdemar.«

Ein Schatten schlurfte hinter dem Scheinwerferlicht hervor; jeder Schritt schien ihm Schmerzen zu bereiten. Lang gezogene Gliedmaßen entfalteten sich wie die Beine einer halbtoten Fliege, die im Klebstoff festsitzt und sich zu befreien versucht. Der Mann trottete langsam auf die andere Seite des Lichttümpels zu; sein Gesicht war aschfahl.

Er trug einen Anzug, der vor langer Zeit einmal der gültigen Mode entsprochen haben mochte, nun aber geflickt und zerschlissen und zu groß für seine schmächtigen Schultern war, als wäre sein Körper unter dem Stoff zusammengeschrumpft. Allzu lange Hosenaufschläge schleiften über den Boden, und die Ärmel des Jacketts hatten seine winzigen Hände fast verschluckt. Die Haut wirkte wie getrocknetes Leder, und die Augen zeigten verschwommene Aquarellfarben. Ein Kranz aus rohem rotem Fleisch lag wie eine Halskette über seiner Kehle – verursacht von einem Galgenstrick, der seinen Zweck nicht erfüllt hatte. Er betrachtete Lionel und Maddie, zog die fast haarlosen Brauen zusammen und fragte: »Wie haben Sie mich gefunden?«

»Es war das Puzzleteil, das nicht zu den anderen passte«, sagte Lionel. »Wir haben die Totenfänger entdeckt, Jimmy Sloanes Plan enthüllt und herausgefunden, dass er finanziell von Corbin Investment Partners unterstützt wird. Aber Sloane hatte noch eine Aufgabe, die zunächst nicht mit irgendetwas anderem in Verbindung zu stehen schien: die Beschaffung des Manuskripts.«

»Eine verschollen geglaubte erste Fassung von Edgar Allan Poes Geschichte«, ergänzte Maddie. »Zuerst hatten wir geglaubt, er wollte sie wegen des Wertes haben, den diese Handschrift verkörpert. Aber warum sollte er sich diese Mühe machen, wenn er einen Gönner hatte, der all seine Rechnungen bezahlte? Dann wurde es klar. Er versuchte nicht, das Manuskript zu verkaufen – er wollte es vom Antlitz der Erde verschwinden lassen. Aber ihm ist eine elektronische Kopie entgangen, und wir konnten die Geschichte lesen. Der einzige Unterschied zwischen dieser und der Fassung, die im Jahr 1845 veröffentlicht wurde, ist das Ende. Das Ende, in dem Sie überleben. Als Sloane mit seinen Fähigkeiten als Nekromant prahlte, war dies das letzte Stück, das wir brauchten, damit wir das ganze Puzzle zusammensetzen konnten.«

Lionel wusste nicht, was er erwartet hatte. Wegen all der Toten auf dem Weg, der Maddie und ihn in diesem Augenblick in diesen Raum und zum Urheber von so viel Schmerz und Leid geführt hatte, hatte er sich Valdemar als so etwas wie einen Erzschurken vorgestellt. Ein kicherndes Superhirn vielleicht oder einen düsteren, selbstsicheren Marionettenspieler. Aber einen so gebrochenen alten Mann, dessen wässerige Augen ihn kaum ansehen konnten, hatte er nicht erwartet. Lionel wollte ihn hassen. Doch als er seine Anklage vorbrachte, empfand er lediglich Mitleid.

»Sie können nicht sterben«, sagte Lionel. »Als Poe jene Geschichte als Tatsachenbericht veröffentlichte, war das kein Scherz und Schwindel. Jedes Wort entsprach der Wahrheit – mit Ausnahme des Endes, das er abgewandelt hatte, kurz bevor der Text in Druck ging. Sie können nicht sterben. Aber Sie *wollen* es.«

Maddie hielt die Hände hoch und spreizte die Finger. »Die Totenfänger und die Maschine, an der Sie bauen … darum geht es. Sloane war auf der Flucht. Nachdem er den Lapis Manalis gestohlen und seine alten Gefährtinnen aus dem Hexenzirkel getötet hatte, wollte jede Dienerin Hekates in Amerika ihn tot sehen. Er brauchte einen sicheren Hafen, und Sie waren genau die Art von Trottel, nach der er gesucht hatte: reich, einsiedlerisch und verzweifelt. Er zeigte Ihnen einige Tricks und Geisterbeschwörungen, und er behauptete, ein Meister der Nekromantie zu sein. Sie haben ihm geglaubt. So wie Sie ihm geglaubt haben, als er Ihnen sagte, er wisse einen Weg, eine Tür zwischen den Welten zu öffnen.«

»Eine Tür zum Jenseits«, sagte Lionel.

Valdemar nickte schwach. Sein Kiefer zuckte, und sein spindeldürrer Hals gab knackende Geräusche von sich.

»Mr. Poes Wunderkur gegen den Tod hat mich, wie ich fürchte, vom Styx zurückgeholt. Aber sie hat keine Linderung der Symptome meines Zustandes bewirkt. Einer meiner Lungenflügel ist gleichsam versteinert. Der andere ist verfault und klebt an den Rippen, sodass ich bei jedem Atemzug das Knacken der Knochen und das Zerren des feuchten Fleisches spüre. In meinem Bauch steckt ein Tumor. Er wiegt so viel wie ein Kleinkind. Manchmal glaube ich zu spüren, wie er austritt.«

Er sog lange den Atem ein; es klang feucht.

»In jedem wachen Augenblick seit dem zwölften Oktober 1845 leide ich Schmerzen. Und ich kann nicht schlafen. Natürlich habe ich versucht, meinem Leben ein Ende zu setzen. Mit Gift, durch Ersticken, durch das Öffnen der Pulsadern in einem warmen Bad.« Seine zitternden Finger betasteten die rote Spur über der Kehle. »Es heilt nie vollständig, und jeder Selbstmordversuch fügt meinen Qualen eine neue, frische hinzu. Einmal bin ich in eine Leichenhalle gegangen. Ich stand vor dem Ofen des Krematoriums, wollte hineinklettern und mich den Flammen übergeben. Wissen Sie, was mich davon abgehalten hat? Ein überaus schrecklicher Gedanke.«

Valdemar schlurfte näher heran. Unter dem grellen Scheinwerfer, dessen Licht von dem spärlichen schwarzen Haar und dem schneeweißen Backenbart zurückfiel, erkannten sie nun den furchtbaren Zustand seines Körpers in allen Einzelheiten. Der Mann war ein lebender Leichnam, Blut und Luft in ihm waren durch Schleim und Galle ersetzt worden. Er war nichts als ein Käfig aus fleckiger Haut und brüchigen Knochen. Etwas in seinen feuchten Augen erinnerte Lionel an eine Fliege, die sich im verzweifelten Versuch zu entkommen, immer wieder gegen eine Fensterscheibe warf.

»Was würde sein, wenn ich verbrannt war?«, röchelte Valdemar. »Was würde sein, wenn von mir nichts mehr übrig war als Asche … *und ich könnte noch immer denken und fühlen*?«

»Und so haben Sie sich an Sloane gewandt«, sagte Maddie.

»Das habe ich getan. Der Aufbau eines Vermögens ist ein Kinderspiel, wenn man genug Zeit dazu hat. Schon in meinem früheren Zustand standen mir bescheidene Mittel zur Verfügung, und ein Talent für die Spekulation sowie ein paar passende Kriege gaben mir die Möglichkeit, alles zu tun, was ich wollte. Irgendwann musste ich Corbins Gründer ›sterben‹ lassen und die Firma an seinen Sohn übergeben. Ich hätte es mehr als nur einmal tun sollen. Rex Fischer ist inzwischen unmöglich alt. Ich habe es zwar geschafft, dem Blick der Medien auszuweichen, aber den eigenen Tod vorzutäuschen, als das eigene Kind zu erscheinen und ihm das Erbe zu übertragen, ist viel schwieriger, als es klingt. Sie können sich den ganzen Papierkram gar nicht vorstellen.«

»Doch, das kann ich«, sagte Maddie.

»Ich habe die Geheimnisse des Okkulten ergründet«, fuhr Valdemar fort, »aber ich besitze keine Gabe dafür. Dann begegnete ich James Sloane. Er zeigte mir sein Genie und teilte mir seinen Plan mit. Er wollte eine Tür zu jenem anderen Ufer öffnen – zu dem Ruheort, von dem ich vor so vielen Jahren in dem Augenblick, der mein Tod hätte sein sollen, wieder weggezerrt worden war. Ich würde einfach … nur hindurchgehen. Und Ruhe finden. Endlich. Süße, gesegnete Ruhe.«

»Sloane hat Sie angelogen«, sagte Lionel.

»Nein. Nein, das glaube ich nicht. Er hatte keinen Grund zu

lügen. Er ist der Erbe in Rex Fischers Testament. Sobald er seinen Teil der Abmachung erfüllt hat, wird er mein ganzes Vermögen erben. Wir stehen kurz vor dem Durchbruch. Verstehen Sie es denn nicht? Deswegen habe ich ihm aufgetragen, das Manuskript zu besorgen, sobald ich die Gerüchte von seiner Existenz vernahm. Die veröffentlichte Geschichte ist unwichtig; ich weiß, was darin steht. Aber ich wusste nicht, was Edgar in seiner ersten Fassung geschrieben hatte, wie viele Einzelheiten er mitgeteilt hatte, und ob irgendetwas, das er geschrieben hatte, zu mir führen konnte. Ich durfte kein Risiko eingehen. Niemand sollte meiner Spur folgen und all das zerstören, woran wir so lange gearbeitet hatten.«

»Es geht Sloane um weit mehr als nur um Geld«, sagte Maddie. »Und was Ihre Geschichte angeht: wirklich? Sie haben all diese Menschen umbringen lassen und das ganze Blutvergießen in Kauf genommen, nur weil die erste Fassung etwas Gefährliches *hätte enthalten können*? Sie *wussten* es nicht einmal?«

Er hob eine zuckende Hand. »Woher sollte ich es denn wissen? Ich hatte diese Fassung doch nie gelesen. Ich wusste nur, dass sie existierte, das war alles. Aber Sie bauschen die ganze Angelegenheit zu sehr auf. Niemand wurde *getötet*.«

»Es liegen dreißig Leichen in einem Hochhaus am Lincoln Square, die Ihnen da gern widersprechen würden«, sagte Lionel. »Ganz zu schweigen von der Handschriftenexpertin Lana Taylor, die Sloane ermordete, um die Spuren zu verwischen.«

»Ich … Nein. Nein, Sie beide irren sich. Meine Anweisungen an James waren sehr präzise. Er sollte das Manuskript kaufen, es mir bringen, und wir würden unseren Plan danach ausrichten. Ich weiß, dass er eine … abwechslungsreiche Vergangenheit hat, aber er kennt und versteht meine Prinzipien. Ich würde ihm niemals befehlen, jemand anderen zu verletzen.«

»Sie haben überall in der Stadt Totenfänger verteilt, die streunende Seelen einfangen, damit Sie sie wie Batterien benutzen können«, sagte Maddie. »Sind Sie etwa der Meinung, das würde niemanden verletzen?«

»Im großen Ganzen ist es nur eine vorübergehende Unannehmlichkeit. Das hat James mir versichert. Den gefangenen Seelen wird kein Leid angetan. Ihre kollektive Energie wird die Tür öffnen, und sobald ich hindurchgegangen bin, wird er sie wieder freilassen.«

Seine Stimme hatte einen bettelnden, flehenden Tonfall angenommen. Lionels Mitgefühl blubberte in seinem Bauch wie sauer gewordene Milch und verwandelte sich in Abscheu.

»Sie wissen es besser«, sagte Lionel. »Eine ›abwechslungsreiche Vergangenheit‹? Sie wissen, dass Sloane ein Mörder ist. Sie wissen, was er getan hat.«

»Nicht in allen schrecklichen Einzelheiten, aber ...«

»Weil Sie es nicht so genau wissen *wollten*. Sie sitzen hier in Ihrem kleinen Bunker und verstecken sich vor der Welt, während ein Mann mit Blut an den Händen für Sie die Drecksarbeit erledigt. Und Sie besitzen die Unverfrorenheit, die *unglaubliche* Unverfrorenheit, vorzugeben, er würde mit einem Mal nach ihren Regeln spielen, nur weil Sie mit ein paar Geldscheinen vor seiner Nase herumwedeln.«

Er zog das Polaroidfoto von seiner Mutter heraus und schwenkte es, während er in den Lichtkreis trat. Er hielt es dicht vor Valdemars Gesicht.

»Sehen Sie es sich an. Das ist meine Mutter, in der vorderen Reihe. Sloane hat sie kaltblütig ermordet. Und all die lächelnden Menschen um sie herum ebenfalls.«

»Das ... das war vor langer Zeit«, stammelte Valdemar. »Menschen ändern sich ...«

»Er nicht. Sloane lässt überall in der Stadt Leichen zurück, und der einzige Grund, warum Sie das nicht wissen, besteht darin, dass Sie es nicht wissen *wollen*. Sie halten Ihre Augen und Ohren geschlossen, weil Sie genau wissen, mit welchem Ungeheuer Sie einen Pakt geschlossen haben. Sie haben dem Teufel die Hand geschüttelt, und seitdem belügen Sie sich selbst. Glauben Sie wirklich, dass die eingefangenen Seelen befreit werden, sobald die Tür geöffnet ist? Diese Wesen – unschuldige menschliche Wesen, wie Sie es einmal waren – sind *Batterien*, Valdemar. Wissen Sie, was geschieht, wenn Sie eine Batterie in eine Maschine stecken? Sie wird *leergesaugt*.«

»Und die Pointe daran: Sie werden das, was Sie haben wollen, nicht einmal bekommen«, sagte Maddie. »Sloane benutzt Sie nur. Er versucht tatsächlich, eine Tür zwischen den Welten zu öffnen, aber sie führt nirgendwohin, wo Sie sein wollen, das können Sie mir glauben.«

Es wurde still im Raum. Ein letzter Hoffnungsfunke, klein und zart und warm, zerstob hinter Ernest Valdemars Augen. Sein Blick fiel auf den Boden, als könnte er die vernichtete Hoffnung dort sehen: eine Teetasse aus Porzellan, zerbrochen in hundert Teile, ohne jede Hoffnung auf eine Reparatur. Zerbrochen, nachdem er sie so lange mit sich herumgetragen hatte.

»Es tut mir leid«, flüsterte er.

Die letzte seiner Lügen zerstob zu seinen Füßen. Er ließ die Schultern hängen, und sein Rückgrat krümmte sich, als wäre er allein von den Lügen aufrechtgehalten worden.

»Ich wollte niemandem wehtun. Wirklich nicht. Aber Sloane hat stets das Richtige gesagt und mir die richtigen Versprechen gegeben, und … Ich wollte nur, dass der Schmerz aufhört.« Er schloss die Augen und zitterte. »Ich bin so müde, und ich wollte nur, dass es *endet*.«

Lionel streckte die Hand nach Valdemar aus und legte sie

auf seine Schulter. Seine dünnen, zerbrechlichen Knochen fühlten sich wie Balsaholz an, und Lionel hatte den Eindruck, sie könnten schon in einer steifen Brise splittern.

»Jetzt ist es an der Zeit, endlich das Richtige zu tun«, sagte Lionel. »Es ist Zeit, es zu beenden. Die Maschine, die Sie bauen – führen Sie uns zu ihr.«

Sechsundfünfzig

Es gab noch ein weiteres Kellergeschoss unter dem Gebäude. Die Fahrt mit dem Aufzug dauerte doppelt so lange wie zuvor.

»Wie hoch ist dieses Ding?«, fragte Maddie.

Valdemar schaute hoch zu der Lichtleiste über der Tür. »Nicht hoch. Groß. Die Schwellenmaschine ist … nun, sie ist einzigartig, und es war nie vordringlich, sie so klein wie möglich zu bauen.«

Lionel sah ihn an. »Schwellenmaschine?«

»Es geht um die Schwelle zwischen Materie, Energie, Ort und Zeit. Wenn man einen Schwellenzustand erreicht, hängt man zwischen verschiedenen Möglichkeiten. Und genau das soll meine Maschine bewirken. Sie wird einen Übergang zwischen den Welten schaffen, wo beide und keine an demselben Ort gemeinsam existieren, sodass ein Übergang von der einen zur anderen möglich ist.«

Der Aufzug kam rumpelnd zum Stillstand. Die Tür öffnete sich mit einem Klingeln.

Dieses Untergeschoss war nur zu Versorgungszwecken erbaut worden. Arbeitslampen in Gittern aus orangefarbenem Plastik hingen an einer dicken Stromleitung und beleuchteten einen Betonboden sowie nackte Gipswände. Valdemar führte sie zu einer Flügeltür und drückte einen dreistelligen Zahlencode in ein Tastenschloss an der Wand. Die Türflügel schwangen mit einem pneumatischen Zischen auf.

Dahinter warfen weitere nackte herabhängende Glühbirnen hartes weißes Licht auf ein kaltes und einsames Gewölbe. Die Decke war mindestens sechs Meter entfernt, und der Raum war etwa dreißig Meter lang und breit und ebenfalls vollkommen kahl und leer.

»Nein«, keuchte Valdemar.

Er humpelte in das Gewölbe, und sein Kopf ruckte hin und her. Er drehte sich um. Sein Gesicht war vor Grauen verzerrt.

»Nein, das ist … das ist falsch. Völlig falsch. Wo ist sie?«

Er trat mitten in das leere Gewölbe und warf die Arme in die Luft.

»Wo ist meine Maschine?«

»Wann waren Sie zum letzten Mal hier unten?«, fragte Maddie.

»Vor Monaten. James sagte mir, es sei nicht notwendig; er habe alles unter Kontrolle. Aber … Sie verstehen nicht. Sie kann nicht einfach abtransportiert worden sein …«

»Doch, und zwar Stück für Stück«, sagte Lionel. »Das wäre möglich, wenn der Dieb ein Rudel von Ghulen für sich arbeiten lässt und unter den Straßen der Stadt freie Hand hat. Jetzt wissen wir, warum sich Sloane mit Dergwyn zusammengetan hat.«

Hinter ihnen öffneten sich die Flügeltüren weit. Valdemars Wachen kamen herein und bildeten eine Kampfformation.

»Um die Wahrheit zu sagen«, meinte Sloane, der hinter ihnen eintrat, »wollte ich gar nicht mehr herkommen, sobald ich die Maschine weggeschafft hatte. Das hier ist eine Planänderung in letzter Minute.«

Valdemars Hand zitterte wie ein Blatt im Wind, als er auf Sloane zeigte. »Nehmt diesen Mann in Gewahrsam.«

Die Wächter zogen ihre Waffen, aber jeder einzelne Lauf war nun auf Valdemar gerichtet. Sloane stieß einen müden Seufzer aus.

»Es tut mir leid, aber sie arbeiten jetzt für mich. Ich habe ihnen ein besseres Angebot gemacht. Pikanterweise mit Ihrem Geld, aber schließlich haben Sie mir die Vollmacht über Ihr Bankkonto gegeben und sozusagen einen Blankoscheck ausgestellt.« Er sah Lionel und Maddie an. »Wie dem auch sei, ich war mir sicher, dass ihr beide den Rest der Geschichte erraten würdet und irgendwann hierherkämt. Ich lasse Dinge nicht gern unerledigt.«

Wütend machte Lionel einen Schritt nach vorn. Sieben Pistolen zeigten sofort auf ihn, und Stahl klickte, als nervöse Hände die Hähne spannten. Er erstarrte.

»Sie gehen wohl nirgendwohin, ohne dass es dort Personen gibt, hinter denen Sie sich verstecken können, oder?«, sagte Lionel zu Sloane.

»Nicht, wenn ich es verhindern kann. Ich habe zu hart und zu lange gearbeitet, um unnötige Risiken einzugehen. Ich bin ein vorsichtiger Mann.«

»Sie sind ein Feigling.«

Sloanes selbstsicheres Lächeln verblasste, und er kniff die Lippen zusammen.

»Du kannst mich nicht mit billigen Beleidigungen ködern, Junge. Dazu bin ich zu vorsichtig. Spar dir das für den Schulhof.«

Einer der Wächter wich hinter die Kampflinie zurück. Er stellte sich neben Sloane und hielt eine übergroße Reisetasche in der Hand. Sloane griff hinein, nickte zufrieden und sprach dann Valdemar an.

»Ich muss Ihnen sagen, dass dies wirklich ein glücklicher Zufall ist. Ehrlich. Ich wollte eigentlich nur Ihr Geld nehmen und weglaufen, aber da ich nun schon einmal hier bin, kann ich Ihnen vielleicht doch noch helfen.«

»Sie können das?« Valdemars blasse Augen weiteten sich.

»Ich schulde es Ihnen, oder etwa nicht? Kommen Sie her.«

»Er lügt«, sagte Maddie. »Gehen Sie nicht.«

Valdemar humpelte auf die Reihe der Wächter zu. Maddie sprang los und griff nach ihm. Einer der Wächter betätigte den Abzug. Die Pistole brüllte auf, und die Kugel riss eine Furche in den Beton vor Maddies Füßen. Sie sprang zurück, und Lionel huschte zwischen sie und die Pistolen und versuchte, sie mit seinem Körper abzuschirmen.

Valdemar durchquerte das Gewölbe, als näherte er sich den Toren des Himmels. Er hatte einen letzten Funken Hoffnung wiedergefunden und klammerte sich daran mit aller Kraft, die seinen verkrümmten Knochen noch geblieben war.

»Jetzt wollen wir versuchen, Ihnen Ihre endgültige Belohnung zuteilwerden zu lassen«, sagte Sloane mit einem verzückten Lächeln zu ihm.

Dann riss er die Hand aus der Reisetasche, und das harte Licht fiel auf die Klinge seiner Machete. Valdemar konnte gerade noch einen Blick auf den rasiermesserscharfen Stahl in der Faust des Verräters werfen, bevor die Klinge durch die Luft schnitt.

Ernest Valdemars Kopf landete auf dem Beton, prallte ab und rollte wie ein missgestalteter Basketball umher. Eine Sekunde später brach sein Körper auf dem Boden zusammen. Gelblicher, blubbernder Eiter leckte aus dem schartigen Halsstumpf, vermischt mit einem Tröpfeln staubfleckigen himbeerroten Blutes.

»Schau, schau«, sagte Sloane. Er übergab die Machete an den Wächter neben ihm, kniete nieder und packte Valdemars abgeschlagenen Kopf an den Haaren. Er hob ihn auf und drehte ihn so, dass er in das Gesicht sehen konnte.

Valdemars schmerzgepeinigte Augen rollten in den Höhlen. Sein Mund klaffte auf, die zerrissenen Lippen zuckten, und er versuchte, etwas zu sagen, während die Luft durch seinen Hals fuhr.

»Nein«, sagte Sloane. »Sie leben noch immer. Hm. Nun, Sie können nicht behaupten, dass ich es nicht wenigstens versucht hätte. Zumindest ist meine Neugier jetzt befriedigt, und deshalb dürfen wir sagen, dass das Ganze doch noch etwas Gutes hatte. Und was euch beide angeht ...«

Lionel schätzte die Entfernung ab. Drei Meter zwischen ihnen und der Kampfformation. Keine Deckung, keine Möglichkeit, sich zu verstecken. Wenn sie dort blieben, wo sie jetzt standen, wären sie bald tot. Wenn sie angriffen, würden sie dabei sterben. Panik quoll in seiner Brust auf; eine stahlharte Hand presste sein Herz zusammen.

»Sir?«, fragte einer der Wächter. Er sah von Sloane zum Lauf seiner Pistole und wartete auf den Befehl.

»Nein.«

Sloane begab sich zur Tür, während Valdemars Kopf an seiner Seite baumelte. Lionel bemerkte ein Flackern der Unsicherheit in Sloanes Augen. Es war dieselbe Feigheit, die ihn bereits zuvor am Handeln gehindert hatte. Er war sich noch immer nicht vollkommen sicher, dass es sich hier nicht um eine komplizierte Falle handelte – um ein Schicksal, das sich zeigen würde, wenn Lionels Blut vergossen worden war. Er machte eine höhnische Miene und stellte seine Entscheidung als Tapferkeit hin. »Nein, nach all den Schwierigkeiten, die ihr beiden mir bereitet habt, nach all den Kopfschmerzen ... Ihr sollt etwas Besonderes erhalten.« Er warf einen letzten Blick auf das leere Gewölbe, wandte ihnen dann den Rücken zu und ging zu der Flügeltür. »Schließt sie ein.«

Lionel bewegte sich. Eine weitere Kugel bohrte sich in den Boden, warf Betonstaub in die Luft und zwang ihn zurückzuweichen. Maddie schlang die Arme fest um ihn.

»*Nicht*«, flüsterte sie. Er führte Krieg gegen seinen eigenen Körper. Jeder Muskel schrie ihm zu, etwas zu *tun*, während sich die Wachen langsam hinter Sloane aus dem Gewölbe entfernten. Gleichzeitig wusste er, dass sie so lange hoffen durften, wie sie noch atmeten. Wenn er sich erschießen ließ, half das keinem von ihnen beiden.

Der letzte Wächter war gegangen. Die Tür wurde verriegelt, und nun waren sie allein mit Valdemars kopflosem Körper. Lionel riss sich aus Maddies Armen los und rannte durch das Gewölbe. Er prallte mit seiner verletzten Schulter gegen die Tür, wurde zurückgeworfen und ächzte. Der Stahl hielt. Dann schlug er auf die Türgriffe ein. Sie waren verkeilt und bewegten sich kaum unter seinen Händen.

Er hörte etwas von der anderen Seite. Es war ein Zischen wie von einströmendem Gas und dann das Fauchen einer gebündelten Flamme. Er spürte, wie sich die Luft veränderte, wie es heiß wurde, und er nahm den scharfen, beißenden Geruch von schmelzendem Metall wahr. Sein Herz hämmerte wie eine Kesselpauke, als er sich erneut gegen die Tür warf.

»Sie schweißen uns ein. Maddie, sie schweißen uns ein!«

Es gab keine Luftschächte in dem Gewölbe. Keine anderen Ausgänge. Es war ein Kasten aus Stein. Lionel fühlte sich, als würden die Wände zusammenrücken und der Raum schrumpfen, so eng wie ein Sarg werden …

… und dann packte sie ihn wieder. Sie drehte ihn um, zog ihn dicht zu sich heran, hielt ihn fest.

Jemand hatte die Stromversorgung abgeschaltet. Die Lichter über ihnen erloschen, und das Gewölbe versank in Finsternis.

»Hey«, sagte Maddie, »es ist schon in Ordnung.«

Seite an Seite saßen sie auf dem kalten Steinboden. Er war sich nicht sicher, wie lange sie schon hier waren. Sie lehnten sich aneinander, Haut an Haut, und spürten das langsame und vorsichtige Atmen des anderen.

Lionel wollte sie sehen. Er griff in seine Hosentasche. Nicht nach seinem Handy. Das hatten sie als Erstes versucht, aber sie waren hier unten so tief unter der Erdoberfläche, dass sie kein Signal bekamen. Trotzdem wollte er die Batterie nicht entleeren. Für alle Fälle.

Stattdessen holte er den Totenfänger hervor, den er mit sich herumtrug, seit sie Wen Xiulangs Laden verlassen hatten. Kaltes Saphirlicht fiel durch die winzigen Scheiben und tauchte ihre Gesichter in ein mitternächtliches Glimmen.

»Maddie, was geschieht, wenn wir sterben?«, fragte er.

Sie drängte sich an ihn und legte ihm den Kopf auf die Schulter.

»Eine schwierige Frage. Mit vielen Antworten. Es hängt davon ab, wer du bist, was du getan hast und wen du kennst.«

»Zum Beispiel eine Göttin.«

»Zum Beispiel eine Göttin. Wie bei deiner Mutter … vermutlich ist Hekate zu ihr gekommen und hat sie nach Hause mitgenommen.«

»In *ihr* Zuhause. Also … wenn uns die Luft ausgeht … Ich werde sie nicht wiedersehen, oder? Wenn die Menschen über den Himmel sprechen, träumen sie doch hauptsächlich davon, ihre Familie wiederzusehen. Und das wird nicht geschehen.« Er verstummte kurz. »Und was ist mit dir und mir?«

Ihre Hand schloss sich um die seine und drückte sie.

»Halt dich an mir fest und lass nicht mehr los«, sagte sie zu ihm. »Was auch immer passiert: Versuche, in meiner Nähe zu bleiben.«

Für eine Weile atmeten sie stumm. Die Luft schmeckte schal.

»Es ist schon komisch«, sagte Lionel schließlich.

»Was?«

»Ich habe gerade an den Abend gedacht, an dem ich in New York gelandet bin. Alles war so … unwirklich. Alles, was ich gesehen habe, waren die Echos von hundert Spielfilmen, Fernsehshows …

»Geschichten«, sagte Maddie.

»Ich erinnere mich, wie ich gedacht habe, dass ich vielleicht einem elfenhaften Traummädchen begegnen werde und sie meine trübselige Sicht auf die Dinge umwälzen und mich lehren wird, das Leben zu schätzen.«

Sie brach in Lachen aus, lehnte sich an ihn und schlug ihm auf den Arm. Auch er lachte. Er musste es einfach. Es schien eine gute Verwendung für die Luft zu sein, die ihnen verblieb. Er legte ihr den Arm um die Schulter und presste sie an sich.

»Diese Vorstellung ist *so* sexistisch«, sagte sie.

»Ich weiß. Ich wollte nur … Ich liebe romantische Komödien. Aber verrate das niemandem. Du würdest damit meinen Ruf ruinieren.«

»Dein Geheimnis ist bei mir sicher.« Sie sah ihn an. »Und? Ist dein Wunsch in Erfüllung gegangen?«

»Also … ich bin stattdessen einer wirklichen Frau begegnet. Sie hat sich als ziemlich erstaunlich herausgestellt.«

»Sogar die nicht ganz so perfekten Teile?«

Er küsste sie auf die Stirn. »*Insbesondere* die nicht ganz so perfekten Teile.«

Sie verfielen in ein angenehmes Schweigen.

»Weißt du, was mich stört?«, fragte Lionel. »Dass ich das Rätsel niemals lösen werde.«

»Welches Rätsel?«

»Das Rätsel jener Nacht. Meine verlorenen Erinnerungen. Was es war, das meine Mutter mir sagen wollte, bevor sie starb, und was mit mir draußen auf der Straße in der Zeit zwischen meiner Flucht vor dem Feuer und meiner Rettung passiert ist. Ich weiß, das klingt unbedeutend, denn schließlich haben wir größere Probleme. Wir sitzen hier fest, während Sloane ein Loch ins Universum reißt.«

Maddie seufzte. »Er vernichtet die Welt, weil er ein Wicht mit mangelndem Selbstwertgefühl ist. Kein schönes Ende für die Menschheit. Aber ich kann nicht behaupten, dass es mich überrascht. Ich lebe nun schon seit dreitausend Jahren, Lionel. Ich habe *eine Menge* Jimmy Sloanes gesehen. Einer von ihnen musste irgendwann Erfolg haben.«

»Was mag wohl dieses Wesen auf der anderen Seite sein? Dasjenige, mit dem er in Kontakt steht? Ich hoffe, es frisst ihn zuerst.«

»Das wird es vermutlich. Dem wenigen nach, was wir von der anderen Seite gesehen haben, scheint sie nicht unbedingt ein Bollwerk des Netten und Freundlichen zu sein.«

Die andere Seite. Lionel richtete sich so hastig auf, dass Maddie zusammenzuckte.

»Was ist los?«, fragte sie.

»Maddie. Der andere Totenfänger aus Wen Xiulangs Laden. Hast du ihn noch?«

Ihre Hand glitt in die Tasche ihrer Jeans. »Ja, warum?«

»Die *Wände*«, sagte er. »Die Wände haben sich dort verändert, wo sich die andere Welt über die unsere gelegt hat. Die U-Bahn-Tunnel sind teilweise verschwunden.«

Im Glimmen des Totenfängers bohrten sich ihre Blicke ineinander.

»Einen Moment bitte. Du willst die beiden zusammenschließen und *absichtlich* einen Dimensionsriss hervorrufen?«

Lionel zeigte auf die zugeschweißte Tür.

»Wir benötigen nur einen schmalen Spalt«, sagte er. »Eine Kräuselung zwischen den Welten, wo eine freie Stelle der anderen Seite die feste Tür auf unserer Seite überlagert. Wir rennen hindurch, wir trennen die Scheiben wieder, und die Normalität kehrt zurück.«

»Und wenn es sich bei der Stelle auf der anderen Seite nicht bloß um frische Luft handelt? Was ist, wenn es dort von Wesen wimmelt, die uns fressen wollen?«

Lionel musste lächeln.

»Es ist einen Versuch wert«, sagte er.

Sie hob ihre Scheibe und hielt sie an die seine. Ihre Hände berührten sich.

»Ja, es ist einen Versuch wert«, sagte sie. »Also sollten wir es wagen.«

Siebenundfünfzig

Die Totenfänger verbanden sich mit einem Klicken. Ein metallisches Summen störte die Stille.

»Mach dich bereit«, sagte Lionel.

Sie standen vom Betonboden auf und stellten sich vor die zugeschweißte Tür, während sich die Welt am Rand ihres Blickfelds verzerrte. Chaos leckte von dort herein. Chaos und Verwesung. Der Beton, der im saphirblauen Licht der Totenfänger badete, war nun fleckig und mit Rost gestreift. Gebilde wimmelten um ihre Füße und streckten zuckende Fühler in die Luft, als sie das Überlappen der Welten spürten. Etwas hüpfte hoch über ihren Köpfen an der Decke entlang – etwas, das aus nassen Zungen und Zähnen zu bestehen schien.

»Was immer geschieht«, sagte Maddie, »bleib dicht bei mir.«

Es wurde stärker. Lionel schlug sich auf die Wange, als etwas – etwas Feuchtes, Weiches, Hungriges – an seiner Haut entlangschabte. Eine Flut aus Chitinpanzern wogte über Valdemars Torso, und nun war die Luft mit saugenden, knackenden Geräuschen erfüllt.

So würde die Welt aussehen, wenn Sloane seine Maschine in Gang setzte. Es würde in New York beginnen und sich dann in alle Richtungen ausdehnen – eine Infektion, die irgendwann den gesamten Erdball erfasste. Lionel fragte sich, wie lange es dauern würde. Jahre? Wochen? Stunden? Vielleicht würden verstreute Gruppen von Menschen überleben, zumindest für eine Weile.

Und das würde Jimmy Sloanes Belohnung sein, falls die Kreatur, die seine Fäden zog, ihm nicht in den Rücken fiel. Er würde der Kronprinz eines toten Planeten sein.

Etwas Gigantisches näherte sich.

Sie hörten es in der Finsternis; das Ende des Gewölbes war so weit entfernt, dass das Schimmern der Totenfänger es nicht erreichte. Etwas Schweres, Riesiges, das sich mit Beinen, die bei jedem Schritt *schmatzten*, auf sie zubewegte. Lionel stellte sich einen gewaltigen verwesten Blauwal vor, der an den Strand gespült worden war und das Maul weit aufgerissen hatte …

Das Gewölbe drehte sich vor ihren Blicken. Unmittelbar vor ihnen verblasste ein Teil der Tür und der Wand, während die Welt auf der anderen Seite ihre Herrschaft über Stahl und Stein ausübte.

»Jetzt!«, rief Maddie. Seite an Seite sprangen sie durch den entstandenen Spalt.

Sie brachen durch, landeten in dem Korridor hinter der Tür und rissen die Totenfänger auseinander. Das blaue Licht flackerte, schlug Funken und erstarb. Die Luft toste in Lionels Ohren, als die Wirklichkeit zurückgeflutet kam und die andere Seite unter einem fernen, heulenden Ächzen aufgesogen wurde.

Eine Sekunde lang schaute er zurück. Zurück über die Schulter in die Finsternis des Gewölbes in dem Augenblick, in dem sich die zugeschweißte Tür wieder manifestierte. Einen Herzschlag lang sah er das Ding, das auf sie zugekommen war.

»Lionel?«, fragte Maddie.

Er bemerkte, dass er die Tür anstarrte. Er sah nichts als den verschweißten Stahl, während sein Hirn Funken schlug wie eine Autobatterie mit Fehlzündungen. Er suchte nach seiner Stimme und konnte sie nicht finden.

»Was hast du gesehen?«, fragte sie.

Er holte langsam und tief Luft und drehte sich zu ihr um. »Wir müssen ihn aufhalten.«

Der Aufzug funktionierte noch. Er kroch mit der Geschwindigkeit einer Schnecke nach oben, und Lionel fragte sich, wie viel Zeit ihnen noch blieb.

»Wir wissen, dass er die Maschine bewegt hat«, dachte Maddie laut nach. »Wir dürfen davon ausgehen, dass er Dergwyn und ihr Rudel für die schweren Arbeiten benutzt hat, und das bedeutet, dass sich der Apparat irgendwo unter der Stadt befindet. Selbst wenn wir annehmen, dass er noch in Manhattan ist, bedeutet das, dass wir in einem Radius von etwa siebenundfünfzig Quadratkilometern suchen müssen.«

»Die Maschine muss an einem Ort stehen, wo sie genügend Platz hat. Du hast das Gewölbe gesehen. Sloane braucht einen Raum mit einer hohen Decke – weitaus höher als in einem gewöhnlichen Abwassertunnel.«

»Es muss ein Ort sein, den völlig unter seiner Kontrolle hat«, sagte Maddie. »Kein Angestellter der Stadt oder Erforscher urbaner Strukturen darf durch einen Zufall auf ihn stoßen. Sloane ist übertrieben vorsichtig. Also handelt es sich vermutlich um ein Grundstück, das ihm selbst gehört.«

Der Aufzug klingelte. Die Tür bewegte sich rumpelnd zur Seite, und im Gleichschritt durchquerten sie die Lobby.

»Oder es ist ein Ort, der Corbin gehört«, sagte Lionel. »Er sagte doch, Valdemar habe ihm gleichsam einen Blankoscheck ausgestellt. Wenn wir eine Aufstellung der firmeneigenen Grundstücke bekommen könnten, sollten wir in der Lage sein, all jene einzugrenzen, die wegen ihrer Größe und unterirdischen Zugänglichkeit in Frage kommen …«

Er verstummte. Dann tastete er in der Gesäßtasche seiner Hose herum.

»Ich weiß, wo sich die Maschine befindet.«

Er besaß noch das Faltblatt, das er von Chandra Nagarkars alter Professorin auf dem Friedhof erhalten hatte. Der letzte Kampf der ermordeten Dramatikerin. Er faltete das grünliche Papier auseinander und deutete auf den verblassten Text: RETTEN SIE DAS ERBE UNSERER STADT! TREFFEN DES KOMITEES ZUR ERHALTUNG DES PARTHENON-THEATERS.

Mit seinen hoch aufragenden ionischen Säulen und dem vorstehenden Tympanon aus Granit wurde das Parthenon-Theater seinem Namen gerecht. Es war ein beeindruckendes Monument der Kunst des frühen zwanzigsten Jahrhunderts: das Beste aus Frankreich, kombiniert mit dem alten Griechenland zu einem filigranen Meisterwerk voller barocker Details. Engel und Göttinnen tanzten in den Friesen über den hohen Bogenfenstern.

Doch jetzt waren diese Fenster mit Sperrholz verschalt, und schwere Planken versperrten jeden Eingang. Kalt, still und verschlossen stand das Gebäude da wie der Tempel einer vergessenen Gottheit in einer dunklen, einsamen Straße. Leichter Regen fiel, kalt und durchsetzt mit dem Geruch nach Salz, und tauchte die Straßen in einen Nebel wie vor einem Sommergewitter. Lionel und Maddie standen auf dem Bürgersteig der gegenüberliegenden Straßenseite. Lionel hieß die Tropfen auf seinem empor gewandten Gesicht willkommen. Nach der Befreiung aus dem Gewölbe fühlte sich die frische Luft an wie ein Segen.

»Die Maschine steht dort drinnen«, sagte Maddie. »Das ist perfekt. Das Gebäude gehört Corbin Investment Partners, es ist vollständig verbarrikadiert, von der Straße aus unzugänglich und groß genug für alles, was Sloane darin verstecken will.«

»Aber wie kommen wir hinein?«, fragte Lionel. »Zuerst müssen wir wohl einen Zugang unter der Oberfläche finden und dann an sechs oder sieben Kerlen mit Handfeuerwaffen vorbeikommen – und an Dergwyn und allen, die sie mitgebracht hat.«

»Vielleicht nicht. Sie haben Sloane im U-Bahn-Tunnel allein gelassen. Das ist ziemlich typisch für Ghule. Ich habe dir gesagt, dass sie nie ihr Wort halten, wenn sie für sich einen Vorteil darin sehen, es zu brechen. Wenn wir Glück haben, hat auch Sloane das erkannt und seine Verbindungen zu ihnen gelöst. Die Maschine wurde an einen neuen Ort gebracht, und damit haben sie die Arbeit erledigt, für die er sie vorgesehen hatte.«

»Dann bleiben nur noch die bewaffneten Männer übrig.«

Lionel verstummte kurz und sah Maddie an.

»Also sind Ghule Opportunisten«, sagte er schließlich.

»Das liegt an ihrer Lebensweise. Sie sind Aasfresser. Sie ernähren sich von allem, was sie bekommen können.«

»Aber wenn es ihnen nützt, eine Abmachung einzuhalten, tun sie es, oder?«

Sie zuckte mit den Achseln. »Natürlich. Warum?«

»Vielleicht ist sein Verlust unser Gewinn. Erinnerst du dich an das, was du mir im Blackstone-Gebäude gesagt hast? Dass Hexen alle Arten von Abkommen mit allen Arten von Kreaturen schließen? Das gehört zu unserem Berufsbild, oder?«

Langsam hob Maddie eine Braue. »Ich bin nicht sicher, ob mir das gefällt, was du damit sagen willst.«

»Du bist noch immer meine Lehrerin.« Er legte den Arm um sie. »Wie wäre es, wenn du mir heute Nacht ein paar weitere Grundkenntnisse vermittelst?«

Sie machten sich auf den Rückweg durch Manhattan. Schon an der vierten Kreuzung der regennassen Straßen hatte Lionel die Orientierung verloren, aber Maddie kannte den Weg genau. Zurück zu der schwarzen Treppe in die Tiefe und den auf die Mauer gesprühten Worten: FOLGE MIR HINUNTER.

Der Türsteher am unteren Ende der Treppe hielt eine fleischige Hand hoch. »Geschlossene Gesellschaft heute Nacht. Kein Einlass.«

Lionel wandte sich an Maddie. Sie schüttelte den Kopf.

»Sieh mich nicht so an«, sagte sie. »Du hast die Führung übernommen. Mach es so, wie ich es dir auf dem Weg hierher gesagt habe.«

Er holte tief Luft, sah den Türsteher an und versuchte sich an sämtliche Schritte und Sätze zu erinnern, die Maddie ihm beigebracht hatte.

»Bitte grüßen Sie Prinzessin Dergwyn, die Erste und leidenschaftlichste ihres Rudels von uns. Die Plünderin der Friedhöfe, Bringerin der Gaben für ihr Volk, rasch und furchtlos und stark. Wir sind unter dem Schutz des Abkommens der Persephone hier und vertrauen darauf, dass uns und euch kein Leid geschieht, bis unsere Sache erledigt ist.«

Lionel hob die linke Hand, malte komplizierte verschlungene Kurven in die Luft, während er die andere Hand im rechten Winkel dazu hielt. Als er das Zeichen vervollständigt hatte, senkte er die Arme und hielt sie dicht an seine Seiten gepresst.

»Wir sind Hexen«, sagte er zu dem Türsteher, »und wir sind zu Verhandlungen hier.«

Die Augen des Türstehers waren hinter seiner massiven Plastiksonnenbrille nicht zu erkennen, aber sein Gesicht spannte sich an.

»Wartet hier«, sagte er und verschwand hinter der Stahltür.

Maddie beugte sich zu Lionel und murmelte: »Gut gemacht. Wenn du die linke Hand noch ein wenig tiefer hältst, ist es perfekt. Und es heißt eigentlich ›bis unsere Angelegenheit erledigt ist‹, aber wegen einer solchen Kleinigkeit wird dich heutzutage niemand mehr abstrafen. Ach, da ist noch etwas anderes: Du kannst dich die ganze Nacht hindurch auf das Abkommen berufen, aber die andere Seite muss es ebenfalls einhalten *wollen*.«

»Was bedeutet, dass sie uns so oder so fressen werden«, murmelte Lionel.

»Hey, das war deine Idee.«

Eine Minute später kam der Mann mit der Sonnenbrille zurück. Nun hielt er die Tür weit auf. Klänge strömten aus dem verdunkelten Club. Es war nicht die aufpeitschende, durchrüttelnde Tanzmusik vom letzten Mal, sondern klang gedämpft und zart: ein stetiges Stampfen wie ein Herzschlag unter Wasser, gelegentlich untermalt von den schwachen, abgehackten Fanfaren eines Synthesizers.

»Ihr habt Glück«, sagte der Türsteher zu ihnen. »Dergwyn ist gerade mit ihrem Stoßtrupp zurückgekommen. Heute Nacht sind alle in guter Stimmung.«

Er deutete auf die offene Tür.

»Willkommen.«

Achtundfünfzig

Lichtstrahlen in Kirschrot und geschmolzenem Gold tanzten durch den Nachtclub. Sie drehten sich, trieben Schatten auseinander und bemalten die Gesichter der Versammelten – Opalaugen, spitze Kiefer, lange Gliedmaßen und schartige Zähne – mit einem Wirbelwind aus Farben.

Leichensäcke lagen verstreut auf der Tanzfläche.

Der kupferige Gestank von Blut und rohem, eiterndem Fleisch lag schwer in der feuchten Luft. Dergwyns Rudel hockte in Klumpen um die gestohlenen Köstlichkeiten zusammen, zerrte Reißverschlüsse auf, vergrub die Köpfe in den schwarzen Plastikbeuteln und heulte über den hämmernden Takt hinweg, während es sich an seinem Mitternachtsmahl gütlich tat. Lionel schluckte schwer und hielt den Blick starr geradeaus gerichtet, während er krampfhaft versuchte, die Ghule nicht zu beobachten.

Die Prinzessin war auf die Bar geklettert. Sie stolzierte vom einen Ende zum anderen wie ein Model auf dem Laufsteg; ihre einst schneeweiße Dolce-&-Gabbana-Bluse war mit Blut und Schmutz gesprenkelt. Eine Gruppe von Bewunderern schrie hoch zu ihr, heulte wie Hyänen, und über ihr Gesicht zog sich ein wahnsinniges Grinsen, als sie die anderen anbellte. Etwas Langes und Schlaffes flog zu ihr herüber, ein Tribut, und Dergwyn schnappte es sich aus der Luft. Lionels Magen zog sich zusammen, als sie sich umdrehte und ihm einen freien Blick auf ihre Beute gewährte.

Es war ein menschlicher Arm, am Ellbogen unsauber abgetrennt. Dergwyn hielt ihn am Handgelenk, hob ihn an ihre Lippen und sah Lionel an, während sie langsam und tief hineinbiss.

Sie kaute noch, als sie vom Tresen sprang. »Unerwartet«, sagte sie mit vollem Mund und sah Lionel und Maddie von oben bis unten an. »Wollt ihr an unserem Festmahl teilnehmen? Oder wollt ihr das Festmahl sein?«

»Wir sind hergekommen, um zu verhandeln«, sagte Lionel.

Er spürte, wie sich Blicke in seinen Nacken brannten, und er bemerkte, dass sich ihm Gestalten von beiden Seiten näherten. Sie waren umzingelt. Dergwyn schluckte ihren Bissen herunter und stieß ein kurzes, bellendes Lachen aus.

»Wir nagen die Knochen eurer Welt ab. Alles, was jetzt uns gehört, gehörte euch, bevor ihr es ausgesaugt und weggeworfen habt. Was also könnten Ghule besitzen, das zwei Menschen haben wollen?«

»Muskelkraft«, sagte Lionel. »Wir wissen, dass sich Jimmy Sloane im Parthenon-Theater verbarrikadiert hat, und der einzige Zugang befindet sich unter der Erde. Wir wollen um ein sicheres Geleit dorthin und um Schutz bitten.«

»Jimmy, Jimmy. Wir stehen gerade nicht mehr auf gutem Fuß mit ihm. Wenn wir uns ihm entgegenstellen, könnte das … schädlich sein. Schädlich für mich, schädlich für mein Rudel.«

»Sie deuten damit an, dass es euch allen besser ginge, wenn Sloane tot wäre.« Lionel hielt ihrem Blick stand. »Das wäre auch für uns gut. Helfen Sie uns, dieses Ziel zu erreichen.«

Sie sah ihn von oben bis unten an und runzelte die Stirn, während sie einen weiteren Bissen Fleisch nahm. Ein Rinnsal aus Blut tropfte an ihrem blassen Kinn herunter wie der Saft von einem halb durchgebratenen Steak.

»Und wenn ihr versagt, bekommen wir die Konsequenzen zu spüren. Nein. Wir halten uns in sicherer Entfernung und sehen zu, wie ihr gegen ihn kämpft. Wir werden gewinnen, wer auch immer von euch verliert.«

»Das stimmt nicht«, sagte Lionel. »Sie sehen das große Ganze nicht.«

Sie drehte den Kopf und stieß eine Reihe abgehackter, gutturaler Laute aus. Die Menge um sie herum brüllte vor Lachen. Dergwyns Gesicht zeigte ein schiefes, grausames Lächeln, als sie sich wieder Lionel zuwandte.

»Mein Rudel glaubt, dass ihr Scherze macht. Und ich glaube das auch.«

Maddie beugte sich zu Lionel und flüsterte ihm ins Ohr: »Sei *vorsichtig*. Wenn sie glaubt, dass du sie vor ihrem Volk herausforderst oder ihre Fähigkeit als Anführerin in Frage stellst, *muss* sie dich töten. So wird die Hackordnung im Rudel festgelegt.«

Lionel überlegte sich seine nächsten Worte sehr sorgfältig.

»Sie haben es gerade selbst gesagt: Sie leben von den Knochen unserer Welt. Unserer Zivilisation. Unserer Körper. Die Ghule und die Menschheit sind miteinander verbunden. Oder stimmt das etwa nicht?«

Dergwyns Lächeln schwand, als sie ihm zunickte. »Das stimmt.«

»Sie haben gesehen, was in dem U-Bahn-Tunnel geschehen ist. Sie haben einen Blick auf die andere Seite erhascht, genau wie wir. Wenn Jimmy diese Tür weit öffnet, ist es aus mit der Menschheit, wie wir sie kennen. Das wird vielleicht nicht schon morgen geschehen oder in der nächsten Woche, aber am Ende wird die Welt, wie ihr sie kennt, *verschwunden* sein. Und dann?« Lionel hob die gespreizten Hände. »Wenn der letzte Mensch fort ist, Prinzessin … was gibt es dann zum Abendessen?«

Ihre Augen glitzerten wie eine Decke aus frisch gefallenem Winterschnee. Sie schwieg für einen Moment.

»Könnt ihr ihn töten?«, fragte sie schließlich.

Lionel sah Maddie an. Sie erwiderte seinen Blick und nickte kurz. Sie schloss ihre Hand fest um die seine.

»Helft uns, an seinen Wachen vorbeizukommen und in dieses Theater einzudringen«, sagte Lionel. »Den Rest erledigen wir.«

Dergwyn trat zurück, hielt den angenagten Arm wie eine Keule über ihrem Kopf und stieß mit voller Kraft ein heiseres, würgendes Bellen aus.

»*Kriegstrupp!*«, brüllte die Ghul-Prinzessin. »*Wir schwärmen aus!*«

»Stell niemals Fragen!«, hallte eine Stimme vom anderen Ende des Tunnels herbei.

In aufgesprühten Druckbuchstaben stand an der Mauer: VERSORGUNGSZUGANG 93/A – ein weiterer endloser Tunnel in den Eingeweiden der Stadt. Der Schein einer batteriebetriebenen Lampe fiel auf einen behelfsmäßigen Wachposten und schob die Schatten zurück. Aber nicht weit genug. Lionel und Maddie kauerten in der Dunkelheit hinter dem Lichtkreis, umgeben von Dergwyns Jagdrudel. Hundezähne bissen in die Luft, und Rinnsale aus Speichel, die von Hunger zeugten, tropften auf den Betonboden.

»Näher«, keuchte Dergwyn, und das Rudel rückte auf klickenden Klauen vorwärts. »Näher heran.«

»Ich will nur sagen«, wandte eine andere Stimme ein, »dass sich der Kopf des Kerls *noch bewegt hat*.«

Der erste Wächter seufzte. »Also wirklich. Ich mache diesen

Job schon seit fünf Jahren. Weißt du, wie ich so lange durchgekommen bin? Ich stelle keine Fragen. Jimmy sagt: ›Bewache diesen Tunnel‹, und ich bewache diesen Tunnel. Jimmy sagt: ›Hebe dieses Grab aus‹, und ich hebe dieses Grab aus. Jimmy sagt: ›Erschieße diesen Kerl‹, und ich erschieße diesen Kerl. Das Leben ist so viel einfacher, wenn du nicht neugierig bist.«

»*Näher*«, hauchte Dergwyn. Ihre Opalaugen schimmerten am Rand des Kreises aus elektrischem Licht.

»Hast du etwas gehört?«, fragte der eine Wächter.

Dergwyn heulte. Das Rudel griff gemeinsam an, war eine Woge aus springenden, rennenden Körpern und gebleckten Zähnen, so schnell wie ein Piranhaschwarm. Auf allen vieren jagten sie den Tunnelboden hinunter, manche krallten sich an den Wänden entlang, und alle entblößten eisenharte Nägel und gierige Zähne.

Der eine von Jimmys Wächtern feuerte wild und blindlings, drückte immer wieder den Abzug und sah im Aufblitzen der Mündung, wie Körper fielen. Dann fiel er selbst unter der Woge der Ghule. Er kreischte, als sich Dutzende feuchter Mäuler in seine Haut gruben und ihm das Fleisch von den Knochen rissen. Der andere Mann verlor die Nerven. Er warf seine Pistole fort, rannte los und wedelte dabei verzweifelt mit den Armen.

Er kam fünf Schritte weit, bis sie ihn zur Strecke brachten. Das blutverschmierte Gehäuse seines Sprechfunkgeräts zerbarst auf dem Betonboden.

Lionel und Maddie schritten durch das Gemetzel. Die Jäger kauerten überall um sie herum, schmausten und genossen ihren Sieg.

Dergwyn deutete auf eine Leiter, die nach oben führte, und verneigte sich mit einer spöttischen Geste.

»Weiter gehen wir nicht«, sagte sie. »Eure Beute wartet dort oben.«

Das Parthenon-Theater und die Schwellenmaschine waren beides einzigartige Schöpfungen. Das Parthenon war zu Ehren der Schönheit erbaut. Von der halbrunden Vorbühne mit den zurückgezogenen roten Samtvorhängen bis zu dem Muschelwerk an den überhängenden Logen fügte sich jedes Detail zu einem einzigen Art-déco-Meisterwerk zusammen. Nun waren die neunhundert Sitze des Theaters leer, eine Staubschicht hing wie ein Laken über dem vergoldeten Geländer und dem breiten Mittelgang, und nur ein einziger Mann stand im Rampenlicht.

Jimmy Sloane schaute auf sein Meisterwerk und lächelte vor Stolz. Valdemars Kopf hatte er am Rand der Bühne zurückgelassen und so ausgerichtet, dass er zusehen konnte. Jeder brauchte hin und wieder ein Publikum.

Die Schwellenmaschine, die auf der Bühne stand, war hingegen nicht nach ästhetischen Prinzipien erbaut worden. Es handelte sich um einen Steampunk-Behemoth, ein Durcheinander aus nicht zusammenpassenden Teilen und notdürftig verschraubten Vorrichtungen. Ein dicker Heizkessel klapperte und schepperte, als der Dampfdruck zunahm und gegen die Metalleingeweide der Maschine hämmerte. Räder drehten sich, lederne Blasebälge ächzten und stießen Wolken aus siedend heißem Dampf aus. Im Herzen des Geräts hingen neunundneunzig Totenfänger an vertikalen Stäben nebeneinander wie die schimmernden Kugeln in einem Abakus und warteten auf Reihen von Kolben, die sie zusammendrücken würden.

Es waren genügend. Er hatte die Stadt durchkämmt und die Totenfänger aus Verteilerkästen und Telefonmasten, aus Krankenhausgeneratoren und aus Hütten von Friedhofsarbeitern herausgeholt. All diese Geräte gemeinsam, in Verbindung miteinander, brachten genug Energie auf, um ein Loch in das Gefüge des Universums zu reißen. Eigentlich hatte er vollkommen sicher sein und jeden Totenfänger erst dann ernten wollen, wenn er zum Bersten voll war mit Energie, aber angesichts der Ereignisse der letzten Tage … zum ersten Mal in seinem Leben schien es ihm klüger zu sein, seine Aktivitäten zu beschleunigen, anstatt abzuwarten und zuzusehen.

Es war an der Zeit, dass er all das bekam – die Macht, den Respekt, die Anbetung –, was ihm immer verweigert worden war. Es war an der Zeit, das zu erlangen, was ihm zustand.

Lionel und Maddie bahnten sich einen Weg durch das Gewirr der Räume hinter der Bühne, die mit Staub und Spinnweben angefüllt waren und in denen alte Garderobenmöbel unter Abdeckplanen standen. Sie folgten dem Ächzen, Fauchen und Hämmern der Schwellenmaschine, das sie um die letzte Ecke und hinaus auf die Bühne lockte.

»Warum?«, fragte Sloane sie.

»Was soll das heißen?«, fragte Maddie zurück. »Warum wir nicht tot sind?«

»Das auch, aber hauptsächlich …« Er hob die Hände und ließ sie wieder fallen. »Warum gönnt ihr mir das nicht einfach?«

»Das kann nicht Ihr Ernst sein«, sagte Lionel.

»Du.« Sloane zeigte mit einem Finger auf ihn und bohrte damit Löcher in die Luft: »Gerade du solltest auf meiner Seite sein. Die Göttin deiner Mutter hat dich weggeworfen wie ein Stück Dreck. Du hattest nie einen Platz in dieser Welt. Und das hast du immer gewusst. Ich habe recht, nicht wahr? Du hast stets den Eindruck gehabt, dass etwas fehlt. Als gehörtest du nicht hierher. Und du, Hexenmädchen, bist mit Unsterblichkeit gesegnet und hast doch die meiste Zeit deines Lebens auf der Flucht verbracht. Was soll das bringen? Ihr beide versucht, diese Welt zu beschützen, und ich muss euch fragen: Was hat diese Welt denn je für euch getan? Vielleicht ist es Zeit für eine Veränderung.«

Lionel deutete auf die Maschine. Und auf den langen Hebel, der sich in beunruhigender Nähe von Sloanes Hand befand.

»Wenn Sie dieses Ding einschalten, werden eine Menge unschuldige Menschen leiden.«

»Wer ist denn unschuldig?«, fragte Sloane. »Was ist Unschuld? Das ist nur ein Wort. Ein leeres, dummes Wort. Niemand ist gut, mein Junge. Niemand ist gut, niemand ist rein, dieser ganze Planet ist ein Misthaufen, und eine neue Geschäftsführung könnte ihm wirklich guttun. Es gibt kein Falsch und Richtig. Im Leben hat nur das Bedeutung, was du für dich selbst erreichen kannst.«

Er wandte sich der Maschine zu, und sein Gesicht badete im Schimmer der Totenfänger.

»Ich bin hier, weil ich das haben will, was mir zusteht«, sagte er.

»Ihnen steht *überhaupt nichts* zu.« Maddie trat einen Schritt an ihn heran. »Sie haben dafür, dass Sie einfach bloß da waren, eine Belohnung erwartet. Hekate hat Sie aber nicht mit Segnungen überschüttet, und so haben Sie sie verraten. Ihr Zirkel hat Sie am Tag nach Ihrer Initiation nicht zum Anführer bestimmt, also haben sie jedes Mitglied ermordet. Sie sind nicht außergewöhnlich, Sloane. Sie sind nichts Besonderes. Sie sind nur ein weiterer mieser Drecksack. Ich habe über die Jahre viele Typen wie Sie gesehen, und wissen Sie, was sie alle gemeinsam hatten?«

Er presste die Lippen zu einer blutleeren Linie zusammen. »Sag es mir.«

»Die Geschichte hat sie *vergessen*. Und Sie werden genauso vergessen werden.«

»Du bist *nie* jemandem wie mir begegnet.« Er zeigte auf die Brosche an seinem Revers. »Ich habe es mit jedem aufgenommen, der mich je geärgert hat, und ich habe immer gewonnen. Willst du wissen, wer vergessen sein wird? Die Schwestern von New Amsterdam haben mich wie einen verdammten Laufburschen behandelt. Sie sind tot und begraben, und ich bin noch da.«

Die Vordertür des Theatersaals wurde weit geöffnet.

Fast hätte Lionel die Person nicht erkannt, doch dann erinnerte er sich. Es war die Frau aus der Kunstgalerie, die mit den vielen Halsketten, und an ihren dunklen Handgelenken baumelten noch immer zahlreiche Armreifen. Sie kam aus dem Vorraum, musste einen Eingang genommen haben, der eigentlich hätte versperrt sein sollen, und wirkte, als sei sie der erste Gast für die Abendvorstellung.

»*Mitglieder* eines Zirkels kommen und gehen«, sagte sie, während sie sich auf einen Platz am Gang setzte. Ihre Stimme trug bis zur Bühne. »Aber ein wahrer Zirkel ist ein heiliges Band. Er ist eine Vorstellung und eine Berufung. Du besitzt nicht die Waffe, etwas so Mächtiges zu zerstören. Du hast sie nie besessen.«

»Was soll das denn?«, murmelte Sloane. Er sah Lionel und Maddie an. »Gehört sie zu euch?«

Maddie schüttelte den Kopf. »Nein.«

Sie bildete nur die Vorhut, nun kamen weitere Frauen herein, schritten durch den Mittelgang und nahmen schließlich in einiger Entfernung voneinander in den ersten Reihen Platz. Einige waren Lionel fremd, andere kannte er. Da war Helen, Chandra Nargakars ehemalige Professorin, die ihnen am Grab ihrer Studentin den Flyer über das Parthenon-Theater gegeben hatte. Wen Xiulang erschien nicht weit hinter ihr und schenkte Maddie ein sardonisches Grinsen, während sie einen Platz in der ersten Reihe einnahm. Da war die Empfangsdame aus ihrem Hotel. Auf der anderen Seite des Ganges saß die Kellnerin aus dem Restaurant in Chelsea, wo Lionel in seiner ersten Nacht in New York Maddie begegnet war. Lionels Brauen hoben sich, als er auch Detective Mathers und Reginas Anwältin Agnes erkannte, die sich nebeneinander setzten.

»Warum sind Sie zusammengekommen?«, fragte Lionel sie. »Was geht hier vor?«

»Haben Sie das noch immer nicht erraten, junger Löwe?«, rief eine Stimme aus dem hinteren Teil des Theaters.

Die letzte Teilnehmerin. Regina Dunkle. Gebieterisch schritt sie den Gang entlang.

»Es ist ein Theaterstück. *Mein* Theaterstück. Ich habe dreißig Jahre lang daran geschrieben, und das alles nur für eine einzige exklusive Aufführung. Und jetzt kommen wir zum letzten Akt. Ich glaube, wir sollten uns hier vor den Klassikern verneigen. Wie wäre es jetzt mit einer guten altmodischen Dea ex Machina?«

Ihr deutscher Akzent wurde schwächer, während sie sprach. Und auch ihr Gesicht schwand dahin, löste sich auf wie schmelzendes Wachs und fügte sich neu zusammen, während sie nun mit geschmeidigeren, kräftigeren Schritten herannahte. Ihr silbernes Haar kräuselte sich, wuchs, wurde zu einer Woge aus rabenschwarzen Locken, und ihr knochenfarbener Hausmantel schimmerte und nahm eine blutrote Färbung an. Die versammelten Frauen erhoben sich von ihren Sitzen und hoben anbetend die Hände, während sich Reginas Mantel in ein altmodisches Kleid mit fließender Schleppe verwandelte. Ein alter Schlüssel hing vor ihrer Kehle.

Aber sie war nicht mehr Regina. Die bleiche Frau lächelte Lionel an, kühl und hungrig, während ein einzelnes Wort aus einem Dutzend Flüsterstimmen zum Gebälk des Theaters hochstieg.

Hekate.

Neunundfünfzig

Hekate hielt den Kopf schräg und richtete den Blick ihrer dunklen Augen auf Maddie.

»Medea, meine geliebte Tochter. Hast du wirklich geglaubt, du könntest mir entkommen?«

Maddie starrte sie entsetzt an. Sie taumelte einen Schritt rückwärts, weg vom Rand der Bühne. Lionel legte ihr die Hand auf den Rücken und erinnerte sie daran, dass sie nicht allein war. Sie griff nach seiner Hand und drückte sie fest.

»*Warum?*«, flüsterte Maddie.

»Als du deinen Wahnsinnsanfall hattest, als du dir die Hände blutig gemacht hast und aus deinem Zuhause geflohen bist, warst du … sehr grausam zu dir selbst, meine Liebe.«

»Ich hatte es verdient.«

»Ich bin der Meinung, dass die Entscheidung darüber mir obliegt. Aber du wolltest dich bestrafen und warst fest entschlossen, für deine Sünden zu leiden. Deshalb habe ich deine Peinigerin erfunden.«

»Regina Dunkle«, sagte Lionel.

Die Göttin nickte ihm zu. »Das ist richtig. Ich wollte es nicht zulassen, dass jemand *anderes* meine Tochter bestraft. Ich hatte gehofft, dass sie des Missbrauchs müde würde und beschlösse, sie habe genug gebüßt, wonach sie dann zu mir zurückgekommen wäre. Aber ich hatte mich geirrt. Das Licht in ihr war erloschen. Sie verfiel in eine rasende Verzweiflung und misshandelte sich selbst. Meine Taten bewirkten nichts.

Ich entschied, dass sie zu viel Zeit allein verbrachte und dies ihr Verhalten nur verstärkte, und so ... habe ich die Kupplerin gespielt.«

»*Deshalb* hast du Lionel angestellt?«, fragte Maddie. »Für ... für mich?«

»Für dich.« Hekates granatapfelrote Lippen kräuselten sich. »Verrate es niemandem, aber manchmal genieße ich ein bisschen Romantik. Ich hatte schon einen Verwendungszweck für euch beide, und zeitlich passte es wunderbar zusammen. Ich war der Meinung, er könnte dir eine andere Perspektive vermitteln. Er könnte dich lehren, das Leben wieder wertzuschätzen.«

»Einen Augenblick bitte«, sagte Lionel. »Dann war *ich* also das elfenhafte Traummädchen?«

Hekate sah ihn an und hob eine Braue. »Ich ... würde Sie eher als ›Motivation‹ bezeichnen, aber ... ja. Wenn Sie es so nennen wollen.«

Lionel betrachtete die erste Stuhlreihe des Theaters, in der Detective Mathers saß.

»Aber was ist mit Ihnen? Sie wollten mich dazu bringen, sie zu verraten, damit sie ins Gefängnis geht ...« Seine Stimme verstummte allmählich, während er darüber nachdachte. »Sie haben mich auf die Probe gestellt, nicht wahr?«

Mathers zeigte ein seltenes Grinsen. »Ich habe Sie an die Wand gestellt, und Sie sind nicht eingeknickt. Wir mussten uns vergewissern, dass Sie ihrer würdig sind.«

»Und dass Sie unserer würdig sind«, fügte die Anwältin hinzu. »In unserem Zirkel ist Platz für Sie, Lionel. Falls Sie bereit sind. Sobald Sie bereit sind.«

»Medea«, sagte Hekate, »du hast dich größeren Schmerzen unterworfen, als jede Sterbliche ertragen kann. Du hast härter gebüßt, als es von jeder Sterblichen verlangt werden könnte.

Es ist Zeit, damit aufzuhören. Dein Urteil ist aufgehoben. Du solltest nach Hause kommen. Mit Lionel.«

Eine scharlachrote Träne stieg in Maddies Augenwinkel hoch. Sie nickte ganz schwach und flüsterte: »*Ja*.«

Nun richtete die Göttin ihren Blick auf Sloane. Er stand da wie ein vom Scheinwerferlicht eines Autos geblendeter Hirsch, und die Hand, mit der er den Hebel der Schwellenmaschine hatte betätigen wollen, war mitten in der Bewegung erstarrt.

»Und dann gibt es da noch Sie. Sie und den unglücklichen Mr. Valdemar – zwei Probleme, die gelöst werden müssen. Ich musste zuerst Sie finden. Ich musste Sie aus Ihrem Versteck locken. Und welches Mittel wäre dazu besser geeignet gewesen als ein verschollenes Manuskript, das Ernest unbedingt würde haben wollen und mit dessen Beschaffung er Sie beauftragen würde? Es war faszinierend, Ihnen allen bei der Jagd zuzusehen. Aber hat sich jemand von Ihnen gefragt, wie alles begann? Haben Sie sich gefragt, wie es dazu kommen konnte, dass der verstorbene Raymond Barton seligen Angedenkens – ein Pornograf und Kleinkrimineller – überhaupt an diesen Schatz gelangen konnte?«

»Das waren Sie«, antwortete Lionel. »Sie haben ihm das Manuskript gegeben.«

»Nachdem ich es erschaffen hatte. Es existierte nie ein verschollenes Manuskript. Es war von Anfang an eine Fälschung. Ein Köder, der bewirken sollte, dass unser kleines Schauspiel auf die richtige Weise beginnt.«

Hekate schlenderte zur Bühne und zog ihr scharlachrotes Kleid hinter sich her. Sanft hob sie Valdemars abgetrennten Kopf auf und wiegte ihn in ihren Händen, während sein Mund etwas sagen wollte.

»Pst«, sagte sie. »Ihnen ist übel mitgespielt worden, Ernest. Sie sind das Opfer eines kosmischen Zufalls, eines Fehlers, der sich nie hätte ereignen dürfen und höchst unwahrscheinlich war. Ich kann das Leid, das Sie erfahren haben, nicht auslöschen, aber ich kann Ihnen das hier gewähren.«

Sie beugte sich vor und küsste ihn auf die Lippen.

»Schlafen Sie jetzt«, flüsterte sie.

Valdemars Augen rollten zurück, während sein Fleisch in ihren Händen verweste und abfiel wie die Blätter von einer verdorrten Rose. Darunter zeigte sich der nackte gelbe Knochen. Ein Teil des Schädels brach ein, der Rest folgte innerhalb eines einzigen Atemzugs.

Nichts blieb von Ernest Valdemar – nur ein wenig Knochenstaub. Hekate wischte ihn sich von den Händen und wandte sich wieder Sloane zu.

»Ich sehe hier nur eine Person, die wirklich eine Bestrafung verdient hat. Aber dabei sind Traditionen zu beachten. Bräuche sind zu ehren.« Ihre Hand schwenkte in einem langsamen Bogen über die Bühne und zeigte schließlich auf Lionel. »Sie haben seine Mutter ermordet. Nach dem Gesetz darf er Ihr Blut vergießen. Und deshalb habe ich mein kleines Drama so verfasst, dass Sie und er hier und heute – heute Nacht – zusammenkommen.«

»Sie … lügen«, stammelte Sloane und rückte näher an das Kontrollbrett der Maschine heran. »Sie sind eine lügende *Hexe*. Dieser Junge hat Ihnen nie etwas bedeutet.«

Hekates Lächeln wurde breiter, und ihre Lippen teilten sich. »Ach, tatsächlich? Lionel, in jener Nacht, in der du deine Mutter verloren hast – in der sie dir von diesem Mann genommen wurde –, hat sie dir etwas sehr Wichtiges gesagt. Du erinnerst dich daran, oder?«

Lionel runzelte die Stirn und dachte angestrengt nach. Die Echos jener Nacht, die Worte seiner Mutter, die vergessenen Minuten auf der Straße waren wie glatte Zwischenräume in den Furchen seiner Erinnerung. »Ich … ich kann nicht. Ich habe es *versucht*.«

»Lass es zu dir kommen.«

»Das ist doch wohl ein Witz. Das ist …« Sloane schüttelte den Kopf und stieß ein nervöses hohes Kichern aus. »Das ist ein Witz. Was soll das? Der Junge ist noch kein richtiger Hexer. Kann er überhaupt schon *irgendwelche* Magie wirken? Ich bin imstande, ihn auseinanderzureißen, ohne dass ich dabei auch nur ins Schwitzen geraten würde.«

»Ich mag Überraschungen«, erwiderte Hekate. »Sie auch? Und eine habe ich vielleicht noch aufbewahrt. In der Zwischenzeit … *Medea*.«

Maddie richtete sich auf. In ihren Augen, die noch von den trocknenden Resten ihrer kleinen roten Tränen gefleckt waren, flackerte neues, wildes Leben.

»Meine Königin«, sagte sie.

Hekate strahlte sie an. »Ich habe so lange darauf gewartet, diese Worte wieder von dir zu hören. Meine süße Tochter … wenn er diese abscheuliche Maschine aktiviert, werde ich sehr, sehr verärgert sein. Sorgst du bitte dafür, dass das nicht geschieht?«

Maddie ballte die Faust und öffnete sie wieder. Die silberne Armkette fiel in ihre offene Hand. Sie knisterte, spuckte elektrische Funken aus und begann zu rotieren.

»Mit dem größten Vergnügen, meine Königin.«

»Ihr versteht … das … nicht«, stammelte Sloane. »Keiner von euch versteht es. Ich bin hier nicht der böse Bube. Ich wollte nur den Anteil haben, der mir zusteht. Wenn ihr ihn mir gegeben hättet …«

»Halten Sie den Mund!«, fuhr Lionel ihn an.

Etwas in ihm, eine dunkle, tief vergrabene Wut, kochte endlich über. Er schritt quer über die Bühne.

»Verdammt, halten Sie endlich den Mund! Sie haben nichts anderes getan, als Menschen Schmerzen zuzufügen, Menschen zu töten und eine Spur aus menschlichen Trümmern zu hinterlassen, wo immer Sie waren. Und es war alles nie Ihre Schuld, oder? Nichts ist je Ihre Schuld.« Lionel stellte sich breitbeinig vor ihn. Nun befanden sich nur noch drei Meter polierten Bühnenbodens und der Schein eines Rampenlichts zwischen den beiden Männern. »Diesmal wird niemand kommen und Ihnen aus der Klemme helfen. Ihre Wächter sind tot, Dergwyn ist auf unserer Seite und Valdemar ist fort. Und Sie können nirgendwohin fliehen.«

Sloanes Gesicht verzog sich zu einer Grimasse des Wahnsinns, als ihm der Boden seiner Welt unter den Füßen weggezogen wurde. Er deutete mit einem zitternden Finger auf Hekate.

»Sie hat dir eine Falle gestellt, Junge. Sie will, dass du stirbst. Das ist nur eines ihrer kranken Spielchen. Du bist nicht einmal ein richtiger Hexer, und ich besitze die Erfahrung von zweihundert Jahren magischen Wirkens. Du *kannst* mich nicht besiegen.«

Lionel knöpfte die Manschetten seines Hemdes auf und rollte den einen Ärmel hoch, während er Sloanes Blick erwiderte.

»Sie glaubt, dass ich es kann«, sagte er. »Wissen Sie, es ist schon komisch. Bis vor ein paar Tagen habe ich nicht einmal an Götter geglaubt. Und jetzt stehe ich hier und begreife zwei wichtige Wahrheiten.«

»Was für Wahrheiten?«

Lionel rollte den anderen Ärmel hoch.

»Nummer eins«, sagte er, »bisweilen sollte man ein wenig Glauben an eine höhere Macht haben. Und Nummer zwei … Sie haben ein Gesicht, das mich auf erstaunliche Weise zum Reinschlagen auffordert.«

Lionel sprang vor. Er stampfte heftig auf der Bühne auf, als er sein ganzes Gewicht in einen rechten Haken legte. Seine Faust traf gegen Sloanes Mund, riss ihm die Lippe auf und schlug ihm einen Zahn aus, während dieser zurücktaumelte. In Sloanes Augen lag Panik. Er griff nach dem Kontrollhebel. Maddie knallte mit ihrer Armkette wie mit einer Peitsche. Eine Lanze aus blau-weißem Feuer flog über die Bühne. Sie traf Sloanes Hand, bevor diese den Hebel erreicht hatte, und hinterließ eine schartige Linie aus verkohlter Haut.

Sloane wischte sich mit der anderen Hand das Blut von der Lippe, verschmierte es dabei auf seinem Gesicht, und seine Blicke schossen zwischen Lionel und Maddie hin und her. »Glaubt ihr etwa, ich hätte keine Verbündeten mehr? Ihr habt ein paar davon vergessen.«

Er klopfte mit der Hand auf die gestohlene Brosche. Der Lapis Manalis blitzte auf, die Edelsteine erblühten in verstecktem Licht, und die Toten eilten Sloane zu Hilfe.

Geister brachen durch die Wände und regneten von der Decke herab. Sie hatten die Münder weit aufgerissen und hoben lange, missgestaltete Klauen. Der Hexenzirkel, der verstreut in den ersten Reihen des Theaters saß, wurde tätig. Einige spannen Ketten, webten Schilde aus Trugbildern und schleuderten damit die Geister in alle Richtungen. Eine der Frauen – die Empfangsdame aus dem Hotel – spuckte einen giftigen Gesang aus und stellte sich einem der Geister mit ausgebreiteten Armen entgegen. Dann klatschte sie in die Hände, es donnerte, und die Kreatur barst wie eine Wolke reißt.

Eines der Phantasmen wirbelte schreiend durch die Luft und stürzte sich auf Lionel.

Dieser dachte nicht nach. Er versuchte es gar nicht einmal. In der Hitze des Gefechts und im Angesicht des herannahenden Todes waren Maddies Lektionen so natürlich in seinem Bewusstsein präsent wie das Atmen. Er verhakte die Finger und rief die *voces mysticae* herbei.

»*Akhas. Dromenei.*« Er streckte die Hände aus und *spürte* die Magie. Sie stieg in ihm hoch und waberte an seinem Rückgrat entlang wie Mitternachtsfeuer. »*Keh!*«

Die Macht brach aus seinen Händen hervor, sengte durch die Luft und traf den Geist. Die Kreatur explodierte zu grauem wogendem Nebel.

Ihm waren zwei Sekunden vergönnt, in denen er seinen Sieg genießen konnte. Dann schoss eine lange Kette aus schwarzem Eisen durch die Luft und stieß gegen seinen Bauch. Lionel stürzte auf die Knie und bemühte sich, Luft zu holen.

»Ist es das, was du wolltest?«, brüllte Sloane. »Hast du das wirklich gewollt?«

Sein Körper glühte und war von einer eklig grauen Aura umgeben, als er sich Lionel näherte. Ein Fettfilm überzog seine Haut. Die Luft hinter seinem Rücken war ein schwarzer, rauchender Spiegel. Ein Fenster zu einem anderen Ort, an dem es finster und kalt war. Zwei dicke Eisenketten ragten aus der Leere heraus wie metallene Tentakel, schwebten über Lionels Schultern und peitschten durch die Luft.

Sloane holte aus und trat mit dem Absatz seines Schuhs gegen Lionels Kinn. Lionel fiel bäuchlings auf die Bühne, rollte herum und entging dadurch knapp den beiden Ketten, die auf ihn herunterdroschen. Sie schlugen gegen das polierte Holz, zerbrachen es und rissen scharfkantige Splitter heraus.

Sloane stellte ihm gnadenlos nach, während der Hexenzirkel seine brodelnde Geisterhorde abwehrte. Lionel duckte sich unter einer der auf ihn zuschnellenden Ketten weg. Sie erwischte den Heizkessel der Schwellenmaschine, zerfetzte das Metall, und glühend heißer Dampf stieg in die Luft.

»*Ist es das, was du wolltest?*«, kreischte Sloane erneut. Die andere Kette schwirrte durch die Luft und traf Lionel an der Brust. Er spürte, wie seine Rippen brachen. In ihm wurde etwas feucht und kalt, als er abermals auf die Bühne fiel. Sloane stand nun über ihm, packte ihn am Hemdkragen und zerrte ihn hoch. Dann prasselten seine Fingerknöchel auf Lionel ein, versetzten ihm eine Wunde an der Stirn, blendeten ihn mit seinem eigenen Blut, und der nächste Schlag brach ihm die Nase.

Sloane brüllte noch immer, aber Lionel konnte ihn nicht mehr verstehen. Alles war grau und rot geworden und fern gerückt; die Welt wogte auf einer Flutwelle des Schmerzes davon. Er dachte an seine Mutter. Wie er sie im Stich ließ. Wie er alle im Stich ließ. Er fiel. Er ließ seinen Verstand los, als Sloane ihm das Leben aus dem Körper prügelte, und er stürzte in einen gewaltigen, vollkommen leeren Abgrund.

Und dann erinnerte er sich.

Er erinnerte sich an alles.

Sechzig

Er war fünf Jahre alt.

Die Ranch brannte. Menschen rannten schreiend umher. Er beobachtete ein Pferd, dessen Mähne in Brand geraten war und das den Kopf hin und her warf, während es wie eine lebende Fackel in den Wald galoppierte.

Seine Mutter nahm ihn in die Arme. Sie schob ihm die widerspenstigen Locken aus der Stirn, küsste ihn und flüsterte ihm etwas ins Ohr.

»Hör mir gut zu«, sagte sie.

Dort endete seine Erinnerung stets. Aber der Rest war noch da.

»Mama«, sagte er mit seiner dreiunddreißig Jahre alten Stimme. Er war hier. Sie war auch hier – lebendig und …

»Nein«, sagte sie zu ihm; ihre Trauer stand in ihren Augen. »Wenn du das hier siehst, bin ich nicht mehr da. Es tut mir leid, Lionel.«

Sie leckte über ihre Fingerspitze und zeichnete damit etwas auf seine Stirn. Es war ein Sigill, das unter ihrer Berührung prickelte. Sie hatte seine Erinnerung versiegelt.

»Ich war das einzige Mitglied der Schwesternschaft, das ein Kind hatte«, sagte sie zu ihm. »Als meine Schwestern vor dem Tod standen und wir ahnten, was geschah … nun, da haben sie mich weggeschickt.«

»Damit du uns in Sicherheit bringst«, sagte er.

»Nein.« Sie schüttelte den Kopf und zeigte ihm ein trauriges, resigniertes Lächeln. »Sie schrieben mir einen Brief und erinnerten mich an meine Pflicht. Für den Fall, dass der Rest des Zirkels Sloane nicht aufhalten kann, brauchen wir einen Notfallplan. Ich kann ihn nicht besiegen, nicht aus eigener Kraft. Ich bin nicht dieser Notfallplan.«

Sie berührte sein Herz.

»Das bist du.«

Sie zog ihn an sich heran und drückte ihn fest. Draußen ächzten Holzbalken und zersplitterten, als die brennende Scheune zusammenfiel.

»Du musst die Dinge wieder in Ordnung bringen. Du wirst lernen müssen, stark zu sein. Und eines Tages, wenn du erwachsen bist, wirst du ihm gegenübertreten. Aber nicht jetzt. Und nicht sehr bald.«

Sie sah ihn an und ergriff seine kleinen Hände.

»Es tut mir leid, es tut mir *so* leid, mein Junge, aber das bedeutet, dass du es allein tun musst. Wenn Sloane glaubt, dass du noch lebst, wird er Jagd auf dich machen, und er wird dich töten, bevor du für ihn zur Bedrohung werden kannst. Kennst du noch diese kleinen Rituale, die wir zusammen ausgeführt haben? Die Gebete und Lieder, die ich dir beigebracht habe?«

»An unsere Königin«, hörte Lionel seine Stimme sagen.

Sie leckte sich wieder über die Fingerspitze und zeichnete ein weiteres Sigill, diesmal auf seine linke Wange.

»Du kannst dich nicht daran erinnern. An nichts davon. Und in deinem Leben wird es keine Magie geben.« Sie hielt inne, und in ihren Augen leuchtete es. »Du darfst *sie* nicht in deinem Leben haben. Nichts wird ihn zu dir führen oder dein Leben in Gefahr bringen, bevor du bereit bist. Du wirst viele Jahre in dem Glauben zubringen, du seiest ganz allein, und das tut mir leid. Aber eines Tages … eines Tages, wenn die Zeit gekommen ist, wirst du dich an diesen Augenblick erinnern. Und du wirst dich an das Wichtigste von allem erinnern.«

Seine Mutter küsste ihn auf die Wange.

»Ich liebe dich«, flüsterte sie. »Ich habe dich immer geliebt, und ich werde dich immer lieben. Und du bist keinen einzigen Augenblick in deinem Leben allein gewesen.«

Er lief. Er lief durch den eiskalten Regen, Gras und Schlamm klebten an seinen Füßen, und hinter ihm brannte die Ranch und überzog die sternklare Nacht mit den Farben einer geschmolzenen Abenddämmerung. Lionel stürmte auf die Straße. Scheinwerfer blitzten in seinen Augen, Reifen quietschten und …

… der Wagen hielt an. Der Motor gab rasselnde Geräusche von sich, während er im Leerlauf drehte. Lionel ging um den Wagen herum. Es war eine Limousine. Ein Rolls-Royce, alt und silbern. Die Hecktür schwang auf.

»Hallo, Lionel«, sagte Hekate. »Steig ein.«

Er setzte sich ihr gegenüber; sein Kinderkörper sank in den üppig gepolsterten Ledersitz ein. Sie schloss die Tür, und die Limousine fuhr an. Sie betrachtete ihn mit einem schelmischen Lächeln.

»Das ist es, was in jener Nacht geschehen ist«, sagte er. »Das ist die verlorene Erinnerung an die Zeit zwischen meiner Flucht von der Ranch und meinem Eintreffen an der Tür des Nachbargehöfts. Sie waren das.«

Sie nahm eine kleine Schachtel von dem Sitz neben ihr und hielt sie ihm entgegen. Es lagen kleine Pralinen auf knitterigem schwarzem Papier darin.

»Wie wäre es mit einem Toffee?«, fragte sie. »Sie sind sehr gut.«

Er betrachtete die Schachtel, als wäre sie eine eingerollte Schlange.

»Was ist, wenn ich Nein sage?«

Sie nahm ein Toffee aus der Schachtel, zuckte die Achseln und steckte es sich in den Mund.

»Dann bekommst du halt keine Pralinen«, sagte sie. »Es gibt hier keinen Zwang, Lionel. Freiheit gehört zum Glaubensbekenntnis der Hexen, und ob du es willst oder nicht, du bist ein Hexer durch und durch. Du kannst dich mir widersetzen, wenn du willst. Du kannst dich mir dreimal widersetzen und auf meinen Schatten spucken. Aber … das wirst du nicht tun wollen.«

Er streckte seine kleine Hand aus, nahm eine Praline und steckte sie sich zwischen die Lippen. Er war durchnässt vom Regen und zitterte. Wasser tropfte aus seinem Schlafanzug und tränkte den Ledersitz. Die buttrige, köstliche Praline schmolz auf seiner Zunge.

»Jetzt sage ich dir etwas Seltsames, worüber du nachdenken kannst. Bist du ein zweiunddreißigjähriger Mann, der eine unterdrückte Erinnerung zurückerhält … oder bist du ein fünfjähriger Junge, der gerade eine ausgiebige Vorschau auf seine Zukunft erhalten hat?« Ihr katzenhaftes Grinsen wurde breiter. »Aber denk nicht zu angestrengt darüber nach. Es könnte zu einem Kurzschluss führen.«

»Ich sterbe«, sagte Lionel. »Sloane. Er tötet mich.«

»Das wäre ein mögliches Ende.«

»Warum halten Sie ihn nicht auf?«

Hekate lehnte sich auf ihrem Sitz zurück, und ihr scharlachrotes Kleid raschelte, als sie die Beine übereinanderschlug.

»Lionel, wenn wir uns jedes Mal unmittelbar einmischen würden, sobald eines unserer Kinder Hilfe braucht, könntet ihr nie lernen, frei zu sein. Ich möchte dir lieber die Werkzeuge an die Hand geben, mit deren Hilfe du deinen eigenen Sieg erringen kannst.«

»Wie?«, fragte er.

»Nun, Medea hat sich zu deiner Lehrerin erklärt, aber ich glaube nicht, dass sie etwas dagegen hätte, wenn ich jetzt für sie einspringe. Wie wäre es, wenn ich dir eine Lektion in der Kunst des Hexens gebe?« Sie verstummte kurz. »Wenn ich es mir recht überlege, habe ich das schon getan, da das hier eine Erinnerung ist – eine, die wir tief in deinem Unterbewusstsein vergraben haben, damit Sloane meinen Duft an dir nicht riechen kann. Ja, die Zeit ist etwas sehr Seltsames.«

Lionel dachte zurück an die Tarot-Vision und seinen Besuch bei der Hohepriesterin. »*Ich werde dir ein Geheimnis verraten*«, hatte sie ihm ins Ohr geflüstert. »*Du bist bereits eingeweiht worden.*«

»Muss ich dafür einen Preis bezahlen?«

»Alles hat seinen Preis. Jedes Wissen ist sein eigener Preis. Das bedeutet, dass du nicht mehr unwissend werden kannst. So viele Menschen begehren die Unwissenheit. Meine Kinder werden auf ihrer Suche nach Segen einfallsreicher werden müssen. In deinem Fall verlange ich nur einen einfachen symbolischen Akt. Du sollst anerkennen, dass das, was du schon weißt, wahr ist.«

Er schüttelte den Kopf. »Was soll das heißen?«

Das matte Licht im Innern der Limousine veränderte sich. Aus dem mondgelben Schein wurde ein kaltes Blau, während Hekates Augen sich schwarz färbten. Sternenlicht glimmerte in ihren Tiefen, und es zeigte sich die unermessliche Weite des Alls in ihnen. Sie wuchs an Größe, an Präsenz, erfüllte die Luft mit dem Duft von Rosen und vertrieb alles außer ihr selbst und den Gedanken an sie. Lionels Atem gefror ihm in der Kehle. Maddies Lobpreis für ihre Göttin – *Königin der Magie,*

Mutter der Hexen – hallte in seinen Ohren wider. Hekate war die Nacht, sie war das Feuer, und sie war Ruhm und Pracht.

Sie war eine Titanin, größer als die Welt. Und er besaß ihre ungeteilte Aufmerksamkeit.

»Regina war eine Maske«, sagte sie, »aber ich habe die Wahrheit gesagt: Ich bin eine altmodische Dame und glaube daran, dass die Dinge auf ihre jeweils eigene korrekte Art erledigt werden sollen.«

Sie beugte sich vor, ragte über ihm auf, und sie und ihr Schatten erfüllten den rückwärtigen Teil der Limousine.

»Knie nieder, Lionel. Gib dich mir hin. Sprich die Worte, damit du weißt, zu wem du gehörst. Ich weiß es schon.«

Und Lionel Paget – nicht das Kind, sondern der Mann, der Tausende Kilometer entfernt sterbend auf der Bühne eines verlassenen Theaters lag – sank im rückwärtigen Teil der Limousine auf die Knie. Er neigte den Kopf.

»Meine Königin«, flüsterte er.

Sie fuhr mit dem Finger an seinem Kiefer entlang und lächelte in stillem Triumph.

»Sehr gut«, sagte sie. »Und jetzt kümmern wir uns um deine Lektion. Ich bin eine strenge Lehrerin, also pass gut auf.«

»Aber … wie?«, fragte er. »Ich meine, ich erinnere mich daran, wie diese Nacht endete. Ich war nur wenige Minuten weggetreten, bevor ich beim Haus des Nachbarn auftauchte. Wir müssen schon in seiner Nähe sein. Wie können Sie mir so schnell noch irgendetwas beibringen?«

Hekate schnippte mit den Fingern.

Die Limousine hatte angehalten. Das Seitenfenster surrte herunter, und Lionel spähte in die Dunkelheit.

Der Sturm war erstarrt. Regentropfen hingen reglos in der Luft.

»Ich glaube, ich kann ein wenig Zeit nur für uns stehlen«,

sagte sie. »Aber wir sollten jetzt anfangen. Und vergiss nicht, mein junger Löwe: Am Ende wird es eine Prüfung geben, und die letzte Note ist die einzige, die zählt.«

Die gegenwärtige Welt sprang ihn schreiend an, füllte wieder sein ganzes Blickfeld aus, war gleichzeitig unscharf. Lionel hatte ein Gefühl, als sei sein Gesicht mit heißem Sirup eingerieben worden. Sein Blut malte Sloanes Fingerknöchel immer stärker rot, während er unablässig zuschlug. Lionels Rippen waren gebrochen; etwas in seinem Bauch schien verkrümmt und verdreht zu sein. Um ihn herum kämpften Maddie und der Zirkel gegen Sloanes Horde wahnsinniger Geister.

Plötzlich hielt Sloane inne. Er schüttelte Lionels Kragen und runzelte die Stirn.

»Warum … warum *lächelst* du?«

»Ich bin bereit für mein letztes Examen«, krächzte Lionel.

»*Was?*«

Lionels Hände schossen hoch und packten die eisernen Ketten, die über Sloanes Schultern hinwegdonnerten. Worte der *voces mysticae*, unausgesprochen seit tausend Jahren, rollten von seiner Zunge. Eis sprang wie ein Lauffeuer aus Lionels Händen, überzog die Ketten, und sie zerbrachen wie Glas. Sloane kreischte vor Schmerz auf, als das tintenschwarze Portal hinter ihm zerriss und zusammenbrach. Er taumelte zurück. Lionel verfolgte ihn; seine verletzten Beine wurden von einer Woge frischer Kraft befeuert. Sloane zischte einen Zauberspruch. Schwarze Ranken sprossen wie Lederpeitschen aus den Fingern seiner linken Hand und zerschnitten die Luft mit rasiermesserscharfen Blättern. Sie schlugen nach Lionel aus, und er wirbelte herum und sang leise Magie. Die Ranken schlugen gegen eine Mauer aus geronnener Luft und zerbrachen. Sie regneten in einer Aschewolke herab.

»*Wie?*«, keuchte Sloane, der noch immer über die Bühne zurückwich. »Du … du weißt nicht, wie das *geht*!«

»Du hast mir meine Mutter genommen.« Gnadenlos rückte Lionel näher. »Du hast mir die Familie genommen, in der ich hätte aufwachsen sollen. Du hast mir meine Göttin genommen. Du hast mir Jahre meines Lebens genommen. Und meinen *Lebenszweck*.«

Sloane prallte mit den Schultern gegen die zerbeulte Hülle der Schwellenmaschine. Nun konnte er nirgendwohin mehr fliehen. Lionel stellte sich breitbeinig vor ihn, auch wenn ihm die Knie zitterten, und atmete tief durch.

»Hier und jetzt«, sagte Lionel, »nehme ich mir alles zurück.«

Sloanes Nerven versagten. Er kreischte und warf sich in einem letzten verzweifelten Angriff auf Lionel; sein Gesicht war in wahnsinniger Wut verzerrt. Lionel wich nicht zurück. Ein letzter Zauberspruch stieg ihm auf die Lippen, und er bündelte die dahinschwindenden Reste seiner Kraft in einem letzten Schlag.

Seine Knöchel zerschmetterten den Lapis Manalis, als die letzte Silbe des Spruchs zündete und aus ihm herausflog.

Die Brosche fiel in sich zusammen.

Die kupferne Fassung brach auf wie der Boden bei einem Erdbeben, und die Edelsteine fielen nach innen. Die nun freigesetzte Energie der Relikts folgte der Richtung des Schlags: geradewegs durch Sloanes Herz, wobei dessen Muskeln und Fleisch zu Brei zerfetzt wurden. Die Wirbelsäule brach, und die Reste drangen aus dem Rücken heraus. Sloane prallte gegen den pochenden Kessel seiner misslungenen Maschine und sackte langsam auf die Bühne herunter, wobei er eine glitzernde Blutspur auf dem polierten Stahl hinterließ.

Nun löste sich der letzte Geist in Dunst auf. Der letzte zerbrochene Edelstein in der Brosche glomm auf und erlosch dann. Jimmy Sloane starb zusammen mit ihm.

Lionel stand über dem Leichnam des Mörders seiner Mutter. Er schwankte und rang nach Atem – und dann warf sich ihm die Bühne entgegen, während der Wind in seinen Ohren pfiff und die Welt schwarz wurde.

Lionel erinnerte sich nicht an vieles, was nach dem Kampf geschehen war. Er erinnerte sich daran, dass Hände ihn hochhoben, so viele Hände, so sanfte Hände, und ihn durch den Mittelgang des Theaters trugen. Er erinnerte sich an ein Krankenhaus und an eine Bahre.

»Welchen Namen sollen wir …«

»Keinen«, sagte eine andere Frau. »Sicherheitshalber.«

Eine Krankenschwester nickte wissend. Ein winziger Schlüssel glitzerte an ihrer Halskette, als sie sich vorbeugte und ein Formular auf einem Klemmbrett ausfüllte.

Da war ein Zimmer, klein, abgeschieden, dunkel. Menschen kamen und gingen.

»Du bist ein Idiot«, sagte Brianna zu ihm. Sie stand in der Tür. Er versuchte zu lachen. Es schmerzte.

»Wir sollten aufhören, uns so zu treffen«, sagte er.

»Ich weiß nicht, ob es dir klar ist, aber eine ganze Riege von Amazonen bewacht dein Zimmer. Deine neue Freundin musste mich hier hereinlotsen. Ich dachte, die Schwierigkeiten seien vorbei?«

Er versuchte, sich zu erinnern. Jemand – Maddie? – hatte es ihm einmal erklärt, und dann ein zweites Mal, als er damit aufgehört hatte, den Tropf mit dem Morphium zu missbrauchen.

»Sie sind vorbei«, erklärte er. »Sloane … er ist so lange dort draußen frei herumgelaufen. Sie wollen nur sicherstellen, dass er keine Freunde hatte, von denen wir nichts wissen. Aber … ja. Es ist vorbei.«

»Dann kannst du ja zurückkommen. Du kannst wieder dein altes Leben führen.«

Die Frage lag wie ein Bleigewicht auf seiner schmerzenden Brust.

»Ich weiß nicht, Brianna. Ich … habe Dinge gesehen. Dinge *getan …*«

»Ich etwa nicht? Jesus, Lionel, ich war auch in diesem U-Bahn-Tunnel. Glaubst du nicht, dass ich die Welt jetzt auch mit anderen Augen betrachte? Das bedeutet aber nicht, dass du nicht mehr nach Hause kommen kannst. Du hast noch immer deine Eigentumswohnung in Chicago, du hast deinen Job im Sender – zumindest fürs Erste. Ich habe ihnen gesagt, du seiest in einen Autounfall verwickelt worden. Du bist beurlaubt, während du dich davon erholst.«

»Vielen Dank dafür«, sagte er.

»Gern geschehen. Es ist unbezahlter Urlaub. Ich kann leider keine Wunder wirken.«

»Mir ist aufgefallen, dass sie diesmal keine Blumen geschickt haben.«

»Sie wissen nicht, wohin sie sie schicken sollen. Du bist für sie gerade unauffindbar.«

Sie stellte sich neben sein Bett und legte ihm die Hand auf den Arm.

»Aber das muss nicht so bleiben«, sagte sie zu ihm.

Er trieb wieder davon. Er musste etwas Unverständliches gemurmelt haben, denn sie klopfte ihm gerade auf den Arm und beugte sich zu ihm hinunter.

»Melde dich bei mir, wenn du entlassen wirst«, flüsterte sie und küsste ihn auf die Wange. »Ich wünsche dir süße Träume, mein kleiner Trottel.«

Die nächsten Tage verschwammen ineinander und verschmolzen miteinander. Er erinnerte sich nur an eine Sache, bevor er als gesund und kräftig genug erachtet wurde, wieder auf eigenen Beinen zu stehen, und das Krankenhaus ihn hinaus in die Welt schickte. Er erwachte aus einem Medikamentennebel und kniff angestrengt die Augen zusammen, um etwas erkennen zu können.

Hekate saß auf einem Stuhl in der Ecke des Zimmers. Sie hatte ihm beim Schlafen zugesehen. Sie lächelte zufrieden und drehte die Finger. Ein warmer, segensreicher Strom erhob sich in seinem Hinterkopf, sanfte Hände schienen sich um sein Bewusstsein zu legen und zogen ihn zurück in den Schlaf.

Gut gemacht, hörte er sie sagen. *Gut gemacht, junger Löwe*.

Epilog

Lionel und Maddie flüchteten zum Meer.

Sie benötigten einige Zeit fern von allem außer ihnen selbst. Also gingen sie nach Montauk an der Ostspitze der Halbinsel Long Island und mieteten dort ein Hausboot. Lionel wurde Tag für Tag stärker, seine Verletzungen heilten, und sein Abenteuer wurde langsam zu einer Erinnerung. Sie spazierten und radelten den Strand entlang. Maddie brachte ihm vieles bei. Keine Magie – sie redeten nicht viel über Magie; es schien nicht die richtige Zeit dafür zu sein –, dafür aber gab sie ihm einen Grundkurs in vegetarischer Küche.

Er gestand es nur ungern ein, aber allmählich mochte er dieses Essen.

In der Abenddämmerung, wenn die untergehende Sonne auf dem Wasser der Fort Pond Bay glitzerte und die Mücken durch die samtige Luft sirrten, setzten sie sich an Deck und tranken Wein. Dann begaben sie sich nach drinnen, liebten sich und brachen erschöpft in den Armen des anderen zusammen.

Manchmal hatte Maddie noch immer ihren gehetzten Blick. Einmal fand er sie im Badezimmer; sie hatte ihre Rasierklinge herausgeholt, die aber nicht blutig war. Sie ließ es zu, dass er sie ihr abnahm und sie zum Bett zurückführte. Seit ihrer Wiedervereinigung mit der Göttin hatte sie neue Zuversicht gewonnen. In ihrer Seele brannten nun ein Feuer und eine Kraft, die er nie zuvor bei ihr wahrgenommen hatte, aber er verstand sie. Die alten Wunden reichten noch immer tief in sie hinein. Alte Geister sind am schwersten zu bannen. Sie hatte die ihren hinter ihren Augen mit sich herumgetragen, wo sie für lange, lange Zeit ihren Gedankenpalast durchforstet hatten. Er konnte sie nicht vertreiben, und so stand er Wache an ihren Toren, solange es nötig war. Für immer, wenn es nötig sein sollte.

Dann, eines Morgens, erwachte Lionel allein.

Es war ihm schwergefallen, den Schlaf abzuschütteln. Er erinnerte sich, wie er es versucht hatte, aber er hatte das Gefühl gehabt, dass ihn etwas auf das Bett presste und unter der Oberfläche des Traums festhielt. Als es ihm schließlich gelang, die Augen zu öffnen, lag er allein zwischen den zerwühlten Laken. Er stand auf, ächzte, reckte und streckte sich und rieb sich die Augen.

»Maddie?«, rief er. Er lauschte auf das Geräusch der Dusche. Nichts. Er hörte nur das sanfte Plätschern der Wellen gegen den Bootsrumpf.

Er suchte nach ihr. Dann suchte er nach einer Nachricht, nach irgendetwas, während er sich das Hirn zermarterte. Hatte sie gesagt, dass sie einkaufen gehen wollte? War ihnen schon das Gemüse ausgegangen? Waren …

Er erstarrte. Sie hatte etwas hinterlassen. Es lag auf der schmalen Arbeitsplatte in der Küchenecke.

Ein zerknittertes Bonbonpapier. Er hob es auf, hielt es unter seine Nase und roch daran.

Toffee.

Er wusste nicht, wie man betete, aber er wusste, wie man ein Telefon benutzte, und er hatte noch immer Regina Dunkles Nummer. Er hörte das Freizeichen am anderen Ende.

»Nimm ab«, ächzte er. »Verdammt, Hekate, *nimm ab*.«

Es klickte in der Leitung. Hekates Stimme drang zu ihm und hörte sich so nahe an, als fühlte er ihren Atem an seinem Ohr.

»Sprich meinen Namen nicht ohne Sinn und Verstand aus, Lionel.«

»Wo ist sie? Du warst hier. Du hast mich am Aufwachen gehindert …«

»Sie hat dich daran gehindert. Ich wollte auch deine Meinung hören, aber sie hat mich angefleht, dich dabei aus dem Spiel zu lassen. Ich hatte eine wichtige Aufgabe zu erledigen. Eine Aufgabe, die ihre Talente erforderlich macht. Und deine, wie ich gehofft hatte. Aber sie hat darauf bestanden.«

»Sie … ist einfach so gegangen? Und sie hat mir nichts davon gesagt? Warum?«

Die Göttin seufzte; es war ein federleichter Atemstoß.

»Aus zwei Gründen, wie ich glaube. Zum einen ist es eine persönliche Angelegenheit, die ihr etwas unangenehm ist. Bei ihrer Aufgabe geht es um ihren Ex-Mann. Er ist aus dem Krieg zurückgekehrt.«

»Aus welchem Krieg?«

»Aus *allen* Kriegen«, sagte sie. »Die Sache ist ziemlich gefährlich. Sie wollte dich in Sicherheit wissen. Und … ich glaube, sie will dir deine Möglichkeiten offenhalten. Du bekommst noch immer Anrufe aus Chicago, nicht wahr?«

»Also, ja …«, setzte Lionel zum Sprechen an.

»Das bedeutet, dass du die Tür noch nicht hinter dir geschlossen hast. Du denkst an dein altes Leben, an deinen alten Beruf, an deine Kollegen, an die Kamera und die Scheinwerfer …«

»Na und?«

»Lionel … du brauchtest Zeit zum Ausruhen, aber diese Zeit ist jetzt vorbei. Nun musst du dich entscheiden. Du kannst in dein altes Leben zurückkehren, oder du nimmst dein neues Leben an. Du kannst nicht beides haben. Wenn du Medea nachjagen willst, werde ich dich zu ihr führen, aber ich verlange deine vollkommene Hingabe. Du wirst mir genauso dienen wie sie. Manchmal wird es schmerzhaft sein. Immer wird es gefährlich sein. Du wirst Gefahren gegenüberstehen, die du dir nicht einmal im Traum ausgemalt hast.«

»Für immer und ewig«, sagte er.

»Wenn du dir diese Bürde verdienst. Fürs Erste wollen wir es eine ›unbedingte Hingabe an deine neue Karriere‹ nennen.«

»Alles hat seinen Preis, nicht wahr?« Lionel lehnte sich gegen die Arbeitsplatte in der Küchenecke. »Und wenn ich mit Maddie zusammen sein will, ist … das der Preis.«

»Das ist das Leben, das sie für sich gewählt hat, Lionel. Sie dient mir aus freien Stücken. Wenn du dorthin gehen willst, wo sie hingeht, und wenn du an ihrer Seite stehen willst, dann musst du das Gleiche tun. Und deiner alten Welt Lebewohl sagen – für immer und ewig.«

Eine kühle Morgenbrise strich Lionel durch die Haare, als er den Kai entlangging. Sie trug den Geruch von Salz herbei, in den sich ein ferner, schwach erinnerter Duft mischte. Während er ging, knöpfte er sich das frische Hemd zu. Über seiner Schulter hing eine Reisetasche, und eine billige Sonnenbrille verdeckte seine Augen. Die Welt wachte auf, Fensterläden wurden geöffnet, Touristen kamen heraus und sogen die Sommersonne ein.

Er stand am Anfang des Kais, der in einen Gehweg mündete, und traf seine Wahl. Dann rief er sich ein Taxi. Am Ende, als er zwischen zwei Welten stand, war es keine schwere Entscheidung.

Er wählte die Magie.

Er wählte Maddie.

Und er schaute nicht zurück.

Danksagung

Kein Buch wird allein geschrieben. Ich möchte hiermit meine Zuneigung und Dankbarkeit den Frauen gegenüber ausdrücken, die sich mit mir die Schlüssel zum Erfolg geteilt und dabei geholfen haben, diese Geschichte in Ihre Hände zu legen. Ein besonderer Dank geht an Andrea Hurst, meine Lektorin, an meine Korrektorin Sara Brady und an Adrielle Procaccini von 47North Publishing. Ein Dank geht auch an Susannah Jones für ihre unschätzbare Hilfe bei der Erkundung von New York, und an sie und ihre Künstlerkolleginnen von der Sycamore Theatre Company für ihre immerwährende Inspiration.

Danken will ich auch meiner Assistentin Morgan Faid sowie der Belegschaft des Empire Diner und der des Tenth Avenue Cookshop und auch dem stets wundervollen Personal des High-Line-Hotels. Und ein Dank geht an Sie, weil Sie diese Reise gemeinsam mit mir unternommen haben.